곤두박질

곤두박질
Headlong

마이클 프레인 장편소설 최용준 옮김

HEADLONG
by MICHAEL FRAYN

Copyright (C) 1999 by Michael Frayn
All rights reserved.
Korean Translation Copyright (C) 2004 by The Open Books Co.
Korean translation rights arranged with Greene & Heaton Limited Literary Agency
through Eric Yang Agency, Seoul, Korea.

이 책은 실로 꿰매어 제본하는 정통적인 사철 방식으로 만들어졌습니다.
사철 방식으로 제본된 책은 오랫동안 보관해도 손상되지 않습니다.

감사의 말

    이 책을 쓰면서 많은 이의 도움을 받았다. 특히 찰스 소마레즈 스미스, 니콜러스 페니, 마이클 백샌들은 내가 정말 필요로 하는 자료를 어디 가면 찾을 수 있는지 정확하게 알려주었고 로버트 어스킨과 윌리엄 모스틴 오웬은 미술 시장의 안내자 노릇을 해주었다. 일일이 헤아리지 못할 정도로 많은 사서들, 그중에서도 특히 많은 도움을 주었던 빅토리아 앤드 앨버트 미술관의 국립 미술 도서관원 일동에게도 감사를 전한다. 영국 도서관 인쇄실 부실장인 프랜시스 캐리는 장 미셸 마싱의 책인 『아펠레스의 중상』을 추천해 주었다. 영국 국립 미술관의 과학부 소속 애쇼크 로이와 국립 초상화 박물관의 캐서린 매클라우드는 그림 재료와 화법에 관한 많은 정보를 주었다. 벨파스트에 위치한 퀸스 대학 지구 과학부 고생태학 연구 센터에 있는 M. G. L. 베일리 교수는 (비록 나중에 사용하지 않기로 결정했지만) 연대 추정학에 관해 조언해 주었다. 외국어 부분에서도 많은 도움을 받았다. 게르다 루빈슈타인은 네덜란드 어를, 사라 하프너는 독일어에 도움을 주었으며 니콜러스 멍크는 라틴 어 해독이 필요한 모든 부분에서 나에게 길을 터주었다. 오르텔리우스의 묘비명을 복사해 준 케임브리지 대학 펨브로크 칼리지의 사서들에게도 감사한다. 빅토리아 글렌디닝은 중세 역법에 관한 데이비드 싱매스터의 설명을 나에게 전해 주었다. 그리고 내 회계사인 대럴 나이팅걸과 그녀의 상관인 마이클 우드는 미술품 거래에 관한 재정적·법률적 조언을 주었다. (브뢰겔에 관한 소설을 쓰기도 했던) 미국의 루디 러커는 이 원고를 읽고는 내가 「소 떼의 귀로」를 보며 교수형을 착안할 수 있게 도와주었고 「교수대 위의 까치」에서 사용된 원근법이 잘못되었다는 점을 지적해 주었다. 뱀버 개스코인은 성 베드로 성당의 재건에 여섯 명의 교황이 관련되었다는 사실을 알려 주었다. 역시 고마울 따름이다. 내가 마음껏 약탈해 올 수 있었던 많은 연구 결과를 발표한 그 밖의 모든 예술사가들에게도 심심한 감사를 표한다.

감사의 말	5
목적과 접근	9
가능성을 보다	13
우리가 보는 것은 무엇인가?	81
사업 계획	123
천둥의 기미	185
작은 도보 여행자	243
첫 번째 선적	313
현금	385
거래의 성립	467
결과와 결론	509
역자 해설 명화와 돈에 얽힌 블랙 코미디	517
마이클 프레인 연보	523

목적과 접근

나는 모두에게 알릴 만한 발견을 했다. 오랜 시간이 지나면서 사람들은 이 세상의 중요한 보물 중 상당수가 사라졌다고 생각하고 있다. 그런 보물 가운데 하나를 내가 발견한 것 같다. 지금부터 하는 이야기는 이러한 내 주장에 대한 증거이다.

하지만 나는 곤란한 처지에 놓여 있다. 내 주장을 학계가 받아들이지 않는다면 사람들은 나를 바보로 여길 터이다. 그러나 내 주장이 사실이라면…… 나는 더 곤란한 처지가 되리라. 내가 어떻게 해서 그것을 발견했는지 알게 된다면 사람들은 나를 바보로 여기는 것을 넘어 분노와 혐오의 대상으로 여길 것이다.

내가 아무 말도 하지 않을 수도 있고, 그러면 이 일에 대해서는 아무도 모르게 넘어갈 수도 있다. 하지만 나에게 학자의 양심이 조금이라도 남아 있다면, 아니, 문명인으로서의 양심이라도 있다면, 내 동료와 다음 세대의 후배들이 평가할 수 있도록 내가 발견한 사실에 대한 기록을 남겨야 할 의무가 있다.

그렇다. 전혀 알려지지 않는 것보다는 차라리 바보나 사기꾼으로 알려지는 것이 더 낫다.

하지만 그것은 고통스러운 일이다. 이러한 오명을 쓰기 전, 먼저 부끄러운 사실부터 설명해야 하리라. 그런 사실에 대해 내가 느끼는 고뇌는 견디기 힘들다.

하지만 더욱 힘든 것은 내가 도대체 무슨 일을 했는지 나 자신도 정확히 모르고 있다는 데서 오는 고뇌다.

자, 어디서부터 시작해야 할까?

확실한 방법은 내가 이 보물을 무엇이라고 생각했는가부터 이야기하는 것이리라. 하지만 그 이야기를 꺼내려는 즉시 말문이 막힌다. 그 보물에는 이름이 없기 때문이다. 그냥 그것에 대해 설명할 수도 있고, 또한 때가 되면 그렇게 할 생각이지만 지금 당장 그러한 시도를 한다는 것은 별 의미가 없을 듯하다. 예전에 한 번도 설명된 적이 없는 물건이며 그것이 어떻게 생겼는지에 대해 짐작이라도 한 사람은 단 한 명도 없기 때문이다.

그에 대해 설명할 수 있는, 그리고 내가 시도할 수 있는 단 한 가지 방법은 현재형으로 설명하는 것이다. 나는 일이 시작된 맨 처음으로 돌아가 시간이 흐르면서 내가 어떤 생각을 했으며, 모든 수수께끼가 내 앞에 어떻게 펼쳐졌으며, 각 순간마다 주어진 가능성을 고려하면서 내가 어떻게 하려고 노력했는지에 대해 일이 벌어졌던 그대로 재현할 것이다. 잔꾀를 부려 진실을 왜곡하지 않고 말이다.

이런 방식에는 약점이 있다. 이따금씩 내 논조는 상황에 어울리지 않게 가벼이 들릴 것이다. 하지만 세상일이란 게 원래 다 그렇지 않던가. 일이 나중에 어떻게 전개되었는가라는 측면에서 보면, 우리 삶에서 대부분의 논조는 고통스러울 정도로 상황에 맞지 않는다는 사실을 알 수 있다.

그러니, 처음부터 시작하겠다.

우리는 작년으로 돌아간다. 작년이 현재다. 때는 이른 봄이다. 이야기의 시작으로는 더할 나위 없이 알맞은 시기다. 곧 알게 되겠지만 말이다.

뭔가 비정상적인 일이 벌어질 때 처음 나타나는 징조는 무엇인가?

낡은 끈이라 생각한다.

나는 낡은 끈을 보았으며 그 끈이 이 이야기를 끝까지 끌고 갈 것이다.

가능성을 보다

이른 봄, 그렇다. 때는 신중한 희망을 여는 4월 초의 어느 날, 시곗바늘은 껑충거리며 앞으로 크게 도약을 했지만 날씨와 의심 많은 나무가 시곗바늘의 보조를 맞추기에는 꽤 많은 용기가 필요한 그러한 날, 케이트와 나는 음식, 책, 낡은 스튜 냄비, 예비 세간 따위를 차에 쑤셔 넣고 북쪽으로 여행을 하고 있다. 우리는 시골로 가는 길이다.

어디가 시골인가? 좋은 질문이다. 나는 대충 에지웨어부터 래스 곳까지라 생각하지만 잘 알지는 못한다. 하지만 케이트는 그런 방면으로 전문가이며, 케이트의 시각으로 볼 때 몇 시간 정도 더 운전해 들어가 고속도로가 끝나고 바야흐로 래브니지 로드가 나오기 전까지는 진짜 시골이 아니다. 심지어 그렇게 들어온 여기에서도 케이트는 조심스러웠고 나는 그런 태도가 무엇을 뜻하는지 알 수 있다. 시골을 대표해 전시해 놓은 것에 지나지 않다는 듯, 근처는 여전히 깔끔하게 정돈되어 있다. 울타리는 기계로 손질해 놓았다. 여기에는 마구간과 승마 학교가 너무 많다. 썩어 가는 식물과 동물 배설물 냄새가 이따금씩 강하게 나긴 하지만 창밖으로는 이러한 냄새와는 어울리지 않는 집, 즉 에지웨어에서 찾아볼 수 있을 법한 집들이 계속 지나가고, 눈에 띄는 사람들도 시골과 거리가 있어 보인다. 사실, 우리처럼 차를 타고 가는 사람들을 제외하고는 사람을 많이 볼 수 없다. 물론, 상당수의 차는 전원생활에 알맞게 설계되어 있다. 사실이다. 특히 네모진 탈것들은 차체가 땅에서 아주 높이 떨어져 있도록 설계되어, 안에 탄 사람들이 구제역 바이러스를 옮기지 않게 되어 있다. 하지만 그 안에 탄 사람들은 불안한 도시인처럼 보인다. 그리고 몇 번쯤 냄새를 맡을 수 있을 정도로 가까이 접근했을 때 — 예를 들어 휘발유를 넣기 위해 콜드 킨버에 멈췄을 때나 유기농 채소를 사기 위해 캐슬 퀜돈에 멈췄을 때 — 그 사람들에게서는 흙이나 똥, 곰팡이 핀 순무 냄새가 나지 않았다. 그들에게서는 아무런 냄새도 나지 않는다. 우리, 또는 런던에서 알고 지내는 사람과 마찬가지로 말이다. 케이트와 마찬가지로 나도 이 점이 불안하다. 우리처럼 사람을 만나기 싫다는 이유로 런던을 떠나 1백50킬로미터씩 운전한 사람이나 만나기 위해, 런던을 떠나 1백50킬로미터를 운전하고 싶지는 않다.

시골, 우리가 생각하는 시골은 래브니지 로드를 벗어나 비지 비 허니를 막 지나 눈에 띄지 않는 도로에 들어서부터 시작된다. 그 길을 따라 2~3킬로미터 정도 가면 사람들이 잘 모르는 작은 습곡이 보이는 곳으로 접어든다. 주의회는 한동안 이곳의 울타리 상태를 점검하지 않은 게 분명하다. 그곳은 1킬로미터 내내 타이어 아래로 진흙과 똥이 찌그덕거리는 소리가 들려오고, 진짜 살아 있는 암소들이 규칙적으로 풀밭과 집유소를 들락날락하고 있다. 어느 한곳의 덤불 뒤쪽 왼편으로는 벽돌과 깨진 타일 조각이 흩어져 있고 쐐기풀이 우거져 있으며 구멍이 숭숭 뚫린 법랑 그릇 따위가 보인다. 덤불이 우거진 구석구석에 이제는 버려져 다 쓰러져 가는 텅 빈 건물이 있고 물결 모양의 낡은 쇠 경첩이 가까스로 달려 있다. 이끼 낀 영국식 농가의 전통적인 가로 장문은 녹슨 철조망에 안전하게 둘러싸여 부서진 돌쩌귀 위에 기우뚱하게 기대여 있다. 우리는 긴장을 풀기 시작한다. 여기는 틀림없는 시골이다. 우리가 두 번째로 많은 청구액을 치르는 곳이다.

목적지에 가까워지면서 우리 둘은 침묵에 잠긴다. 지금 우리가 걱정하는 것은 주변이 진짜 시골이기 때문이 아니다. 우리는 도착하면 무엇을 발견할지에 대해 생각하기 시작한다. 올해 들어서는 이번 방문이 처음이다. 침대는 얼마나 축축할까? 부엌은 얼마나 추울까? 누가 스튜 냄비를 훔쳐 가지 않았을까? 쥐는 얼마나 먹어 댔을까? 놈들이 또다시 건물 토대의 주요 부분을 게걸스럽게 갉아 대지는 않았을까? 절연체를 갉기 시작한 건 아닐까?

이번 방문은 예전과 다르다. 예전에도 주말에 종종 들렀고 시간이 넉넉하다 싶을 때는 한 주 전체를 보내러 왔지만 이번에는 좀 다르다. 우리는 적어도 두 달, 어쩌면 석 달이나 넉 달 정도 보낼 것이다. 그렇게 오랫동안 그토록 많은 진실을 참아 낼 수 있을까?

이번 방문에는 우리를 불안케 하는 이유가 하나 더 늘었다. 뒷좌석에 쟁여져 있는 허섭스레기 사이, 안전띠 두 개에 묶인 채 조심스레 자리를 보존하고 있는 상자 때문이다. 그 상자에서 조그마한 소리가 나오기 시작한다. 케이트는 몸을 돌려 그 속의 내용물을 본다.

「내피 래쉬 크림[1]은 챙겼어?」 케이트가 묻는다.

「더 일찍 깨웠어야 했어. 배고파 울기 전에 먹여야 해.」

그렇다. 틸다는 시골에 대해 어떻게 느낄까? 우리 딸 틸다와 쥐가 사이좋게 지낼 수 있을까? 틸다도 우리처럼 춥고 축축한 곳을 기운을 돋우는 곳이라 여길까? 틸다가 모든 것의 진실을 올바르게 인식할 수 있을까?

숲으로 둘러싸여 있는 움푹한 호숫가에 차를 세운다. 예전에 부랑자의 시체를 발견했던 곳이다.

「돌아가야 하지 않을까?」 내가 말한다. 「집으로 말이야.」

케이트는 나를 바라본다. 그 순간 케이트가 내 말을 내 의지의 박약, 갑작스러운 계획 변경 따위에 대해 공격하기 위한 주장의 증거로 쓰리라는 사실을 떠올린다. 그런 생각을 하기에는 이미 너무 늦었지만 말이다. 하지만 이번에 케이트는 단지 이렇게 말할 뿐이다. 「당신이 꾸러미를 푸는 동안 차에서 틸다에게 젖을 먹일 거야. 엔진은 켜고.」

그리하여 우리는 계속 차를 몰고 가게 되고, 여행을 포기하자는 제안은 고려의 대상이 되지 못한다. 그리고 이제 우리는 여기에 있다. 특별한 기미는 보이지 않고 왼편으로 작은 오솔길만 펼쳐져 있지만 방문객이라면 알아챌 수 없는 담담한 흥분을 느낄 수 있다. 이곳에는 우리를 찾아올 만큼 친한 사람이 없기 때문이지만 그런 것은 문제가 아니다.

우리가 탄 자동차가 덜커덕거리며 천천히 오솔길을 따라간다. 하지만 이번 여름에 꽃을 따 술을 담그리라고 생각하고 있던 딱총나무 덤불 뒤로 회전을 하자 우리를 정면에서

---

[1] 아기 피부에 심한 기저귀 발진이나 뾰루지, 허물이 벗겨지는 것 등의 피부 질환에 효과적인 전통 허브 연고.

맞이한 것은 눈에 익은 녹색 정문이 아니다. 우리를 맞이하는 것은 닳아빠진 베일러 끈이다.

진짜 시골에는 베일러 끈이 많다. 진짜 시골인지 아닌지 구별할 수 있는 방법 가운데 하나는 그곳에 베일러 끈이 얼마나 쳐져 있는지 보는 것이다. 그냥 베일, 즉 압축 건초만으로는 부족하다. 베일만 있어서는 절대로 시골이라 할 수 없기 십상이다. 나는 베일러 끈으로 묶은 베일을 본 적이 단 한 번도 없다. 그럼 베일러 끈은 어디에 쓰는 걸까? 베일을 제외한 모든 것, 검은 플라스틱 시트지, 밝은 파란색 플라스틱 가방, 문, 바지, 농업용 기계 따위 베일러 끈이 발명되기 전에 안심하고 썼던 끈이나 녹슨 철조망 따위를 대신해 모든 것을 묶는 데 쓰인다. 베일러 끈은 잘 꼬이고 쉽게 풀리지만 다 쓴 뒤에도 그냥 버리지 않으며, 플라스틱 재질이기 때문에 잘 닳지도 않는다. 어떤 것은 분홍색이고 어떤 것은 오렌지색이기 때문에 시골의 녹색과 갈색과 대비되어 잘 보인다. 우리가 본 끈은 분홍색으로, 낡은 랜드로버 트렁크 문을 가로질러 붙들어 매는 데 쓰였다.

이 자동차의 진위에 대해서는 질문의 여지가 없다. 그 자동차는 순무만큼이나 촌티가 난다.

케이트와 나는 서로 바라본다. 방문객이다! 그런데 런던에서 온 친구가 아니다. 진짜 농촌 사람이다. 어쩌면 겨우 2년이라는 짧은 기간 만에 이 지역 사회가 우리에게 반갑게 손을 내미는 것일지도 모른다.

방문객이 누구인지 보기 위해 차에서 내린다. 여전히 장소에 맞지 않은 신발을 신고 여전히 시골 분위기와는 맞지 않은 자세를 취하며 진흙탕 사이로 보이는 섬과 섬 사이를 디

디면서 조심스레 균형을 잡는다. 개 짖는 소리가 커다랗게 들리더니 다 자란 양만 한 개 두 마리가 별장 옆을 돌아 돌진해 온다. 나는 나 자신을 지키기 위해 약간 뒤로 물러선다. 아니 약간이 아니라 꽤 멀찌감치 물러서는 바람에 기껏 피하려 애썼던 진흙에 빠진다. 하지만 나는 개의 행동에 대해 오해를 한 것이다. 놈들은 나를 내쫓으려는 게 아니다. 놈들은 시골에 온 나를 환영하며 축축한 주둥이를 내 샅 사이로 열심히 들이밀고 앞발로 내 스웨터를 연방 문질러 대며 신뢰를 표한다. 놈들의 주인이 집 옆쪽을 돌아 나오자 나는 그 남자 덕분에 내가 도착한 곳의 진짜 모습의 일부를 보게 된다. 케이트와 나는 그 남자보다 더 진짜 같은 시골 사람은 본 적이 없다.

「이리 와!」 지주다운 목소리로 힘들이지 않고 말하자 개들은 순식간에 고분고분해진다. 나 자신도 남자의 발밑에 엎드리고 싶은 생각이 들지만 시골용 바지를 입지 않은 상황에서 엎드리기에는 땅이 너무 진흙탕이라는 생각을 한다. 대신 남자가 내민 손을 잡는다.

「토니 처트라고 하네. 이웃에 살고 있지.」 남자가 말한다.

사냥터에서 상처 입은 새를 목 졸라 죽이는 데 익숙한 악력이다. 남자는 나보다 컸으며, 눈을 맞추기 위해 시선을 올리면서 진흙이 잔뜩 묻은 장화, 진흙 색깔 코듀로이 바지, 진흙 색깔 체크 무늬 재킷을 본다. 진흙 색깔의 셔츠에는 구멍이 나 있고 진흙 색깔과 녹색이 섞인 플란넬 셔츠의 삼각형 무늬가 보여 주는 약간의 고급스러움은 황갈색 넥타이가 다 갉아먹는다. 사내는 또한 적당히 더러운 총 한 자루를 팔에 걸치고 있다. 진흙 색깔의 테 없는 모자 아래의 긴 얼굴만이 전체 색조와 일치하지 않는 유일한 부분이다. 맨살 색깔이면서 동시에 청회색이며, 면도칼에 벤 자국에는 미처 닦아 내지 못한 피가 몇 방울 말라붙어 있다.

「돌아올 줄 알았지.」 남자가 말한다. 「자네들이 온다고 스켈턴이 그러더군.」

케이트와 내가 스켈턴 씨라 부르는 이는 수도관과 변기를 고치는 사람이다. 우리는 그에게 전화를 해 미리 수리를 해 달라고 부탁했다. 나는 케이트를 소개한다. 토니 처트는 진흙 색깔 모자를 들어 올리고 빠지기 시작하는 진흙 색깔 머리칼을 잠깐 보인다.

「만나서 반갑군.」 남자가 말한다. 「둘에 대해서 이야기 많이 들었다네.」

「스켈턴 씨에게서요?」 케이트가 묻는다. 당연하다. 어떤 집의 하수도가 어떤 구조로 되어 있는지 아는 사람이라면 그 집 주인에 대해 할 말이 많은 법이다.

「모두로부터.」 모두라고? 우리가 무슨 신문을 보는지 알고 있는 신문 보급소 여자인가? 방목하는 닭이 낳은 달걀 중 어느 크기를 좋아하는지 알고 있는 찰리 틸일까?

「둘이 여기 온 걸 모두 기뻐하고 있지. 예기치 않은 선물을 받은 것처럼 말이야.」

마침내 시골이 진흙 빛깔 품으로 우리를 인도한다. 그리고 토니 처트로부터는 진짜라는 생각이 드는, 마음이 푸근해지는 희미한 냄새를 즉시 맡을 수 있다. 우리가 가까이서 코를 킁킁거리며 냄새를 맡아 볼 수 있는 몇 안 되는 사람들에게서는 절대 맡을 수 없는, 정확하게 뭐라고 표현할 수 없는 향이다. 분명 개 냄새와 기름 바른 방수포의 타르 향 흔적이 섞여 있다. 또한 낡은 모직 천에서 나는 지독한 향도 함께 배어 있다. 다른 향도 있다. 독하고 정신적으로 기운을 돋우는 향이다. 아마 석탄산 비누와 차가운 물 내이리라.

「로라와 난 조만간 저녁에 둘이 우리 집에 오길 바라고 있다네.」 남자가 말한다. 「저녁 식사 어떤가?」

「고맙습니다.」

「특별한 건 아니고. 그냥 인사하자는 거지. 이 동네 돌아가는 이야기를 해주지. 자네들은 바깥세상 돌아가는 이야기를 해주게나. 이 동네는 좀 뒤떨어져 있거든. 월요일? 화요일? 언제가 편하지?」

나는 틸다에 대해 말한다.

「당연하지, 아이도 데려 오게. 멋지군. 아이가 있을 방이 많다네. 업우드야. 어딘지 알지? 그럼 월요일에 볼까? 여덟 시? 그때 저녁 식사를 해도 되나? 오면 조언을 좀 구할 것도 있고. 가능하다면 말이지.」

약간의 조언이라. 물론 안 될 것 없다. 토니의 차가 나갈 수 있도록 후진하는 사이 차 안은 날카로운 소음으로 가득 찬다. 누군가 우리 삶에 끼어들고 있다고 우리 똑똑한 딸아이가 경고하는 소리다.

업우드가 어딘지 아느냐고? 안다. 심지어 우리조차 업우드가 어디에 있는지 안다. 그곳은 우리가 있는 사유지 계곡 꼭대기, 나무들 사이에 반쯤 숨어 있는 낡고 커다란 집이다. 그리고 이제 토니 처트가 누구인지도 안다. 토니 처트는 그 계곡 주인이다.

뭐, 계곡 전부는 아니다. 예를 들어, 우리가 있는 작은 별장 주변 땅은 제외다. 시골에 자투리 땅 몇 평 정도 가지고 있는 도시 사람들이 이런 상황에 맞설 때면 익살스럽게 말하듯, 우리 소유의 땅이 토니 처트의 땅과 경계를 이루고 있다. 그 경계를 따라 걷느라 지치고 발병이 날 정도는 아니지만 여하튼 그로 인해 우리는 유대감이 생긴다. 우리는 지주(地主)다. 유산 계급 이웃. 거물 친구.

팬히터 세 개가 윙윙거리고 벽난로에서는 커다란 통나무 하나가 틱틱 소리를 내며 타고 있으며, 젖을 먹고 배가 부른 틸다는 그 앞에서 잠이 들고 다양한 종류의 석유 난로 네 개가 피우는 아늑한 파라핀 향이 집 안에 가득할 즈음, 우리는 이상하게도 기분이 좋다. 사실, 침대 커버며 이불은 축축하고 벽 몇 곳에는 백화 현상이 보인다. 쥐는 수건을 갉아먹었고 냉장고에 똥을 싸놓았다. 좀 더 놀라운 변화도 일어났다. 침실 벽장에 걸어 놓았던 시골 바지를 입어 보니 허리를 채울 수 없다. 습기에 줄어 든 모양이다. 아니, 내 몸이 불어난 건가? 나도 케이트를 따라 몸이 커지는 건가? 굼뜨고 무거운 몸을 움직여 선반에 기저귀를 올려놓는 케이트를 바라본다. 아이를 낳은 지 석 달이 지났지만 케이트의 덩치는 여전히 거대하다. 걸어가는 모습을 보면 꼭 굴러다니는 듯하다. 그렇다, 굴러다닌다! 케이트를 보고 내가 소리 내어 웃는다. 내 웃음소리에 케이트가 빙긋 웃다가 내가 웃는 이유를 눈치 채고 얼굴을 찌푸린다. 나는 아무 말 하지 않는다. 창밖의 회색 봄 저녁이 밤으로 깊어 가고 우리 작은 보금자리는 셋으로 충만하다. 케이트가 틸다를 보기 위해 벽난로 앞 긴 걸상에 앉는다. 나는 케이트 뒤로 가 기대어 양손 가득 들어오는 살찐 얼굴을 매만지며 키스하려고 아내의 얼굴을 기울인다. 케이트가 커진 덕분에 사랑할 분량이 많아 좋다는 생각이 어슴푸레 든다. 케이트를 사랑할 덩치가 좀 더 커졌다는 생각에 내 몸이 분 것 역시 절대 기분 나쁘지 않다.

「드디어 신사 계급과 어울리게 되었군. 근거 없는 우리의 좌경적 편견을 버리는 거야. 순간적 타락이지.」 케이트 옆으로 앉으며 내가 말한다.

「틸다가 아프다고 할 수도 있었어.」

「가고 싶지 않아?」

「가고 싶어?」

「나? 물론! 안 갈 이유가 없잖아? 사회적 모험이라고. 인간 접촉. 삶이란 말이야.」

「즐겁지 않을 거야.」 케이트가 말한다.
「물론 지독하겠지.」
케이트는 아무 말 하지 않는다. 반대의 표시다. 즉, 그 만남이 지독하리라는 데 케이트도 동의하지만 동시에 내가 지독하다고 말한 것은 지독히 재미있을 거라는, 즐거우리라는 뜻임을 케이트는 알고 있다. 하지만 케이트에게 삶은 그런 것이 아니다. 또 이번만은 내가 이미 마음을 굳혔다는 것을 케이트는 알고 있다. 또한 어떤 경우에는 자발적으로 나 스스로의 의견을 굽혔지만 이번에는 외부 압력으로 굽히지 않으리라는 사실도 알고 있다.
「너무 그러지 마.」 내가 말한다. 「재미있는 남자라고. 당신에게 모자를 들어 올려 인사도 했잖아.」
「그 사람이 왜 우리를 초대했는지 모르겠어.」
「그 사람 말로는, 조언을 듣고 싶다고 하잖아.」
「그랬지.」
「뭐, 꼭 해줘야 할 필요도 없잖아.」
그 사람은 우리에게서 어떤 종류의 조언을 바라는 걸까? 도덕에 관한 건 아닐 것이다. 농사나 가축 사육법에 대한 조언도 아니다. 사소하긴 하지만 성가신 에티켓 문제라든가, 그것도 아니면 뭔가 마음에 걸리는 일에 대한 건가? 여왕의 둘째 사촌과 이혼한 여자를 주지사가 저녁 식사에 데려가야 하는지, 말아야 하는지에 대한 문제인가? 헌트 볼[2]에 갈 때 장식용 허리띠를 하는 게 옳다고 생각하는지에 대한 문제일까?
그것도 아니면 내 전문 지식을 이용한 조언이 필요한 건

2 여우 사냥꾼들의 무도회.

가? 그 사람을 괴롭히고 있는 인식론적 문제에 대해 철학자로서 내 의견을 구하는 걸까? 그 남자는 자신의 소작인들도 감정이 있다는 사실을 정말로 알 수 있을까? 자기 땅, 갈색 체크 무늬 재킷, 랜드로버를 비롯해 그 사람 주변에 있는 모든 것이 정말 꿈인지에 대한 질문인가?

아니다. 케이트도 나도 그 사람이 원하는 조언이 무엇인지 알고 있다. 바로 전문가로서 케이트의 의견이다. 그 사람이 콘스터블, 틴토레토, 렘브란트 등의 그림들을 물려받았다는 소문은 끊임없이 나돌고 있다. 비록 꽃병, 주전자, 도자기로 된 개 인형이나 양치기 소녀 같은 물건의 가치도 모르고 관심도 없겠지만 케이트가 자기 물건에 눈길만 던져 마음만 안정시켜 주더라도 고마워하리라.

「나만 이야기하면 되잖아.」 내가 안심시킨다.

침묵. 케이트의 침묵에는 내가 언제나 그런다는 뜻이 들어 있다. 내가 한 말에는 케이트가 현재, 아이 때문에 양육 휴가 중이며 물건 감정 같은 것을 할 수 없다고 설명하겠다는 뜻이 들어 있다. 그리고 케이트가 휴가 중이 아니라 할지라도, 케이트의 관심 최전선에 갓난아이가 없다 할지라도, 햄리시 미술관에 있는 자신의 사무실에 앉아서 예술에 대해 생각하는 일로 돈을 번다 할지라도 케이트는 예술에 대해 그런 식으로 생각하지 않는다. 케이트는 물건을 감정하지 않는다. 신문 파는 곳의 여자가 무슨 말을 했든, 변기를 고치는 남자가 무슨 말을 했든 간에, 케이트는 그런 예술사가가 아니다.

계속되는 침묵. 케이트가 무슨 생각을 하는지 나는 안다. 그 남자가 원하는 것은 예술에 대한 내 관점일지도 모른다고 생각하고 있다. 얄궂게도 케이트의 태도는 처트 집에 그 사람들이 〈잎 무늬 장식의 대가〉[3]가 그렸다고 믿는 그림이 있을지도 모른다는 것을 암시하고 있다. 〈잎 무늬 장식의 대가〉라는 이름이 나오자 우리 둘 사이에 미묘한 분위기가 흐른다. 나는 이에 대응하지 않을 것이다. 나도 케이트처럼 잠자코 있을 것이다. 하지만 지금 이런 상황에서 그런 주제를 꺼내다니, 아무리 말을 하지 않고 있다 할지라도 케이트는 좀 너무하다. 최근 나는 아내에게 비난받을 만한 거리를 만든 적이 없다. 사실 방금 난 갑작스럽고 의외의 순간에 아내에게 키스했고, 케이트도 이런 내 행동을 좋아한다. 하지만 나는 한마디도 하지 않을 것이다. 단 한마디조차 하지 않을 것이다. 나는 그냥 케이트의 살찐 어깨를 쿡 찌르며 웃어넘기게 할 것이다.

「진정해.」 내가 말한다. 「그냥 콘스터블 그림이라고 말해 주면 다음에 같이 총사냥을 가자고 초대할 거야.」

그리고 내 말이 끝나자마자 다시금 침묵이 찾아든다. 내가 여기 있으면서 쓸 책의 주제를 바꿀 만한 가능성이 있는 그 어떤 농담도 아내의 의심을 불러일으키리라는 사실을 깨닫는다. 케이트는 이미 내가 철학이 아닌 예술, 아니 적어도 예술 철학 쪽으로 갑자기 곁눈질한 것에 대해 충분히 짜증이 나 있는 상태였다. 내가 자기 영역을 침범하기라도 했다는 듯 말이다. 내가 새로운 이력을 시작할 목적으로 유명론(唯名論)이 15세기 네덜란드 예술에 어떤 영향을 끼쳤는지에 대한 책을 쓰겠다며 1년 동안 휴가를 얻기로 결정했을 때 아내는

---

[3] Master of the Embroidered Foliage(1430?~?). 1480년에서 1500년경까지 활동한 신원 미상의 플랑드르 화가. Master of Flémalle이라고도 한다.

훨씬 더 불쾌해했다. 그리고 휴가를 받고 7개월이 지났을 때 내가 갑자기 쓰던 책을 제쳐 두고 내가 보기에 15세기에 이상할 정도로 낮은 평가를 받은 한 예술가에 대해 심도 있는 에세이를 쓰겠다고 선언하자 아내는 대놓고 불안해했다. 그리고 아내가 마음을 가라앉힐 틈도 없이, 두 달 뒤 내가 〈잎무늬 장식의 대가〉는 과소평가된 예술가와 거리가 멀기 때문에 그에 대해 글을 쓰지 않겠다고 결심했을 때 더 불안해했다. 내가 이런 외도를 시작했던 만큼이나 갑작스럽게 주제를 다시 바꿔 예전에 쓰려고 했던 유명론에 대한 주제로 돌아온 지금은, 내가 과(科)로 돌아가기까지 불과 여섯 달밖에 남지 않은 상황이다. 내가 얻은 열네 달의 자유 가운데 여덟 달이 지나가 버렸다. 아내는 내가 새로운 이력을 시작할 수 있게 해줄 책의 14분의 8보다 턱없이 적은 양밖에 쓰지 않았으리라고 거의 심증을 굳힌 상태이다. 아내가 겁내는 것은 9월이 되었는데도 내가 철학이고 예술이고 간에 제대로 된 책을 쓰지 못한 상황을 맞는 것이다. 아내는 내가 인생에서 길을 잃었다고 생각한다. 아내는 해를 거듭하며 비교 기독교 도상학 분야에서 자신이 연구하는 주제에 대해 쓴 글들이 정본으로 인정받으며 천천히 그리고 꼼꼼하게 평판을 쌓는 반면, 곤란하게도 나는 수레 뒤로 떨어진 형편이 되었다. 이 때문에 우리가 시골로 내려온 것이다. 친구나 지인들, 도서관, 미술관 등 내 머리에 뭔가 새로운 생각을 불어넣을 대상에서 벗어나기 위해 말이다. 우리는 요리하고 텃밭을 돌보고 글을 쓸 것이다. 우리를 집 밖으로 불러낼 그 어떤 유혹도 존재하지 않는다. 바깥으로 나가 봤자 진흙탕에 빠지는 것 말고는 아무런 할 일도 없으며 양과 젖소 말고는 이야기할 상대도 없기 때문이다. 그런데 재밌게도 도착한 지 몇 시간 되지 않은 지금, 시골의 신사에 대해 갑작스레 심사숙고하고 있는 것이다. 아내가 아무 말도 하지 않는 것이 이상할 게 하나도 없다.

나는 아내를 안심시키기 위해 다시금 어깨를 슬쩍 찌르며 주제를 바꾼다. 「스포츠 재킷이 상징하는 바를 연구해 봐. 왜 토니 처트가 입은 갈색 체크 무늬 스포츠 재킷은 그 사람이 시골에 사는 지주라는 사실을 명백하게 보여 주는 반면 내가 입은 흐린 쑥색 스포츠 재킷은 내가 도시에 사는 지식인이라는 사실을 말해 주는 걸까? 왜 내 재킷에 있는 낱알 무늬는 고상한 정신과 가난을 상징하는 반면 토니 처트의 재킷에 있는 낱알 무늬는 둔한 머리와 부를 상징하는 걸까?」

케이트는 아무 말 하지 않는다. 하지만 이제 분위기는 훨씬 좋아진다. 아내의 공포와 혼란스러운 순간은 지나간다.

「사실, 그 사람의 재산이 상징하는 바를 살펴보면 아주 흥미로워. 낡은 랜드로버와 부서진 문은 우습게도 뭔가를 반어적으로 억제해 표현하고 있어. 낡은 분홍색 베일러 끈의 인습적 중요성에 대해 우리가 공동 논문을 쓸 수도 있을 거야.」 내가 말한다.

「그 남자가 돈이 많아?」 케이트가 묻는다.

「물론이지.」

우리는 함께 불을 바라본다.

「그 남자의 이름 역시 또 하나의 아이러니지. 토니 처트. 실제로는 토니 경(卿)이야. 로드 처트라고.」

「정말?」

「그럴지도 모르지. 나는 그냥 토니로 생각할래.」

틸다가 몸을 뒤척이다 다시 조용해진다. 우리는 난로 대신 틸다를 바라본다. 사랑스러운 틸다.

「나만큼 살이 쪘네.」 케이트는 틸다를 바라보며 말하지만 나를 두고 얘기한 것임을 안다. 모호함이 마음에 와 닿는다.

나는 아무 말도 하지 않는다. 그래, 나는 아내와 틸다만큼 살이 쪘어. 좋아. 어울리는군. 나는 살이 잘 찌고 침착하고 쾌활한 경향이 있다. 우리 셋 모두가 그렇다. 케이트가 어떻게 생각하든 간에 나는 내 책을 끝마칠 것이다. 모든 일이 잘 풀릴 것이다. 난 알고 있다. 어떻게 알고 있느냐고? 글쎄, 태양이 따뜻하고 오렌지가 오렌지빛이며 틸다가 사랑스럽다는 사실은 내가 어떻게 알까? 이러한 질문들은 간단하지만 철학적으로는 대답하기가 꽤 어렵다.

나는 그냥 안다.

업우드로 통해 있는 진입로가 끝나는 지점부터 처트 집안의 도상이 반어적으로 내비치는 겸손함을 볼 수 있다. 업우드의 첫 인상은 그 집이 자신의 정체성을 세상에 상세히 말하고 있다는 점이다. 업우드는 우리 집만큼이나 겸손하다. 즉, 어떠한 과시도 하지 않는다. 짐작컨대, 처트 부부는 업우드를 보러 오는 사람 정도 되면 집이 어디에 있으며 집 이름이 무엇인지 정도는 알고 있으리라고 생각하는 모양이다. 처트 부부는 바깥세상에 자기 집에 대해 떠들며 자랑하기에는 너무 겸손하다. 작은 길로 들어서자 빗속을 뚫고 헤드라이트에 슬쩍 비친 널빤지에 바깥세상으로 보내는 간단한 메시지가 보인다. 〈사유지임. 출입 금지.〉

진입로를 따라 파여 있는 구멍과 웅덩이에도 그런 표현법은 계속 이어지고 우리가 탄 자그마한 자동차는 덜컹거리며 조심조심 길을 헤엄쳐 나아간다. 길과 분위기에 전혀 맞지 않는 차다. 케이트는 한 손을 뒷좌석에 있는 귀중한 상자에 줄곧 올려놓는다. 「장화 넣었어?」

「집에 들어가면 필요 없을 거야.」 케이트를 안심시킨다.

가능성을 보다 31

「글쎄, 그럴까?」

우리가 도착하자, 어둠 속에 서 있는 가로등 하나와 거기에서 나오는 빛, 가로등 빛 아래로 농민 반란이라도 막을 수 있을 만큼 거대해 보이는 정문, 가로등 반대편으로 들려오는 개 짖는 소리, 머리 위로 떨어지는 비로 인한 습기, 원채가 우리를 맞이한다. 어둠 속 머리 위 어딘가에 있는 홈통으로부터 발아래 자갈밭에 있는 웅덩이로 떨어지며 흩뿌려지는 물이 빗물과 더불어 습기를 더한다.

그때 문이 열리고, 우리는 침을 흘리며 돌진해 와서는 친한 척 앞길을 가로막는 거대한 개를 밀쳐 내야 하는 온화한 전투에 직면한다. 우리는 연방 씩씩, 킁킁대며 움직이는 녀석들의 머리를 동시에 쓰다듬으며 우리가 들고 있던 작은 인간 화물이 녀석들에게 닿지 않도록 피한다. 그리고 야단법석을 떠는 놈들의 주인과 악수한다.「오, 이런 멍청이들 같으니!」개와 우리 가운데 어느 쪽을 말하는지 모르겠지만 사내가 소리친다.「들어와, 들어와. 거기서 어슬렁거리지 말고. 얼어 죽을 정도로 춥군……! 그 더러운 주둥이를 부인에게 비비지 마……! 이런 반편들에게는 신경 쓰지 말고 그냥 밀고 들어오라고……! 저 사람들이 들고 있는 건 너희 저녁거리가 아니란 말이다, 이 멍청이들아!」

나는 토니 처트 — 아니면 토니(그가 아닌 다른 사람을 만났더라면 지금은 그렇게 부르고 있었을 터이다) — 아니면 처트 선생님(그는 나보다 적어도 열다섯 살은 많다) 또는 토니 씨나 로드 처트 — 아니, 토니 처트라 해서 안 될 게 뭔가? — 토니 처트가 정장을 입고 있으면 어떻게 하나 하고 약간 걱정했다. 그도 아니면 벨벳 스모킹 재킷에 검은색 타이까지 하고 있을까 걱정이 되었다. 이 지역 관습이 어떤지, 우리가 알 턱이 없기 때문이다. 하지만 내가 말할 수 있는 한, 토니 처트에게서 달라진 점이라고는 지난번에는 장화를 신었지만 지금은 갈색 실내용 슬리퍼를 신고 있다는 것뿐이다. 갈색 농도가 미묘하게 달라진 것과 약간 다른 장소에 얼굴을 들이민 것을 뺀다면 말이다. 속으로는 퍽 안심이 된다. 나는 지난번과 마찬가지로 코듀로이 바지에 도네갈 트위드 재킷을 입었기 때문이다. 사실상, 지금 입은 옷이 아니라면 잠옷을 입어야 했다. 다른 옷은 가져오지 않았기 때문이다. 토니 처트, 아니, 편안히 부르자, 토니. 토니는 타이를 매고 — 진짜다 — 명절 분위기가 나는 진한 황토색 옷을 입고 있다. 이제 좀 더 가까이 가서 보니 어느 정도는 정장을 했음이 틀림없다. 지난번에는 진한 황갈색 옷을 입고 있던 기억이 뚜렷했기 때문이다. 그에 반해 내 옷깃은 시인 셸리의 것만큼이나 반항적으로 열려 있다. 복장이 맘에 안 든다고 하면 나가면 되지 뭐. 토니. 아니, 토니 처트. 아니, 토니를 위해 내가 사는 방식을 바꿀 맘은 없다. 더구나 나는 런던에서 올 때 두 개 있던 넥타이를 가져오는 걸 깜빡했다.

토니 부부는 틸다를 돌볼 육아실을 제공했지만, 그 육아실이라는 것이 2킬로미터쯤 떨어져 있는 데다 오랫동안 쓰지 않고 비어 있었다. 토니의 두 아들이 장성해 집을 떠났기 때문이다. 그래서 틸다는 (토니 말에 따르자면) 로라가 특별히 히터를 틀어 놓은 서재에 자리 잡는다. 하지만 케이트는 여전히 틸다가 저체온증에 걸리지나 않을까 안절부절못하고 있다. 은빛 액자에 든 처트 집안사람들과 왕실 가족이 지켜보는 가운데 케이트는 틸다가 든 상자를 커다란 책상에 놓는다. 왕실 가족 일부는 각인된 자필 서명 뒤로 겸손하게도 반쯤 그 모습을 숨기고 있다. 나는 책꽂이의 책들을 재빨리 훔쳐본다. 책꽂이에 잔뜩 꽂혀 있는 계보학과 지방 골동품을 주제로 쓴 가죽 장정 책이 처트 집안 조상들이 보였던 게걸스러운 욕망을 보여 주고 있다. 하지만 가죽 장정의 책들이 사라지는 시점에서는 문학적 섭취가 줄어들어 여행기나 사냥 회고록 따위가 자리를 차지하더니 점차 스릴러나 스파이 소설 문고본으로 바뀌다가 최근 30~40년 동안은, 내가 보는 한, 아무것도 없다. 우리의 새 친구는 책을 읽지 않는 사람이 분명하다.

우리는 틸다에 대한 불안을 틀어막고 커다란 방으로 물러나온다. 우울한 분위기에 휩싸인 방에 들어서자 작은 빛 웅덩이가 육중한 가구로 이루어진 조그만 섬과 올이 너덜거리는 카펫을 보여 준다. 케이트와 나는 기다란 소파의 반대편 가장자리에 앉는다. 중고 가구 판매상이 맘 편히 쓸 수 있는 제품이라고 설명하며 팔았으리라. 실제로 소파 천은 다른 가구들과 분위기를 맞추기 위해 개가 험하게 망가뜨린 모양이다. 개들은 우리 발아래 기분 좋게 엎드려 있고, 그사이 개 주인은 유리병에서 뭔지 알 수 없는 마실 것을 따라 준다. 우리는 감사히 그것을 받아 홀짝거린다. 그 맛은…… 무슨 맛이라고 해야 하나? 낡은 맛이다. 갈색 맛이다.

「이게 뭔지 나에게 묻지 말게.」 토니가 말한다. 「순환 도로변에서 로라가 즉석에서 사온 쓰레기지. 나는 세인스베리에서 술을 사오라고 말하지. 그러니 자네가 들고 있는 게 뭔지 알겠어? 그곳에서는 배터리 액을 탁송하면서 상표를 붙이지 않아. 하지만 로라는 그런 것에 조금도 마음을 쓰지 않지. 냉동식품? 같은 곳에서 구하지. 어디를 말하는지 아나? 공장이었던 곳이지. 민달팽이 퇴치제를 만들던 곳 말이야. 불쌍한 녀석들. 여기서 반 뭉텅이, 저기서 반 뭉텅이를 가져와 마구 섞은 다음 도매금으로 넘기면 로라는 그걸 사서 집으로 가져오느라 등이 부러질 지경이라네. 없으면 어떻게 살지 모르겠어.」

나는 토니가 말한 게 즉석 구매를 뜻했기를 바란다. 하지만 여자를 뜻한 게 아닌가 생각한다. 나는 케이트의 시선을 피한다.

「로라가 꾸물대는 이유는 신만 알지.」 토니는 자기 손목시계를 본다. 「20분 내로는 저녁 준비가 안 될 거야.」

「우리가 할 일이라도……?」

「아니, 없어. 로라는 이런 일에 익숙하다네. 마을로 흘러들어온 여자를 썼지. 하지만 짜증만 내더라고. 그러면서 로라 가방에서 20파운드를 꺼내 갔지. 20파운드에 짜증이라고. 좀 심하지? 안 그래?」

나는 방 안을 조용히 살펴본다. 부엌에서 비틀거리며 등이 휘어져라 일하는 로라, 저녁 식사를 준비하기 위해 꽝꽝 얼어붙은 양고기 덩어리를 익숙하지 않은 톱과 칼로 잘라 내는 투쟁을 벌이고 있을 안쓰러운 로라의 모습을 마음속에서 몰아내기 위해서이다. 토니가 케이트의 의견을 구하고 싶어 하는 것이 무엇일지 알아볼 셈이다. 벽난로 위로는 조상으로 보이는 이의 초상화가 걸려 있다. 오랜 세월 연기에 심하게 그을린 상태다. 어둠 속에서 방 가장자리에 있는 경주마와 사냥 장면 그림을 간신히 볼 수 있다. 도시 근교 호텔의 양조장 주인이 간이식당에 걸어 놓을 법한 그림이다. 하지만 그보다 훨씬 더 얼룩져 있고 파리똥이 묻은 상태다. 벽감에는 현대식 정물화와 풍경화가 걸려 있다. 내 생각에는 이 지역 부인회에 다니는 누군가가 그린 그림으로, 그린 이는 나 같은 전문가의 의견을 듣고 싶어 하지 않을 것이다. 내가 볼 때, 처트 집안사람들은 상징의 아이러니를 좀 과장해서 표현한 듯하다. 나는 케이트를 본다. 케이트 역시 그림을 보고 있다. 케이트는 나를 힐끔 보더니 재빨리 눈길을 돌린다. 케이트도 나와 같은 생각을 하는 것이 분명하다. 허식을 피하려는 처트 집안의 세련된 태도는 정도가 지나칠 단계에 와 있다.

 어둠 속에서 문이 열린다. 유머가 풍부한 시골 신사 같던 토니는 그쪽을 바라보더니 태도가 다소 바뀐다. 토니의 목소리가 약간 날카로워진다.

 「문제라도 있어?」 토니가 따진다. 개와 나는 공손히 자리에서 일어난다. 「손에 들고 있는 건 뭐지?」

 「뭐처럼 보여요?」 로라가 묻는다. 「스켈턴을 다시 불러와 그 빌어먹을 스토브를 고쳐야 한다고요.」

 로라는 벽난로 부근의 밝은 곳으로 다가오고 나는 좀 더 놀란다. 나는 내심 로라가 쇠약한 노파이거나, 그도 아니면 적어도 소파나 토니 자신처럼 맘 편히 다룰 수 있는 낡은 장식품 정도일 것이라고 기대했다. 하지만 로라는 이곳의 도상에서 완전히 벗어나 있다. 우선 로라는 토니 나이의 반도 되지 않으며 나보다 훨씬 젊으며 케이트보다도 젊다. 로라는 마르고 거무스름했으며 갈색이 아닌 진홍색 옷을 입고 있다. 목 위까지 감싸는 헐렁한 진홍 스웨터는 검은색 벨벳 바지 밑으로 내려와 무릎까지 덮고 있다. 로라는 우리를 보고 웃었지만 손을 내밀지는 않는다. 아마 손이 키친타월에 싸여 있기 때문이리라. 「정말 반가워요.」 로라가 말한다. 「이렇게 기쁠 수가.

와주셔서 무척 기쁘답니다.」 로라는 자신이 말하고 싶은 요점을 전한다. 즉 우리가 전혀 반갑지 않다는 것이다.

로라는 토니가 건네준 잔을 의심스러운 눈으로 바라본다. 「이게 뭐죠?」 로라가 말한다. 「스켈턴이 집에서 만들어 당신에게 판 그 쓰레기는 아니죠?」

「래브니지에 있는 그 이상한 곳에서 당신이 가져온 거라고 생각하는데?」

「라벨에 뭐라고 쓰여 있죠?」

「아무것도 없어. 라벨이 없지. 그러니까 유리병에 넣어 놓은 거 아니겠어?」

나는 값을 매길 수 없을 정도로 비싸게 보이는 도자기 장식품 뒤에 들고 있던 잔을 조심스레 놓는다. 스켈턴이 정화조를 비우는 일 말고 아페리티프를 만들어 파는 줄 몰랐다. 나는 키친타월에 감싸인 로라의 손을 공손한 눈으로 본다. 「설마 다치신 건……」

「저 여자에 대해서는 걱정 말게.」 토니가 말한다. 「저 여잔 항상 다쳐 있지. 핫플레이트에 데지 않으면 계단에서 굴러 떨어지지. 계단에서 굴러 떨어지지 않는다면 마루 한가운데에서 넘어지고 말이야. 카펫이 없다면 그 때문이고 카펫이 깔려 있다면 귀퉁이에 발이 걸려서 말이야.」

토니는 말하며 로라를 지켜본다. 주의 깊은 사람이라는 생각이 든다. 우리가 자신의 농담을 어떻게 받아들이고 있는지 훨씬 전부터 지켜보고 있었다는 사실을 나는 깨닫는다. 그리고 토니는 이제 로라를 지켜본다. 로라 때문에 화가 났으며 그 보복으로 로라를 화나게 했는지 알고 싶기 때문이다.

「아니면 마루 한가운데서 아래로 빠져 버리죠.」 우리 쪽으로 긴장된 웃음을 지으며 로라가 말한다. 토니의 작전은 성공이다.

「맞아.」 토니가 말한다. 「스토브, 계단, 러그, 집 안에 있는 모든 게 그렇지. 그 가운데 꼭 뭔가 말썽이지. 모두가 로라를 적대시하고 있다네. 불쌍한 사람이야.」

또한 토니는 로라를 두려워하고 있다. 분명 로라가 불쌍하기는 하지만 토니 역시 불쌍한 사람이다. 토니는 로라가 다른 사람에게 가지 않을까 두려워하고 있다. 〈어쩌면 나일 수도 있군.〉 이런 생각이 퍼뜩 든다. 나는 우리 앞에 펼쳐진 전체 상황을 생각해 본다. 너무 그럴듯해 이상한 기분이 들 뿐이다. 성불구인 늙은 남편과 욕구불만으로 가득한 젊은 아내. 그때 나타난 익살스러운 인텔리. 이상하리만큼 다른 누구. 갈색 대신 회색 트위드 재킷을 입은 사람. 로라의 나이에 더 가까운 사람. 로라가 이야기를 걸 수 있는 누구. 「철학자요?」 로라의 숨결을 상상한다. 「철학자를 만난 적은 한 번도…….」

그래서 슬프고 위대한 무용담이 시작된다. 적어도 책을 쓰는 일로부터 나를 구해 줄 그러한 무용담이. 그리고 로라에게는 뭔가 불안한 점이 있다. 인정한다. 우선, 헐렁한 진홍색 스웨터가 상상력을 자극한다.

나는 케이트를 바라보며 웃지 않으려 노력하고 있다는 표정을 지어 보인다. 케이트도 웃음을 참는 표정이다.

로라는 담뱃갑을 들어 올린다. 「피워도 되나요?」

「손님들이 싫어하시잖아.」 토니가 말한다.

물론 싫다. 「물론 괜찮습니다.」 내가 말한다.

「카펫에 재를 잔뜩 떨어뜨리지 않았다면 저토록 많은 구멍이 나지 않았을 거야.」 토니가 말한다.

「이 집에 있는 카펫에 있는 구멍 대부분은 담배가 발명되기 전부터 있었어요.」로라가 말한다.「당신이 그 유명한 미술 전문가 맞죠?」

로라가 자신이 내뿜은 담배 연기 사이로 나를 보고 있다는 사실을 깨닫는다. 뒤늦게나마 자신의 손님에 대해 약간은 예의 바른 흥미를 보이는 것이다. 나는 케이트를 턱으로 가리킨다.「제가 아닙니다. 제 아내죠.」

로라는 시선을 바꿔 케이트를 바라본다.「오, 멋지군요.」로라가 말한다. 케이트는 아무 말 없이 뭔가 약간 부끄러운 일을 하다가 들켰다는 표정이다.

「아내는 햄리쉬 미술관에서 일하죠.」내가 설명한다. 무슨 이유로 그런 말을 했는지 모른다. 이런 이질적 환경에서 살아야 하는 우리의 삶을 정당화하고 싶은 막연한 필요를 느꼈기 때문인가?「교회 건축학 분야입니다. 비교 기독교 도상학을 전공하고 있죠.」

「우아, 이 근처에 사는 덩치 작은 남자를 알고 있나요?」로라가 말한다.

케이트는 놀란 듯 보인다. 내 생각에는 나도 그렇다. 이 지역에 도상학자가 있단 말인가? 불쑥 나타나 출처 불명의 프라이팬, 열쇠, 사자의 의미를 해석하는 자그마한 남자가 근처에 있단 말인가?

「꽤 괜찮은 사람이에요.」로라가 말한다. 이 말에서 로라가 말한 사람이 도상학자가 아니라 사제관에 살고 있는 자그마한 덩치의 기독교인이라는 사실을 유추해 낸다. 내 말에 로라가 어렴풋이 떠올렸던 것처럼 말이다. 하지만 로라는 케이트에게 관심을 끊고 나에게 시선을 돌린다.「그럼 당신 직업은 뭔가요?」

「남편은 철학자예요.」 케이트가 말한다.

「하느님 맙소사.」 로라가 말한다. 「철학자를 직접 만나 보기는 처음이군요.」

보았는가? 일이 벌어지기 시작한다. 이러한 대화가 담배 연기 자욱한 곳에서 벌어지리라고 예상하지는 못했지만 말이다. 그리고 이러한 예상의 마지막 단계가 내 아내에 의해 인도될 줄도 몰랐고 말이다.

「하지만 남편은 예술 쪽으로 관심이 옮겨 가고 있어요.」 케이트가 로라에게 말한다. 주제가 자신에게서 나에게로 옮아 오자 케이트는 놀랄 만큼 수다스러워진다. 「남편은 유명론이 15세기 네덜란드 미술에 끼친 영향에 대한 책을 쓰고 있죠.」

로라는 무척 감명받은 눈길로 나를 바라본다. 「잔이 다 어디에 있지?」 유리병을 든 토니가 짜증난 목소리로 말한다. 하지만 로라는 전혀 굴하지 않는다. 「무슨 영향이라고 하셨……?」

「유명론입니다.」 내가 다시 말해 주지만 내 말이 끝나자마자 그 단어는 원래 뜻이 사라진 듯 보인다. 나는 나 스스로를 안심시키기 위해서라도 그 뜻이 사라지는 것을 막기 위해 노력한다. 「유명론이란 세상에 보편적인 것은 없다는 관점입니다.」

나는 로라에게 온정신을 다 쏟는다. 유명론이야말로 그 긴 세월 동안 로라가 알기 위해 기다려 온 모든 것이다. 로라에게 완벽하게 설명해 주는 것 말고 다른 선택은 없어 보인다.

「각 개체가 같은 부류에 속하는 것은 단지 이름이 같기 때문이지, 공통된 본질이 있어서가 아니라는 것이 유명론의 관점입니다. 한 부류의 구성원이 될 수 있는가 아닌가는 구성원 사이의 특별한 공통점이 있는가 아닌가로 결정됩니다. 그런 공통점들이 그 구성원을 말해 주는 거죠. 왜냐하면 바로 그것이 우리가 사물을 보는 방법이며 그것이 무엇인지 결정하는 방법이기 때문입니다. 본질상 스콜라 철학에 반하는 것이죠……. 플라톤주의와도요. 유명론은 역사적으로 중요합니다. 중세 유럽의 출현을 이끌었기 때문입니다. 오컴으로부터 시작되었습니다. 14세기에요.」

로라는 넋이 빠져 잊고 있던 담배 연기를 내뿜는다. 「우아.」 로라가 말한다. 하지만 로라의 눈에서 본 것이 그런 동경의 기미인지 확신할 수 없다. 전문 용어의 숲 속으로 이토록 빨리 들어오다니. 철학 지식을 얻고자 하는 로라의 욕망이 이렇게나 강할 줄 몰랐다.

「괜한 시간 낭비 말게.」 토니가 말한다. 「로라는 자네가 하는 말 한마디도 못 알아들으니 말이야.」

「알아들어요.」 로라가 말한다. 「푹 빠졌다고요. 굉장한 충격이었겠군요, 그렇죠? 이 모든 것이…….」

「유명론이요. 맞아요. 아주 거대한 충격이었죠. 유럽 전체에 말이죠. 네덜란드 예술을 포함해서요. 나는 그렇게 믿고 있죠.」 하지만 내가 상세히 설명하는 동안 로라는 나를 응시하고, 유명론의 영향에 대한 내 믿음은 점차 사라진다. 「예를 들어, 로히르 반 데르 웨이덴[4] 또는 후고 반 데르 구스[5]의 작품을 본다면 보편화되지 않은 개별적인 것에 대한 집중적 연

---

4 Rogier van der Weyden(1399~1464). 플랑드르의 화가. 그 시대에 가장 영향력 있던 북유럽 화가. 종교화를 많이 그렸다.
5 Hugo van der Goes(1440~1482). 15세기 후반의 가장 위대한 플랑드르 화가 중 한 명. 그가 그린 종교화들은 우울하고 심오하며, 때때로 섬뜩한 의미를 내포한다.

구를 볼 수 있습니다. 추상적 개념의 징후로서가 아니라 그 자체로, 더도 덜도 말고 그 자체가……」

로라의 표정을 보니 후고 반 데르 구스의 이름을 들어보았을 것 같지 않다. 아마 로히르 반 데르 웨이덴조차 처음일 것이다.

「아니면 얀 반 에이크[6]에서도 볼 수 있죠.」 내가 시도한다. 「유명한 귀감이죠. 램프, 나막신…… 〈아르놀피니 부부의 초상〉에서요. 대영 박물관에 있는 거요……」

로라가 예전에 대영 박물관이라는 말 정도는 들어 봤으리라는 확신조차 전혀 들지 않는다.

「하지만 남편은 그 주제로 원고를 많이 쓰지 않았어요.」 케이트가 말을 잇는다. 전혀 필요 없는 내용이다. 「〈잎 무늬 장식의 대가〉 때문에 약간 일탈을 했거든요.」

로라는 처음에는 케이트를, 그리고 다시 나를 바라본다.

「프리들렌더[7]가 말도 안 되게 그 사람을 깎아내렸기 때문이죠.」 나는 어떻게든 설명해야겠다는 생각에 정신이 없어진다.

로라는 시선을 돌려 케이트를 보다 다시 나에게로 시선을 돌린다.

「막스 프리들렌더입니다.」 말해야만 한다. 「초기 네덜란드 작품에 대한 권위자죠.」

「그런데 결국 남편은 프리들렌더가 옳았다고 결정 내렸어

---

6 Jan van Eyck(1395?~1441). 플랑드르의 대표적인 화가.
7 Max Friedländer(1867~1958). 독일의 미술사학자. 15~16세기 네덜란드 미술의 권위자. 『고(古)네덜란드 미술』(전14권, 1924~1937)은 이 분야의 기념비적 저술이다.

요.」 케이트가 말한다.

로라는 케이트를 바라본다. 「멋지군요. 남편이 당신이 하는 일을 도와주다니 말이에요.」

「글쎄요……」 케이트가 나를 힐끔 바라본다. 아주 미묘한 영역이다. 나는 잽싸게 화제를 바꾼다.

「정확하게 말하자면 케이트는 도상학에 관련된 일을 하죠.」 내가 설명한다.

「반면에 마틴은 오직 도상 해석학에만 관심이 있고요.」

우리가 말을 주고받는 사이 로라의 머리가 왔다 갔다 하고 눈썹이 점점 치켜 올라간다.

「아내는 도상 해석학이 진짜 학문이 아니라고 생각하죠.」

「남편은 도상학이 하찮다고만 생각하고요.」

로라는 내가 케이트를 보는 방식으로 토니를 보며 우리 대화를 제대로 알아듣고 있는지 살핀다. 하지만 토니는 자신의 아페리티프를 바라보며 자기 생각에 빠져 있다. 「식사 준비는 끝났어?」 토니가 말한다.

나는 로라에게 도상 해석학과 도상학에 대한 차이를 설명해 줄까 말까 생각한다. 로라에게 다음처럼 말해 줄 수도 있다. 도상 해석학에 의하면 낡은 소파나 끈이 얽혀 있는 자동차는 빈곤을 상징한다. 도상 해석학을 통해서 우리는 도상학이 말해 주는 것을 형식과 예술가의 의지와 결합해서 해석해야 한다는 것을 알 수 있다. 즉, 그 속뜻은 보이는 것과 정반대라는 것이다. 도상학을 통하면 로라가 짓고 있는 표정은 일반적으로 흥미를 나타내는 표정으로 해석된다. 한편 도상 해석학으로 보면 이런 특별한 정황에서 흥미를 보이는 일반적 표정은 사실은 조롱을 뜻한다.

하지만 나는 단지 〈파노프스키[8]가 구분해 놓은 거죠〉라고만 말한다.

로라가 보이는 무기력한 표정이 애틋해 보인 나는 좀 더 말해 준다.

「에르빈 파노프스키요.」 내가 말한다.

하지만 그의 이름까지 말한 건 실수다. 예의 바르게 흥미를 보이던 로라의 태도는 비누 거품처럼 꺼져 버린다. 「실례합니다.」 로라는 말을 마치곤 담배 연기에 콜록거리며 급히 방을 나가 버린다.

「오, 하느님 맙소사.」 토니가 말한다. 「부엌으로 다시 돌려보냈군.」

우리는 다시금 차분히 기다리며 경주마 그림을 다시 바라본다. 〈우아.〉 로라라면 이렇게 말했을 것이다. 오늘은 멋진 밤이 될 것 같다. 그러다가 케이트와 눈이 마주치는 실수를 저지르게 되고, 그 순간 나는 몸속 깊은 곳에서 신경질적인 웃음이 터져 나오는 것을 느낀다. 나는 누가 쫓아오기라도 하듯 벌떡 일어선다.

「틸다를 보고 올게.」 내가 중얼거린다.

「내가 할게.」 케이트가 벌떡 일어난다. 의심할 바 없이 나처럼 괴로운 발작에 자극을 받은 행동이다. 하지만 케이트는 몇 분의 1초 정도 늦었다. 내가 곤란한 상황을 피해 이미 문을 반쯤 나가고 있기 때문이다. 나는 웃다 죽을 사람을 위한 간호 시설로 쓸 수 있는 방을 찾기 위해 아무 방이고 돌진해 간다. 하지만 방을 찾기 전 반쯤 열린 부엌문 사이로 들려오

---

[8] Erwin Panofsky(1892~1968). 독일 태생의 미국 예술사학자. 도상학 연구에 뛰어났다.

는 소리에 걸음을 멈춘다.

흐느낌.

내 웃음은 순식간에 사라진다. 내 도상 해석은 완전히 잘못되었다. 나는 깨닫는다. 나는 도상 해석을 완전히 잘못했다. 외롭고 젊은 여인 로라는 외떨어진 궁전에 갇혀 잔인한 남편과 같이 살고 있다. 드문 손님을 맞아 잠시 인간적 접촉을 통해 거대하고 희망찬 바깥세상을 조금이나마 엿보려 했지만, 결국 무슨 일이 벌어졌는가? 그 방문객은 로라가 그쪽 주제를 전혀 이해할 수 없다는 것을 알면서도 그 이야기를 한다. 그 남자는 로라를 좌절케 하고 조롱한다. 그 때문에 로라는 그토록 황급히 방을 나간 것이다. 로라는 울고 있다.

못들은 척해야 한다고 생각한다. 하지만 예절은 일상적 인간의 동정심에 지고 만다. 나는 내 존재를 알리기 위해 문을 두드릴 생각으로 손을 들어 올린다. 마침 그때 흐느끼는 소리가 새롭게, 억제할 수 없을 정도로 격렬하게 들려온다.

나는 제때 손을 멈춘다. 울음소리가 아니라는 사실을 깨달았기 때문이다. 나는 이제 처음부터 그 발작 소리를 듣는다.

그것은 내가 냈던 것과 마찬가지로 히스테리컬한 웃음소리다.

부엌에서 무슨 문제가 벌어질 수 있는지 나는 모른다. 꿩 스튜 요리에 아무 문제가 없으며, 스켈턴 씨가 스토브를 고친 다음에 다시 데우면 아침에 먹을 때도 아무런 문제가 없을 터이다. 그리고 처트 집안사람들이 업우드에 살면서 지금처럼 식당이 썰렁하게 큰 적이 없지만, 의자를 팬히터 쪽으로 조금 더 가까이 놓고 발을 개의 배 밑에 넣고 있으면 참을 수 없을 정도로 온도가 낮은 것은 아니다. 게다가 저녁 식사 중 로라가 피우는 담배로 공기가 조금은 더 따뜻해질 것이라는 생각이 든다.

 로라는 오래전에 감정을 추스른 상태다. 케이트와 나도 그렇다. 사실, 우리 둘은 저녁 시간을 즐겁게 하기 위한 모든 노력을 중단한 상태이다. 우리의 대화 주제는 유명론과 파노프스키를 끝으로 고갈된 것처럼 보인다. 대화 주제가 큰 문제가 되는 것이 아니라 처트 부부가 손님에게 보여 준 초기의 공손한 심문은 끝나고 이제는 자기들 둘이 모든 이야기를 이끌어 가는 것이 행복해 보인다. 포도주를 몇 잔 더 마신 뒤, 둘은 각자의 방식으로 좀 더 포용력을 보였다. 둘이 밝히지 않고 남겨 두고 있는 단 한 가지는 왜 우리를 초대했는가 하는 점이다. 식당에 있는 그림들과 관계있을 성싶지는 않다. 식당에 온 이래 충분히 봤지만 이 그림들은 대부분 가로 돛을 단 옛 범선의 케케묵은 단면도에 불과하기 때문이다.

단순히 우리가 시골에 대해 품은 순진하고 낭만적인 관점을 깨뜨려 주는 친절을 베풀 요량으로 초대한 것일지도 모른다. 둘은 모터 두 개가 보조를 맞추다 말다 하듯이 서로 의견을 같이하다 달리하다를 반복하며 탁자 반대편에 있는 케이트와 나에게 나쁜 소식을 조금씩 가르쳐 준다. 케이트와 나는 저녁 식사 전의 로라처럼 스탠드에 잠자코 있으면서 게임을 따라가느라 고개만 왔다 갔다 하고 있다.

「둘은 도시에서 떠나 샹그릴라에 도착했다고 생각하고 있겠지.」 토니가 말한다.

「하지만 사실은 전쟁터 한가운데로 걸어온 거예요.」 로라가 외친다.

「문밖으로 머리를 내밀어 보게. 누군가 머리통을 날려 버릴 테니까 말이야!」

「이곳 사람들은 모두가 미쳤어요!」

「자연보호에 미쳤지! 그게 문제야.」 토니가 말한다.

「맞아요. 당신이 사람들을 그렇게 만들었기 때문이죠! 제일 미친 사람은 당신이라고요!」 로라가 외친다.

「천만에. 나보다 자연보호에 열심인 사람은 없지. 하지만 여기 사람들은 이해를 못해. 자연보호를 하려면 생각이 바뀌어야 한다는 걸 그 단단한 대갈통으로는 떠올리지 못하더군. 후퇴할 순 없는 거야. 가만히 있어도 안 되고 말이야. 전진해야만 하는 거라고. 앞으로, 앞으로! 그게 인생의 법칙이지!

삶의 무자비한 법칙이라고! 하지만 내 잘난 이웃들은 그걸 모른다고!」

「사람들은 남편이 스크램블 트랙 짓는 걸 반대하고 있어요.」

「스크램블 트랙요?」 드디어 대화의 리듬이 끊어졌다는 데 놀란 케이트가 말한다.「그러니까……」

「네!」 로라가 외친다.「일요일 오후 진흙탕에서 건달들이 으르렁대는 오토바이를 타는 거요.」

「석 달에 2천 파운드라고, 이 사람아!」

「돈, 돈! 저이가 생각하는 건 그것뿐이죠!」

「누군가는 돈에 대해 생각해야만 한다고!」

「저이는 벌써 자기 땅을 꿩으로 가득 채워 놓았어요! 푸드덕거리며 꽥꽥거리는 꿩을 밟지 않고 진입로를 걷기란 불가능할걸요? 구운 꿩, 삶은 꿩, 튀긴 꿩, 얼린 꿩. 조만간 우리도 푸드덕거리며 꽥꽥거리게 될 거라고요!」

「그럼 뭘 먹고 싶은 건데? 참새 바비큐?」

「죽이기 위해 짐승을 기르는 게 구역질나요.」

「내가 잘되려고 그러는 게 아니야!」

「그래요. 지프에 가득 탄 일본인 실업가들이 사방 천지에서 총을 쏘아 대죠! 불꽃놀이 현장 한가운데 있는 것과 같다고요!」

「총 한 자루당 하루에 2백 파운드야! 우선 열 자루만 생각해 보라고. 1년에 1백 일만 새 사냥을…….」

「그냥 땅을 다 팔고 돈으로 바꾸지 그래요?」 로라가 소리친다.

순간 갑자기 토니는 조용해진다.

「이 스크램블 트랙…….」 케이트가 말을 꺼낸다. 하지만 토니는 자기 믿음을 설파하는 일로 돌아간다.

「내가 이 땅을 갖게 된 건 우연이었어.」 토니가 천천히 말한다. 「내가 원한 게 아니라고. 나는 그냥 나에게 땅이 있다는 사실을 알게 되었어. 똑똑한 머리나 약한 심장, 멋진 유방을 가진 사람이 있는 것과 똑같이 말이야. 그래, 나는 땅이 있어 — 아내에겐 유방이 있지 — 자네 부부는 머리가 있어. 우연이라고. 로라에게 머리가 있고 자네 부부에게 땅이 있고 나에게 유방이 있었을 수도 있었어. 그렇지만 그렇지 않기 때문에 땅으로 무엇인가 해야 하는 사람은 바로 나라고. 왜냐하면 그 땅을 계속해서 가지고 있을 계획이기 때문이지. 이 땅을 소유하는 일이 내가 이 세상에 태어난 목적이라고. 그것에는 잘못된 게 아무것도 없어. 모든 물건에는 임자가 있지. 그럼으로써 그 물건에 생명을 주고 의미를 부여하고 사랑하게 하는 거란 말이야. 우리가 공산주의자로부터 배운 것이 있다면 바로 그거야.」

토니가 나에게 말을 건다. 「자네는 철학자지. 어떻게 생각하나?」

「글쎄요.」 내가 입을 연다. 「분명 흥미 있는 주제입니다……」

그러나 토니는 이미 내 말을 듣지 않는다. 「어쨌든.」 토니가 말한다. 「그렇든 아니든 간에 나는 뒤에 앉아서 백조 떼가 땅을 차지하고 있는 꼴을 보고만 있지는 않을 걸세.」

「하지만 원래 백조 땅이었다고요.」 로라가 외친다. 로라가 나에게 말한다. 「저이는 멍청한 곳에 돈을 투자하는 데 탁월한 재능이 있지요.」

「그게 무슨 말이야? 알다시피 나는 로이드에서도 살아남은 몇 안 되는 사람이야.」

「당신은 로이드에 있었다고 말할 수 없어요! 신디케이트에서 당신을 쫓아냈잖아요!」

「안됐지만, 내 발로 걸어 나왔어.」

「해외일은 어떻게 된 거고요?」

「무슨 말을 하는 건지 모르겠군. 하지만 아랍에서 있던 일은 기억나는군. 그건 잘되었지.」

「천만에요. 그렇지 않아요, 실패했죠. 다른 모든 것처럼 말이에요. 결국 모두 감옥으로 갔어요.」

「하지만 난 관계없었어.」

내 도상 해석이 틀렸다는 생각이 들기 시작한다. 그것도 완전히 틀렸다는 생각이. 나는 토니의 사유지에 있는 모든 상징을 잘못 해석했다. 베일러 끈부터 카펫에 있는 구멍까지 모든 것을 말이다. 사실, 해석은 필요 없다. 케이트가 연구하는 도상학만 있으면 된다. 상징은 반어적이지 않다. 상징은 글자 그대로다. 처트 집안사람들은 돈이 없다. 그 사람들이 가진 것이라고는 끝없이 돈을 잡아먹는 습지와 바닥을 알 수 없는 무능력뿐이다.

로라는 자신만의 계획이 있었고, 그것이 이제 밝혀진다. 「난 저이가 팝 프로모터를 고용해야 한다고 생각해요.」 로라가 말한다. 「여기서 커다란 축제 같은 걸 여는 거죠. 뉴 에이지에 관련된 그런 걸로요. 미스터리 서클을 몇 개 만드는 거예요. 1만 명쯤 모일 테고, 한 명당 10파운드를 받는 거죠. 그러면 우리가 준비할 거라곤 음향 시스템하고 간이 화장실뿐이라고요. 그 사람들은 자기 침낭을 가지고 다니니까요.」

「그러면 어디서 모이고?」 토니가 말한다. 「잔디밭에서?」

「아니요. 집에서 멀리 떨어진 곳요. 커다란 공터요.」

「커다란 공터 어디?」

「숲 반대편요. 무너진 헛간이 있는 곳요. 그곳 주변에는 아무것도 없어요.」

「우리 뒤쪽에 있는 벌판을 말하는 건가요?」 케이트가 묻는다.

「아, 맞아요.」 로라가 말한다. 「에, 그런 주말이면 런던에 머물러 계셔도 되고요.」

케이트가 이 지역 자연보호 협회에 가입하겠다는 결심을 굳히는 걸 느낄 수 있다. 하지만 나는 별로 걱정하지 않는다. 그 벌판이 현재의 매력적인 방치 상태로 오랫동안 있으리라고 믿는다. 부지 전체가 그러리라. 팝 페스티발, 스크램블 트랙 — 이런 위대한 계획은 절대 실현되지 않는다.

사실 나는 이 부부에게 약간 동정이, 심지어는 고마운 마음까지 든다. 이것이 이 부부가 옴짝달싹할 수 없이 처한 상황이며 덕분에 우리가 있는 작은 시골 지역은 온전하게 보존되는 것이다. 그럼에도, 우리가 할 수 있는 일은 아무것도 없다. 나는 손목시계를 보며 일상적이고 의례적인 아쉬운 소리를 떠들썩하니 지껄이기 시작한다.

「에, 즐거웠습니다.」 내가 말한다. 「하지만 곧 틸다가 깰 것 같네요. 그리고 밤도 벌써 깊었고요. 내일 아침 일찍 저희는……」

왜 사람들은 늘 한 가지 핑계만 계속해서 말하는 걸까? 어쨌든 이제 케이트와 나는 일어선다.

「아직 그림을 안 보여 드렸어요?」 로라가 말한다.

오호, 드디어 올 것이 왔군.

적어도 우리는 이 기쁜 시간을 헛되이 보내며 앉아 있은 것은 아니었다.

그것은 조찬실(朝餐室)에 있다. 아니, 그렇게 표현하는 것은 그 웅장한 자태를 올바르게 나타내는 방법이 아니다. 그것은 조찬실 전체를 꽉 채우고 있다.

어쨌든 이것이 내 처음 인상이다. 조찬실은 상대적으로 수수하며 토니 집안사람 몇 명이 아침에 콘플레이크와 맵게 양념한 콩팥 요리를 먹기 위해 밀치락달치락 앉을 공간뿐이다. 반면 그림은 아주 건방지다. 금박 액자에 들어가 있는 그림은 얼어붙을 듯 추운 방에서 막아 놓은 벽난로 위 선반과 천장 사이 대부분을 차지하며 거만하게 내려다보고 있다. 액자 안에는…… 뭐랄까…… 우리 네 명 그리고 우리와 함께 온 개들은 그 그림을 공손한 눈길로 보기는 하지만 제대로 보기는 어렵다. 그림과의 거리가 너무너무 가깝기 때문이다. 그림은 자신이 커다란 계단 꼭대기에 있길 원한다는 듯, 아래쪽을 우리에게 내민 채 벽에 기대어 있다. 그림의 현재 위치는 개가 보기 편한 각도로 맞추어져 있는 듯 보인다. 나는 개들의 시선과 가까이 하기 위해 상체를 뒤로 젖히고 무릎을 꿇었다.

토니와 로라는 몸을 돌려 나를 본다. 경의를 표하며 움찔

하는 내 행동이 오히려 내 권위를 더해 준다.

「어떻게 평가하나?」 토니가 말한다.

어떻게 평가하느냐고? 사실상 아무 평가도 못한다. 내 머릿속에는 아무것도 떠오르지 않는다. 「17세기인가요?」 위험을 무릅쓰고 조심스레 말한다.

「맞네.」 토니가 말한다. 「1691년이지.」

「이탈리아 것이겠군요.」

「조르다노[9]지. 업우드의 조르다노.」

「역시 그랬군요.」 나도 막 그렇게 말하려고 했다는 것처럼 맞장구친다. 특별히 감식안이 있는 척하기 위해서가 아니다. 예의상 화가와 그림이 유명하다고 말하는 것뿐이다. 그리고 사실 조르다노라는 이름을 들어 봤다는 생각이 든다. 비록 업우드의 조르다노는 아니지만 어딘가에서 들어 봤다.

「그런데 뭐라고 생각하나?」 토니가 말한다.

나는 케이트를 바라본다. 그쪽으로 질문을 넘기기 위해서이지만 별 희망은 없다. 아내는 어깨를 으쓱한다. 「제 전공 시대가 아니군요.」 케이트가 말한다.

물론 내 전공도 아니다. 개 한 마리가 하품을 하더니 잠자기 위해 자리를 잡는다. 이 녀석 전공도 아닌 듯싶다. 다른 한 마리는 생각에 잠긴 채 재채기를 한다. 개인적으로 이러한 평가에 동의한다. 하지만 케이트의 학문적 까다로움과 마룻바닥에 있는 비평가 친구 둘은 나에게 좀 더 많은 감상을 말하도록 종용한다.

그래, 좋아. 나는 뭘 떠올려야 하는 걸까? 흠…… 예술사가

---

[9] Luca Giordano(1632~1705). 나폴리의 화가.

가 보듯 이것을 체계적으로 보자. 나 역시 내 방식대로 예술사가가 되려고 노력하니까 말이야. 여기서 뭘 볼 수 있을까?

신화에 얽힌 내용을 볼 수 있군. 여러 가지 특징이 있어. 밤에 일어난 일이로군. 의상으로 판단하건대 시대는 고대 그리스로군.

주제는 뭐지? 무장을 한 수많은 남자들이 어깨 너머 왼쪽, 오른쪽으로 명령과 저주를 외치고 있지만 말하는 이를 제외하고 듣는 사람은 아무도 없어 보인다. 근육이 팽팽한 것으로 보아 뭔가 무거운 물체를 받치고 있는 듯 보인다. 옷자락이 헤쳐져 왼쪽 무릎과 오른쪽 가슴이 보이는 뚱뚱한 여인이다. 어둠 속에서 불꽃이 번쩍이며 밤하늘은 키메라로 가득하다. 파도는 남자들 다리 주변에 넘실대고 노 젓는 이들은 힘차게 노를 젓고 있다. 그렇다. 무장한 남자들은 뚱뚱한 인물을 배에 태우기 위해 애쓰고 있다. 여인은 그리스 인 선주의 부인으로 지중해 항해를 떠나는 참이다. 아니, 도상학에 집중하자. 그림 속 사람들 머리 위를 날며 바다를 가리키는 건 큐피드다. 분명 사랑과 관련된 주제다. 큐피드는 트로이 방향을 가리키는 걸로 보인다.

「〈헬레네의 유괴〉인가요?」 운에 맡기고 내가 말한다.

「〈헬레네의 강탈〉이지.」 토니가 고쳐 말한다.

「강탈?」 로라가 말한다. 「내가 보기에는 별로 강탈 같지 않은 걸요?」

「라토 디 엘레나 *Ratto di Elena*.」 토니가 힘주어 말한다. 「뒤에 써 있어. 〈헬레네의 강탈〉이라는 뜻이야.」

「저 여자는 소형 호신구를 제대로 누르지 않고 있어요.」 로라가 말한다. 「가스총을 눈에 대고 쏘지 않네요.」

「강탈, 그게 우리가 저걸 부르는 이름이지.」 토니가 말한다.

어슴푸레 떠오른 기억을 더듬어 볼 때, 조르다노는 화가가 아니다. 오페라를 쓴 사람 아니었나?[10] 하지만 동일 인물일지도 모른다. 어쩌면 저 그림은 응결된 오페라일 수도 있다. 그림 속 사람들은 서로 외치는 것이 아니다. 그들은 노래하고 있다. 서로 하는 이야기를 안 듣는 이유에 대한 설명이 될 수 있으리라. 모두 대위법에 따라 노래하고 있다면 상대방 소리를 들을 수 없다. 이제 나는 스크린에 뜬 오페라 가사 없이도 어떤 상황이 벌어지는지 추측할 수 있다. 그림 속에서 테너들은 트로이에 대한 올바른 행동이 무엇인지에 대해 격렬하게 논쟁을 벌이고 있으며, 바리톤은 구명조끼를 가지러 돌아가자고 조심스레 제안하고 있는 듯하다.

「꽤 멋진 작품이지.」 토니가 말한다. 자랑스러운 말투가 아니라 이 그림의 보호자 역할을 맡은 자신의 운명을 아는 겸손한 말투이다.

「멋지군요.」 내가 중얼거린다. 나는 케이트의 얼굴에 나타난 표정을 보지 않기 위해 시선을 저 위대한 걸작에 계속 고정시키고 있다. 여기서 말해야겠는데, 케이트는 때때로 용인할 수 없을 정도의 정직함을 보인다.

「당시 사람들은 일 처리를 어떻게 하는지 제대로 알고 있었지.」 토니가 말한다. 「진정으로 극적인 사건이지. 진정한 감동이고. 거친 물살을 두려워하지 않았어.」

조르다노 선생이라면 그러고도 남겠지. 하지만 나는 그 감정에 확신이 없다. 적어도 소프라노의 경우에는 말이다. 헬

---

10 오페라 작곡가는 Umberto Giordano(1867~1948). 사실주의(베리스모)적 작풍이 특징이며 「안드레아 셰니에」(1896) 등의 작품이 있다.

레네는 노래하고 있지 않다. 로라가 맞다. 헬레네는 놀랄 만큼 냉정하고 침착한 상태다. 헬레네는 사건의 진행 양상에 대해 기뻐하거나 슬퍼하지 않는 듯하다. 심지어는 놀라지도 않는 것으로 보인다. 낯선 남자들이 한밤중에 헬레네를 납치하고 그녀 때문에 큰 전쟁을 일으키는 게 일상적이라는 느낌을 든다. 헬레네는 오른팔을 들고 있다. 이는 헬레네가 뭔가에 대해 다소 걱정하고 있다는 것을 암시하고 있다. 헬레네의 가슴은 연약한 모양이다. 토니의 거실을 채우고 있는 쌀쌀한 공기에 가슴 한쪽을 더 내놓는다면 트로이의 별 아래서 보내는 첫날밤의 애정 행각을 기침과 콧물과 함께 보낼 것이라고 생각하는 듯하다.

「그래. 자네 생각은 어떤가?」 토니가 말한다.

「멋지군요.」 내가 말한다. 「아주…… 아주…….」 분명 아주 그러하다. 하지만 그러한 게 무엇인지는 전혀 감이 오지 않는다. 적어도 〈잎 무늬 장식의 대가〉의 작품과 아주 달라 보인다. 그리고 아주 재미있다. 사실 이 그림이 정확히 무엇인지에 대해 생각하려고 하면 할수록 점점 더 재미있어 보인다. 모든 의미에서 그렇다. 걸려 있는 방식부터 손님 없는 시간이면 카운터에 기대어 잡담을 나누는 바텐더처럼 벽난로 선반 위에 올려져 있는 액자의 L자형 이음매까지, 그림에 관한 모든 것이 다 그렇다. 솔직히 말해 이 그림은 이 집에 어울리지 않는다. 업우드의 처트 집안사람들의 가장 자랑스러운 재산을 매달고 있는 고리는 이 그림보다 적어도 30센티미터는 작은 그림이다. 이 집에는 이 그림을 걸 만한 층계가 없나? 왜 하필이면 조찬실이란 말인가? 스켈턴 씨가 해준 부업의 결과로 힘든 밤을 보낸 뒤 마주치고 싶어 할 만한 물건이 아니다.

「콘플레이크와 삶은 달걀을 먹는 배경으로 삼기에는 아주 놀라운 그림이군요.」 마침내 내가 과감히 말한다.

내 말을 이해 못한 토니는 당황한 표정으로 나를 본다.

「아침 식사요.」 내가 설명한다. 「이 방이 조찬실이라고 말하신 기억이 나는데요?」

「우리는 부엌에서 아침 식사를 해요.」 로라가 말한다. 조찬실에서 아침 식사를 한다는 생각은 분명 순진하고 무례한 일이다. 「이 방은 잠궈 놓고 있어요.」 로라가 떤다. 케이트가 떤다. 내가 떤다. 방은 추울 뿐 아니라 축축하다. 그러니까 이 집 사람들은 거실에 앉아 스포츠 사진을 보고 있고, 중요한 업우드 조르다노 작품은 곰팡이 수집을 위해 습기 차고 어두운 곳에 보관한 뒤 잠궈 놓는단 말인가? 엽기적인 두 행동이 정말 잘 어울리는군그래.

하지만 그림에 대한 비평은 토니가 원하는 것이 아닌 듯하다.

「내 뜻은, 얼마나 되겠나? 얼마에 팔릴까? 현재 시장 형편에서 말이야.」 토니가 말한다.

「전혀 모르겠는데요. 왜요? 파시려고요?」

「그럴 수도 있지. 가격만 맞는다면 말이야. 오랜 세월 함께해 온 그림을 떠나보내는 건 마음이 찢어지듯 아프지만 누군가는 어려운 결정을 내려야 하는 법이니까 말일세.」

「여기서는 썩 좋은 방법이 아닌 거 같군요.」 로라가 말한다.

「그래, 얼마쯤 될 것 같나?」

나는 케이트를 힐끔 본다. 「틸다를 데리고 올게.」 아내는 말을 마치고는 나 혼자 싸우게끔 방을 나선다.

「소더비스나 크리스티스에 전화해 보지 그러세요?」 내가 말한다. 「와서 한번 보라고 하시죠?」

「이이는 그 사람들 안 믿거든요.」 로라가 말한다.

「물론 믿지! 그놈들은 판 가격의 10퍼센트를 나에게서 떼어 가고 다시 10퍼센트를 그림을 산 멍청이에게 떼어 가고 둘 다에게 다시금 부가세를 떼어 간다는 걸 믿는다고! 소더비스 이야기는 꺼내지도 말게. 소더비스에다가 스트로치[11]를 팔았지. 크리스티스? 티에폴로[12]를 줬다고.」

티에폴로? 티에폴로가 있었다고? 하느님 맙소사.

「그리고 화랑에 가보라는 이야기도 하지 말게.」

「이이는 화랑업자도 안 믿어요!」 로라가 말한다.

「한때는 너무 자주 믿었지.」

「왜요? 그 과르디[13] 때문에요? 그건 당신이 뒷골목의 건달에게 갔으니까 그렇죠!」

그리고 과르디 그림까지! 이 사람들이 갖다 버린 그림이 또 뭐가 있을까?

토니가 나에게 몸을 돌린다. 「어쨌든, 대충이라도 말해 보게. 감으로 때려 보라고.」

나 같은 사람에게 물건값을 감정해 달라고 돌아다녔다면 토니가 물건을 헐값에 넘겨서 이상할 게 하나도 없다. 그래도 어쨌든 값어치를 추정해 보자. 첫 번째 법칙부터 시작하자. 인테리어 장식가가 파는 물건 정도의 가격이 나간다고 가정해 보자. 그런 사람들은 그림 가격을 면적 단위로 매겨

---

11 Bernardo Strozzi(1581~1644). 17세기 제네바 예술을 대표하는 이탈리아의 화가.
12 Giovanni Battista Tiepolo(1696~1770). 베네치아 출신의 18세기를 대표하는 장식화가 중의 한 사람.
13 Francesco Guardi(1712~1793). 베네치아의 화가.

판다. 경작지나 목초지처럼 말이다. 유화의 경우 제곱미터당 가격이 어느 정도 할까? 1백 파운드보다 적지는 않을 것이다. 자, 그럼 여기 우리 눈앞에 있는 건 어떤가? 내 키보다 두 뼘 정도 더 커. 폭 200센티미터, 길이 220센티미터라고 하자. 그러면 4.4제곱미터야. 그럼 얼마지? 4천 파운드가 넘잖아! 웃기는군.

좋아. 그럴듯하게 하기 위해 1천 파운드를 낮춰 보자. 하지만 액자 역시 수백 파운드 정도의 값어치는 나갈 게 틀림없다. 그리고 아마 벌거벗은 가슴이 상품성을 높이리라. 드러난 무릎도 눈길을 끌 것이다. 헬레네의 얼굴에 나타난 모방할 수 없는 표정에 10파운드를 더하자. 그리고 우리를 초대한 사람들에 대한 예의로 다시 몇천 파운드를 더하자. 정직한 척하기 위해 다시 1천 파운드를 덜어내고⋯⋯ 그럼 얼마가 되지?

「모르겠군요.」 마침내 내가 결론 내린다. 「15세기 네덜란드 작품이라면 제가 도움이 될 수도 있을 것 같지만. 17세기 이탈리아 작품이라면 — 저에게 꿩 사육에 대해 묻는 것과 별 다를 게 없군요.」

「네덜란드요?」 로라가 말한다.

「에, 15세기 네덜란드는 플랑드르와 브라반트를 포함하고 있습니다.」 〈에르빈 파노프스키〉의 〈에르빈〉에서 그랬듯 다시금 우쭐함이 깃든 내 목소리를 듣는다. 하지만 이번에 웃는 이는 토니다.

「뭐? 벨기에 말인가?」 토니가 말한다. 「초콜릿과 맥주 — 벨기에에서 나온 거라고는 그게 전부일세.」

내가 연구해 보겠다고 기웃거리는 〈잎 무늬 장식의 대가〉

가능성을 보다 59

는 그렇다 치자. 〈성 루시 전설의 대가〉[14]도 그렇다 치자. 반 에이크, 반 데르 웨이던, 반 데르 구스, 멤링, 마시스, 게라르트 다비트, 디르크 보츠도 그렇다고…….

「하지만 저건 자네가 연구하는 네덜란드 사람이지.」 토니가 말한다. 「얼음 지치는 사람과 이것저것이 그려져 있는 거 말일세.」

나는 뒤돌아선다. 자그마한 겨울 풍경화 한 폭이 쪽문에 기대어 있다. 그림은 벨기에산(産)이 아닌 건 확실하지만 다소 큰 초콜릿 상자 뚜껑처럼 보인다. 그리고 얼어붙은 폴더[15]부터 구슬픈 햇살이 내리쬐는 겨울 구름에 이르기까지 구석구석에 이상한 초콜릿 톤이 배어 있다. 꽤 멋지다.

「네덜란드, 네. 분명하군요.」 내가 보증한다. 「아주 흥미롭군요. 하지만 내 전공 시대가 아니군요. 저것도 17세기 것입니다. 누가 그린 거죠?」

토니는 그림을 집어 들더니 뒤집어 본다. 「아무것도 쓰여 있지 않군. 자네 생각은 어떤가? 몇천 파운드 정도?」

「그럴 겁니다.」

「3천? 4천?」

「모르겠군요.」 내가 말한다. 말이 났으니 말인데, 도대체 왜 그림을 벽에 걸어 놓지 않고 쪽문에 기대어 놓은 것일까? 이 집의 그림 보관 방법은 정말로 이해하기 힘들다. 스케이트 그림 옆에 있는 작은 그림을 바닥에 뉘여 놓은 이유가 뭐란 말인가? 그 작은 그림에는 텐트와 깃발, 말을 탄 세 명의

---

14 Master of the Saint Lucy Legend. 1480년에서 1510년 사이 브뤼주에서 활동한 플랑드르 화가.

15 네덜란드에서 바다를 간척해 만든 평지.

사내, 물주전자에서 마실 것을 따르고 있는 소녀, 그리고 배경으로 있는 자욱한 연기로 돌진하는 기병들이 그려져 있다. 필립스 보베르만이 떠오른다. 17세기 네덜란드 인이다. 좋았어, 좋아. 하지만 내 전공이 아니다.

「그건 라벨이 붙어 있네.」 토니가 말한다. 나는 뒤를 돌려본다. 내 생각이 옳았다. 미리 말하고 신용을 얻어야 했다. 「보베르만: 전장 근처에서 요기를 하고 있는 기병들.」

토니는 뭔가를 바라며 기다리고 있다.

「미안합니다.」 내가 말한다. 「여전히 제가 도움이 안 되는군요. 어쨌든 〈보베르만〉이 무슨 뜻인가에 달려 있군요. 화파인지 공방인지, 문하생인지, 아니면 양식인지, 아니면 그런 것과 전혀 관계가 없는지에 따라서 말이죠.」

「〈보베르만〉이 보베르만의 작품을 뜻한다고 생각하는 건 너무 과한 건가?」

「그 뜻은 아닐 겁니다.」 내가 설명한다. 「이 라벨은 〈품명 표시법〉이 제정되기 한참 전에 쓰였습니다. 이 라벨에 〈필립스 보베르만〉 대신 그냥 〈보베르만〉이라고 쓰여 있다면 그건 이 그림을 그린 사람은 절대로 보베르만은 아니라는 뜻입니다.」

「렘브란트 것일 수도 있어요.」 로라가 말한다.

「글쎄요, 그럴 수도 있죠. 하지만 정말로 제대로 된 조언을 원하신다면 소더비스나 크리스티스에 전화를 거세요. 수수료를 주세요. 그럴 만한 가치가 있다고 생각합니다.」

케이트가 휴대용 아기 침대를 가지고 다시 나타난다.

「우선, 여기서 나가죠. 우리 모두는 내일 결핵에 걸릴 거예요. 저 양처럼 말이죠.」 로라가 말한다.

나는 고마운 마음으로 문 쪽으로 향한다.

「아무런 도움도 되지 못해 미안합니다.」 내가 말한다. 「즐거운 시간이었습니다, 비록……」

하지만 토니는 걸음을 멈추고 말한다. 「잠깐만. 다른 건 어디에 있지?」

「다른 거, 뭐요?」 로라가 말한다.

「네덜란드 거지들 그림이 세 개 있었잖아.」

「아.」 로라가 말한다. 로라는 저쪽으로 가 조르다노 그림 아래쪽 불꽃 방지 칸막이 뒤 텅 빈 벽난로 바닥으로 손을 넣는다. 「미안해요. 하지만 여기가 딱이에요. 굴뚝에 있는 저 빌어먹을 새들이 검댕을 자꾸 떨어뜨리거든요.」

로라는 액자에 끼우지 않은 커다란 나무판자를 옮기느라 낑낑댄다.

「1톤은 나가요.」 로라가 말한다. 나는 로라를 돕기 위해 그쪽으로 간다. 「안 돼요. 손이 더러워져요.」

로라는 텅 빈 석탄통 아래에서 낡은 신문을 찾아내더니 나무판을 최대한 깨끗하게 문지른다. 우리는 벽난로에서 나무판을 들어 올려 중심을 잡으며 탁자로 가져온다.

그리하여 얼어붙을 듯 추운 조찬실, 무관심한 의자들 사이로, 조금 전까지 나무판을 문질러 댔던 더러운 신문을 여전히 들고 있는 로라와 여전히 가격 평가를 바라며 내 어깨 너머를 바라보고 있는 토니, 끈기 있게 휴대용 아기 침대를 앞뒤로 흔들며 서 있는 케이트 사이에서 나는 처음으로 그것을 보았다. 내 운명을, 내 승리와 고통과 몰락을.

나는 보는 즉시 그것을 알아본다.

나는 그것을 〈알아본다〉고 말했다. 나는 이전에 그것을 본 적이 없다. 그것에 대한 설명조차 본 적이 없다. 내가 아는 한 그것에 대한 설명이 존재한 적이 없다. 그림을 그린 화가 자신을 제외하고 누가 그것을 보았는지조차 제대로 알고 있는 사람이 없다.

그리고 나는 〈즉시〉라고 말했다. 그림은 더러웠고 비록 어둠에 눈이 적응할 때까지 몇 초 동안 본 것이라곤 먼지 더께가 쌓였으며 색이 바랬다는 것뿐이지만 말이다. 그런데 〈즉시〉란 얼마나 긴 시간을 말하는 걸까? 한순간에 인간이 눈으로 볼 수 있는 것은 아주 적다. 눈으로 선명하게 구별할 수 있는 모든 것은 중심와(中心窩)에 무엇이 도달하는가에 달려 있다. 중심와는 핀 대가리만 한 크기로 수용기가 표면에 가장 가까이 위치한 망막의 중심부에 자리 잡고 있다. 지금의 나처럼 팔 하나 정도 거리만큼 떨어져 그것을 정면에서 수직으로 본다면 어떤 한순간에 볼 수 있는 것이라고는 직경 3센티미터 정도 되는 페인트 조각이다. 나는 세부 묘사된 한곳을 본다.

그 세부 묘사는 무엇인가? 내가 본 첫 번째 것인가? 모른다. 햇살을 받고 있는 싱싱한 녹색 잎의 가장 밝은 부분일 수도 있다. 아니면 땅을 다지기 위해 발을 우스꽝스럽게 든 채 영원히 몸이 기울어져 있는 남자의 모습일 수도 있다. 그것도 아니면 단지 발 자체일 수도 있다. 하지만 이미 내 눈은 그것을 앞에 둔 사람이라면 누구라도 보이는 반응을 보인다. 내 눈은 깜박거리고 뭐라 표현할 수 없을 정도로 복잡한 형태로, 좌우, 위아래 그리고 원 모양으로 이리저리 흔들린다. 내 눈은 1초에 쉰 번, 예순 번, 일흔 번씩 움직이며 페인트 조각들을 종합해 최초의 모습을 어림짐작한다. 어림짐작을 수정한다. 다시 수정한다. 그림 크기는 높이 120센티미터, 폭 150센티미터로, 이 정도 크기의 그림이라면 아무리 대충 훑어본다 할지라도 몇 초는 걸린다.

그림을 본 시간은 순간에 지나지 않았지만 이미 내가 숙고하고 있는 것은 그림이 아니라 축적된 기억이다.

그리고 처음 그것을 본 순간 어느 즈음에 이미 무엇인가 내 몸 안을 휘젓기 시작했다. 내 머릿속을, 내 뱃속을. 이는 구름을 뚫고 태양이 나타나며 내 눈앞에서 세상이 회색에서 황금색으로 바뀌는 느낌이다. 자비의 물결이 내 몸을 관통하듯 햇볕의 따뜻함이 내 피부에 퍼지는 것을 느낄 수 있다.

내가 보고 있는 것이 무엇인지 내가 어떻게 알 수 있는가? 다시 말하거니와, 오렌지가 오렌지인 것을 알듯, 틸다가 사랑스럽다는 것을 알듯, 나는 그냥 안다. 프리들렌더, 위대한 막스 프리들렌더의 말이 이치에 닿는다. 〈제대로 된 속성은 대개 자발적으로 나타나며 한눈에 *prima vista* 알 수 있다.〉

우리는 친구의 독특한 특징이 어디에 있는지 규정하지 않아도 가장 정교한 설명도 줄 수 없는 확신을 가지고 친구를 알아본다. 물론 프리들렌더는 그러한 친구들 사이에서 삶을 보냈다. 나는 겨우 지난 5년 정도만 그랬을 뿐이다. 그리고 어쨌든 간에, 이것은 내가 전공하는 시대가 아니다. 그렇지만 나는 안다. 이것은 친구다. 아니, 오랫동안 잃어버린 친구의 형제다. 시체가 꿈속에서 살아 돌아오듯 우리 삶으로 다시 걸어 들어온 아이, 없어졌다고 슬퍼했던 바로 그 아이다.

여기 내가 있는 것은 시간의 때가 묻은 창문을 통해 보고 있는 것이다.

나는 수목이 우거진 언덕에서 계곡을 내려다보고 있다. 계곡은 그 사이를 굽이쳐 흐르는 강과 함께 그림의 왼쪽 아래 근방으로부터 대각선으로 뻗어 마을을 지나 절벽 꼭대기에 있는 성을 지나 멀리 바닷가 수평선 가까이에 있는 마을을 향해 뻗어 있다. 계곡 왼쪽으로는 부러진 이빨처럼 보이는 울퉁불퉁한 바위와 함께 산맥이 뻗어 있으며 계곡 높은 곳에는 아직 눈이 쌓여 있다. 계절은 봄이다. 내가 서 있는 곳 정면, 설선(雪線) 아래 숲에는 4월의 푸름이 처음으로 반짝이고 있다. 계곡 높은 곳의 공기는 여전히 차갑지만 계곡 아래로 내려오면 한기는 사라진다. 색깔은 시원하고 찬란한 녹색에서 점점 더 짙은 파랑으로 바뀐다. 태양을 따라 남쪽으로 여행하면 계절은 4월에서 5월로 바뀌는 듯하다.

내 바로 아래에 있는 나무들 사이로는 볼썽사나운 것들이 모여 있다. 몇 명은 나무에 핀 하얀 꽃가지를 꺾고 있고 몇 명은 요란하게 춤추는 중앙에 어색하게 끼어 오도 가도 못하고 있다. 백파이프를 부는 사람 한 명이 그루터기에 앉아 있다. 거친 5음계 단조의 소리가 귀에 들리는 듯하다. 사람들은 춤추고 있다. 다시 봄이 찾아왔고, 그때까지 살아 있기 때문이다.

산맥 저 멀리에서는 가축 한 떼가 여름 목초지를 찾아 흔히 볼 수 있는 진흙투성이 절벽으로 이동하고 있다.

다시금 내 앞을 보면 갓 나온 봄 덤불 사이에 반쯤 가려진 곳, 나무에 있는 새 한 마리만 볼 수 있는 곳에 뚱한 표정의 땅딸막한 사내가 자그마한 야생 수선화 두 송이를 들고 우스꽝스럽게 입술을 내밀어 역시 땅딸막한 여인이 우스꽝스럽게 내민 입술에 입맞춤하고 있다.

다시금 눈과 마음을 그림에 펼쳐진 광대한 하늘로, 점점 더 깊어지는 푸르름으로 향하면 푸른 바다와 그 위로 펼쳐진 푸른 하늘이 나온다. 마지막 남은 몇 쪽의 구름은 따뜻한 서풍에 밀려 막 사라지고 있다. 배 한 척이 뜨거운 남쪽을 향해 항해하고 있다.

하지만 이제 나는 그림을 더 이상 볼 수 없다. 나는 그림을 이해하기 위해 더 이상 그림을 보지 않는다. 내 눈은 흥분되어 빠르게 앞뒤로 왔다 갔다 하며 내 마음은 고뇌로 얼룩져 있다. 너무나 명확하기 때문이다. 이 그림이 그 작품일 리가 없다는 것은 너무나 확실하다. 그렇지 않다면 다른 누군가 벌써 이 그림을 알아보았을 테니까. 아니다. 여기 있는 둘 말고 또 누가 이 그림을 보았을까? 하지만 이 부부가 아무리 바보라 할지라도 어떻게 이 그림을 몰라볼 수 있는 걸까?

나는 그림을 그린 작가를 감히 떠올릴 수가 없다. 그 사람일 리 없기 때문이다.

「아주 멋지군요.」 나는 그림을 탁자 위에 놓으며 공손하게 말한다. 「가장 눈길을 끄는군요. 자, 어딘가에 제 코트를 벗어 놓았을…….」

내 눈이 그림에 대해 반응했던 만큼이나 빠르게 내 마음도 흔들리고 있기 때문이다. 나는 저 그림을 보면 안 된다. 나는 가장 중요한 것을 이해했다(게다가 이미 얼마나 오랫동안 저 그림을 본 것일까). 얼굴 근육을 갑자기 움직인다거나 목소리가 떨려서는 안 된다. 필요 없는 말을 해서도 안 된다. 내가 어떻게 이런 강철 같은 자제력을 유지할 수 있단 말인가? 몸 안에 있는 세포 하나하나는 깜짝 놀라 소리치라고 나를 죄어친다. 그렇게 해서 모두에게 기쁜 소식을 전하고 내가 한 발견의 공적을 인정받으라고 말이다. 하지만 나는 아무 말 없이 그림을 가지고 방 건너편에 있는 케이트에게 가는 것조차 할 수 없다. 케이트라면 나보다 빨리 그림을 알아볼 것이며 그림의 정체를 솔직히 세상에 밝힐 것이기 때문이다.

나는 이렇게 생각을 많이 해서는 안 된다. 아니, 얼굴 표정에 나타나는 경우를 대비해 생각하는 것 자체를 멈춰야만 한다. 그냥 가만히 집 밖으로 나가 아무도 보지 않는 곳에서 생각을 정리해야만 한다. 하지만 토니는 우리가 돌아가는 걸 내켜 하지 않는다. 토니는 그림을 다시 일으켜 세우고 애처롭게 살펴본다. 「이것도 쓰레기인가?」

「쓰레기는 없습니다.」 내 목소리가 들려온다. 위선에 따르는 성급함이 배어 있는 목소리다. 「모두 흥미로운 그림들이로군요.」

「서명조차 없어.」 토니가 말한다. 그렇다. 그림에는 아무런 서명도 없다. 하지만 서명이 있었다면 토니는 저런 식으로 손을 대고 있지는 못할 터였다. 그랬다가는 비상벨이 울리면서 경비원이 달려올 테니까.

로라는 그림 뒷면을 보기 위해 몸을 숙였다. 「라벨이 있어요.」 희망에 차 로라가 말한다.

나는 그것을 볼 생각조차 하지 못했다. 나는 이제 거의 참을 수 없는 지경이다. 라벨에 무엇이라 적혀 있는지 보고 싶지 않다. 이 신성한 작품을 모욕하는 말도 안 되는 내용을 볼까 겁난다. 하지만 내 번뜩이는 직감이 맞다는 사실이 적혀 있을지도 모른다고 생각하니 더욱 겁이 난다. 물론, 그럴 가능성은 없다. 이 그림이 무엇인지 어렴풋한 눈치라도 챘다면 여기 있는 두 명이 아무리 시골 촌뜨기라 할지라도 조찬실에 검댕이 떨어지는 걸 막기 위해 이 그림을 썼을 리가 없다.

하지만 라벨이 세상에 뭐라고 말하는지 내가 알아야 한다는 생각이 든다.

내가 그림을 보기 위해 웅크리고 앉자 케이트가 말한다. 「여보!」 나를 부르는 케이트의 목소리에 감탄 부호가 들어가 있다. 언제나처럼 공공연히 나무라는 말투다. 나는 케이트가 이 집을 얼마나 빨리 나가고 싶어 하는지 알아챘다.

라벨은 노란 종잇조각으로 그림 자체만큼이나 더럽다. 라벨에 적힌 내용은 단 한 줄로 타이핑되어 있는데 뒤에 괄호의 내용은 손으로 쓰여 있다.

⟨*Vrancz : Pretmakers in een Berglandschap*(*um 1600 gemalt*).⟩

틀렸다! 다행이다! 화가와 날짜가 분명하다. 게다가 제목이 틀렸는지도 말하는 것이 불가능하다. 그림의 제목이 무엇인지 아는 이가 아무도 없기 때문이다.

「뭐라고 적혀 있는 건지 모르겠군.」 토니가 말한다.

그래. 산에 있는 ⟨*Pretmakers*⟩라…… 그런데 ⟨*Pretmakers*⟩가 뭐지?

「1600년경일세. 자네 전공과 좀 가깝지 않은가?」 토니가 말한다.

「여전히 한 세기는 차이가 납니다.」

「자네 입맛에 맞추기 정말 힘들군. 그래, 프란츠라는 사람에 대해 아는 게 아무것도 없나?」

「별로요.」

「그렇지만 혹시 찰리 프란츠를 …….」

「제바스티안이군요. 제 생각에는요.」

「……그 사람은 아닐세.」

「아닌 것 같군요. 동의합니다.」 애석해하며 내가 말한다. 하지만 진실이다. 이 그림은 제바스티안이 그린 것이 아니기 때문이다. 이 그림을 그린 사람이 제바스티안 프란츠일 확률은 달 표면이 생치즈로 되어 있다는 이론이 맞을 확률과 비슷하다. 내 진실된 응답은 이미 내 머릿속에서 대충 윤곽이 잡히기 시작하는 계획의 일부이다. 나는 생각한다. 거짓말을 하지는 않겠지만 불필요한 진실을 말하지도 않겠다고……. 하지만 생각을 하면 안 된다. 생각을 하면 안 돼! 하지만 물론 나는 생각하고 있다. 또다시 긴 순간이 지났을 때 — 개들이 일어서고 우리 모두 케이트와 틸다를 따라 현관의 넓은 방으로 나올 수 있을 만큼 충분히 긴 시간이 지났을 때, 나는 삶 전체를 다시 짠다.

이 그림을 토니에게서 빼앗아야만 한다. 이것이 내 위대한 계획이다. 어떻게 해야 할지는 모르겠지만 여하튼 할 것이다. 그 점에서는 나는 이미 마음을 굳혔다.

「또 렘브란트일지도 몰라요. 어쩌면요.」로라가 내 코트를 가져다주며 말한다.

「별것 아닌 집안 물건 가지고 귀찮게 했다고 거북해하지 않았으면 좋겠네.」코트 입는 걸 도와주며 토니가 말한다.

「천만의 말씀입니다. 정말 흥미로웠습니다. 좀 더 도움이 되지 못해 미안할 뿐인걸요.」

「자네는 상상도 못할 걸세.」토니가 말한다.「날강도 같은 놈에게 뭔가를 팔려고 하는 게 어떤 건지 말이야. 모두들 속여먹지 못해 안달이지. 이 세상에서 가장 고독한 영혼이 되는 거라네.」

토니가 커다란 정문을 열자 개들이 어둠 속으로 뛰어나가 짖어 댄다. 현관 층층대에서 작별 인사를 위해 우리 부부가 몸을 돌린다. 토니를 바라본다. 갑자기 토니에게 미안해진다. 토니의 목소리에 좌절감이 깃들어 있다. 머리 위 부서진 홈통에서는 여전히 물이 살며시 흘러내리고 있으며 오랜 세월 개가 긁어 댄 탓에 문은 흰색 페인트 안에 있는 원래의 떡갈나무 속살을 보여 주고 있다. 토니와 옆에 서 있는 아내는 개와 마찬가지로 이미 어둠에 정신이 팔려 있다. 토니의 세계는 허물어져 기억이나 이해의 한계를 넘어서 있다.

「토니는 당신이 누군가를 알고 있을 거라고 생각하고 있어요.」로라가 말한다.「조르다노에 정통한 누군가를요. 아니면 그걸 개인적으로 사고 싶어 하는 사람이라든가요. 남편은 늘 그 엉터리의 은밀한 방식을 좋아하거든요.」

지상에서 가장 고독한 영혼은 토니다. 그리고 이제 토니는 자신의 소유물 가운데 또 하나가 자신의 손아귀에서 사라지는 것을 목격할 처지다. 내가 계획만 잘 짜낸다면 말이다. 이 순간 지상에서 두 번째로 고독한 영혼은 나이기 때문이다. 우리 둘은 쓸쓸한 투기장에 함께 있으며 나는 그를 이길 것이다.

잔인한 감정이 용솟음치는 것이 느껴진다. 나는 토니의 소유물을 빼앗을 것이다. 토니는 그 물건이 자신의 소유라는 것을 실증할 수 없다. 그것은 토니가 읽을 수 없는 언어로 쓰여 있다. 그가 읽을 가치를 느끼며 읽을 수 있는 언어는 오직 돈뿐이기 때문이다. 그림이 어떤 것인지 알았다면 토니는 전 세계를 보상금으로 달라고 했을 것이다. 그리고 보상금이 제대로 준비되지 않으면 스위스 은행, 미국 투자 신탁 회사, 일본 야쿠자 등을 가리지 않고 돈을 주는 누구에게나 그림을 넘길지도 모른다. 그림은 햇빛을 받지 못하고 훨씬 더 깊은 어둠 속으로 사라지게 될 것이다.

토니는 연료비가 마구 치솟는다면 땔감을 위해 그림을 팔 인물이다.

어쨌든, 토니는 나와 마찬가지로 그 그림을 가져서는 안 된다. 그 누구도 예술 작품을 가질 수는 없다. 떡갈나무를 가질 수는 있다. 물감을 가질 수는 있다. 하지만 반짝이는 녹색, 우스꽝스럽게 앞으로 내민 입술, 출항하는 배를 가질 수는 없다.

그래서 나는 토니로부터 그림을 빼앗을 생각이다. 사기 칠 생각은 없다. 토니가 썼던 식으로 목적 달성을 위해 치사한 짓을 할 생각은 없다. 대담함과 노련함으로 교전 수칙을 완벽하게 지키며 일을 수행할 것이다.

토니가 얼마나 나를 멸시하고 있으며 그가 이용하려 했던 내 온갖 기량과 인간관계를 얼마나 얕잡아 보고 있는지 나는 잘 알고 있다. 나는 토니가 가장 자신 있어 하는 부분을 정면 돌파할 것이다. 토니에게 잔인함과 품위가 지니고 있는 신사다운 특성에 대해 교훈을 줄 것이다.

　토니가 그토록 즐겨 썼듯이, 변화는 삶의 법칙이다. 그것에는, 토니도 이제 알게 되겠지만, 소유권의 변화도 포함되어 있다. 거기에는 한 계급의 몰락과 다른 계급의 부흥을 포함하고 있다.

　다음 순간, 내가 어떤 운명에 몸을 맡겼는지 깨닫고 공포에 몸을 떤다. 내 키 너머 깊은 곳에 잠겨 버린다. 물에 잠겨 가는 것을 느낀다.

　하지만 커다란 문을 닫으면서 공손히 작별을 고하는 토니의 모습을 보니 더욱 겁이 난다.

　「그 늙은 소녀에 대해 자네가 한 충고를 따르지.」 토니가 공손히 말한다. 「소더비스에 전화를 하겠네.」

　이런! 온몸에 소름이 돋을 만큼 제대로 된 충고를 해줬다는 사실을 잊고 있었다. 번개처럼 머릿속으로 일련의 장면이 스치고 지나간다. 소더비스에서 나온 남자가 헬레네를 감정해 결론을 내린 다음 뒤돌아보면 — 뒤쪽 벽난로 바닥을 막아 놓은 그림에 시선이 간다면…… 내 마음속에 어떻게 행동할지에 대한 계획이 어렴풋이 서 있다는 사실을 발견한다. 그 계획을 입 밖으로 낸다.

　「우선 며칠간 걸어 두세요.」 가볍게 웃으면 내가 말한다. 「당신이 맞아요. 대안이 뭔지 알고 있는 상태라면 우위에 설 수 있을 겁니다. 내 주변에 그림을 보아 줄 누군가가 있을 겁니다.」

　우리는 웅덩이를 피하며 자동차가 있는 곳까지 간다. 비는 멈추었고 반짝이는 별빛으로 뒤덮인 가느다란 나뭇가지에 봄의 진짜 첫날밤이 걸려 있다.

지금부터 몇 초 뒤 마침내 나는 케이트에게 이야기할 수 있으리라. 자신의 사랑하는 이의 이름을 처음으로 불러 보는 연인처럼 내 안에서 비밀스레 활활 타오르고 있는 달콤한 불길을 보여 주리라.

하지만 나는 그러지 않는다. 나는 아무 말도 하지 않는다. 차가 기우뚱거리고 물보라를 튀기며 진입로로 가는 동안 우리는 아무 말 없이 앉아 있다.

사실 나는 여전히 빠르게 생각하고 있다. 지금으로선 이 놀라운 소식을 그냥 공개해 버릴 수 없다. 케이트에게조차도. 적어도 케이트에게는. 케이트는 내 말을 믿지 않을 것이다. 그 누구도 내 말을 믿지 않으리라. 가장 잘 속아 넘어가는 예술 애호가도, 남편 말이라면 무조건 철석같이 믿는 아내일지라도. 게다가 케이트는 가장 잘 속아 넘어가는 예술 애호가도, 남편 말을 무조건 철석같이 믿는 아내도 아니다. 케이트는 이 방면의 전문가로서 조심스레 자신의 의견을 밝힐 것이다. 아내로서, 이미 케이트는 현재의 내 모습이 또다시 갑작스레 찾아온 열정에 따르는 변덕이라고 여기며 회의적 눈으로 나를 보고 있다. 아내는 우선 지금 일어나는 일이 내가 연주하는 또 다른 푸가일 뿐이며 책 쓰는 것을 미루기 위한 또 다른 변명이라 생각할 것이다. 토니 처트를 신중히 대하는 만큼이나 아내를 조심해야겠다. 지금까지 나는 단지 기억력에, 이제 막 공부하기 시작한 분야에 대해 가지고 있는 자그마한 지식 범위 밖에 있는 존재에 대한 우연한 흥미에만 의존하고 있다. 아내에게 한마디라도 하기 전에 미리 신중하게 조사를 해야 할 것이다. 증거를 아주 확실하게 준비해야만 할 것이다.

그런데 아내는 왜 이렇게 조용한 걸까? 그냥 우리가 보낸 저녁 시간이 끔찍했기 때문인가? 그리고 이제 와 곰곰이 생각해 보니 그게 나 때문이라는 건가? 자기는 상관없고? 그 집을 나오는 데 내가 굼뜨게 행동해서 짜증 난 걸까? 내가 로라에게 귀찮을 정도로 붙임성 있게 대해서 경계하는 걸까? 방 한쪽에서 아내가 어르고 있던 무척 아름다운 아이에 대해 찬사를 보내는 대신 보잘것없는 그림 따위에 대해 토니와 함께 바보 같은 말이나 늘어놓고 있는 데 기분이 상한 걸까?

아니면 내 침묵 속에서 뭔가 의심스러운 소음을 감지한 걸까? 나는 이 상황을 끝내기 위해 서둘러 말을 꺼낸다.

「우아.」 내가 말한다. 「우리를 맞아 준 상냥한 여주인이라면 이렇게 말했을 거야.」

「뭘?」 케이트가 말한다. 그래, 무엇인가 케이트의 정신을 사로잡고 있다. 무슨 말인지 못 알아듣겠다는 태도는 안 좋은 신호다.

「그 사람들 말이야.」 내가 설명한다. 물론 사족이다. 「그 집. 오늘 저녁 시간.」

「그 사람들이 뭐?」

「우아. 안 그래?」

또다시 침묵.

공동의 적에 대해 그 어느 때보다도 일치된 반응을 보여야 하는 순간에 이렇게 애끓게 만들다니. 내가 한 가지 일에 이토록 몰두하고 있을 때 격노하게 만들다니. 그때 갑자기 아내가 입을 연다.

「조르다노에 대해 말해 줄 사람을 알고 있다는 게 무슨 소리야?」

아하. 그게 문제였군.

「아무것도 아니야. 그냥 이웃으로서 노력해 보겠다는 거지.」

「하지만 당신은 조르다노에 대해 알고 있는 사람을 모르잖아!」

「내가?」

「당신은 오늘 낮까지만 해도 조르다노라는 이름조차 들어 본 적이 없었을 텐데.」

천만에, 알고 있었다고. 나는 생각한다. 하지만 동시에 내가 알고 있는 조르다노는 「안드레아 셰니에」의 작곡가라는 생각에 평정을 유지한다.

「그런데 이웃으로서 어떻게 노력하겠다는 거야?」 케이트가 따지고 든다. 「누구인지도 모르면서 그 사람을 아는 누군가를 소개해 주겠다고 말을 해?」

「주변에 찾아볼 거야. 누군가 소개해 줄 사람이 있는가 하고 말이야.」

「주변 어디?」

「장작 창고?」 내가 말한다. 「아니면 냄비 뒤쪽?」

하지만 내 아첨에도 아내는 여전히 불만스러워한다. 나에게 뭔가 꿍꿍이가 있다는 걸 아내는 알고 있다. 토니에게 숨길 수는 있지만 아내에게 숨길 수는 없으리라. 어쨌든 나는 안에서 끓어오르는 흥분의 물결을 억누를 수가 없다. 좀 더

감질나게 하는 힌트와 거짓 동작을 통해 아내가 호기심을 자아내도록 해야 한다. 자취를 알지 못하는 조르다노 전문가의 수수께끼는 진짜 수수께끼의 은유로 작용하고 있다.

「솔직히 내가 제대로 하고 있는 거라는 생각이 들어. 우리 별장 주변 어디선가 괜찮은 후보를 찾을 수 있을 거야.」 내가 말한다.

물론 내 뜻은 ─ 나는 알고 아내는 모르고 있지만 ─ 별장에 도착하면 나 스스로를 요긴한 권위자로 간주하겠다는 것이다. 이것이 내가 토니의 집을 나서며 세운 계획이다. 어떻게 해야 그렇게 할 수 있을지, 아무것도 알지 못한다. 참고 문헌을 한두 시간 정도 보는 건 기본일 테고. 그다음엔? 가짜 턱수염? 검은색 안경과 외국인 같은 억양? 아니면 내가 만나기로 한 사람이 개인적으로 감정하기를 원한다는 핑계로 그림을 빌릴 수 있을까? 자신이 누구인지 밝히고 싶지 않은 인물이라고 설명할까? 그건 사실이다. 당연히 밝히고 싶지 않다! 하지만 왜? 토니 처트에게 무슨 이유를 대야 하나?

그 남자는 베일에 싸인 〈구매자〉라고 하자. 그래, 베일에 싸인 구매자에 대해 다들 한번쯤은 들어 봤다. 결국 토니 처트가 나에게 원하는 건 그림을 살 사람을 찾아 주는 것이니 대중 앞에 서는 걸 꺼리는 사람을 찾아냈다 해도 별로 놀라지 않을 것이다. 그럴싸한 이유를 대자. 그림을 살 사람은 17세기 이탈리아 예술의 부패한 웅장함에 취향이 있는 지하 세계의 제왕인 마피아 두목이다. 빤한 거짓말 같아 보이지는 않지만 좀 어색한 면이 있긴 하다. 하지만 정도를 벗어나 그림을 팔고 싶어 하는 치명적인 약점 때문에 토니 처트는 분명 흥미를 보일 것이다. 특히 이 비밀스러운 인물이 높은 금액을 제시한다면 말이다. 그것도 현찰로.

케이트는 내가 자기 앞에서 흔들고 있는 수수께끼에 관심을 갖지 않으려 한다. 집에 도착하자 케이트는 틸다에게 젖을 준다. 그 자세가 내 눈길을 끈다. 어머니와 딸이 고치처럼 웅크린 채 조용히 육체적 대화를 나누는 모습이다. 나는 결코 누릴 수 없는 그러한 경험이다. 우리가 이야기하던 주제는 틸다가 다시 잠들 때까지 허공을 맴돌고 우리는 팬히터 앞에서 옷을 벗는다.

「당신이 모든 사람에게 친절하게 대하려는 건 알고 있어.」 우리 침대 옆 아이용 침대에 있는 틸다 덕분에 마음이 좀 안정되었는지 한발 뒤로 물러선 목소리다. 「실생활에서는 그게 별 문제가 되지 않아. 하지만 조심하지 않으면 그 사람들은 우리를 다시 초대할 거라고.」

정확하다. 하지만 나는 〈뜨거운 물이 담긴 병 두 개를 당신 쪽에 놓았어〉라고만 말한다.

아내는 더욱 미심쩍어한다. 「답례로 우리가 그 사람들을 초대해야 한다는 뜻은 아니겠지?」

「원, 세상에. 아니야.」 내가 말한다. 그럴 필요가 전혀 없다. 없길 빈다. 내가 들락거리고 싶은 곳은 그 사람들 집이지, 우리 집이 아니다. 내가 원하는 것은 쓸모없는 예술품을 다루는 이 지역의 신뢰받는 전문가로서 토니의 집을 왕래하는 것이다. 변기와 아페리티프를 다루는 스켈턴이나 사제관에 살면서 교구를 보살피고 죽어 가는 이들을 위로하는 자그마한 덩치의 멋진 남자가 그러하듯 말이다. 그래, 나는 이 지역에 사는 이웃의 한 명이 될 것이다. 「마약의 제왕으로부터 헬레네 그림 가격을 조금 더 받아 낼 수 있을 것 같군요.」 지금으로부터 몇 주 지나지 않아 자신 있게 말하는 내 목소리가 들린다.「그 사람에게 그림을 보여 줄 때 작가를 모르는 그 그림도 보여 주는 게 어떨지……?」

하지만 그 단계에 도달하기 전에 먼저 해야 할 일이 많다. 먼저 *pretmaker*의 뜻부터 알아야 한다. 그건 쉽다. 부엌에 플랑드르에 대한 참고 서적과 함께 네덜란드 어 사전이 있으니까……. 〈*pretmaker, pretmakerij*〉. 즐겁게 노는 사람. 즐겁게 놀기. 그래서 점잔 빼는 군상들이 언덕 중턱까지 올라가 있던 거군. 그 생각이 들자 나 자신도 잠시 즐거운 기분에 빠진다.

하지만 다음 단계는 더 어렵다. 그림에서 즐겁게 놀고 있는 인물들과 그 창조주에 대해 알아낼 수 있는 모든 것을 알아내야만 한다. 케이트가 확신할 수 있게 만들려면 객관적 주장을 펼 수 있어야 한다. 우리는 필요할 것 같은 모든 자료를 가지고 이곳에 왔지만 우리 둘 가운데 누구도 이 특정 시기나 특정 화가를 다루게 되리라고는 예상하지 못했다. 나는 도서관이나 서점에 가야 한다. 이곳에는 진흙 벌판과 축축한 숲만 있을 뿐 도서관이나 서점은 없다. 나는 우리 부부가 3개월 동안 떠나 있기로 조금 전에 마음먹은 도시로 돌아가야 한다. 한동안 케이트와 관계가 나빠지겠지만 그 시기가 지나면 전보다 더 좋은 사이가 되리라. 나는 입을 열기 전에 침대 옆 스탠드 스위치에 손을 얹는다.

「내일 아침에 역까지 태워다 줄 수 있어?」내가 말한다. 「자질구레한 것들 몇 가지를 살펴봐야 하거든. 저녁 식사 전에 돌아올게.」

나는 아내가 내 표정에서 솔직함과 정직함을 볼 수 있을 만큼만 기다린다. 그리고 대답으로 아내의 얼굴에 실망스러운 표정이 나타나기 전에 스위치를 누른다. 어둠. 아내는 내가 딴 생각이 있다는 것을, 또 다른 타락을 하기 위한 변명을 하고 있다는 사실을 알고 있다.

어쩌면 아내는 내 새로운 관심 대상을 헬레나 여길지도 모른다는 생각이 머리를 스치고 지나간다. 어둠 속에서 나는 조용히 나 자신에게 웃어 보인다. 그리고 〈즐겁게 노는 사람들*pretmakers*〉과 오늘 저녁 이 지역의 언덕 중턱에 모여 숨 막히도록 즐거운 한때를 보낸 우리 네 명에 대해 생각하기 시작한다. 나는 다시금 웃는다. 하지만 알 수 없는 이유로 흔들리는 침대조차 아내의 호기심을 자극해 더 깊이 캐묻게 하지는 못한다.

틸다가 잠의 수면 가까이 떠올랐다 다시금 깊숙이 가라앉기를 계속하는 동안, 나는 아기용 침대에서 들리는 가느다란 소리를 들으며 거의 밤을 새우다시피 한 채 누워 있다. 나 역시 악몽처럼 혼란스러운 흥분과 소름 끼치도록 명쾌한 재고(再考) 사이를 오가며 잠에 빠져 들었다 떠오르기를 반복한다. 틸다가 완전히 깨어 새벽 세시의 식사 시간을 알릴 즈음 나는 예전에 나 자신에 대해 확신했던 것만큼 지금의 나에 대해 확신하지 못한다. 나는 어느 것도 확신하지 못한다.

수수께끼처럼 난해한 어구가 떠오른다. 서막은 끝났다. 무엇에 대한 서막인가? 모른다. 내 새로운 모험. 우리의 결혼. 삶 자체에 대한 서막이다. 〈즐겁게 놀기*pretmakerij*〉는 끝났다. 이제 심각한 부분이 시작될 차례이다.

우리가 보는 것은 무엇인가?

인간사에서도 마찬가지지만, 예술사에서도 자신이 태어난 한정된 세계의 사슬을 끊고 자유로이 도망치는 그림이 있다. 그러한 작품들은 자신이 태어난 전통을, 처음에는 자신에게 중요한 의미를 부여한 것처럼 보이는 전통을 뒤로한 채 떠난다. 그런 작품들은 자신이 태어난 시대와 장소를 벗어나 보편적이고 영속적인 명성을 얻는다. 그리고 모든 문화가 인정하는 이름, 이미지, 이야기로 널리 통용된다.

그러한 일이 일어나는 데는 이런저런 좋고 나쁜 이유가 있을 수도 있고, 뚜렷한 이유가 없을 수도 있다. 하지만 그런 사건은 늘 있어 왔고, 심지어는 윤전기와 컬러 사진술이 개발되기 전부터 있어 왔다. 그런 사건은 살며시 웃고 있는 토스카나 여인과 함께, 무척 즐거워하는 네덜란드 남자와 함께 일어났다. 프로방스 지방의 해바라기가 담긴 꽃병과 함께, 서로 껴안고 키스를 나누는 대리석 연인과 함께 일어났다. 프락시텔레스가 조각한 「크니도스의 아프로디테」에서 볼 수 있듯이 그런 사건은 이미 고대 그리스 시대부터 있어 왔다. 하지만 이제는 그러한 작품들을 너무나 쉽고 정교하게 복제할 수 있으며, 단체 관광과 보편적 교육으로 인해 오늘날 대형 미술관들은 나들이 오는 사람들과 어린 학생으로 가득 찼고, 복제품을 사서 뒷면에 집으로 안부 인사를 써 보낼 경우, 그림에 붙여 보내는 우푯값 정도의 금액만 내면 복제품을 살 수 있다. 이러한 작품 가운데 어떤 것은 더욱 널리 퍼지게 되었다.

그 가운데 가장 친숙한 것을 하나 든다면 브뢰겔의 풍경화 한 점을 들 수 있다. 〈사냥꾼의 귀로〉라는 제목으로 알려져 있기도 하지만 〈눈 속의 사냥꾼들〉이라는 제목으로 더 잘 알려져 있는 작품이다. 그림 속에 있는 지친 사내와 말라빠진 개들은 병원 대기실과 학생들 하숙집 벽에, 크리스마스 때만 되면 벽난로 선반 위에 걸린 채 우리 등 뒤에서 겨울 속을 터벅터벅 걸어 눈 쌓인 계곡 아래로 내려가길 반복한다. 사냥꾼들은 고개를 수그리고 있으며 전리품은 빈약하다. 사냥꾼 세 명과 먹이를 줘야 할 개 열세 마리. 하지만 노동의 결과로 보여 줄 수 있는 건 여우 한 마리뿐. 사냥꾼들이 돌아온다고 기뻐하는 분위기는 보이지 않는다. 간판이 반쯤 떨어진 여인숙 바깥에서 불을 지피는 여인들은 사냥꾼들에게 눈길도 주지 않는다. 오든[16]이 「눈 속의 사냥꾼들」만큼이나 유명하게 만들었던 브뢰겔의 초기작 「이카로스가 추락하는 풍경」에서 바다에 빠져 가라앉고 있는 이카로스를 바라보는 농부의 냉담한 눈길 정도에 지나지 않는다. 눈길을 끄는 것은 우리가 올라와 있는 언덕 가장자리 저편으로 펼쳐져 있는 풍경이다. 낯선 얼음 위에 선 자그맣고 차가운 형상으로 바뀐 마을, 얼

---

16 W. H. Auden(1907~1973). 영국 태생의 미국 시인. 브뢰겔의 「이카로스가 추락하는 풍경」을 보고 「미술관」이라는 시를 썼다.

어붙은 강 주변의 하얀색 범람원 위로 보이는 납빛 하늘, 흰색 배경에 날아가는 검은색 까치 한 마리, 우리 시선을 사로잡으며 계곡 반대편에 뾰족하게 날을 세우고 있는 산맥, 그리고 저 멀리 겨울 바다 옆에 자리 잡고 있는 마을.

이렇게 자세한 부분까지 기억하는 걸로 미루어 볼 때 이 그림을 처음 보았을 때의 내 감동이 어떠했을지 알 수 있으리라. 하지만 실제로 나는 여러분들이 생각하는 것만큼 세세한 장면을 많이 기억하지는 못한다. 내가 기억하는 것은 겨울이다. 내가 이처럼 자세히 묘사할 수 있는 것은 세인트 판크라스 역에서 내려 국립 미술관으로 오는 길에 들른 여러 서점과 국립 미술관에 있는 서점에서 어렵사리 구한 다양한 종류의 브뢰겔 화집에 복제판이 들어 있으며, 나는 지금 미술관 카페에 앉아 보고 있기 때문이다. 하지만 복제판에는 구현하지 못한 것이 하나 있다. 원화 앞에 섰을 때 느낄 수 있는 강한 〈기운〉이다.

이 그림은 19세기 오스트리아·헝가리 제국이 가장 화려했던 시절, 제국의 미술 소장품을 보관하기 위해 빈에 지은 〈미술사 박물관〉에 있다. 그림들은 피아노 노빌레[17]에 있으며 그림을 알현하기 위해서는 무릎 높이까지 올라오는 계단을 올라가야 한다. 「눈 속의 사냥꾼들」의 크기는 그 주변 환경과 어울린다. 내가 구입해 탁자 위에 펼쳐 놓은 복제품들은 탁자보다 가로세로가 각각 몇 센티미터 정도 크기 때문에 따로 보조 받침대를 놓아서 펼쳐 놓았으며, 나는 실험실에서 표본을 바라보듯 그것들을 깔보는 눈으로 본다. 원화는 눈높이보

---

[17] *piano nobile*. 거실을 포함하는 건물의 주층. 대개의 경우 다른 층보다 높다.

우리가 보는 것은 무엇인가? **85**

다 위쪽에 걸려 있으며 대략 폭 150센티미터에 높이 120센티미터로 창문만 한 크기이기에 그림을 통해 벽 바깥의 완벽한 세상을 보게 된다. 그림을 보는 이는 자신으로부터, 자신이 살고 있는 따뜻하고 편안한 세상으로부터 빨려 나와 집안 벽난로가 주는 따뜻함과 추수 때 비축해 둔 음식물이 귀해져 가는 시절로, 춥고 거친 세상으로, 좀 더 위험한 시대로 들어가게 된다. 당신은 겨울의 군주가 몰고 온 눈 덮인 골짜기의 거대한 정적과 주변을 감싸고 있는 대낮의 야릇한 고요함에 휩싸여 있다.

그리고 그림에는 전후 관계가 들어 있다. 7년 전 어느 뜨거운 여름날 오후 내가 인생을 바꿀 또 다른 〈번개 같은 충격 *coups de foudre*〉을 맞이하며 그랬듯이, 여러분이 마침내 정신을 차리고 「눈 속의 사냥꾼들」 앞에 서 있다는 사실을 깨닫게 되면 그 작품 하나만 볼 수 있는 게 아니라는 사실을 알 수 있다. 고개를 돌리면 모든 벽에 브뢰겔의 그림이 걸려 있다. 여러분이 있는 방은 현재까지 알려진 브뢰겔의 작품 가운데 3분의 1가량이 걸려 있으며, 금박을 입힌 액자 하나하나는 그의 독특한 시각을 통해 세상을 볼 수 있는 창문이 된다. 여러분의 왼쪽으로 벽이 끝나는 곳에는 여러분 앞에 있는 것과 거의 비슷한 광경이 펼쳐져 있다. 금박 입힌 창문 밖으로 거대한 바벨탑이 보인다. 탑 꼭대기는 구름에 가려 있고, 탑은 회랑이 있는 석조 건물 무게로 기반이 가라앉아 피사의 사탑처럼 기울어져 있다. 다음 창문 너머로는 플랑드르의 좁은 집을 빠져나와 상쾌한 봄 날씨를 즐기러 나온 군중들 모습이 보인다. 이들은 십자가형을 받은 세 명의 처형 장면을 보는 재미가 남다르리라는 생각에 갈보리 언덕으로 가는 도중, 언덕을 올라가고 있는 죄수들과의 만남에 흥분해 눈이 휘둥그레져 있다. 달구지로 호송되어 가는 도둑 두 명은 공포로 얼굴이 하얗게 질려 있고, 십자가의 무게에 눌려 무릎 꿇은 예수의 모습이 자극적이다. 여러분이 서 있는 뒤쪽부터 오른쪽 창문으로는 〈어린이들의 놀이〉를 하고 있는 작고 천하고 꾀죄죄한 선머슴들의 익숙한 모습, 〈농민의 결혼식〉에서 유쾌히 마시고 노는 전원 사회의 낯익은 단면, 야외에서 모여 술을 들이켜고 노름을 하고 〈농민들의 춤〉을 추는 익숙한 장면, 헤롯 왕의 편집광적 명령에 따라 동료들이 눈 쌓인 플랑드르 마을을 뒤지며 남자 아이들을 도살하는 동안 치켜든 창으로 숲을 이룬 채 기다리고 있는 무장 기병 부대의 낯익은 모습들을 볼 수 있다.

자, 이제 「눈 속의 사냥꾼들」 이야기로 돌아가자. 같은 벽면에 거의 같은 크기의 풍경화 두 폭이 더 있다. 하지만 약간 낯선 그림이다. 「눈 속의 사냥꾼들」의 바로 왼쪽으로는 또 다른 강과 계곡이 보인다. 같은 장소는 아니지만 같은 세계의 일부분인 것은 분명하며, 「눈 속의 사냥꾼들」과 마찬가지로 높은 곳에서 내려다보는 장면이며 뾰족뾰족한 산이 줄지어 있지만 이번에는 고요한 가을날이며 나뭇잎은 황갈색으로 물들고 포도밭의 포도는 수확을 기다리고 있다. 우리 앞에 있는 언덕을 내려가면 지친 사냥꾼들의 모습 대신 산에 있는 여름 방목지에서 풀을 뜯어 살찐 젖소를 「눈 속의 사냥꾼들」이 예고하는 거친 겨울에 대비해 골짜기로 몰고 오는 목동들을 만날 수 있다. 「소 떼의 귀로」 왼쪽으로는 같은 산에 있는 세 번째 강과 골짜기의 모습을 볼 수 있다. 그 장면도 여전히 위에서 내려다본 것이며 저 멀리에서는 가파른 바위 절벽이 여전히 마을을 내려다보고 있다. 하지만 이제 계절은 바람이 거센 초봄으로 바뀌었으며, 이리저리 찢긴 먹구름은 하늘을 가로지르고 있으며 넓은 강어귀에 떠 있는 배들은 금방이라도 가라앉을 듯 위험에 처해 있다. 우리 바로 앞에 있는 농부들은 이번에는 새순이 나오기 전에 가지치기를 하고 있다. 농부들 아래로 언덕 중턱과 작은 마을 사이로 구불구불 나 있는 길은 늦겨울 비로 인해 진흙탕이 되어 있다. 솔직히, 넓은 시야에도 불구하고 여기 그려져 있는 것은 진흙투성이의 작은 시골에 지나지 않으며, 특히 (제목이 말하고 있는 것처럼) 〈어두운 날〉이 마을을 찾아왔기 때문에 그런 느낌은 더욱 강하다.

이 세 폭의 그림은 서로 상당한 연관이 있으며, 이 셋과 떨어져 보관되는 일련의 그림이 두 폭 더 있다. 프라하 국립 미술관에 가거나 아니면 지금 내가 하듯 브뢰겔 화집을 넘겨 보면, 네 번째 강과 깎아지른 듯한 네 번째 절벽을 굽어볼 수 있다. 이번에는 화창한 여름날이며 우리는 계곡에서 내려와 좀 더 지상에 가까운 곳에서 건초 만드는 장면을 보고 있다. 다시금 시선을 조금 멀리 해 아래쪽의 마을을 보면 한여름 수확물인 체리와 콩으로 가득한 바구니를 짊어지느라 등이 휜 농부들의 행렬이 보인다. 다시 책장을 넘기면, 또는 다음 번 뉴욕 메트로폴리탄 미술관에 가면 다섯 번째 계곡을 만날 수 있다. 이곳의 시골은 좀 더 평온하고 날씨는 좀 더 덥다. 높은 산은 보이지 않으며 잔잔하고 배로 북적이는 바다로 통하는 강물만 반짝이고 있다. 여러분은 한여름 정오의 뙤약볕에서 농부들이 〈곡물 수확〉하는 현장에 있다. 남자 몇은 잘 익은 밀을 다발로 묶어 세워 놓기 위해 바닥에 가지런히 누이고 있고, 어떤 사내는 나무 그늘 아래서 팔다리를 펴고 잠들어 있으며, 여인네들은 새참 준비를 위해 커다란 빵 덩어리를 자르고 있다.

이 일련의 그림 다섯 장에는 각각 날짜와 서명이 들어 있다(「건초 만들기」는 예외이다. 이 그림은 아랫부분 3~4센티미터가 잘려 나간 듯하다). 이 그림들은 1565년 한 해 동안 그해가 지나가는 과정을 그린 것이다. 그림은 사계절을 보여주고 있으며, 각각 해당 계절이 되면 나타나는 날씨와 해야 하는 노동을 묘사하고 있다. 「어두운 날」은 봄, 「소 떼의 귀로」는 가을, 「눈 속의 사냥꾼들」은 겨울과 밀접한 관련이 있다. 하지만 봄과 가을 사이에는 각 그림들 간의 관계를 망치는 이상한 점이 있다. 여름을 대표하는 그림이 한 폭이 아니라 「건초 만들기」와 「곡물 수확」 두 폭이라는 점이다.

사계절과 다섯 폭의 그림.

하긴, 안 될 게 뭔가. 1년 중 가장 즐거운 시기에는 두 장면을 그렸다 해도 이상할 게 없다. 하지만 이렇게 얼개를 억지로 꿰맞춘다 할지라도 그림이 나타내는 계절 간격이 이상하다. 날씨로 판단하건대, 「눈 속의 사냥꾼들」은 한겨울 중 한겨울로, 아마도 1월의 어느 날인 듯하다. 한편 「어두운 날」은 그로부터 시간이 얼마 지나지 않은 늦겨울에서 이른 봄 사이로, 봄이 왔다는 일반적인 신호는 아직 보이지 않는다. 그림에서 시간은 3월 초인 듯하며, 앞의 그림보다 달포 또는 그보다 약간 더 나중의 시기로서 여름을 그린 그림 두 장 중 첫 번째 것보다 시기상 거의 3개월이나 앞선 것이다. 건초를 아무리 빨리 만들어 봐야 6월 이전에는 만들 수 없기 때문이다.

이런 이상한 간격은 이 일련의 그림이 너무 많은 것이 아니라 오히려 너무 적다는 것을 암시하고 있다. 뭔가 사라진 그림이 있는 듯하다.

    이제 내 운명은 정확히 그것이 무엇인가에 달려 있음이 분명해진다.

그림들이 각기 다른 네 계절을 보여 주고 있으며 종종 이 일련의 그림들을 〈사계〉라 부르는 경우도 있지만, 브뢰겔이 원래 그럴 계획으로 그림을 그렸다는 증거는 어디에서도 찾아볼 수 없다. 그림의 기원에 대해 기록으로 남아 있는 유일한 내용은 브뢰겔이 그림을 그린 다음 해인 1566년에 안트베르펜의 상인 니콜라에스 용겔링크가 만든 자기 소장품 목록뿐이다. 그 목록에는 그림 각각에 대한 제목 대신 집단 표제어가 붙어 있으며 〈사계〉 대신 〈열두 달*De Twelff maenden*〉이라고 되어 있다. 하지만 그것이 사실이라면 다섯 장의 그림은 사계절이 아닌 열두 달을 표현하고 있으며 따라서 사라진 그림이 더 있다는 뜻이 된다.

얼마나 더 있는 걸까? 목록에 따르면 용겔링크는 브뢰겔 그림을 열여섯 장 가지고 있었으며 그 가운데 이름이 붙어 있는 것은 「바벨탑」과 「갈보리 언덕으로 가는 길」, 두 장뿐이었다. 즉 나머지 열네 장에는 이름이 붙어 있지 않았다. 적어도 이 가운데 다섯 장이 〈열두 달〉 시리즈로 현재 우리가 알고 있는 다섯 장의 그림이리라. 어쩌면 열네 장일 수도 있고 아니면 다섯과 열넷 사이의 어느 숫자일 수도 있다. 열네 장의 그림으로 열두 달을 묘사하는 것은 다섯 장으로 그렇게 하는 것보다 더 이상해 보이며 대부분의 다른 숫자들도 마찬가지다. 언뜻 보기에 융겔링크의 목록에 있는 숫자를 가장 잘 분할하는 방법은 그림 두 장에는 이름이 붙어 있지 않고 나머지 열두 장이 각각 한 달을 묘사하고 있다고 보는 것이다.

이 경우 그림 일곱 장이 사라진 것이 되며 블랙넬 여사[18]의 기준으로 보면 지독히도 부주의한 것처럼 보인다. 하지만 충분히 그럴 수 있는 일이다. 브뢰겔의 말년, 네덜란드는 무척이나 혼란스러웠다. 네덜란드는 스페인의 지배를 떨치기 위해 80년 동안 싸워 왔기 때문이다. 현재 브뢰겔의 그림으로 확인된 것은 마흔다섯 장밖에 남아 있지 않지만 다른 그림들이 더 있었다는 사실을 우리는 알고 있다. 브뢰겔의 제자들이 만든 복사본과 엔그레이빙이 남아 있기 때문이다.

하지만 〈열두 달〉 시리즈 가운데 실제로 사라진 그림이 아홉 장인지 여섯 장인지 아니면 다섯 장인지 네 장인지 아는 사람은 아무도 없다. 나는 지금 창밖으로 보이는 세인트 제임스 광장에 서 있는 나무들의 신록을 뒤로한 채 런던 도서관의 열람실에 앉아 있다. 책상 위에는 브뢰겔의 대가 일곱 명이 쓴 책들이 펼쳐져 있다. 저녁 식사 시간에 맞춰 돌아오겠다는 케이트와의 약속을 지키기 위해 허둥지둥 세인트 판크라스 역으로 돌아가기 전에 다 읽어 보기 위해서다. 하지만 읽으면 읽을수록 브뢰겔에 대한 모든 점이 차차 불확실해진다. 그리고 그 불확실성으로 인해 나는 점점 무서운 공포

---

18 오스카 와일드의 희곡 「진지함의 중요성」의 등장인물.

에 휩싸인다. 나는 없어진 그림이 정확히 무엇인지 알아야 할 필요가 있다. 정말로 필요하다.

사라진 그림들과 공식 기록에 남은 몇 안 되는 날짜들을 제외하면 브뤼겔에 대해 알려진 바는 거의 없다. 브뢰겔은 1551년 안트베르펜 화가 조합에 가입했으며 1552년부터 1554년까지 이탈리아를 여행했다. 1563년에는 브뤼셀로 옮겨 와 스승의 딸과 결혼했고 1569년 죽었다. 이 비밀스러운 이야기가 끝을 맺을 때 브뢰겔이 몇 살이었는지 아무도 모른다. 이야기가 언제 시작했는지 아는 이가 아무도 없기 때문이다. 학자들은 여러 가지 단편적 증거를 바탕으로 브뢰겔이 1525년에서 1530년 사이의 어느 때인가 태어났다고 하지만 1522년, 심지어는 1520년에 태어났을 확률도 배제할 수는 없다.

오늘날, 엔그레이빙으로 된 브뢰겔의 초상화는 두 점이 있다. 각기 람프소니우스와 사델러의 작품으로, 헌정사를 통해 브뢰겔을 그렸다는 것을 알 수 있다. 하지만 편지나 브뢰겔이 직접 쓴 회고록 같은 것은 없다. 브뢰겔에 대한 전기적 정보는 『화가 열전 *Schilderboeck*』에 들어 있는 것이 거의 유일하다. 이 별난 책의 작가는 화가인 카렐 반 만더이며, 플리니우스[19]와 바자리[20]의 책을 모형으로 삼아 고대 이후 유럽 미술가들의 생을 간략하게 담고 있다. 이 책에서 가장 흥미로

---

19 Plinius(23~79). 로마의 철학자이자 박물학자. 『자연사 *Historia Naturalis*』(전37권)로 유명하다.
20 Giorgio Vasari(1511~1574). 이탈리아의 화가이자 건축가이며 예술사가. 르네상스 시대 예술의 역사에 대해 쓴 『이탈리아의 가장 뛰어난 화가·조각가·건축가의 생애』로 유명하다.

운 내용은 독일과 네덜란드 화가에 할애한 부분이다. 브뢰겔에 대한 항목은 간결하면서도 많은 이야기를 담고 있다. 〈브뢰겔은 아주 조용하고 사색적인 인물로, 말하는 것을 즐기지 않았지만 동료들과 같이 있을 때는 곧잘 농담을 했다〉. 그는 같이 작업하던 한스 프랑케르트와 함께 〈농부 복장을 하고 시장이나 결혼식장에 가는 것을 즐겼으며 신랑, 신부의 친척 또는 지인이라도 되는 것처럼 가장하고는 선물을 주었다. 그곳에서 브뢰겔은 농부들의 자연스러운 생활 — 먹고, 마시고, 춤추고, 뛰고, 구혼하는 것 같은 여러 가지 재미있는 모습 — 을 보며 즐거워했다⋯⋯〉.

그 밖에 무슨 이야기가 있을까? 별로 없다. 브뢰겔은 〈온갖 종류의 으스스한 소리를 내며 유령 흉내를 내〉 다른 사람들을 겁주기 좋아했다. 브뢰겔은 안트베르펜에서 하녀와 함께 살았지만 그녀가 지독한 거짓말쟁이였기 때문에 헤어졌고, 아내와 결혼하고 나서는 장모의 의견을 받들어 그 하녀를 피하기 위해 브뤼셀로 이사했다. 브뢰겔은 아내에게 자신이 그린 그림 한 점만 남겨 주었으며 다른 그림은 모두 없애 버리라고 지시했다.

반 만더의 책은 브뢰겔이 죽고 35년이 지난 1604년에 출간되었으며 브뢰겔이 활동하던 대부분의 시기에 반 만더는 다른 여러 도시에서 살았기 때문에 개인적으로 브뢰겔을 알고 있었던 것 같지는 않아 보인다. 그래서 반 만더가 책에서 브뢰겔에 대해 묘사한 설명과 몇 안 되는 기이한 이야기는 진위가 의심된다.

심지어는 브뢰겔의 이름조차 풀리지 않은 수수께끼이다. 반 만더의 말에 따르면, 브뢰겔은 자신의 이름을 오늘날 네덜란드 땅인 북(北)브라반트의 브레다 근처 자신이 태어난 마을 이름에서 따왔다고 한다. 하지만 내가 책상 위에 펼쳐 놓은 문헌의 저자 가운데 한 명인 프리드리히 그로스만[21]에 따르면, 그곳에는 Brueghel 또는 Brogel이라 불리는 마을이 두 군데 있으며 둘 다 브레다 근방이 아니라고 한다. 한곳은 브레다로부터 동쪽으로 55킬로미터 떨어져 있으며 다른 한곳은 남동쪽으로 70킬로미터 떨어진 곳에 있다. 이 부근에는 브레라는 마을이 있다. 브레는 16세기에 브레데, 브리다 또는 라틴 어로 브레다로 불렸다. 하지만 이곳이 브뢰겔이 태어난 곳이라면 브뢰겔의 국적은 지금의 네덜란드가 아닌 벨기에여야 하며, 토니 처트의 민감한 평가가 옳다면, 브뢰겔의 작품들은 초콜릿이나 맥주 따위에 불과한 별 볼일 없는 것이다.

한편으로는 이름의 철자 자체가 하나의 수수께끼다. 사실, 미술사 박물관에서 「눈 속의 사냥꾼들」과 마주하고 있는 「유아 학살」은 피터 브뢰겔Pieter Bruegel의 작품이 아니다. 원본은 햄튼 코트에 있으며 미술사 박물관에 있는 것은 성에 h가 들어간 피터 브뢰겔Pieter Brueghel이 다시 그린 것이다. 성에 h가 들어간 피터 브뢰겔은 h 없는 피터 브뢰겔과 같은 화가가 아니다. 그런데, 우연히 거의 같은 이름을 가진 사람들은 대개 아무 관계도 없기 마련이건만, 이 경우에는 그것도 아니다. 혼란스럽게도 h가 들어간 브뢰겔은 우리가 조사하고 있는 브뢰겔의 아들로, 아버지인 대(大)피터 브뢰겔과 조금이나마 분명하게 구별하기 위해 소(小)피터 브뢰겔이

---

21 Friedrich Grossmann. 독일의 미술사학자. 그가 쓴 『피터 브뢰겔 전집』(1973, 전3권)은 자세한 전기와 동시대 및 후대의 해석을 수록하고 있는 브뢰겔 연구의 기본 문헌이다.

라 부른다. 하지만 그렇다고 해도 아버지 대(大)브뢰겔의 큰아들로서 성에 h가 들어간 얀 브뢰겔과는 구별할 수 없다. 얀 브뢰겔은 그의 아들인 소(小)얀 브뢰겔(역시 h가 들어간)과 구별하기 위해 대(大)얀 브뢰겔로 부른다. 소얀 브뢰겔의 아들인 아브라함 브뢰겔이나 대얀 브뢰겔의 아들인 암브로시우스 브뢰겔까지 포함하면 화가로서 성에 h가 들어가는 브뢰겔이라는 이름의 화가가 다섯 명이 있으며, 이 모두가 우리의 신비롭고 능력 있는 인물의 자손들이다.

우리가 관심을 보이는 인물과 그의 자손들 사이를 구별하는 한 가지 확실한 방법은 그의 이름에는 h가 없다는 것이다. 하지만 예외가 있다. 지금 내 앞 탁자에는 가장 유명한 브뢰겔 연구가 중 한 명인 빌헬름 글뤼크의 책이 펼쳐져 있는데, 이 책에는 브뢰겔의 철자 h가 들어가 있다. 그리고 1559년까지 브뢰겔은 자신의 이름을 쓸 때 거의 대부분 h를 넣어 표기했다. 그러다가 그때 브뢰겔은 스물아홉 살, 또는 서른 살이거나 서른네 살 때, 그것도 아니면 서른일곱 살이나 서른아홉 살의 나이가 되어 Brueghel이라는 이름이 이미 하나의 상표가 되어 세상에 잘 알려진 이후로 Brueghel 대신 거의 대부분 Bruegel이라고 서명했다. 왜? 아무도 모른다.

하지만 안 될 것이 뭔가? 그렇게 하는 것이 철자도 쉽고 그림 훼손도 덜하다. 그렇지만 그 경우 또 다른 수수께끼가 생긴다. 만약 브뢰겔이 새 이름을 더 좋아했다면, 이름을 바꾼 이후 수십 년 사이에 아이들이 태어났을 때 왜 그 이름을 물려주지 않았을까? 왜 자신은 원치 않았던 h를 자신의 후손들에게는 물려준 것일까?

아무도 모른다.

1년을 묘사한 위대한 연작 가운데 무엇인가 사라졌다. 이 점에 대해서는 거의 대부분의 전문가들이 동의한다.

하지만 어느 것이 사라졌는가? 그 답은 남아 있는 다섯 점의 그림에 달려 있고 이 문제에 대해서 전문가들은 첨예하게 대립하고 있다.

나는 북쪽으로 향하는 기차를 타고 가는 내내 산더미처럼 축적된 학문과 씨름했다. 기차에는 달리 책을 놓을 곳이 없었기에 열두 권이나 되는 책을 무릎에 올려놓고 참조할 때마다 어려움에 끙끙거렸다. 하지만 동시에 유쾌했다. 모두 한 가지 점에는 동의하기 때문이다. 문제를 해결하는 방법은 도상학이었다. 반 만더의 비밀스러운 기록에도 불구하고, 브뢰겔은 계절을 묘사하는 다섯 점의 그림을 그릴 때 자신의 개인적 지식이나 전원생활의 관찰을 바탕으로 각 계절별 노동이나 활동을 고른 것이 아니다(이에 대해서는 전문가들 모두가 동의하고 있다). 브뢰겔은 계절을 대표하는 상징을 썼다. 『시도서(時禱書, *Book of Hours*)』에 들어 있는 달력에는 1년 중 특별한 시기에 전통적으로 하는 노동과 활동이 나와 있다. 이 중세의 베스트셀러에 대한 연구에서 비크는 이 시대가 〈평온하고 목가적이며 변함없는 세계로, 이 세계의 진짜 모습인 고된 노동과 지독한 빈곤을 간파해 보기란 쉽지 않다〉고 서술하고 있다.

그러므로 케이트와 나는 문제를 함께 풀어 나갈 수 있다. 케이트는 적어도 『시도서』의 도상에 대해서 내가 지금 무릎으로 버티고 있는 전문 서적의 저자들만큼 알고 있다. 내가 오컴의 저서에 익숙하듯 케이트는 온갖 종류의 『시도서』에 익숙하다. 내가 케이트를 만나게 된 것도 『시도서』를 통해서였다. 당시 케이트는 바이에른 주립 도서관에 보관되어 있는 유명한 『플랑드르 달력Calendrier flamand』을 포함해 남부 독일의 기록 보관소와 수도원 여러 곳에 있는 문서들을 연구하려고 뮌헨으로 가는 길이었다. 루프트한자 항공사, 나 스스로도 감탄할 만한 민첩성, 앞뒤 가리지 않고 음료수를 강권한 내 무모함, 케이트가 쓰던 구식 만년필에서 잉크가 새었을 때 내가 건네준 종이 타월과 손수건, 그로부터 두 달 하고도 1주일과 사흘 뒤 조화가 빽빽이 들어선 캠든 공회당의 방에서 케이트가 다시 자신의 만년필을 쓴 다음 나에게 그 만년필을 빌려 주던(쓸 것을 가져오는 것을 잊었다) 행복한 날 아침. 이 모든 것에 내가 축복을 내린 적이 한두 번이 아니다.

사실, 케이트의 도움을 받는다면 일석이조의 효과를 누릴 수 있다. 그림의 상징을 푸는 데 케이트가 관여한다면 내가 케이트에게 뉴스를 알려야 하는 문제도 함께 풀릴 수 있기 때문이다. 이 문제는 내가 생각하고 있는 것보다 훨씬 더 어려워 보인다. 그리고 내가 설사 완벽하게 설명한다 할지라도 갑작스레 이야기를 꺼낸다면 케이트의 저항을 불러일으킬 위험이 있다. 우리가 어디로 향하는지 알지 못하는 상태에서 케이트가 덤불 속을 안내하도록 하는 것이 훨씬 더 좋은 방법이다. 그리하여 케이트가 한 발 한 발 전진해 내가 발견한 것을 스스로 발견할 수 있도록 말이다.

하지만 이 문제에 대한 이야기를 꺼낼 적당한 시기를 찾기가 어려웠다. 내가 역에 도착해 틸다를 어르며 걸어오는 케이트의 모습을 보았을 때는 적당한 시기가 아니었다. 나를 태우고 별장으로 갈 때도 마찬가지였다. 저녁 식사를 할 때도 아니었다(내가 거듭 단언했음에도 케이트는 저녁 식사를 끝마친 상태였다). 틸다가 언제 자고 언제 일어났는지, 젖을 얼마나 많이 먹었는지, 스켈턴 씨가 변기에 대해 뭐라 이야기했는지에 대해 나에게 소상히 이야기해 줄 때도 아니었다. 내가 런던에서 무엇을 했으며 비닐 쇼핑백 두 개에 팔이 빠질 정도로 무겁게 들고 온 게 무엇인지 묻지 않으려 무척이나 조심하고 있을 때도 적당하지 않았다.

그런 이유로 이튿날 아침인 지금, 케이트는 부엌 탁자 한쪽 끝에서 일하고 있으며 나는 식탁 반대편 끝에 펼쳐 놓은 노트북 컴퓨터 뒤에 내 책 모두를 가능한 한 꽁꽁 숨겨 놓았다(그래 봤자 기차에서 내 무릎 위에 포개어 놓았던 것처럼 어색하기 짝이 없다). 케이트가 책 제목을 보고 모든 상황을 알아차리는 것을 원치 않기 때문이다. 그리고 케이트는 지금 그 책들을 보지 않으려 애쓰고 있다. 내가 지금 꾸미고 있는 일이 무엇이든 간에 그것이 유명론이나 유명론이 네덜란드 예술에 미친 영향에 관한 작업이 아니라는 사실을 케이트는 너무나 잘 알고 있으며 그것을 확인함으로써 나에게 실망하고 싶지 않기 때문이다.

 케이트가 내 의견에 동조하지 않을까 무서워하고 있는 건가? 정확하게 말하자면 무서운 게 아니라 케이트가 동조하지 않을 때 내가 아내에게 느끼게 될 실망을 피하기 위해 이렇게 전전긍긍하고 있는 것이다. 내가 비행기에서 준 화장지를 모아 놓았다가 자신에게 건네주며 웃었을 때의 내 뱃심을 잊을까 봐 아내가 겁내듯, 나 역시 아내가 앉았던 LH4565편 25A 좌석의 창문을 통해 아내의 머리 너머로 보이던 하늘의 광명이 사라질까 봐 두려워하고 있다.

 아니, 나는 겁내고 있다. 나에게는 은행으로부터 꽤 많은 돈을 빌리는 것에 대한 동의를 포함해 아내의 도덕적 지원이 필요하며, 만약 그 순간이 왔을 때 내가 확인한 것을 아내가 받아들이지 않는다면 내가 어떻게 일을 꾸려 나가야 할지 모르겠다.

 지금 당장 아내가 현실적인 도움을 주었으면 하는 바람이 간절하다. 지금 필요한 것은 도상 해석학이 아니라 도상학이기 때문이다. 주제에 대해 가능한 해석의 범위와 그것들의 여러 가지 순열과 조합으로 난 어찌할 바를 모르고 있다. 내 앞의 탁자 위에는 프리들렌더(당연하다), 글뤼크,[22] 그로스만, 톨나이,[23] 슈테호,[24] 주나이,[25] 비앙코니[26]의 책들이 놓여

---

22 Gustav Glück. 독일의 미술사학자. 영역(英譯)된 『대(大)피터 브뢰겔』이라는 저서가 있다.

23 Charles de Tolnay(1899~1958). 헝가리의 미술사학자. 미켈란젤로 연구의 권위자. 여기서 언급되는 저서는 그의 『대(大)피터 브뢰겔의 회화』(1952)일 것이다.

24 Wolfgang Stechow(1896~1974). 독일의 미술사학자. 여기서 언급되는 저서는 그의 『대(大)피터 브뢰겔』일 것이다. 『17세기 네덜란드

있다. 각 저자들은 다른 책들의 주장을 자유로이 인용하고 있으며 그중에는 내가 런던 도서관에서 구할 수 없었던 윌랭 들로,[27] 미헬, 롬달,[28] 스트리드베크,[29] 드보르자크[30]의 저서가 포함되어 있다. 또한 각 저자들은 브뤼주의 시몬 베닝이 1620년대에 쓴 채색 기도서 『헤네시의 시도(時禱)』와 1630년대에 쓴 『다 코스타의 시도』, 그보다 좀 일찍 시몬 베닝이 아버지 알렉산더 베닝과 함께 쓴 『그리마니 기도서』(달력 자체는 제라르 오랭부가 제작했다), 바이에른 주립 도서관에 있는 우리의 소중한(이 표현을 꼭 붙이고 싶다) 『플랑드르 달력』의 서로 상반된 도해들을 자주 인용하고 있다.

우선 「눈 속의 사냥꾼들」이 어떤 달을 나타내는 걸까? 윌랭 들로에 따르면 눈 쌓인 풍경은 2월의 특징이라고 한다. 그러나 톨나이는 의견을 달리한다. 톨나이는 『다 코스타의 시도』에서 눈 쌓인 풍경은 12월을, 『헤네시의 시도』에서는 1월을 나타내는 것이라 주장한다. 또한 『헤네시의 시도』에서 사냥한 동물이 여우 대신 토끼이긴 하지만 1월에 사냥꾼도 나

풍경화』(1966)는 그의 가장 유명한 저술이다.
25 Robert Genaille. 프랑스의 미술사학자. 플랑드르와 네덜란드 미술사 연구에 대한 저서가 있다.
26 Piero Bianconi(1899~1984). 스위스(이탈리아 어권)의 작가, 미술 비평가.
27 Georges Hulin de Loo(1862~1945). 벨기에의 미술사학자. 최초로 대브뤼겔의 고증된 작품 목록을 작성했다.
28 Axel Romdahl(1880~1951). 스웨덴의 미술사학자.
29 Carl Gustaf Stridbeck. 스웨덴의 미술사학자. 『피터 브뢰겔의 작품에 나타난 도상 해석학적 문제 연구』(1956)라는 저서가 있다.
30 Max Dvořák(1874~1921). 오스트리아·체코의 미술사학자. 딜타이의 영향을 받아 〈정신사로서의 미술사〉(그의 저서의 제목이기도 하다)를 주창한, 빈 학파 대표자의 한 사람이다.

오고 있으며, 동물이 바뀐 것은 브뢰겔이 소재에 약간의 변화를 준 것처럼 보인다고 주장한다. 글뤼크도 그림이 1월을 나타내고 있다는 의견에 동의하고 있다. 하지만 여인숙 바깥 눈 속에서 피운 불에 여인들이 굽고 있는 것은 무엇인가? 글뤼크는 여인들이 굽고 있는 것이 옥수수라고, 따라서 이 그림이 1월을 나타내는 것이라는 자신의 진단을 뒷받침해 주는 증거라고 믿고 있다. 톨나이는 옥수수가 아니라 돼지고기이며, 『헤네시의 시도』와 『다 코스타의 시도』 양쪽에서 12월을 상징하는 것은 돼지고기라고 주장한다.

그러므로 「눈 속의 사냥꾼들」은 세 달 가운데 어느 한 달을 나타내고 있는 것이다. 「어두운 날」은 시기를 정할 수 없다는 사실이 밝혀졌다. 가지치기를 하고 있는 농부들 앞의 세 명은 전혀 일을 하지 않는다. 한 명은 납작하고 네모난 뭔가를 손에 들고 먹으면서(마초[31]나 피자 조각 같다) 다른 한쪽 손은 높이 치켜들고 있다. 아마도 종이 왕관을 쓰고 초롱을 든 아이 손이 닿지 않도록 하려는 것 같다. 톨나이는 이 음식이 와플이며 초롱과 함께 사육제를 암시하는 물건이라 보고 있고 롬달도 이 의견에 동의하고 있다. 물론 이는 윌랭 들로가 주장한 「눈 속의 사냥꾼들」과 겹치는 부분이지만, 「눈 속의 사냥꾼들」이 2월을 상징하는 그림이라 생각하는 들로는 종이 왕관을 쓴 아이가 1월의 시작을 축하하는 〈콩의 왕〉을 상징한다고 믿고 있다. 이 그림이 「눈 속의 사냥꾼들」보다 앞선 그림이라 보는 것이다. 미헬은 이 의견을 받아들이고 있다. 하지만 글뤼크는 「어두운 날」이 3월을 나타내는 그림이라 보

---

31 *matzoh*. 발효시키지 않은 빵으로, 특히 유월절에 먹는다.

고 있으며 슈테호는 (비록 달력에서는 그렇지 않지만) 「헤네시의 시도」에서 가지치기가 3월을 지칭하고 있다며 글뤼크의 의견에 동의한다.

그러므로 「어두운 날」 역시 세 달 가운데 어느 한 달이며, 이제 나머지 두 그림의 순서까지 뒤바뀔 확률도 있다. 「건초 만들기」의 경우에 시기를 좀 더 한정시킬 수 있어, 두 가지 해석만이 존재한다. 윌랭 들로, 미헬, 글뤼크는 여인들이 마을로 이고 내려가는 바구니에 콩과 체리가 가득 그려져 있다는 점을 들어 그림이 6월을 나타내는 게 분명하고 주장하고 있다. 하지만 슈테호가 지적했듯이, 그림의 중심부 전체를 건초 만드는 장면이 차지하고 있는 데다가, 『헤네시의 시도』와 『그리마니 기도서』에서 건초 만들기가 7월의 주(主) 소재라 명시되어 있고 네덜란드에서 7월이 *Hooimaand*, 즉 건초의 달*Hay Moon*을 뜻하고 있는 것이다. 그래도 미헬과 글뤼크는 「곡물 수확」이 7월의 그림이라고 주장한다. 하지만 슈테호는 *Oegtmaand*, 즉 중추만월인 8월을 뜻한다는 것을 상기시키고 있으며 톨나이도 농부들의 식사와 낮잠 자는 장면 모두가 달력에서 8월을 나타내는 주제라고 하고 있다. 하지만 슈테호는 그림 중앙에 버젓이 그려진 불[32] 게임 하는 장면이 9월을 암시할 수도 있다고 경고하면서 세 번째 달에 대한 가능성도 남겨 놓고 있다.

이는 「소 떼의 귀로」에 생각할 여지를 남긴다. 「소 떼의 귀로」가 달력에 나오는 주제는 아니지만 브뢰겔이 『플랑드르 달력』에서 11월을 암시하는 사냥에서의 귀로를 응용해 이 그

---

32 잔디 볼링*lawn bowling*과 비슷한 경기.

림을 그렸다고 톨나이는 믿고 있다. 하지만 톨나이는 계곡 아래 잘 익은 포도밭과 그물을 주목하며 포도 수확과 그물을 이용한 새 사냥이 10월에 하는 일이라는 점을 지적했다. 슈테호 역시 두 달 사이에서 헷갈려 하는 듯하지만, 여하튼 이 그림은 10월과 11월 중 어느 한 달이다.

그렇다면 현재 남아 있는 다섯 점의 그림들은 각각 어느 달을 나타내는 것일까? 현재까지 내가 알아낸 바에 따르면, 이것들은 위에서 말한 어느 하나 또는 모든 달을 나타낼 수 있다.

두 달은 제외된다. 비록 여러 그림들이 사라졌지만 위에서 말한 여러 가지 해석으로도 확인되지 않은 달은 두 달, 오직 두 달뿐이다.

4월과 5월이다.

그것을 처음으로 본 이후 나는 그것을 생각하고…… 또 생각한다. 알려지지 않는 실체, 확인해야 할 대상을 생각한다. 뒤편에 써 있던 제목대로 〈즐겁게 노는 사람들〉을, 내 것이 될 그림을 생각한다. 땅바닥의 진흙, 벌거벗은 갈색 숲을 통해 퍼져 나오는 초록빛, 태양의 신선한 온기 아래 있는 광장과 길모퉁이에 마을 사람들이 나와 앉아 있을 것이 분명한 저 멀리 보이는 마을에 대해 생각한다.

3월이라고 하기에는 너무 늦고 6월이라 하기에는 너무 이르다. 그러니, 맞다. 그것은 4월이나 5월이어야만 한다. 그리고 다시 나는 속에서부터 물밀듯 치밀어 오르는 흥분을, 견디기 힘든 고뇌를 느낀다.

내 그림은 4월이나 5월이다. 모든 것이 딱 들어맞는다. 문제는 이제 4월과 5월 중 어느 달의 그림이냐 하는 의문일 뿐이다.

하지만, 그게 무슨 문제인가? 어느 쪽이든 상관없이 좋으며, 어느 쪽으로 판명 나든 그것은 기적이다.

하지만 여전히 좀 더 기적적인 일, 너무 기적적이라 지금 당장은 감히 생각조차 할 수 없는 일이 일어날 가능성도 있다. 우선 간단한 사실부터 알아야 할 필요가 있다. 4월인가, 5월인가?

나는 그림 속에 나타난 계절을 상기해 본다. 모호하다. 우리가 서 있는 곳은 4월 같다. 우리가 향하는 곳부터는 5월 같다.

도상학으로 끌어 모을 수 있는 정보는 무엇인가?

나는 나도 모르게 불쑥 말을 꺼낸다. 「달력에서 말인데, 『시도서』에 있는 달력에서 4월과 5월의 표시가 뭐야?」 케이트가 고개를 들어 나를 본다.

케이트는 얼굴을 찡그린다. 내가 그걸 왜 알고 싶은지 아내가 물을 것인가? 묻는다면 말해 주리라. 아내에게도 같은 원칙이 적용된다. 그렇게 생각하는 순간 나는 아내에게도 토니 처트와 같은 식으로 대하리라 결심한다. 다시 말해 거짓말도, 불필요한 진실도 말하지 않으리라. 하지만 아내 역시 내 뭔가를 자극할 만한 질문을 삼간다는 자신의 방침을 유지한다.

어쩌다 우리가, 사랑하는 사람과 이토록 웃기지도 않은 상황에 빠지게 된 걸까?

「달력에 대해서는 잘 몰라.」 아내는 조심스레 말한다. 「나는 기도 부분만 보았거든.」

대답하길 거부하며 타인을 경계하는 아내의 학문적 연막이 걷히기를 기다린다.

「4월과 5월의 표시?」 마침내 아내가 다시 입을 뗀다. 「황소자리를 말하는 거야? 아니면 쌍둥이자리?」

「황도 12궁이 아니라…… 어, 거기에 황도 12궁이 들어가 있어?」

「어떤 달력에는.」

케이트의 말에 나는 기억을 더듬어 본다. 「즐겁게 노는 사람들」 중심에 황소나 쌍둥이가 숨어 있었나?

「그때 하는 전통적인 일이 뭐냐는 거야.」

아내는 다시금 얼굴을 찌푸린다. 그래도 이 정도의 사항은 아내에게 알파벳과 마찬가지로 초보적인 지식이 분명하기에 기억을 되살리려 그리 오랜 시간 얼굴을 찌푸릴 필요가 없을 것이라 나는 생각한다. 지금 아내는 나에게 직접적인 질문을 건네지 않고도 내가 무슨 일을 하고 있는지 알아내려 노력하고 있는 것이다. 아내는 토니 집에 갔을 때 자신이 보지 못했던 마지막 그림과 무슨 관련이 있다고 추측하고 있다. 나와 마찬가지로 아내도 그것의 정체를 파악하기 위해 노력하고 있다. 그러나 나보다 한 단계 멀리 떨어져 있다. 내가 흘린 몇 마디 말 말고는 단서로 삼을 수 있는 게 거의 없기 때문이다. 결국은 아내도 그것을 알아낼 수 있을 것이다. 아니, 벌써 알아냈을지도 모른다. 그런 생각이 들자 순식간에 공포와 안도감이 뒤섞이며 나를 감싼다.

「글쎄.」 아내가 말한다. 「4월에는 묘목을 심고 씨를 뿌려.」

묘목을 심거나 씨 뿌리는 장면을 기억할 수 없다. 「5월에는?」

「양을 목초지에 내놔. 암소에게서 젖을 짜고.」

「목초지로 가는 암소 떼는?」 그림 속에서 저 멀리 작게 보이는 소 떼를 떠올린다. 10월이나 11월이 되면 산을 내려와 다시금 우리 전경(前景)을 지나갈 녀석들이다.

「가능해. 당장 그런 예가 떠오르지는 않지만 말이야.」

하지만 지금 케이트는 슬슬 열을 올리고 있는 중이다. 지금처럼 말하며 고개를 움직이는 행동은 어색하고 수줍게 자신의 열성을 보일 때 나타나는 아내의 오래된 버릇이다.

「사실, 4월과 5월은 다소 특별한 경우야. 노동 대신 오락으로 묘사되는 경우가 종종 있거든. 꽤 놀라운 일이지. 1년 내내 일하는 농부만 보이다가 봄이 되면 갑자기 귀족들이 나타나니 말이야. 당연히 시골 땅은 귀족들의 소유고, 날씨도 좋으니까 바깥에 나와 잠시 그걸 즐기는 거지.」

「우리처럼 말이지.」 아내의 열성에 불을 지피며 내가 말한다.

「그래, 변기를 고치는 것에 대한 내용도 달력에 들어 있었는지 지금 당장은 떠올릴 수 없지만 말이야.」

「불쌍한 영혼들이군. 그래, 그것 말고 또 뭘 해?」

「4월에는 매 사냥을 가지.」

「우리랑 다르군.」

「다르지. 그리고 꽃도 따.」

「우리도 한창때는 꽃을 땄어.」

아내는 눈길을 돌린다. 「연애도 자주 하지.」

「우리도 뭔가 그것과 비슷한 걸 했던 기억이야.」 내가 부드럽게 말한다. 하지만 내가 진짜로 떠올리는 건 내 그림 속에서 화려한 수선화 두 송이를 들고 입을 뾰족하게 내밀고 있는 우스꽝스러운 한 쌍의 모습이다. 「4월에는 그게 다야? 설마 5월까지 그런 걸 하는 건 아니겠지?」

「승마, 꽃따기 축제가 있어. 어떤 때는 다시금 매 사냥을 나가지. 그리고 여전히 연애를 하고 음악도 연주해.」

「그 말을 들으니까 쥐가 스피커 선을 갉아먹은 게 기억나네.」 말은 그렇게 하지만 내 귀에 들리는 것은 단조로운 백파이프에 맞춰 춤추며 발을 쿵쿵 구르는 소리이고, 내가 맡은 냄새는 춤추는 사람들 뒤에 선 사람들이 잡아당기고 있는 산사나무 꽃의 향이다.

「시몬 베닝이 〈다 코스타의 시도〉에서 5월에 대해 묘사한 멋진 장면이 하나 있어. 보트를 타고 브뤼주 운하를 건너는 두 쌍에 대한 거야. 남자 가운데 한 명은 노를 젓고, 다른 한 명은 피리를 불고 그들과 동행하는 여자 가운데 한 명은 류트를 연주해. 배에 탄 사람들은 자신들이 주운 5월의 가지를 집으로 가져가는 중이고 포도주 병을 차게 식히려고 배 옆에다 달아 놓았어.」

그렇군, 이제 나는 그림의 중간 부근에 있었던 물에 대해 생각한다. 물방아용 저수지가 있고 그 옆에는 시골에서 즐길 법한 운동 같은 걸 하며 놀고 있는 사람들이 있었다. 하지만 그림이 품고 있는 상징들이 4월을 가리키는지 5월을 가리키는지 확실하지가 않다. 다른 그림들의 상징과 마찬가지로 모호하다. 하지만 내 그림 속에서 발을 쿵쿵 굴리며「즐겁게 놀고 있는 사람들」은 귀족이 아니다.

「농부들은 뭘 하지?」 내가 묻는다. 「보트를 타면서 류트를 연주해? 아니면 좀 더 농부 같은 방식으로 구애를 해?」

「농부?」 아내가 다시금 얼굴을 찡그린다. 「농부가 구애하는 모습이 들어 있는 달력은 본 적이 없는걸. 그건 당시 사회 기풍과 반대되는 거야. 농부는 놀지 않아. 노는 건 귀족이지. 농부는 일을 한다고.」

우리는 다시금 자신의 책 더미 속으로 돌아간다. 약간은 예외적인 이 내용이 나에게 큰 의미가 있는 것 같지 않다. 하지만 책을 읽어 갈수록 뭔가 바뀐 것을 깨닫는다. 내 앞에 펼쳐진 책을 읽는 것이 급선무가 아니라는 생각이 든다. 내 머릿속에 들어 있던 확신의 밝은 빛이 조금씩 어두워지기 시작한다. 나는 각 문단을 두 번씩 읽어야 한다. 서로 일치하지 않는 서로 다른 두 명제에 자꾸만 마음이 쏠리기 때문이다. 모든 권위자들이 동의했듯, 이 시리즈에 들어 있는 모든 그림은 『시도서』에 들어 있는 도해에 기초하고 있다. 내 그림에 그러한 상징이 없다.

사소한 문제일 뿐이다. 그에 대한 설명이 한 다스는 있을 수 있다. 나는 그것을 잊기로 한다.

그 생각이 다시 떠오른다. 나는 굉장히 익숙한 감정을 느끼기 시작한다. 가슴에 돌덩이가 맺혀 점점 커지는 기분이다. 이런 차이에 대해 설명할 수 있는 한 가지 이유가 머릿속을 스치고 지나간다. 가슴이 쓰라릴 정도로 간단한 이유다. 이 모든 차이가 벌어지는 이유는, 내 그림이 브뢰겔이 『시도서』를 바탕으로 그렸던 일련의 그림의 한 장이 아니기 때문이다. 라벨에 적혀 있듯 그것은 산 풍경을 배경으로 놀고 있는 사람들의 그림이며 제바스티안 프란츠의 문하생이 그린 그림이다.

하지만 설명이 간단하다고 옳다는 뜻은 아니다. 하지만 확률의 균형은 이동했다. 이제 나는 왜 그 그림이 브뢰겔의 작품이라 생각했는지 이유를 떠올릴 수가 없다. 객관적인 이유가 단 하나도 떠오르지 않는다. 이번에도 내 행동은 피가 머리로 갑자기 몰리며 흥분한 것에 불과하다.

나는 내 그림이라고 말한다. 하지만 그렇지 않다. 그것은 토니 처트의 그림이다. 그렇다. 돌이킬 수 없는 피해가 일어나기 전에 적어도 맑은 정신은 돌아왔다. 케이트는 아직 시간이 있을 때 한 번 더 생각할 수 있는 기회를 나에게 주었다. 케이트는 내가 빠져 들었던 아찔한 모험, 아마 무의식중에 내가 늘 찾아다녔을 모험에서 빠져나올 수 있는 출구를 터주었다. 나는 다시금 루프트한자에 축복을 내린다. 아니 적어도 그렇게 해야만 한다고 생각한다. 그러나 말이 안 되는 걸 알지만 어찌 된 일인지 루프트한자에 기분이 언짢아진다. 다음 번에 뮌헨에 갈 일이 있을 때는 다른 항공사를 이용하리라.

나는 케이트가 다시금 살짝 얼굴을 찌푸리고 날 바라보고 있음을 깨닫는다. 「무슨 일이야?」 케이트가 말한다.

「무슨 뜻이야?」 나는 간단하게 대답한다. 「특별한 건 없어. 왜, 뭔가 일이 있어야 해?」

하지만 아내는 갑자기 바뀐 내 태도가 보이는 추가적인 증거로부터 내가 마지막으로 본 그림에서 무엇을 봤는지 알아내기 위해 여전히 애쓰고 있다. 나를 바라보는 아내의 태도에서 그런 아내의 의도를 읽을 수 있다. 이제 아내에게 맘 편히 털어놓을 수 있다고 생각한다.

하지만 나는 아무 말도 하지 않는다. 내가 얼마나 바보였는지 아내가 알게 할 수 없다.

나는 그로스만, 글뤼크와 다른 책들을 한쪽으로 밀고 노트북에서 〈파일 열기〉를 클릭한다. 〈C:\유명론〉이라고 친다.

실망의 시간은 짧았다. 진실, 깊숙이 숨어 있는 거짓 없는 진실은 한밤중, 아내가 틸다에게 젖을 물려야 하는 새벽 여섯시보다도 어두운 시간, 잠들기 전에 품었던 모든 확신과 만족감이 의심과 실망으로 바뀌는 경향이 있는 시간에 찾아온다. 여기서 내가 이끌어 낸 추론은, 의심과 실망으로 가득 차 잠이 들면 깨어났을 때 밤의 마력이 내 의심과 실망을 당당한 확신과 가슴 뿌듯한 만족감으로 바꿔 줄 수도 있다는 것이다.

나를 잠에서 깨운 간단한 신념은 다음과 같다. 내 그림이 무엇이든 간에 무명 화가의 이름 없는 제자가 그린 것이 아니라는 점이다!

내 그림은 프란츠 공방의 것도, 프란츠 화파의 것도, 프란츠를 모방한 사람의 것도 아니다. 하물며 프란츠 자신의 것도 아니다. 프란츠나 그의 공방, 화파, 모방자에 대해 아는 것은 아무것도 없지만 프란츠와는 관련 없다는 사실 하나만큼은 확실히 안다. 자고 있는 내 두뇌가 나도 모르게 스스로 세운 간단한 추론은 다음과 같다. 만약 그 멋진 그림이 프란츠나 그와 관련 있는 누군가의 것이라면 나는 그 사람에 대해서 알고 있어야만 한다. 왜냐하면 소풍 나온 어린 학생부터 7일 만에 일곱 개의 문화 중심지를 다 둘러보려는 성마른 미국 관광객에 이르기까지 서양의 모든 사람들이 그 인물에 대해 알고 있을 테니 말이다.

친구를 어떻게 알아보며 그것을 어떻게 확신하는지에 대해 프리들렌더가 했던 금언을 기억하라. 섬광 같은 인식은 주요한 지각이다. 그것은 가짜 턱 수염, 색안경, 외국 억양 같은 변칙적인 세부 사항에 의해 대치되지도 가치가 떨어지지도 않는다. 이런 사소한 수수께끼는 친구의 목에 팔을 두르고 기쁨에 겨워 흐느낀 다음에 얼마든지 물어볼 수 있는 것이다.

사실, 이제 나는 정반대의 사실을 깨닫는다. 확인 작업에서 나에게 의심만 품게 만들었던 모든 정보가 실제로는 내 주장을 뒷받침하는 증거가 되었다. 쟁점은 빨간 가발을 쓰고 팔을 흔들며 엉터리 영어를 쓰는 인물이 정말로 내 오랜 친구라 할 수 있는가가 아니다. 쟁점은 그 사람이 언제나 나를 놀라게 하는 내 오래된 친구 역을 제외하고 다른 누군가로 분할 수 있는가 하는 점이다. 이 세상에 다른 그 누가 그런 식으로 행동할 수 있단 말인가?

이러한 관점으로 제바스티안 프란츠, 또는 나, 또는 당신이 생각할 수 있는 누군가가 『시도서』에 있는 상징을 기초로 해 1년의 변화를 그렸다고 가정해 보자. 그렇다면 4월이나 5월을 담은 화폭에는 분명 농부들이 밭을 갈고 있거나 젖을 짜고 있을 것이고 신사, 숙녀들은 시시덕거리며 연애를 하고 있을 것이다. 하지만 바로 이것이, 미술사 박물관에 피터 브뢰겔의 전시실이 따로 마련되어 있으며 런던 도서관 열람실의 서가 한 열이 브뢰겔에 대한 책으로 가득 차 있지만 제바스티안 프란츠나 나에 대해선 그렇지 못한 이유다. 오직 브뢰겔만이 자신에게 어울리는 다양한 모델을 취할 수 있고 자신의 생각대로 모델을 자유로이 각색할 수 있는 독창성과 대담성이 있었다. 그것은 브뢰겔만의 고유한 변환이며, 전통적으로 그려 온 토끼 사냥꾼을 여우 사냥꾼으로 바꾼 것이나 가을에 사냥에서 돌아오는 장면을 소 떼가 돌아오는 장면으로 바꾼 것과 완전히 일치하는 것이다.

이제 생각이 난다. 브뢰겔은 일련의 다른 두 그림에서도 농부들이 노는 모습을 그렸다! 사냥꾼들이 돌아가는 눈 쌓인 마을에서, 주민들은 얼음 위에서 스케이트와 썰매를 타고 있다. 한여름, 옥수수 밭 너머 마을에서 사람들은 수영을 하고 불 게임 또는 현대에 와서는 다소 야만적 놀이로 보일 수도 있는 닭 던지기를 하고 있다(사람들이 어린 수탉이나 거위에게 막대기를 던진 뒤 녀석들이 막대기를 밟기 전에 막대기를 집으면 상으로 그 동물을 받는 놀이다). 그러니 봄에 농부들이 춤을 즐기고 키스하는 행동 모두 이러한 각색 형태에 포함될 수 있다.

어떤 면에서 보자면, 케이트와 나는 함께 일하고 있는 것이다. 케이트가 자신도 모르게 내 직관적인 확인 작업에 확신을 주고 있기 때문이다. 내가 본 그림은 브뢰겔의 작품이다. 내 마음속에 더 이상 의심의 그림자는 없다.

그러자 예전에 품었던 문제가 다시금 떠오른다. 4월? 아니면 5월?

왼쪽으로 돌아눕는다. 4월이다. 오른쪽으로 돌아눕는다.

5월이다.

「도와줄 수가 없어.」어둠 속에서 케이트가 조용히 말한다. 「문제가 뭔지 말해 주지 않는다면 말이야.」

「아무것도 아니야.」내가 속삭인다. 「그냥 일이야. 그냥 뭔가에 대해 생각하는 중이야. 어쨌든, 도움이 됐는걸. 이미 도와줬다고.」

아내가 잠들지 않으면 이 말도 실마리가 될 것이다. 나는 꼼짝도 하지 않으려 애쓴다. 조심하지 않으면 틸다 역시 깰 것이고, 틸다에게도 뭐라 설명할 수 없을 것 같다. 4월…… 5월…… 왼쪽으로 돌아눕지 않으면…… 오른쪽으로 돌아눕지 않으면…… 갑자기 미칠 것 같은 기분이 든다. 왼쪽과 오른쪽으로 동시에 돌아누울 수 있어야만 다시금 잠을 잘 수 있다!

나는 조심스레 침대를 빠져나온다. 잠옷 위에 입을 스웨터를 찾기 위해 어둠 속을 더듬거린다. 베개를 베고 있는 케이트가 왜 그러느냐는 듯 머리를 내 쪽으로 돌린다.

「그냥, 뭐 좀 찾아보려고 일어난 거야.」내가 속삭인다.

나는 서늘한 부엌으로 가 팬히터를 켜고 쌓아 두었던 책 더미를 끌어당긴다.

어디까지 이야기했더라? 그래, 용겔링크가 가지고 있던 브뢰겔 작품 열여섯 점 가운데 「열두 달 *De Twelff maenden*」까지였다. 이 목록은 1566년 용겔링크가 빚에 대한 담보로 그림을 저당 잡힐 때 만들어졌다. 빚은 용겔링크가 진 게 아니라 다니엘 드 브로인이라는 사람이 안트베르펜 시에 포도주에 대한 세금 1만 6천 길더를 내지 않아 생긴 것이다. 다니엘 드 브로인이 돈을 갚았을까? 담보는 다시 찾았을까? 그에 대한 기록은 남아 있지 않다. 하지만 이제 나는 역사를 따라 움직인다. 브뢰겔이 죽고 28년이라는 긴 세월이 흐른 1594년, 안트베르펜 시는 네덜란드의 지배자인 에른스트 폰 합스부르크 대공에게 조공을 바친다. 거기에는 「열두 달을 나타내는 여섯 점의 패널화 6 Taffeln von den 12 monats Zeiten」가 포함되어 있었다. 이 열두 달 가운데 여섯 달의 그림이 용겔링크가 담보로 잡힌 그림의 일부일까? 그래 보인다. 다음 해에 대공이 죽고 난 뒤 만든 재산 목록에는 조공으로 받은 여섯 점이 틀림없는 작품들이 〈브뢰겔이 12개월을 여섯 점의 패널에 그린 작품 Sechs Taffell, von 12 Monathenn des Jars von Bruegel〉이라는 이름으로 올라가 있기 때문이다.

그렇다면 브뢰겔이 죽고 25년이 흐른 시점에 열두 달을 표현한 그림 여섯 점만이 남아 있었다. 열두 점 가운데 여섯 점이라면 이미 반이 사라졌단 말인가? 아니면 원래부터 열두 점이 아니라 여섯 점이었는데 그 모두가 남은 것일까?

이런 생각을 처음 한 사람은 내가 아니다. 1935년, 톨나이가 이 문제를 다뤘다. 톨나이는 〈이 시리즈에 영감을 불어넣은 미니아튀르[33]를 옆에 놓고 본다면 브뢰겔이 각 그림마다 연속하는 두 달을 그려 넣었다는 사실을 알 수 있고, 그러면 모든 것이 명료해진다〉라고 말했다.

여섯 장의 그림. 한 장이 한 달을 나타내는 것이 아니라 두 달을 나타내는 것이다. 톨나이에 따르면 이것이 그림 속의 상징들이 그토록 헷갈리게 된 이유이다. 잠시 이 생각에 찬성하며 곱씹어 본다. 여섯 장의 그림. 석 장은 빈에, 한 장은

---

33 일반적으로 세밀화로 불리는 소형의 기교적인 회화.

프라하에, 한 장은 뉴욕에 있다. 그리고 나머지 한 장은 런던의 국립 미술관에 적당한 자리를 잡기에 앞서 지금 내가 있는 이 방의 벽 대부분을 차지한 채 하루나 이틀 정도 머물며 이 집을 빛내 주겠지. 브뢰겔의 위대한 사슬 가운데 잃어버린 일곱 개 고리 중 하나를 찾는 것은 남은 내 인생을 환히 밝혀 줄 만큼 영광스러운 발견이다. 하지만 하나 가운데 하나를 찾는 것은 사슬 전체를 완성시키는 것이 된다!

이것이 그림 속의 상징에 대한 해석으로 끙끙거리는 내내 내 마음 뒤편에서 서성거리던 내 생각의 단편이다. 고백하자면, 토니의 조찬실에서 그 그림을 처음 보았을 때 별 생각 없이 껑충 도달해 버린 결론이다. 오직 한 장만 사라졌다는 것이 빈에서부터 내가 해왔던 생각이다. 문제라면 비앙코니를 제외하고는 톨나이의 의견에 동조하는 사람이 아무도 없었다는 것뿐이다. 조급한 마음에 떨리는 손가락으로 남아 있는 책들을 뒤져 본다. 톨나이가 의견을 내고 2년 뒤, 글뤼크는 〈우리는 대부분의 학자들과 의견을 같이한다〉고 주장하며 그림이 열두 장이라는 주장을 편다. 이 글에서 글뤼크는 당당하게 〈우리〉라고 말함으로써 자신의 의견이 정통이라는 사실을 은근히 내비쳤다. 1970년 슈테호는 그림이 열두 장인 것이 〈훨씬 더 그럴듯하다〉고 믿는다. 슈테호가 근거로 삼았던 그로스만 역시 1973년 글뤼크의 의견에 찬성한다. 내가 사랑하는 막스 프리들렌더조차 1976년판 『초기 네덜란드 회화』에서 아무런 의문이나 논의 없이 그림이 열두 장이라는 다른 사람들의 의견을 받아들인다. 그러나 브뢰겔은 프리들렌더가 전문으로 하는 시대의 마지막에 위치하는 화가로, 브뢰겔이 열네 번째 권에 잠깐 등장하는 것만 보아도 이미 프리들렌더가 다루는 영역 밖의 사람이라는 것을 암시하고 있다.

주나이는 반대 의견을 편다. 주나이는 1653년에 빈에서 만들어진 목록에 오른 그림이 다섯 점밖에 없다는 사실로 고민했으며, 확실히는 모르겠지만 그 때문에 처음부터 그림은 다섯 점밖에 없었으리라고 생각하게 된 것 같다. 헛갈리게도 글뤼크는 열두 장의 그림이 〈완성되지 않았을 수도 있다〉는 주장에 동의하는 듯하다. 그러면서도 글뤼크는 브뢰겔이 몇 장을 완성했는가에 대해서는 아무 말도 하지 않았다. 더 헛갈리는 건 그로스만의 주장이다. 그로스만은 이후 브뤼셀에서 작성한 그림 목록에 대한 보고서에서 브뢰겔이 그림을 그린 지 한 세기가 지난 시기에도 빈에는 최소한 다섯 장, 어쩌면 여섯 장의 그림이 있었으며 동시에 브뤼셀에는 여섯 장의 그림이 있었다는 주장을 편다.

열둘인가, 아니면 여섯인가? 사라진 게 일곱 개인가 아니면 하나인가? 없어진 것 가운데 7분의 1이 빛을 볼 것인가? 아니면 백 퍼센트가 빛을 보게 될 것인가? 내 삶을 뿌리째 뽑아 버릴 듯한 새롭고 무서운 고뇌에 마음 졸이며 식탁 앞에 앉아 있다.

고백하건대, 토니의 집에서 그 그림을 처음 보았을 때 모든 것이 너무나 간단해 보였다. 이 시리즈 가운데 몇 점이 사라졌는지 확실하게 알고 있다고 생각했기 때문이다. 그것은 너무나 명백하고 간단했다. 사라진 그림은 일곱 장이 아니었다. 아홉 장이나 여섯 장, 다섯 장, 네 장도 아니었다. 한 장뿐이었다.

왜 그토록 확신했을까? 7년 전 빈의 밝은 여름날 그 무엇을 보았기에 내 머릿속에 그토록 확고하게 그 생각이 틀어박

헌 걸까? 박물관의 카탈로그 때문일 수도 있다. 아니면 박물관 측이 간단한 설명을 달아 벽에 달아 놓은 패널 가운데 하나 때문일 수도 있다. 어찌 되었든 그때는 내가 예술에 대해 진지한 관심을 보이기 전이었다. 회고해 보건대, 브뤼겔 관에서 보낸 시간은 내가 예술에 대해 관심을 보이기 시작한 시발점이며 내 인생의 미래는 그것의 세세함을 재구성하는 것에 달려 있음이 밝혀진다. 하지만 직접 대면하기 전까지는 마음속 뒤편에서 그토록 명백하고 간단해 보이던 수많은 일들이 책을 읽어 나갈수록 그 모든 명백함과 간결함을 잃어버린다.

빈으로 날아가 패널을 다시 보아야 할 필요가 있다. 아니면 적어도 카탈로그에 있는 내용이라도 확인해야 한다. 이 시골 어디에서 그런 걸 구할 수 있을까? 캐슬 퀜돈에 있는 유기농물 상점이 아닌 건 확실하다. 콜드 킨버에 있는 주유소 옆 작은 가게도 아니다.

문이 열린다. 케이트는 출입구에 서서 불빛에 눈을 깜박이며 좀 더 불안한 눈으로 나를 바라보며 내 설명을 기다린다.

하지만 나는 단지 〈내일 아침에 다시 역으로 데려다 줄 수 있겠어?〉라고만 말한다.

11시 15분, 나는 그것을 앞에 펼쳐 놓고 있다. 국립 예술 도서관의 빅토리아 앤드 앨버트 박물관에서 에스헤르,[34] 치마부에,[35] 철도 광고에 대한 논문 자료 조사 중인 박사 후보생들과 자신들이 산 물건의 기원과 특성을 조사하려는 예술품 상인들에 둘러싸인 채 나는 상판에 가죽을 댄 학자풍의 중후한 책상 앞에 앉아 있다.

해석하는 데 거의 하루 종일이 걸렸다. 오스트리아의 놀랍고 복잡한 학문 표현 양식을 헤쳐 나가기에 내 독일어 실력이 턱없이 엉성하고 부족했기 때문이다. 미술사 박물관 카탈로그의 편집자인 데무스, 클라우너, 쉬츠가 쓴 실례는 내용 자체가 까다로운 데다 내용을 이루는 단어 하나하나를 꼼꼼하게 재검토해야만 한다. 내용의 대부분은 옛날 독일어로 쓰여 있으며, 그 해석은 당연히 내 능력 훨씬 밖의 일이다. 빼먹고 집어넣지 않은 〈그리고〉라는 단어 때문에 그로스만의 주

[34] Maurits Cornelius Escher(1898~1972). 네덜란드 화가. 기묘한 시각적·지각적 반응을 일으키는 판화 작품으로 유명하다.
[35] Cimabue(1240?~1302?). 이탈리아 피렌체 화파의 시조.

장 가운데 하나는 반대의 뜻이 되었고 글뤼크의 경우에는 엉뚱하게 잘못 집어넣은 〈……와 함께〉라는 단어를 〈……의〉로 고쳐 읽어야 한다. 카탈로그에는 그림이 완성된 후 거의 한 세기가 지난 뒤인 1660년 빈에서 보낸 편지의 프랑스 어판이 실려 있다. 그 편지에는 〈1년 열두 달의 다양성을 표현한 대 브뢰겔의 작품〉이라는 내용이 나온다. 이 편지보다 먼저 쓴 게 분명하며 좀 더 신빙성 있는 스페인 어판에도 역시 열두 달이라는 내용이 나온다. 또한 라틴 어와 플랑드르 어판에서는 여섯 장의 그림이 여섯 달만을 의미한다면서 다른 여섯 달(그리고 여섯 장의 그림)이 사라졌음을 암시하고 있다. 또한 카탈로그는 동시대에 브뤼셀에서 여섯 점이 보였다는 그로스만의 인용을 그의 착오라고 무시한다. 이로써 〈기록이 가지고 있는 약점이 확실히 정정되었다고 믿기 때문에〉 빈에 있던 여섯 장의 그림으로 열두 달이 묘사되고 있으며 용겔링크가 가지고 있던 「열두 달」의 정체가 분명하게 밝혀졌다고 카탈로그에 쓰여 있다.

한낮이 지날 무렵, 나는 뷰캐넌이 『벌링턴 매거진』에 그 문제에 대해 권위 있는 조사 결과를 발표한 것을 발견했다. 뷰캐넌 역시 여섯 장이라는 의견에 찬성하고 있다. 그로스만과 슈테호는 그림이 열두 장이라는 주장을 고수하고 있는 듯 보이지만, 1953년에는 글뤼크조차 브뢰겔에 대해 쓴 책을 통해 그림이 여섯 장이라는 주장을 폈다. 글뤼크의 생각에 안트베르펜 시가 대공에게 짝이 맞지 않는 조공을 보냈을 리가 만무하다고 생각했기 때문이다.

형세가 일변했다. 의심할 여지가 없다. 비록 여전히 도상학이 멋지게 적용되지는 않지만 말이다. 톨나이는 여섯 장의 그림에서 한 해를 시작하는 그림은 12~1월이리라 주장한다. 하지만 데무스, 클라우너, 쉬츠는 카탈로그에서 전통적으로 한 해의 시작은 3월임을 지적한다. 글뤼크는 네덜란드에서 한 해의 시작은 부활절이라는 데 동의하지만, 그러면 「어두운 날」은 3~4월, 「건초 만들기」는 5~6월이 된다. 그래서 글뤼크는 4월과 5월 사이에 비는 시기가 없다고 보고 있으며 없어진 그림은 11~12월일 것이라 여기고 있다. 하지만 뷰캐넌은 브뢰겔이 「어두운 날」을 그릴 때 당당하게 바탕으로 삼은 피터 스티븐스의 그림에는 〈2월 *Februarius*〉과 〈3월 *Mert*〉이라 적어 놓은 것을 지적한다. 데무스, 클라우너, 쉬츠는 이런 어려움을 타개하는 방법으로 그림이 한 달 또는 두 달을 나타낸다고 생각하는 대신 좀 덜 일반적인 방법을 제시한다. 이들은 한 해를 6등분하는 옛날 전통에 대해 언급하면서 각 그림이 노보트니가 제안했던 대로 초봄, 초여름, 한여름, 가을, 한겨울의 〈특유의 순간〉을 나타낸다고 생각한 주나이가 옳다고 믿고 있다.

  이 주장대로 해도 역시 봄이 빈다. 한봄이 빈다. 그리고 내가 가지고 있는 그림은 바로 그것이다. 한때는 심각했을지도 모르지만 이제 내 마음속에는 아무런 의심도 남아 있지 않다. 또 다른 증거도 있다. 일련의 그림이 완성되고 17년 뒤인 1582년에 교황 그레고리우스가 개정할 때까지 달력의 기본 체계로 남아 있던 율리우스력(曆)에서 한 해의 시작은 춘분인 3월 25일이다. 그러므로 혹시라도 정확하게 알고 싶은 사람을 위해서 말해 두는데, 내가 가지고 있는 두 달은 3월 25일부터 5월 25일이다. 달리 말하면 사라진 그림, 내가 발견한 그림은 단순히 시리즈 가운데 한 장이 아니다. 내 그림은 첫 번째 장이다. 계절을 그리겠다는 결심이 담긴 출발점이다.

예술 도서관을 떠나기 전, 나는 여러 예술품의 경매 가격이 기록되어 있는 곳에 들른다. 돈 때문에 그런 것은 아니지만 호기심을 억누를 수가 없다. 물론, 참고로 삼을 만한 기준점을 찾기 힘들다. 1919년 메트로폴리탄 미술관이 파리에서 「곡물 수확」을 구입한 이래 시장에 브뢰겔의 주요한 그림이 나온 적이 없었다.

1955년에는 아주 초기에 그린 소품인 「갈릴리 바다에서 제자들에게 나타난 예수가 있는 풍경」이 나왔다. 이 그림은 어떤 성에 사는 이름을 알 수 없는 가족이 150년 동안 소장하고 있던 작품으로, 톨나이가 감정했으며 1989년 소더비스에서 78만 파운드에 팔렸다. 1990년 뉴욕에서는 소브뢰겔이 자신의 아버지가 그린 주요한 작품 가운데 하나를 복제해 그린 「베들레헴의 인구 조사」가 120만 파운드에 팔렸다.

복제본 한 점에 1백만 파운드가 넘는다. 그렇다면 원본의 경우라면…… 1년 시리즈의 첫 번째 작품이자 시리즈를 완벽하게 만들 수 있는 원본이라면…….

하지만 나는 돈에 대해 생각하고 있는 것이 아니다. 정말로 아니다.

사업 계획

「다시 역까지 태워다 줄까?」 이튿날 아침 식사 시간, 케이트는 나를 보지도 않고, 우리 사이에 아무 일도 없다는 듯 묻는다.

「아니, 아니.」 아내를 안심시킨다. 아내가 자신을 안심시켜 달라고 신호를 보냈기 때문이 아니라(어쩌면 그렇게 하는 게 나았을 것이다) 오늘 내 계획에 내가 하리라 아내가 예상한 행동이 포함되어 있지 않기 때문이다. 「잠시 산책이나 하려고 생각했어. 괜찮다면 말이야.」

아내는 아무 대꾸도 하지 않는다. 어디로 가는지도 묻지 않고, 같이 가주겠다고 하지도 않는다. 마음 쓰지 말자. 조만간 모든 게 명확해질 테니까. 내 계획대로 일이 잘만 풀린다면 산책에서 돌아올 때에는 분명해지겠지.

여하튼, 내가 어디로 가려는지 아내는 알고 있을 것이다. 처음엔 좀 더 즉흥적으로 보이기 위해 자동차를 타는 대신 도보로 들판을 가로질러 그곳에 가려고 생각했다. 짝사랑하는 여인을 우연을 가장해 만나려는 계획만큼이나 어려운 일이다. 내가 기억하는 한, 내 삶의 견지에서는 그렇다. 진입로를 통과하는 내내 덜컹거리며 미친 듯 자동차를 몰고 토니에게 간 다음, 헬레네에게 관심을 보이는 누군가를 찾았다고 말하면 내 지나친 열정에 토니가 의심을 품을 수도 있다. 이번 사업의 성공 여부는 무심한 태도, 사람을 놀라게 만들지 않는 정상적인 행동 따위의 사소한 부분을 내가 얼마나 잘 연기하는지에 달려 있다. 사업? 무슨 사업? 굳이 이름을 붙이자면 사기라고 해야 할 것 같다. 아니, 말도 안 된다. 내가 하려고 하는 일은 화가가 하는 일 — 브뢰겔이 한 해의 순환을 그리기 전에 했던 행동 — 이다. 즉 나는 그럴듯한 시나리오를 짜고 있는 것이다. 산책하다가 우연히 들른 것으로 첫 장면을 시작하면 훨씬 더 부드럽고 자연스러워 보일 것이다. 나는 여기저기 걷다가 숲에서 나타난다. 장화 속에는 진흙이 들어가 있을 것이다. 마음에 드는 연출이다. 토니에게는 장화를 벗고 집에 들어가겠다고 말해야 할 것이다. 풍속화의 멋진 한 장면이 되겠군. 아니면 나는 유명론에 대해 골똘히 생각하며 길을 걷고, 토니는 총을 들고 자신의 소유지를 거닐며 어떻게 해야 꿩들의 평균 수명을 낮출 수 있는지 고민하다가 시골 사람 대 시골 사람으로 우연히 마주칠 수도 있다.

나는 로라가 뉴 에이지 페스티벌을 열자고 했던 거대한 벌판을 지나 골짜기 아래에서 터벅터벅 걸어 올라간다. 이 장면을 1년 중 어느 때로 정해야 하는 걸까? 거세게 휘몰아쳐 온 초봄의 기운이 폭풍우, 꽃샘, 천둥, 갑자기 내리는 눈이 연출했던 모든 장관을 몰아냈지만 아직 다음 그림의 연출 장면으로 넘어가지는 않은 상태다. 우리는 파랑과 흰색으로 누더기 칠을 한 변덕스러운 기후와 초록과 갈색으로 누빈 변덕스러운 기후 사이의, 뭐라 딱 꼬집어 설명할 수 없는 중간 지대에 있다. 여기서는 도상학도 큰 도움이 되지 않는다. 브뢰겔의 그림 해석보다 더 헷갈릴 뿐이다. 사실, 이 경우에는 도상학을 어디에 어떻게 적용해야 하는지 감조차 잡지 못한다. 일하고 있는 농부도 없고, 즐겁게 놀고 있는 귀족도 없다. 볼 수 있는 생명체라고는 젖소뿐이다. 놈들은 내가 지나가는 동안 애처롭게 고개를 들고 자신의 상태에 대해 소리 없는 독백을 느릿느릿 내뱉고는 한 해의 특정 기간에만 행해지는 일과라고는 부를 수 없는 전통적인 노동, 즉 똥을 싼다.

내가 있는 계곡은 진짜 시골이다. 그리고 지난 2년 동안 이곳에 오는 사이 점점 이곳이 좋아졌다. 하지만 네덜란드에 있는 계곡에 비하면 재미없는 장소다. 브뢰겔의 묘사를 믿는다면 그곳에 있는 거의 모든 계곡에는 우뚝 솟은 험한 바위와 마을을 끼고 도는 강, 산꼭대기에 자리 잡은 성이 있으며 저 멀리로는 바다가 보인다. 네덜란드의 봄은 이곳의 봄보다 훨씬 더 봄답다. 물론 브뢰겔의 그림에서 나온 장면을 전부 다 믿을 수는 없다. 브뢰겔은 내가 토니 처트에게 하려는 행동을 했다. 브뢰겔은 허구를 꾸며 냈다. 그로스만은 한 해의 순환을 그린 그림(그로스만은 〈합성된 풍경 Mischlandschaften〉이라 부른다)이 여러 장소에서 본 풍경과 브뢰겔 자신이 상상한 장면을 조합한 것에 불과하다는 노보트니의 의견에 동의한다. 그림에서 보이는 울퉁불퉁한 바위는 브뢰겔의 이탈리아 여행에서 얻어 온 기념품이다. 반 만더의 표현을 빌리자면, 〈브뢰겔은 알프스를 넘으면서 모든 산맥과 바위를 삼켰다가 돌아와 캔버스에 토해 냈다……〉.

숲 가장자리의 높직한 장소에 다다랐을 때, 나는 걸음을 멈추고 내가 살고 있는 평범한 풍경을 돌아본다. 성도, 울퉁불퉁한 바위도 없다. 그저 부드럽게 경사진 숲과 벌판뿐이다. 내가 오랜 세월 보아 온 풍경화 모두 이런 형태와 특징이 담겨 있다. 풍경을 풍경으로 보며 그 자체를 그림의 주제로 삼은 최초의 화가는 누구일까? 노보트니에 따르면 브뢰겔이 최초의 인물이다. 브뢰겔은 한 해의 위대한 순환을 묘사한 그림을 통해 서양 최초로 풍경을 그림의 독립된 주제로 쓴 인물로 자리 잡는다.

처음에 풍경은 종교적 사건의 배경으로 그려졌다. 1480년 한스 멤링[36]이 그린「마리아와 예수의 삶」을 보면 저 멀리로 울퉁불퉁한 바위와 성이 보이는 계곡 둘, 바다로 휘돌아 가는 강이 전체 장면을 감싸고 있는 것을 볼 수 있다. 16세기 초반, 요아힘 파티니르[37]는 풍경을 좀 더 자세히 묘사하면서 그 안에 살고 있는 성인들의 모습은 좀 더 작게 그리기 시작했다. 알프스 산맥의 울퉁불퉁한 바위와 플랑드르 촌락의 비현실적인 조합, 바다까지 내달린 파란 들판을 관통해 굽이치는 계곡을 높은 곳에서 바라본 광경, 캔버스 위쪽의 수평선. 이 모든 특징이 한데 어우러진 땅을 처음으로 그린 이는 파티니르였다. 브뢰겔이 한 일은 여기에서 성인만 없앤 것이다.

파티니르와 브뢰겔 이전에는 내가 서 있는 이 계곡의 예술적 효용성이란 없었으리라. 심지어는 오늘날 이 계곡이 지니고 있는 경제적 효용성보다도 못했을 것이다. 지금 젖소 몇 마리가 풀을 뜯고 있는 거친 풀밭은 기적이나 순교가 일어나

---

36 Hans Memling(1430~1494). 독일의 플랑드르 화가. 십자가 처형을 그린〈수난 3부작〉으로 유명하다.
37 Joachim Patinir(1485~1524). 플랑드르의 화가. 서양미술가로서는 처음으로 풍경화를 전문적으로 그렸다.

는 값싼 땅에 지나지 않았을 것이며 토니 처트는 소유자라는 명분으로 전경에 주요한 자리를 차지하며 무릎 꿇고 있었을 것이다.

나는 파티니르가 그랬던 것처럼 계곡을 본다. 브뢰겔처럼 계곡을 본다. 내 계획에 대한 자그마한 연습이다. 주변에 울퉁불퉁한 바위를 늘어서게 해 계곡을 한층 고상하게 만든다. 계속해서 강, 마을, 성을 하나씩 더해 본다. 그리고 그림 속에 적당한 노동 장면을 그려 넣는다. 저 멀리 중간쯤 되는 거리에는 종합 중학교에서 경력을 쌓기 위해 싼 임금으로 일하러 온 소년 둘이 깔때기로 꿩 먹이를 뿌리고 있다. 전경에는 투자 은행에서 나온 사람 둘과 지역 개발 위원회 의장이 소년들이 키운 꿩을 향해 총을 쏘는 모습이 보인다. 성에 있는 창문을 통해서는 개발 위원회에 제출할 스크램블 트랙 계획안을 들고 있는 토니 처트의 모습을 볼 수 있다.

하지만 브뢰겔이 그린 여섯 장의 그림은 단순히 지금 우리를 구속하는 곳을 묘사한 것이 아니다. 그 그림은 탈출구를 제공한다. 일종의 〈여행에의 초대 invitations au voyage〉로, 북반구의 생기 없고 춥고 축축하고 어디를 봐도 진흙 범벅의 무료한 일상이 반복되는 세상으로부터 태양이 빛나고 특별할 것도 없는 일상이 새롭게 다가오는 저 먼 바닷가로 우리를 안내한다. 내 그림도 똑같이 그려 보자. 나는 저 멀리로 내 시선을 이끌고 갈 커다란 다이애거널[38]을 준비한다. 네덜란드 화가들이 갈색과 검은색을 표현할 때 썼던 역청과 탄화된 바다코끼리 상아로 마지막 남은 벌거벗은 겨울 나뭇가지를,

---

38 *diagonal*. 커다란 그림을 그릴 때 비례를 맞추기 위해 철사를 종횡으로 엮어 만든 도구.

농축 녹청과 공작석으로는 그 위에 엷게 막을 덧입혀 형용하기 힘든 초록 색조를 더해 준 다음, 백연으로 햇빛에 빛나고 있는 맑고 밝은 부분을 표현한다. 붉은색 황화 수은과 질랜드 심홍색, 맹독성의 노란색 황화 비소와 금작화, 사프란, 웰드, 알로에, 몰식자나무에서 뽑은 아름다운 노란색 액을 복잡하게 짜맞추어 봄꽃이 핀 장면을 그려 넣는다. 탄산구리 결정, 아주라이트와 녹청을 뽑아 눈 아래로 펼쳐진 평원의 멋진 산청색(山靑色)을 내고 저 멀리 내 배가 기다리고 있는 먼 바다까지 파란색 길을 튼다.

나는 앞에 펼쳐진 희망의 땅으로 가기 위해 서두르지 않으며 계획대로 행동하리라. 가상의 구매자에게 넘겨 줄 그림을 토니 처트에게서 넘겨 받고서 며칠 동안 내가 즐기기 위해 우리 집 벽에 걸어 놓았다고 말한다. 나는 그림에 푹 빠진다. 몇천 파운드라는 변변찮은 액수를 간신히 긁어모아 구매자 대신 내가 그림을 산다. 그림에 대한 호기심을 못 이기고 전문가의 감정을 받으러 간다. 가져간 그림이 20세기에 발견한 가장 중요한 예술품 가운데 하나라는 사실을 알고 나는 경악한다. 나는 대중과 학계의 인정을 동시에 받으면서도 겸손하게 행동한다. 나는 또한 나에게 제시된 어마어마한 액수의 돈에 깜짝 놀라면서도 영웅다운 냉정함을 고수한다. 그리고 나는 아쉽지만 이 그림이 내 개인 소유지가 아닌 공공 단체의 시설물에 놓여 더 많은 사람들이 볼 수 있도록 해야 한다고 결정한다. 비록 상당한 재정적 손실이 있겠지만 이 그림만큼은 절대로 국외로 반출되어서는 안 된다는 고귀한 주장을 펼치기까지 한다. 이익금의 상당 부분을 떼어 예술 발전 기금으로 내놓는다. 전혀 필요 없을지도 모르지만 토니 처트에게도 적은 액수나마······.

연이은 파랑. 짙은 파랑을 내기 위해 아주라이트 알갱이를 간다. 아주라이트를 곱게 갈아 수평선과 비슷한 색감을 내기 위해 백연과 섞는다······.

하지만 전경으로 돌아오자. 우선 집중해야 할 일은 조르다노를 처분하는 것이다. 어느 경우이든, 내 배가 항해하는 진정한 예루살렘은 돈이나 명성 또는 길을 걷는 도중 만나게 될 어느 항구도 아니다. 잃어버린 기적 가운데 하나를 세상에 되돌려 놓는 것이야말로 나에게 생명을 나눠 준 세상에 빚을 갚을 수 있는 기회이다.

그래! 아주라이트는 팔레트에 넣어 놓자! 우선 헬레네를 없애기 위해 탁한 갈색부터 꺼내자.

나는 토니 처트의 집 아래쪽에 있는 숲을 관통해 올라가지만 그와 마주치지 못한다. 토니가 기르는 장끼 한두 마리와 마주쳐 서로 상당히 놀라긴 했지만 정작 그 주인은 보이지 않는다. 어쨌든, 길을 가다가 녹슨 철조망과 출입 금지 팻말이 또 하나 서 있는 것을 발견했을 때는 꼼꼼하게 짠 산책 시나리오가 이미 망쳐진 이후다. 나에게는 통행권이 있다는 생각이 퍼뜩 든다. 평소처럼 융통성이 없을 때라면 철조망을 넘어 계속 길을 감으로써 내 권리를 주장하겠지만 지금 상황에서는 발길을 돌려 진입로로 걸어가는 것이 좀 더 예의 바르게 보인다. 하지만 정문까지는 걸어가느니 아예 차를 타고 가는 것이 더 낫다.

 토니 처트의 집은 밤보다 낮에 손님 박대가 더 심하다. 홈통에서 떨어지던 빗물 폭포는 사라졌지만 그로 생긴 물 웅덩이가 여전히 문으로 가는 길을 반쯤 가로막고 있으며, 물이 샜는지 벽을 타고 흘러내리는 녹색 점액질 역시 접근 금지 신호를 보내고 있다. 옆쪽에 있는 마당을 힐끔 보니 무너진 장작 더미, 반쯤 해체된 트랙터, 비둘기가 없는 비둘기장, 진흙 범벅이 된 검은색 플라스틱 판 따위, 토니 처트가 시도하다 만 사업의 흔적들이 다양한 상태로 놓여 있다. 정문에 있는 해자(垓子)를 돌아가기도 전에 개 짖는 소리가 우렁차게 들리더니 지난번처럼 어마어마한 무게의 개가 마당을 가로질러 내 쪽으로 돌진해 왔고, 로라가 진홍색 스웨터 대신 진홍색 고무장갑을 끼고 눈가에 흘러내린 머리를 쓸어 올리며 현관문을 열었을 때는 내가 장화에 공들여 묻힌 진흙은 좀 더 일반적인 더러움에 덮여 사라진다. 「혹시 토니가 안에 있나요?」 소란을 뚫고 내가 외친다. 「마침 지나가다 들렀는데 토니가……」

로라는 내가 들어올 수 있도록 문을 잡아 주지만 별로 나를 달가워하지 않는다는 느낌이 든다. 로라는 개들을 겁주려는 듯 마구 때려 보지만 별 소용이 없어 보인다. 요전 날 저녁에 로라에게 풍성한 재밋거리를 선사했음에도 로라가 나를 알아보는지 확신할 수 없다. 하지만 집 안 깊숙한 곳에서 복도로 걸어 나와 개들을 통제하는 토니는 내가 혼란스러울 정도로 내가 누구이며 왜 왔는지를 확실하게 안다.

「마침 지나가다가……」 절망에 빠진 채 나는 다시 한 번 설명한다.

「그럼 살 사람을 찾았나?」 토니가 즉시 묻는다.

나는 내 영혼을 하늘에 맡긴다. 「에……」 나는 가능한 한 부드럽게 이야기를 꺼낸다. 내 허구의 직업을 새로 시작하며 마음의 여유를 갖기 위해서이다.

「사무실로 들어오게.」 토니가 말한다. 토니는 전과 마찬가지로 갈색 옷에 잿빛 얼굴이었으며 예전보다 면도기에 좀 더 문제가 있었음이 분명했고, 코에는 돋보기가 걸려 있다. 이는 예상치 못한 학구적인 면이다. 아마 토니 역시 허겁지겁 예술사를 읽고 있는 모양이다. 로라는 아무 말 없이 사라졌다. 토니가 실내화를 끌고 작은 방으로 향하는 복도를 걷기에 나도 장화를 벗고 그 뒤를 따라간다. 방 역시 갈색이었으며 서류들이 넘쳐 나는 종이 상자, 갈색 봉투 꾸러미, 서류철로 어질러져 있다. 개중에는 베일러 끈으로 철해 놓은 것들도 있다. 개들은 마루를 뒤덮고 있는 종이에 발자국을 남기며 걸어 들어와 기안서가 있는 곳에 주저앉는다. 토니는 닳아빠진 가죽 안락의자에서 청구서로 보이는 꾸러미를 치우고 먼지를 떨어낸 다음 나에게 앉으라고 권한다.

「모든 재산의 중앙 통괄 부서야.」 토니가 말한다. 「여기서 모든 사무를 처리한다네. 이번 일처럼 사무적인 것도 말이야. 만약 자네가 내 예술품 판매 대리인이 된다면 서로 공평하고 적당한 분배에 대해 의논할 필요가 있지.」

토니는 책상 가장자리에 앉아서 필요 없는 서류를 휴지통에 매끄럽게 날려 보내고 돋보기를 주머니에 넣는다. 협상을 위한 준비 단계를 마친 것이다.

「그래, 뭔가 입질이 있었나?」

「에······.」 나는 다시 한 번 입을 열고 또다시 망설인다. 나는 지금까지 내 전 생애 동안 진실의 해안을 고집하며 정직의 안전한 여울에서 노를 저어 왔다. 이제 나는 허구의 외해로 출항해야만 한다. 거짓 없는 삶을 박차고 그림을 그리기 시작해야 한다. 브뢰겔이 그랬던 것처럼.

하지만 나는 그럴 수 없다. 입에서 말이 나오지 않을 것이다. 허구를 만드는 것은 거짓말을 하는 것과 다르며, 나는 그것을 너무나도 잘 알고 있다. 하지만 불현듯, 그것은 허구를 만들어 내는 것이 거짓말과 기분 상할 정도로 똑같아 보이며 내가 지금까지 살아오면서 해왔던 행동들과 무척이나 달라 보인다는 사실을 깨닫는다.

나는 창밖을 바라본다. 내 상상력은 얼어붙은 듯하다. 이상할 정도로 오래된 침묵 뒤에 마침내 내 마음속에서 떠오른 말은 그림 살 사람을 어디에서 찾아야 하는지 나는 전혀 모르기 때문에 그런 사람을 찾지 못했으며 앞으로도 그러리라는 것뿐이다.

그때 나보다 앞서 토니가 먼저 그랬다는 사실을 떠올린다. 토니는 자기 고유의 허구를 썼다. 토니는 자기 자신의 자그마한 그림을 그렸다.

어제 런던에 갔을 때 브뢰겔에 대한 연구만 한 것은 아니다. 조르다노에 대해 몇 가지 찾아보는 수고 또한 서슴지 않았다. 조르다노가 내 목적지 한복판에 버티고 서 있기 때문이다.

조르다노는 형형색색의 아이스크림과 마찬가지로 나폴리 출신이다. 성은 루카이며 미술계에서는 〈빨리해, 루카*Luca Fa Presto*〉라고 알려져 있다. 그의 아버지가 〈빨리해라, 루카!〉라는 말을 입에 달고 살았던 데다가 조르다노 본인도 그 말을 잘 들었기 때문이다. 조르다노는 제단 뒤쪽의 벽 장식 정도는 하루 안에 그릴 수 있었으며 73년 평생을 살면서 남부 이탈리아와 스페인의 그 넓은 영역에 파리스와 솔로몬의 판결, 목자와 동방 박사의 예배, 주피터 숭배와 같은 그림을 그렸다. 하지만 조르다노가 가장 좋아하는 주제는 성교 또는 그에 이르는 마지막 단계였으며, 특히 여인은 반항하고 남자는 강압하는 장면을 즐겨 그렸다.

업우드에 있는 조르다노 그림에 대한 자료를 찾기 위해 나는 빅토리아 앤드 앨버트에서 나와 서머셋 하우스의 둥근 천장 안에 있는 위트 도서관으로 가야 했다. 그곳은 지난 8세기 동안 서양의 모든 시각 예술품을 박물관이나 카탈로그에서 복제해 진열해 놓고 있다. 위트 도서관에는 이 근면한 나폴리 사람에 대한 자료가 잔뜩 있었다. 법정에서 갖고 나온 자료 같았다. 루크레티아를 강간하는 타르쿠이누스, 에우로페를 강간하는 황소, 페르세포네를 납치하는 하데스, 로마 인에게 강간당하는 사비누스 부족의 여인들, 다양한 방법으로 님프를 윤간하는 온갖 종류의 신들과 켄타우로스, 그리고 여인들이 마지막 순간에 구출되는 장면들이 다른 각도와 관점에서 진열되어 있었다.

하지만 무엇보다 파리스가 헬레네를 데려가는 장면이 가장 눈에 띈다. 위트 도서관은 가로, 세로 그리고 연관된 그림의 장수로 분류해 놓았지만 각기 다른 분류에 들어 있는 그림을 모두 합쳐 보면 〈빨리해, 루카〉는 헬레네가 나오는 그림을 최소한 아홉 장 이상 그린 듯하다. 왼쪽에서 오른쪽으로 납치되어 가는 헬레네, 오른쪽에서 왼쪽으로 출발하는 헬레네, 우리 쪽으로 오고 있는 헬레네, 우리에게서 멀어지는 헬레네, 무릎 위까지 옷이 말려 올라간 헬레네, 옷이 살짝 흘러내려 가슴이 드러난 헬레네. 그림들을 살피고 있노라면 헬레네의 원형이 그리스 신화에서 모진 시련을 겪고 살아남아 프랑스 캉 국립 미술관에서 납치까지 당한 이유가 겨우 크리스티스에서 타르쿠이누스에 강간당하기 위해서라는 생각을 지울 수가 없다.

전쟁 전에 찍어 누렇게 변한 흑백 사진 중에서 눈에 익은 헬레네의 모습이 보인다. 분명 헬레네의 모습이다. 왼쪽에서 오른쪽으로 스파르타를 떠나는 모습, 무릎은 육지 쪽을, 바닷바람에 드러난 가슴은 바다 쪽을 향해 있으며 혹시 춥지는 않을까 걱정하는 모습이 역력하게 묘사되어 있는 얼굴. 하지만 이 사진은 업우드의 처트 집안에서 대대로 내려오는 보물창고에서 나온 것이 아니라 1937년 베를린 샤를로텐부르크의 미술상인 〈코흐 부자(父子) 상회〉의 판매 목록에서 나온 것이었다.

즉, 토니가 가지고 있는 저 유명한 조르다노의 그림은 집안 대대로 내려온 유물이 아니라 1937년에 구한 것이었다. 베를린에서 구한 것이다. 본 소유주는 아마도 유대 인이었을 터이며, 미술관이 유대 인에게서 강제로 빼앗아 소장하고 있다가 똑같은 방식대로 토니에게 헐값에 넘겼어야 했으리라.

1937년 베를린에서 처트 집안사람들이 무슨 일을 했는지는 내 알 바 아니다. 아마 그 사람들도 헬레네의 획득을 자랑하고 싶지 않을 것이다. 아니, 어쩌면 조용히 그림을 구했을지도 모른다. 1937년에 그림을 산 사람은 독일 시민이었을지도 모른다. 새로 부임한 나치 지방 장관이 으리으리한 집을 장식하기 위해 헬레네를 사들이는 장면을 상상해 본다. 토니의 아버지는 1945년 연합군의 일원으로 그곳에 도착해 전리품으로 그림을 차지했거나 아니면 굶주린 전쟁 미망인에게 담배나 인스턴트커피를 주고 사들였을 것이다.

달리 말하면, 나는 어떠한 양심의 가책도 느낄 필요가 없다. 토니가 독일인으로부터 헬레네를 자유롭게 했다면 나는 토니로부터 「즐겁게 노는 사람들」을 자유롭게 할 수 있다. 인생은 돌고 도는 것이며 이 모든 일들은 나로 인해 도덕적 평형 상태를 완성한다.

그리고 토니 처트가 그림에 대한 역사를 소설화했다면 나 역시 그림의 미래를 소설화할 수 있다. 이 생각을 하니 힘이 솟으며 끝까지 해낼 수 있다는 생각이 든다. 어떠한 일이 있어도 토니 처트 따위에게는 속지 않으리라!

   그리고 나는 대담하게 깊은 물로 항해를 시작한다.

「어제 마을에 갔었죠.」 한참 동안 창밖 하늘을 바라보다가 이런 문제가 말할 가치가 있는지 궁금하다는 듯 시치미를 뚝 떼고 토니에게 아무렇지도 않게 말을 건다. 「거기서 누군가를 만나 이야기했는데, 그 사람이 그림에 관심을 보일 만한 사람을 알고 있다고 하더군요.」

토니가 얼굴을 찡그린다. 「미술상이 아니고?」 토니는 의심을 드러내면서 묻는다.

「아니요, 아닙니다. 수집가죠. 조르다노에 열을 올리고 있는 사람이라고 하더군요. 아주 열심이랍니다.」

「돈은 충분한가?」

「제가 알기론 돈은 문제가 안 됩니다. 돈이 넘치는 사람이라는군요.」

일은 이렇게 우연히 시작된다. 나도 모르게 말이 술술 나온다. 시작치고는 나쁘지 않다고 생각한다. 나 자신에게 감명을 받는다. 앞으로 먹일 작은 알약에 앞서 입맛을 속이기 위해 잼 한 숟갈을 먹인 셈이다.

「그런데 제가 보기엔 어딘가 비밀에 싸인 사람입니다.」 나는 진지하게 말한다.「그 사람에 대한 자료가 별로 없어요. 사람들 앞에 나서길 싫어하더군요.」

사람들이 이런 식으로 말하던가? 토니가 말하는 방식을 흉내 내 나 역시 주제를 급격히 바꾸어 말했다는 걸 알아차렸다. 토니는 생각에 잠긴 채 나를 바라본다.

그리고 꿰뚫기라도 할 듯 나를 노려본다. 내 용기는 순식간에 사라진다. 내 눈 뒤쪽에서 공포가 스멀거리며 일어나는 것을 느낀다. 이웃을 속이려다 들킨 것이다! 지금부터 어떻게 얼굴을 들고 다녀야 하지? 아니, 어떻게 하면 얼굴을 들고 이 방부터 빠져나갈 수 있을까?

「그 사람이 그림을 보러 이곳에 오지 않으려 한다는 뜻인가?」

「모르겠습니다.」 자포자기에 빠진 채 나는 더듬거린다. 「아마도…… 그럴 가능성이…….」

「그림을 가지고 마을로 가게나.」 토니가 단호히 말한다. 「자네 친구더러 그 사람에게 그림을 보여 주라고 하게나.」

숨이 차올라 대답을 할 수가 없다. 토니는 내 침묵을 오해한다.

「자네에겐 좀 성가신 일일 거야.」 토니가 말한다. 「하지만 자네도 알다시피, 그럴 만한 가치가 있는 일이지. 이 일을 우리끼리만 처리한다면 자네에게도 짭짤한 수입이 생길 거야. 경매장이나 거래상을 통하지 않는 거야. 일대일로 말이야. 친구끼리 협정을 맺는 거지. 보라고. 자네가 해야 할 일은 이래. 자네는 그 할망구를 가지고 소더비스로 가서 가격을 알아본 다음 잽싸게 다시 가지고 오는 거야. 알겠지? 소더비스에서는 자신들이 생각하는 가격보다 10퍼센트쯤 내려서 부를 거야. 조심하느라 말이지. 그러니 그 정도 액수만큼 더 올려야 해. 알아듣겠나? 그리고 다시 10퍼센트를 더 붙이라고. 자네가 그림을 팔 그 신비의 인물은 그림을 사면서 수수료를 낼 생각이 없을 테니 말이야. 거기에 양쪽에서 절약하게 될 부가가치세를 더 붙인 다음, 일이 어떻게 진행되어 가는지 나에게 이야기하라고. 어느 정도 타협이 되었다 싶으면 내가 자네에게 그림을 팔라고 말할 거야. 그러고서 수수료는 우리가 나눠 갖는 거지.」

나는 토니를 뚫어지게 바라본다. 난 토니처럼 단순한 촌사람이 아니라서 그런지, 무슨 말인지 이해하기 어려울 지경이다. 특히 수수료를 나누자는 대목은 더욱 그렇다. 무슨 수수료를 나누자는 말인가?

「만약 소더비스나 거래상을 통해 그림을 판다면 총액의 9퍼센트나 10퍼센트를 지불해야 하지.」 토니가 설명한다. 「그러니 자네가 5퍼센트를 갖고 내가 5퍼센트를 가지면 우리 둘 다 행복해지는 거 아니겠나.」

이제야 무슨 말인지 알겠다. 내가 자기랑 친한 친구이고 진위조차 의심스러운 그림을 선뜻 최고액을 지불하고 살 만큼 자기 맘에 쏙 드는 고객을 수단과 방법을 가리지 않고 알아봐 주고 부가세 횡령으로 고발당할 위험을 무릅쓰기 때문에 거래상에게 지불해야 할 돈의 반만 나에게 주겠다는 소리로군.

「공평하지?」 나를 바라보며 토니가 말한다. 절대로 그렇지 않다. 하지만 나에게는 공평하다. 어찌 되었든, 나는 토니의 친한 친구도 아닌 데다 그림을 살 사람을 찾지도 않았다. 그리고 이 정도는 속아 넘어가 주는 것이 토니가 아직 모르고 있는 그 거래의 결과에 대해 품고 있는 내 죄책감을 다소나마 덜어 줄 것이다. 하지만 그럴듯하게 보이게 하기 위해 협상하는 척이라도 하는 것이 낫겠다고 생각한다.

「5퍼센트요?」 내가 묻는다. 「7퍼센트가 적당하다고 생각하는데요.」

「7퍼센트?」 토니가 외친다. 충격을 받은 것처럼 꾸미고 있지만 전투에 나를 끌어들인 걸 기뻐하고 있다. 「이봐, 친구. 바보 같은 소리는 그만두라고! 자네는 화랑을 운영하는 것도 아니잖나?」

사실이다. 「6.」 내가 말한다.

「5.5로 하지.」 토니가 말한다.

나는 토니의 고집에 굴복한다. 「5.5입니다.」 내가 동의한다.

토니는 승리에 도취한 나머지 자신을 억제하지 못한다. 토니는 책상에서 펄쩍 뛰어내린다. 종이가 몇 장 더 쓰레기통으로 떨어진다.

「지금 그림을 가지고 가고 싶나?」

갑자기 하늘을 날아오르는 꿈을 꾸고 있는 것만 같다. 나는 지상으로 내려오기 위해 조심스레 노력하며 익살스럽게 내 주머니를 툭툭 친다.

「돈?」 토니가 말한다. 「그림을 팔거든 지불하지. 맙소사, 우리는 친구라고. 이웃이란 말이야. 몇천 파운드 정도는 서로 믿을 수 있는 거라고.」

사실, 나는 돈 따위는 생각하지도 않았다. 수수료 타협은 말할 필요도 없다.

「내 말은, 헬레네를 넣어 갈 만큼 주머니가 크지 않다는 거죠. 걸어왔거든요.」 내가 설명한다.

「내 랜드로버를 타고 가게나.」

나는 망설인다. 조찬실에 가기만 하면 굴뚝에서 떨어지는 검댕을 막기 위해 잘 설치해 놓은 장비를 몰래 훔쳐볼 기회를 얻을 수도 있다는 점에 마음이 흔들린다. 별장에 도착해 토니 처트의 차 뒤에서 베일러 끈을 풀고 「헬레네의 강탈」을 내리고 있는 나를 지켜보는 케이트를 떠올린다……. 케이트가 그냥 넘어갈 만한 충격이 아니다. 행동에 옮기기 전에 미리 상당한 준비와 협상을 해야 한다. 또한 은행원과 상담할 필요도 있다. 게다가 지금 약간 망설이는 듯 보이는 게 나중에 득이 되어 돌아올 수도 있다.

「우선 그 사람이 얼마나 그림에 관심이 있는지부터 알아보는 게 낫겠군요.」

「알아서 하게나. 그림은 언제든지 가지러 오고.」

배웅하기 위해 개들이 일어난다. 하지만 사무실 문에서 개들 주인은 뭔가 의심스러운 듯 걸음을 멈춘다.

「자네를 진심으로 믿지만.」 토니가 말한다. 「그 사람이 누구든 간에 돈을 받기 전에 물건부터 넘겨주지는 않겠지?」

「당연하죠.」

「이야기를 들어 보니 뭔가 좀 꺼림칙해서 말이야. 떳떳하지 못한 사람인가?」

「한 번도 만나 본 적이 없는 사람입니다.」 나는 조심스레 말한다. 「그 사람에 대해서는 아무것도 몰라요.」

아니, 지금 한 말은 너무 밋밋하다. 그 사내에 대해 뭔가 하나는 알아야 한다. 뭔가 생생한 내용이어서 토니 처트가 상상력을 발휘할 수 있도록 말이다.

「내가 알고 있는 건, 그 사내가 벨기에 인이라는 것뿐입니다.」 내가 말한다.

정곡을 찔렀다. 토니는 무척이나 흥미를 보인다.

「됐네!」 토니가 말한다. 「현찰 거래일세. 그 사람에게 말하게! 벨기에 지폐로 하자고 하게!」

토니는 여전히 껄껄거리며 현관으로 나를 안내한다.

「뭐가 그리 재미있는지 모르겠군요.」 로라가 말한다. 로라는 엎드려 초강력 접착제 같아 보이는 걸로 미끈거리는 융단을 제자리에 붙이고 있다. 「이 빌어먹을 것에 발이 걸린 게 이번 주에만 벌써 두 번째예요. 하마터면 죽을 뻔했다고요.」

「사업 이야기를 좀 하고 있어, 여보.」 토니가 말한다.

나는 트로이의 헬레네가 있어야 할 계단 위 벽에 무엇이 걸려 있는지 쳐다본다. 나 스스로가 바보라는 생각이 든다. 그림은 너무 작아 계단 아래에서 보려면 쌍안경이라도 써야만 하기 때문이다. 내 사업 상대의 기묘한 전시 방침에 대해 물어보아도 될 만큼 우리가 새로 쌓은 친분이 도탑다는 확신이 든다.

「저 아름다운 여인을 벽에 걸어서 모두가 볼 수 있게 하는 게 어떨까요?」 내가 말한다.

「뭐라고요?」 깜짝 놀라 자세를 바로잡으며 로라가 끼어든다.

「헬레네요, 헬레네. 계단 위에서 우리를 내려다보게 하는 게 낫지 않아요?」

「보는 눈이 있군.」 토니가 말한다. 「자네 말이 맞네. 헬레네는 원래 계단 위쪽에 있었지. 내가 어렸을 때 저 위에 있던 기억이 있어. 하지만 그 뒤로 헬레네는 그곳을 떠나 여행을 시작했지.」

「이이 어머니가 훔쳐 가셨어요.」 로라가 말한다.

「정확하게 말하면 〈훔쳐 간〉 게 아니야.」

「당신 어머니가 디키랑 달아날 때요. 헬레네랑 집에 있는 은식기를 반이나 훔쳐 달아났잖아요!」

「결혼 때의 재산 계약에 불만을 가지셨거든.」

「경마장 일이 허사로 돌아갔을 때 모든 책임을 뒤집어쓰고 버려진 디키는 말할 것도 없죠.」

「이봐, 디키는 우리 아버지의 법률 고문이었어…….」

「디키는 당신 아버지의 생명 유지 장치였죠!」

「그건 이야기가 길어. 그리고 솔직히, 여보, 당신은 그 망할 놈의 이야기를 다 알고 있잖아.」

「어쨌든, 헬레네는 가져가기에 알맞은 물건이었어요.」 둘의 결혼 생활을 정상으로 돌리는 걸 돕기 위해 내가 말한다.

내 말이 무슨 뜻인지 묻기에는 둘이 서로에게 너무 화가 나 있었지만 마침내 나는 둘을 조용히 하게 만들었다.

「헬레네가 파리스와 함께 달아날 때 남편인 메넬라오스 왕의 보물을 모두 가지고 갔거든요.」 내가 설명했다.

둘이 이 매력적인 이야기를 이미 알고 있었는지, 또는 무슨 뜻인지 지금 알아들었는지 아닌지, 심지어 메넬라오스 왕이 누구인지 알고는 있는지 말하기란 불가능하다. 하지만 개 한 마리가 예의 바르게도 잠시 가볍게 흥미를 보이는 듯한 태도를 취하며 몸을 긁었다.

「하지만 요점은, 헬레네는 돌아왔다는 걸세.」 토니가 나에게 말한다.

「이이의 어머니는 아니에요.」 로라가 설명한다.

「우리 어머니는 아니지. 아니야.」 토니가 무겁게 내뱉는다. 「우리 어머니는 돌아가셨어. 고이 잠드시길.」

「그래서 우리는 그 빌어먹을 물건을 다시 맡게 되었죠.」

이 집에서 그림을 거는 방식을 정하는 사람은 로라인가? 이게 내 질문에 대한 답인가? 둘이 토니의 어머니와 함께 살게 되면 무슨 일이 벌어질까 궁금하다. 그 여자도 조찬실에 갇혀 살까? 너무 낮은 곳에 걸리는 바람에 무릎이 축 처져 있을까?

「하지만, 여보. 그리 오래 참지는 않아도 될 거야.」나를 위해 현관문을 열어 주며 토니가 로라에게 말한다.

「남편이 진작 그 그림을 팔아 치우지 않은 이유는 그 전에는 그림이 없었기 때문이에요. 다른 건 모두 다 팔아 치웠죠. 그리고 늘 터무니없는 손해를 보죠.」로라가 말한다.

「그래서 여기 클레이 선생 손에 나를 맡긴 거야. 이 사람이 나를 벗겨 먹으리라고 생각하는 건 아니겠지?」

「내가 당신이라면 그렇게 하겠어요!」토니가 등 뒤로 현관문을 당길 때 로라가 나에게 외치고 시야에서 사라진다.「남편에게 한 수 가르쳐 주세요.」

토니의 주의를 끌고 싶지 않다. 나는 호수처럼 커다란 웅덩이와 내가 그곳을 건너가는 것을 도우려는 듯 웅덩이 물을 들이켜는 개들을 빙 돌아 천천히 나아간다. 하지만 고개를 들고 보니 토니가 뚫어지게 바라보고 있는 대상은 개라는 사실을 알게 된다.

「사업에 대해서는 털끝만치도 모른다니까.」슬픔에 잠긴 목소리로 토니가 말한다.「세상 모든 일은 인간관계로 이뤄진다는 사실을 몰라요.」

로라가 한 말이 토니의 권위에 대한 도전으로 해석할 수도 있으며 그런 도전을 일축해 버림으로써 토니와 내가 맺은 새로운 동맹을 더욱 굳게 만들 수도 있다는 생각이 든다.

「방해가 되고 싶지는 않습니다. 제 말은, 부인께서 이 일에 제가 개입하지 말아야 한다고 생각하신다면……」 내가 말한다.

「맙소사, 아내에게는 마음 쓰지 말게나!」 토니가 말한다. 「나는 절대로 안 그런다네. 신경 끄고 살자고.」

나는 남자들끼리 단결을 의미하는 무시무시한 웃음을 살짝 보인다. 이런 내 행동이 부끄러워 죽을 지경이다. 하지만 죽는 건 나중에 하자.

토니가 나에 대한 더 굳은 믿음을 지니게 될 만큼 내 웃음은 성공적이다. 토니는 심각한 표정을 짓는다.

「사실, 이 부근에 사는 많은 사람들이 자네 같은 친구들에 대해 분개하고 있지. 주말에 내려와서 래브니지에 있는 모든 주차장을 독차지하고 식료품점을 건강식품 상점으로 바꿔 버리니 말이야. 하지만 나는 사람들에게 〈이봐, 그 사람들이 우리를 도와 같이 일할 준비가 되어 있다면 우리 이웃이라고. 여기 사는 사람들처럼 이 사회의 일원이란 말이야〉라고 말했다네.」 토니가 말한다.

「고맙습니다.」 내가 말한다. 「관대히 봐주시니 고맙습니다. 감동받았습니다.」 목이 멜 지경이다. 토니의 스크램블 트랙을 위한 청원서에 내가 서명이라도 할 수 있게 해달라고 부탁해야만 하는 건 아닐까? 아니다. 토니의 태도에 감동받았으며 고맙다는 표시로 가볍게 웃는 정도로 끝낸다. 「우리 벨기에 친구와 일이 진행되는 상황을 봐서 보고하죠.」

그 말과 함께 나는 진입로로 접어든다. 내가 이룬 진척으로 머리가 어찔할 지경이지만 또 다른 영감이 퍼뜩 머리를 스치고 지나간다. 순간적으로 나는 한 단계 더 시도해 보기로 결심한다. 나는 걸음을 멈추고 토니 쪽을 돌아본다.

「아, 참.」 나는 잊고 있었다는 듯 뒤늦게 말을 꺼낸다. 하지만 나 스스로도 놀랄 만큼 딱 맞는 시간이다. 「네덜란드 화가 두 명 것은 어떻게 하죠? 그것도 사고 싶은지 물어볼까요?」

「그러게나. 밑져야 본전 아닌가?」 토니가 외친다.

밑져야 본전이라고? 토니는 아무것도 모르고 있다. 사실, 내 행동은 어린아이한테서 사탕을 빼앗는 것과 다를 바 없다. 나는 전생에 사기꾼이었던 게 틀림없다.

〈하늘을 날 것만 같다〉가 무슨 뜻인지 몸으로 느낀다. 나는 호버크라프트처럼 진입로의 호수와 구멍들 위로 둥실 떠오른다. 그러다 마침내 좁은 길로 들어서자 발밑에 있던 부드럽고 상쾌한 공기는 너무나도 갑작스레 비명을 지르고 퍼드덕거리며 날아오르는 뭔가로 변한다. 내가 밟았던 꿩이 철조망을 빠져나가 사라져 버리고 몇 분이 지나도록 나는 너무나 충격을 받아 숨을 쉴 수가 없다.

좋아, 좋아. 일단 다시 한 번 생각할 수 있다. 내가 먼저 점수를 딴 거다. 하지만 아직 안심하기에는 이르다.

지금 내가 추진하고 있는 이 기묘하고 무서운 모험을 더 이상 사기라고 부르지 말아야 한다. 사기라니, 내가 생각해도 우습다. 나는 지금 사기를 치는 것이 아니기 때문이다. 내 행동은 공익사업이자 공공의 복지에 기여하는 것이다. 록펠러나 게티[39]보다 못할 것이 없다. 헬레네를 사갈 사람이 범죄자라고 생각하면서도 망설이지 않고 즉시 팔아 치우겠다는 토니 처트의 태도로 미루어 볼 때, 그에게서 내 그림을 구출하는 것은 거의 운명이라 할 수 있다. 세상에 정의가 존재한다면, 내 그림이 보관될 미술관 꼭대기를 가로질러 로마식 대문자로 내 이름이 커다랗게 새겨지도록 해야만 한다.

우습게 들릴지도 모르지만 솔직히, 가공의 인물이기는 하지만 내가 찾아낸 사람이 벨기에 인이라는 사실에 마음이 편안해진다. 그로 인해 그 인물에게 약간의 사실성이 더해졌으며 뻣뻣한 비현실성도 조금은 사라졌다. 나로선 다행스러운

---

[39] J. Paul Getty(1892~1976). 미국의 석유 사업가. 수억 달러에 해당하는 미술품을 수집했으며 1953년 로스앤젤레스에 게티 미술관을 개관했다.

일이다. 토니가 거리낌 없이 멸시하는 민족으로부터 토니가 큰코다칠 생각만으로도 너무나 가슴이 두근거리니 단지 그 이유만으로도 그 사내는 존재해야만 한다.

어쨌든 논리학적 관점에서 보자면, 실체를 알 수 없는 벨기에 인을 찾아냈다는 내 말은 진실이다. 내가 찾아낸 사람은 가공의 벨기에 인이기 때문이다. 내 수집가보다 더 베일에 싸인 벨기에 인이다. 하지만 후반기에 가면 적어도 벨기에 인이 부유하다는 사실 정도는 알게 될 것이다. 브뢰겔의 그림 값이 얼마인지 모르지만 말이다. 또한 이것은 전형적인 〈허위의 암시 suggestio falsi〉로서, 1학년생들에게 형식 추론 기초 과정을 가르치기 위해 내가 꼭 기억하고 있어야 하는 내용이다. 비록 내가 숲을 관통해 언덕을 내려오면서 넘어지고 비틀거리면서도 미친 듯 흥분하는 것은 내가 다시는 그 과목을 가르치지 않아도 된다는 사실을 어렴풋이 깨닫고 있는 것이 그 이유 중 하나이기 때문이긴 하지만 말이다.

하지만 내가 지금 숲에 있는 건지 아닌 건지 모르겠다. 생각하기에 너무 바빠 주변의 시골 풍경이 진짜인지 아닌지 알아차릴 틈이 없기 때문이다. 어떻게 하면 내가 계획한 위대한 공익사업을 제대로 수행할 수 있을지 걱정되기 시작한다. 머릿속으로 대충 윤곽을 잡은 계획은 다음과 같다. 헬레네와 네덜란드 그림 두 장을 가지고 소더비스에 가서 가격 감정을 의뢰한 뒤 그 가격을 정확하게 토니 처트에게 가르쳐 준다. 여기까지는 모든 일을 일사천리로 쉽게 처리할 수 있다. 하지만 진짜 어려운 일은 이제부터다. 토니 처트가 소더비스가 감정한 가격에 수긍을 하면 나는 그를 위해 그림을 판다. 내 기특한 벨기에 인이 부자이고 상냥하긴 하지만 진짜 돈을 가지고 있을 만큼 진짜 사람은 아니기에 나는 그림을 사줄 다른 누군가를 찾아야만 한다. 나는 소더비스 감정액과 비슷한 액수에서 자기 몫의 수수료 10퍼센트를 뗀 액수에 그림을 사줄 중개인을 찾아야만 한다. 그리고 나는 토니에게 돌아와 벨기에 인을 설득해 전액을 내게 했다고 말한 뒤 내가 받을 5.5퍼센트의 금액을 제한 돈을 준다.

그러니 나는 그림 석 장에 대한 판매가의 4.5퍼센트에 해당하는 돈을 구해야만 한다. 얼마나 되는 액수일까? 흠, 감정액은 얼마나 될까? 대충이라도 어림잡아 본다면? 토니 처트의 표현을 빌리자면 참으로 모호하지만, 얼마나 모호한지에 대해서 나는 모호하게 알고 있을 뿐이다. 그래, 조르다노는 1만 파운드라고 해보자. 아마도 토니는 그림을 헐값에, 아마도 거의 빼앗다시피 해서 구했을 테니 1만 파운드면 그리 적은 액수가 아니다. 스케이트 타는 사람들을 그럴듯하게 묘사해 놓은 그림은 2천 파운드 정도 나갈 테고, 기병 그림도 2천 파운드쯤 나갈 것이다. 그러면 1만 4천 파운드가 된다. 만약을 위해 1천 파운드를 더하자. 1만 5천 파운드의 5.5퍼센트면…… 머릿속으로 계산이 되지 않는다. 협상한답시고 올려 버린 그 빌어먹을 0.5퍼센트 때문이다. 그때 나뭇가지가 얼굴을 때리고 진흙에 미끄러진 내 발은 몸보다 훨씬 빨리 언덕을 미끄러져 내려간다. 하지만 분명 1천 파운드 미만이다. 그림 한 장에 동그라미가 겨우 두 개밖에 안 된다니! 어처구니없을 정도로 힘이 솟는다!

하지만 이제 네 번째 그림, 벨기에 그림, 내 그림을 처리하는 문제에 도달한다. 물론 이 그림을 소더비스 또는 다른 어딘가에 가져가 감정을 의뢰한다거나 중개상에게 팔지는 않을 것이다. 내가 간직할 것이다. 결국, 이 그림이 내가 지출할 금액의 수백 배를 보상해 줄 것이다. 하지만 그렇게 되기 전, 먼저 그림 가격의 4.5퍼센트가 아닌 1백 퍼센트를 가지고 있어야 한다. 가격이 얼마나 될까? 어떻게 해야 그럴듯한 숫자를 꾸며 낼 수 있을까?

간단하다. 그림 뒤에 있는 라벨에는 그 그림이 프란츠의 화풍을 본떠 그렸다는 사실을 암시하고 있다. 그냥 빅토리아 앤드 앨버트에 있는 매장 가격 기록표에서 프란츠 공방이나 제자들이 그린 그림의 거래 시세가 얼마나 되는지 알아보면 된다. 얼마나 될까? 2천 파운드 정도?

그러나 이 과정이 간단하기는 하지만 이 과정을 따라 하지는 않을 생각이다. 거래의 나머지 부분은 무척 합리적이며 마지막에는 내가 이익을 보게 되어 있기 때문에 나는 비현실적인 행동을 할 것이다. 진짜 프란츠의 가격을 알아볼 것이다. 그 가격은, 글쎄, 1만 파운드쯤? 2만 파운드라고 하자. 그런 다음 토니 처트에게 돌아가 이렇게 말할 것이다. 「내가 중간 과정을 너무 많이 생략한다고 생각하지 않았으면 좋겠군요. 하지만 나는 숨을 깊게 들이마신 다음에야, 그 액자에 끼우지 않은 그림 가격을 알아보는 일은 하지 않기로 결심했습니다. 그 사람들이 뭐라고 할지 뻔하기 때문이죠. 〈프란츠라고 쓰여 있으면 프란츠가 아닙니다〉라고 하겠죠. 나는 그림에 오명이 묻지 않은 상태에서 진짜처럼 벨기에 인에게 팔아야겠다고 생각했습니다. 벨기에 인은 그림에 푹 빠진 것 같습니다. 솔직히 말하자면 나 자신이 좀 부끄럽습니다. 그 사람에게 그림 값으로 2만 파운드를 요구했거든요. 자, 받으세요. 2만 파운드입니다. 내 몫으로 5.5퍼센트를 떼어 낸 나머지입니다. 크게 놀라지 마시고요.」

그렇게 해서 토니는 (자신이 기대했던 액수보다 훨씬 큰돈인) 1만 8천 파운드를 챙기게 될 것이고, 벨기에 인이 멍청하다고 생각하는 그의 편견은 만족감과 함께 더욱 굳어질 것이다. 또한, 수수료가 걸려 있을 경우에는 나 역시 토니 처트만큼이나 비양심적인 사람이라는 사실을 증명해 보일 것이다. 그리고 그러한 내 행동을 바탕으로 토니 처트는 인간 본성에 대해 자신이 품고 있었던 보편적인 편견을 더욱 굳히며 흡족해하리라. 그사이 그림은 우리 별장의 부엌 벽에 걸려 있으면서 조급함 없이 우아하게 나와 낯을 익히게 되리라. 토니가 말했던 대로, 이 거래는 모두를 위해 유익한 것이다. 토니보다는 나에게 좀 더 유리하겠지만 말이다. 하지만 사업이란 원래 그런 거다.

하지만, 잠깐. 지금으로부터 몇 달 또는 몇 년 뒤 어느 날 아침, 토니 처트가 자신이 매일 읽는 「데일리 텔레그래프」를 펼쳤을 때 내가 새로 발견한 걸작을 세상에 알리는 모습이 찍힌 사진을 보고 감당하기 힘들 정도로 놀라지는 않을까? 아니, 그다음 날 아침 내가 「가디언」을 펼쳤을 때 토니 처트의 사진과 함께 자신이 어떤 과정을 통해 그 그림을 나에게 팔라고 맡겼으며 내가 어떻게…… 토니가 내 행동을 공익사업이라고 말할 리는 없고…… 그래, 어떻게 사기극을 펼쳤는지 설명하는 기자 회견 내용이 실려 있는 걸 보면 나야말로 감당하기 어려울 정도로 놀라지 않을까?

그렇지 않다. 그런 식으로 일이 전개되지 않을 것이기 때문이다. 거래는 몇 개월에 걸쳐 계절이 천천히 바뀌듯 느리게 진행될 것이며 그때마다 매월, 그 달의 고유한 노동이 포함될 것이다. 첫 번째 패널화에서 나는 땅을 간다. 두 번째 패널화에서는 2만 파운드를 심는다. 그리고 여름이 너무 깊어지기 전 세 번째 노동을 한다. 지금 내가 가로지르고 있는 거친 땅 어딘가, 우리 둘의 땅이 만나는 곳에서 나는 토니를 우연히 마주친다. 우리는 이웃이 그러하듯 이것저것 이야기를 나누다가 헤어지려는 순간, 오늘 아침에 내가 그랬듯이 뒤늦게 생각난 것처럼 꾸미며 순진한 척 말을 꺼낸다. 「아, 말할 게 있어요. 들으면 웃을 거예요. 액자에 들어 있지 않던 당신 그림, 기억 나요? 벽난로에 검댕 떨어지는 걸 막는 용도로 쓰던 거요. 아주 웃기다고 생각하겠지만, 그 그림을 벨기에 인에게 넘겨주려고 기다리는 며칠 사이에 그만 그 그림이 좋아져 버렸답니다. 이유는 나도 모르겠어요. 그래서 그 그림을 산 사람은 그 벨기에 인이 아니에요. 나죠! 부엌에 걸려 있어요.」

「맙소사!」 토니가 놀라서 말한다. 「그래, 돈은 어디서 났나?」

「여기저기서 긁어모았죠.」 겸손하게 내가 말한다. 「어떻게 모았는지는 묻지 마세요!」

「2만 파운드를?」 놀라며 토니가 말한다.

「돈 생각을 다시 하고 싶지 않아요! 그냥 그 그림을 갖고 싶었을 뿐이에요.」

「하지만 그 그림은 그만한 값어치가 없다고! 그건 가짜야! 자네가 말했잖아!」

「알아요.」 나는 보는 사람이 마음 아파할 정도로 천진난만하게 말한다. 「하지만 2만 파운드에 팔아 주겠다고도 말했죠. 제가 말했던 가격을 치른 것에 자부심을 느끼고 있습니다.」

토니는 이해할 수 없다는 듯 나를 바라본다. 지금껏 수단과 방법을 가리지 않고 갖고 싶은 것을 가져온 토니지만 인생에서 좀 더 나은 것을 얻기 위한 열망을 품어 본 적도, 사업을 하며 그토록 까다롭게 예의범절을 지켜본 적도 없다. 「하지만 그렇게 되면 내 입장이 뭐가 되나!」 토니가 외친다. 「원래는 얼굴도 모르는 벨기에 인을 등쳐먹을 생각이었지. 하지만 이웃이라니…… 돈도 없는 학자에다가…… 도움을 주기 위해 상도의에 어긋나는 행동까지 한 절친한 친구인데…… 왜 진작 나에게 말 안 했나?」

왜 진작 말 안 했냐고? 훌륭하면서도 고결한 이유가 있기 때문이다.

「당신이 어떤 사람인지 잘 알고 있기 때문이죠.」 내가 말한다. 「당신은 돈을 안 받았을 거예요. 아마 내가 산다고 하면 2천 파운드에 팔겠다고 고집을 부렸을걸요?」

토니의 인품이 백치에 가까울 정도로 순진하고 선하리라 믿는다니, 조금이라도 예리한 사람이라면 뭔가 의심하리라. 하지만 토니 처트에게 내 말이 완전히 예상치 못한 효과가 있을 수도 있고, 비록 지금은 내가 예상치 못하지만 앞으로 무슨 일인가 벌어져 완전히 예상치 못하는 효과를 발휘할 수도 있다. 토니는 목이 멘다. 「그전까지 나에게 그런 말을 해준 사람이 없었네.」 토니가 겨우 입을 연다. 「보게, 자네에게 1만 8천 파운드를 돌려주겠네…… 그래, 꼭 그래야만 하겠네! 어떻게 해야 할지 모르겠지만…… 땅을 팔아야 할지도 모르겠군…….」

이제 내가 감동받을 차례이다. 나는 울음을 터뜨리며 모든 것을 고백한다…….

잠깐. 지금 그린 이 장면은 일어날 가능성이 전혀 없다. 내가 세운 계획에는 나를 당황케 하며 일격을 가할 수많은 난관들이 기다리고 있다. 하지만 확실하게 말할 수 있는데, 토니 처트가 내 돈을 돌려주겠다는 제안은 거기에 포함되지 않을 것이다.

내가 돈을 긁어모았고, 어떻게 모을 수 있었는지 모르겠으며 그림을 산 사람은 바로 나라고 토니에게 말하는 장면부터 다시 그리자. 거기부터 잘못 그렸다. 내 말을 들은 토니는 놀라기는 하겠지만 마음이 누그러지는 기미는 전혀 보이지 않는다. 당연하다. 그러면 토니는 무슨 행동을 할까? 터무니없는 내 미적 사치와 도덕적 감수성을 내 면전에서 비웃으리라.

하지만 그건 괜찮다. 사실, 좋다. 아주 좋다. 모든 노동이 아직 끝나지 않았기 때문이다. 토니의 조롱에 기분이 상하지 않기 때문이다. 나는 토니에게 웃어 보인다. 심지어 나 자신을 좀 더 우스꽝스럽게 보이도록 만든다. 「바보 같은 짓이라는 건 알아요.」 내가 말한다. 「하지만 나에게 그건 전 재산을 탈탈 털어 넣을 만큼의 값어치가 있어요. 진짜 프란츠는 아니지만…… 뭐랄까, 뭔가 특별한 느낌이…….」

그리고 일련의 패널화 가운데 후반부를 그리기 위한 준비를 한다. 「즐겁게 노는 사람들」에 대한 집념이 점점 커진 나는 결국 16세기 후반기 네덜란드 미술에 대한 공부를 하며 포도 덩굴에 포도가 익듯 기쁨이 커지게 되고 마침내 그 시대를 전공한 전문가에게 그림을 보여 준다. 그 전문가는 그림을 힐끔 보고 아마추어와 같은 탄성을 지른다. 「맙소사, 이 그림이 누구 건지 알고 있나요?」

하지만 마지막 남은 몇 장의 패널화는 우선 당장은 그리지 말고 남겨 두자. 적당한 때가 되면 모두 다 그리게 될 터. 돈을 모았으며 어떻게 모을 수 있었는지 모르겠다고 토니 처트에게 말하는 장면으로 돌아가자. 모를 수밖에 없다. 모르기 때문이다. 어떻게 돈을 마련했는지 나는 알아야만 한다. 다른 그림용으로 몇백 파운드를 모으는 건 쉽다. 하지만 액수가 2만 파운드라면 이야기가 다르다. 여기에 한두 가지 노동이 더 포함되어야 한다.

게다가 기병이나 스케이트 타는 사람들 그림이 내가 생각했던 것보다 훨씬 더 값이 나간다고 가정해 보자. 소더비스가 감정한 가격이…… 모르겠다. 어떤 가격이라도 나올 수 있으니까……. 심지어는 장당 5만 파운드도 가능하다!

아니, 괜찮다. 나는 소위 프란츠라는 것이 겨우 2천 파운드에 지나지 않는다는 것을 발견하는 것이 심리적으로나 도덕적으로 완벽히 가능하다는 사실을 알게 될 것이기 때문이다. 만약 조르다노와 다른 두 장의 그림을 좋은 값에 팔아 준다면 내 그림 가격은 적당히 조절할 수 있다.

어떻게든 나는 할 수 있다.

별장에 다가가고 있다는 사실을 알고 나는 충격을 받는다. 숲을 빠져나온 기억이나 소똥 사이에서 길을 찾던 내 앞에 펼쳐져 있던 계곡의 모습도 본 적이 없었다. 별장을 나서며 보았던 눈 쌓인 바위나 파란색 원경, 유혹하는 바다는 말할 필요도 없었다. 내가 돌아오며 본 것은 내가 세운 계획만큼이나 복잡하고 멋진 풍경이었다. 내 계획에 사용되는 거대한 다이애거널은 전경을 이루고 있는 소소하고 그럴듯한 모습(중개상의 장단에 맞춰 우스꽝스럽게 춤추고 있는 구매자와 판매자)에서 내 시선을 떼어 내 눈 쌓인 백연 봉우리로 옮기고, 저 멀리 동그라미를 가득 실은 내 배가 정박해 있는 바다까지 끝없이 뻗어 있는 산청의 아름다운 베일을 뚫고 우뚝 솟아 천정부지로 뛸 내 그림 가격을 상징하고 있는 봉우리로 이끈다.

하지만 지금 나는 시선을 케이트에게 돌려야만 한다. 변변치는 않지만 우리는 모든 재산을 공동 관리하고 있으며 따라서 케이트 몰래 6천이나 1만, 또는 2만 파운드를 모을 수 있는 방법이 없기 때문이다.

높은 봉우리들은 겨우내 별장의 창문에 쌓인 채 내가 닦아주기만을 기다리고 있는 검댕 너머로 사라진다. 고선미루형(高船尾樓型) 범선의 부풀어 오른 돛은 케이트가 빨아 책망하듯 널어놓은 틸다의 잠옷 세 벌로 바뀐다.

그렇다. 이제 가장 어려운 일이 남아 있다.

케이트는 팬히터 앞에 앉아서 자기 무릎 위에서 중심을 잡고 있는 틸다의 작은 두 발을 잡고 웃고 있다. 헬레네처럼 아내의 왼쪽 젖가슴은 풀어헤친 셔츠 밖으로 자연스럽게 나와 있다. 하지만 헬레네의 가슴보다 크고 하얗고 부드러우며 비할 바 없이 아름답다. 젖 한 방울이 유두 끝에 매달려 있다. 아내는 여전히 웃는 얼굴로 고개를 든다. 「산책은 좋았어?」 나에게 묻는 아내의 태도와 목소리에는 나에 대한 흥미가 조심스레 배어 있다.

　「좋았어.」 내가 말한다. 나는 아내의 웃음에 속아 넘어가지 않는다. 아내가 어떤 때에 그런 식으로 말하는지 나는 안다. 내가 쓰리라 믿지도 않고, 아무런 흥미도 없어 하는 책을 내가 쓰지 않고 있다고 죄책감을 느끼게 하려는 자기 태도에 짜증이 나 있으며 그것을 공개적으로 드러내려 하지 않는 자신에게 더욱 짜증이 난 목소리다. 그 이유를 설명하려고 하면 일이 악화될 것이며 게다가 말을 꺼낼 때부터 제대로 하지 않으면 더욱 안 좋으리라는 것을 나는 안다. 그런데도 나는 일이 앞으로 어떻게 진행될지 알아보고 싶은 마음에 용감하게 숨을 한 번 깊이 들이마신 뒤 입을 연다. 하지만 아내는 이미 틸다에게 다시금 푹 빠져 있으며 둘 사이에는 너무나 단순하고 현실적이며 완전한 무엇인가가 있지만 내가 말하려는 것에는 너무나 헛갈리고 추상적이고 마무리가 덜된 무엇인가가 있기 때문에 나는 숨을 도로 내뱉는다.

나는 외투를 벗고 작업대 앞에 앉는다. 당면한 전투를 연기하는 능력은 전략에서 가장 중요한 요소다. 쌓아 놓은 책 표지를 가리기 위해 그 위에 일부러 올려놓았던 서류철을 치우기 위해 손을 뻗는 순간 나는 그럴 필요가 없다는 사실을 발견한다. 서류철은 쌓아 놓은 책 옆에 누워 있다. 맨 위에 올려진 『대피터 브뢰겔』의 책표지가 세상을 향해 비명 지르고 있다. 춤추고 있는 농부의 그림을 보면 누구에 대한 책인지 너무나 분명하고 노골적이다.

나는 케이트를 본다. 케이트는 틸다를 향해 고개를 숙이고 있다. 풀려 있는 머리칼이 아기 얼굴 위로 흔들린다.

다시 책을 본다. 책 더미가 약간 비뚤어져 있다. 아내는 일곱 권 모두를 조금씩이라도 읽어 본 것이다. 지금까지 아내가 몰래 내 행동을 살펴봤던 적이 없었다. 내가 알기론 그렇다. 하지만 나 역시 이전까지 아내에게 뭔가 숨긴 적이 없다. 우리는 분수령을 넘었으며 우리 앞에는 새로운 풍경이 펼쳐져 있다. 그것은 새로운 계곡의 봄 풍경이 아니다. 아내가 틸다에게 빠져 있는 행동이 단지 내가 할 일을 안 했기 때문이 아니라 더 심각한 무엇인가를 추궁하는 것이라는 사실을 나는 깨닫는다. 아내의 태도에는 우리 둘이 세상에 나오게 한 아름답고 조그만 생명체에 정신을 쏟지 못하고 무정하게 다른 무엇에 정신이 팔려 있는 나에 대한 나무람이 들어 있다.

아내가 실수로 서류철을 책 위에 올려놓지 않았다고 생각하지 않는다. 〈눈 속의 사냥꾼들〉이 느꼈을 억울한 감정이 어떤 것인지 알겠다. 사냥꾼들은 마을 사람들이 먹을 음식을 구하기 위해 위대한 원정을 하고 돌아왔지만, 마을 사람들은 사냥꾼들이 사냥을 하러 바깥에 나가는 대신 집에 있으면서 아이들을 돌보고 유명론에 대한 책을 써야 했다고 생각했기 때문이다. 내 경우 부당함은 훨씬 더하다. 나는 먹을 수도 없는 불쌍한 여우 한 마리를 잡아 온 것이 아니라 우리가, 우리 셋 모두 평생을 먹을 만큼 충분한 고기를 잡아 왔기 때문이다. 적어도 잡을 수 있는 희망을 가지고 왔기 때문이다.

아내는 고개를 들고 자기를 보고 있는 나를 본다. 우리는 서로 눈을 돌린다.

「당신은 그 그림을 못 봤어.」 내가 조용히 말한다. 「난 봤다고.」

나는 조용히 말을 꺼낼 생각이었다. 진심이다. 하지만 그와 달리 내 목소리에는 질책의 기운이 들어 있다. 아내는 틸다에게서 조심스레 유방을 치우고 셔츠 단추를 채운다.

「브뢰겔이라고 생각하는구나.」 아내가 말한다. 의심의 기미나 따지는 내색 없이 중립적이고 조심스러운 목소리다.

「단지 가능성이 있다는 것뿐이야.」 철석같이 믿고 있다는 내색을 조심스레 지우고 내가 대답한다. 더구나 아내가 그 이름을 꺼냈을 때 이미 내가 품었던 확신은 사라지고 있었다.

「서명이 없어?」 아내가 조심스레 묻는다.

「없어. 하지만 그런 그림이 꽤 많잖아.」

이제 나는 질책하는 위치에서 방어하는 위치로 바뀌었다. 우리 둘 사이의 대화는 시작하기도 전부터 삐걱거리기 시작한다. 내가 처음 세웠던 계획대로라면, 내가 무엇을 보았는지 아내에게 간단하게 설명한 다음 내가 내렸던 결론을 아내 스스로 내릴 수 있도록 할 참이었다. 하지만 이제 그렇게 하기에는 너무 늦었으며, 더불어 그림을 말로 자세하게 설명하려는 허영심을 경계하라는 막스 프리들렌더의 명언이 떠오른다. 〈극도로 단어를 아끼고 경구적 표현들을 체계적이지 않게 결합한 설명〉이 그가 사람들에게 요구한 것이자 추천하는 방법이다. 흔들리는 나뭇잎, 눈 쌓인 봉우리, 커다란 다이애거널, 진흙을 짓밟고 있는 발. 이 모든 것이 마음속에서 생생히 떠오르지만 그 즉시 말을 절약하고 싶은 내 욕망의 희생양이 되고 만다. 어떻게 하면 이 모든 것을 하나의 〈체계적이지 않은〉 경구로 압축할 수 있을까?

「그건 봄이었어.」 내가 말한다. 그래, 나쁘지 않다. 사실 완벽하다. 나는 한 단어로 설명했다. 더 이상 어떻게 말을 아낄 수 있단 말인가? 〈봄〉이라는 단 한 단어가 모든 걸 다 말해 준다.

그 단어가 나에게만큼 아내에게도 절실하게 와 닿는지 아닌지 나는 모른다. 아내는 내가 그 그림을 처음 보았을 때 느꼈던 충격과 환희, 놀라움의 기색을 조금도 보이지 않는다. 하지만 케이트가 도상학에 대해 내가 했던 질문을 떠올리고 있다는 걸 나는 안다.

아내는 틸다에게 입히기 위해 깨끗한 점프슈트를 가져온다. 「〈월별 노동〉을 말하는 건 아니지?」 그리고 물론 아내의 말에 나는 즉시 입을 연다. 어쩔 수 없다는 듯 잠깐 흥미를 보여 버린 멍청한 고객을 놓치지 않으려는 외판원 같은 기분이 든다.

「그건 월별 노동이 아니야!」 내가 말한다. 외판원이 말하는 것 같다. 빗자루가 아닙니다, 부인. 환경 친화적이고 연료 효율이 좋은 청소 도구입니다. 「그게 중요한 거야! 계절을 나타내고 있다고!」

「그 연작이 다섯 점이 남아 있다고 생각했는데……」 틸다가 입고 있던 옷에서 틸다의 팔을 천천히 빼내며 아내가 입을 연다.

아내의 말에 내 맑은 정신과 확신이 돌아온다. 그 연작에 대해 아내가 아무것도 모르고 있다는 점은 확실하다. 하지만 나는 그 연작에 대해 잘 알고 있다. 아내는 자신이 익숙한 영역을 떠나 내 영역으로 들어왔다. 아주 차분하고 논리적으로 나는 토론의 역사에 대해 이야기한다. 지불 못한 세금, 사라진 〈그리고〉, 잘못 쓰인 〈……와 함께〉, 한 해의 분할에 대한 예전 해석, 초봄과 늦봄. 나는 특히 도상을 해석하는 데 아내가 결정적으로 기여했다는 점을 강조해 말한다. 틸다가 깨끗한 옷을 반쯤 입고 반쯤 벗은 상태로 누워 있다. 케이트는 나를 똑바로 바라본다.

「확실하다고 생각하는 거야……?」 아내가 조심스레 입을 연다.

「아니, 확실하다고 생각하는 게 절대 아냐. 확실하게 알고 있는 거라고.」 내가 말한다.

아내는 틸다에게 계속해서 옷을 입힌다.

「당신이 전에 말하기로는……」 아내가 다시금 입을 연다.

「그럴 가능성이 있다고 했지.」 나는 약간 놀라 이제는 오래전이 되어 버린 대화 내용을 떠올리며 즉시 동의한다. 「그렇게 말했지. 거짓말이었어. 충격받지 않도록 부드럽게 말하려고 했던 거야. 당신 대고모님이 돌아가셨을 때도 〈당신 대고모님이 편찮으시다는군〉 하고 말했잖아.」

아내는 또다시 동작을 멈춘다. 계속해서 틸다를 돌본다.

「사라졌던 브뢰겔의 그림이 다시 나타나는 게 불가능하지는 않아.」 내가 설명한다. 「아니, 그리 특별한 일조차 아니라고. 〈이집트로의 피신〉은 1948년이 되어서야 발견되었어. 브뢰겔의 특히 중요한 그림으로 평가받고 있는 〈간음한 여인과 그리스도〉는 1950년대가 되어서야 나타났지. 〈세 명의 병사〉는 1960년대에 나왔고.」

아내는 내가 브뢰겔에 대해 새로 연구해 알아낸 지식에 대해 〈잎 무늬 장식의 대가〉에 관한 내 연구 결과만큼의 흥미도 보이지 않는다.

「토니 처트에게 그 말을 했을 때 그 사람이 뭐라고 했어?」 아내가 묻는다. 상황을 제대로 다 설명하려면 아직도 한참을 더 이야기해야 한다는 사실을 깨닫는다.

「토니 처트에게는 아무 말도 하지 않았어!」 나는 아주 부드럽게 설명한다. 「그런 행동은 범죄이기 때문이야. 맞아! 사실, 그래! 선동과 교사야! 은행 강도에게 은행 열쇠를 주는 것과 마찬가지야! 그런 말을 하는 순간부터 사람들은 그 그림을 결코 볼 수 없기 때문이야! 그 그림은 국외로 반출되어 사라진다고! 투자 대상이 되어 어느 백만장자의 금고 속에서 잠들게 되겠지.」

틸다가 고개를 돌리더니 눈도 깜빡이지 않으며 진지하게 나를 보며 입을 벌린다. 틸다는 이해한다. 틸다는 내가 말하는 위험을 안다.

「그래서 어떻게 할 생각인데?」 케이트가 묻는다.

「살 거야.」

케이트는 틸다에게 옷을 입히기 위해 서 있었다. 케이트는 행동을 멈추고 주저앉는다.「마틴!」케이트가 말한다.

「토니 처트에 대해서는 걱정하지 마.」아내를 안심시킨다.「돈을 벌려고 그러는 게 아냐. 모든 사람들이 그림을 볼 수 있도록 안전하게 지키려고 하는 거야. 나와 그 그림이 만난 게 기적이기 때문이야. 아무에게나 일어나는 기적이 아니라고. 나 역시 이런 기회를 다시 만나기란 불가능해. 내가 이 세상에서 사는 동안 가치 있는 행동을 할 수 있는 기회란 말이야. 그 그림은 나를 향해 뭔가를 외치고 있어. 물론 내가 행동하는 과정 중에 약간의 돈이 생길 수도 있을 거고, 난 그걸 고맙게 받아들일 거야. 우리 모두의 이익을 위해서 말이야. 그리고 난 그 돈을 모두에게 적당히 분배할 거야. 토니 처트를 포함해서 말이야.」

갑자기 틸다가 방긋 웃는다. 내가 방금 말한 놀라운 달변의 모든 뉘앙스까지 세세히 이해하지는 못했겠지만 내 말을 알아듣고 그 열정에 동의하는 건 분명하다. 하지만 케이트는 계속 나에게 반대하고 있다. 아니, 내 생각이 틀렸다. 케이트의 마음을 차지하고 있는 건 토니 처트에게 부당한 일을 할 수 있다는 가능성이 아니다.

「얼마쯤 할 거 같아?」케이트가 묻는다.

나는 잽싸게 계산해 본다. 내가 계산하는 것은 아내의 질문에 대한 답이 아니라 내가 세운 다소 복잡한 계획에 대해 이 시점에서 얼마나 자세히 설명해야 하는가이다. 나는 지금 이 길고 복잡한 설명 또는 내가 토니 처트에게 보이기로 마음먹고 있는 비현실적인 관용에 대해서 말할 때가 아니라고 생각한다. 당장 받아들일 수 있는 근본 원리가 필요하다.

「내 생각에는 프란츠 제자들이 그린 그림은 2천 파운드 정도 나갈 거 같아.」 내가 말한다. 내가 다루는 기초 과목에서 쓰는 〈허위의 암시〉를 또 한 번 써먹는다. 비록 내가 기대하는 대로 일이 잘 풀려 나가지는 않지만 말이다.

하지만 그 〈암시〉는 아무래도 충분한 거짓이 아닌 모양이다. 아내는 등골이 오싹한 모양이다. 「2천 파운드라고?」 아내가 깜짝 놀라며 말한다. 지금은 내 계획에 대해 말할 때가 아니라는 내 생각이 옳았다.

「그 정도 해.」 나는 틸다에게 웃어 보이며 가볍게 말한다. 틸다는 그 돈이 얼마 안 된다는 걸 알고는 기뻐하고 있다.

「어디서 2천 파운드를 구할 건데?」 케이트가 다그친다. 지금까지 단 한 번도 뭔가를 다그친 적이 없다는 듯 날카로운 태도다. 「우리에게는 2천 파운드가 없어!」

「대출하면 돼.」 내가 말한다. 「은행원에게 이 별장을 개조할 거라고 말할 거야. 변기를 고친다고 하지 뭐.」

나는 틸다를 안기 위해 팔을 뻗는다. 하지만 케이트는 아무 말 없이 일어나 틸다를 안더니 낮잠을 재우기 위해 침실로 간다.

나에게 용기를 주던 틸다가 그렇게 사라지고 나니 뱃속에서 뭔가 불안한 기운이 스멀거리는 느낌이 든다. 서로 대화하고 있을 때는 꽤 편한 분위기에서 이야기를 주고받는다는 느낌이었지만 돌이켜 보니 일방적인 대화였다는 사실을 깨닫는다. 내가 겁냈던 것 이상으로 비참한 상황이었다. 아내가 나를 전혀 인정하지 않는다는 것이 근본적인 문제다. 만약 케이트 자신이 그렇게 큰 보상을 얻을 수 있었다면 그깟 몇 파운드쯤 투자하는 걸 꺼리지 않았을 것이다. 이 때문에 내 확신이 조금이라도 흔들리는가? 천만의 말씀이다. 나는 그림을 보았다. 아내는 아니다.

  하지만 슬픈 감정이 드는 건 막을 수가 없다. 예전의 케이트는 내가 담대하고 즉흥적이라 생각하며 그런 내 성격을 좋아했다. 아내는 유명론에 대한 책을 쓰다 포기한 나에게 실망했으며 〈잎 무늬 장식의 대가〉를 팽개쳤을 때는 훨씬 더 많이 실망했다. 하지만 루프트한자를 탔을 때의 케이트는 그런 내 성격을 무척이나 좋아했다. 나는 케이트가 흘린 잉크를 닦아 줄 때만 재빨랐던 게 아니라 내 인생에서 짰던 모든 계획을 케이트에 맞춰 수정할 때도 재빨랐다. 아내는 원고를 보기 위해 수도원 몇 곳을 돌아보러 가는 중이었고 나는 그리 중요하지 않은 일로 어디론가 가는 중이었다. 나는 니체와 후기 낭만주의에 대한 책을 한 권 쓸 생각으로 노이슈반슈타인 성으로 가는 중이었다. 순수 철학의 굴레에서 벗어나기 위한 내 첫 번째 시도였다. 케이트는 수도원을 돌아보는 걸 포기하고 나와 함께 노이슈반슈타인 성으로 갈 수도 있었다. 하지만 케이트는 그러지 않았다. 우리는 그럴 가능성에 대해서조차 이야기하지 않았다. 나는 노이슈반슈타인 성으로 가는 것을 포기하고 케이트와 함께 수도원을 돌아봤다. 비행기가 착륙했을 때 케이트를 위해 내 계획을 바꿨다고 선언하자 케이트는 웃다가 얼굴을 찡그리더니 내가 어리석은 사람이라고 말했다. 케이트는 얼굴을 찡그리다가 웃더니 비행기가 공항 탑승구에 도달할 때는 그럭저럭 내 의견에 동의했다. 우연히도 이 시기에 나는 남부 독일과 다뉴브 강 지역의 그림을 처음 보았으며, 그로 인해 나는 19세기에서 15세기로, 바이에른에서 북쪽의 네덜란드로 관심을 돌리게 되었고, 거기서 다시 플랑드르의 눈 쌓인 알프스 산맥 봉우리 아래 화려한 계곡에 펼쳐진 1565년 늦봄을 숭배하게 되었다. 이렇게 모든 것이 딱 들어맞는다.

우리 결혼 역시 내가 갑작스레 꾸민 놀랄 만한 계획이었는데, 결국 만족스러운 것으로 판명되었다.

침실 문이 부드럽게 닫히더니 케이트가 조용히 계단을 내려온다.

「한 가지만 약속해 줘.」 아내는 양보하듯 말했다. 아내의 말을 듣는 순간 나는 당연히 아내가 말하는 건 뭐든지 동의할 준비를 한다. 「다른 누군가에게 먼저 그 그림을 보여 줄 거지?」

이런 민감한 협상에서 그런 조건은 너무 바보 같고 말도 안 되고 불평등하기 때문에 무조건 동의하겠다는 내 생각은 한순간에 달아나 버린다.

「누구에게 보여 주라고?」 아무 내색도 하지 않고 내가 묻는다.

「브뢰겔에 대해 뭔가를 알고 있는 누군가.」

그러니까, 나더러 내 그림이 사라졌던 브뢰겔의 그림이라는 감정을 받게 한 다음 2천 파운드에 사오라는 건가? 도대체 햄리쉬에서는 하루 종일 무슨 일을 하고 있는 거지? 교회 건축 분과(分科) 사람들은 도대체 무슨 생각들을 하고 사는 거지? 나는 속세의 지식과 가치에서 한발 물러서서 초연해하는 아내의 별나고 현실과 동떨어진 태도를 사랑한다. 지금까지 늘 사랑해 왔다. 아내의 아름다운 얼굴에는 그러한 초연함이 짙게 새겨져 있다. 하지만 이건 토니 처트가 정직하다고 내가 가상으로 믿었던 경우보다 터무니없는 경우다. 게다가 케이트는 왜 갑작스레 성자처럼 돈에 대해 무관심해진 것일까? 또한 케이트가 말하는 건 무슨 뜻일까? 브뢰겔에 대해 뭔가를 알고 있는 누군가라니? 내가 바로 브뢰겔에 대해 뭔가를 알고 있는 누군가다! 이미 나는 알아야 할 거의 모든 것을 알고 있다. 그리고 돈을 건네줄 때쯤이면 브뢰겔을 연구하는 사람들은 자신들이 알고 있어야 했다는 사실조차 모르는 것을 나는 알고 있을 터였다.

하지만 나는 이렇게만 말한다. 「조금이라도 의심이 들면 일을 추진하지 않을 테니 안심해.」

「누가 의심할 때를 말하는 건데?」

당연히 나다. 하지만 나는 대답하지 않는다. 나는 아내의 방식대로 침묵을 지키며 아내가 화제를 바꾸도록 유도한다.

아내는 다른 방법을 시도한다. 「왜 그 그림이 외국으로 나가는 걸 반대하는 건데? 다른 그림들이 빈이라든가 다른 곳에 있다고 당신이 불평하는 걸 한 번도 들어 본 적이 없어. 만약 그 그림이 정말로 그 연작 가운데 하나라면 다른 그림들과 같이 있어야 하지 않을까?」

이 말을 듣고 조용히 침묵만 지키고 있을 수 없다. 「그건 빈으로 가지 않아. 미술사 박물관에 안 간다고. 그 미심쩍은 벨기에 사업가가 사가지만 않는다면 말이야.」

「그 그림을 왜 미심쩍은 벨기에 사업가가 사는데?」

나는 이전의 정책으로 돌아간다. 지금 대목에서 살짝 헛갈렸다는 걸 깨닫는다. 신비에 싸인 벨기에 인은 완전히 다른 대목에서 등장한다. 그 대목은 지금 이 자리에서 꺼낼 성질의 것이 아니다. 어쨌든 아내는 이상하다는 눈치를 채지 못하고 다른 질문을 한다.

「토니 처트가 당신에게 물어 왔다고 가정하면?」

「묻다니, 뭘?」

「그게 브뢰겔 거냐고 말이야.」

「그러지 않을 거야. 그 사람이 왜 그러겠어? 브뢰겔이라는 사람이 있다는 것도 모를 거야.」

「하지만 만약 그렇게 한다면? 〈이게 브뢰겔 그림인가〉라고 묻는다면?」

「진실을 말해 줄 거야.」

「브뢰겔 그림이라고?」

나는 다시금 아무 말도 하지 않는다. 자신은 진짜라고 믿지 않고 있는 걸 진품이라고 이야기하라고 말하는 아내의 태도는 솔직하지 않은 행동이라고 말해 줄 수도 있다. 하지만, 그러면 아내는 문제의 핵심은 자신이 그 물건을 어떻게 생각하는지가 아니지 않냐고 따지면서…… 또 이러니저러니 해댈 터이다. 그러면 그런 말에 자극받은 나는 한 명제의 참 거짓은 우리가 믿고 있는 것과 논리적으로 무관하다는 대답을 할 것이고…… 기타 등등. 그러다 가슴이 섬뜩해지면서, 우리 둘이 하는 대화가 다른 부부들과 마찬가지라는 사실을, 예전에 한 번도 해본 적이 없는, 공연히 부산만 떨 뿐 소득이 없는, 자신만 알아들을 뿐 상대방에게는 여전히 불확실한 대화를 하고 있다는 생각이 퍼뜩 떠오른다. 우리 둘은 토니와 로라가 되는 길을 걷고 있다.

「토니 처트에게 뭐라고 말해 줄 건데?」 아내가 계속 캐묻는다.

「모르겠다고 할 거야.」

「알고 있다면서?」

 아내가 생각할 수 있는 작은 실마리도 주지 말았어야 했다. 그 때문에 지금부터 나는 전문가적 견해가 필요할 때면 언제나 도움을 받는 인식론을 빌려 아내에게 지식의 정의에 대해 간단하게 설명해 줘야 하기 때문이다. 하지만 그러면 아내는 또…… 제기랄, 알 게 뭔가? 모르겠다. 우리 둘이 6년 동안이나 같이 살면서 이 모든 상황을 어떻게 피할 수 있었을까? 우리는 언제나 침묵 속에서 논쟁했기 때문이다. 아니, 적어도 아내는 그랬다. 나는 케이트가 무슨 생각을 하고 있는지 늘 알고 있었지만 케이트가 큰 소리로 반대를 표명한 적이 한 번도 없었기 때문에 나 역시 아내의 의견에 반대하거나 변명할 필요가 없었다. 하지만 지금 아내는 이런 자신의 정책을 갑작스레 포기하고 완전히 반대되는 행동을 취하고 있으며, 그 때문에 우리 둘은 이런 진흙탕에 빠지게 된 것이다.

 아내가 조용히 입을 연다. 「마틴, 들어 봐. 그 그림은 브뢰겔이 아니야. 유감이야. 그 그림이 브뢰겔 작품이길 당신이 얼마나 간절히 바라고 있는지 난 잘 알고 있어. 하지만 아니야. 정말로 아니야.」

「당신은 그걸 못 봤어.」

「마틴, 제발! 아닌 걸 난 알아! 제발 내가 하는 말을 들어 봐! 그건 브뢰겔이 아니야, 마틴! 아니라고, 아니야! 당연히 아니지! 어떻게 그토록 멍청할 수가 있어?」

 고백하건대, 케이트처럼 차분하고 이성적인 사람이 맹목적인 공포에 빠지는 장면을 보면 불안해진다. 아내가 하는 말이 전염병처럼 내 핏줄을 타고 기어 들어오는 느낌이 든다. 하지만 나는 이에 대항한다. 나는 반박할 수 없는 주장을 조용히 되풀이한다.「당신은 그걸 못 봤어. 난 봤고.」

미술사 박물관의 왼쪽 벽에 걸려 있는「사울의 개종」에 있는 사울만큼이나 외롭다. 나는 다른 누구도 아닌 나를 겨냥하고 하늘에서 쏘아진 정밀한 레이저 광선에 눈을 맞고 다마스쿠스로 가는 길에 쓰러져 있다. 내 주위 사방에서는 대규모 군대가 산을 향해 흘러가고 있다. 사람들로 이뤄진 그 강은 나를 제외한 케이트와 모든 인류이며 자신들의 안정된 직업에 열중하고 있다. 그들의 시선으로 볼 때, 나는 자그맣고 눈에 띄지 않는 예외적인 존재이며 술주정뱅이이며 무가치한 소수의 성가신 존재다. 하지만 그들 가운데 그 누구도 내가 바울로 다시 태어날 것이며, 지금은 꼴사납게 발작을 하고 있지만 그로 인해 세상을 바꿀 것이라는 사실을 모르고 있다.

틸다가 운다. 케이트가 움직이기 전에 내가 계단 위로 올라간다. 틸다는 내 응원군이며 나는 지금 이 순간 자그마한 응원이 필요하다. 나는 틸다를 안고 울음을 멈추고 조용해질 때까지 앞뒤, 아래위로 흔들어 준다. 틸다가 있던 상자째 안고 흔들어 주는 것이 더 나았을 것이다. 다시 틸다를 내려놓을 때 깰 수도 있기 때문이다. 하지만 나는 틸다를 안고 잠자는 아이의 얼굴을 보는 것을 좋아한다. 지금은 특히 그렇다. 하지만 내 팔에 안긴 틸다의 모습과 감촉은 너무나 참되고 너무나 확고하고 너무나 현실적이기 때문에 오히려 그 모습과 감촉에 대한 믿음이 강해지는 대신 약해진다. 내 그림은 내 팔에 안겨 있지도 않고, 따뜻하지도 않으며 숨을 쉬지도 않는다. 나는 단지 그 그림을 한 번 흘깃 보았을 뿐이며 그렇게 흘깃 본 기억조차 희미해져 간다. 다시 한 번 용기가 약해진다. 갑자기 최악의 시나리오가 어떻게 펼쳐질지 눈에 선하기 때문이다.

그것은 다음과 같다. 케이트의 지독한 불신을 거스르면서 나는 2만 6천 파운드를 빌린다. 아니, 어쩌면 나는 케이트가 전혀 모르게 빌릴 수도 있다. 그리고 어느 정도 기다렸다가 내가 찾아낸 전문가에게 그림을 보여 준다. 그 전문가는 그림을 한 번 보고…… 탄성을 지르지 않는다. 그 사내는 한참 동안 그림을 살펴본 다음 말한다. 「이 그림이 프란츠의 원작이라고 기대하시는 것 같지만, 유감스럽게도 그냥 평범한 그림이군요…….」 나는 그 그림을 중개상에게 팔고 2천 파운드를 받는다. 그런 다음 케이트에게 가서 말해야 한다. 「2만 6천 파운드를 빌렸는데 2만 파운드 넘게 손해를 봤어. 찾을 가망성도 없고…….」

그리고 빌린 돈을 갚을 가망성도 없다. 은행에서 돈을 빌렸다면 나와 맺은 2순위 저당에 대해 담보권을 행사하려고 기다릴 것이고 직업별 전화번호부를 보고 사채 회사에 연락해 돈을 빌렸다면 쇠지렛대를 들고 맹견과 함께 득달같이 달려올 터였다. 하지만 돈을 빌린 상대가 누구든 간에 이 거래에서 진짜 손해 본 사람은 바로 여기 내 팔에 안겨 있는 아이다. 나는 딸의 미래를 걸어 가면서까지 돈을 빌려 쓰는 것이다.

나는 사울이 아니라 브뤼셀 미술관에 있는 이카로스이다. 사울과 마찬가지로 세상의 주목을 받지 못한 채 외떨어져 있는 존재이며, 태양에 너무 가까이 다가가 추락한 인물이다. 하지만 영광 속에서 다시 날아오르기 위한 준비 과정으로 추락하는 것이 아니라 수치스럽게 파도 속으로 영원히 사라질 운명이었다.

나는 저당 잡혀 있는 내 아이를 아주 조심스레 다시 상자에 돌려놓고 살금살금 침실을 빠져나온다. 부엌 탁자로 가 케이트 옆에 앉아 아내의 손을 잡고 거기에 키스하리라. 잘못했으니 용서해 달라고 말하리라. 그리고 모든 것을 털어놓으리라. 내가 세웠던 모든 계획을 아무것도 숨기지 않고. 내가 얼마나 뉘우치고 있으며 자신을 속이고 몰래 행동하면서 얼마나 괴로워했는지 알게 된다면 아내는 이 세상 그 누구보다 나를 믿게 되리라. 그러고 나면 우리가 처음 만난 뒤로 모든 일을 함께 해왔듯 우리는 다시금 하나가 되어 계획에 대해 생각해 보리라. 어쩌면 사랑스러운 아내는 여전히 내가 틀렸다고 말할지도 모른다. 그리고 만약 아내가 그렇게 말하면 나는 아내의 판단에 따르리라. 이의를 달지 않고서. 나는 국립 미술관에 있는 친구 캐럴 하인드에게 편지를 써서, 내가 가지고 있는 그림을 감정해 주면 정말 좋겠다고 하면서 함께 주말을 보내자고 하리라. 우리는 캐럴을 데리고 이웃을 찾아갈 것이다. 그러면 최소한 국립 미술관 측이 그림의 진위에 대해 다른 누구보다 먼저 알게 되겠지.

하지만 케이트는 작업대에 앉아 있으면서 내가 자기 손을 잡는 건 고사하고 옆에 앉기도 전에 고개를 들고 조용히 묻는다. 「그래서, 토니 처트에게 얼마나 줄 건데?」

예상치 못했던 아내의 부드러운 말투가 나를 어루만지자 나는 너무나 당황한 나머지 무슨 뜻으로 그런 말을 했는지 이해하지 못한다. 나는 이해할 수 없어 얼굴을 찡그린다. 아내는 입술을 굳게 다물고 있다. 내가 얼굴을 찡그리고 있는 이유를 아내가 잘못 해석하고 있다는 생각이 퍼뜩 든다. 그러면 처음부터 다시 시작해야 한다.

「당신이 번 돈을 토니 처트에게 공평하게 분배해 준다고 했잖아.」 아내가 설명한다. 정말로 케이트가 걱정하고 있는 게 그 문제인가? 만약 그게 문제였다면 입을 열어 대답하기도 전에 아주 간단한 대답이 머릿속에 탁 떠오른다.

「5.5퍼센트를 줄 거야.」 내가 원했던 대로, 이 독특한 숫자를 들은 아내는 더 이상 추궁하지 못한다. 이제는 아내가 이해를 못해서 얼굴을 찡그릴 차례다.

「그게 토니가 나에게 주기로 한 몫이기 때문이야.」 하지만 이 말도 아내는 이해하지 못한다. 나 역시 지금 내가 한 말을 이해하지 못한다. 무엇을 산 것에 대해 5.5퍼센트란 말인가? 「판 금액에 대해서 말이야. 조르다노를 팔아 주면 그렇게 하기로 했어.」

이에 대해서 아무 말도 하지 않았다는 사실을 깨달았을 때는 너무 늦었다. 아내는 나를 보려 애쓰지만 그러지 못한다. 아내는 탁자 위에 펼쳐진 자신의 일감을 바라보려 노력하지만 그러지 못한다. 위층에서 불만에 몸을 뒤척이기 시작하는 틸다의 목소리가 희미하게 들려온다. 왜 그런지 알아보려고 내가 몸을 일으킨다. 「기다려.」 케이트가 조용히 말한다. 나는 엄청난 인내심으로 자리에 다시 앉는다. 우리에게 무슨 일이 일어나고 있는 것일까? 이렇게 사이가 안 좋은 적이 없었다. 「마틴, 도대체 무슨 일이야? 조르다노를 팔아 주겠다니? 어떻게? 무슨 뜻이야? 왜 그런 말을 나에게 안 했어? 그것 말고 그 사람과 또 무슨 약속을 했지?」

나는 마음의 평온을 유지한다. 나 혼자 걱정할 때는 그토록 복잡하고 위험해 보이던 계획 전체가 불현듯 너무나 간단하고 논리적이며 이루기 쉬워 보인다.

「나는 토니 처트로부터 두 개를 다 받아 올 거야. 조르다노는 팔 거고 다른 하나는 내가 가질 거야. 그 사람은 수수료로 10퍼센트를 주는 대신 5.5퍼센트를 주면 돼. 그러면 우리 둘 다 행복한 거지. 당신에게 말할 생각이었지만 그렇게 했다가는 또다시 책은 안 쓰고 다른 데 정신 팔고 있다고 생각할 거 같았어.」

내 설명에 너무나 만족스러워진 나는 도대체 지금까지 왜 그렇게 돈을 구하려고 머리를 썩였는지 그 이유를 떠올릴 수 없다. 내가 할 거래는 자체적으로 재정이 해결된다. 조르다노에서 얻는 수익으로 다른 그림을 살 돈 거의 전부를 마련할 수 있는 것이다! 나는 다시 2층으로 올라가려고 일어선다. 지금은 틸다가 가볍게 찡얼대고 있지만 언제라도 큰 소리로 울어 댈 수 있기 때문이다.

「기다려, 기다려 봐. 우리가 본 다른 그림 둘은 어떻게 되는 건데? 그것들도 팔고 싶어 하지 않아?」

「그 문제에 대해서도 이야기했어.」

「그래서 당신은 어떻게 할 건데?」

「뭘?」

「그것도 팔아 줄 거야?」

틸다가 울고 있는 상황에서 그런 사소한 문제를 이야기하는 것은 멍청한 일이다. 나는 어서 올라가 틸다를 달래고 싶은 마음에 계단을 쳐다본다.

「그렇게 하기로 했어, 아니야?」 아내가 다그친다.

「그런 식으로 물어보면 우리는 계속 이야기를 나눌 수가 없어.」

사업 계획

「다른 두 그림도 팔아 주기로 했어?」

「아마도. 두고 봐야지.」

틸다의 불만에 찬 소리가 커진다. 나와 마찬가지로 케이트도 그것을 알아차린다.

「그림들을 어떻게 팔 건데?」 케이트가 말한다. 「누구에게 팔 건데? 당신은 아무도 모르잖아!」

알고 있다고, 내가 원하는 건 뭐든지 원하는 값에 사줄 부유하고 속세를 떠나 있는 벨기에 인을 알고 있다고 말하고 싶은 생각이 든다. 하지만 그 사람이 벨기에 인이라는 사실, 토니 처트에게 설명했을 때는 그토록 설득력 있어 보이던 사실이 당황스럽게도 이제는 그 말을 입 밖에 내기도 전에 생명력을 잃어버린다. 심지어는 벨기에 인 자신도 약간 핏기가 사라지며 유령처럼 되어 버린다. 나는 아무 말도 하지 않고 우리 주의를 끌기 위해 점차 다급히 요청하는 소리가 들리는 계단 쪽으로 다시 고개를 돌린다.

「중개상에게 가져가겠다는 뜻이야?」 케이트가 다그친다. 「하지만, 그러면 중개상에게 10퍼센트를 줘야 한다고! 그렇게 해서 돈을 만들겠다는 건 멍청한 짓이야! 그럴 수가 없어. 안 된다는 걸 당신도 잘 알잖아! 당신은 토니 처트에게 속고 있는 거라고! 소개료를 제대로 주지 않고 그림을 해치우려는 수작일 뿐이라고! 마틴, 돈이 전부 얼마나 들 거 같아? 2천 파운드가 아니지? 더 들 거야! 얼마야, 마틴? 얼마나 드는데?」

나는 가장 최악의 상황을 그냥 솔직하게 말했어야 했다. 이제야 그런 생각이 든다. 일을 완전히 잘못 처리한 것이다. 나는 꼼꼼히 다시 계산해 본다. 이번에는 내가 할 수 있는 한 정확하고 솔직해야만 한다. 자, 조르다노는 1만 파운드이고 스케이트 타는 사람들과 기병은 각각 2천 파운드, 합이 1만 4천 파운드이다. 이 돈의 4.5퍼센트를 마련해야만 한다. 어쨌든 7백 파운드가 안 된다! 거기에 내 그림 값 2만 파운드를 더하고, 아니, 지금 당장은 2천 파운드라고 말해 주자. 케이트가 받아들이기만 쉽다면 말도 안 되는 금액 삭감쯤이야 언제든지 할 수 있으니까.

「케이트, 우리는 3천 파운드 미만의 지출에 대해 이야기하고 있어! 소파를 새로 사도 그보다는 더 든다고! 말했지만, 돈 때문에 이러는 게 아니야. 그런 사실을 당신도 잘 알고 있을 거라고 생각했어. 그리고 브뢰겔이 그린 주요 작품의 복제화가 요즘 얼마나 하는지 알아? 복제화 한 장에 말이야.」 내가 말한다.

하지만 아내는 내 말을 듣고 있지 않다. 아내는 벌써 계단을 올라가고 있다. 아내의 관심은 틸다와 우리가 틸다에게 안겨 줄 황폐화된 미래뿐이다. 「당신은 전혀 깨닫지 못하고 있는 것 같아!」 아내가 말한다. 아내의 흔들림 없는 평정은 흥분으로 바뀌었다. 「이제 틸다가 있으니 상황이 다르다고! 우리가 하고 싶은 대로 하면서 살 수는 없어! 틸다 생각을 해야 한다고! 미래를 생각해야만 해!」

아내는 침실로 사라진다. 아내가 〈우리〉라고 한 말은 물론 나를 가리킨다. 이제부터는 그동안 내가 하던 대로 하면서 살 수 없다. 아내는 마치 내가 도박이나 하고 술이나 퍼마시며 인생을 허비한 것처럼 말했지만 속뜻은 내가 인생의 나아갈 바를 찾기 위해 힘들게 싸우는 모습을 지켜보는 데 지쳤다는 의미다. 너무나 억울해 다시금 숨이 막힌다. 이 미궁을 빠져나갈 길을 좀 전에야 찾았는데 아내는 그 길로 가지 않길 바라고 있다니! 그것도 겨우 소파 하나 살 정도에 불과한 돈 때문에! 나는 너무 화가 나서 자리에 앉지 못한다. 나는 방을 왔다 갔다 한다. 아내가 그토록 속이 좁고 불공평할 수 있다는 사실이 믿어지지 않는다.

이는 우리 사이에서 일어났던 모든 일 가운데 최악의 경우다. 우리가 겪은 최초의 위기이지만 우리는 극복하는 데 실패했다.

틸다는 점차 조용해지고 위쪽에서 들려오는 소리는 삐거덕거리는 마루 소리뿐이다. 케이트가 아래층에 있는 나를 흉내 내며 놀리듯 위층에서 왔다 갔다 하는 소리라는 사실을 나는 깨닫는다. 내가 아래층 여기에서 불만을 삭이느라 여념이 없듯 케이트는 위에서 틸다를 안고 달래느라 정신이 없다. 지금 아내는 살아 숨쉬는 아이를 안고 있는 데 반해 나는 억울한 감정에 겨워 쓸데없이 분통만 터뜨리고 있는 것 자체가 불공평해 보인다. 케이트가 아니라 나야말로 비꼬아 흉내를 내고 있는 사람이라는 생각이 든다. 나는 그 자리에 서서 꼼짝 않고 있으면서 더러운 창문 너머 빨랫줄에 걸린 잠옷 세 벌을 아무 생각 없이 바라본다. 잠시 뒤 케이트도 걸음을 멈춘다. 이런저런 방식으로, 심지어는 다른 방에 있으면서까지 우리는 바보같이 서로 뒤엉킨 채 법석을 떨며 싸우는 걸 멈추지 않고 있다.

집은 쥐 죽은 듯 조용해진다. 틸다가 잠에 빠져 들듯 내 분노는 천천히 슬픔으로 바뀐다. 루프트한자와 뮌헨에서 보낸 처음 며칠을 떠올린다. 내가 보고 있는 것은 줄에 널려 있는 틸다의 빨래가 아니라 어느 무더운 날 저녁 케이트와 함께 있던 작은 카페테라스이다. 그날 저녁, 케이트와 나는 프라우엔 교회의 축복받은 그늘 밑 작은 카페테라스에서 소다수를 넣은 포도주를 마시고 있었다. 케이트는 나를 보며 웃고 있었다. 웃고 또 웃고, 세상 모든 일이 만만해 보였다. 그리고 그 웃음과 만만했던 감정을 떠올리고 보니 세상 그 무엇과도 비할 수 없을 만큼 귀하고 좋은 무엇인가가 우리로부터 영원히 날아가 버렸다는 것을 알게 된다.

침묵은 계속된다. 하지만 케이트는 여전히 내려오지 않는다. 물론 내가 올라가 봐야 하겠지만 그렇게 하기에 나는 너무나도 슬프다. 나는 탁자 앞에 앉아 계속 창밖을 바라본다. 지금 분명 아내는 나와 마찬가지로 슬픈 마음에 아래층으로 내려오지 못하고 위층 침대에 앉아 있는 게 분명하다. 내가 보기에 모든 것이 끝났다. 나는 그림에 대한 모든 미련을 버렸다. 지금 내가 걱정하고 있는 것은 우리 사이를 어떻게 회복하는가다. 틸다는 어떻게 해야 하나? 아니, 점심 식사는?

나는 손목시계를 본다. 그래, 믿어지지 않지만 점심 식사 시간이 훌쩍 지나 버렸군. 나는 식욕 없이, 심지어 같이 먹을 빵도 자르지 않고 수프를 데운다. 나태한 갈색 액체가 부글거리며 활기 띠는 모습을 보고 있을 때 내 뒤편 계단에서 발소리가 난다. 우리가 부닥친 막다른 골목에서 우리를 구하기 위해 먼저 노력해야 할 사람은 이번에도 케이트이다. 왜 내가 먼저 시도하지 않았을까? 하지만 나는 몸을 돌려 케이트를 볼 수조차 없다.

「미안해.」 케이트가 말한다. 아주 조용히. 아내의 목소리로 아내가 울었다는 사실을 알 수 있다.

「미안해.」 우아하지 못하게 케이트의 말을 따라 한다. 「수프 좀 먹을래?」 적어도 나는 최대한 시늉은 보인다. 하지만 아무런 응답이 없다. 다시 울고 있는 건가? 마침내 나는 몸을 돌리고 아내를 바라본다. 아내는 탁자에 앉아 있다. 한 손에는 손수건을 움켜쥐었지만 울고 있지는 않다.

「예전에 아버지에게서 돈을 좀 받은 게 있어.」 아내가 말한다. 「얼마나 남아 있는지 모르겠어. 하지만 아마 충분할 거야. 그걸 우리 공동 구좌에 넣어 놓을게.」

아내가 한 말이 무슨 뜻인지 알아차리는 데 잠시 시간이 걸리며 우리가 서로 항복했다는 충격이 나를 훑고 가기까지 다시 잠시 시간이 걸린다. 나는 아내에게 가 그 앞에서 무릎을 꿇는다. 손으로 아내를 감싸고 보드라운 몸에 머리를 기댄다. 아내는 선량함과 사랑으로 충만한 무한의 보고이다. 이전까지 아내는 장인에게서 받은 돈이 있다는 말을 한 적이 한 번도 없다. 사적으로 쓸 생각이었거나 나를 위해 쓰려고 남겨 두었을 것이다. 아니, 속세의 일에 관심이 없는 아내의 사랑스러운 성격상 돈이 있다는 사실조차 잊고 있었을 확률이 더 높다.

나는 고개를 들고 아내를 쳐다본다. 아내는 나를 내려다보며 웃고 있다. 「여보.」 내가 말한다. 목이 메어 말이 잘 안 나올 지경이다. 「난 그럴 만한 자격이…… 너무 감동…… 당신은 절대로 모를 거야…… 그리고 난 그 돈을 받을 수가 없…….」

「그런데 왜 미리 나에게 이야기하지 않았어? 그걸 이해 못하겠어.」

나도 이해할 수 없다. 나도 궁금하다. 침묵과 불신이 넘치던 처음 단계로 기억을 더듬어 본다. 왜 아내에게 말하지 않았을까? 아마…… 아내가 나를 믿지 않으리라고 생각했기 때문이리라. 그리고 내 생각이 맞았다. 아내는 믿지 않았다. 그리고 지금도 믿지 않는다. 하지만 지금 그런 게 중요한 게 아니다. 세상의 그 어떤 그림도 아내보다 중요하지 않다.

「내가 바보라서 그렇지.」 내가 말한다.

「그 돈은 비상용으로 가지고 있던 거야.」 아내가 말한다.

「그래, 그 돈은 그냥 가지고 있자. 그 돈을 받을 수는 없어, 여보. 어떤 경우에도 말이야. 그 돈은 우리의 마지막 희망으로 남겨 둬야 해.」

아내는 내 머리를 쓰다듬는다. 모든 게 예전대로 돌아간다. 우리는 우리가 최초로 맞은 커다란 위기에 공동으로 대응했으며, 내 사악함 속에서도 아내의 선량함 덕분에 우리는 예전보다 더 가까워졌다.

「수프가 끓어 넘치고 있네.」 아내가 부드럽게 말한다.

나는 계속 아내를 잡고 있다. 넘치라지. 내 감정도 끓어 넘치고 있으니까.

천둥의 기미

그래서 내가 세운 기본 원칙은 다음과 같다.

「즐겁게 노는 사람들」이 내가 생각하는 그것이라는 확신을 줄 만한 객관적 증거를 찾기 전까지는 내 위대한 계획에 어떠한 돈도 쓰지 않을 생각이다. 케이트는 자신과 의논할 필요가 없으며 자신에게 의논하는 걸 원치 않는다면서 내 판단을 전적으로 받아들이겠다고 말한다. 하지만 그림을 보지 않은 아내에게 내가 〈한눈에 *prima vista*〉 얻은 육감을 강요하는 일이나 도상학으로 해석했을 때 그림이 보여 준 파격이 그림이 가짜라는 증거가 아니라 오히려 진짜라는 증거이니 무조건 내 말을 믿으라고 강요할 수 없는 노릇이다. 내가 아내에게 암묵적으로 그리고 나 자신에게 확실하게 동의하는 것은 아내에게 논리적 증거를 보여 줄 위치에 있어야만 한다는 점이다.

우리 셋은 주말을 재미있게 보냈다. 우리는 내 계획에 대해서 말하지 않았다. 아니, 거의 말하지 않았다. 나는 내 계획에 대해 생각조차 하지 않았다. 어쨌든, 주말 내내는 아니었다. 월요일 아침에 처음으로 할 일은 기차를 타고 런던으로 다시 가는 일이다. 나는 켄티시 타운에 있는 우리 거래 은행에 전화해 〈전담 은행원〉과 만날 약속을 잡는다. 이 만남에 대해 케이트의 이해를 구한 상태이다. 케이트는 자신의 돈을 주겠다는 뜻을 계속해서 밝히지만 정말로 내가 계획을 계속 진행시킬 생각이라면 왜 자기 돈을 받을 수 없는지 케이트가 이해했다. 케이트는 나를 역까지 태워다 주었으며 그곳에서 우리는 신혼 초기의 아름답던 시절로 돌아가 다시 찾은 애정을 확인하며 달콤한 키스를 나누었다. 하지만 사려 깊은 케이트의 제안에 따라 켄티시 타운으로 가는 도중 빅토리아 앤드 앨버트에 들러 예전에 브뢰겔에 대한 경매 가격을 알아볼 때 같이했어야 했던 일, 즉 별 다른 정보도 없이 했던 내 예상이 너무 크게 빗나가는 경우를 대비해서 조르다노의 그림 가격을 알아볼 생각이다. 무척 소중하고 실용적인 충고다. 그리고 이런 식으로 일을 같이할 수 있다니 무척 기쁘다. 비록 아내의 행동이 나를 믿어서가 아니라 나를 사랑해서이기 때문이지만 말이다. 아직까지는 그렇다.

어떻게 해야 객관적 증거를 찾을 수 있는가? 그것이 문제다. 내가 찾아야 하는 게 어떤 걸까?

스타일이나 테크닉의 세세한 면들? 그리 좋은 생각이 아니다. 내가 그림에 지대한 관심이 있다는 사실을 밝히지 않으면서 그 그림을 충분히 오랜 시간 살펴보겠다고 요청할 수도 없는 노릇이고, 설사 그렇게 할 수 있다 치더라도 나에게는 그림에서 무엇을 찾아봐야 하는지 알 만큼 전문적인 지식도 없다.

도상학? 이쪽이 좀 더 가능성이 있다. 특히 케이트가 도와준다면 말이다. 하지만 도상학으로 브뢰겔의 그림과 그 제자나 모사가의 그림을 구별할 수 있을까? 오히려 내 장기인 도상 해석학이 더 가망 있어 보인다. 나는 브뢰겔이 그림에서 사용한 상징들을 세상을 바라보는 그의 독특한 시각과 철학과 관련되어 있다는 것을 보여 줄 수 있을지도 모른다.

하지만 이런 생각과 거의 동시에 어려운 점이 떠오른다. 브뢰겔의 시각과 철학이 어떤 것인가?

기차에 앉아 책 더미(다행히도 지난번처럼 비닐 가방에 넣지 않고 틸다의 물건을 넣어 두는 케이트의 커다란 가방에 넣어 왔다)를 다시금 전부 다 차근차근 살펴본다. 이번에는 도를 지나친 브뢰겔의 모호함과 걷잡을 수 없음에 더 충격을 받는다. 브뢰겔의 생애가 어떠했는가만 그렇다는 뜻이 아니다. 그림의 의미며 의도 등 브뢰겔을 둘러싼 모든 것이 그렇다. 학자마다 모두 그것들을 다르게 해석하고 있다.

그로스만의 카탈로그에는 다음과 같이 쓰여 있다. 〈지난 4백 년간 브뢰겔에 대해 수많은 사람들이 했던 몇 가지 안 되는 의견을 종합해 보자면, 브뢰겔은 농부이자 도시인, 전통 가톨릭 신자이자 자유 사상가, 휴머니스트, 웃음이 많은 염세주의 철학자였다고 생각된다. 이 예술가는 히에로니무스 보스의 추종자이자 플랑드르 전통의 계승자이며 《르네상스 이전기 the Primitives》의 최후의 인물이자 이탈리아 예술과 접촉한 매너리즘의 예술가였으며, 삽화가, 풍속화가, 풍경화가, 사실주의자, 사실을 변형해 자신의 표방하는 이상에 맞춘 화가였다.〉

한편 깁슨은 이렇게 쓰고 있다. 〈농부들을 바라보는 브뢰겔의 시각에 대해 학자들은 《묘사적인, 교훈적인, 조롱하는, 유머가 넘치는, 동정적인》 등 놀랄 만큼 다양한 해석을 보여

주고 있다.〉

프리들렌더는 유머를 강조했다. 슈테호는 그런 내용들이 모두 낡은 것이라면서 브뢰겔에게 자연은 〈인간의 어리석음, 이기심, 위선에서 벗어나 안도감을 누릴 수 있는 영역〉이었기 때문에 브뢰겔의 성격이 사람들의 의견과 달리 〈어두웠을〉 것이라고 한다. 하지만 톨나이는 브뢰겔이 삶을 〈광기의 제국〉으로 생각했지만 그의 작품은 〈인간 삶의 정수이자 꼭 필요한 발전〉에 대한 철학적 비평이라고 주장한다. 또한 브뢰겔의 말년이 어떤 면에서 보자면 〈자연의 이성적 영역과 인간의 비이성적 영역을 조합하려는 노력〉이었으며 또 어떤 면에서 보자면 〈필연적으로 우주의 영원한 법칙의 지배를 받을 수밖에 없는 인간 삶에 대한 냉철한 명상〉이었다고 주장한다.

프리들렌더는 브뢰겔이 후반기에 그린 그림들에서는 〈도덕적으로 중립〉을 지키려 하고 있다고 보고 있다. 커틀러[40] 역시 브뢰겔이 어리석음과 사악함을 극복하기 위한 인간의 의무를 다루고 있다는 〈몇몇 현대 학자들〉의 도덕주의 관점에 반대하고 있다. 커틀러는 브뢰겔의 그림에서 나오는 사람들이 미쳤거나 자기 통제를 할 수 없는 나약한 존재로 표현된 게 아니라고 보고 있다. 커틀러에 따르면 인간의 행동은 세상의 표면에 있는 〈뿌리 없는 존재라는 사실을 드러내는 것〉이 아니라 그 아래 내재하는 질서를 이루는 데 동참하는 역할을 하고 있다. 하비슨[41]도 비슷한 관점을 보이고 있다. 하

---

40 Charles D. Cuttler. 미국의 미술사학자. 그의 『퓌셀에서 브뢰겔까지의 북유럽 회화: 14, 15, 16세기』(1968)는 정평이 난 입문서이다.
41 Craig Harbison. 미국의 미술사학자. 매사추세츠 대학 교수. 북유럽 르네상스 미술과 반 에이크에 대한 저술이 있다.

비슨은 특히 〈1년의 대순환〉을 그린 작품들이 시간의 흐름과 자연의 규칙적인 반복 운동에 대한 인간의 〈반응〉을 보이고 있다고 말한다.

달리 말하면, 학자들이 아무리 뭐라고 자신의 의견을 떠들어 댄다 할지라도 브뢰겔은 종잡을 수 없는 유령 같은 존재이다. 그러므로 브뢰겔의 도상학을 그 자신과 연결하려 애쓰는 대신, 그가 살았던 당시 주변 상황과 연결시킬 수 있을 것이다. 비록 내가 브뢰겔을 직접 볼 수는 없겠지만 브뢰겔이 살았던 세계로 나 자신을 적용시켜 브뢰겔이 무엇을 보았는지 보려고 노력할 수는 있다.

그래서 나는 아직 빅토리아 앤드 앨버트에 있지 않다. 나는 역사적인 것을 조사하기 위해 런던 도서관 열람실로 돌아왔다. 나는 유명론 연구를 하면서 15세기와 16세기 초의 네덜란드에 대해서는 어느 정도 알고 있다. 하지만 16세기 말은 〈미지의 땅terra incognita〉이다. 내 계획은 좀 더 익숙한 영역에서 시작하여 천천히 앞으로 전진하자는 것이다.

케이트에게 구체적인 증거를 보이기 전에 먼저 나 자신부터 그 증거를 납득할 수 있어야 한다. 먼저 나 자신을 설득할 수 있는 증거를 찾아야 한다. 자, 이제 나 자신에게 솔직해져 보자. 나 자신을 설득할 수 없다고 했을 때 내 감정이 바뀔까? 천만의 말씀이다. 하지만 내가 찾아낸 객관적인 증거가 내 주장을 뒷받침하는 대신 그 주장을 무너뜨린다고 가정해 보자. 그 증거들로 인해 내 그림이 내가 생각했던 것이 아니라는 것이 밝혀졌다고 가정해 보자……. 이런 생각은 〈집에 불이 났을 때 케이트와 틸다 중 누구를 먼저 구할 것인가?〉라는 질문처럼 말도 안 되는 가상의 질문에 지나지 않는다.

하지만 그래도 가정해 본다면? 그래도 그 그림을 갖고 싶어 할까? 물론이다! 그렇다 할지라도 그림은 손톱만큼도 바뀌지 않을 것이다. 설사 토니 처트가 그린 그림이라고 밝혀진다 하더라도 말이다.

그토록 그 그림을 원할까? 물론이다!

정말로? 거래하면서 겪게 될 경제적으로나 도덕적으로 복잡한 모든 문제를 헤쳐 나갈 만큼? 당연하다! 만약 그렇다면 그림은 브뢰겔이나 그의 작품에 대해 말함으로써 가치가 있는 것이 아니라 그림 스스로가 가치 있다는 사실을 뜻하는 것이 된다. 그리고 몇만 파운드 대신 몇천 파운드의 가치가 있게 되리라. 그렇게 되면 물론 나는 자금 조달에 대해 다소 급격하게 재고해야겠지만……

하지만 이상하게도 나는 이런 타협을 나 자신과 하고 있다. 먼저, 나는 나 자신과 지켜야 할 원칙에 대해 합의했으며, 이제 나 자신을 납득시키고 있으며 나 자신의 감정과 의도에 대해 나 자신과 토론하고 있다. 내가 이 모든 준비를 함께하고 있는 자아, 즉 보이지 않는 내부의 협력자는 누구인가(나는 나 자신에게 묻는다).

흠, 내가 지금 누구와 이야기하고 있는가? 하루 종일 쉬지 않고 하는 내 긴 이야기를 숨어서 듣고 있는 이는 누구인가? 영원히 폐정된 법정에 얼굴을 가리고 앉아 있는 침묵의 재판관인가? 내 말을 듣는 방식으로부터 듣고 있는 이가 누구인지 알 것 같은 생각이 때때로 든다. 내 말을 듣고 있는 이는 케이트이다! 신이다! 나를 가르친 늙은 역사 선생님이다! 아니, 내 말을 듣는 이는 좀 더 낯익은 면이 있다. 그는 나와 똑같은 판박이, 자궁에서 사라진 쌍둥이 형제, 나 자신이었을 수도 있는, 그리고 내가 해야 하는 말을 듣고 난 뒤 나 자신이 될 수 있는 또 다른 나 자신이다.

당신, 그래. 나와 함께 열람실에 있으면서 내 의자에 앉아 있는 이. 당신은 누구인가? 당신은 브뢰겔만큼이나 정체를 파악하기 힘들다. 당신은 이미 얼마나 많은 것을 알고 있는가? 내가 얼마나 많이 설명해야 하는가? 내가 얼마나 논리적으로 꼭 들어맞게 설명해야만 하는가?

내 생각에는 꽤 논리를 따져 설명해야 할 것 같다. 경험에 비추어 볼 때 당신은 결론으로 곧바로 건너뛰는 경향이 있다. 당신은 증거나 논거가 어느 정도 이상으로 현학적이지 않을 경우에는 그것들을 순서대로 따라가는 능력이 부족하다.

그래서 나는 이렇게 할 생각이다. 그러니까 나는 당신을 내 학생처럼 다룰 것이다. 꽤 능력은 있지만 집중력과 끈기가 약간 부족한 학생으로 말이다. 나는 당신에게 꽤 자세히 설명하겠지만 내 말을 제대로 알아듣고 있는지 확인하기 위해 갑자기 질문을 던질 것이다.

동의하는가?

그래야 한다고 생각한다. 내가 여기서 그렇게 하고 있기 때문이다.

16세기 네덜란드 역사를 읽다 보면 20세기에도 놀랄 만큼 비슷한 사례가 있다는 사실을 알게 된다. 아주 익숙한 느낌을 받는다. 두 시기 사이에 극복할 수 없는 차이점이 있다는 사실을 당신이 얼마나 고려할지는 모르겠지만, 16세기 네덜란드의 역사를 읽다 보면 나치에 점령당한 유럽의 역사나 구소련 하의 동유럽 역사의 초고를 읽는 느낌이 든다. 당시 지배 제국은 스페인이었으며 네덜란드를 다스리는 두 가지 큰 대들보는 (독일과 러시아가 자신의 식민지를 다스렸을 때와 마찬가지로) 경제적 착취와 종교 탄압이었다.

네덜란드가 스페인에 종속되는 과정은 운명의 장난이라 할 수 있다. 국력이 약해서라거나 쇠퇴 일로에 있어서가 아니라 오히려 강하고 부유했기 때문에 생긴 결과이다. 네덜란드의 지배자들은 자신들이 할 일을 너무나 잘했다.

당시 네덜란드들은(당시에 네덜란드는 몇 개가 있었을까? 앞서 나는 이따금씩 당신에게 갑자기 질문하겠다고 말했다……! 열일곱 개. 맞아요, 잘하고 있군요)…… 열일곱 개의 네덜란드는 14세기 말 부르고뉴 공작에 의해 한 나라로 통일되었다. 부르고뉴 공들의 특기는 전쟁이 아니라 결혼이었다. 부르고뉴가(家)는 처음에는 북쪽의 플랑드르 인들과 결혼했으며 점차 그 주변으로 영역을 넓혀 갔다. 양모와 리넨 무역, 황동 산업, 브뤼주에 있는 거대한 세관 항을 통해 번 엄청난 세입 덕택에 부르고뉴 가문은 막대한 부를 누리게 되었다. 서른세 명의 아내를 두고 궁정풍 예절을 고안해 낸 선한 왕 필리프(Philippe Le Bon, 필리프 3세)는 유럽에서 가장 부유한 통치자였으며 15세기 네덜란드는 유럽 예술의 새로운 심장부이자 르네상스 시대의 북쪽 중심이었다.

부르고뉴가는 권력의 본거지인 부르고뉴 지방을 프랑스에 빼앗기는 실패를 맛보았다. 하지만 부르고뉴가는 다시 한 번 자신들의 특기인 결혼을 통해 이익을 지켰다. 이번에 그들은 남쪽에 있는 스페인 권력층과 결혼한다. 부르고뉴가의 이러한 정책은 커다란 성공을 거둬, 미남 왕 필리프(Philippe Le Bel, 필리프 4세)의 아들은 스페인의 왕 카를 5세가 되었다. 스페인의 왕이 된 것은 부르고뉴 가문 최고의 성공이었지만 네덜란드로서는 치명적인 조치였다. 카를 5세는 점차 자신의 새로운 세계에 적응하면서 예전 세상을 잊어 갔다. 카를 5세는 지방에서 올라와 런던의 제도에 흠뻑 빠져 버린 장학생 소년과도 같았다. 그가 혐오하던 플랑드르 출신 조언자들을 통해 스페인을 다스리던 플랑드르 출신의 왕은 점차 그가 혐오하는 스페인 고문들을 통해 네덜란드를 다스리는 스페인 왕이 되었다. 부르고뉴 가문이 스페인 왕좌를 식민지화하면서 네덜란드 자체가 스페인의 식민지가 되어 갔다.

그렇게 경제적 착취와 종교 탄압이 시작되었다. 둘은 서로 연관이 있다. 16세기 전반 동안 카를 5세는 대외적으로는 터키 인의 위협으로부터, 대내적으로는 종교 개혁으로부터 자신의 가톨릭 신앙을 보호하기 위해 독일 은행가로부터 고리의 돈을 빌려 쓰게 되었고 이 때문에 스페인은 파산지경에 이르렀다. 1555년, 심신이 지친 카를 5세는 양위하게 되고 그가 다스리던 거대한 제국은 둘로 갈라져, 동쪽은 신성 로마 제국이 되고 서쪽은 스페인 왕국이 된다. 카를 5세의 아들 펠리페 2세가 스페인 왕국을 물려받았을 때, 은행가들은 펠리페에게 돈을 더 이상 빌려 주지 않았다. 이자를 40퍼센트나 주겠다는 제안에도 말이다. 펠리페 2세의 재정적 기반이 남미의 식민지에서 나오는 귀금속이었다는 사실은 잘 알려져 있다. 사람들이 잊고 있는 사실은 펠리페 2세가 남미 식민지에서 얻는 돈의 네 배를 네덜란드 지방에서 벌어들였다는 점이다.

이제부터 나는 내가 전공한 시대를 벗어나 존 로스롭 모틀리[42]가 쓴 19세기의 고전 『네덜란드 공화국의 부흥』을 따라간다. 모틀리는 미국 신교도였으며 가톨릭과 식민지주의에 대한 네덜란드의 투쟁을 공개적으로 지지했다. 그래서 나는 균형을 잡기 위해 에드워드 그리어슨이 쓴 『치명적 상속』을 비롯해 20세기 중반 로웬, 헤일, 반 겔더렌, 아르눌, 마싱이 쓴 기타 여러 자료들도 함께 참조하겠다. 하지만 당신이 보고 있는 자료가 무엇이든 간에 카를 5세가 네덜란드 식민지

---

42 John Lothrop Motley(1814~1877). 미국의 외교관이자 아마추어 역사학자. 그가 쓴 『네덜란드 공화국의 부흥』(1856)은 큰 인기를 얻은 책으로, 스페인에 대한 네덜란드의 반란을 절대주의적인 가톨릭에 대한 민주적인 프로테스탄트의 투쟁으로 본 것이다. 그의 관점은 후세의 연구자들에 의해 상당히 수정되었지만 통속적인 역사 서술에서 여전히 되풀이되고 있다.

의 신교도들을 억압하기 위해 기울였던 노력은 잔인하면서도 인상적이다.

카를 5세는 1521년 네덜란드에 종교 재판을 도입했으며 1533년에는 이에 대한 칙령을 발표했다. 죄를 뉘우치지 않은 이교도는 화형에 처하지만 죄를 뉘우친 남자는 칼로 목을 치고, 죄를 뉘우친 여자는 산 채로 매장한다는 내용이었다(이런 기괴한 방식의 성 차별이 억압을 위한 것인지 아니면 기사도 정신의 잔재인지 궁금하다). 모틀리는 카를 5세가 종교적으로 고집불통이었다고 생각하지 않는다. 〈종교적 개종자의 저항에 숨어 있는 것은 정치적 이단이었고…… 카를 5세는 이를 막기 위해 죽음도 불사할 각오가 되어 있었다. 카를 5세는 너무나 영리하여 종교적 자유와 정치적 자유를 향한 갈망 사이의 연결을 쉽게 간파할 수 있었다.〉 종교상의 이유든 정치상의 이유든, 이후 통치 기간에 계속해서 새로운 칙령이 선포되었고, 모틀리에 따르면 카를 5세가 퇴위할 때까지 5만 명에서 10만 명에 달하는 네덜란드 인이 화형당하거나 교수형당하거나 참수당하거나 산 채로 매장당했다.

이 땅이 바로 브뢰겔이 태어나 25년 또는 30년간을 보낸 행복의 땅이었다.

그리고 사태는 점차 악화되었다. 카를 5세의 뒤를 이어 펠리페 2세가 왕위에 올랐다. 펠리페 2세는 자기 자신을 위하여 이교도들을 근절하는 데 열심이었다. 모틀리는 펠리페 2세를 〈미친 폭군〉이라고 부른다. 그리고 이 당시 네덜란드에서 가톨릭의 정통성에 대항하는 세력은 루터가 독일에서 처음 개신교를 주장했을 때만큼 강력하지 않았지만 칼뱅의 좀 더 극단적 견해와 가르침이 주네브에서부터 시작되어 프랑스 어를 말하는 지방으로 퍼져 나갔다.

모틀리가 단언한 바에 따르면, 펠리페 2세는 〈네덜란드 인들에 대해 공공연한 적의로 가득 차 있었다〉. 펠리페 2세가 왕이 되고 4년이 지난 1559년, 브뢰겔이 「네덜란드의 속담」과 「사육제와 사순절의 싸움」을 그리고 자기 이름의 철자를 Brueghel에서 Bruegel로 바꾸던 해에 왕은 겐트의 유명 인사들을 모은 다음 그들에게 앞으로 그곳을 떠나 두 번 다시 발을 들여놓지 않겠다고 선포한다. 그러나 펠리페 2세는 스페인 정책의 두 가지 목표를 실현할 수 있는 기회를 놓치지 않았다. 스페인의 야만성, 그리고 네덜란드와 스페인은 기본적으로 양립할 수 없다는 두 가지 사실을 여실히 보여 주는 내용이었다. 펠리페 2세는 모든 종교 분파와 이교도를 근절하기 위해 여러 가지 칙령과 포고령을 개정, 시행했으며 금화 3백만 파운드를 〈요구〉했다.

하지만 펠리페 2세는 이 말을 직접 하지 않았다. 그는 플라망 어나 프랑스 어를 할 줄 몰랐으며 부르고뉴 가문은 뼛속까지 스페인 사람이 되었기 때문에 그의 뜻은 아버지가 공식적으로 왕위를 물려주는 의식에서와 마찬가지로 대변인이 대신 말을 했다. 두 경우에서 펠리페 2세의 목소리가 되어 준 사람은 같은 인물이었다. 아라스의 주교인 앙투안 페레노이다.

간단하게 말해서, 페레노는 전도유망한 남자였다. 브뢰겔도 그랬다. 둘이 걷는 길은 한 점으로 모아졌다.

당연히, 이 단계에서 브뢰겔이 얼마나 위대한 인물이 될지 아는 사람은 아무도 없었다. 그리고 그 누구도 페레노가 얼마나 높이 올라갈 수 있는지 깨달은 사람도 없다.

좀 더 정확하게 말하자면, 펠리페 2세 빼고는 아무도 없었다. 펠리페 2세는 네덜란드 교회를 자신의 영향력 아래 두기 위해 비밀리에 계획을 짰다. 그는 당시 교회를 지배하던 주교를 네 명에서 열다섯 명으로 늘리면서 그 모두를 자기 아래에 있는 종교 재판관으로 채우려 했다. 새로운 주교들을 다스리는 사람들은 새로 임명된 세 명의 대주교였다. 세 명의 대주교 가운데 책임자는 메헬렌에 있었으며, 메헬렌의 대주교가 바로 페레노였다. 그러므로 페레노는 네덜란드의 대주교이며, 종교를 강제하는 대기업의 사장 역할을 하게 된 것이다.

펠리페 2세는 자기가 없는 사이에 자신의 정책을 실행하기 위해 아버지의 서출(庶出)인 파르마의 공녀 마르가리타를 섭정으로 삼는다. 그리어슨에 따르면, 그것은 멋진 선택이었으며 많은 호응을 받았다고 한다. 마르가리타는 네덜란드에서 태어났다. 하지만 모틀리에 따르면 그녀는 이탈리아 어밖에 할 줄 몰랐다. 하지만 모틀리는 그녀가 〈가톨릭 의식을 준수하는 데 매우 열심이었으며 수난 주간마다 열두 명의 처녀들 발을 씻어 주는 데 익숙해 있었다〉는 데 동의하고 있다.

하지만 마르가리타가 네덜란드를 지배하는 실권을 잡지는 못했다. 마르가리타에게 조언을 하기 위해 자문 회의가 구성되었으며 자문 회의의 의장은 바로 어디든 빠지지 않고 등장하는 아라스의 주교 앙투안 페레노였다. 사실, 페레노는 의장 이상이었다. 펠리페 2세는 마르가리타에게 비밀리에, 자문 회의 전체의 말을 듣는 대신 그 안에 있는 비밀 결사 단체인 〈콘술타Consulta〉의 말만 들으라고 명했다. 콘술타에 우리의 멋진 주교가 포함되어 있었다는 것은 말할 필요도 없다. 그리어슨의 표현을 빌리자면 페레노는 〈태어날 때부터 실무가를 타고난 것처럼 솜씨 있고 자연스러우며 기꺼이〉 펠리페 2세의 대리인을 조종했다. 또한 페레노는 마르가리타 뒤에서 왕과 직접 교신하고 있었다. 따라서 모틀리가 말한 대로, 네덜란드의 실제 지배자는 페레노였다.

페레노는 네덜란드 인이 아니라 프랑슈 - 콩테에서 온 부르고뉴 지방 사람이었다. 모틀리는 페레노가 완력과 지력이 뛰어났으며 침착하고 명랑하며 예절 바르며 말주변이 좋지만 동시에 건방지고 오만했다고 평하고 있다. 미술사 박물관에는 안토니스 모르가 그린 페레노의 초상이 있다. 그림에서 페레노는 티치아노(우연히 티치아노는 페레노의 아버지를 그렸다)가 유행시킨 방식을 따라 우아하면서도 탐탁치 않는 눈으로 우리를 바라보고 있다. 하지만 〈민중이라는 이름의 사악한 짐승〉에 대한 경멸과 스페인에 대한 네덜란드의 반항이 과도한 번영 때문에 일어났으며 〈그렇기 때문에 네덜란드인들은 쾌락에 저항하지 못하고 자신들의 신분을 넘어서는 모든 악덕에 항복하고 말 것이다〉라는 의견에서 페레노가 얼마나 오만했는지를 알 수 있다. 또한 페레노는 스탈린과 그의 측근들처럼 커다란 위협, 특히 종교의 가장 커다란 위협은 외국인들과 상업적으로 접촉해야 하는 필요성 때문에 생긴다고 생각했다.

가에타노가 그린 초상화와 런던 도서관에 있는 페레노의 서신 모음을 살펴보면, 페레노는 약간 놀란 듯한 인상을 풍긴다. 아마도 자신의 지위가 계속 상승하고 있기 때문이리라. 모틀리에 따르면, 페레노는 마르가리타뿐 아니라 왕에게도 종종 무엇을 말해야 하는지 지시했다고 한다. 또한 페레노는 자신이 지시를 한다는 사실을 숨기라고 왕에게 말했으며 왕은 이 말을 늘 따랐다. 펠리페의 치세 동안 가장 처음 나온 칙령 가운데 하나는 페레노의 조언에 따른 것으로, 1550년 카를 5세가 제정해 악명을 날리던 〈피의 칙령〉을 재 제정한 것이다. 펠리페 2세가 교회 구조를 개혁하겠다는 뜻을 밝혔을 때 페레노가 반대했다는 사실은 일견 놀라워 보인다. 교회야말로 페레노가 그 지위까지 오르도록 한 도구였기 때문이다. 하지만 페레노는 펠리페 2세의 의견을 애교 있게 비꼬면서 자신이 반대한 이유는 〈열여덟 명 가운데 한 명보다는 네 명 가운데 한 명인 것이 더 영예롭고 이익이기 때문〉이라고 고백했다. 페레노는 자신이 대주교가 되면서 재산을 잃었다고 주장했다. 또한 1561년, 파르마의 공녀가 교황을 설득해 페레노에게 빨간 모자를 주고 추기경에 앉히라고 했을 때(페레노에게 주는 멋진 깜짝 선물이었다), 페레노는 자신의 신앙을 위해 더 큰 경제적 희생을 강요받았을 것이다. 라 퐁텐 문 너머, 브뤼셀의 성 밖에는 성안에 있는 자신의 궁전보다 더 맘에 드는 멋진 시골집이 있으며, 페레노는 그곳에 자신의 금욕적인 좌우명인 *Durate*, 즉 〈참고 견뎌라〉를 새겨 놓았다. 하지만 모틀리에 따르면 페레노는 〈황실이 좋아하는 물건들을 수입하고 황제의 수고를 덜어 주면서〉 엄청난 부를 쌓아 갔다. 과도한 번영이 자신이 다스리는 사람들을 사악하게 물들였다고 하면서도 자신은 그런 영향력에 저항할 수 있다고 생각했다는 점은 페레노의 성격에 대해 많은 것을 이야기해 준다.

모든 점을 고려해 볼 때, 페레노는 당시의 자이스 인크바르트[43]였으며 후일 독일이 오스트리아를 억압했을 때처럼 네덜란드를 억누르기 위해 스페인이 데려온 부르고뉴 인이었다. 그러면 이 나치 라이히코미사르[44]의 선배가 자신의 새로운 부를 어떻게 썼을까? 새로 취임한 그란벨라 추기경은 급속히 쌓이는 길더를 어떻게 썼을까?

브뢰겔의 그림에 썼다. 페레노는 브뢰겔의 가장 강력한 후원자가 되었다.

---

43 Arthur Seyss Inquart(1892~1946). 오스트리아의 나치 지도자. 오스트리아가 독일에 합병되자 이를 공개적으로 지지했다. 후에 뉘른베르크에서 전범으로 처형되었다.
44 제2차 세계 대전 당시 나치에 점령당한 유럽 영토를 국가 및 지방별로 통괄하던 총독.

현재까지 알려진 바와 달리, 브뢰겔의 〈가장 큰〉 후원자는 안트베르펜의 상인 니콜라스 용겔링크가 아니다. 저 유명한 포도주 세금의 담보 목록에 따르면 용겔링크는 브뢰겔의 그림을 열여섯 장 가지고 있었다. 메헬렌에 있는 대주교의 궁전 재고 목록에는 일곱 장이 기록되어 있다. 하지만 용겔링크는 단지 신민의 한 사람에 지나지 않았으며 브뢰겔과 같은 계층이었다. 니콜라스 용겔링크의 동생인 야코프 용겔링크는 화가이자 조각가였으며 브뢰겔과 마찬가지로 그란벨라 추기경의 후원을 받았다. 그리고 라이히코미사르 자신은 절대 권력의 화신이었다.

어쩌면 그란벨라 추기경은 실제로는 브뢰겔의 그림을 일곱 장 이상 가지고 있었을지도 모른다. 메헬렌에 있는 일곱 장의 그림이 어느 것이며 그 그림들에 어떤 일이 일어났는지 아무도 모르지만 그란벨라 추기경이 죽은 뒤에도 그림들은 오랫동안 그곳에 남아 있었다. 그란벨라 추기경이 가지고 있었던 게 확실한 브뢰겔의 그림은 「이집트로의 피신」이다. 브뢰겔은 이 그림을 안트베르펜을 떠나 새로운 주교를 따라 브뤼셀로 떠났던 1563년 이전에 그렸으므로 메헬렌에 있던 일곱 장의 그림에 들어가지 않을 것이다. 그란벨라는 「이집트로의 피신」을 자신이 새로 마련한 두 채의 집 가운데 한곳을 장식하기 위해 샀을 것이고, 브뢰겔에게서 그림을 한 장 샀다면 다른 그림도 더 샀을 것이다.

내가 브뢰겔을 나치 점령하의 유럽에서 협력자로 일하던 예술가나 연예인으로 생각하고 있는 건가? 모르겠다. 현대의 감성을 르네상스 시대에 적용할 수 없는 일이다. 미켈란젤로나 라파엘이 사악했던 교황 보르자, 즉 알렉산데르 6세를 위해 일한 것에 대해 뭐라고 하지는 않는다. 게다가 그란벨라의 통치 방식은 꽤 놀랄 만큼 메스껍다. 카를 5세가 다스리던 50년 동안 5만 명에서 10만 명의 사람들이 종교적 이유로 처형당했다. 후에 스페인의 지배에 저항하는 세력의 지도자로 떠오르게 되는 오렌지 공의 계산에 따르면, 펠리페 2세가 통치를 시작하고 7년 동안 학살된 사람만 해도 5만 명에 이른다.

하지만 균형 감각을 잘 유지해야 할 필요가 있다. 독실한 신자들이 약간 독특하게 변형된 형태의 신앙을 보이면서 사람들을 학살하는 것이 특별한 일이 아니다. 그 수가 수만 명에 이른다 할지라도 말이다. 다시 제정된 칙령에 의해 말뚝에 묶여 화형을 당하거나 목이 잘리거나 교수형을 당하거나 산 채로 매장당해 죽은 5만 명의 희생자가 설사 그런 형벌로 죽지 않고 살아남았다고 할지라도 다른 방법, 수백 종류의 전염병이나 페스트 따위에 걸려 제명대로 살지 못하고 고통스럽게 죽었을 것이다. 아무도 그렇게 죽은 사람을 헤아리지는 않을 것이다. 그 누구도 이 점에 대해 언급하지는 않았을 것이다. 비참한 환경에 처해 있는 화가가 자기 같은 시민들이 천연두나 장티푸스로 죽는 대신 화형을 당하거나 질식해 죽는다는 이유로 성공의 길을 마다하길 바란다는 것은 불합리하다. 그 화가에게 여러 가지 선택의 길이 있다 할지라도 말이다.

그렇지만, 당시의 제한된 과학 기술을 고려해 볼 때 5만이라는 숫자는 꽤 인상적이다. 그 정도 사람을 죽이려면 원자폭탄을 떨어뜨리거나 보잉 747기를 1백 대쯤 충돌시켜야 한다. 브뢰겔이 자신의 후원자에 대해 어떻게 생각했으며 후원자가 펼치고 있는 공포 정치에 대해 어떻게 느끼고 있는지 궁금하지 않을 수 없다.

브뢰겔을 개인적으로 알고 있던 유일한 작가였던 반 만더의 주장을 믿는다면 브뢰겔은 아무렇지도 않았다. 브뢰겔이 이상하게 침묵을 지키고 있던 이유에 대해 들었다 할지라도 그것 때문에 브뢰겔이 무슨 해를 입지는 않았을 것이다. 반 만더가 책을 냈던 1604년은 브뢰겔이 세상을 뜬 지 이미 오래되었기 때문이다. 그리고 반 만더 역시 아무런 위험 없이 자신의 글을 발표할 수 있었을 것이다. 반 만더가 그 내용을 출간했던 곳은 하를렘이었고 당시 네덜란드는 스페인으로부터 독립과 종교적 자유를 위해 투쟁하고 있었다. 하지만 반 만더는 브뢰겔이 단순히 〈아주 기운차고 변덕이 심한 인물〉로 농담을 잘하지만 소신이 없는 인물이라고만 써놓았다.

브뢰겔이 그란벨라와 관계를 맺고 있었다는 사실에 조금이라도 흥미를 보인 학자는 아무도 없어 보인다. 그렇지만 브뢰겔이 자기 주변이 어떻게 돌아가고 있는지에 대해 관심이 없었다는 점은 좀 이상하다. 다시 제정된 칙령에 따르면, 〈성령에 관련되어 (특히) 그 내용이 설명 곤란하거나 의심스러운 점에 대해 공개적 또는 비밀리에 이야기하거나 토론하는〉 일반인은 사형에 처했다. 또한 칙령에 따라서〈정식으로 신학 수업을 받고 유명한 대학으로부터 이를 인증받지 않은〉 사람이『성서』를 가르치거나 설명하는 경우, 심지어는 읽기만 해도 사형에 처했다. 사람들이 아는 한, 브뢰겔은 일반인이었다. 브뢰겔이 안트베르펜에서 화가로서 수업을 받기 전에는 신학을 공부한다거나 대학을 다닐 만한 시간이 거의 없었다. 대학이 유명하든 아니든 상관없이 말이다. 따라서 브뢰겔은『성서』를 읽으면 안 되었고 이를 어기면 사형이었다. 하지만 그런 상황에서도 브뢰겔은「이집트로의 피신」은 말할 것도 없고「사울의 개종」,「갈보리 언덕으로 가는 길」,「바벨탑」,「동방 박사의 경배」를 그렸다. 표면상으로 보자면, 그란벨라 추기경은 악명 높은 범죄자로부터 불법적인 물건을 산 게 분명하다.

물론 네덜란드에서 종교적 주제를 다루던 모든 예술가들은 같은 위치에 처해 있었다. 아마 그러한 예술가들은 약간의 자유를 허용받았을 것이다. 그들의 지위는 1425년 선한 왕 필리프가 얀 반 에이크를〈궁정 화가〉로 고용하면서부터 다소 향상되었다. 하지만 그렇다 할지라도 당시의 예술가들은 여전히 길드 회원이었으며 다른 공방이나 상인들과 마찬가지로 개신교로 쉽게 개종할 수 있는 위치였고, 따라서 그 탄압의 희생자가 되기에 가장 쉬운 위치였다. 화가들이야 그림을 보고 악행을 저지른 것을 알 수 있다고 하자. 그렇다면 직공과 촛대 만드는 공인들이 악행을 저지르고 있다는 사실을 어떻게 알 수 있었을까? 알아차리지 못하는 것이 힘들 지경이었다. 수많은 사람들이 광 속에 숨어『성서』를 읽는 사람들을 찾아다녔기 때문이다. 칙령에 따르면, 모든 사람들은 이교도로 의심되는 사람을 고발해야 했다. 만약 그렇게 하지 않으면 자칫 하다가는 이교도로 몰려 같은 형벌을 받을 수도 있었다. 하지만 만약 누군가를 이교도로 몰아 처형받게 만들면 처형받은 이의 재산 절반을 받을 수 있었다.

그란벨라는 자신이 선동한 이러한 상황에 대해 어떻게 생각했을까? 종교적 죄인의 처형에 개인적으로도 관심을 보이고 있었던 듯하다. 현재까지 잔뜩 남아 있는 편지에는 그란벨라가 각 지방의 종교 재판관들에게 다그치는 내용과 다른 사람들의 열정이 시들해진 사건이 있으면 독자적으로 수사를 했다는 기록이 담겨 있다. 발랑시엔 당국이 국교에 반대하는 대신인 파보와 말라르의 기소를 머뭇거리고 있다는 사실을 알자 우리의 착한 추기경은 억지로 유죄 판결을 내리도록 강요했다. 발랑시엔에서 다시금 판결을 질질 끌자 화형을 시키라는 특별 지시를 내리기도 했다. 발랑시엔 군중들은 두 명을 불길로부터 구해 냈고 그 때문에 브뤼셀에서 군대가 급파되어 혐의자라고 여겨지는 모든 사람들을 체포한 다음, 원래 화형이 벌어지던 장소에서 불 태워 죽이거나 목을 베었다.

아마 브뤼겔은 추기경에게 자신이 직접 『성서』를 읽은 게 아니라 교회에서 설교를 들었거나 제대로 자격을 갖춘 전문가가 읽어 주는 내용을 들었을 뿐이라고 엄숙히 맹세했을 것이다. 아니, 그러지 않고 세속적이고 냉소적인 인물이었던 그란벨라는 새로운 주교들 모두와 부수입을 나누어야 하는 것에 대해 후회했을지도 모른다. 추기경이 브뤼겔을 총애했다면 자그마한 개인적 약점 따위는 눈감아 줄 준비가 되어 있었을 것이다. 어쨌든, 추기경은 브뤼겔을 보호해 줄 만한 위치에 있었다. 하지만 브뢰겔은 자신의 위치가 얼마나 불안정한지 눈치 채고 있었던 게 틀림없다.

그리고 톨나이가 옳다면, 브뢰겔에게는 다른 약점도 있었다. 브뢰겔에게는 과거가 있었다. 브뢰겔이 안트베르펜에 살던 시절 〈자유 사상가*libertine*〉라 불리는 지리학자, 작가, 예술가들과 어울린 적이 있다고 톨나이는 믿고 있다. 〈*Libertine*〉은 요즘처럼 난봉꾼을 뜻하는 게 아니라 〈광신에 대한 반대, 금욕적인 삶, 자유로운 인간의 도덕적 위엄에 대한 굳은 믿음을 바탕으로 신앙 문제에 관용을 보이는 자유로운 정신〉을 뜻했다. 기묘하게도, 톨나이는 그렇다고 해서 브뢰겔이 이교도였다는 뜻은 절대 아니라고 주장한다. 하지만 적어도 16세기 네덜란드의 상황에서 보자면 자유주의라는 것은 이상한 사상이었고, 톨나이에 따르면 자유주의자 가운데 상당수가 이상한 사람들이었다. 그들은 헨드릭 니클라스가 세운 〈사랑의 학교*schola caritatis*〉라는 종파에 속해 있었다. 헨드릭 니클라스는 『정의의 거울』의 작가로, 구원은 오직 보편적 사랑의 힘에 의해서만 얻을 수 있다고 주장했다. 니클라스는 모든 형식적 숭배가 부차적이며 모든 종교는 한 가지 진실의 상징이고 성령은 단지 우의적 의미에 지나지 않는다고 믿었다.

나는 추기경이 어느 날 작업장에 들러 최근에 내린 임무의 진척 상황을 검사하는 장면을 상상해 본다. 두 남자는 이런 저런 이야기를 나누다가 철학적인 문제에 대해 이야기하기 시작한다. 브뢰겔은 안트베르펜에 있는 자기 친구들의 견해에 대해 이야기한다. 인간의 자유와 도덕적 존엄성, 교회 중재의 불필요성, 가톨릭과 칼뱅주의 따위에 대한 내용이다. 추기경은 무척 흥미를 보인다. 「내가 그 친구들을 만나 봐야

겠구먼.」 추기경이 말한다. 「언제 저녁때 친구들을 초대하게. 그럼 되겠군. 그리고 불을…… 잔뜩 피워 놓고 우리의 견해 차이를 정리하며 즐거운 저녁을 보낼 수 있을 거야.」 브뢰겔이 안트베르펜에 있는 자기의 오랜 친구들 이름을 대지 않았을 것이라고 나는 생각한다. 안트베르펜의 친구들은 모두 살아남은 듯하다. 심지어 10여 년 뒤, 안트베르펜의 친구 가운데 한 명인 아브라함 오르텔리우스는 궁정 지리학자의 지위까지 올랐다. 이교도로 의심되는 사람들을 고발하지 않은 것이다. 브뢰겔의 머리 위로 또 다른 죄목이 씌워진다. 사형을 받을 범죄를 저지른 셈이다.

브뢰겔의 정체를 파악하기 어려운 것도 이상할 게 없다. 브뢰겔이 자신의 과거를 숨겼든지 아니면 추기경이 이미 과거를 알고 있든지 간에 브뢰겔은 그것을 모르는 척 넘어갈 수 있을 만큼 신중했던 것이 틀림없다. 아니면 브뢰겔은 젊은 시절의 엉뚱한 생각을 확실하게 버렸으며 이제는 독실한 신자이며 정권에 쓸모 있는 지지자가 되었다고 그란벨라를 설득했을지도 모른다. 예술은 반(反)종교 개혁의 가장 강력한 도구였다. 용겔링크가 수집하기도 했던 또 다른 네덜란드 화가인 프란스 플로리스는 가톨릭 교회가 선호하는 장엄한 양식을 공부하기 위해 로마로 여행을 떠났고, 그 뒤에 그린 「반역 천사의 타락」에는 당시 시국을 담은 상징성이 가득 들어 있어, 대천사 미카엘이 하늘의 반체제 인사들을 거대한 폭력으로 효과적으로 제압하는 내용이었다. 8년 뒤인 1562년 추기경이 브뤼셀로 파견되자 도시에는 새로운 공포가 감돌았고 브뢰겔은 자신이 그린 「반역 천사의 타락」을 당당히 내놓았다.

그러면 지금 나는 브뢰겔이 가톨릭 개혁 쪽에 고용된 앞잡이에 지나지 않았다고 주장하는 건가? 브뢰겔이 〈1년의 대순환〉을 그릴 때 왜 낡은 『시도서』를 근원으로 삼았는지에 대한 설명이 될 수도 있다. 단지 브뢰겔은 세대가 흐르며 아주 정성껏 만든 마음 푸근해지는 신화, 즉 실제 삶에서 볼 수 있는 충돌이나 잔인함에 물들지 않은 행복하고 목가적인 세계이자 소박한 목동과 보수적인 젖 짜는 여인, 소련제 트랙터 운전사와 메리 잉글랜드[45]의 오래된 이야기에 한 토막을 더했을 뿐이다.

나는 학자적인 자세로 한발 뒤로 물러서서 공정하게 이런 해석을 내놓는다. 하지만 공정한 자세를 취하고 있다는 느낌이 전혀 들지 않는다. 나는 그런 해석을 믿지 않는다. 단 한순간도. 나는 그것을 믿기 거부한다. 이 세상 모든 사람들이 브뢰겔을 똑같이 해석했다 해도 나는 그 해석을 믿지 않는다.

나에게 무슨 증거라도 있는가? 있다. 내 눈이 증거다! 평범한 상식이 증거다. 위대한 패널화 여섯 장의 탄생 배경이 그런 속된 것일 수 없다! 그러한 생각은 말도 안 된다!

하지만 좀 더 객관적인 무엇인가가 필요하다. 내가 찾을 수 있는 다른 증거는 무엇인가?

비록 처음 보았을 때는 그리 중요해 보이지 않아 생각해 볼 필요도 없는 것처럼 보이지만, 반 만더를 제외하고 동시대의 다른 증언이 약간 남아 있는 것이 있다. 안트베르펜의 지리학자이자 브뢰겔과 함께 위험한 과거를 공유했던 아브라함 오르텔리우스는 브뢰겔이 브뤼셀로 이사를 한 뒤까지

---

[45] *Merrie England*. 영국이 아직 해외의 적들에 대해 주의를 기울이지 않으면서 낙천주의와 번영에 대한 꿈으로 가득 차 있던 시대.

도 친구로 남아 있었던 게 분명하다. 오르텔리우스는 브뤼겔이 이사한 다음 해에 브뤼겔에게 「성모의 죽음」을 의뢰한 듯하며, 브뤼겔이 죽고 난 뒤인 1570년대에는 친구들에게 보내는 찬사 모음인 『교우록 Album Amicorum』을 정리하기 시작했는데, 거기에 브뤼겔의 비문을 들어 있다. 이것이 바로 반 만더의 기록을 제외하고 브뤼겔에 대해 현재까지 남아 있는 그 시대의 유일한 기록이다. 대개의 경우, 비문은 그리 많은 설명을 제공해 주지 못하며, 예전에 톨나이가 쓴 책 말미의 주(註)에 포함되어 있는 것을 보았을 때는 라틴 어라서 몇 단어밖에 해석할 수 없었으며 평범한 찬사라고 생각하고 그냥 넘어갔다. 하지만 이제 그것을 다시 보니 이글거리는 불빛 아래 살이 타는 냄새가 내 코를 자극하며 라이히코미사르 예하(猊下)께서 내 어깨 너머에서 지켜보는 가운데, 나는 비문이 정말 보이는 그대로 지루한 내용인지 생각하기 시작한다.

오르텔리우스는 이렇게 적고 있다. 〈*Multa pinxit, hic Brugelius, quae pingi non possunt*(브뤼겔은 사람들이 그릴 수 없는 많은 것을 그렸다)……〉

브뤼겔은 그렸는데 왜 사람들이 그릴 수 없단 말인가? 뭔가 정의하기 어렵고 관찰하기 힘들며 그림으로 그리기 곤란하기 때문인가? 초봄의 차고 습함, 여름의 열기 같은 것인가? 아니면 더 어려운 무엇인가를 말하는 걸까? 볼 수 없는 것을 말하고 있는 건가? 풍경과 계절의 변화가 일으키는 감정을 말하는 건가? 봄이 오면서 감정이 고조되고 마음은 저 푸른 지평선 너머로 달음질치는 장면인가?

아니면 좀 더 추상적인 걸 뜻하는 걸까? 신앙? 사상? 종교적 포용과 자유인의 도덕적 존엄성 같은 이상한 사상일까?

여러 가지 이유로 그릴 수 없었던 사상인가?

내 기분은 갑자기 하늘을 날기 시작한다. 하지만 내 모든 감각은 바짝 긴장한다. 비문이 어떻게 되었더라? 〈*Multa pinxit, hic Brugelius, quae pingi non possunt, quod Plinius de Apelle*(브뢰겔은 사람들이 그릴 수 없는 많은 것을 그렸다. 플리니우스가 아펠레스에 대해)…….〉

하지만 여기서 내 라틴 어 실력과 고전적 상상력은 동이 나버린다. 또한, 은행 문이 닫히기 전에 켄티시 타운으로 가야 한다는 사실을 불현듯 깨닫는다.

⟨*Multa pinxit, hic Brugelius, quae pngi non possunt*(브뢰겔은 사람들이 그릴 수 없는 많은 것을 그렸다)……⟩

다행한 일은 케이트가 나를 위해 저 비문의 의미를 번역해 줄 수 있다는 것이다. 아내는 라틴 어로 된 『성무일도서』나 『시도서』를 신문 보듯 읽을 수 있다. 도상학을 통해 그랬듯이 우리는 이렇게 함께 일할 수 있다.

나는 오스월드 스트리트에 있는 썰렁한 우리 아파트로 걸어 들어가 외투를 입은 채 난방 장치를 켠다. 나는 오늘 저녁 마을에 머물렀다가 내일 아침 일어나면 우선 빅토리아 앤드 앨버트로 가서 오늘 하려고 했던 일, 즉 조르다노의 가격 조사를 할 생각이다. 그 무엇도 우연에 맡기지 않을 생각이며 케이트의 찬성을 얻기 위해 명쾌한 계획을 세우기로 결심했기 때문이다.

나는 각 방마다 잠깐씩 살펴보면서 우리가 떠난 뒤로 뭔가 달라진 게 없나 검사한다. 아무것도 달라지지 않았다. 집 구석구석에는 케이트와 틸다, 그리고 우리 삶의 흔적이 배어 있다. 계단에는 타이츠와 속옷이 뒤엉킨 채 누가 와서 빨든지 치워 주길 기다리고 있다. 플라스틱 오리와 양동이는 욕실 바닥에 널려 있다. 아침 식사 때 내가 읽던 신문은 살짝 숨어 있는 뮤슬리[46] 자루에 기대어 있다. 케이트와 내가 서로 좋아하는 점 가운데 하나는 우리 둘 다 지나칠 정도로 깔끔떨지 않는다는 것인데, 틸다도 우리를 닮아 가고 있는 듯하다. *Multa pinxit*(그는 많은 것을 그렸다)……. 우리는 출발하느라 정신이 팔려 침대를 정돈하는 것을 잊었다. 베개에는 여전히 우리가 베던 자국이 남아 있었으며 뒤엉켜 있는 우리 둘을 따뜻하게 감싸 주던 보풀이 인 깃털 이불은……. *Quae pingi non possunt*(사람들이 그릴 수 없는 것을)…….

나는 침대의 달콤한 잔해 한가운데 앉아서 아내에게 전화를 건다. 멀리 떨어진 우리 별장으로 건 통화 신호음을 들으며 아내가 실내로 들어오는 모습을, 틸다를 누이는 모습을, 손을 말리는 모습을 상상하고는 침구에 머리를 누이고 우리가 남기고 간 달콤한 향을 들이킨다. 바지 안에서 생명이 용솟음치는 걸 느낀다.

「여보세요?」 아내의 낯익은 목소리에 나는 흥분한다. 언제나처럼 조심스러운 목소리다.

「라틴 어로 된 글을 팩스로 보낼 테니 해석해 줘.」

「당신, 어디에 있어?」

「오스월드 스트리트에. 오늘 밤은 여기서 보낼 생각이야.」

「이런.」 아내의 말에서 나는 역 구내에서 나타난 의미 없는 얼굴들이 내 웃는 얼굴을 가린 이후로 아내가 나를 다시 볼 순간을 얼마나 그리워했는지 깨닫는다.

---

46 곡물, 견과, 말린 과일 등을 우유와 함께 먹는 아침 식사.

「알아.」내가 말한다.「하지만 아직 조르다노에 대해 알아보지 못했어. 우리 남자에 대해 알아봤거든.」

우리 남자. 그렇다. 이제는 우리다.

「내가 말한 것 때문이 아니고?」

「천만에. 내가 말한 것 때문이야. 일을 더 진행하기 전에 나 자신이 납득할 수 있는 주관적 증거를 찾고 싶을 뿐이야. 되도록 철저하게 말이야.」

「우선 토니 처트에게 그걸 다른 방식으로 처분할 기회를 주지 마.」아내가 말한다. 이토록 상냥하게 마음을 써주다니!

「알았어. 하지만 난 차분히 일을 처리할 거야. 당황하지 않을 거고. 틸다는 어때? 뭐 하고 놀았어? 거기 날씨는 어땠고? 스켈턴 씨가 와야 할 필요는 없어? 변기는 다시 막히지 않았고? 케이트, 무척 보고 싶어!」

그리고 몹시도 사랑한다. 같이 있을 때보다 이렇게 멀리 떨어져 있으니까 훨씬 더한 거 같다. 아내는 내 그림과 비슷하다. 세상의 그 어떤 그림도 내가 잠깐 봤던 그 접근하기 어려운 패널화만큼 큰 의미로 나에게 다가오지 못한다. 나는 그림을 늘 생각한다. 내가 케이트를 생각하는 것과 거의 비슷한 정도로 생각한다. 심지어 케이트와 통화하고 있는 지금도 그림을 생각하고 있다. 그림을 부엌에 걸어 놓고 3개월 정도 지난 뒤면 아마 그림을 더 이상 바라보지 않으리라.

「여긴 다 괜찮아.」아내가 말한다.「틸다를 데리고 젖소를 보러 갔어. 점심 시간 지나서 바로 해가 났거든. 은행에는 갔다 왔어?」

아내는 은행에 대한 이야기까지 솔선해서 꺼낸다! 그 말은 삶을 변형시켜, 이제 나는 아내에게 다시금 무엇이든 탁 터놓고 이야기할 수 있고, 이제 우리는 이렇게 호흡이 척척 맞는다.
「좀 전에!」 내가 고백한다. 「하지만 문제 없어. 우리는 그냥 담보를 좀 더 잡히는 것뿐이니까. 1주일이면 모든 게 끝난다고.」

우리, 그렇다. 공동 계좌. 나는 원래 계획대로 토니에게 진짜 프란츠 가격을 치를 때를 대비해 은행에 우리가 담보를 맡기고 빌릴 수 있는 최대 액수인 1만 5천 파운드를 신청했다. 내가 대충 짐작하기로는 수천 파운드 정도 더 있어야 하지만 절대로 케이트가 아닌 다른 자금원을 구해야만 한다! 케이트의 돈은 단지 가능성으로서만 마음속에 새겨 두고 있어야 한다. 그뿐이다. 하지만 지금 이런 가설을 가지고 케이트와 이야기할 필요는 없다. 일이 실제로 벌어졌을 때에도 시간은 충분하니까. 그림이 진짜 정체를 밝히기 전까지는 아무런 일도 하지 않을 것이다. 어쨌든 간에 은행에서 돈을 빌려주기 전까지는 일을 진행할 수도 없다.

「그래, 라틴 어는 뭔데?」 케이트가 캐묻는다. 아내는 수수께끼에 관심을 보이기 시작했다. 목소리에서 알 수 있다.

「당신이 말해 줘야지. 금방 보내 줄게.」

「내일 아침에 조르다노에 대해 알아보는 거 잊지 마. 놀라고 싶지 않으면 말이야.」 아내는 나만큼이나 이 문제에 사로잡혀 있다.

「아침에 일어나면 제일 먼저 할게.」 아내를 안심시킨다. 「나 대신 틸다에게 키스해 줘. 당신이 무척 보고 싶어!」

하지만 케이트와 전화를 끊자마자 나에게는 팩스가 없다는 사실이 떠오른다. 케이트가 가지고 있기 때문이다. 우리는 팩스를 별장으로 가져갔다. 나는 긴급할 때 의지하는 미지에게 부탁을 해야만 한다. 노트북 컴퓨터도 별장에 있기 때문에 나는 비문을 대문자로 또박또박 조심스레 옮겨 적은 다음 아래층으로 내려간다. 마을에 마음 맞는 이웃이 있다면 더 바랄 나위가 없다. 그 사람이 가까이 산다면 말할 필요도 없고.

「급한 일이에요.」미지가 문을 열자 내가 말한다. 「또네요. 팩스 좀 보내 줄 수 있나요?」

「시골에 내려가 있는 줄 알았는데.」미지가 말한다. 미지는 나를 안으로 안내하며 적힌 내용을 안 보려 애쓰면서 종이를 받아 든다.

「케이트가 가 있죠. 이건 케이트에게 보내는 거고요. 팩스를 가져갔거든요.」

「뭔가 나쁜 일이 있는 건 아니죠?」필사적으로 쓴 대문자를 자신도 모르게 보며 미지가 묻는다.

「아니, 아니에요.」내가 안심을 시키지만 미지는 내 말을 듣지 않는다. 미지는 종이에 적힌 걸 읽는다. 〈*MULTA PINXIT, HIC BRUGELIUS, QUAE PINGI NON POSSUNT*(브뢰겔은 사람들이 그릴 수 없는 많은 것을 그렸다)······.〉미지는 나중에 써먹기 위해 내용을 챙겨 둔다. 어떤 신문인지 떠올릴 수 없지만 미지는 신문에 켄티시 타운에 살며 겪는 익살스러운 면에 대한 칼럼을 하나 맡고 있다. 우리 부부는 이름을 바꾼 채 아파트 열쇠를 잃어버리고 못 들어간다거나 서로 방에서 못 나오게 한다거나 아니면 세탁기에 물이 넘쳐 미지의 아파트로 흘러 들어가게 하는 식의, 매력적이면서도 괴상하고 정신 나간 역할로 그 칼럼에 시시때때로 등장한다. 이제 우리는 미지의 칼럼에 다시 등장할 것이다. 집안일을 논의하는 것이 수줍어 라틴 어로 편지를 썼다는 식으로 말이다. 뭐, 미지는 우리를 돕고, 우리는 미지를 돕는다. 나와 토니 처트와의 멋진 우정과 완전히 똑같다.

어쨌든 나는 다시 위층으로 올라가 여러 연구자들의 글을 뒤적이며 브뢰겔이 그렸다는, 그려질 수 없는 대상이 무엇인지 그 후보를 찾아본다. 그리고 거의 즉시 정반대, 즉 브뢰겔이 그릴 수 있었지만 그리지 않은 것이 무엇인지를 찾아낸다. 프리들렌더는 말한다. 〈브뢰겔은 종교적 헌신의 꾸물거리는 메아리를 성공리에 제거한 최초의 예술가이다.〉

나는 다시금 그림들 속으로 여행을 떠난다. 종교의 메아리를 제거하다니, 놀라울 따름이다. 브뢰겔은 종교적 주제를 그릴 때조차 종교적 사건은 크기를 줄여 묘사했고 위치도 화폭의 중앙이 아닌 분주한 일상 세계의 변방에 위치시켰다(아예 무대 뒤로 보내기까지 했다). 추락하는 이카로스를 그렸을 때처럼 말이다. 사울은 기독교 교회의 위대한 창립자가 되기 위해 개종하지만 그 누구도 눈치 채지 못한다. 또한 유대 인들이 인구 조사를 위해 눈 덮인 베들레헴으로 몰려들고, 그 가운데서 당나귀를 타고 도착하는 임신한 여인을 찾으려면 한참 공을 들여야만 한다. 성스러운 아이를 경배하기 위해 동방 박사들이 도착하지만 거의 그림 전체를 차지하고 있는 것은 부드럽게 떨어지는 눈을 맞으며 기다리는 동방 박사의 시종들과 동물들 행렬이다. 예수가 20센티미터만 더 왼쪽에 있었다면 아예 그림에 나오지 않았을 것이다.

나는 「반역 천사의 타락」으로 주의를 돌린다. 아니다, 그 그림은 반종교 개혁에 공헌한 것이 아니었다. 그것은 플로리스의 그림과 완전히 다르다. 반역 천사는 근육질의 악마 같은 전사가 아니라 물고기 몸에 새의 머리, 나비의 날개를 단 환상적인 존재로, 히에로니무스 보스의 화풍을 그대로 빌려 왔다. 반역 천사는 천사라고 설명할 수 있는 어떤 특징도 눈에 띄지 않았으며 반역을 일으킬 만한 그 어떤 낌새도 보이지 않는다.

그리고 〈1년의 대순환〉에서는 저 멀리 배경에서조차, 그림의 가장자리에서조차 종교에 그리 큰 관심을 보이지 않는다. 성인의 유령도 없고, 기도하는 이도 없고, 하늘을 올려다보는 이도 없으며, 탄식도 없다. 아무것도.

어쩌면 이러한 세속주의가 추기경이 브뢰겔을 높이 평가한 이유일 수도 있다. 마침내 과장해 그리지 않는 화가가, 몸에 푹 전 『성서』의 말씀을 털어 버릴 수 있는 화가가 나타난 것이다! 고위 성직자에게는 사방의 기독교 기운으로부터 잠시 멀어져 잠깐 쉬는 것이 휴가만큼이나 좋았으리라.

Multa pinxit(그는 많은 것을 그렸다)……. 브뢰겔은 종교를 뒷문으로 내보낸 대신 추기경의 날카로운 감시 아래 뭔가를 몰래 들여와야 했다. 그게 무엇이었을까?

갑작스레 문을 두드리는 소리에 텅 빈 아파트 의자에 앉아 있던 나는 깜짝 놀라 벌떡 일어난다. 종교 재판관이 내 생각을 읽고 쳐들어온 것이라는 당혹스러운 공포가 온몸을 감싼다. 하지만 문을 두드린 이는 미지다. 미지는 돌돌 말린 팩스 종이를 들고 있다.

「미안해요.」 문을 열어 준 다음까지도 너무 놀라서 아무 말 못하고 내가 빤히 바라보자 미지가 말한다. 「계속 두드리고 두드렸어요. 잠들었나 했어요.」

「아니, 미안해요.」 내가 설명한다. 「난……」 난 뭐? 나는

천둥의 기미 219

맥 빠진 태도를 취한다. 〈16세기의 네덜란드에 있었어요〉라고 말하고 싶다. 하지만 미지의 굳게 다문 입술 사이로 재미있다는 표정이 살짝 보인다. 이미 글 쓸 거리를 한두 단락 얻었다는 뜻이다.

 어쨌든, 뭔가 소용이 있었다니 기쁘다. 나는 이미 식탁 앞에 다시 자리를 잡고 케이트가 보내 준 해석을 읽고 있다. 그릴 수 없는 게 뭐였는데 그걸 그렸다는 걸까?

천둥.

오르텔리우스가 암시했던 것은 이것 같다. 브뢰겔이 그린 것.

나는 이튿날 아침 런던 도서관 문이 열리자마자 안으로 들어갔고, 지금 나는 케이트가 번역해 준 내용을 책상에 올려 두고 그 앞에 앉아 있다. 책상에는 내가 찾아 놓은 라틴 어 사전들과 플리니우스의 『박물지』 제9권 35편도 놓여 있다. 오르텔리우스가 비문에서 하려고 했던 내용은 우리 말로 번역해 읽어도 무슨 말인지 잘 모르겠다. 모호한 인문학적 암시들로 싸여 있기 때문이다.

케이트는 번역한 내용을 손으로 깔끔하게 적어 보냈다. 〈플리니우스가 아펠레스에 대해 말했던 것처럼, 브뢰겔도 그릴 수 없는 많은 것들을 그렸다.〉

나는 코스의 아펠레스가 화가였다는 사실을 희미하게 떠올리고 내가 찾아온 책들을 찾아보니 아펠레스의 그림은 현재 한 점도 남아 있지 않지만 플리니우스는 아펠레스를 고대 그리스의 가장 위대한 화가로 여기고 있었다는 사실을 알게 된다. 그리고 플리니우스에 따르면 아펠레스는 〈그릴 수 없는 것들, 예를 들어 천둥, 번개, 벼락 같은 것을 그렸다〉.

번개나 벼락을 왜 그릴 수 없는지 모르겠지만 천둥은 지금까지도 그릴 수 없는 존재이다. 하지만 브뢰겔의 작품들을 마음속에 떠올려 보니 좀 모호하긴 하지만 문자 그대로의 의미에서 천둥, 심지어는 번개나 벼락마저 본 기억이 없다. 브뢰겔이 전기 폭풍 그리는 법을 고안해 냈다면 은유적인 것임이 틀림없다.

그리고 또 다른 그리스 화가에 대한 자료로 보였다.

〈플리니우스는 티만테스에 대해 말하며, 티만테스의 모든 그림은 늘 보이는 것 이상이 함축되어 있다고 했다.〉

역시 뭔가 감춰진 것에 대한 암시다. 티만테스의 경우에는 천둥이 아니다. 티만테스의 명성은 「이피게네이아의 희생」 때문에 생긴 것이다. 그 그림에서 아가멤논은 머리를 망토로 가려 억제할 수 없는 슬픔을 숨긴다. 이것이 브뢰겔이 숨겼던 천둥인가? 내비치기에는 너무나 혹독한 감정?

사실, 티만테스와 마찬가지로 아펠레스 역시 뭔가를 숨기는 것으로 유명했다. 단 아펠레스가 숨기는 것은 자기 자신이었다. 플리니우스는 이렇게 쓰고 있다. 〈또한 아펠레스에게는 완성된 자기 작품을 발코니를 지나가는 사람들에게 보여 주는 습관이 있었다. 아펠레스는 그림 뒤에 숨어서 대중들이 자신보다 더 날카로운 평론가라도 되는 양 사람들이 그림에 대한 흠집을 이야기하는 것을 들었다.〉

그러므로 어쩌면 브뢰겔도 어떤 방법으로 자신을 숨겼을 것이다. 자신의 감정이 아니라 성격과 본성을 말이다.

하지만 오르텔리우스의 글에는 간접적인 언급이 두 개 더 나온다. 언뜻 보기에도 은닉이라는 개념으로 이해하기에는 거리가 있는 내용이다.

〈에우나피오스는 얌블리코스에 대한 이야기를 하면서, 사람들을 그릴 때 한창 젊을 때의 모습으로 그려 아름답게 한다거나 자신의 능력과 마력을 그림에 더하는 화가는 자신이 그리는 초상화의 가치를 떨어뜨리고 자신들 앞에 있는 모델이 지닌 진실한 아름다움을 잃게 만든다고 말했다. 우리 친구 브뢰겔은 그러한 약점으로부터 자유롭다.〉

조사해 보니 에우나피오스는 역사학자였으며 기독교에 격렬하게 반대한 사람이었으며 기독교 성인의 대안으로 위대한 신플라톤주의 철학자들을 옹립하려 노력한 인물로 유명하다. 이런 철학자 가운데 한 명이 얌블리코스였다. 하지만 에우나피오스는 얌블리코스의 숨기는 재주를 칭찬한 것이 아니라 정반대로 진실을 꾸밈없이 그대로 말하지 못한 것을 비난하고 있다.

그렇지만 우리의 브뢰겔은 그 일을 해냈다. 그렇다면 브뢰겔은 훌륭한 초상화가였을까? 한마디로, 아니다. 뇌우와 마찬가지로 브뢰겔은 초상화를 그린 적이 없기 때문이다. 내가 이해하기로 오르텔리우스가 비문에서 말하고 있는 것은 브뢰겔의 그림에 어떤 진실이 숨겨져 있기는 하지만 꾸밈이 없다는 것이다(비문이 그렇듯 말이다). 아마 화가 자신에 대한 진실이리라. 그리고 그 진실은 천둥처럼 놀랍고 불길했으리라.

내 생각으로는 오르텔리우스가 한 말의 뜻은 브뢰겔이 오르텔리우스나 안트베르펜에 있는 자신의 친구들과 이단적인 생각을 나누고 그에 동감했을 뿐 아니라 자신의 그림에서 그런 사상을 표현할 수 있는 어떤 방법을 찾아낸 것이다.

하지만, 어떻게? 어디에? 어느 그림에?

어쩌면 내 그림에?

나는 빅토리아 앤드 앨버트로 가서 조르다노에 대해 알아봐야만 한다. 오르텔리우스를 쥐어짜 봐야 더 이상 아무 의미도 없다고 생각한다. 하지만 빅토리아 앤드 앨버트로 가는 대신, 열람실에 앉아 창밖으로 보이는 세인트 제임스 광장의 나무 꼭대기를 바라본다. 나무 사이로 퍼져 나오는 4월의 햇빛은 시시각각 다가오는 봄을 알리고 있다. 「즐겁게 노는 사람들」을 보는 듯하다. 나는 생각에 잠긴다.

내가 생각하는 것은 이렇다. 용겔링크의 집에 있던 여섯 장 가운데 한 장이 사라진 이유는 무엇일까?

얼핏 생각하면 그리 놀랍지 않을 수도 있다. 브뢰겔의 그림 상당수가 사라졌다. 하지만 용겔링크의 집에서 사라진 그 그림은 특별히 신경 써서 간수해야 할 그림이었다.

할 수 있는 데까지 그 그림의 행방을 추적해 보자. 1592년, 당시 네덜란드의 총독이었던 파르마의 공작이 죽었다(왕이 등 뒤에서 칼로 찌르기 바로 직전이었다. 왕은 자신의 측근 귀족들 대부분을 그렇게 죽였다). 그리고 다음 해, 공작의 후계자가 네덜란드에 도착했다. 새로운 총독으로 부임한 에른스트 대공은 오스트리아 합스부르크가(家)의 일원이었다. 모틀리에 따르면 에른스트 대공은 〈아주 게으르고, 엄청나게 뚱뚱했으며 무척이나 정숙하고, 무척 사치스럽고, 멋진 제복과 옷을 좋아하며 너무나 엄숙하고 위엄이 있어 절대 웃을 것 같지 않아 보이지만 정치가나 군인이 될 기질은 전혀 없었다〉. 그런데도 안트베르펜 시는 전통적인 방식으로 에른스트 대공의 환영식을 치렀다. 당시까지 있었던 그 어떤 환영식보다도 성대했으며, 환영식의 일환으로 시 당국은 상당한

수의 그림을 에른스트 대공에게 선물했다. 그 선물에는 용겔링크가 가지고 있던 〈1년의 대순환〉이 포함되어 있었다. 드 브로인이 빚을 갚지 못해 그림을 시 당국에서 몰수했든지, 아니면 대공의 비서가 보관한 회계 장부에 따르면 미술품 중개상인 하네 반 베이크로부터 산 모양이다. 안트베르펜의 시민들은 스페인이 전임 총독이었던 파르마의 공작과 알바 공작 둘을 통해 안트베르펜을 두 번이나 약탈해 줘서 고맙다는 표시를 스페인에게 하기 위해 에른스트 대공에게 감사의 선물을 주려고 했던 것 같다. 회계 장부에 따르면 그림은 여섯 점이었다. 그림은 바지선을 통해 총독 관사가 있는 브뤼셀로 옮겨졌다. 모틀리에 따르면 다음 해 대공은 아무런 일도 하지 못하고 죽어 역사에서 사라진다. 하지만 그림은 남았다. 대공이 죽고 난 뒤 1595년 7월 17일에 다시 만든 재산 목록에 따르면 그림은 여전히 여섯 점이었다.

그리고 반 세기 동안 대공과 마찬가지로 그림들은 역사에서 사라진다.

1646년부터 1656년까지 네덜란드의 총독은 레오폴트 빌헬름 대공이었고 대공의 왕실에 있는 미술품 관리인은 화가였던 다비드 테니에르스였다. 테니에르스는 수많은 수집품을 관리했지만 그 가운데 어느 것도 브뤼겔의 서명이 들어 있는 것은 없었다. 즉 브뤼겔의 그림은 에른스트 대공이 죽은 다음 대공의 소장품과 함께 빈으로 옮겨 갔다는 것을 뜻한다. 빈에서 브뤼겔의 그림들은 프라하에 있는 황제 루돌프 2세에게 넘어간 것 같다. 하지만 1659년 그림들은 다시 빈으로 돌아와, 네덜란드로부터 귀국한 루돌프 빌헬름의 소장품 목록에 보이게 되며 1660년 테니에르스가 빈에 사는 이름이 밝혀지지 않는 친구로부터 편지를 받는다. 편지에는 슈탈부르크에 있는 대공의 미술관에 있는 시리즈를 보았으며 걸려 있는 그림이 여섯 장이지만 한 장이 이상한 것이 틀림없으며, 완전하게 구색을 갖추기 위해 억지로 한 장을 끼워 넣은 것 같다는 내용이 들어 있다(공교롭게도 19세기에는 비슷한 일이 다시 벌어진다. 시리즈 가운데 두 장이 다른 것으로 대치된 것이다). 당시 대공의 소장 목록에는 다섯 장밖에 없기 때문이었다.

그러므로 시리즈 가운데 첫 번째 그림, 즉 내 그림은 브뤼셀, 프라하, 빈 사이의 어디선가, 1595년과 1659년의 어느 시점에 사라졌다. 미술사 박물관의 카탈로그에는 무심히 이렇게 적혀 있다. 〈실종된 그림은 운송 도중에 실수로 사라졌다고 생각된다.〉

나는 믿지 않는다. 유럽에서 가장 강력한 왕가가 그림을 싣고 가는 도중 짐마차 뒤쪽으로 떨어뜨릴 수 있을까? 아무런 기록도 남기지 않고? 한 벌 가운데 한 장인데도? 한 벌의 첫 장인데도?

아니면 소장품 관리인들이 무슨 이유가 있어서 그림을 치워 버렸을까?

어느 날, 어느 관리가 브뤼셀의 왕궁 벽에 걸려 있는 또는 빈으로 떠나길 기다리고 있는 순결한 전원풍의 그림들을 좀 더 자세히 살펴보는 모습이 눈앞에 떠오른다. 아마도 날카로운 눈을 가졌으리라. 그란벨라의 후계자인 고위 성직자는 소장품들을 처음으로 보았거나 아니면 상자에 넣기 전에 마지막으로 보았으리라. 그러던 중 갑자기 그는 그림 중 하나에서 그 누구도 보지 못한 것을 본다.

브뢰겔이 그린 그림 가운데 상당수가 여러 시대에 걸쳐 검열을 받았다. 「농민의 결혼식 춤」에서 몇몇 농부들의 두드러지게 발기한 성기는 덧칠해졌다가 최근에서야 본 모습을 드러냈다. 17세기에는 「유아 학살」에 있는 아이들 몸을 곡물 부대로 덧칠해 어떤 무서운 일이 벌어지고 있는지를 숨겼다. 이제 호기심에 찬 고위 성직자는 〈1년의 대순환〉 시리즈 가운데 한 장을 좀 더 자세히 보기 위해 몸을 숙인다. 분명 전체 시리즈의 양태를 결정하는 첫 번째 그림이었을 것이다. 고위 성직자는 놀라 온몸이 굳는다. 몇 시간 뒤, 그림은 벽에서 떼어지거나 뱃짐에서 제거되어 더 이상의 추문이 나돌기 전에 왕실의 지하실로 내려간다.

내 날카로운 눈이 보아야 했던, 공공심 있는 성직자가 보았을 것은 무엇일까? 이미 이런 정보를 알고 있는 내가 그림을 다시 본다면 무엇을 볼 수 있을까?

이 그림에서 브뢰겔은 아가멤논의 망토를 들추고 얼굴을 보여 망토 아래 숨어 있던 무서운 진실을 잠시 보여 준 걸까? 캔버스 뒤로부터 직접 나왔을까? 천둥을 그렸을까? 넌지시 비출 수만 있는 것을 표현한 것일까?

그래, 나는 보아야만 한다! 업우드로 돌아가야만 한다. 벨기에 인이 제기한 점을 한두 가지 살펴보기 위해 조르다노를 보자고 요청한 다음 나 혼자 남게 되면 즉시…….

맞다, 조르다노. 다른 일을 하기 전에 먼저 빅토리아 앤드 앨버트로 돌아가 가격을 알아봐야 한다.

브뢰겔은 자기 그림 석 장에 자신의 모습을 꽤 충실하게 그려 넣었다. 아니, 몇몇 학자들은 그렇게 믿고 있다. 그리고 세 번에 걸쳐 그림 속에 나타난 브뢰겔에 빠진 나는 조르다노 가격을 조사해야 하는 내 목적도 잊은 채 빅토리아 앤드 앨버트의 도서관에 앉아 있다. 「미술가와 미술품 감식가」에서 브뢰겔은 헝클어진 머리칼에 진지한 표정으로 일에 빠져 있는 반면 브뢰겔의 어깨 너머로 그림을 보고 있는 안경 낀 후원자는 멍청하게 씩 웃으며 자신이 사려고 하는 그림이 무엇을 뜻하는지 이해도 하지 못하는 주제에 돈을 치르기 위해 벌써 지갑에 손을 얹고 있다. 「농민의 결혼 잔치」에서는 그림 가장자리에 앉아서 프란체스코 수도회 수사의 충고를 무표정하니 듣고 있다. 「세례 요한의 설교」에서 브뢰겔은 설교를 듣는 군중들 사이에 구별이 잘 안 될 정도로 아주 작게 숨어 있다.

첫 번째 그림에서 브뢰겔의 수염은 회색이고 두 번째는 갈색, 세 번째는 검은색이라는 사실을 알 수 있다. 그 그림이 브뢰겔 자신의 모습이라 믿을 수 있는 단 하나의 증거는, 여러

학자도 인정하듯, 도메니쿠스 람프소니우스와 에기디우스 사델러가 만든 두 점의 동판화에 있는 브뢰겔의 모습과 유사하기 때문이다. 두 동판화에는 이름이 새겨져 있기 때문에 브뢰겔인지 확실하게 알 수 있다.

람프소니우스의 작품은 찾기 쉽다. 브뢰겔 전기에 거듭해 나온다. 람프소니우스의 동판화에 나오는 브뢰겔의 얼굴은 윤곽이 거칠고 간단하며, 얼굴은 긴 수염으로 반쯤 가려져 있어 표정이나 성격은 읽을 수 없다. 여기저기 뒤지다가 홀스타인의 『네덜란드와 플랑드르의 부식 동판 인쇄』에서 마침내 찾아낸 사델러의 동판화에서는 그의 모습이 깔끔하게 정리한 턱수염 너머로 슬프고 진지한 눈으로 우리를 내려다보고 있는, 뭐랄까…… 맞다, 피와 살로 이루어진 진짜 인간처럼 보인다.

하지만 사델러가 초상화를 그린 건 브뢰겔이 죽은 뒤 37년이 지난 1606년으로, 브뢰겔이 죽을 당시에 사델러는 태어나지도 않은 상태였다. 초상화의 테두리에는 사델러와 함께 프라하의 루돌프 2세 궁정에서 같이 일하고 있던 바톨로메우스 슈프랑거가 그린 우의적인 그림이 그려져 있다. 브도와 반골이 열심히 연구한 결과에 의하면, 믿을 수 없을 정도로 신비한 도안과 슈프랑거가 그린 것 이상으로 신비로운 라틴 어 글귀는 대(大)브뢰겔과 소(小)브뢰겔을 하나의 존재로 그리려는 신비주의적인 시도로 보이며(브뢰겔 부자는 얼굴이 비슷한 것으로 유명했다), 사델러는 아마도 소브뢰겔을 만나 모델로 쓴 것 같다. 간단히 말해서, 사델러가 만든 동판화는 대(大)피터 브뢰겔이 절대로 아니다.

람프소니우스로 다시 돌아가 보자. 람프소니우스는 브뢰

겔과 동시대 인물이었지만 둘이 만났다는 증거는 없다. 브뢰겔이 활동하는 대부분의 기간에 람프소니우스는 피의 메리 여왕에게는 그란벨라 격인 폴 추기경의 비서로 잉글랜드에 있었으며(폴 추기경은 잉글랜드를 정식으로 로마 교회의 품 안에 안기도록 한 인물이다), 몇 해 뒤 브뢰겔이 죽기 전 네덜란드로 돌아와서는 브뤼셀로 가지 않고 리에주로 가서 주교의 비서로 계속 일했다. 브뢰겔의 초상화는 람프소니우스가 네덜란드의 유명한 화가를 그린 연작 가운데 하나로 람프소니우스가 태어나기 훨씬 전에 죽은 반 에이크와 히에로니무스 보스풍과 상당히 비슷하다.

그리고 사델러나 람프소니우스의 작품이 브뢰겔과 닮지 않았다면 브뢰겔의 그림 석 장에 있는 인물이 브뢰겔 자신이라고 믿을 이유 역시 없다.

브뢰겔의 흔적을 잡았다고 생각해 좀 더 자세히 들여다보려 하는 순간, 브뢰겔은 이번 경우처럼 도망쳐 버린다. 망토가 내려간다. 캔버스 뒤에서 지켜보고 있는 이는 아무도 없다. 그러니 조르다노 가격이나 알아본 다음 업우드로 돌아가자. 하지만 경매 가격 기록이 적힌 첫 번째 권을 꺼낼 때 행운이 날 찾아온다. 몇 시간에 걸쳐 끈기 있고 체계적인 노력을 기울였을 때 예기치 않게 찾아오는 그런 우연한 발견을 한다. 나는 현재 연구 분야 일람표를 볼 수 있는 컴퓨터 옆에 서 있다는 사실을 깨닫는다. 마침 아무도 쓰지 않고 있다. 나는 경매 가격이 들어 있는 책을 다시 밀어 넣는다.

순식간에 〈브뢰겔〉이라 입력하고…… 컴퓨터가 명령을 수행한다. 무척이나 재빠르고 매혹적이다. 마이크로필름 해독기를 통해 이리저리 찾아다닐 때나 감자를 캐는 사람처럼 몸을 구부리고 귀가 접힌 카드로 가득한 파일 캐비닛을 뒤적거릴 때와는 너무나 다르다. 원하는 게 무엇인지 희미하게 떠올리자마자 그 소망을 만족시키는 114가지 다른 방법이 즉각 나타난다.

대부분은 학술지에 기고하는 내용으로, 내 판단으로는 나와 관계있는 것은 아무것도 없다. 하지만 화면에 뜬 목록에서 여든일곱 번째는 다르다. 1986년 2월에 발행된 『미술관보』에는 「피터 브뢰겔, 이교도 화가」라는 글이 실려 있다.

이교도? 이건 톨나이조차 주장하지 못한 내용이다. 내 책상에 도착해 있는 기사를 보니 글쓴이는 H. 스탱 슈네데르이다. 스탱 슈네데르는 프랑스 개신교 목사인 듯하며 자신을 이단 연구가이자 16세기 역사학자라고 밝히고 있다. 스탱 슈네데르는 자신의 주장을 솔직하게 밝히고 있다. 그에 따르면 브뢰겔은 〈확실한 이교도이며 브뢰겔의 그림은 마니교도와 신순결파의 몸짓이다〉.

로라 처트라면 〈우아〉라고 말했을 것이다. 마니 교도라. 아무리 억압해도 기독교 안에서 다시 일어나는 사상의 하나로, 어둠과 악의 본질이 세상을 이루는 기본 구성 요소라 주장하는 종파였다. 옛날에 선과 악, 빛과 어둠이 갈라졌고 최종적으로는 다시 합쳐질 것이다. 하지만 현재 우리의 상태는 둘이 서로 섞여 반은 낮이고 반은 밤인 혼돈의 상태다. 순결파나 그 신도는 13세기 종교 재판 때 잔혹하게 탄압받았다. 브뢰겔이 그린 것이 이러한 내용이라면 천둥과 번개로 장난을 친 게 분명하다.

나와 마찬가지로, 스탱 슈네데르 역시 오르텔리우스의 비문에 숨어 있는 힌트에 충격을 받았다. 스탱 슈네데르는 비문의 실마리를 1888년 빛을 본 오르텔리우스의 편지로 보았다. 그 편지는 16세기 출판업자이던 크리스토프 플랑탱이 소유하고 있던 안트베르펜의 낡은 인쇄소의 한 서랍에서 발견되었다. 그리고 이 편지는 오르텔리우스와 플랑탱 모두가 헨드릭 니클라스가 설립한 사랑의 가족(아마 톨나이가 〈스콜라 카리타티스 schola caritatis〉라 불렀던 종파인 듯하다)이라는 종파의 일원이라는 사실을 입증한다. 1550년에서 1562년 사이, 브뢰겔이 안트베르펜에 살고 있을 때, 플랑탱은 이 종파와 관련된 여러 출판물을 인쇄했다. 플랑탱은 이 일을 비밀리에 했는데 그럴 만한 이유가 있었다. 스탱 슈네데르는 사랑의 학교를 톨나이와 다른 관점에서 보았다. 사랑의 가족파에 대한 이단 연구가의 해석은 사랑의 가족이 로마 교회에 충성스러운 종파라는 톨나이의 해석을 완전히 뒤흔들고 있다. 가족파의 교리인 〈아이레니시즘〉, 도덕적 〈소테리올로지〉는…… 나는 사전들이 꽂혀 있는 서가로 달려간다. 가족파의 교리인 평화주의와 관용을 통한 구원은…… 성적 금욕과 더불어 그들이 순결파의 전통 속에서 마니교도의 행동을 한다는 증거라는 것이다.

이교도, 그렇다. 브뢰겔의 그림의 배경에서 그토록 많이 나왔던 작은 인물을 떠올린다. 아무도 관심을 보이지 않는 평범한 외모의 인물, 이카로스, 사울, 형을 선고받은 예수. 이들은 세상을 다른 시각으로 보았으며 자기 주변의 일상적 세상에 대항하는 운명이었으며 그림 속에서는 눈에 잘 띄지 않는 존재였지만 모든 것을 바꾼 인물들이었다. 마음속에 이견을 감추고 있는, 눈에 잘 띄지 않는 관측자였다.

스탱 슈네데르는 계속 말한다. 〈이 가족파의 소장품 가운데 특히 1555년에서 1562년 사이 플랑탱에 의해 안트베르펜에서 인쇄된 『평화의 땅*Terra pacis*』에는 브뢰겔의 그림들이 아주 선명하게 들어 있을 뿐 아니라 상당수의 그림에 대한 설명을 담고 있는 듯하다. 심지어 이 책에는 브뢰겔이 가족파의 암호로 사용한 듯 보이는 마흔 가지의 이교도 상징을 열거하여 설명하고 있다.〉

『평화의 땅』 사본을 한 권 손에 넣을 수 있다면 모든 문제는 그냥 해결되어 버릴 것이다. 그것을 어디서 찾을 수 있을까? 당연히 영국 국립 도서관이다. 나는 피카딜리 라인[47]을 탄 다음에야 빅토리아 앤드 앨버트에 갔던 이유가 무엇인지 기억해 낸다.

---

47 런던 지하철 노선 가운데 하나.

나는 자그마한 책의 오래된 표지를 조심스레 펼친다.

〈평화의 땅. 영혼과 평화의 땅에서 보내는 참된 증언. 영적 약속의 땅이자 거룩한 평화의 도시, 천상의 예루살렘이며 성스러운 영혼을 가진 자만이 사는 곳. 그리고 그곳에 이르는 영혼의 걸음을 말한 책. 저지 덕국어(低地德國語)에서 HN[48]이 번역하고 새로이 정독하고 쉽게 진술하여 펴내었네.〉

영국 국립 도서관의 영어 판본에는 날짜가 기록되어 있지는 않았지만 문체로 볼 때 플랑탱이 〈저지 독일어〉로 낸 원판이 나온 시기에서 그리 멀지 않은 때에 나온 것이 분명하다. 빽빽한 책을 여기저기 뒤적인다. 이 책은 일종의 소설이다. 〈북쪽 나라〉 또는 〈무지의 나라〉로 취급하는 죄 많은 이 세상을 떠나 영혼의 평화가 약속되어 있는 땅인 새로운 예루살렘으로 가는 순례자들의 고통스러운 여행 이야기이다. 그 여행은 끝까지 걸어서 마쳐야 하며 여행의 고됨은 단어의 케케묵은 옛날 철자법 때문에 벌어진다.

---

[48] 헨드릭 니클라스.

〈여행을 떠난 사람은 자신을 순례자 또는 낯선 땅을 걷는 이로 여겨야 한다……. 그가 통과해야 하는 길 없는 이 넓은 황야는 《수많은 길이 있는 땅》이라 불린다. 여행자들이 사방팔방에서 이곳을 통과해 《안식의 땅》이라는 곳으로 여행을 하기 때문이다…….〉

여행자들은 『성서』 여기저기에서 끌어 온 지형학적 상징으로 된 곳을 가로지른다. 『성서』에서 인용한 곳은 모두 여백에 꼼꼼하게 표시되어 있다. 여행하다 보면 유쾌해 보이는 〈상상의 언덕〉이 있지만 조심해야 한다. 이곳은 속임수요, 공허함이요, 유혹에 지나지 않기 때문이다. 또한 여행하다 보면 많은 여행자들이 빠져 죽은 위험스러운 강도 건너야 한다. 이곳 이름은 육체의 쾌락이다. 또한 여행자는 사람들을 게걸스럽게 잡아먹고 싶어 안달인 여러 야생 짐승의 위협에 노출되어 있고, 불신이라는 이름의 교활한 살인자는 덤불 속에 숨어서 여행자들을 끈질기게 노리고 있다.

나는 스탱 슈네데르의 글을 복사한 것을 보았다. 『평화의 땅』에 나온 이교도의 상징 마흔 개 가운데 상당수가 〈1년의 대순환〉에 들어 있다. 스탱 슈네데르에 따르면, 북쪽 나라는 「어두운 날」에 포함되어 있으며 북쪽 나라의 추위와 배고픔은 「눈 속의 사냥꾼들」에 들어가 있다. 사람을 속이는 언덕은 「건초 만들기」에 묘사되어 있는 반면 들판에 감춰진 보화(「마태복음」 1장 44절)는 「곡물 수확」에 들어가 있다.

나는 〈1년의 대순환〉이 위대한 도보 여행의 기록일 리가 없다는 사실을 깨닫는다. 「어두운 날」이 연작의 마지막 작품이라면 지친 여행자가 여행을 시작한 북쪽 나라로 다시 돌아와 여행을 끝마치게 되기 때문이다. 하지만 〈1년의 대순환〉

연작이 여행의 모습을 연속적으로 보여 주기 위해서가 아니라 1년 중 각기 다른 시기에 〈수많은 길〉을 보여 주기 위한 것일지도 모른다. 그러므로 우리가 보고 있는 것은 삽화가 들어간 북쪽 나라와 〈거친 땅〉의 연감이다. 눈 쌓인 바위산은 〈하느님께서 이스라엘이 두려움 없이 자유로이 거주하며 당신을 기릴 수 있도록 모든 높은 언덕을 무너뜨리고 높은 바위산과 계곡을 평평하게 만들 것〉이라는 사실을 우리에게 상기시키고 있다. 그림 각각은 여행자가 관통해야 할 성이며 계곡 가장자리의 반쯤 보이는 또는 시야에 들어오지 않는 곳은 여행자가 그토록 간절히 가길 원하는 평화의 도시이다.

〈하지만 《수많은 길이 있는 땅》이라는 이름이 붙은 황야 어디에도 길은 보이지 않는다.〉 그리고 브뢰겔의 연작 전체에서 「눈 속의 사냥꾼들」에 있는 마을 길만 제외하고는 길이 하나도 보이지 않는다. 〈황야 대부분에서는 지독한 노동과 커다란 고통으로 괴로워하는 사람들로 가득하다……〉 그림도 그렇다. 각 계절마다 전통적인 노동으로 가득하다.

책을 다 읽기도 전에 나는 지명 사전을 손에 들고 그림들을 마주하고라도 있는 듯, 브뢰겔의 1년 연작에 나온 지형학적 상징이 무엇인지 다 댈 수 있다는 느낌이 든다. 성 가운데 하나는 〈공격하는 악마의 힘〉이고 두 번째는 〈저버린 희망〉, 세 번째는 〈죽음의 공포〉…… 언덕 이름은 〈재치와 현명함의 획득〉, 〈영혼의 풍요로움〉, 〈학습된 지식〉, 〈자유의 획득〉, 〈올바른 예언〉, 〈거룩함을 택한 뒤의 열정〉, 〈올바른 척하는 위선〉, 〈새로 꾸며 낸 자기 비하〉, 〈자신의 영혼에 대한 자부심〉, 〈더 나은 것에 대한 무관심〉…… 그리고 「즐겁게 노는 사람들」에서 때 이르게 일찍 수영하는 사람들은 수많은 사람들이 빠져 죽었다는 〈육체의 쾌락〉이라는 위험한 강에 빠져 있는 사람이다.

아니, 내가 길이 없는 넓은 황야를 헤매고 있는 걸까? 아니면 〈귀에 걸면 귀고리, 코에 걸면 코걸이〉라는 이름의 아찔한 절벽 가장자리에 가까이 가고 있는 걸까? 내가 했던 모든 도보 여행을 떠올려 본다. 나는 풍경 안에서 지도를 그리고 돌아와 내 앞에서 여섯 개의 완전히 다른 등고선을 이루고 있는 언덕들을 바라본다. 그 풍경에서 지도의 단 한 가지 기호와 뚜렷하게 관련되는 단 한 가지 사실만 떠올릴 수 있다면. 교회 첨탑 하나. 등대 하나, 협궤 철도 하나라도.

이 순간, 나는 그릴 수 없는 번개, 어지러운 오늘 하루를 이끌어 줄 번개를 발견한다.

지도! 그렇다! 『지구의 무대 *Theatrum orbis terrarum*』에 있는 지도, 아브라함 오르텔리우스가 1570년에 만든 거대한 지도책! 아마 거기에도 사랑의 가족이 쓰는 이교도적 상징에 대한 언급이 있을 것이다!「즐겁게 노는 사람들」에 대해 자세히 알 수 있는 무엇인가!

급히 카탈로그를 찾아본다. 『지구의 무대』는 여러 판본이 있다. 처음 네 개는 아이기디우스 코메니우스 디스트라는 인물이 발행했다. 하지만 1579년부터 그 책의 발행은…… 바로 오르텔리우스와 같은 종교를 믿는 가족파이며 안트베르펜에 살며 『평화의 땅』을 비밀리에 배포했던 크리스토프 플랑탱이었다.

나는 지도실로 가고 있다.

나는 플랑탱이 낸 『지구의 무대』 초판본을 통해 천천히 나아가고 있다. 정확히 무엇을 찾는지 나도 모른다. 길 없는 거대한 땅, 걸어 다니는 영혼에 대한 어떤 자료이다. 그것이 무엇일지 상상할 수 없다.

활석으로 처리한 보호지로 덮여 있는 페이지에 들어 있는 것은 역사적 기록이다. 〈1년의 대순환〉을 그린 풍경화와 마찬가지로, 특별한 장소에서 특별한 시기에 바라본 세상에 대한 시각이다. 내가 살펴보는 것은 네덜란드에서 바라본 후기 르네상스 시대다. 전경에는 5년 전 「즐겁게 노는 사람들」이 그려졌던 언덕 허리에서 춤추는 농부들처럼 네덜란드 자체에 대한 사항이 자세히 묘사되어 있다. 그림의 중경(中景)은 위대한 탐험가들이 연 새로운 수평선을 향해 뻗은 계곡이 차지했듯, 책의 중경에는 나머지 유럽 국가가 쭉 펼쳐져 있다.

니클라스는 『평화의 땅』에서 이렇게 말하고 있다. 〈지구 전체는 측량할 수 없을 정도로 넓고 크며 국가와 사람들도 많고 다양하다.〉 오르텔리우스가 『지구의 무대』에 모아 놓은 여러 지도 제작자의 축척, 색깔, 지도 제작 유형 역시 마찬가지이다. 하지만 그 지도가 보여 주는 세상은 이상하리만큼 정적이다. 그곳은 강, 산맥과 숲, 왕국과 공국, 시골과 도시가 있는 장소이다. 하지만 고립된 인간 거주지 사이를 연결하는 그 어떤 왕래의 흔적도 보이지 않는다. 브뢰겔의 풍경화에서 보이는 것 이상은 보이지 않는다. 철도가 없는 것은 당연하지만 도로 표시조차 없다. 마치 길 없는 거대한 땅처럼 길이 없다. 오직 바다에만 상징적 배 몇 척이 상징적 목적지를 향해 항해하고 있다. 이것도 브뢰겔의 그림과 꼭 같다.

책 뒷장 쪽으로 살짝 말린 잘츠부르크의 지도가 도시의 모습을 보여 준다. 브뢰겔이 보기라도 한 것처럼 높직한 곳에서 본 장면이다. 코모 호(湖)가 같은 방식으로 살짝 말려 나타나 〈1년의 대순환〉 가운데 한 장면을 보여 주며 알프스 산맥 저편 멀리로는 도시와 그 뒤로 보이는 푸른 산맥이…… 그리고 전경에는 내가 찾는 것이 있다. 작은 여행자이다. 십자팻말인지 이정표인지, 아니면 둘 다인지 모르겠지만 여하튼 그곳을 성큼성큼 걸어가는 사람이다.

그 사내는 북쪽, 어둠의 나라에서 내려오고 있는 중이다. 남자는 기만의 언덕에 나 있는 높은 길을 지나 알프스 산맥으로부터 새로운 예루살렘, 영혼의 평화가 보장되는 약속의 땅인 이탈리아의 상쾌한 공기 쪽으로 내려오고 있다.

아니다. 당연히 그럴 리가 없다. 남자는 간단한 스케치로, 이탈리아 지도 제작자가 장식 삼아 그려 넣은 것에 불과하다.

아니, 맞는 걸까? 나는 디스트가 발행한 좀 더 초기 판본을 주문한다. 그리고 1570년에 나온 초판본에는…… 작은 도보 여행자가 보이지 않는다. 작은 도보 여행자는 다음 해에 나온 두 번째 판본에도 보이지 않는다. 하지만 오르텔리우스가 안트베르펜에서 낸 판본에는 나온다. 왜? 이런 작지만 수상쩍은 편집상의 월권 행위의 이유로 딱 한 가지가 떠오른다. 프리메이슨의 악수처럼 신참에게 보내는 비밀 신호이다. 길 없는 세상을 관통하는 고된 여행을 하는 작은 도보 여행자를 넣음으로써, 오르텔리우스는 자신의 능숙한 동료들에게 지구 전체는 인생의 거대한 여행을 위한 무대 장치라는 사실을 조용히 알렸다. 오르텔리우스는 〈수많은 길이 있는 땅〉이라는 이름이 될 모든 땅에 선언했다.

이것이 극히 이례적인 오늘이 끝나는 무렵, 지도실에 앉아서 내가 한 생각이다. 「즐겁게 노는 사람들」에 작은 도보 여행자가 있다면 가족파의 기록대로 1년의 완전한 순환으로 증명될 것이다. 왜 내 그림이 사라졌는지에 대한 설명이 될 것이다. 3월의 추운 북쪽에서 내려오고 있는 작은 도보 여행자를 찾아낸다면 모든 의심을 떨쳐 버릴 수 있는 증거를 갖게 되리라.

나는 마침내 브뢰겔의 수수께끼를 푼 사람이 될 것이다. 베일을 벗기고 캔버스 뒤에 숨어 있는 인물을 밝혀 낼 것이다. 천둥을 발견할 것이다.

또 다른 생각이 머리를 강타했다. 내 그림에는 작은 도보 여행자가 있다. 나는 지금 업우드의 조찬실에서 그림을 앞에 두고 있는 것처럼 선명하게 그 여행자를 볼 수 있다.

하지만 살펴봐야 한다! 그렇다! 어떻게든!

그리고 나는 벌써 길로 나와 집으로 향하고 있다. 이제 내가 보기에 내 그림에 나타난 시기는 우리가 살고 있는 불확실한 세상을 나타내는 이정표, 세상의 빛과 어둠이 똑같이 균형을 이루고 있는 도덕적 분할점처럼 보인다. 아니 좀 더 정확하게 말하자면, 분할점에서 몇 주일이 지난 구 신년의 출발점이어서 지금까지의 겨울밤은 마침내 우리 앞에 오고 있는 긴 여름 낮에 그 자리를 내주기 시작하는 때일 것이다. 서북부 시외로 가는 기차 창밖도 햇빛으로 가득하고 온천지가 내 그림에서 숲을 가로질러 퍼져 있던 바로 그 초록색 반짝임으로 가득하다. 그리고 여행자가 있다. 바로 나다. 나는 험한 겨울 산길을 내려와 온화한 여름의 나라로 들어서고 있다. 바닷가에는 닻을 올리고 예루살렘으로 항해할 준비를 마친 배가 보인다. 수행해야 할 위대한 여행과, 그 과정에서 겪게 될 엄청난 사업이 나를 기다리고 있기에 내 모든 생각과 노력을 오직 그것으로 집중해야 하니 얼마나 기쁜가.

우리가 하는 모든 것은 선하기도 악하기도 하고 밝은 만큼 어두우며 내가 지금 시작하려는 것 같은 사업을 포함하고 있다. 하지만 해는 길어지고 밤은 짧아지고 나는 지금 선이 우세해진다는 사실을 알고 있다.

세인트 판크레스 역에서 산 『전원생활』을 펼친다. 이전에는 한 번도 산 적이 없는 잡지이다. 기차가 북쪽으로 가는 동안, 그리고 〈많은 통근자〉라는 이름의 땅이 남쪽으로 가는 동안 나는 부동산 광고를 휙휙 넘기며 시골의 땅값을 살핀다. 1백만 파운드면 꽤 멋진 곳을 얻을 수 있다. 아마 업우드와 비슷한 어디일 것이다. 문득, 토니를 도우려는 내 모든 노력에도 불구하고 조만간 업우드 자체도 부동산 시장에 나올 것이라는 생각이 든다.

아직 조르다노에 대해 알아보지 않았다는 생각이 떠오른다. 하지만 지금 내가 해야 할 이 거대한 거래에서 조르다노 따위는 일고의 중요성도 없다.

작은 도보 여행자

「그이는 방금 나갔는데요.」로라가 말한다. 육중한 현관문을 반만 열고 한 말이지만 예전에 업우드를 방문했을 때보다 훨씬 따뜻한 환대이다. 적어도 이번에는 내가 누구인지 알고 있는 듯하다. 요란스레 짖어 대며 달려들던 개도 오늘은 보이지 않는다.

나는 시계를 들여다보며 얼굴을 찡그리는 척한다. 케이트는 이 작은 모험의 결과를 나만큼이나 열심히 기다리고 있다. 지난밤 케이트가 역으로 나를 데리러 오자마자, 나는 케이트에게 〈수많은 길이 있는 땅〉이라는 이름의 황야를 비롯해 내 그림에 작은 도보 여행자가 있는가에 대해 조사해야 하는 이유까지 모든 이야기를 했다. 「내 돋보기를 가져가는 게 좋겠어.」 케이트가 말했다.

「내 친구에게 헬레네에 대해 몇 가지 자세한 사항을 팩스로 보내 줘야 해요.」내가 로라에게 설명한다. 「내 친구가 그림에 흥미 있어 하는 사람을 찾아낸 건 알고 있죠? 그림을 다시 한 번 찬찬히 본 다음에 몇 가지 메모할 게 있어요.」

솔직히, 나는 토니가 집에 없다는 사실을 알고 있다. 집에 개가 없다는 사실도 알고 있다. 나는 〈기지와 현명함을 획득하는 언덕〉을 질주해 〈악마의 권세가 강습하는 성〉으로 올라오면서 토니가 개와 함께 랜드로버를 타고 가는 모습을 보았던 것이다. 토니를 멈추게 한 뒤 다음에 올 약속을 잡을 수도 있었지만 경적에 손을 올리는 순간 토니가 집에 없는 것이 일이 더 수월하리라는 생각이 들었다. 내가 케이트의 돋보기로 헬레네의 〈평상복〉을 꼼꼼하게 검사하는 동안 로라가 조찬실에서 참을성 있게 기다리고 있으리라고는 생각하지 않는다. 내 주머니에는 케이트의 줄자도 들어 있다. 로라가 방을 나가면 그 즉시 내 그림이 다른 연작들과 마찬가지로 가로 114센티미터, 세로 160센티미터인지 확인해 봐야 하기 때문이다. 이 일은 「즐겁게 노는 사람들」의 중경에 돋보기를 들이대고 보는 것보다도 먼저 해야 한다.

로라는 망설이다가 마지못해 문을 조금 더 열어 준다. 이번에는 내가 망설인다. 로라에게 키스를 해야 하는 건지 안 해야 하는 건지 모르기 때문이다. 해두는 편이 좋을 듯하다. 지금 나는 로라와 친분이 있는 걸로 되어 있기 때문이다. 하지만 로라의 뺨에는 뭔가 서먹서먹한 기운이 서려 있고 집이 텅 비어 있다는 사실에 키스는 내 입술에서만 맴돌다 사라진다.

「혼자 계시게 해야 할 것 같군요. 해야 할 일이 있거든요.」
로라가 말한다.

「그러세요. 방이 어딘지만 가르쳐 주세요.」

「열쇠를 가져올게요. 남편은 조찬실을 잠궈 놓거든요.」

로라가 핸드백을 가지러 간 동안, 나는 예전과 다른 시각으로 현관을 둘러본다. 그렇다. 이 집에 칠을 새로 하고 돈을 꽤 많이 들이면 은퇴한 미술사가 부부와 그 아이들이 아주 편안하게……. 하지만 로라는 벌써 돌아오더니 낡아빠진 미궁을 헤치며 예전에 비해 조금도 나아지지 않은 우울함 속으로 나를 안내한다. 로라는 지난번과 달리 앞치마도 걸치지 않았고 고무장갑도 끼지 않았지만 지난번과 비슷한 커다란 스웨터를 걸치고 있다. 짙은 에메랄드빛의 스웨터로 주변의 낡아빠진 황토색과 놀랄 만큼 대조를 이루고 있으며, 걸어갈 때마다 실룩거리는 엉덩이 위로 덮인 스웨터에 나도 모르게 눈길이 간다.

「그 베일에 휩싸여 있다는 벨기에 사람, 아주 웃기는 사람이라고 토니는 생각하고 있어요. 나는 그 사람이 진짜인지 궁금해요.」 자물쇠에 열쇠를 꽂으며 로라가 어깨 너머로 말한다.

로라는 내가 들어갈 수 있도록 문을 잡아 주고 있었고 그때 처음으로 로라가 나를 똑바로 바라보고 있다는 사실을 깨닫는다. 로라의 시선에서 사색적인 뭔가를 느낄 수 있었고, 로라가 자기 남편보다 훨씬 더 빈틈없는 인물이라는 생각이 내 머리를 스치고 지나간다. 로라가 내 계획을 눈치 채고 있으리라는 생각이 든다. 하지만 나는 평정을 유지한다. 나도 놀랄 만큼 평정을 유지한다. 그리고 토니를 위해 벨기에 인을 처음 찾아냈을 때처럼, 나는 혀에게 모든 걸 떠맡긴다.

「누구요? 용겔링크 씨 말인가요?」 내가 말한다. 「그 사람은 진짜인 거 같아요. 이야기하는 걸 들어 보니 안트베르펜 외곽에 있는 꽤 호화스러운 주택에서 사는 모양이더군요.」

내 창의력에 웃음이 나올 지경이다. 나는 방금 다른 뭔가도 발견했다. 왜 용겔링크 씨가 그토록 다른 사람 눈에 띄지 않는가에 대한 답이다. 마약이나 무기 밀매와 같은 진부한 이유가 아니다. 용겔링크 가문은 나치 점령하에서 돈을 벌었기 때문이다. 원래의 용겔링크도 그러했을 것이 틀림없다. 게슈타포에 팔아넘긴 레지스탕스 운동가들을 강제 노역시킨 불쾌한 흔적이 있다. 하지만 나는 이런 부끄러운 작은 비밀을 나 혼자만 간직한다. 용겔링크 씨에 대해서는 모두가 비밀이어야 하기 때문이다.

「솔직히, 그 사람의 이름을 안 들은 걸로 해야 합니다. 나도 그 이름을 모르는 걸로 되어 있거든요.」 나는 좀 더 그럴듯하게 말한다.

나는 벽난로로 다가간다. 열려 있는 걸 금방 알 수 있다. 검댕받이가 사라졌다. 하지만 헬레네를 보니 저번과 마찬가지로 맨틀피스 위에서 축 늘어진 채 나를 내려다보고 있다. 방도 여전히 춥다. 외투를 벗으라는 권유를 받지 않은 게 다행이라고 생각한다. 메모하려고 펜과 낡은 빅토리아 앤드 앨버트 신청 용지를 꺼낸 뒤, 헬레네의 왼발에 돋보기를 대고 학구적으로 들여다본다. 〈화장실용 솔로 그린 듯함〉이라고 신중하게 적는다.

내 그림이 어디 있는지 알아보기 위해 고개를 돌리다가 로라가 아직도 방 안에 있다는 사실을 발견한다. 평소 보였던 성급함과 해야 한다던 일은 다 어떻게 한 걸까?

「고마워요. 오래 걸리지 않을 겁니다. 일을 마치면 바로 당신에게 갈게요.」 내가 말한다.

나는 학술 연구로 돌아간다. 등 뒤에서 담배에 불을 붙이는 소리가 들려온다.

「내 말은, 벨기에 인이 정말로 그 그림을 사려고 하느냐는 거예요.」 로라가 말한다.

무슨 말인지 알겠다. 내가 그럴듯하게 꾸민 세부 사항은 필요가 없었군.

「네, 그렇다고 생각해요.」 내가 말한다. 「왜 안 그럴 거라고 보는 거죠?」

「누구든 간에 저 그림을 사려는 이유를 알 수 없을 뿐이에요. 저 그림이 뭐가 그리 대단한 거죠?」

뭐? 그림을 보는 것도 모자라서, 그림을 살 바보를 찾아 줘야 할 뿐 아니라 가정교사까지 해야 한단 말인가? 「저는 조르다노 전문가가 아니라서요. 나는 그냥 중개인일 뿐이에요. 내가 전공한 시기가 아니거든요.」 내가 말한다.

「제발요. 진지하게 묻는 거예요. 정말로 알고 싶어요.」

나는 그림에서 한발 물러서서 그것을 바라본다. 우리 둘이 그림을 본다. 부탁한다, 혀야!

「그러니까, 구성이 잘되어 있어요. 아닌 거 같아요? 인물들은 뭐랄까…… 유연성과 힘이 있지요. 명암 대조도 꽤 대담하고요.」 혀가 말한다.

상황을 고려하면 내 혀는 자기 역할을 꽤 잘했다. 또한 예술 비평에 대한 새로운 흥미는 나에게 기회를 제공한다. 「다른 세 개는 어디에 있죠?」 내가 묻는다. 스케이트 타는 사람들과 기병은 예전에 있던 곳에 있는 걸 볼 수 있다. 하나는 음식 들여오는 문에 기대어 있고 다른 한 장은 그 옆에 누워 있다. 「그것들은 내가 전공하는 시대와 좀 더 가깝죠. 간단하게 개론을 말해 드릴까요?」

하지만 로라는 계속해서 헬레네를 보고 있다. 로라는 천천히 담배 연기를 내뿜으며 그림에 완전히 빠져 사색에 잠겨 있다. 로라의 태도가 바뀌었다. 맙소사, 내가 무슨 말을 한 거지? 유연성? 명암 대조?

「적어도 난 저 여자만큼 살이 찌지는 않았군요.」로라가 말한다.

아, 알겠다. 「어떤 식으로든 저 여자는 당신과 비교가 안 되죠.」 나는 조심스레 로라를 안심시킨다. 로라는 이런 내 정중한 말을 받아들이는 신호를 보이지 않는다. 공교롭게도 사실이지만 말이다. 로라는 계속 그림을 응시하며 생각에 잠겨 있다. 「파리스는 누구죠?」 로라가 묻는다.

나는 투구를 쓴 근육질의 인물을 가리킨다. 로라는 약간 메마른 웃음을 짓는다.

「저렇게 보인 적이 한 번도 없었어요. 처음 만났을 때조차도요.」 로라가 말한다. 아마 토니를 말하는 듯하다. 이번에는 외교상의 침묵을 유지한다. 「그이는 그때도 이미 올챙이 배였어요. 누구 삼촌 정도로 보였죠. 그런데 갑자기 여러 가지 일이 동시에 일어났어요. 갑자기 어디선가 펑 하고 나타나더군요. 하루 종일 전화가 울리고 꽃 배달이 오고. 누군가의 요트에서 주말을 보내고. 물론 크리스토퍼는 미친 듯 화를 냈지만 토니는 크리스토퍼를 무시하고 밀어내 버렸죠. 우리 역시 결혼한 지 두 해밖에 안 된 상태였어요. 나는 완전히 질려 버렸지만 최면에 걸렸는지 무기력했어요. 무슨 바람이 들었는지 모르겠어요. 거기다 업우드에 대한 이야기를 들으면! 그이는 업우드를 마치 채스워스[49]나 그런 곳처럼 이야기했어요. 여름밤 달빛 아래 나무 사이로 그곳을 보여 줬죠. 물론 진짜로 이곳에 데려올 수는 없었어요. 둘이 갈라서기 전에는

---

[49] 영국 데본셔 공작의 집. 아름다운 정원과 예술품들로 유명하다.

말이에요. 그런데 어찌 된 일인지 — 지금도 믿을 수가 없어요! — 마거릿은 실수로 알약을 너무 많이 먹게 되었고, 우리가 여기 있게 됐죠.」

나는 로라를 바라보며 지금 한 말이 무슨 의미인지 해석하려 애쓴다. 토니가 자기 전처를 자살하게끔 만들었거나 살해했다는 것처럼 들린다. 그사이 로라는 위대한 납치 장면으로 눈길을 돌린다. 로라는 본말이 전도된 저 장면에서 자기 인생을 보며 생각에 잠긴 듯하다. 예술의 힘이란!「여자가 절대 저항할 수 없는 것은 남자가 여자를 갖겠다고 결정했을 때의 감정이라 생각해요.」로라가 말한다.

침묵. 분명 뭔가 말해야 하지만 이렇게 고백하는 분위기로 갑작스레 바뀌고 나니 당황해서 무슨 말을 해야 할지 떠오르지 않는다. 하지만 로라가 이런 내 공백 상태를 알아차렸는지 확신할 수 없다. 로라는 완전히 자기 생각에 빠져 있는 듯하다가 잠시 뒤, 아무렇지도 않은 듯 하던 말을 계속한다.

「세상에, 이 집에 들어왔을 때 받은 충격을 떠올리면! 지붕에서는 비가 새고 사방이 쥐똥이었죠. 그리고 그때 남편은 깨달았죠. 나에게 돈이 한 푼도 없다는 사실을요! 남편은 크리스토퍼와 내가 첼시에 있는 집, 바베이도스에 있는 건물을 가지고 있는 걸 알고 있었죠. 하지만 불쌍한 크리스토퍼는 사실상 돈 한 푼 못 벌고 있었으니, 당연히 토니는 모든 게 내 것이라고 생각했겠죠. 하지만 아니에요. 그것은 신탁이었죠. 나는 토니를 서머싯으로 데려가 아버지를 만나게 했지만 그 것은 오히려 더 큰 재난만 불러왔을 뿐이에요. 아버지는 우리가 결혼했다는 이야기를 듣자마자 더 이상 돈을 주지 않으시더군요.

토니가 나에게서 좋아했던 것이 돈뿐이었다는 뜻은 아니에요. 얼굴, 나이 안 가리고 여자를 꼬시는 것도 취미예요. 금방 싫증을 내기는 하지만요. 그리고 내가 돈이 좀 있었다면, 남편을 위해 부동산을 제대로 처리해 놓을 수 있었다면 좀 더 오래 버틸 수 있을 거라 생각할 뿐이에요. 내가 남편에게 적응하려 무단히 애썼다는 건 하늘이 알아요. 토니가 하고 싶은 대로 할 수 있게 하려고 애썼어요. 예를 들어, 지금 이 순간에도 토니가 어디 있는지 난 전혀 몰라요. 물론 추측할 수는 있죠……. 남편 작업장이 뜰에 있어요. 남편은 하루 종일 거기서 일하겠다고 말하죠. 그런데 내가 가보면 그이는 사라지고 없는 거죠. 남편은 늘 일을 제대로 처리하지만 고장 난 꿩 먹이 공급기까지 고쳐 주지는 않죠. 그이는 나보고 나 자신의 삶을 가지라고 말하고 나는 최선을 다해서 그렇게 하지만, 정말이에요, 내가 그렇게 하면 그이는 싫어하더라고요.」

로라는 에메랄드빛 스웨터를 걷어 올린다. 우리는 흉곽과 왼쪽 유방을 가리고 있는 비단 융기를 바라본다. 로라의 심장 아래쪽을 가로질러 커다랗고 불규칙한 쪽빛 폭풍 구름이 초록빛 후광에 싸여 있다.

「냉장고 손잡이와 닿는 곳이죠.」 로라가 설명한다.

나는 그것을 보려 한다. 보지 않으려고도 한다. 두 행동을 동시에 하려 애쓴다. 로라는 한참 동안 그곳을 바라본다. 로라는 그 장면에 너무 몰두해 있어 내 존재를 잊었든지, 아니면 갑작스레 진행된 우리의 친밀감에 대한 내 반응을 기다리는 모양이다. 내가 이런 폭발에 무기력한 촉매에 지나지 않는 건지, 아니면 로라가 시도하는 새로운 삶에 우연히 섞여 들어 일부가 된 것인지 아직 확실히 모른다. 솔직히 말한다면, 괴로운 감정이 든다. 연민의 감정이 내 살을 타고 스멀거리며 기어 올라온다. 비단 덮개에 싸여 있는 왼쪽 유방이 우리 머리 위에서 노출되어 바람에 흔들리는 헬레네의 오른쪽 유방보다 훨씬 더 큰 의미로 다가온다. 불현듯, 로라 앞에 무릎 꿇고 그 멍든 자국에 부드럽게 입맞춤을 해야만 한다는 생각이 든다. 하지만, 케이트가 어떻게 보든 나는 충동에 따라 사는 인간이 아니기 때문에 감정이 사라지도록 가만히 놔둔다. 「유감이군요.」 나는 이렇게 말하고 충동의 순간은 지나간다. 로라는 스웨터를 다시 내린다.

「불쌍한 토니.」 로라가 말한다. 「그이는 엄청 바보예요. 모든 걸 엉망으로 하죠. 남편 아들들은 남편과 이야기도 하지 않으려고 해요. 그리고 늘 남편은 자기 자신을 속이는 걸로 결말을 맺죠. 당신과 하고 있는 이 우스꽝스러운 사업도 단지 상속세를 피하려는 것뿐이에요.」

상속세? 나는 멍을 보았을 때보다 훨씬 더 당황한 표정으로 로라를 본다.

「물론이죠.」 로라가 말한다. 「토니의 어머니는 돌아가실 때 그 그림을 토니에게 줬어요. 적어도 3년 전에 줘야 하는데 말이죠. 안 그러면 상속세로 40퍼센트를 내야 하거든요. 남편은 3년 전에 받았다고 말하지만 어머니는 아무런 내용도 적어 놓지 않으셨어요. 그리고 그러셨을 리도 없고요. 이 집안사람들은 글로 남기는 것처럼 간단하고 확실한 방법 같은 건 절대로 안 해요. 어머니는 토니에게 그 그림을 가지라고 하셨죠. 남편 말에 따르면요. 하지만 어머니는 그러지 않으셨어요. 그러실 수가 없었어요. 지난 30년간 말을 안 하고 살았거든요. 서로 만나지도 않았어요. 이 집안사람들은 가족끼리 말을 안 해요! 토니는 어머니가 돌아가실 때만 찾아갔을 뿐이에요. 30년 만에 처음이었죠. 자기 진짜 어머니인데 말이죠!」

그랬군. 분명해졌다. 토니가 아끼려고 했던 돈은 단지 4.5퍼센트의 수수료가 아니었다. 40퍼센트의 세금이었다. 그 생각을 했어야만 했다. 세상 모든 물건이 이런저런 방식으로 상속되는 이런 환경에서 그 생각을 못했다니 우스꽝스럽기도 하지만 유산 상속은 내가 사는 세상에 속해 있는 일이 아니라서 미처 생각하지 못했다. 난 유전자를 제외하고 어떤 유산도 상속받지 못했다. 내 인생에서는 유산 상속 문제로 세금을 피하려 할 필요가 있었던 적이 없다.

나는 내 감정 그대로 멍청하게 놀란 표정을 지었다. 「토니가 말 안 했나요?」 로라가 말한다. 「그래, 말했을 리가 없죠. 정말 똑똑하게 처리했군요. 일이 어떻게 되는 건지 모르는 상태에서 당신이 일을 망치게 되면 토니는 호된 벌금과 함께 그 어떤 때보다 곤란한 상황을 맞이하며 끝을 낼 테니까요.」

물론 나는 그렇게 하리라. 그렇게 하리라.

나는 지푸라기 같은 희망을 걸어 본다. 「하지만 다른 그림 석 장은……」 내가 슬며시 떠본다.

「40퍼센트요. 모두가 랜드로버 뒤에 실려 왔어요. 하지만 어머니께서 그림들을 자기에게 줬다는 토니의 말이 무슨 뜻인지 모르겠어요. 당시 어머니는 누구와도 말을 하실 수 없었거든요. 움직일 수도 없었어요! 어쨌든, 토니는 어머니를 보러 갈 때 트레일러를 매달고 갔으니 통찰력이 있었던 게 틀림없어요.」

공포가 엄습한다. 나는 단지 이 집에서 나가고 싶다. 이 빌어먹을 사람들에게서 멀어지고 싶다. 도무지 이해할 수 없는 삶의 방식에서 벗어나고 싶다. 나는 무턱대고 문 쪽으로 향한다.

「아, 끝나셨어요? 알고 싶은 건 다 찾아내셨나요?」로라가 놀라며 말한다.

「그런 거 같군요. 실례했습니다.」

로라는 담뱃불을 비벼 끈다. 내 눈에는 어딘지 마지못한 행동으로 보인다. 나는 문을 반쯤 나간 상태에서 걸음을 멈추고 오늘 이 집을 찾아온 진짜 목적을 이루기 위해 마지막으로 한 번 더 시도해 본다.

「다른 그림 석 장도 팔려고 하는 걸로 알고 있습니다.」애처로운 시도이다. 이제 이런 시도를 하는 것조차 영웅적인 노력이 필요하다.「하지만 두 장밖에 못 봤군요.」

「아, 벽난로에 있던 건 어떻게 됐더라……」로라는 막연히 방 안을 둘러본다.「아, 남편이 일터로 가져갔어요. 뭐가 묻었다고 깨끗하게 한다나요.」

나는 자동차로 가 엔진 시동을 걸 때까지도 충격에 빠진 채 아무런 생각도 할 수 없다. 거대하고 형체 없는 공포에 완전히 사로잡혀 있기 때문이다. 물감 박리제가 온몸을 유린하는 동안 작업대에 기댄 채 고통 속에 신음하고 있을 그림의 모습이 눈에 선하다.

　집을 돌아본다. 정문은 닫혀 있다. 엔진을 끄고 차에서 내린다. 무엇을 해야 하나? 모르겠다. 나도 모르게 내 발은 집을 빙 돌아 뜯겨져 내장을 드러내고 있는 트랙터 잔해를 지나 뜰로 향한다. 작업장을 살펴볼 생각이다. 그래서 어쩌자는 걸까? 모르겠다. 물감 박리제를 씻어 낸다. 팔로 그림을 감싼다. 그림을 보호한다. 가슴을 도려내는 아이러니를 느낀다. 토니가 해야 하는 일이란 단지 아무것도 안 하고 가만히 있는 일이다! 조용히 손 놓고 있으면 나는 그 친구에게 2만 파운드를 벌게 해줄 수 있다!

　나는 잠시 가만히 서서 밀려오는 공포를 몰아내고 정신을 수습한다.

　토니가 그림에 물감 박리제를 대지는 않을 것이다. 오븐

세척제나 세양제(洗羊劑), 다른 그 무엇도. 나는 아주 잘 알고 있다. 그 친구가 무슨 생각으로 그림을 깨끗하게 한다고 말했는지는 모르겠지만, 토니는 바보가 아닌 데다 그림 다루는 데 아주 익숙하며, 토니의 약점이라면 스스로 그림을 집적거리지 않고 다른 사람에게 맡기는 것이다. 내가 해야 할 일이라고는, 그 친구가 녹 제거제를 뿌리기 전에 내 그림을 한 번 더 볼 기회를 찾아내는 것…….

녹 제거제는 생각도 말자. 하지만 나는 그림의 크기를 재고 내용을 살펴보리라. 어찌 되었든 그것 때문에 여기에 왔으니 말이다. 크기를 체크하고 〈작은 도보 여행자〉가 있는지 찾아보리라. 빨리하지 않으면 니트로머 방울이 철벅거리며 모든 것을 지워 버리고, 그 문제에 대한 답은 영원히 수수께끼로 남겠지……. 아니, 아니. 걱정을 떨쳐 버리자.

뜰에는 축사와 부속 건물들이 많지만 나는 작업장을 꽤 쉽사리 찾아낸다. 많은 건물 가운데 경첩이 부서졌거나 봄 잡초가 무성히 자라 건물을 가리기 시작하지 않은 곳은 오직 한곳뿐이다. 건물에는 보안 띠가 쳐져 있다 — 당연히 분홍색 베일러 끈이다 — 하지만 느슨하게 축 늘어져 있다. 주먹을 쥐고 문을 두드리자 문이 약간 열리고, 내가 밀자마자 몹시 흔들리며 활짝 열린다. 안에는 도구 더미가 올려져 있는 기다란 의자와 여러 가지 가정용 공구가 늘어져 있다. 파이프, 철사, 묵직한 전기자, 텔레비전이나 컴퓨터에서 뽑아낸 듯한 도시 전경 모형처럼 늘어놓은 전자 부품 따위이다. 이 모든 것에 전기나 물이 두 번 다시 흐르지 않을 것 같아 보인다. 공기 중에는 따뜻한 파라핀 증기의 숨결이 서려 있다. 오늘 아침 외출하기 전에 토니는 이곳에서 일했던 게 분명하다.

긴 의자 옆쪽 틈에는 여러 가지 크기의 나무조각과 합판, 접어놓은 마분지 상자, 알맹이 없는 액자 따위가 쟁여져 있다. 액자? 호기심이 돈다……. 또한 파라핀 향과 더불어, 친숙한 냄새가 섞여 있다는 생각이 든다. 그것이 무엇인지 꼭 집어 말할 수 없다. 원래는 상쾌한 느낌이 들게 해주는 향이건만 어찌 된 영문인지 이곳에서는 이 냄새 때문에 마음이 불편해진다…….

그러다가 돌연 그 냄새가 무엇인지 깨달으며 발아래 땅이 꺼지는 듯한 불길한 느낌이 든다. 아마인유(亞麻仁油) 냄새다.

작업대 뒤로 또 다른 문이 보인다. 나는 그 문을 밀고 들어선다. 아마인유 냄새가 좀 더 강해진다. 나는 또 다른 작업대가 있는 작은 방에 서 있다. 하지만 이 방에서 느끼는 혼란은 좀 전에 느꼈던 혼란과는 다르다. 내 눈앞에 펼쳐진 장면은 우중충한 색들이 뒤엉킨 채 어지럽게 싸우고 있는 전쟁터이다. 여기저기 튀어 있는 물감 자국, 덩어리진 채 굳어 있는 물감, 항아리 속에서 뻣뻣한 잡초처럼 우거져 있는 솔들, 더러운 헝겊 쪼가리와 옆구리가 터져 있는 낡은 물감 튜브 잔해들…….

그것을 그린 이는 토니였다. 내 그림, 「즐겁게 노는 사람들」. 토니는 그림을 위조했다. 조르다노는 내가 토니를 속이기 위한 미끼가 아니라 토니가 나를 속여 먹기 위해 쓰는 미끼다.

정확하게 행위의 주체가 누구이고 객체가 누구인가? 레닌의 표현대로, 근본적 질문이다. 내가 토니를 속인다고 생각했다. 아니었다. 토니가 나를 속인 것이었다.

처음부터 끝까지 빤히 들여다볼 수 있는 속임수였다. 완전히 엉뚱한 상황에서 내 도움을 청한 일이나 무언중에 예술에 대한 무지와 경제적으로 정직하지 못함을 강조한 행위, 일련의 그림들이 나를 함정으로 끌고 가기 위한 구실이었다. 고전적 수법의 사기였다! 나 자신의 부정직함을 이용해 나를 꾀어들이는 방법, 나 자신의 허영심을 이용해 내 눈을 멀게 하는 방법이었다.

온 세상이 음화(陰畵)로 반전되어 버렸다. 하얗게 빛나던 모든 것은 까맣게 되었고, 까맣던 모든 것은 하얗게 바뀌었다. 그림 자체도 안과 밖이 바뀌었다. 장점이라 생각했던 모든 것은 이제는 뚜렷한 약점처럼 보이며, 진본의 증거라고 생각했던 모든 사실이 위작의 증거처럼 보인다. 내 모든 비밀스러운 재기는 공개적 우둔함으로 바뀌었고, 확고했던 믿음은 굳은 불신이 되어 버렸다. 내가 그림을 처음 보았던 순간에 샘솟듯 느꼈던 확신을 생각하니, 내가 먹이로 삼을 생각이었던 희생자나 나에게 남겨 준 가짜 증거를 철석같이 믿고 그림을 확인하기 위해 이 도서관 저 도서관 돌아다니던 일을 생각하니, 그리고 확인 작업을 거치며 한 발 한 발 나아가고 모퉁이를 돌 때마다 자기 기만에 점점 깊이 빠졌던 것을 생각하니 부끄러움에 겨워 온몸이 화끈 달아오른다.

긴 의자 등받이에는 판자 조각이 몇 개 기대여 있다. 모두 정물화와 풍경화로, 각각 진척 상황이 다르다. 하나하나씩 살펴보며 「즐겁게 노는 사람들」을 찾아본다. 없다. 아주 조금이나마 비슷한 것도 없다. 우선, 모두가 너무 작다. 그리고 너무, 너무…… 너무 뭐? 무슨 말을 하고 싶은 건가?

너무 서투르다. 너무 아마추어 티가 난다. 너무 재기가 없다. 이 그림을 그린 사람은 그림을 전혀 그릴 줄 모르는 사람이다!

나는 천천히 현실을 직시하며 이성을 되찾는다. 나는 윤리적인 공황 상태에 빠진 것이다. 토니 처트가 자기 서명을 위조했을 리가 없다. 16세기 패널화는 말할 필요도 없다. 토니는 하느님이 자신에게 주신 풍경을 관리할 수 없다. 완전히 새로운 풍경을 창조해 내는 것은 말할 필요도 없다. 토니가 누군가에게 사기를 친다는 건 말도 안 된다. 마치 토니가 턱을 베지 않고 면도를 할 수 있다는 말과 같다.

세상의 색깔이 점차 정상으로 돌아온다. 흰색은 암회색으로, 검은색은 좀 더 밝은 색으로.

의자에 기대여 있는 그림들에게 뭔가 비슷한 점이 있다. 첫날 저녁에 거실에서 보았던 그림을 기억한다. 그렇다. 내 예상대로 그때 본 그림들의 출처는 지역 부인회가 아니었다. 그 그림들은 바로 집 주인 자신이 그린 것이었다. 토니의 본심은 이것이다. 브뢰겔 작품들을 위조하는 것이 아니라 집안에 내려오는 과르디나 티에폴로의 작품을 토니가 새로 그린 작품으로 바꿔 놓는 것이다.

웃음을 터져 나올 것 같다. 하지만 토니의 비밀에서 약점을 발견하고 약간 당황한다. 그림과 화가에 대해 토니와 이야기하는 동안 그는 자신이 화가라는 말을 한 적이 단 한 번도 없다. 그 분야에서 다른 사람들이 이룬 업적에 대해 약간의 관심도 보이지 않았음에도 토니는 자신이 그림을 그리고 싶어하는 우스꽝스러운 열정을 품고 있다. 단단한 껍데기 속에 숨어 있을수록 그 속살은 얼마나 부드러운지, 내유외강, 그 자체다! 이곳에서 석유난로를 틀고 앉아 콧등에 독서용 안경을 걸친 채 서투른 솜씨로 자신의 감정을 그리고 있을 그를, 자신의 사생활과 경제적 곤란을 잊고 그림을 그리려 애쓰고 있을 그를 떠올려 본다. 그리고 나는…… 그렇다, 당혹스럽다. 마치 화장실에서 그와 마주친 것 같은 기분이 든다.

이제 나는 나 자신에 대해 약간 부끄러워하며 조용히 안쪽 문과 바깥쪽 문을 닫고 차로 돌아간다. 다시 엔진 시동을 건다. 다시 시동을 끈다. 그런데 그림은 어디로 간 걸까? 토니는 그 그림을 가지고 뭘 하려 하는 걸까? 아마인유 냄새를 코끝에서 지워 버릴 수가 없다. 설마…… 모르겠다…… 어떤 식으로든 수정을 하려는 걸까?

나는 다시금 차에서 내려 커다란 정문으로 돌아가 묵직한 쇠고리를 위아래로 흔들며 문을 두드린다. 하지만 무슨 말을 해야 할지 아직 모르겠다. 문 앞에서 기다리고 있는 동안, 혹시라도 로라가 창문을 통해 지난 20여 분 동안 내가 했던 여러 가지 행동을 지켜보고 있었다면 내 정신 상태를 이상하게 여기리라는 생각이 머리에 떠오른다.

하지만 로라가 나를 지켜봤으리라 생각하지 않는다. 로라는 나를 보자 놀란 듯하다.

「미안합니다.」 내가 말한다. 「좀 전에 헤어지면서 들었던 말에 대해 곰곰이 생각해 봤습니다.」

로라는 기다리고 있다. 아니, 어쩌면 로라의 태도가 꼭 놀람을 나타내는 것은 아닐지도 모른다. 신중함이라는 단어가 더 어울릴 듯하다.

「그림을 깨끗하게 하는 거 말인데요. 갑자기 좀 걱정이 되어서 말이죠.」

「얼마나 멀리 갔죠?」 로라가 말한다.

「얼마나 멀리요? 아, 멀리 안 갔어요. 사실, 아무 데도 안 갔습니다. 차에 앉아서 그 일에 대해 생각하고 있었습니다.」

로라는 아주 살짝 웃어 보인다. 로라는 잠깐 내 너머로 시선을 돌린다. 진입로에서 누군가 오는지 보기 위해서이다. 이윽고 로라는 문을 활짝 열고 나를 맞이한다. 나는 약간 당황해하며 안으로 들어선다.

「그냥 토니에게 제가 하는 말만 전해 주시면 됩니다……」
「적을 걸 찾아야겠군요.」 로라가 말한다. 로라는 내 뒤로 문을 닫더니 부엌으로 나를 이끈다.
「그냥 토니에게 그것은 좋은 생각이 아니라고만 말해 주시면……」
「앉으세요. 커피를 끓일게요.」

나는 식탁보를 깔지 않은 나무 탁자 앞에 앉는다. 달리 뭘 해야 할지 모르기 때문이다. 커피를 내오기에는 좀 늦은 시간인 듯하다. 어찌 되었든, 로라는 커피에 대해서는 이번에도 이미 잊은 듯하다. 필기구에 대해서도 마찬가지다. 로라는 새 담배에 불을 붙이고는 조리대 앞 난간에 기댄 채 담배 연기 사이로 나를 바라본다.

「그림은 아주 쉽게 망가집니다.」 내가 말한다. 「더러운 광택 같은 건 아무런 문제도 되지 않습니다. 심지어 사는 쪽에서는 그런 때를 보고 그림이 진짜라고 생각하기도 합니다.」

로라의 눈썹이 1~2밀리미터 정도 올라간다. 이런 모습을 전에도 본 기억이 난다. 유명론, 도상학, 도상 해석학에 대해 이야기했을 때였다. 로라는 지금 웃지 않으려 애쓰고 있다.

「차에서 20분 동안 생각한 게 그건가요?」 로라가 말한다. 「와!」

물론 이 순간, 로라가 무슨 생각을 하고 있는지 나는 안다. 그리고 물론 나 역시 지금 그 생각을 하고 있다. 내가 다시 나타난 것이 뭔가를 암시하는 듯 보이리라는 것을 깨닫는다. 나에게는 급한 마음에 가던 길마저 돌아서게 만들었던 전언이 로라에게는 온갖 바보 같은 색마들이 지금까지 고안해 낸 수많은 핑계 가운데 가장 멍청한 내용으로 보일 게 분명하다. 사람 눈앞에 있는 모든 사실을 얼마나 오해하기 쉬운지 새삼스레 깨닫는다. 순간, 온몸이 뻣뻣하게 굳는다. 로라에게 실례를 범하지 않으면서 오해를 풀어 줄 방법이 떠오르지 않는다. 간단하게 그냥 일어서서 나갈 수도 있다. 하지만 그러면 훨씬 더 우스꽝스러워 보일 터였다. 나는 무슨 말을 해야 할지 모른 채 가만히 앉아 있다.

하지만 이 행동이 선택할 수 있는 모든 행동 가운데 가장 멍청한 선택인 게 분명하다. 돌연, 몸속의 웃음을 억제하려는 전투에서 로라가 져버렸기 때문이다. 웃음은 마치 꽉 찬 유정에서 석유가 쏟아지듯 터져 나온다.

나는 다시금 파노프스키 위에 에르빈을 쌓아 놓았던 것이다.

「미안해요. 그냥…… 모든 게…….」 로라가 웃음을 참는다.

로라는 고개를 돌린다. 나를 보면 다시금 웃음이 터져 나올까 봐서이다. 하지만 도움이 되는 것 같지 않다. 로라는 자신의 고뇌를 숨기기 위해 손으로 얼굴을 가린다.

그리고 어찌 된 일인지 나 역시 웃기 시작한다. 로라는 아가[50]에 기대어 선 채 웃고 있다. 나는 탁자 앞에 앉아 웃고 있다. 내가 왜 웃는지는 신만이 아신다. 모든 것을 비웃고 있을지도 모른다. 나 자신을, 로라를, 삶을. 하지만 특별히 뭔가를 비웃는 게 아닐지도 모른다.

---

50 *Aga*. 스웨덴 물리학자인 구스타프 달렌이 발명한 오븐.

지금 이 상황이 어떻게 전개될지 상상도 못하겠다. 어쩌면 공동 질식사를 할 수도 있다. 아무런 표식도 없는 시체 두 구만 남는다. 법의학자들은 당황하리라. 하지만 곧 도움의 손길이 다가온다. 로라가 웃음을 멈추더니 고개를 문 쪽으로 돌리고 귀를 기울인다. 묵직한 몸이 나무에 부딪히는 소리와 앞발로 돌을 할퀴어 대는 소리가 들린다. 격렬한 소리와 함께 문이 열리더니 눈에 익은 덩치가 튀어 들어온다. 탁류 색의, 고약한 냄새를 풍기는 개다. 내 웃음도 사라진다.

「롱 미도에 암소가 죽어 있더라고……」 토니가 뒤따라 들어오다가 내 모습을 보고는 문간에서 멈춰 선다. 순간 토니는 로라를 힐끔 보곤 다시 시선을 나에게로 향한다. 로라는 여전히 아가에 기대어 담배를 피운다. 나는 일어나려 애쓰지만 개들이 자꾸 훼방을 놓는다. 놈들은 나를 가족으로 받아들였다. 짖는 것 따위의 예비 과정은 필요 없다는 듯 곧바로 나를 핥아 대고 바지를 쑤석대는 놈들 태도에서 그것을 알 수 있다.

토니는 방 안으로 들어오더니 탁자 위로 모자를 집어 던지며 말을 맺는다. 「그게 무슨 징조인지 모르겠군.」

「수의사가 청구서를 보낼 징조겠죠.」 로라가 말한다. 「마틴 씨 말로는 그 그림을 깨끗하게 하면 안 된다는군요.」

「무슨 그림?」

「난로에 있던 거요. 당신이 꺼내 간 거 말이에요.」

토니는 깜짝 놀라 내 쪽으로 시선을 돌린다.

「깨끗하게 한다고?」 토니가 말한다. 「무슨 말이지?」

「그림을 사겠다는 그 벨기에 사람에게 헬레네에 대해 좀 더 자세하게 말해 줄 요량으로 그림을 한 번 더 보러 왔는데, 로라가 말하길……」

「이런, 맙소사! 로라는 마음 쓰지 말게나. 자기가 무슨 말을 하고 있는지도 모르는 사람이라고.」

「하지만 당신 말로는……」 로라가 입을 연다.

「그림에 대해 조언을 얻겠다고 말했어. 그렇게 말했어. 그리고 조언을 얻어 왔지. 오늘 아침에 나간 이유는 그거라고.」

토니는 나를 보면 인상을 쓴다. 내가 모르고 있는 무엇인가를 알고 있기에 즐겁다는 듯한, 그리고 내가 감추지 못하고 있는 경계심을 비웃으려는 듯한 표정이다. 그런데,「즐겁게 노는 사람들」에 대한 조언을 얻었다고? 누구한테서?

「근심이 있어 보이는군그래.」 토니가 말한다.

「천만에요.」

「왜 자네가 그 빌어먹을 물건 때문에 잠을 설치고 다니는지 모르겠군. 자네는 그게 쓰레기라고 했잖나.」

물론 나는 그런 말을 한 적이 없다. 하지만 그냥 지나가자. 변명하려고 들면 오히려 내가 그 그림에 관심을 보이고 있다는 신호가 될 수도 있으니까.

「그냥 그림 구석에 묻어 있는 끈끈한 오물을 조금 들어내려던 것뿐이야. 거기에 서명이 숨겨져 있을지도 모른다고 생각했거든.」

오물? 서명? 지금 무슨 말을 하고 있는 거지?

「어쨌든 맘 편히 가지게.」 토니가 말한다. 「전문가에게 보여 줬더니 그런 건 건드리지 말고 그냥 놔두라고 하더군. 그래서 그냥 묻어 있네. 부식 소다는 그냥 찬장에 넣어 뒀네. 농담이야, 농담.」

하지만 이제 나는 더 이상 그림 청소 따위에는 걱정하지 않는다. 그 따위에 마음 쓸 여유가 없다. 내 마음은 토니에게 좋은 조언을 해줬다는 전문가에게 온통 쏠려 있다. 누구란 말인가? 토니는 그 전문가에게 그림을 보여 줬을까? 오늘 아침 토니가 개와 랜드로버를 타고 간 곳이 그곳이란 말인가? 전문가에게 감정받기 위해서? 무슨 전문가에게 감정받았단 말인가?

나는 적당히 놀란 척하며, 적어도 그렇게 보일 심산으로 한쪽 눈썹을 추켜세운다. 「이 근처에 미술 전문가가 있는 줄 몰랐군요.」 나는 적당히 관심을 보이는 척하며 말한다.

토니가 껄껄댄다. 「당연히 있지.」

「제가 아는 사람인가요?」

토니는 다시금 껄껄댄다. 오늘 아침, 예술은 우리 모두의 삶에 커다란 즐거움을 불어넣고 있다. 「알게 될 걸세.」 토니가 말한다.

나는 머리가 멍한 상태로 자리에서 일어나 문으로 향한다. 오늘 업우드에서 받은 두 번째 충격이다.

「불쌍하게도 마틴은 당신이 헬레네를 팔고 난 뒤 세금을 안 내려고 하는 걸 몰랐어요.」 토니와 나를 따라 정문으로 향하며 로라가 말한다.

「세금을 안 내려고 한다고?」 토니가 말한다. 「무슨 말이야? 도대체 당신, 지금 저 친구에게 무슨 말도 안 되는 소리를 하고 있는 거지? 세금 따위는 없다고! 왜냐고? 첫째, 토끼 머리에 뿔이 나던 먼 옛날, 어머니께서는 내가 그 그림을 가지라고 하셨어. 둘째, 어머니가 그런 말을 했는지 안 했는지는 아무런 상관이 없어. 그 그림은 어머니 것이 아니라 내 것이니까 말이야. 셋째, 이것까지 말할 필요도 없지만 굳이 말하자면, 현찰로 거래하면 아무도 이 일은 모른다는 거지. 적어도 나는 자네가 그림 대금을 현찰로 받아 올 거라고 가정하고 있어. 맙소사, 자네, 설마 이 모든 이야기를 자네 책에 넣을 생각을 하고 있는 건 아니었겠지? 자네도 소득세를 내야 한다고!」

토니에게 뭐라고 대꾸해야 할지 모르겠다. 나는 그냥 웃으며 손을 흔든다. 무슨 말을 하고 있는지 모르겠다는 뜻이다. 일이 어떻게 돌아가는지 모르겠다.

「날강도들 때문에 기분 상하지 말자고!」 토니가 말한다. 「내 재산을 간직하는 특권을 누리기 위해 정부에 돈을 내고 싶은 생각은 전혀 없네! 이보게, 심각하게 하는 말이네. 많은 사람들이 사회주의자라는 걸 난 알고 있네. 뭐, 그럴 수도 있지. 나와는 아무 상관이 없는 일이야. 하지만 런던 사람들이나 그렇게 살란 말이야. 알겠나? 우리가 있는 이곳은 시골이고 시골에 있을 땐 시골 사람인 거야. 철저한 시골 사람인 거지. 이웃이고 말이야. 시골 사람들은 모두 서로 도움의 손길을 내밀려고 노력하네.」

「조심해요!」 내가 현관문 바깥, 웅덩이의 흔적이 남아 있는 곳으로 가고 있을 때 로라가 외친다. 「주의하세……」

랜드로버다. 문 앞 오른쪽에 주차되어 있다. 팔꿈치의 고통으로 눈앞이 캄캄해지고, 등 뒤로 문을 닫는 로라는 아까와 마찬가지로 쉽사리 웃음을 참지 못하고 쿡쿡거린다. 하지만 나는 차 안으로 안전히 숨어 들어갈 때까지 팔꿈치를 문지르지 않고 기다린다.

내 머릿속을 휘젓고 있는 불안과 모욕의 짐을 참아 내게 하는 단 한 가지 이유는 케이트와 이 모든 것을 공유할 수 있다는 기대감이다. 나는 〈악마의 권세가 강습하는 성〉의 진입로를 빠져나와 〈기지와 현명함을 획득하는 언덕〉을 반쯤 내려오고 나서야 랜드로버 곁을 지나가던 그 당시까지도 그림이 차 안에 있었을 거라는 생각이 들 만큼 허둥거린다. 차창을 통해 살짝 보기만 했어도 〈작은 도보 여행자〉를 볼 수 있었을 터.

차를 몰고 언덕을 내려오는 동안 봄 햇살은 명멸을 거듭하며 우리가 사는 조용한 계곡을 희망으로 비추다 실망의 나락으로 떨어뜨리기를 정신없을 정도로 반복한다. 모험을 둘러싼 변덕스러운 환경에 따라 내 기분이 오락가락하는 모습 그대로이다. 햇살은 집으로 연결된 진입로에 들어서며 희미해지고, 나는 우울과 고뇌 속을 헤치며 나아간다.

　하지만 딱총나무들이 있는 곳을 지나 두 번째 모퉁이를 돌자 햇살의 홍수가 『시도서』의 타오르는 듯한 색채로 우리 별장을 축복한다. 정문은 신록처럼 푸릇푸릇하고, 정문 주변에 심어 놓은 나팔수선화는 지난가을의 태양처럼 샛노랗고, 야생 능금나무에서 떨어진 꽃들은 태양의 순백색 빛처럼 하얗고, 늙은 은행나무 그루터기 위에 있는 틸다의 휴대용 침대는 멀리서 본 바다처럼 새파랗다. 그리고 전경으로, 넉넉한 체격의 나의 농부가 갓 파헤친 신선한 흙 사이로 다리를 넓게 벌리고 허리를 숙인 채 4월의 전통적 노동을 대표하는 모종 심기와 씨 뿌리기를 하고 있다. 차가 다가오는 모습을 보고 일어서더니 등의 통증 때문에 구부정하게 선 채 눈을 가

작은 도보 여행자　**269**

리는 느슨한 머리 다발을 진흙 묻은 손등으로 쓸어내리는 그녀의 모습은 열심히 사는 모든 세대의 여인들이 일하기 위해 처음으로 몸을 구부린 이후 늘 해왔던 모습 바로 그대로다. 이윽고 그 여인은 활짝 웃는다. 이런 웃음은 오직 케이트만이 지을 수 있다.

차에서 뛰어내리며 내가 입을 연다. 「휴, 오늘 아침은 정말 파란만장하네!」 케이트에게 해줄 이야기가 너무나 많아서 뭐부터 말해야 할지 모르겠다. 싱긋 웃고 있는 케이트를 앞에 두고 내가 알고 있는 건 케이트에게 이야기하면 불안과 의심이 사라질 것이며 모든 것이 다시 좋아질 것이라는 사실뿐이다. 우리는 서로 몸을 구부려 삐죽 내민 입술로 가볍게 입맞춤하며 상류 계급의 기쁨을 우리 나름의 단순하고 순박한 방식으로 흉내 낸다.

제일 먼저 말해야겠다는 생각이 든 건 가장 마지막으로 일어난 일, 즉 세무서를 속이기 위해 토니 처트가 나를 이용했다는 뒤늦은 발견에 대해서이다. 하지만 입을 열려는 순간, 그 말을 해봤자 케이트를 불안하게만 할 뿐이며 우리가 처한 상황에 또 다른 불확실성을 가져올 수도 있다는 생각이 든다. 토니의 그런 속셈에 대해 어떻게 대응해야 할지 확실히 정하지 못했기 때문이다. 나는 즉시 그전으로 시간을 돌려 오늘 나 때문에 로라가 또다시 발작하듯 웃었던 장면을 떠올린다. 그리고 로라가 웃어 댄 이유가 내 의도를 엉뚱하게 해석했기 때문이라는 생각과 내가 웃던 장면이 떠오르고……. 하지만 정확히 어떻게 해서 로라가 내 행동을 오해하게 됐는지 지금 당장은 기억나지 않으며, 그 상황에서 나는 왜 웃었는가에 대해 쉽게 설명할 수 없다는 점을 깨닫는다.

하지만 언제나처럼 케이트는 정곡을 찌른다.「그래, 뭘 보고 온 거야?」케이트가 묻는다.

「아무것도 못 봤어!」내가 큰 소리로 외치는 순간, 케이트와 모든 것을 나눌 수 있다는 생각에 다시금 안도감이 밀려온다.「그럴 수가 없었어! 거기 없었다고! 토니가 누군가에게 보여 주려고 가져갔더라고! 미술 전문가래! 그런데 누굴까? 그리고 그자가 토니에게 무슨 말을 했을까? 그림을 보고 무슨 생각을 했을까? 누구일 거 같아? 토니는 말 안 할 거야! 어쩌면 거짓말을 했을지도 몰라……. 토니가 무슨 생각을 하고 있는지 모르겠어……. 이 근처에 미술 전문가가 살고 있어?」

케이트가 키득거린다. 토니가 웃던 바로 그 웃음이다. 그리고 웃음소리를 듣는 즉시 내 마음이 움츠러든다. 케이트가 뜻하는 바는 토니가 뜻하는 바이기 때문이다. 즉, 누군가 전문가가 있다는 말이다. 금방 알 수 있는 누군가. 너무나도 유명해서 내가 당연히 알고 있어야만 하는 그 누군가.

「왜 그래?」내가 말한다.「누구야? 우리 같은 사람이 있다는 뜻이야? 별장이 있고 그곳에 와 있는 사람이 있다는 거야? 당신이 알고 있는 사람이야?」

순간, 무슨 소리인지 감을 잡는다. 햄리쉬에서 케이트와 함께 일하는 동료가 이 근처 어딘가에 와 있는 것이다. 언제나 케이트는 그 녀석을 초대하겠다며 나를 위협한다.

「당신 친구로군!」내가 말한다.「여기 어딘가에 와 있는 모양이군! 그 친구 전공이 뭐지? 어느 시대를 전공하는 거야?」

케이트가 얼굴을 찌푸린다.「존 퀴스를 말하는 거야? 아, 무슨 말인지 알겠어. 그러니까, 18세기 프랑스……」

하지만 그 친구는 유럽 미술 전반에 대하여 글을 쓴다. 이제 기억이 난다. 그 남자는 뭐든지 알고 있는 것으로 유명한, 재미없는 친구이며, 재미없는 자기보다도 훨씬 더 재미없는 일을 하는 사람이었던 것으로 기억한다. 내 마음은 한층 더 움츠러든다. 존 퀴스가 그 그림을 알아보지 못할 확률은 전혀 없다.

「그건 주중이야.」 케이트가 말한다. 「그 사람은 시내에 머무를 거야. 게다가 난 그 사람을 말한 게 아니야.」

「다른 사람이야? 이 근처에 살아?」

「물론이지. 당신이야.」

나라고? 지금 케이트가 무슨 말을 하고 있는 거지?

「토니는 그림을 여기로 가져왔어.」 케이트가 말한다.

「여기로 가져왔어?」 나는 멍청히 케이트의 말을 되뇌며 더욱 멍청한 표정으로 주변을 둘러본다. 마치 공기 중에 그 마지막 흔적이라도 남아 있다는 듯.

「당신에게 보여 주고 싶어 하더라고.」

「하지만……」 겹겹이 여러 가지로 곤혹스러운 속내와 더할 나위 없이 부당한 사태에 격분하는 마음을 마땅히 표현할 단어를 찾을 수 없다. 그림을 보기 위해 펼쳤던 모든 모험이 헛수고로 돌아갔다. 그 멍청이가 나에게 그림을 보여 주겠다고 이리로 가져왔기 때문에 말이다!

「하지만 난 여기 없었어!」 마침내 정신을 차리고 내가 입을 연다. 「나는 그 집에 있었단 말이야!」

「그렇게 말해 줬어. 그 사람 못 만났어? 그림 위에 뭔가 덧씌워진 것 같더라. 토니는 그 아래에 서명이 숨어 있을 거라고 믿는 눈치였어. 당신 말하는 걸로 봐서는 그림을 못 본 모양이네?」

나는 정원에서 모닥불 속으로 들어가길 기다리고 있는 부서진 식탁 의자에 앉는다. 손으로 머리를 감싸고 고민한다. 도대체 무슨 일이 벌어진 건지 아직도 모르겠다!

「하지만 토니 말로는 그림을 누군가에게 보여 줬다고 했어!」내가 외친다. 「전문가에게서 조언을 얻었다고 했단 말이야!」

「나를 말하는 것 같네.」

나는 손으로 감싸고 있던 머리를 든다.

「당신이라고?」

「에, 당신은 여기 없었잖아. 걱정하지 마. 그림을 건드리지 말라고 말했으니까.」

「그림을 당신에게 보여 줬어? 그림을 봤어?」

「아주 잠깐 봤을 뿐이야. 너무 많은 흥미를 보이면 안 될 것 같았어.」

고백하건대, 내가 맨 처음 가진 감정은 폐부를 찌르는 질투심이다. 지금까지는 오직 나만이 그림의 통역자이자 그림의 수수께끼를 추적할 수 있는 권한을 받은 유일한 사제였다. 그런데 이제 성소에 두 번째 사제가 도착한 것이다. 내가 소개하고 키운 복사가 아니라 나와 동일한 능력의, 아니 나보다 우월한 능력을 가지고 나와 관계없이 독자적 길을 걸을 여성이 나타난 것이다.

하지만 이제 케이트가 그림을 보았으니 수천 가지 질문을 하고 싶다. 하지만 물은 것은 단 하나다. 「집으로 가지고 들어왔어?」 웃기는 질문이다. 안다. 하지만 의기양양해하며 우리 별장으로 그림을 가져오려고 했던 사람은 바로 나였다!

작은 도보 여행자 273

「아니, 난 여기서 일하고 있었어. 토니는 그냥 랜드로버 트렁크에 묶은 끈을 풀고 그림을 조금 꺼내 보여 줬을 뿐이야.」

호기심에 밀려 질투가 사라진다. 케이트는 무엇을 보았을까? 무슨 생각을 했을까? 순간 나타났던 호기심은 불편한 느낌에 그 자리를 내주고 사라진다. 케이트와 토론하며 내가 우위에 설 수 있게 해준 이유, 그림이 진짜가 아니라며 의심하는 케이트의 모든 주장을 일축할 수 있던 이유는, 바로 나는 그림을 보았지만 케이트는 보지 못했다는 것이었다. 이제 돌연 이 장점이 사라졌다. 이제 케이트의 의견은 최소한 내 것만큼이나 강력하다. 그러므로, 싫다. 나는 케이트가 무엇을 보았는지 알고 싶지 않으며 무슨 생각을 하는지도 알고 싶지 않다! 나는 이미 그것이 무엇인지 알고 있다. 그것은 케이트에게 보이고 싶은 것도, 케이트가 생각해 주었으면 하는 것도 아니다.

하지만 내가 원하든 원하지 않든 나는 알아야 한다. 나는 기다린다. 케이트가 이야기를 꺼내기까지 꾸물거리리라는 것을 나는 알 수 있다.

「나는 모퉁이에 붙어 있는 얼룩만 본 거야.」 케이트가 말한다. 「그게 뭔지 모르겠더라고. 뭐라고 해도 믿겠던데. 먼지나 잉크라고 해도 말이야. 하지만 토니 말이 맞는 거 같아. 유약 위에 묻어 있더라. 촉촉한 천으로 닦아 내면 그림에는 아무런 손상도 없이 닦아 낼 수 있을 것 같았어. 하지만 서명이 드러나는 걸 당신이 원하지 않을 거라고 생각했어.」

맙소사! 나는 토니가 〈브뢰겔〉이라는 단어를 세상에 드러내기 직전까지 갔다는 건 생각도 하지 못했다!

케이트는 저쪽으로 가 틸다를 내려다본다. 나는 기다린다.

「〈작은 도보 여행자〉는 안 보이더라.」 케이트가 돌아오더니 말한다. 「유약이 꽤 어둡고 여기저기 금이 간 데다가 물감도 떨어져 나가서 세세한 곳까지 알아보기는 어렵긴 하지만 말이야.」

그 말을 듣는 순간 부아가 치밀어 오른다. 케이트는 〈작은 도보 여행자〉를 봤어야만 했다. 케이트가 그걸 못 본 건 엉뚱한 생각을 하며 엉뚱한 곳을 봤기 때문이다. 그리고 케이트는 서명이 드러나는 것을 내가 두려워하고 있다고 생각하며, 그 이유가 서명이 브뢰겔의 것이라는 게 밝혀질까 봐서가 아니라 브뢰겔의 것이 아니라는 것이 밝혀질까 봐서라고 생각하고 있다. 나는 알고 있다. 그리고 지금 이 순간, 나는 케이트가 그림에 대해서 말하고 싶어 하는 그 어떤 이야기도 듣고 싶지 않다.

「종교적 도상학에 관한 내용은 전혀 보이지 않았어.」 내 마음과 상관없이 케이트가 말한다. 「전형적인 전원 풍습 그대로이던걸?」 약간 사람을 업신여기는 듯한, 조금 위에 선 듯한 어조에 괜히 안심이 된다. 케이트가 왜 그러는지 안다. 자신의 영역을 위협받았기 때문이다. 케이트는 종교 도상학 전문가이다. 케이트는 종교 도상학 전문가라는 단어의 뜻에 나 같은 아마추어까지 새롭고 대담하게 포함시킬 생각이 없는 것이다.

「그리고 수영하고 있는 사람들에 대해서도 좀 걱정되는 게 있어.」 케이트가 말한다. 「조사해 봤는데, 『시도서』에 기록되어 있는 봄의 활동 가운데는 수영과 관련된 어떤 예도 없어.」

나는 가만히 듣고 있다. 하지만 머릿속에는 이제는 봄 활동에 수영이 들어간다는 것과 그 사실을 세상에 공표하기 직전이라는 생각뿐이다.

구애하는 농부와 마찬가지로, 수영 역시 내 그림이 바로 그 화가의 작품이라는 사실을, 풍습에 굴복하는 이가 아닌 풍습을 굴복시키는 바로 그 화가의 작품이라는 사실을 더욱 강하게 암시해 준다.

케이트는 몸을 웅크리고 모종 심기를 계속한다. 나는 놀란 눈으로 케이트를 지켜본다. 그림을 보고 할 말이 이게 다란 말인가? 놀랄 만한 일이다. 나는 우리 둘이 지금 함께인 줄 알았는데! 내가 정말로 듣고 싶은 게 무엇인지 케이트는 안다. 알고 있는 게 틀림없다. 그렇다. 나는 케이트의 평가를 받아들이길 늦추면서도 케이트의 이야기를 듣고 싶다. 케이트는 내가 옳다는 사실을 받아들이고 나를 지지해 줄까? 케이트의 침묵은 자신이 이미 확실한 평가를 내렸다는 뜻이다. 아내의 이런 변함없는 솔직함을 존경한다. 물론이다. 하지만 이런 식으로 솔직함을 표현하는 건 견딜 수 없다. 바보 같고 아마추어다운 내 열정 주변을 발끝으로 조심스레 걷는 행동은, 탁 드러내 놓고 거부하는 것보다 훨씬 더 마음을 아프게 한다. 나를 아이 다루듯 대한다는 증거다.

또한 그런 행동은 앞으로 우리가 어디로 나아가야 하는지 결정하는 것을 매우 힘들게 만든다. 머리를 조아리고 확실하게 말해 달라고 부탁해야 하는 걸까? 아니면 그냥 그 주제에 대해서는 잊어버린 채 다시는 이야기를 꺼내지 말아 버릴까?

우리는 전에 한바탕 다퉜던 바로 그 상태로 돌아가 있다. 당시 상황을 수습하기 위해 짜냈던 타협은, 아내가 스스로 판단을 내릴 만한 기회가 없었기 때문에 내 판단을 믿는 척하며 넘어가기로 했던 타협은 이제 깨져 버렸다.

무슨 이유인지 모르겠지만 돌연 짜증이 나면서 케이트가 과연 나보다 얼마나 더 오래 그 그림을 보았으며 그림을 보고 있는 시간을 어떻게 활용했을까 하는 생각으로 머리가 복잡해진다.

「그래서 그림을 아침 내내 봤던 거야?」 내가 말한다. 내 목소리에 밴 불쾌함을 들은 케이트는 나를 힐끔 본다.

「아니, 그냥 몇 분 동안.」

몇 분이라고? 하지만 내가 업우드로 가는 사이에 토니 처트는 이쪽으로 오고 있었는데…….

「왜?」 이상한 기운을 눈치 채고 케이트가 다시금 몸을 곧게 편다. 케이트는 또다시 등을 구부리고 이마에 흘러내린 머리칼을 쓸어 올린다. 하지만 이번에는 그런 모습을 한꺼번에 너무 자주 본다는 느낌이 든다.

「정말로 걱정할 필요 없어.」 케이트가 말한다. 「그림에 대해서는 별 이야기 안 했어. 대부분은 그냥 잡담했을 뿐이야.」

잡담? 케이트는 잡담을 하지 않는다. 잡담할 줄 모른다. 게다가 다른 사람도 아닌 토니 처트하고? 두 시간 동안이나?

「자기 생각에 우린 모두 영락없는 시골 사람이라던데.」 케이트가 키득댄다. 「아무리 봐도 정말 끔찍한 사람이야!」

그렇다면 왜 키득대는 거지? 토니는 모든 여자를 훔쳐 버린다고 로라가 말한 게 바로 이런 방법인 건가. 너무 끔찍해서 여자들을 웃게 만드는 거다. 효과 좋은 최음제다.

「오랫동안 잡담을 나눴군그래.」 우스꽝스럽게도 손목시계를 보며 내가 말한다.

「아니, 토니는 오래 있지 않았어. 당신을 따라잡겠다면서 바로 갔어.」

「그러다가 또다시 누군가를 만나기 딱 좋겠네그래.」 나는 계속 말도 안 되는 걸 우긴다. 「로라 말로는 토니는 여자 꼬시는 데 일가견이 있다고 하더라고.」

케이트는 얼굴을 찌푸리고 곤혹스러운 표정을 지으며 자기 잘못이 무엇인지 모르는 척한다. 「훈계하는 거야, 아니면 질투하는 거야?」 케이트가 말한다.

나는 그 말을 못 들은 척한다. 케이트는 내가 무엇 때문에 화나 있는지 확실하게 알고 있다.

「멋진 성격이더라고, 당신 새 친구 말이야.」 내가 심술궂게 말한다. 「아내를 때리는 사람이더라고. 냉장고로 말이야.」

케이트의 얼굴 표정은 내가 그림을 감정했을 때만큼이나 못 믿겠다는 표정이다.

「아니, 아내로 냉장고를 때리는 거였던가.」 내가 한발 물러선다. 「그런데 로라는 그 일에 적합해 보이지 않더라. 나에게 멍든 상처를 보여 줬거든.」

「어디였는데?」

「어디?」 로라와 내가 멍든 곳을 보기 위해 로라 방으로 들어갔으리라 생각하고 있군. 성급하기도 하지. 「조찬실이었어. 조르다노를 살펴보다 보게 됐어.」 나는 차분하게 설명한다.

「아니, 어디에 멍이 든 건데?」

아, 멍이 어디냐는 말이었군. 나는 전광석화와 같은 판단력을 발휘해 멍을 로라의 목으로 옮겨 본다……. 팔뚝으로 옮겨 본다……. 그러다 원래 자리로 되돌린다. 그 자리에 있으면 안 될 이유가 없기 때문이다.

「늑골 있는 데였어.」 나는 아무렇지도 않게 말한다.

하지만 그 짧은 순간에 너무 망설인 모양이다. 아주 짧은 순간이지만 케이트가 나를 뚫어지게 바라보고 있으니 말이다. 케이트가 토니와 오래 이야기를 나눴다고 내가 불쾌해한 것처럼, 케이트 역시 내가 로라의 늑골을 본 것에 대해 비슷한 감정을 느끼고 있는 게 분명하다. 하지만 아내는 단지 〈불쌍한 여자로군〉 하고 말한 뒤 하던 일을 계속한다.

언제나처럼 화해를 향해 처음 발을 딛는 이는 케이트다. 「존 퀴스라…….」 점심을 먹는 동안 아내가 말한다. 「꽤 괜찮은 생각이네. 당신이 토니 처트에게 말해서 그림 구석에 있는 표시를 살펴보겠다고 하루 정도 우리 집으로 빌려 올 수 있으면 나는 존을 여기로 초대해서 그림을 보도록 할게. 그러면 그림이 어디서 왔는지 존은 모를 거야.」

케이트는 여전히 내 편임을, 나를 도와주려 한다는 걸 증명하고 있다. 나를 위해 다른 사람을 기꺼이 속일 준비가 되었음을 보여 주고 있다. 심지어 그 모든 것이 내 생각이라고 돌리기까지 한다. 불행히도, 케이트가 지금 한 말에서 무의식중에 다시 한 번 확실하게 밝혀진 사실은 나를 믿지 않는다는 점이다. 아내는 자기 동료가 내 의견에 동의할 수도 있다는 가능성에 대해서는 단 1초도 생각하고 있지 않다. 혹시라도 생각하고 있다면 아내의 상상력은 대화의 마지막 단계로, 퀴스가 최종 결론을 내려 준 다음 단계로 날개를 펼쳤으리라. 퀴스가 말하겠지. 〈맞습니다. 당신 부엌 식기 건조대에 세워 놓은 그림은 행방불명된, 세계에서 가장 유명한 그림 중 한 장이군요.〉 그러고는 퀴스는 그림을 어떻게 얻었는지 묻지도 않고 그냥 돌아갈 것이고, 다른 누군가에게 우리 집의 이상한 그림 배치에 대해 아무런 이야기도 하지 않으리라 생각하고 있겠지.
 「알아볼게.」 내가 말한다. 내가 싱긋 웃는다. 케이트도 싱긋 웃는다.
 내가 야전(野戰)을 싫어했는지 자신할 수 없다.

낮이 흘러가는 동안, 케이트와 내가 부엌 식탁에 말없이 마주 앉아 각자의 일을 하는 동안, 우리 둘이 맺었던 불안정한 동맹 관계에서 힘의 균형이 변하기 시작한다. 내 유일한 장점, 즉 나만 그림을 보았다는 장점은 사라졌다. 식탁이 시소처럼 보이면서 케이트는 위쪽으로 올라가고 옳고 승리를 거두었으며, 나는 가라앉고 틀리고 패한 것 같은 느낌이 든다.

맨 처음 든 생각은 당장 언덕으로 되돌아가 내 그림을 살펴보자는 것이다. 그림 어딘가에 작은 도보 여행자가 있으리라는 것을 확신한다. 오전에 그랬듯이, 그림에 그리 흥미 없는 듯한 태도를 보이며 돌아올 자신이 있다. 나는 그저 토니에게 이렇게만 말하리라. 〈케이트한테 들었는데, 얼룩을 좀 봐달라고 했다면서요…….〉 하지만 이 말을 하는 상대가 토니가 아니라고 가정한다면? 토니가 외출해서 로라에게 말을 해야 하는 상황이 발생한다면? 로라의 얼굴에는 다시금 조롱하는 듯한 웃음이 살짝 걸릴 테고…….

앞으로 치러야 할 위대한 사업을 생각하니, 길 없는 땅을 통과하고 다리 없는 강을 건널 생각을 하니 온몸에 힘이 쭉 빠진다. 끝없는 선입관, 끝없는 걱정, 앞으로 해야 할 결정과 판단이 주는 끝없는 부담감에 억눌린 내 마음은 밧줄을 타는 자의 머리 위에 쌓인 의자와 도자기처럼 상하 좌우로 흔들거린다.

그리고 식탁 맞은편에서 전문가다운 자세로 몸을 구부리고 책에 흠뻑 빠진 케이트를 보자 내가 품었던 거만한 확신은 바람에 날리듯 사라진다. 케이트의 관측은 신중하며 객관성은 확고하다. 나는 그림을 다시 볼 필요가 없다. 그림에 작은 도보 여행자가 없다고 케이트가 말하면, 그림에 작은 도보 여행자는 없는 것이다.

나는 내 책을 보기 위해 몸을 숙인다. 그리고 지금 나는 스탱 슈네데르의 논문을 복사한 것과 『평화의 땅』에서 베껴 온 필사본을 다시 읽어 본다. 브뢰겔의 그림들과 〈사랑의 가족〉의 신앙 사이에 있으리라 생각했던 모든 관계가 내 눈앞에서 와르르 무너진다. 스탱 슈네데르에 따르면, 「사울의 개종」에 묘사되어 있는 좁은 산길은 영혼이 통과하여야 하는 〈정의의 좁은 문〉이다. 그림에 무수한 군인이 나오지만 〈정의의 좁은 문〉을 통과하지 않는 사람은 단 한 명, 사울뿐이다. 사울은 방금 전 하늘에서 떨어진 신성한 빛을 맞고 땅에 넘어져 있기 때문이다. 스탱 슈네데르 목사에 따르면, 「바벨탑」에 있는 모든 사람들은 〈이상한 빛의 포로〉이다. 하지만 내가 보기에는, 양쪽 그림에 나오는 빛에서 이상한 점은 찾을 수 없다.

내가 보기에, 「건초 만들기」에 나오는 〈기만의 언덕〉에 〈기만〉과 관련된 어떤 점도 보이지 않는다. 「곡물 수확」에는 「마태복음」 13장 44절에서 하늘 나라를 의미하고 있는 〈들판에 숨긴 보화〉가 묘사되어 있어야 하지만, 마태오가 말한 것처럼 꽁꽁 숨어 내 눈에는 보이지 않는다. 「눈 속의 사냥꾼들」에서 〈음식 부족〉을 볼 수 있다고 하지만, 마을 사람들이 겨울 스포츠를 즐기거나 여인숙 앞에서 돼지고기인지 뭔지를 굽는 데 방해가 된다거나 하는 기미가 없다.

스탱 슈네데르에 따르면, 브뢰겔의 그림에 나오는 술 취하고 음탕한 모든 농부들은 니클라스가 그토록 인상을 찌푸리던 성생활의 캐리커처라 한다. 하지만 브뢰겔과 그의 아내는 그럭저럭 아이를 낳고 살았으며, 반 만더에 따르면, 브뢰겔은 〈사랑의 가족〉과 교류가 있던 안트베르펜 초기 시절에 하녀와 내연의 관계를 맺고 있었다. 아마도 황야를 여행하는 사람들 눈에는 브뢰겔이 그린 농부들이 힘든 노동으로 괴로워하는 사람들로 보일 것이며 비애, 무거운 마음, 비탄, 슬픔, 고뇌, 공포, 실망, 당혹, 불쾌감, 우울함, 중압감, 머릿속에 가득한 수많은 생각들, 낙담 따위의 이름을 붙였으리라……. 나는 〈1년의 대순환〉으로 생각을 돌린다. 6월에 건초 써레를 들고 걷는 소녀 세 명이 비애에 잠기고 마음이 무겁고 비탄에 빠져 있다면 속마음을 참으로 잘 숨겼다고밖에 말할 수 없다. 7월 곡물밭 그늘 아래서 소풍을 즐기고 있는 게 〈슬픔〉과 그 친구들이라면 태양빛과 점심 식사에 대한 기대감으로 고달픈 만사를 잠시나마 잊은 게 틀림없다. 내 그림, 「즐겁게 노는 사람들」의 경우는 어떠한가? 내가 기억하기론, 봄볕 속에서 〈실망〉과 〈당혹〉이 〈불쾌감〉의 음악에 맞춰 거리낌 없이 춤을 추고 있다. 그리고 수풀 속에서 〈우울함〉에 입 맞추고 있는 젊은 여인이 혹시라도 〈머릿속이 수많은 생각으로 가득 차〉 있는 거라면 이 순간만큼은 절망과 관련된 생각이 아닌, 늙고 불쌍한 〈우울함〉이 주변을 둘러싸고 있는 사악한 언덕들처럼 유쾌하다는 사실을 발견했기 때문이라고 나는 믿는다.

나는 실패했다. 케이트에게 (그리고 나 자신에게도) 약속하길, 그림이 내가 생각하는 바로 그것이라는 뚜렷한 증거를 케이트에게 내밀기 전에는 우리 돈을 절대로 쓰지 않겠다고 했다. 하지만 나는 증거를 보일 수 없다. 내가 조사한 내용은 아무런 증거도 보여 주지 못한다. 내가 세운 추측의 〈바벨탑〉이 무너져 버린다. 지도에 있는 〈작은 도보 여행자〉는 장식용 낙서에 불과하다. 〈작은 도보 여행자〉가 있다면 까마득히 멀리 보이는 〈평화의 땅〉으로 터벅터벅 걸어가고 있는 바로 나 자신이다.

나는 나 자신조차도 확신시킬 수 없다. 그림에 대해 잘못 생각한 모양이다……. 나는 틀렸다. 알고 있다. 또다시 틀린 것이다. 「미술가와 미술품 감식가」에서 미술가의 어깨 너머로 그림을 훔쳐보던 얼간이 고객, 자신이 사려는 물건이 무엇인지도 모르는 멍청이는 바로 나다. 케이트가 고개를 들어 나를 본다. 나는 멍하니 케이트를 바라보고 있었다는 사실을 깨닫는다. 케이트는 싱긋 웃으며 가볍게 키스를 날려 보낸다. 내 온몸에 당혹스러움이 쓰여 있는 걸 본 모양이다. 나도 싱긋 웃으며 가볍게 키스를 날린다. 아내는 보던 책으로 정신을 돌린다. 나는 내가 보는 책으로 정신을 돌린다.

토니가 넉 장의 그림을 어떻게 얻었는가에 대해 로라가 해주었던 말이 기억난다. 어머니가 죽을 때 받았다고 했다. 토니는 어머니가 말도 못하는 상황에서 만나러 갔다가 그림을 가져왔다. 자기 어머니가 그림을 주고 싶어 하는 줄을 어떻게 알았을까? 몰랐다. 토니는 그냥 가져온 것이다. 쉽게 말해서 훔친 것이다. 그러므로 내가 그림을 산다면 나는 장물을 산 게 된다. 죽어 가는 자기 어머니의 눈앞에서 물건을 훔친 사람이 파는 장물을 산 공범자가 된다.

완전히 졌다는 사실을 인정한다. 내일 아침, 전화를 해서 포기하겠다고 말하리라.

케이트는 다시 한 번 나를 바라보며 얼굴을 찌푸린다. 「왜 그래?」 케이트가 말한다. 내가 다시금 아내를 노려보고 있던 모양이다.

나는 생각에 잠긴다.

⟨*Multa pinxit quae pingi non possunt*······⟩ 그는 그릴 수 없는 것을 많이 그렸다. 그리고 언제나 사람들은 브뢰겔의 모든 작품들에서 화폭에 담긴 것 이상의 의미를 보았다······.

인간이 그릴 수 없는 것을 그렸으며 그것이 ⟨사랑의 가족⟩이 주장하는 신학이 아니었다면 브뢰겔이 그린 건 무엇이란 말인가? 그렇다. 사람들은 브뢰겔의 그림에서 화폭에 담긴 이상의 의미를 보았다. 모든 그림에서 그랬다. 내 그림에서도. 맞다. 맞다! 뭐라고 꼭 집어 말할 수 없지만 케이트와 나 사이에 존재하는 불편한 기운처럼 뚜렷하게 느낄 수 있다.

다시는 그러지 않으리라고 생각한다. 케이트는 여전히 날 보고 있다. 나는 스탱 슈네데르의 복사본, 『평화의 땅』, 기타 모든 자료를 폴더에 집어넣는다. 케이트에게 포기했다고 말하리라. 더 이상 걱정시키지 않으리라. 모든 건 끝났다고 말해 주리라.

하지만 그렇게 하지 않는다. 나는 아무 말도 하지 않는다.

작은 도보 여행자

나는 다시금 폴더를 열고 아직까지 살아남은 자그마한 증거를 끄집어낸다. 반 만더의 『화가 열전』, 오르텔리우스의 추도문, 그들의 그림이다.

  그리고 나는 모든 것을 다시 시작한다.

그릴 수 없는 것을 그린 것이 무엇이 되었든 간에, 보이는 것 이상으로 사람들이 해석하게 하는 것이 무엇이 되었든 간에, 브뢰겔이 저지른 경솔한 행동이, 과거의 과오가 무엇이 되었든 간에 한 가지는 확실하다. 다시 한 번 증거를 살펴보는 동안 그 증거는 내 눈에 확 띈다. 내가 읽은 글 중에서 이런 내용을 지적한 부분이 없었다 하더라도, 나 자신은 또 어떻게 하다가 이 중요한 증거를 놓치고 지나쳤는지 스스로를 이해할 수 없다.

브뢰겔은 겁에 질려 말년을 보냈다. 브뢰겔이 공포에 떨게 된 까닭은 그가 어떤 명목으론가 고발당했기 때문일 것이다. 고발 사유가 무엇인지는 알려져 있지 않다. 때때로 브뢰겔은 분연히 자신을 고발한 이유가 거짓이라고 주장하는 것처럼 보이기도 한다. 또 어떤 경우에는 자신이 고발당할 만한 짓을 저질렀다고 스스로 인정하는 듯 보이기도 한다. 비록 물증은 사라졌어도 말이다.

물론, 당시 네덜란드의 전 국민은 언제나 공포에 떨며 살아야만 했다. 1560년대 네덜란드는 경찰 국가가 되었고, 다른 사람을 고발하는 일이 장려되었을 뿐 아니라 법적 의무로 간주되었고, 고발 내용의 진위 여부를 떠나 고발당한 대부분의 사람에게는 고문과 죽음이 뒤따랐다. 하지만 브뢰겔이 걱정한 것은 이러한 일반적인 상황이 아니라 좀 더 특정한 어떤 사건인 것 같다.

1565년 브뢰겔이 그린 「아펠레스의 중상(中傷)」을 그 예로 들 수 있다(1565년은 그가 1년의 변화를 여섯 장의 그림으로 그려 낸 해이기도 하다). 그렇다. 아펠레스의 재등장이다. 브뢰겔이 아펠레스로부터 배운 것은 우레를 그리는 기술과 자신의 의도를 교묘히 숨기는 화법만이 아니다. 브뢰겔은 아펠레스의 가장 유명한 그림에 묘사되어 있는 우의적 장면 전체를 전부 다 차용했다. 그래서 이 그림은 흥미로운 작품이다. 이 그림에는 초창기의 정치 풍자 만화처럼 모든 사람들의 이름이 쓰여 있다. 각 이름은 그림 속 사람들이 상징하는 추상적 개념을 라틴 어로 써놓은 것이다. 그림 중앙에 있는 여인에게는 〈칼룸니아〉, 즉 〈중상〉이라는 이름이 붙어 있다. 정당한 분노에 불타는 여인은 옥좌에 앉아 있는 〈리보르〉의 안내를 받아 왕에게 다가간다…….

「라틴 어인데, 리보르.」 케이트에게 말한다.

「질투?」 케이트가 말한다. 「앙심인가?」 아내는 내가 어떤 식으로 지금 이 상황을 빠져나갈지에 대해서 전혀 궁금한 내색을 보이지 않는다. 아내에게 빈틈이란 없다.

그러면 〈중상〉은 〈질투〉 또는 〈앙심〉의 안내를 받고 〈인시디아이〉와 〈팔라키아이〉에게 떠밀려…….

「인시디아이?」 내가 케이트에게 묻는다. 「팔리키아이?」

「음모.」 아내가 대답한다. 「기만 또는 책략.」

그리고 〈중상〉은 정체를 알 수 없는 소년의 머리채를 잡아 끌고 있다. 소년은 머리 위로 두 손을 올리고 간청하는 자세를 취하고 있다. 소년은 무슨 죄목으로 끌려가는 걸까? 알 수 있는 방법은 없지만 소년을 고발하려는 이가 〈중상〉이라는 점으로 미루어 짐작하건대, 죄목이 뭐가 되었든 분명 거짓이리라. 반 만더는 이 그림을 〈진실의 타파〉라고 부르는 듯하다. 반 만더에 따르면, 이 그림은 브뢰겔 자신을 그 어느 때보다도 잘 묘사하고 있다고 한다.

아무리 상상해 보아도 사실과는 거리가 멀어 보이지만, 만에 하나라도 반 만더의 주장이 사실이라면 이 그림은 브뢰겔에 대해 많은 이야기를 해준다. 브뢰겔이 같은 해 그렸던 「간통한 여인과 그리스도」 역시 마찬가지일 터이다. 그리자유[51]로 그린 이 그림은 브뢰겔이 죽을 때까지 남에게 넘기지 않고 가지고 있었다. 다시 한 번 피의자는 자신을 고발한 사람들에 둘러싸여 있다. 하지만 이 그림의 주제는 거짓된 고발이 아니다. 「요한복음」에 따르면, 여인은 〈현장〉에서 잡혔다. 고발한 사람들과 고발당한 여인은 몸을 돌려 예수를 바라보고 예수는 몸을 굽혀 땅에 〈*Die sonder sonde is……*〉라고 쓰고 있다. 〈죄가 없는 자는……〉이라는 뜻이다. 예수는 그 어떠한 경우에도, 설사 고발의 내용이 사실일지라도, 피고에게 비난받아 마땅한 뚜렷한 이유가 있다 할지라도 동료를 고발하고 비난하는 행동은 나쁘다며 우리를 나무라고 있다.

한 해에 고발자를 비난하는 그림과 고발하는 행동에 항의하는 그림을 두 장 그린 것이다. 브뢰겔은 죽기 전 해인 1568

---

[51] 회색 농담으로 그리는 화법.

년, 비슷한 주제를 다시 한 번 다룬다. 그 작품이 「교수대 위의 까치」이다. 이 기묘한 작품이 브뢰겔에게 아주 중요했음은 틀림없다. 반 만더에 따르면, 브뢰겔은 임종 때 자기 아내에게 이 그림을 유산으로 남겼기 때문이다. 이 그림은 높직한 전경에서 내려다보는 장면, 굽이치는 강물 뒤로 보이는 성, 울퉁불퉁한 바위, 그리고 바다까지 〈1년의 대순환〉과 거의 비슷한 내용을 담고 있다. 하지만 〈1년의 대순환〉의 분위기와 전혀 맞지 않는 사건이 유쾌한 풍경을 짓눌러 버린다. 그 사건은 다름 아닌 교수대의 존재이다. 톨나이는 「소 떼의 귀로」에서 저 멀리 자그맣게 보이는 교수대를 지적하지만, 「교수대 위의 까치」에 등장하는 교수대는 「소 떼의 귀로」의 멀어 보이지도 않은 작은 교수대와는 완전히 다른 것이다. 이 그림에서 교수대는 전경에 위치해 제일 먼저 눈에 들어온다. 에스헤르의 작품을 예견이라도 한 것처럼 브뢰겔은 현실에서는 있을 수 없는 무시무시한 원근감을 써서 교수대를 그렸다. 우뚝한 기둥 두 개 중 하나는 우리 쪽에서 상대적으로 멀리 있기 때문에 짧아 보이며, 기둥을 연결하는 가로장은 우리 쪽에서 멀어지는 모습이 뚜렷하다. 아직 교수대에 아무도 매달려 있지 않지만 교수대 밑둥치에 농부 몇 명이 모여 있다. 한 명은 덤불 속에 숨어 조용히 똥을 누고 있다. 남자 둘과 여자 한 명은 어울려 춤을 추고 있다. 하지만 이상하게도 짝을 맞춰 추는 것이 아니라 둥그렇게 원을 그리며 제 흥에 겨워 제각각 춤추는 모습이다. 으스스한 모습으로 자신들의 머리 위로 우뚝 솟은 구조물에 정신을 팔기에는 자신에게 너무 흠뻑 빠져 있는 걸까? 아니면 스페인령 네덜란드에서는 교수대가 물리도록 흔한 일이라 눈길조차 주지 않는 걸까?

내 생각엔 둘 다 아니다. 일행 중의 한 명이 교수대를 가리키고 있기 때문이다. 사내는 교수대에 아무도 매달려 있지 않기 때문에 교수대를 가리키고 있는 것일까? 빈 교수대가 하도 드문 일인지라 기념 삼아 춤을 추고 있단 말인가? 그것도 아니면 「갈보리 언덕으로 가는 길」에서 마을을 빠져나온 들뜬 군중들이 그러했듯, 「교수대 위의 까치」에 나오는 사람들도 막 일어날 처형을 축하하며 축제 분위기를 즐길 셈으로 모여 기다리고 있는 것일까?

도상학으로 판단하건대, 이 그림에는 행복한 분위기가 흐르고 있다. 그림 한가운데, 교수대 꼭대기에 있는 가로장에는 까치가 앉아 있다. 까치는 험담을 상징하며, 반 만더에 따르면 브뢰겔이 까치를 통해 〈험담하기 좋아하는 사람을 교수대에 매달아 버리고 싶은 뜻을 내비친 것〉이라고 한다.

즉, 이 그림에서도 〈중상〉이 출현한다. 다만 이 그림에서 벌을 받기 위해 끌려가는 것이 중상의 희생자가 아니라 〈중상〉, 그녀 자신이다. 반 만더의 주장이 맞는다면 말이다.

하지만 반 만더의 주장이 과연 맞는 주장일까? 혹시 도상을 역으로 해석한 것은 아닐까? 까치는 그림에서 교수대 밑이 아니라 위에 있다. 교수대에 목 매달릴 대상은 까치가 아니다. 험담은 처형받는 게 아니라 승리한 것이다. 슈테호에 따르면, 네덜란드에 〈험담으로 누군가를 교수대에 보낸다〉라는 표현이 있다고 한다. 브뢰겔은 이것을 협박한 것인가? 중상한 사람을 비난하겠다는 것인가? 험담을 통해 험담을 죽이겠다는 것인가?

아니면 브뢰겔은 험담하는 이, 중상 모략자, 혹은 진짜 또는 가짜 고발인이 쾌락을 기다리는 민중을 만족시키기 위해 자신을 중상 모략해 종래에는 자기 목에 올가미를 걸고 말 것이라 이야기하고 있는 것일까?

그림의 주제를 파악하고 나니 브뢰겔이 〈1년의 대순환〉을 그리기 1년 전인 1564년부터 고의적이고 악질적이기까지 한 소문이 그를 괴롭혔다는 사실을 나는 깨닫는다. 슈테호는 대영 박물관에 있는「동방 박사의 경배」를 〈도상학적으로 진기한 작품〉이라 칭했다. 마리아와 동방 박사는 마리아의 무릎에 있는 아이를 존경의 눈으로 바라보고 있지만 요셉의 시선은 다른 곳을 향하고 있다. 요셉 뒤에 서 있는 청년은 요셉의 어깨에 손을 올려놓고 귀에다 은밀하게 속삭이고 있다. 좋지 않은 이야기를 일러바칠 때 사람들이 시선을 피해 정면 아닌 딴 곳을 바라보듯, 청년의 시선도 다른 곳을 향하고 있다. 요셉은 성스러운 장면으로부터 시선을 거두고 청년의 말에 흥미를 보이고 있다. 청년이 요셉의 귀에 흘려 넣는 독은 무엇일까? 청년은 아이의 아버지를 의심하는 말을 하고 있다고 슈테호는 주장한다. 하지만 요셉이 아이의 아버지가 아니라는 것은 새삼스러운 일이 아니다. 복음서에 따르면, 하느님이 이미 요셉에게 이 사실을 알렸기 때문이다. 그러므로 슈테호의 주장이 옳다면, 청년이 요셉에게 하는 말은 아이의 아버지가 하느님이 아니라 우유 장수가 됐든 자신의 집에 세 들어 살았던 남자가 됐든 하느님도 요셉도 아닌 다른 사람 남자라는 주장일 것이다. 청년에 따르면 하느님은 거짓말한 것이 된다. 하지만 하느님은 거짓말하지 않으므로 청년의 이야기가 거짓임이 틀림없다.

그리고 브뢰겔은 같은 해에 비슷한 작품을 하나 더 그렸다. 「유아 학살」을 그해에 그린 것이 맞다면 말이다. 무슨 이유로 헤롯 왕은 플랑드르의 작은 마을까지 기병대를 보내 모든 남자 아이를 죽이려 했을까? 그해에 태어난 아이가 자라서 자신의 왕위를 빼앗을 것이라는 이야기를 들었기 때문이다.

그리고 바로 전 해인 1563년, 브뢰겔은 『성서』에 나오는 「유아 학살」과 관련된 소재로 그림을 그린다. 「이집트로의 피신」으로, 정치적 압력으로 죽을지도 모르는 상황을 피해 도망가는 예수 이야기를 그린 것이다. 「이집트로의 피신」이 앞의 그림들보다 훨씬 더 인상적이다. 예수가 베들레헴에서 이집트로 갑자기 도피한 1563년은 알려진 몇 개 안 되는 중대한 사건이 브뢰겔의 삶에서 일어난 해이기 때문이다. 1563년 브뢰겔은 돌연 안트베르펜에서 브뤼셀로 이사한다.

브뢰겔이 안트베르펜의 화가이자 자신의 스승이기도 한 피터 쿡 반 알스트의 딸과 결혼한 직후에 행한 일이다. 반 만더에 따르면, 브뢰겔이 피터의 도제로 있을 시절 아내는 갓난아이였으며 브뢰겔이 팔로 안고 다녔다고 한다. 브뢰겔이 쿡의 딸과 결혼했을 무렵에는 쿡은 이미 죽었고, 쿡의 딸은 미망인과 함께 브뤼셀에서 살고 있었던 모양이다. 반 만더에 따르면, 브뢰겔 부부가 브뤼셀에서 살아야 한다고 주장한 사람은 장모였다. 장모가 안트베르펜에서 브뢰겔과 동거하던 하녀와 브뢰겔이 헤어진 확실한 증거를 원했기 때문이다. 반 만더에 따르면 브뢰겔은 하녀를 너무나 사랑한 나머지 결혼할 마음까지 품었다고 한다. 브뢰겔이 그 여인과 결혼하지 않은 이유는 하녀가 너무나 지독한 거짓말쟁이였기 때문이다. 역사학자라기보다는 이야기꾼처럼 글을 풀어낸 반 만더는 함부로 다루기 조심스러운 이 일화를 그만의 독특하고 경쾌한 방식으로 서술하고 있다. 반 만더는 이렇게 적고 있다.

〈브뢰겔은 애인이 거짓말을 한 번 할 때마다 나무 막대에 눈금을 새기겠다고 약속했다. 브뢰겔은 일부러 꽤 긴 막대를 구했다. 브뢰겔은 시간이 지나 혹시라도 막대가 눈금으로 가득 차면 헤어지겠다고 엄포를 놓았다. 막대는 짧은 시간 안에 눈금으로 가득 찼다.〉 생각해 보자. 거짓말 때문에 연인이 떠날 정도라면, 그 여인이 한 거짓말은 고양이에게 먹이를 주었다거나 우유병이 어쩌다가 깨졌다거나 하는 식의 하찮은 거짓말이 아니리라. 전통적으로 연인 관계에 금을 내는 거짓말, 자신의 부정을 덮으려는 거짓말이었을까? 그렇다면, 브뢰겔은 부정의 기록이 막대를 뒤덮을 정도로 참을성이 있었단 말인가? 그리고 브뢰겔이 떠난 진짜 이유가 애인의 거짓말이 아닌 부정 때문이었다면, 어째서 반 만더는 그 내용을 쓰지 않았을까?

반 만더의 이야기는 선술집에서 친구들끼리 안줏거리로 삼을 만한 일화이며, 선술집에서 나도는 이야기가 상당수 그러하듯 아무 의미 없는 내용이다. 반 만더는 그 이야기를 누구에게서 들었는지 적고 있지 않으며, 이 때문에 더욱더 그가 쓴 내용이 브뢰겔로부터 직접 들은 것이 아니라 떠도는 이야기를 주워 담은 것에 가깝다고 느껴진다. 그리고 전달 과정에서 약간 와전된 게 아닌가 하는 생각이 든다. 브뢰겔은 자신의 애인을 버린다. 그리고 다음 일은 세상이 생긴 이래 연인이 헤어질 때 수백만 번은 족히 일어났던 일이다. 브뢰겔은 자기 입장에서 이야기를 하고 애인은 또 자기 나름의 이야기를 한다. 서로는 분개하며 상대방의 이야기를 부정하고 상대방을 욕한다. 브뢰겔은 만나는 사람마다 애인이 거짓말쟁이라고 말한다. 왜냐하면 애인이 주장하기를……

뭐라고 주장했을까? 브뢰겔이 자신을 때렸다고 했을까? 아니면 브뢰겔이 여자 옷을 입는다고 말했을까? 아니면 더 지독한 말을 했을까? 브뢰겔이 모든 것을 버리고 안트베르펜을 황급하게 떠나는 게 현명한 태도라고 믿게 만드는 이야기였을까?

여인은 종교의 자유를 옹호하고 오직 사랑의 힘만으로 구원을 얻을 수 있다는 내용이 담긴 비밀 팸플릿을 유포하는 정체 불명의 인물들과 브뢰겔이 관계가 있다고 떠들고 다닌 걸까?

「아펠레스의 중상」에서, 〈중상〉은 도덕적인 약점을 지니고 있음에도 불구하고 아름다운 여성으로 그려져 있으며, 부당한 대우를 받은 여인처럼 분노로 가득한 얼굴을 하고 있다. 또한 중상은 이글거리는 횃불을 들고 있다. 하지만 엄밀한 시각으로 보자면 횃불이 나오는 건 이상하다. 그림 속 시간은 환한 대낮으로 보이기 때문이다. 도상학적 측면에서 보자면 더욱 이상하다. 그녀의 역할은 진실을 가리는 것이지, 밝히는 것이 아니기 때문이다. 하지만 그녀가 진실을 태워 버릴 작정으로 횃불을 들고 있는 것이라면 도상학적 측면으로 보아도 그다지 어색한 장면은 아니다.

그렇다면 그림에는 나와 있지 않지만 브뢰겔이 이단을 꿈꾸고 있었단 말인가? 아니면 이단 신앙을 품고 있는 것이 발각될까 봐 두려웠던 걸까?

하지만 내 머릿속에 또 다른 수수께끼가 떠오른다. 안트베르펜이 그토록 불편해졌다면 도대체 그 많은 도시 가운데 하필이면 브뢰겔이 브뤼셀을 택한 이유는 무엇일까? 브뤼셀은 스페인 정부의 중심지였다. 그는 문자 그대로 프라이팬에서 뛰어내려 불속으로 들어간 격이다.

〈중상〉으로 주의를 돌린다. 자신이 취조했던 목격자가 무엇인가 숨겼다는 사실을 갑자기 깨달은 범죄 소설의 수사관인 양, 나는 다시 그림을 살펴본다.

그림은 이상할 정도로 상세하고 꼼꼼하게 이야기를 담고 있다. 왕실 정면, 옥좌 바로 옆의 심리 과정을 가장 잘 볼 수 있는 곳에 쌍둥이 자매가 다정하게 어깨동무를 하고 있다. 이름은 〈의심〉와 〈무지〉이다. 왕실 뒤편에서는 〈회개〉가 판결이 나길 기다리고 있다. 하지만 그림 속에는 이야기의 마지막을 완전히 비틀어 버릴 놀랄 만한 암시가 들어 있다. 〈회개〉만큼은 고개를 돌려 무릎 꿇고 애원하고 있는 이 벌거벗은 남자를 바라보고 있지만 왕실에 있는 다른 사람들은 남자에게 전혀 관심을 보이지 않는다. 남자의 이름은 〈진실〉이다. 심리 마지막 단계에서 〈회개〉가 벌을 주기 위해 끌고 나갈 이가 피고가 아니라 고발한 이, 즉 〈중상〉일 것이라는 의심이 들기 시작한다.

〈중상〉을 꼬드겨 데리고 가는 〈리보르〉, 즉 〈질투〉 또는 〈앙심〉의 화신에서도 비슷한 모습을 볼 수 있다. 헝클어진 긴 회색 머리칼은 테두리 없는 모자 밑으로 흘러내렸으며, 이 때문에 〈리보르〉는 가운데 머리를 삭발한 수도승 같아 보인다. 또는 브뢰겔이 「아펠레스의 중상」과 비슷한 시기에 제작한 그림으로 추정되는 「미술가와 미술품 감식가」의 화가와 닮기도 했다. 〈리보르〉는 화가와 마찬가지로 헝클어진 긴 회색 머리칼에 테두리 없는 모자를 썼지만 〈질투〉에게는 턱수염이 없다. 그러므로 일부 학자들이 믿는 것처럼 감식가와 같이 있는 화가가 브뢰겔 자신이라 할지라도, 〈질투〉는 브뢰겔이 아닌 다른 누구이다. 생김새로 보건대 다른 화가이다. 〈중상〉은 브뢰겔의 동료 화가를 사로잡은 질투와 앙심에 이끌려 가고 있다.

일반적으로 생각하듯 거짓된 고발에 대한 우의라고 간단히 정의 내리기엔 그림이 너무나 구체적이다. 그림에는 실제 이야기가, 구체적인 고발 내용이 들어 있다. 그게 무엇인가? 브뢰겔은 자신이 한 번도 보지 못한 그림에서 주제를 빌려 왔다. 아펠레스의 원래 그림은 중세 암흑 시대에 사라졌다. 아펠레스의 그림에 대한 설명은 기원후 2세기 시리아의 수필가인 루키아누스가 쓴 기록에 남아 있다. 나는 그 글이 런던 도서관에 있으리라는 것을 믿어 의심치 않는다.

케이트가 하품하며 책을 덮는다. 나는 방금 세운 새로운 조사 방침을 아내에게 말해 줘야 할지 고민한다. 이 작업이야말로 분명 우리가 함께 일할 수 있는 것일 터이다. 하지만 나는 단지 〈다시 역으로 태워다 줄래〉라고만 말한다. 아내가 〈작은 도보 여행자〉를 보지 않음으로써 내 마지막 이론을 어떻게 망가뜨렸는지에 대한 기억이 막 떠올랐기 때문이다. 나는 방금 새로 해낸 생각을 아내에게 알리지 않겠다고 마음먹는다. 작은 도보 여행자처럼 나 역시 혼자 걸으리라.

「말만 해.」 여전히 하품하며 아내가 말한다. 「그나저나 저녁으로 소시지를 먹을까?」

「난 지금 태워다 달라는 말이었어.」

하품하던 아내는 내 말을 듣는 순간, 벌린 입을 다물지 못한다. 내 말이 새로운 협정의 시험이 되리라.

「알아.」 내가 말한다. 「하지만 내일 아침 눈뜨자마자 도서관에 있고 싶어서 그래. 토니가 그림을 싣고 다니며 사람들에게 보여 주기 전에 내가 먼저 은행에서 돈을 빌려 그 즉시 행동에 옮기려고 그러는 거야.」

아내는 서두르지 않고 입을 닫는다. 당연하다. 아내는 내가 나 스스로 세운 조건을 만족시키지 못하리라고 확신하고 있으니까.

「이번에는 조르다노 가격 알아보는 거 잊지 마.」 아내가 부드럽게 말한다.

이튿날, 세인트 제임스 광장에 봄이 내려앉았지만 이번에도 나는 고집스럽게 봄에 등을 돌리고 도서관에 앉아 브뢰겔 자료를 찾아본다. 사라진 아펠레스의 걸작을 다시 그린 사람이 브뢰겔만이 아니라는 사실을 발견한다. 루키아누스의 자세한 설명은 너무나 생생했기 때문에 1200년 뒤 르네상스 시대가 도래했어도 많은 화가들의 상상력을 사로잡았고 보티첼리, 만테냐, 뒤러 같은 화가들은 루키아누스의 설명에 매료되어 같은 주제의 그림을 그릴 수밖에 없었다. 프랑스 역사학자인 장 미셸 마싱은 이를 주제로 책을 썼다. 하지만 브뢰겔이 그린 그림에는 뭔가 이상한 점이 있다. 마싱은 이 점에 대해 지적은 했지만 제대로 설명하지는 않았으며 다른 사람들은 이에 대해 모르고 있는 것 같다.

나는 나 자신에게 내 생각을 제시한다(그렇다. 비록 케이트가 빠졌다 할지라도 나와 나 자신은 아직도 이렇게 잘 협조하고 있다). 루키아누스는 그리스 어로 글을 썼으며, 르네상스 시대에 그리스 어는 잘 알려진 언어가 아니었다. 르네상스 시대에 이루어진 고대 문명의 재발견은 원래부터 라틴 어로 쓰여 있는 문헌을 통해서든 아니면 그리스 어로 쓴 글을 라틴 어로 번역한 것을 통해서든, 어쨌든 모두 라틴 어를 통해서였다. 브뢰겔이 그린「아펠레스의 중상」에 나오는 인물 이름이 모두 라틴 어인 것으로 미루어 보아 브뢰겔은 루키아누스의 번역본을 읽은 게 분명하다. 보티첼리, 만테냐, 뒤러 등 다른 유명한 화가들이 그린「아펠레스의 중상」에 나오는 이름은 알려진 여러 가지 번역본 중 그 어느 것과도 일치하지 않는다. 하지만 마싱은 브뢰겔이 읽은 번역본만큼은 어느 것인지 알아냈다. 브뢰겔은 1318년 독일 인문주의자인 필리프 멜란히톤이 쓴 번역본에 나온 이름을 그대로 가져다 썼기 때문이다.

곰곰이 생각하면 생각할수록 놀랍다. 우연히, 나도 멜란히톤이라는 인물에 대해 알고 있다. 그도 처음에는 유명론자로 출발했기 때문이다. 하지만 그는 유럽 전역이 악명 높은 가톨릭 광풍에 휩싸였던 16세기에 개신교의 기반을 세운 선구자의 한 명으로 살았다. 멜란히톤은 루터의 친구였고(루터 자신보다도 먼저 화체설[52]을 거부했다), 루터파 신앙의 위대한 책『아우크스부르크 신앙 고백에 대한 변호』의 주요 저자 가운데 한 명이기도 했다. 즉, 스페인령 네덜란드에서 멜란히톤은 사탄의 부름을 받은 대천사였다. 브뢰겔은『성서』에 쓰인 신의 말씀을 읽는 것만으로도 이미 터무니없는 위험을 감수해야 했는데 악마의 책에까지 손을 대다니, 브뢰겔로서는 제정신이라 할 수 없을 정도로 무모한 짓이다.

하지만 실질적인 질문이 퍼뜩 떠오른다. 브뢰겔은 브뤼셀

---

[52] 성찬식 때 먹는 떡과 포도주가 정말로 그리스도의 살과 피가 된다는 학설.

에 있을 당시 멜란히톤의 글을 어떻게 손에 넣을 수 있었을까?

스탈린 치하 러시아에서 트로츠키의 저작을 어디 가면 쉽게 찾을 수 있을까? 이란에서 『악마의 시』를 가장 구하기 쉬운 곳은 어디일까? 어디부터 뒤져야 하는지 나는 안다. 베리야[53]의 머리맡이나 아야툴라[54]의 커피 테이블이다.

내 짐작으로 브뢰겔은 그란벨라 추기경의 서재에서 멜란히톤의 글을 발견했을 것이다.

브뢰겔의 막강한 보호자만이 이단이 쓴 문서에 아무 위험 없이 접근할 수 있었을 것이다. 다른 사람들을 이단의 문서로부터 보호해야 하는 추기경은 그런 문서를 읽고 알아야 할 직업적 의무가 있었다. 어찌 되었든, 추기경은 금서들을 소유하고 심지어는 전시까지 하고 싶었던 모양이다. 그것은 위대한 자의 권력을 보여 주는 상징이며 보통 사람에게는 금지된 자유를 맘껏 누릴 수 있는 지위의 표상이다. 일반인은 사슬에 묶여 있다. 하지만 추기경은 사슬을 쥐고 있다.

브뢰겔이 안트베르펜을 떠나 브뤼셀로 간 것은 이 이유 때문이리라. 사자 우리 안에 기반을 확보하기 위해서이다. 사자 옆에 있는 사람을 건드릴 만큼 겁 없는 이는 없다는 사실을 브뢰겔이 알고 있었기 때문이다. 추기경은 브뢰겔에게 멜란히톤의 저서만큼이나 독특한 매력이 있다는 사실을 발견했을지도 모른다. 추기경은 살아 있는 급진주의 애완동물,

[53] Lavrentii Pavlovich Beriia(1899~1953). 구(舊)소련 스탈린 정권 때의 비밀 경찰 책임자.
[54] Ayatollah Ruhollah Khomeini(1900~1989). 이란의 지도자. 『악마의 시』를 쓴 루시니에게 이슬람을 모독했다는 이유로 사형 선고를 내렸다.

이단 성향이 있는 화가가 집 근처에 있는 것이 좀 더 짜릿하다고 생각했으리라. 왕이 자신을 놀릴 권한이 있는 어릿광대나 카펫을 망치고 신하들을 물어도 되는 야생 호랑이 새끼를 데리고 있듯 말이다. 브뢰겔을 데리고 있음으로써, 추기경은 자신이 사슬을 쥐고 있을 뿐만 아니라 열쇠까지 가지고 있어 자기 기분에 따라 사슬을 열 수도, 잠글 수 있다는 것을 다른 사람들에게 보여 줄 수 있으리라 생각했을 것이다.

동갈방어는 상어 바로 앞쪽을 헤엄쳐 다니면서 다른 포식자들을 피해 살아남는다. 그리고 상어 코 바로 앞을 헤엄치기 때문에 상어로부터도 잡아먹히지 않는다. 브뢰겔이 브뤼셀로 도망간 해에 추기경에게 그려 준 「이집트로의 피신」은 추기경이 자신에게 제공한 도피처를 점잖게 암시하는 것은 아닐까.

플리니우스가 남긴 자료에서 아펠레스가 알렉산드로스 대왕과 편안한 관계를 유지한 것을 알 수 있으며, 내가 볼 때 브뢰겔 역시 라이히코미사르와 편안한 관계를 유지했다. 알렉산드로스 대왕이 아펠레스의 화실을 방문해 예술에 대한 몇 가지 견해를 피력했을 때 아펠레스는 거리낌 없이 알렉산드로스의 의견이 얼마나 말도 안 되는 것인지 지적했다. 추기경이 난잡하게 어질러진 화실을 방문해 브뢰겔과 백포도주를 나누며 자신이 프란스 플로리스와 「반역 천사의 타락」을 얼마나 좋아하는지 이야기할 때 나직하게 비웃는 브뢰겔의 웃음소리가 귀에 선하다. 브뢰겔의 반응에 온화한 미소로 화답하는 추기경의 얼굴에 전문가를 질투하는 문외한의 표정이 얼핏 스친다. 알렉산드로스 대왕은 아펠레스에게 아주 멋진 선물을 주었다. 자신이 제일 아끼는 애첩을 선물로 준 것이다. 나는 안트베르펜에 버리고 온 어린 하녀에 대한 소문을 추기경이 브뢰겔에게 말했으리라 생각한다. 하녀는 철자도 맞지 않는 장문의 편지를 추기경의 부하에게 몇 통씩 보내 브뢰겔에 대한 터무니없는 험담을 늘어놓았다. 추기경은 만일을 위해 하녀의 헛소리가 담긴 편지를 보관해 놓았지만, 그러면서도 브뢰겔의 생일에는 커다란 생일 케이크를 보냈고, 브뢰겔이 케이크를 잘랐을 때 매우 아름다운 수녀가 튀어나왔다…….

아닐 수도 있다. 다음 해인 1564년, 「동방 박사의 경배」를 그렸던 해에도 브뢰겔은 여전히 험담에 대해 걱정하고 있었다. 동갈방어는 등 뒤로 강력한 경호원을 데리고 다니면서도 늘 어느 정도는 초조해한다. 한순간만 마음을 놓으면, 등 뒤에 있는 강력한 친구가 다음번에 틀 방향을 단 한 번이라도 빗맞히면, 〈철컥〉 소리와 함께 동갈방어는 사라지고 없다. 그리고 그해 봄, 우리의 동갈방어는 엄청 불안한 사태에 부닥치고 만다. 갑자기 등 뒤가 소란스러워 돌아보았더니 상어가 사라진 것이다!

무슨 일이 일어난 것일까? 추기경이 어머니를 만나러 고향 부르고뉴로 간 것이다.

완벽한 역전 상황이었다. 그란벨라는 왕에게 어떤 말을 하고 어떤 행동을 해야 할지 충고했으며, 누구에게서 조언을 얻었는지 말하지 말라고 겸손하게 말했다. 1564년 무렵, 모든 일에 사사건건 간섭을 일삼으며 절대 권력을 누려 왔던 추기경은 오렌지 공을 비롯해 파르마의 공녀에 이르기까지 네덜란드의 모든 당파로부터 미움을 사게 되고, 왕은 수없이 망설인 끝에 마침내 추기경의 도움 없이 국정을 돌보는 신성한 의무를 혼자서 떠맡기로 결심하게 된다. 왕은 추기경에게 프랑스에 있는 추기경의 어머니를 만나러 가라고 명령했다. 그리고 왕은 겸손하게도 추기경에게 누가 어머니를 보살피라고 충고했는지 말하지 않아도 된다고 했다.

그란벨라는 그렇게 떠나 다시는 돌아오지 않았다. 수도에 살던 많은 사람들은 기쁨에 젖었겠지만 갑자기 버려진 동갑방어는 그렇지 못했을 것이다. 브뢰겔은 안트베르펜에서와 마찬가지로 다시금 망망대해에 혼자 버려진 신세가 된 것이다.

왕족을 믿을 수는 없었다……. 쇠퇴해 가는 제국의 정권이 위태롭듯, 스페인 왕가와 총독들은 친구로 삼기에 특히나 위험한 인물들이었다. 자신이 죽고 난 뒤 무슨 사단이 벌어질지 내다볼 수 있었다면 브뢰겔은 더욱 조심했을 것이다. 1572년, 메헬렌에 있는 그란벨라의 궁전은 약탈당해 엉망이 되었다. 개신교 반도에 의해서가 아니라 스페인 왕가에 의해서였다. 이들은 네덜란드의 저항을 완전히 없애기 위해 알바 공작을 파견했고, 알바 공작은 메헬렌에서 그치지 않고 많은 도시를 약탈했다. 모든 약탈 행위는 끔찍하고 잔인했다.

추기경이 궁전에 모아 놓았던 브뢰겔 소장품은 어떻게 되었을까? 어찌 되었든, 일부는 그곳에 남아 있었다. 그란벨라는 추방당한 상황에서도 모리용 신부를 보내 피해 상황을 점검하게 했다. 둘이 교환한 서신 내용을 보면 모리용 신부는 헌신적이고 성실한 사람인 듯하다. 모리용은 알바 공작의 아들인 돈 페데리코가 스페인 지휘관으로 십분 활약하며 소장품을 약탈했고 그것을 에라소 선장이라는 자에게 팔았다고 보고했다. 또한 〈제가 이곳에 있는 동안에도 페데리코는 여전히 그림을 떼어 가고 있으며, 그림이 원하는 만큼 돈이 되지 않을 경우에는 상자, 패널, 침대, 문짝까지 궁 안의 모든 것을 떼어 가겠다고 선포〉했다는 내용이 편지에 들어 있는 걸로 보아 〈신분이 높은 이 날강도〉는 큰 이익을 얻을 기회를 놓치지 않은 듯하다. 9일 뒤, 모리용은 다시금 편지를 쓴다. 〈화가를 보내 유화로 된 풍경화와 안트베르펜 풍경화 스물다섯 점을 사오라고 했습니다……. 하지만 브뢰겔의 작품을 다시 모으는 건 기대하지 않으시는 게 좋겠습니다. 설사 다시 모을 수 있다 할지라도 엄청난 돈이 들어갈 것 같습니다. 브뢰겔이 죽고 나니 이전보다 더 많은 사람들이 브뢰겔의 그림을 찾고 있기 때문입니다. 50, 100, 200에스쿠도 정도의 비용이 들 것으로 예상되는데, 터무니없이 높은 금액입니다.〉

편지에는 그란벨라가 수집품을 다시 복구했는지 못 했는지에 대해서는 일언반구의 언급도 없다. 복구했으리라. 그래야 시간이 흘러 17세기가 되었을 때, 그란벨라의 후손 가운데 한 명인 생타무르 백작이 고(故)추기경의 소장품 가운데 〈*mille belles choses*(아름다운 작품 다수)〉를 선택해 팔거나 선물할 수 있었을 테니까. 백작은 가치 없다고 여긴 서류와 책들은 하인들에게 맘대로 처분하라고 내주었다. 기록에 따르면, 추기경의 서신은 휴지나 다름없는 취급을 받았고 포장지로 쓰이거나 〈가장 심한 모욕을 당했다〉고 한다. 추기경이 수집한 브뢰겔 그림들의 마지막 운명을 기록한 내용이 하인들의 밑씻개로 쓰였으리라.

한편, 안트베르펜에 있던 용겔링크 소유의 브뢰겔 기록 일부가 없어지지 않은 것은 전쟁이 가까워진 덕분인지도 모른다. 드 브로인이 파산하자 친구인 용겔링크는 그림을 담보로 잡기 위해 브뢰겔의 작품 목록을 만들었기 때문이다. 좀 더 들여다본다면, 그림 자체가 사라지지 않게 된 것은 시(市)에서 그림을 압수한 덕분일 것이다. 융겔링크가 〈1년의 대순환〉을 주문한 이유는 별장을 장식하기 위해서였기 때문이다. 이 별장은 성곽 밖에 토지를 얻은 건축가가 호화롭게 만든 주택 단지에 들어선 건물이었다. 1584년 알레산드로 파르네세[55]가 안트베르펜을 포위, 공격하자 교외에 집을 짓고 사는 실험은 시기상조라는 것이 밝혀졌고, 방어 수단이 없던 별장은 다른 많은 곳과 마찬가지로 스페인 군에 의해 초토화되었다.

어쨌거나, 1564년으로 돌아가자. 브뢰겔이 브뤼셀에 있고 그의 위대한 보호자가 사라진 해로.

---

55 Alessandro Farnese(1545~1592). 이탈리아의 귀족. 펠리페 2세에 의해 네덜란드 섭정이 되어, 스페인과 가톨릭 교회의 지배 체제를 확고하게 지켰다.

브뢰겔은 다시금 아무런 보호도 받지 못하게 되었으며, 다음 해 「아펠레스의 중상」과 「간음한 여인과 예수」를 통해 실체적 또는 잠재적 고발자로부터 스스로를 구해 낸다. 그리고 죽을 때까지, 「교수대 위의 까치」를 아내에게 남겨 줄 때까지 공포에 떨며 지낸다. 하지만 이제 이야기를 약간 다른 방향으로 틀어 보자.

 반 만더에 따르면, 브뢰겔이 죽으며 남긴 유언은 「교수대 위의 까치」를 아내에게 넘긴다는 내용만이 아니었다. 브뢰겔은 아내에게 상당수의 그림을 태워 버리라고 했다. 태워 버리라고 했던 그림들이 정확히 무엇인지는 반 만더가 언급을 피하고 있지만 태워 버려야 했던 그림들이 〈특이하고 의미심장한 작품들이었고…… 브뢰겔은 섬세하고 아름답게 그려 제목까지 추가로 넣었다〉고 적어 놓았다고 했다. 또한, 브뢰겔이 그림을 없애기를 원한 이유가 〈아내가 곤란에 처하거나 책임 추궁을 당할까 봐 두려웠기 때문〉이라 적고 있다. 하지만 그림에 〈수많은 길이 있는 땅〉과 〈길 없는 황야〉가 그려져 있을 것 같지는 않다. 반 만더의 기록에 따르면 그림들이 〈우스꽝스러운 주제를 조합해 그렸으며 그 일부는 너무 신랄하고 날카롭기〉 때문이다.

그림의 주제가 너무 신랄하고 날카롭다 못해 소유자를 곤경에 빠뜨릴 정도로 희극적인 그림이라면 일종의 캐리커처일 것이다. 그렇다면, 브뢰겔은 그 그림들을 죽을 때까지 아주 소중하게 간직했고 미망인 역시 남의 눈에 띄지 않게 잘 보관해 놓았던 것이 틀림없다. 현재 남아 있는 브뢰겔의 작품 가운데 그림 속 인물을 알아볼 수 있는 캐리커처는 하나도 없기 때문이다. 물론 농부와 거지들을 비꼬아 그린 그림은 많이 있고, 일부는 생존 인물을 보고 그린 게 확실하지만 농부나 거지들이 그림 속의 자신을 알아보고 소송을 걸까 봐 브뢰겔이 걱정했으리라고는 생각하지 않는다. 반 만더는, 브뢰겔이 태워 버리기를 원한 그림들은 현재 동판화로 남아 있는 그림들과 비슷하다고 주장한다. 하지만 현재 남아 있는 희극적인 주제의 동판화들은 모두 인간의 악덕과 우둔함을 가장 일반적 방식으로 파헤친 멋진 작품들이고, 구두쇠나 호색한들이 자신들의 명예가 훼손되었다며 합동으로 미망인을 괴롭힐 거라고 브뢰겔이 생각했을 것 같지는 않다. 그러므로 브뢰겔이 걱정한 위험한 그림들, 제목까지 적은 그림들은 어쩌면…… 그렇다. 다시금 「아펠레스의 중상」이 등장하는 것이다.

그래서 나는 루키아누스에게 주의를 기울인다. 내가 알아본 바에 따르면, 루키아누스는 웅변가이자 에디 이자드[56]의 고대판 배우이고, 2세기 그리스 전역을 돌아다니며 자신이

---

56 Eddie Izzard(1962~). 영국의 코미디언.

쓴 수필을 암송한 인물이다. 수필 중 한 꼭지의 주제는 언제나 중상이었다. 아펠레스가 이미 오래전에 주제로 삼아 명화로 승격시킨 바로 그 주제였다. 루키아누스는 〈에페수스의 아펠레스〉, 〈코스의 플리니 아펠레스〉라는 표현을 썼지만 둘은 같은 인물로 보이며, 그림에 대해 이야기하는 방식으로 볼 때도, 루키아누스는 실제로 그림을 보았으며 누군가 전문가에게서 그림에 대한 설명도 들은 듯하다.

루키아누스에 따르면, 아펠레스는 중상에 대한 그림을 그리고 싶어 할 만한 충분한 이유가 있었다. 왜냐하면 아펠레스 자신이 모함당해 죽을 뻔한 일이 있었기 때문이다. 그를 시기하는 안티필루스라는 화가가 왕에게 그를 고발했다. 안티필루스는 아펠레스가 지방 총독에게 귓속말을 하며 반란을 부추기는 장면을 보았다고 왕에게 고했다. 루키아누스에 따르면, 왕은 감언이설에 속아 제대로 판단하지 못했으며, 별다른 심문 과정 없이 아펠레스가 은혜를 모르는 배은망덕한 자이자 변절자이고 음모가라면서 미친 듯 화를 내며 목을 베어 버리려 했다. 하지만 아펠레스와 공범으로 연루되어 감옥에 갇힌 사람 중 한 명이 아펠레스가 음모와 무관하다는 사실을 밝혔고, 왕은 너무나 부끄러운 나머지 안티필루스를 아펠레스의 노예로 주었다.

반란 상황으로 추측하건대, 이 경솔한 군주는 술에 약하고 방탕했던 프톨레마이오스 4세였다. 애부왕 프톨레마이오스라고도 불리는 그는 기원전 3세기 이집트를 다스리는 마케도니아 출신의 왕이다. 이는 다른 많은 이야기와 마찬가지로 이 이야기도 전승되면서 변형되었다는 것을 뜻한다. 아펠레스는 사건이 벌어지기 약 1백 년 전에 죽었기 때문이다. 비록 루키아누스나 그에게 정보를 제공한 사람들이 나중에 일어난 일로 일부를 대체하는 바람에 진실이 무엇인지 확실하게 알 수 없지만, 그 내용이 상세하고 생생한 걸로 보아 루키아누스가 남긴 글은 사실에 근거했음이 틀림없다. 루키아누스의 글에서 가장 놀라운 점, 이야기 배경이 바뀌었음에도 살아남은 인상적인 점은 바로 사건의 성질, 즉 사건이 지극히 정치적이라는 점이다.

하지만 헤롯 왕의 예에서 알 수 있듯 예수를 둘러싼 중상도 정치적이었고, 그래서 영아 학살이 일어나고 아기 예수는 베들레헴에서 서둘러 도망쳐야 했다. 두 경우의 죄목은 이미 저지른 반역, 혹은 앞으로 저지를 수 있는 반란의 우환이다.

브뢰겔의 생애 마지막 6년을 괴롭혔던 주장 역시 정치적인 것이었을까? 브뢰겔은 자신이 국가 위해(危害) 인물로 고발당하는 것을 겁냈던 것일까? 종교적 이단자라는 사실보다 반체제 인사라는 사실이 밝혀지는 것이 겁났던 걸까?

정치, 이것이 내가 새로 짓고 있는 〈바벨탑〉이다. 과연 내가 새로 짓고 있는 〈바벨탑〉에 〈1년의 대순환〉을 넣을 여지를 찾을 수 있을까?

나는 현재 남아 있는 패널화 다섯 개를 다시 살펴본다. 어느 것에서도 정치와 관련된 내용을 찾아볼 수 없다. 굳이 불온한 점을 찾는다면, 그림 전체에 퍼져 있는 정적주의(靜寂主義)가 네덜란드의 삶은 긴 전원시라는 점을 암시한다는 것뿐이다.

일련의 그림에서 첫 번째 그림, 즉 내 그림에 나타난 세부 묘사가 뭔가 다른 걸 보여 주지는 않을까? 전체 그림 성격을 완전히 다른 걸로 바꾸어 놓지는 않을까? 그게 무엇일지 상상할 수 없다. 제일 먼저 떠오르는 것은 작은 도보 여행자이다. 하지만 정치적 의미를 담을 수 있는 요소가 무엇이 있을 수 있을까? 바리케이드? 불타는 건초 더미?

『시도서』에 나오는 것보다 이른 시기에 수영하는 것이 정치적 저항을 뜻할 수 있을까?

런던에서는 더 이상 알아낼 게 없다. 내가 해야 할 일은 북쪽으로 가서 내 그림을 보려고 다시 시도하는 것이다. 나는 업우드로 가서 그림 한구석에 묻어 있는 이상한 얼룩을 지워 주겠다고 말하리라. 하지만 문을 두드리기 전에 마당에 토니의 랜드로버가 주차되어 있는지, 개는 집에 있는지부터 살펴보리라. 없으면 덤불 속에 숨어서 토니가 돌아올 때까지 끈질기게 기다려 괜한 오해를 살 가능성을 처음부터 없애리라.

내 그림에는 무엇인가가 있기 때문이다! 나는 안다. 왜 그 그림이 사라져야 했는지 설명해 줄 그 무엇인가가 그림에 있다. 모든 수수께끼를 풀 무엇인가가 있다. 타인이 품는 모든 합리적 의심을 넘어서 자신의 존재를 증명할 그 무엇인가를 내 그림은 갖고 있다.

하지만 갑자기 쏟아지는 장대 같은 봄비를 뚫고 북쪽으로 향하는 도중, 런던에서 알아냈어야 할 것이 하나 더 있다는 사실을 깨닫는다. 조르다노 그림의 가격이다. 빌어먹을.

첫 번째 선적

나는 진입로를 걷지 않는다. 사실, 도로 근처에도 가지 않는다. 나는 혹시 또 다른 꿩을 겁주지는 않을까, 꿩 감시원이 쏜 총에 맞지는 않을까, 사람 잡는 함정에 발이 걸리지는 않을까 전전긍긍하며 조용히 숲 속 녹슨 철조망을 넘어 물이 똑똑 듣는 진흙을 미끄러져 나아간다. 시골이 런던 도서관에 비해 결코 매력이 덜하지 않다.

버려진 채소밭인 듯한 황량한 무인 지대 건너편으로 처음 눈에 들어오는 것은 집 뒤편이다. 나는 악전고투하며 숲을 에둘러 간다. 당당히 통행권을 주장할 생각은 조금도 없이, 밀렵꾼처럼, 목표물을 정찰 나온 강도처럼 살금살금 걷는다. 마침내 집 정면을 볼 수 있게 되었지만 요란한 소리를 내며 덤벼드는 개들도 보이지 않고 마당에 있어야 할 랜드로버는 흔적도 없다.

그래서 나는 계획대로 행동한다. 나무 뒤편, 적당히 마르고 굳은 장소를 찾아 거기서 기다린다.

한 시간 15분을 기다린다.

예상 밖으로 추워졌고 예상외로 나 스스로가 우스꽝스럽

다는 생각이 든다. 계획을 약간 수정해 숲 속을 잠시 걷는다. 비참한 산책이기는 하지만 가만히 서 있는 것보다 훨씬 덜 춥고 덜 우스꽝스럽다. 다시 돌아왔을 때는…… 여전히 개도 없고 랜드로버도 보이지 않는다.

  기다린다.

  다시 잠시 산보를 한다.

  이윽고 현재 상황을 되짚어 본다.

  토니가 그리 멀리 나가지 않았으리라. 아마 자기 땅 변두리나 래브니지의 가게에 있으리라. 어쩌면 이웃집에 갔을 수도 있다. 하지만 저녁때까지 돌아오지 않을 수도 있다. 아니면 스코틀랜드에 사는 동물들 생명을 빼앗고 있을지도 모른다. 아니면 케이맨 제도(諸島)에 있는 은행 계좌를 확인하러 갔을 수도 있다.

  아니, 역시 이웃집을 방문했을지도 모른다. 그렇다. 그리고 그 집 남편도 어딘가 외출했기 때문에 그 집 남편이 돌아올 때까지 기다리고 있을지도 모른다.

  토니가 예술에 대해 케이트의 조언을 얻으러 다시금 우리 별장으로 갔을 수도 있다는 생각이 떠오르지만 너무나 어처구니없는 상상이라 나도 모르게 웃음이 터져 나온다. 하지만 내가 세 번이나 혼자서 찾아오면 로라에게 오해받을 수도 있다는 생각에 어린이 탐정 소설의 소년 주인공처럼 춥고 축축한 곳에 숨어 있는 내 모습 역시 어처구니없기는 마찬가지이다. 나는 어린이 소설에 나오는 소년이 아니다. 나는 성인 소설에 나오는 어른이다. 사소한 사회적 곤혹스러움 정도는 무시할 수 있는 다 큰 어른이다. 그리고 변변한 교육도 받지 못하고 빈둥거리는 지주 아내에게 겁을 먹는다면 말도 안 된다.

숲을 빠져나와 정문으로 당당히 행진해 노커를 두드리려고 손을 드는 순간, 정문이 눈앞에서 녹아 사라지며 올 줄 알았다는 듯 한쪽 입가에 비웃음을 머금고 서 있는 로라를 보고는 다시금 숲으로 행진해 돌아온다.

내가 살아온 인생 절반을 토니의 집 앞에 서서 오락가락한 것 같은 기분이 든다.

다시 생각해 본다. 집에 돌아가 케이트에게 오늘 아침 저지른 모든 바보 같은 행동에 대해 이야기하고 나중에 다시 오기로 하자. 그러면 적어도 토니가 우리 별장에 있지 않다는 것은 확인할 수 있을 것이다.

끙끙거리며 나무들을 헤치고 그리 멀리 가지 않았을 때, 진입로에 난 구멍 때문에 덜커덕거리는 자동차 소리가 들려온다. 멈추고 뒤돌아본다. 모든 판단은 옳았다. 집에 도착하니 정문 앞에 랜드로버가 서 있고 개들도 보인다. 한 녀석은 웅덩이 물을 할짝대고, 다른 한 녀석은 그곳에 오줌을 싸 자연의 균형을 유지하고 있다. 내가 다가가자 녀석들은 고개를 들고 새로 발견한 친구에게 몸을 날리며 기쁜 마음으로 우렁차게 인사를 해댄다. 나는 달려드는 개를 막는 사람들 자세를 흉내 내 우스꽝스러운 자세로 놈들을 막는다. 예전에 내가 그런 사람들을 보며 재미있어 했듯이 그 사람들도 지금 내 꼴을 보면 재미있어 하리라. 이 녀석들 이름을 알아내야만 한다. 맛있는 것을 주면서 놈의 건강과 교육 상태에 대해 걱정스레 질문해야 하리라.

어서 오라는 듯 정문이 열려 있다. 현관으로 들어선다. 「계세요?」 우스꽝스러운 목소리로 소리쳐 본다. 「아무도 없나요?」

「나뿐이에요.」로라가 부엌에서 나오며 말한다.「어떻게 알았죠? 지켜보고 있었나요?」

뭐라 할 말이 없다.

「하지만 장화를 벗지는 마세요.」로라가 말한다.「우선 짐 나르는 것부터 도와주세요. 방금 퀵 세이브에서 1주일치 식료품을 사왔거든요. 그런데, 키스는 안 해주나요?」

아, 키스. 그렇다. 물론 해야지. 로라의 뺨에 대고 흠칫하는 행동을 한다.

로라가 깔깔댄다.「걱정하지 마요.」로라가 말한다.「그이를 역에 데려다 주고 오는 길이에요. 그이는 오늘 하루 종일 런던에 있을 거예요. 자, 달걀 세 다스예요. 조심하세요.」

「장화는 현관에 벗어 놓으세요.」 우리가 냉동 육류 몇 덩이를 옮길 때 로라가 말한다.

나는 양말 신은 발로 부엌으로 돌아와 토니를 위해 준비해 둔 말을 내뱉는다. 「얼룩을 살펴봐 줬으면 한다고 해서 왔습니다.」

로라는 아무런 대꾸도 하지 않는다. 로라는 집안 대대로 내려온 고기 자르는 커다란 칼을 나에게 건네주고 우리가 옮긴 상자 하나를 가리킨다. 「저걸 여세요. 저는 레몬을 가져올게요.」

상자 안에는 진 열두 병이 들어 있다. 로라는 그중 하나를 꺼내 마개를 딴다. 「내가 뭘 샀는지 그이가 봤다면 난리도 아닐 거예요.」 컵 두 잔에 진을 반쯤 따르며 로라가 말한다. 「하지만 전 꿩이라면 신물이 나고 그이가 유리병에 담아 놓은 갈색 쓰레기에는 더더욱 신물이 나요.」 로라가 컵을 내민다. 진은 이 세상에서 내가 제일 싫어하는 음료이며, 지금 받은 잔에 들어 있는 진은 내 평생 마신 양보다 많다. 「토닉은 필요 없겠죠? 필요해도 달라고 하지 마세요. 사오는 걸 잊었으니까요.」

 로라는 담배에 불을 붙이곤 조리기 난간에 기댄다. 지난번과 똑같다. 오늘은 그 멋진 스웨터 대신 남자 셔츠를 입고 있다. 로라 몇 명 정도는 들어가고도 남을 크기로, 정장풍의 푸른 줄무늬가 들어 있고 끝자락은 바지 밖으로 나와 있다. 아마 토니 것인 모양이다. 토니가 입으면 저렇게 이상한 느낌이 들지 않겠지. 하지만 로라는…… 나는 눈을 돌려 진이 담긴 컵의 바닥을 내려다본다.

 로라는 컵을 들어 올린다. 「자, 다시 우리 둘이군요.」 로라가 말한다. 「이번에는 진도를 좀 더 나갈 수 있을 거예요.」

 맙소사. 이건 두려워했던 것보다 훨씬 더 지독하다.

 「내 짐작으로는.」 나는 측은하게 되풀이한다. 「남편께서는 내가 얼룩을 살펴보길 원할 겁니다. 케이트가 그렇다고 말해 줬습니다. 남편께서 얼룩을 발견했는데 내가 좀 봐줬으면 좋겠다고 전해 주더군요.」

 논리에 맞지 않게 들린다. 자포자기식으로 들린다. 더 나쁜 것은, 내가 그림을 꼭 보고 싶어 한다는 느낌을 준다는 점이다. 사기꾼으로서 새로 배운 기술은 다 어디로 갔단 말인가?

 「얼룩요?」 당황한 로라가 되뇐다. 「어떤 얼룩요? 이거요?」 로라는 검푸르게 부푼 천장을 가리킨다. 금방이라도 물이 터져 나올 것만 같다. 「원하는 얼룩으로 보세요.」 로라가 말한다. 「빌어먹을 놈의 집 전체가 얼룩투성이니까요. 갈색 얼룩, 녹색 얼룩. 썩은 곳도 있어요. 마른 곳, 젖은 곳 다요. 검은색 곰팡이, 파란색 곰팡이도요. 버섯, 독버섯 등등. 원하는 걸로 실컷 보세요.」

「아니, 아니요.」 나는 딱딱하게 말한다. 1초 1초 지날수록 나는 점점 우스꽝스러운 꼴이 되어 간다. 「그럼요. 그림 한구석에 있는 거요.」

로라는 나를 보더니 못 믿겠다는 듯 고개를 갸우뚱한다.

「다시 조찬실로 돌아가자는 말은 아니죠?」 로라가 말한다. 「사냥한 동물을 저장하는 곳은 어때요? 차라리 거기가 좀 더 따뜻할 거예요. 아니면 시체 보관실은요?」

나는 서로 오해하고 있다는 걸 깨닫는다.

「헬레네 말고요.」 내가 말한다. 「다른 거요. 아니면 그것도 다시 조찬실에 가져다 놓았나요?」

로라는 얼굴을 찌푸린다. 나는 내 그림에 대한 흥미를 감추는 데 완벽하게 성공했기 때문에 로라는 다시금 그 그림에 대해 잊어버렸다. 문제는, 그 그림을 뭐라고 불러야 할지 모르겠다는 점이다. 〈즐겁게 노는 사람들〉이라 부를 수 없는 노릇이다. 공개적으로는 절대 안 된다. 〈브뢰겔〉이라 부르고 싶다. 현재, 그것 말고 달리 설명할 수 있는 방법이 없다. 내 그림의 특징으로 떠올릴 수 있는 건 〈브뢰겔다움〉뿐이다. 오늘 내 혀가 왜 이러는 걸까? 반짝이는 은처럼 매끈거리던 혀가 오늘은 비금속이 되어 버린 것만 같다. 「남편께서 깨끗하게 닦겠다고 하셨던 그림 말입니다.」

「아, 알겠어요.」 로라가 말한다. 로라가 웃는다. 「난로에 있던 거 말이군요. 그걸 보고 싶으신 거예요?」

「보고 싶은 게 아닙니다.」 내가 말한다. 「하지만 분명 구석에 얼룩이 있다고······.」

「아, 구석에 있는 그거요.」 로라가 다시 깔깔댄다. 「흠, 그건 좀 다르지요. 기꺼이 보여 드릴게요. 잔을 가져오세요. 병도요. 안 믿으실 거예요.」

로라는 담배와 잔을 들고 앞장서서 현관 쪽으로 간다. 나는 병과 잔을 들고 뒤따른다. 내가 믿지 않을 것이라고 한 로라의 말이 벌써부터 마음에 걸린다. 그리고 우리가 커다란 계단을 올라갈 때, 바지에서 삐져나온 줄무늬 셔츠 자락의 줄무늬가 좌우로 흔들리며 내 눈을 어지럽힌다. 나는 층계참에 도착할 때까지 눈을 돌릴 심산으로 억지로 시선을 돌려 걸려 있는 그림을 바라본다. 토니가 소년이었을 당시에는 위대한 헬레네가 차지했을 게 분명한 영광스러운 자리를 대신 장식하고 있는 그 그림은 전에도 층계 아래에서 힐끔 보았지만 너무 작아 무엇이 그려져 있는지 몰랐던 것이다. 삐져나온 셔츠 자락보다 보기 좋다고 말할 수 없는 그림이다. 그냥 내가 보러 가는 그림을 한시라도 빨리 보고 싶은, 또는 그림이 어디에 있는지 조금이라도 빨리 알고 싶어 하는 조급한 마음을 감추기 위해 노력하는 것뿐이다.

그 그림은 보면 볼수록 흥미가 떨어진다. 영국, 18세기, 개 한 마리. 갈색으로, 지금 계단 아래 현관에서 배를 깔고 엎드려 있는 두 마리와 놈들 주인의 옷가지, 가구 대부분의 색깔과 똑같은 색이다. 녀석은 갈색 풍경을 배경으로 서 있고 그 앞으로 온갖 종류의 갈색 새들의 사체가 갈색 땅에 널려 있다. 18세기에는 지금보다 모든 것이 좀 더 갈색이었으리라는 느낌이 든다.

「그이는 이 그림 하나만은 절대 안 팔 거예요.」 내 시선을 끄는 게 무엇인지 보러 돌아오며 로라가 말한다. 「그이에게 딱 어울리는 그림이죠. 이 그림만 보면 그이가 처음 길렀던 개가 생각나요. 이 집에 불이 난다면 남편은 이 그림부터 챙길 거예요. 퍼디에서 만든 총하고 말이에요.」
 나는 집안 배선이 그것을 둘러싸고 있는 건축물보다 좀 나은 상태이기를 바라는 짧은 기도를 한 뒤, 살랑거리는 셔츠 자락 줄무늬를 좇아 마지막 남은 계단 몇 개를 올라간다.

그림은 그곳에 있다.

창문으로 들어오는 멋진 자연광 아래, 양말, 청구서, 사냥용 탄약통이 널려 있는 화장대에 기대어 흐트러진 침대를 바라보고 있다. 반짝이는 봄 잎사귀 — 춤추는 농부들 — 날카로운 바위 — 멀리 보이는 바다…… 지금까지 꼬리에 꼬리를 물고 일었던 내 모든 광기가 시작된 그날 저녁 이후 처음으로 보는 것이다. 참으로 오랜 시간이다!

나는 무엇을 생각하는 걸까? 모른다. 이번에는 그리 많은 생각이 떠오르지 않는다. 실망한 걸까? 아니다. 진이 담긴 잔을 들고 그림 앞에 서서 연방 이리저리 눈을 굴려 보지만 눈에 들어오는 것은 전과 다를 바 없는데 갑자기 이상한 느낌이…….

로라의 팔을 느낄 수 있다. 로라는 옆으로 와 그림을 보며 내 팔짱을 낀다.

「그이가 이 그림을 왜 여기로 가져왔는지 모르겠어요.」로라가 말한다. 「의외로 맘에 들었나 봐요. 개처럼 말이에요. 귀중한 소유지 생각이 나게 하는지도 모르죠.」

로라는 자유로운 손으로 담배를 입에 다시 가져가다가 멈칫한다.

「내가 담배 피우는 거 싫지요?」 로라가 말한다.

나는 흡연자가 비흡연자에게 담배 피워도 괜찮은지 물었을 때 마지못해 취하는 몸짓을 한다. 피워도 괜찮다는 몸짓이지만 속내로는 피우지 않았으면 좋겠다는 그런 몸짓이다.

「당신이 싫어하는 거, 알아요. 토니도 싫어하죠. 그래서 더 피우는 게 아닐까 하고 생각할 때도 있어요. 끌게요.」 로라는 방을 둘러본다. 「역시나, 재떨이가 없네요. 그이는 침실에까지 재떨이를 안 놓으려고 해요.」

로라는 돌연 화장대로 몸을 날린다. 말도 안 되는 생각이 내 머리를 스치고 지나간다. 담배를 그림에 비벼 끌지도 모른다는 생각이다. 나는 작은 신음과도 비슷한 소리를 내며 급히 로라 뒤로 몸을 날려 팔을 흔들어 로라를 막는다. 내 손에는 여전히 진이 담긴 잔이 들려 있다. 잔이 로라의 팔꿈치를 친다. 로라는 날치처럼 잔을 빠져나와 은빛 물보라를 이루는 진을 보더니 내 눈을 똑바로 보며 깜짝 놀란다.

「우아!」 내 서투른 열정에 로라가 깔깔거리며 기뻐한다. 로라는 잔을 내려놓고 커프스단추와 칼라단추가 가득 담긴 접시에 담배를 비벼 끈다.

「미안합니다.」 내가 말한다. 「제 생각에는 혹시라도……」

하지만 로라는 손가락을 내 입술에 댄다.

「오늘은 더 이상 생각하지 마요.」 로라가 말한다.

로라는 심각해진다. 로라는 내 입술에서 손가락을 떼고 열심히 내 입술을 살펴보더니 까치발을 하고 서서 자신의 입술을 내 입술에 가볍게 포갠다.

로라에게서 진과 담배 연기와 그리고…… 뭔지 모르겠지만 참을 수 없을 정도로 부드럽고 달콤한 맛이다. 나는 로라에게 무슨 맛일까? 진과 공포와…… 아마 내가 느끼는 달콤함과 같은 맛이 나겠지.

나는 내 눈에서 3센티미터쯤 떨어진 곳에 있는 로라의 눈을 본다. 로라의 눈 역시 자신에게서 3센티미터쯤 떨어진 곳에 있는 내 눈을 보고 있다. 하지만 지금 그 무엇보다 나를 녹이고 있는 것은 로라가 지금 까치발을 하고 있다는 점이다.

로라는 발꿈치를 땅에 대고 나를 껴안는다. 나도 로라를 껴안는다. 달리 무엇을 해야 할지 생각나지 않는다. 로라는 진지한 눈으로 나를 쳐다보더니, 이윽고 내 목 움푹한 곳에 얼굴을 파묻는다. 덕분에 그림이 내 눈에 들어온다. 주머니에 줄자가 들어 있지만 지금 이 순간에 그걸 꺼내 로라 등 뒤로 쓸 수 있을 것 같지 않다. 하지만 뭔가 체계적인 검사를 하고 말겠다는 마음에 각 부분 부분을 세밀히 보려 애쓰며 종교적 또는 정치적 상징으로 해석할 수 있는 건 없는지 생각한다. 인정한다. 작은 도보 여행자는 보이지 않는다. 하지만 그렇다! 내가 옳았다. 내 생각대로 쪽빛 하늘을 반사한 것 같은 작은 얼룩이 보인다. 봄의 신록에 둘러싸인 물방아용 저수지가 틀림없다. 저수지 옆에 몇 명이 모여 있고, 철모르는 한 명은 무모하게 저수지로 뛰어들고…… 나에게 기대고 있는 로라의 부드러운 몸 때문에 마음이 심란해지면서 그림 내용을 이해하기가 너무 어려워진다……. 춤추며 발을 들고 있는 농부의 모습이 보인다. 반란을 암시하는 걸까? 입 맞추고 있는 남녀의 정열적 입술은? 내 심장이 뛰는 걸 느낄 수 있다. 로라의 심장이 뛰는 걸 느낄 수 있다. 아, 그렇군. 저기 구석에 어두운 얼룩이 보인다.

「당신이 오늘 올 거라는 예감이 들었어요.」 로라가 말한다. 내 목으로 울리는 로라의 목소리를 느낄 수 있다.

발. 얼룩. 헤엄치는 사람……

로라가 내 목에 파묻고 있던 얼굴을 빼내더니 나를 보고 웃는다.

「우선 그림부터 보고 싶으세요?」 로라가 묻는다. 언제나처럼 조롱하는 기색이 들어 있지만 그런 뜻이 아니라는 걸 이젠 알 수 있다.

「아닙니다.」 달리 무슨 말을 할 수 있으랴.

로라는 나를 단단히 껴안는다. 나도 로라를 단단히 껴안는다. 로라는 주춤하더니 작게 울먹인다.

「왜 그러죠?」

「멍 때문에요.」

로라의 왼쪽 가슴 아래 자리 잡은 어두운 고통의 구름을 떠올리자 애틋한 마음이 든다. 돌연, 로라가 동화 속에서 길 잃은 어린아이 같다는 생각이 든다. 이 무서운 집에 갇혀 무서운 남자와 함께 살지만 용감하게도 그 남자에게 항복하지 않고 기다리다가 마침내 매달릴 수 있는 상대를 찾아내 필사적으로 매달려 있다는 생각이.

나는 부드럽게 로라로부터 몸을 떼어 내고 싱긋 웃어 보인다. 슬픈 웃음이라는 생각이 든다. 슬픈 감정에 가깝다. 로라는 신발을 벗더니 내 손을 끈다. 우리는 양말 신은 발로 방을 가로질러 침대로 향한다.

「잠깐만요.」 내가 말한다. 「기다려 봐요. 우선 앉아요.」

로라는 당혹스러운 표정을 지으면서도 얌전히 기다린다.

나는 로라의 양손을 쥔다. 우리는 엉클어진 침대 가장자리에 나란히 앉는다. 이제 그림은 너무 멀리 떨어져 있기 때문에 일반적인 윤곽만 볼 수 있고 그나마도 시야 구석으로 겨우 보일 뿐이다.

로라는 내가 말하고 싶은 것을 말하길 기다린다. 나도 내가 무슨 말을 하고 싶은지 알면 좋겠다. 마침내 로라가 먼저 입을 연다.

「원치 않는다는 뜻인가요?」

「미안해요.」 내가 말한다. 「그럴 수 없어요. 그러고 싶지만 그럴 수 없어요.」

로라는 시선을 돌려 창밖의 하늘을 본다. 침묵. 우리는 앉아 있고 로라의 양손은 여전히 내 손 안에 있다. 로라는 〈이 남자는 그 여자를 생각하고 있어〉라고 생각하고 있다. 내가 그 생각을 하고 있을까? 그렇다. 그런 것 같다는 생각이 든다. 내가 그것을 생각하고 있다고 로라가 생각하고 있다고 나는 생각한다. 그렇다. 분명하다. 나는 케이트, 틸다, 그리고 모든 것을 생각하고 있다.

로라는 잠시 우리 손을 내려다본다. 나 역시 우리 손을 본다. 이윽고 로라는 눈을 돌려 다시 창밖을 본다. 나는 고개를 돌리고 있는 로라의 옆얼굴, 그리고 그 너머 멀리로 보이는 산의 경관을 바라본다. 일이 어떻게 진행될지, 우리가 이 상황을 어떻게 빠져나가야 할지 떠올릴 수 없다.

로라는 약간 억눌린 웃음소리를 낸다. 「거참, 런던에 사는 사람들은 사는 방식이 다른 모양이군요.」 로라가 바보 같은 말을 한다. 「여기 사는 사람들과는 달라요.」

「저…… 그게…….」 내가 말한다. 「특별히…… 싫다는 게 아니고요. 당신을 위해서입니다.」

또다시 들려오는 깔깔거림.

「아니, 심각한 겁니다.」 일단 말을 꺼내자 나는 심각하게 말한다. 「저는 우리가 끝마칠 수 없는 일을 시작하고 싶지 않은 겁니다. 당신을 다치게 하고 싶지 않아요. 눈물과 절망으로 가득한 전화 통화로 끝을 맺게 하고 싶지 않다고요.」

로라가 손을 빼낸다. 「그럼 왜 자꾸 여기에 오시는 거죠?」 로라가 날카롭게 말한다. 「당신은 단지……」

로라는 나를 탓하는 데 쓸 수 있는 시시껄렁한 대화 주제를 찾기 위해 머리를 이리저리 갸우뚱거린다. 로라가 어떤 주제를 꺼낼지 상상할 수 없다. 조르다노가 묘사하는 인물의 유연성? 명암 배분? 「노말리즘〔정상론(正常論)〕이나 뭐 그런 걸 이야기하고 싶어 찾아오는 거란 말인가요?」

아하, 노미널리즘(유명론). 로라의 잘못을 잡아 주고 에르빈과 파노프스키에 대해 이런저런 이야기를 해주겠다는 생각 따위는 들지도 않는다. 어쨌든 그런 단계는 이미 넘었다. 하긴 그것도 괜찮겠다는 생각이 든다. 말이 나온 김에 정상론에 대해, 아니 유명론에 대한 이야기라 할지라도 잡담을 나누는 것도 괜찮아 보인다. 갑자기 견딜 수 없는 향수를 느낀다.

하지만 우리가 처음 만난 날 나눈 대화에서 썼던 용어를 로라가 기억하고 있다는 사실을, 아니 반 정도 기억하고 있다는 사실을 간과할 수 없다. 나는 첫 대면의 순간부터 로라에게 깊은 인상을 준 것이다. 그랬다는 것을 나는 알고 있었다. 로라의 비웃음은 흥미의 신호였다. 그렇다는 것을 알고 있었다.

그리고 로라가 이제 무척이나 창피해하는 것이 보인다! 나는 몸을 앞으로 숙이고 로라에게 가볍게 키스한다. 로라는 나를 보지 않고 단지 안쓰러운 웃음소리만 가볍게 낼 뿐이다. 다시 한 번 부드럽게 키스하고 몸을 펴 결과를 살펴본다. 이번에는 단지 살짝 웃음을 머금고 눈을 내리간다. 다시 입을 맞춘 뒤 몸을 펴고 다시 로라를 살핀다. 다시 입 맞추고 다시 살펴본다.

그렇게 아홉 번 정도 반복한 것 같다.

로라의 눈길이 점차 내 쪽으로 다가오고, 얼굴 가득 웃음이 퍼진다.

「당신은 구제불능이에요.」 로라가 상냥하게 말한다.

「그래요?」 나는 반문하며 다시 로라에게 입을 맞춘다.

로라에게 좀 길게 입을 맞춘다. 이런 식으로 계속 일이 진행되면 30분 정도 뒤면 나는 한 손에 커피 잔을 들고 평온한 마음으로 화장대에 있는 그림을 검사할 수 있을 터이고 그렇게 해도 양껏 살펴보지 못한다면 다음에 언제든지 와서 내가 원하는 만큼 그림을 볼 수 있으리라는 생각이 떠오른다. 그리고 사실, 이제는 처음의 충격이 지나갔고 서로 느꼈던 놀람과 혼란에서 회복할 시간을 가졌으니 비록 딱 부러지게 말로 하지는 않는다 할지라도 정확히 우리가 어디에 서 있으며 사태를 어떻게 보고 있는지에 대해 서로 명확히 하는 것이 상황을 빠져나가는 가장 쉽고 자연스럽고 고통이 적은 방법이 아닐까? 이것이 정상론으로든 유명론으로든 돌아가는 가장 빠른 방법이 아닐까?

분명 그러리라. 왜냐하면 로라는 벌써 내 아래 헝클어진 이불 속으로 들어가 눕더니 이제는 식어 버린 물병을 꺼내 이불 밖으로 내놓는다. 그리고 나 역시 로라를 따라 이불 속으로 들어가 토니 처트가 여벌로 가지고 있는 셔츠의 단추를 끄르고……. 그 순간 식어 버린 물병처럼 축축하고 낯선 육체가 내 가랑이 사이로 파고든다. 그 몸을 끄집어내기 위해 등 뒤로 손을 뻗었더니 재채기를 하며 내 손가락을 핥아 댄다.

「기다려요.」내가 말한다.

「이번엔 왜요?」

나는 일어나 개들을 방 밖으로 데리고 나간다. 계단까지 놈들을 데려간 뒤, 칭찬의 표시로 붙임성 있게 엉덩이를 발로 찬다. 놈들은 분노에 차 미친 듯 짖어 대는 동시에 내 칭찬에 부응하는 속도로 계단을 굴러 내려간다.

「자, 알겠지? 초대받지 못한 곳에 와서 코로 들쑤시고 다니면 이렇게 되는 거야.」 나는 놈들 뒤에 대고 호통 친다.

「정말 죄송합니다.」 소음 사이로 한 녀석이 소리친다.

내 심장이 멈춘다. 세상이 멈춘다. 지금 내 귀에 무슨 말이 들린 거지?

「문이 열려 있었습니다……」 그 녀석이 소리친다. 「앉아, 임마. 앉아!…… 죄송합니다. 제 생각으로는…… 앉아, 저리로 가란 말이야! ……토니 선생님? 계신가요? ……저, 지금 괜찮으신…… 토니 선생님!」

목소리는 개 짖는 소리처럼 필사적이 되어 간다. 나는 마음을 가라앉히고 침실로 돌아온다. 로라는 자리에서 일어나 창밖을 바라본다. 그녀는 신발을 다시 신는다.

「현관문을 열어 놓았더군요.」내가 설명한다.

「설마 조그만 덩치의 그 목사는 아니겠죠?」 로라가 묻는다. 「바깥에 자전거가 있어요.」

「이런, 맙소사. 코로 들쑤시고 다닐 거면 다른 곳으로 가라고 한 말을 들은 것 같아요. 미안해요.」

로라는 거울로 매무새를 확인하고 나를 바라보지 않고 재빨리 방을 빠져나간다.

나는 열린 문틈으로 귀를 기울인다. 로라가 개들에게 소리를 지르자 짖는 소리가 점차 잦아든다. 나는 문을 닫고 그림을 본다. 마침내 나 혼자서 그림을 만날 수 있게 됐다. 하지만 예전처럼 그림에 집중할 수 없다. 목사 때문에 정신이 산만하다. 왜 이럴까? 당혹스러운 애정 행각이 이 지역 성직자에 의해 시작 단계부터 방해받았기 때문인가? 태어나서 오늘처럼 부끄러운 날이 없었다.

나는 문으로 돌아온다. 아래층에서 두런거리는 소리가 들린다. 그림으로 돌아간다. 눈에 들어오는 건 끈적거리는 키스를 하기 직전에 영원 속에 갇혀 버린 남녀의 불합리함이다. 물방아용 저수지의 차가운 물에 뛰어드는 남자가 되는 편이 나을 것 같다.

문 쪽에 귀를 기울인다. 침묵. 그림으로 돌아가 오른쪽 아래 구석을 본다. 로마체 대문자로 〈BRVEGEL MDLXV〉라는 글자가 깔끔하게 쓰여 있어야 할 그곳을……. 그렇다. 그곳에는 윤곽이 불분명한, 어딘지 비정상적인 검은 얼룩이 보인다. 풍경의 일부는 아닌 듯하며 겉에 바른 바니시와도 다른 질감인 듯하다. 엄지손가락으로 문질러 본다. 얼룩에는 아무 영향 없지만 엄지손가락에 약간 더러운 게 묻어난다. 그럼 먼지인가? 그럴 수도 있다. 아니면 케이트가 예상했던 대로 잉크일까?

문. 다시 목소리가 들린다.

그림. 살펴보니 수영하는 걸로 보이는 사람들은 사실 수영하는 것이 아니다. 저수지로 뛰어드는 남자는 옷을 다 입고 있다. 솔직히, 내 생각에 그 남자는 스스로 뛰어들려는 게 아니다. 술에 취한 것 같은 남자는 머리부터 넘어지는 것뿐이고, 주변의 다른 사람들은 그를 구하려고 손을 뻗고 있다. 우리 모두와 마찬가지로, 스포츠를 좋아하는 건강한 시민의 경우도 역시 아주 당혹스러운 순간에 시간이 정지했다. 뭐, 적어도 봄에 수영을 하는 도상학적 문제는 풀어 주었으니 됐다.

문. 아래층의 침묵.

그리고 난 줄행랑 놓는다. 물론 로라가 성직자를 몰아내는 사이 돋보기를 꺼내어 세밀히 조사한 뒤 돋보기를 집어넣고 로라가 돌아오면 우리가 중간에 끝냈던 곳부터 다시 시작하려 할 수도 있다. 적어도 줄자를 꺼내 수치를 재어 볼 수도 있다. 하지만 나는 그 일조차 하지 않는다. 단지 이 집에서 빠져나가고 싶을 뿐이다.

보라, 이 그림은 브뢰겔의 작품이다. 그림을 지금 다시 보고 나니 그 어떤 의심의 그림자조차 느낄 수 없다. 설사 예전에는 의심했다 할지라도 말이다. 케이트는 틀렸다. 내가 옳았다. 일을 진행시키기 전에 그림의 정체를 확인할 수 있는 객관적 증거를 찾아내기로 한 것을 잊지 않았다. 하지만 좀 전까지만 해도 로라와 함께 빠질 뻔했던 치욕과 고통의 악몽에 맞서 스스로 도망쳐 나온 나는 보상을 받아야 한다.

내 계획이 성공한다 할지라도 그리 큰 명예를 얻을 수 없을 것이다. 그러리라는 것을 알고 있다. 하지만 지금보다는 훨씬 더 부유해지고 유명해질 것이다. 소득세를 내더라도 말이다(토니가 말하기 전에는 그런 세금이 있는 줄도 몰랐다는 걸 인정한다). 소득세? 그 정도는 기쁜 마음으로 내리라! 소득세를 많이 내면 낼수록 죄책감도 줄어들겠지. 돈이 들어오면 당장에 내리라.

나는 마지막으로 한 번 더 내가 탈 상품을 본 뒤 조용히 계단을 내려간다. 아마 로라는 목사를 부엌으로 데려가 진을 한잔 대접하는 모양이다. 갑자기 목사와 마주친다면 무슨 말을 해야 할지 정말 모르겠다. 아마 아무 말도 안 하리라. 굳은 악수를 나누며 맑고 정직한 눈으로 그의 눈을 보리라. 설명할 필요도 없고 그쪽도 요구하지 않겠지. 어찌 되었든 목사는 나타나지 않는다. 나는 진흙 묻은 장화에 조용히 발을 집어넣고 여전히 열려 있는 정문을 통해 조용히 사라진다.

결국, 정상론이다. 하지만 진입로로 곧장 걸어가는 건 너무 과하다 싶을 정도로 정상적이다. 부엌 창문에서 나를 볼 수 있다고 확신하는 것은 아니다. 하지만 어찌 되었든, 내가 왔던 숲을 통과해 집으로 가는 게 더 알맞아 보인다. 나는 건물의 사용하지 않는 쪽 날개에 딱 붙어 걸음을 옮긴다. 중간 문설주가 되어 있는 마지막 창을 지나는 순간, 유리창 반대편에서 반짝하며 쏟아져 나오는 자그마한 불빛에 나는 깜짝 놀란다. 이 집에는 정체를 알 수 없는 유령이 출몰한다!

고개를 돌리는 순간, 로라가 담배에 불을 붙였다는 걸 깨닫는다. 그리고 그 뒤, 조찬실 저편에는 두 개의 귀가 툭 튀어나온 번쩍이는 뒤통수가 보인다. 바로 조그마한 덩치의 목사다. 그는 「헬레네의 강탈」 앞에 경건히 무릎을 꿇고 있다.

별장 앞에 펼쳐 놓은 야외용 깔개에 누워 있는 틸다가 모직물에 싸인 작은 팔다리로 부드러운 봄 공기를 이리저리 유쾌하게 휘젓는다. 방실거리며 입에 물고 있는 거품은 꼭 갓 따른 샴페인 같다. 나는 틸다가 계속 거품을 물며 좋아하게끔 아이를 안고 별장 주변을 세 바퀴 달린다. 케이트는 단풍나무 그루터기 옆에 있는 부서진 식탁 의자에 앉아 책을 읽으면서 내가 지나갈 때마다 생각에 잠긴 눈으로 날 쳐다보지만 이렇다 저렇다 아무런 말이 없다.

거품을 입에 물고 있는 귀여운 딸아이와 함께 있노라니 순수한 기쁨에 넘쳐 나도 모르게 활기가 샘솟는다. 집에 와 딸아이를 보면 나도 모르게 샘솟는 즐거움을 느꼈지만 지금처럼 딸아이를 팔에 안고 마구 달릴 생각을 해본 적은 한 번도 없다. 문득 어떤 생각이 머리에 떠오른다. 어쩌면 나는 정상적인 행동을 하는 것이 아닐까? 이 말이 등장한 걸 계기로 생각해 보니 정상론이란 중요한 개념이다. 정상론은 정상으로 행동하기 위한 기술이며 과학이다. 물론, 언제나 정상론을 실행에 옮기기는 어려우리라. 더구나 만약 삶이 어떤 식으로

든 간에 비정상이 된다면, 예를 들어 복잡한 상거래가 진행되는 사이 이해관계가 상반되는 사람들과 각자 다른 신뢰 관계를 유지해 가야 하는 상황이라면 특히 어려울 것이다. 그리고 그런 때일수록 정상론은 특히 중요해질 것이다. 정상론은 정상적인 모든 행동에 대한 기술뿐 아니라 현실에서 정상적 행동을 관찰하고 기억하는 기술도 포함하고 있다.

달리며 힐끔 본 케이트 얼굴 표정으로부터 내가 정상론을 약간 잘못 이해했다는 암시를 받는다. 과도하게 정상인 모양이다. 하지만 내가 왜 이 순간에 정상이어야 하는지 모르겠다. 이번 거래에서 상대방이 나에게 제시한 모든 비정상적인 유혹을 확실하게 뿌리쳤는데 말이다. 나는 달리는 것을 멈추고 헐떡이며 야외용 깔개에 주저앉는다. 틸다는 내 어깨 너머로 하늘을 쳐다본다. 틸다에게 하늘은 적어도 자기 아버지의 행동만큼 놀라운 존재이리라.

「그래, 봤어?」 케이트가 묻는다.

「응! 봤어!」 의기양양한 목소리. 충분히 그럴 만하다. 나는 그림을 보러 갔고, 보았다. 어디서 그림을 보았는지 아내가 물어본다면 당연히 대답하리라. 그리고 토니가 런던에 있으니 여기에는 없고, 따라서 케이트는 토니가 업우드에 없었을 것이라고 넘겨짚을 하등의 이유가 없다. 또한, 만약 그 집에 누가 있었는지 아내가 묻는다면⋯⋯ 정직하게 답하리라. 아마도.

하지만 케이트는 그러지 않는다. 아내는 다른 질문은 전혀 하지 않는다. 이런 자제심을 보이다니 뭔가 부자연스럽다. 그림의 정체를 재차 확인했다고 살짝 흘려 볼까? 그게 정상인 걸까? 아니면 과도하게 정상인 걸까? 아내의 평가와 일치하는 점만 말해 주는 게 더 안전할지도 모른다.

「당신 말대로 그림 구석에 얼룩이 있더라고.」 내가 말한다. 「엄지손가락으로 문지르니까 약간 지워지더라. 얼룩 때문에 서명이 안 보이는 것 같아.」

반응이 없다. 분명 뭔가 문제가 있다는 뜻이다. 도대체 무슨 문제란 말인가. 헬레네 앞에서 목사가 경건하게 무릎 꿇고 있던 기괴한 광경을 힐끔 본 이야기를 해 아내의 주의를 끌어 볼까 생각하지만 그렇게 하려면 그때까지 상황을 상당히 자세하게 설명해야 한다는 걸 깨닫는다. 머릿속으로는 2층으로 안내를 받아 다른 소장품들에게 존경을 표하는 목사의 우스꽝스러운 모습이 떠오르며 이에 대해 아내와 이야기를 나누고 싶지만 그 역시 안 될 말이다······.

서로 의견이 일치하는 부분만 강조해서 이야기해야지.

「당신 말대로 종교적 상징주의는 안 보이더라고. 흔적도 없더라. 내가 보는 한 그래. 대충 훑어볼 시간밖에 없었지만 말이야.」

이 말에도 아무런 반응이 없다. 하지만 반응이 없다는 것 자체가 이미 충분한 반응이다. 역설적으로, 아내는 〈오전 내내 감정해 놓고 대충 훑어봤다고 말한다면 당신이 세운 학문 기준은 대단히 엄격하겠어〉라고 온몸을 통해 주장하고 있는 것이다. 오전 중 상당한 시간을 나무 뒤에 숨어서 토니가 오길 기다렸고, 그러고 난 뒤에는 식료품 더미를 집 안으로 옮기느라 또다시 많은 시간을 썼다고 설명해야 할지도 모르겠다. 그리고 얼마 되지 않은 나머지 시간은 토니 부부의 개인적 문제를 재치 있게 해결하느라 썼다고 말이다. 개 문제도 포함해야지. 그러므로 전체 외출 시간 중에서 그림을 본 시간이 2~3분 정도는 됐는지 모르겠다.

하지만 나는 생각을 고쳐먹고 아무 말 하지 않는다. 그래도 케이트가 보이는 무언의 의심과 대답할 수 없는 진실의 세세하고 복잡한 내역 사이에 존재하는 불공평함에 부아가 치밀어 오른다. 몇 분이 지나도록 우리는 아무 말 없이 앉아 있다. 들리는 소리라고는 내가 어깨에 올려놓고 아래위로 흔들어 주는 틸다가 까르르, 킬킬거리며 짓까부는 소리뿐이다.

「내가 걱정하는 건.」 드디어 케이트가 입을 열고, 나는 순간 얼어 버린다. 「당신이 브뢰겔을 네덜란드의 독립투사쯤으로 여기고 있지 않은가 하는 거야.」

나는 여전히 말을 할 수 없다. 하지만 이번에는 너무나 놀라서이다. 지금까지 침묵을 지켜 온 이유가 바로 이거란 말인가?

「아니야?」 아내가 말한다. 「당신은 〈중상〉을 라틴 어로 뭐라고 하는지 물어봤어. 브뢰겔이 종교 재판소에 끌려갔을 거라고 생각하는 거야? 그림에서 정치적 내용을 읽어 내려고 시도한 사람이 한두 명이 아니야. 〈유아 학살〉은 스페인의 포악함에 대해 이야기하고 있다, 뭐 이런 등등의 주장 말이야. 하지만 당시 네덜란드에는 스페인 군대가 없었어. 1561년에 모두 철수했어. 1567년이 될 때까지 돌아오지 않았다고.」

나는 불시에 당한 일격에 여전히 대꾸를 못한다. 또한, 오늘 오전에 아내가 무슨 일을 하며 보냈는지 깨닫기 시작한다. 아내는 내 책과 파일을 살펴본 것이다.

「당신이 가져온 모틀리 글을 다시 읽어 봤어.」 아내가 말한다. 「열아홉 살 때 읽고 그 뒤로는 한 번도 본 적이 없었어. 그 사람이 얼마나 말도 안 되고 치우친 주장을 했는지 잊고 있었어. 당신도 알겠지만, 신교도는 무시무시한 일들을 엄청나게 저질렀어. 칼뱅주의자들이 특히 심했지. 모틀리라 할지라도 1566년에 일어난 성상 파괴 행위를 모르는 척 넘어갈 수는 없을 거야. 폭도들은 안트베르펜 성당에 있는 모든 것을 파괴했어. 그림이며 조각상이며 모든 걸 말이야.」

당연히 나도 아는 말이다. 하지만 케이트의 기세는 점차 선동적이 되어 가고 있다. 돈에 대해 불안해하며 대발작을 일으키는 것보다 더 심각한 문제이다. 이제껏 모아 두었던 분노는 사리사욕과 전혀 관계없는 대상으로 옮겨 갔다. 케이트의 목소리가 떨리며 성급해진다.

「그자들은 몇 세기에 걸쳐 그토록 사랑을 담아 정성껏 만들어 놓은 아름다운 모든 것들을 없앴어. 안트베르펜뿐 아니야. 네덜란드 전역에 있는 교회 수백 곳에서도 같은 짓을 저질렀어. 얼마나 많은 작품이 사라졌는지 아무도 몰라. 평생을 바쳐 만든 작품이 단 이틀 밤낮 동안의 야만 행위로 물거품이 되었어.」

맞아, 도상 연구의 재료로 삼을 수 있는 모든 자료가 사라졌지! 더구나 케이트는 가톨릭 교육을 받으며 자랐다. 케이트는 분노와 비탄을 토해 내며 오랫동안 잊고 있던 부족 충성심을 떠올리기 시작하는 것이다.

「알아.」 내가 말한다. 「나도 그 생각만 하면 화가 치밀어 올라. 물론 가톨릭 신자들 자신도 성상 파괴를 상당히 많이 했어. 알바 공작의 군대가 메헬렌을 약탈한 걸 예로 들 수 있어. 알바의 군대는 모든 교회를 체계적으로 욕 보였어. 게다가 그 사람들은 폭도도 아니었어. 알바가 허락해 준 거라고. 심지어 알바는 도상 해석적 구실조차 대지 않았어. 가톨릭 사령관이 가톨릭 군대를 풀어 가톨릭 신자들이 소중히 지켜 온 것을 약탈한 거야. 단순히 월급이 늦은 걸 만회해 주기 위해서 말이야.」

완벽한 사실이다. 하지만 내가 이 이야기를 왜 하고 있는 걸까? 나야말로 해묵은 종족 충성심을 품고 있는 걸까?

부부간의 모호한 실랑이를 위대한 역사적 논쟁으로 치장하려는 우리의 시도는 어리석기 짝이 없는 일이다. 그렇지만 아직 더 할 말이 남아 있다.

「어찌 되었든.」 틸다를 앞뒤로 부드럽게 흔들며 내가 말한다. 「예술 작품의 파괴가 아무리 지독했다 할지라도, 사람들을 고문해 죽이는 것만큼 지독한 일은 아니야.」

「그래?」 케이트가 싸늘하게 말한다. 「하지만 칼뱅주의자 역시 같은 짓을 많이 했어. 자기들이 다스리는 지역에서 말이야.」

나는 상관없는 도발은 무시하고 처음에 나온 단어에 매처럼 달려든다. 「그림과 조상을 망가뜨리는 게 사람을 망가뜨리는 것보다 더 나쁠 수도 있다는 뜻이야?」

케이트가 분별이 있는 사람이라면 〈물론 아니야〉라고 대답할 것이다. 하지만 아내는 그렇게 하지 않는다. 화가 난 사람들이 그러하듯, 아내 역시 생각하지도 않았던 극단적 위치로 자신을 몰아넣어 버린다. 「그래?」 아내가 말한다. 「하지만 결과적으로 볼 때, 사람이 무엇을 느끼는가보다 무엇을 하는가가 중요한 거 아니야? 어떤 인간이었는지보다 무엇을 남겼는지가 중요한 거 아니야?」

이것은 자만을 통해 괴물같이 자란 미술사이다. 나는 아내가 지금 한 말이 무슨 뜻을 담고 있는지 아내가 뼈저리게 느낄 만한 질문을 한다.「그림이 우리보다 더 소중하다고 주장하는 거야? 당신과 나보다도?」

아내는 생각한다. 아내는 아주 조용해졌고 꼼짝도 않는다. 문득, 지금 아내는 일부러 극단적 주장을 펴고 있는 게 아니라 자신의 말을 진심으로 믿고 있는 건 아닐까 하는 생각이 든다. 나는 평소에는 감춰진 아내의 아주 어둡고 깊은 속을 엿본다. 맞다. 아내는 완고한 무엇인가를 품고 있다. 나에게는 조금도 없는 광신적인 요소이다. 그리고 케이트를 무자비하게 공격하는 와중에도, 어쨌든 그런 광신적인 요소가 없으면 인류가 후세에 위대한 것을 남길 수 없다는 사실을 깨닫고 당혹스러워한다.

「나보다는 소중해. 맞아.」마침내 아내가 말한다. 이 말도 진심이다. 당연히 나는 아내의 손을 잡고 부드럽게 웃으며 나에게는 세상의 그 어떤 그림보다 아내가 더 소중하다고 말해야만 한다. 하지만 나는 그러지 않는다. 아직 우리 둘의 말싸움은 끝나지 않았다.

「나보다도?」나는 조용히 묻는다.

아내는 다시금 생각에 잠긴다.「어쩌면.」마침내 아내는 조용히 말한다. 오케이. 좋다. 이 정도 충격은 참을 수 있다. 케이트는 아직 내가 유인해 가는 매복 지점을 못 봤기 때문이다. 그것에 대해서 나는 말조차 꺼내지 않는다. 나는 단지 내 어깨에 기대어 있는 틸다의 정수리에 아주 부드럽게 입을 맞추고는 물음을 담은 눈으로 케이트를 바라본다.

케이트는 다시금 생각에 잠긴다. 케이트는 내 눈앞에서 변한 듯 보인다. 아내는 시선을 돌린다. 그녀 안에 있던 모든 냉담함이 끔찍한 슬픔으로 변해 나간다.

마음이 풀린다. 아내를 이렇게 대하다니. 스스로 솔직하게 반성한다. 아내를 사랑한다. 아내를 향한 터질 것 같은 사랑을 느낀다.

케이트는 일어나 나에게서 틸다를 부드럽게 받아 간다. 나 역시 부드럽게 틸다를 넘겨준다. 케이트는 틸다를 데리고 정문으로 갔다가 다시 돌아온다.

「여하튼, 당신은 어떤 그림 한 장에 대해선 나나 틸다보다 가치 있다고 여기는 것 같아.」 케이트는 조용히 말한다.

아내가 방향을 돌려 집 안으로 사라진다. 나는 야외용 깔개에 앉아 있다. 꼼짝도 할 수 없다. 두들겨 맞고 길거리에 쓰러진 사람이 된 기분이다. 한 번 그런 경험이 있다. 그런 뒤 겪는 첫 번째 어려움은 자신의 생사 확인이다. 두 번째는 자신이 누구이며 그 인물인 게 어떤 기분인지 판단하는 것이다. 세 번째는 어떤 이유로 길바닥 한복판에 드러눕는다는 이상한 일이 나 자신에게 일어났는지 탐색하는 것이다.

지금 내가 최초로 느낄 수 있는 논리적 감정은 억울함이며 최초의 논리적 생각은 〈내가 케이트를〉이 아니라 〈케이트가 나를〉이다. 〈나〉를 궁지로 몰아넣은 건 〈케이트〉이다. 아니, 좀 더 심하다. 케이트는 내가 나 자신을 궁지에 몰아넣게 했다.

최근에 어떤 상황에서 지금과 아주 비슷한 일을 경험하고 지금과 아주 비슷한 생각을 했던 기억은 나지만 정확히 어떤 상황인지는 기억나지 않는다. 나는 주체성을 완전히 잃고 일개 사물이 되어 버린다.

이윽고 나는 사태의 불공평함에 한 번 더 충격을 받는다. 케이트는 우리의 말다툼을 16세기 네덜란드의 종교적 옳음과 그림에 대한 진지한 토론을 한 것으로 위장했지만, 실제로는 단지 내 진실함을 의심하고 천한 상상을 하며 근거 없는 불만을 터뜨린 것에 지나지 않는다! 반면에 나는 보행자가 지켜야 할 모든 규칙을 지켰음에도 이렇게 길거리에 누워 있는 것이다!

나는 반쯤 죽어 넘어져 있는데 나를 친 것은 버스나 트럭처럼 육중한 탈것이 아니고 고작 자전거, 스케이트보드, 스쿠터를 타고 있는 아이에 지나지 않았다니! 거짓되고 천박한 개념에 지나지 않았다니!

그리고 마지막으로 드는 생각은, 도대체 어쩌다가 이런 사고가 일어나게 된 걸까 하는 것이다. 내 생각에 케이트는 그런 결론을 내려고 작정한 것 같은데, 도대체 그녀는 어쩌자고 내가 오전 내내 로라와 단둘이 있었을 것이라는 추악한 결론으로 도약한 것일까? 나는 결백한데 말이다. 순전히 케이트의 상상일 뿐이다! 나는 로라와 토니를 함께 만났다. 아니, 나를 맞이한 건 토니 혼자였다. 나는 로라에게 눈길조차 주지 않았다. 이 점에 대해서는 나나 다른 사람들의 의견이 일치한다! 도대체 왜 로라가 이 이야기에 끼어들어야 하는가? 케이트는 왜 로라가 그랬다고 생각하는 걸까? 케이트의 생각은 아무런 이성적 근거 없이 눈을 감고 어두운 곳을 향해 돌진하는 행동으로, 내가 예전에 했던 행동을 불신하는 일을 정당화하는 그 어떤 근거도 될 수 없다.

결국, 나는 예전 켄티시 타운 고속도로에서 차에 치여 쓰러졌을 때와 마찬가지로 혼자서 일어나 온힘을 다해 내가 가야 할 길을 간다. 부엌으로 들어갔더니 케이트가 물통 가득 빨래를 하고 있다. 나는 다시 한 번 정상적으로 행동할 생각이다. 딱히 더 좋은 방법이 떠오르지 않기 때문이다. 현재까지 내가 가지고 있는 계획은 우리가 방금 나눈 대화, 또는 대화의 결과로 나타난 근거 없는 은근한 의심에 관한 말을 꺼내는 대신, 오늘 아침에 내가 토니와 이야기하지 않았다는 케이트의 생각이 얼마나 말도 안 되는지 그녀 스스로 깨달을 수 있는 말 한두 마디를 자연스럽게 흘리는 것이다.

「장작을 좀 더 잘라야겠어.」 나는 마치 아무 일도 없었다는 듯 말한다.

「점심 안 먹을 거야?」 케이트 역시 아무 일 없었다는 말투다. 그녀 역시 정상으로 돌아오는 모양이다. 「우리는 벌써 먹었어.」

물론 여전히 함축적 의미가 들어 있지만 나는 그것을 무시한다. 「나중에 샌드위치 만들어 먹을게.」 나는 톱을 찾기 위해 싱크대 밑 케이트 발치에 있는 찬장을 들여다본다. 「그런데, 토니는 여전히 스크램블 트랙에 정신이 팔려 있더라.」

나쁘지 않다. 무척 자연스러운 데다가 문득 떠올랐다는 듯한 어투다. 그리고 아마 사실일지도 모른다. 또한 케이트와 내가 스크램블 트랙에 대해 공유하고 있는 분노가 우리 둘을 강력하게 묶어 줄 수도 있다. 하지만 케이트의 주의를 끄는 것은 스크램블 트랙이 아니다. 「아, 맞다. 말했어야 하는 건데.」 케이트가 말한다. 「그 사람이 오늘 아침에 전화했어. 런던에 있대.」

케이트가 말하는 방식은 완벽하다. 인정한다. 나보다 훨씬 뛰어나다. 좀 더 일찍 떠올리지 못해 미안하다는 분위기까지 은연중에 풍긴다. 나는 케이트를 과소평가하고 있었다.

나는 다시 한 번 있는 힘껏 길바닥에서 일어나 몸을 추스른다. 아무것도 설명하려 시도하지 않는다. 단지 지나가는 듯한 호기심을 담은 목소리로 물을 뿐이다. 「왜 전화했는데?」

「라벨 뒤에 적혀 있는 이름을 기억할 수 없다고 하더라.」 케이트가 말한다.

나는 잠시 동안 낡은 줄과 전선이 뒤엉켜 있는 곳에서 톱을 꺼내려 낑낑댄다. 이윽고 천천히 찬장에서 머리를 빼고서 케이트를 바라본다.

「프란츠라고 했어.」 케이트가 말한다. 「뭔가 찾으려고 도서관에 가는 길이라더라.」

도서관에 간다고? 뭔가 찾으러? 프란츠에 대해? 내 그림에 대해서? 런던에서?

말을 하려 입을 벌리지만 아무런 소리도 나오지 않는다. 케이트가 나를 힐끔 본다.

「개인적인 흥미가 생긴 모양이야.」 케이트가 말한다. 「유감이야.」

나는 톱을 들고 정원으로 빠져나간다. 한 번 치이는 것은 불운으로 여길 수 있다. 같은 날 두 번은 부주의로 생각할 수 있다. 하지만 내 경우처럼 하루에 세 번이나 같은 꼴을 당한다면 날 죽이려는 시도로 여길 수밖에 없다.

톱질을 기다리고 있는 나무조각들을 무심히 바라본다. 이제 무엇을 해야 할지 전혀 떠오르지 않는다. 걱정할 필요는 없다. 오늘 아침부터 모든 일이 내 도움 없이도 잘되어 왔으니 이후에도 알아서 잘 진행되겠지.

자전거를 탄 남자가 오솔길 모퉁이를 돌아 비틀거리며 다가온다. 붉은 얼굴에 물주전자 손잡이처럼 생긴 귀가 보인다. 얼굴은 낯설지만 귀는 낯익다. 남자는 빳빳이 세운 목사용 옷깃을 달고 있진 않지만, 귀는 헬레네 앞에서 경건하게 무릎을 꿇고 있던 뒷모습에 달려 있던 바로 그 귀다.

남자는 한쪽 발을 땅에 대고 자전거를 멈춘다. 「당신이 마틴이군요.」 남자가 말한다.

지금까지 우리 삶에 목사가 끼어든 적은 한 번도 없었다. 이곳에 목사가 온 이유로 생각해 낼 수 있는 것은, 로라가 이 남자에게 모든 것을 다 고백했고, 목사는 나에게 남편과 아버지의 의무가 무엇인지 일깨워 주기 위해 왔을 것이라는 것뿐이다. 내 정체를 숨길 수도 있지만 나는 그냥 고개를 끄덕인 뒤 꼼짝 않고 목사의 조언이 시작되기를 기다린다.

하지만 목사는 은밀하게 충고할 생각이 아닌 모양이다. 가족 요법, 충격 치료, 솔직한 전면 대립을 원하는 게 분명하다. 「부인께서는 안에 계신가요?」 남자가 말한다.

여기서도 나는 〈아니요〉라고 말할 수 있다. 하지만 나는 전투를 포기한다. 나는 단지 별장을 가리킬 뿐이다. 로라가 남자에게 모두 다 고백했듯이, 남자의 입을 빌려 비참한 내용을 하나도 빠뜨리지 말고 케이트에게 말하게 하자.

남자는 자전거에서 내려 내 손을 잡고 흔든다. 「저는 존 퀴스입니다.」 남자가 말한다. 「햄리시에서 케이트와 같이 일하는 동료입니다.」

「멋지군요.」틸다를 살펴보며 존 퀴스가 말한다. 「피부색이 정말 곱군요. 특히 뺨을 정말 제대로 빚었네요.」

퀴스는 식탁 앞에 앉는다. 로라의 예상은 틀렸으며, 내가 업우드를 나올 때 그림을 숭배하고 있던 남자는 이 지역 성직자가 아니다. 그 남자는 바로 꼴도 보기 싫은 존 퀴스, 모든 것을 다 알고 있는 미술사가였다.

나는 커피를 준비한다. 아니, 커피를 준비하고 있다고 생각한다. 쥐약을 우려내고 있을지도 모른다. 지금 내가 무엇을 하는지 알 수 없다. 결혼에 대한 쓰디쓴 조언을 예상하며 조용히 체념하고 있던 나는 이제 참을 수 없는 불안을 느낀다. 이 친구가 「즐겁게 노는 사람들」을 보았을까?

상식적으로 생각해 보려 애쓴다. 불가능한 일이다. 로라가 이 사내를 2층으로 데려갔을 리 없다! 아니, 데려갔을까?

「여기 온 이래 계속 초대하려 했어요.」 케이트가 말한다.

「알아요. 하지만 더 기다릴 수가 없더라고요! 난 다른 사람 집을 보는 걸 좋아하잖아요.」

퀴스는 촌스럽게 이것저것 어지러이 널려 있는 부엌을 힐끔 보고서는 모호한 자비심을 조심스레 발휘한다.「멋진데요.」퀴스가 말한다.「하지만 이 집에서 가장 멋진 작품은 여기 누워 있는 아름다운 딸아이입니다. 사실대로 말하면, 이 근처 집을 방문하고 오는 길이죠. 고맙다고밖에 할 말이 없더군요. 토니 씨가 전화를 하더니 당신이 친절하게도 내 이름을 말해 줬다고 하더라고요.」

당연하지. 토니에게 퀴스를 소개해 줄 사람이 케이트 말고 누가 있을까. 지금까지 케이트가 저지른 모든 행동 가운데 가장 지독한 배신이다. 덕분에 케이트가 나에게 품고 있는 이유 없는 분노가 더 잔인하게 느껴진다. 그런데 이 남자는「즐겁게 노는 사람들」을 봤을까?

「정말 미안해요.」나에게는 눈길조차 주지 않으며 케이트가 말한다.「토니 씨가 당신 전화번호를 어떻게 알았는지 모르겠네요. 그냥 이름만 이야기했을 뿐이거든요. 그 사람이 괴롭힌 건 아니었으면 좋겠어요.」

「사과 안 해도 돼요!」퀴스가 외친다.「물론, 우리 같은 직업을 가진 사람들은 다른 사람들이 자기네가 물려받은 형편없는 가보가 얼마나 나가냐고 질문하는 걸 싫어하죠. 나도 알아요. 하지만 난 그런 질문을 받는 게 좋아요! 난 그런 부탁을 들으면 늘 번개같이 안장에 걸터앉아 열심히 페달을 밟아 댄다고요. 다른 집을 당당히 들여다볼 수 있는 기회잖아요! 게다가 재수만 좋으면 정말 멋진 작품을 만날 수도 있고 말이죠.」

그래서, 만난 건가? 화장실을 좀 쓰겠다고 요청한 다음 혼자서 차분하게 감정을 시작했을 수도 있다는 생각이 퍼뜩 머리를 스치고 지나간다.

「내 생각에는 이미 가서 감정을 마쳤을 것 같은데.」퀴스가 케이트에게 말한다.

「저녁 먹으러 가야 했어요.」케이트가 애처롭게 말한다.

「오, 이런!」퀴스가 외친다. 「엿보러 가는 것과 밥 먹으러 가는 건 완전히 다른 일이죠. 전 식사 초대는 늘 거절하죠. 그냥 자전거를 타고 가다 들르는 게 맘에 들어요. 가만, 그렇다면 당신 둘은 그곳에 가서 저녁 내내 그 지겨운 사람들과 지냈겠군요. 완전히 시간 낭비를 하면서 말이에요. 그 사람은 당신을 안 믿었을 테니 말이에요. 그런 사람들은 누굴 믿어야 하는지에 대해 전혀 감이 없지요! 그러다가 결국 자기들이 가진 물건을 장사치 상어에게나 자랑하게 되는 거죠.」

이 친구가 익살스럽게 말하는 포식자 부류에 자기 자신을 포함시키는지 아닌지 나는 모르겠다. 그런데, 그걸 본 건가?

「어쨌든, 어떤 평가를 내렸나요?」퀴스가 케이트에게 말한다.

퀴스는 좀 전처럼 밝게 말하지만, 나는 그 목소리에 염려하는 기색이, 심지어 불안해하는 기색까지 깃들어 있는 걸 알 수 있다. 내가 퀴스의 평가를 알고 싶은 만큼, 퀴스도 케이트의 평가를 알고 싶어 한다. 그 때문에 이곳에 온 것이다. 친구를 보러 온 게 아니다. 이 사람은 자신이 뭔가 발견했다고 생각하고 있다. 아직 다른 사람들은 그걸 발견하지 못했다고 확인하기 위해 필사적인 것이다.

「사실, 전 아무것도 못 봤어요.」케이트가 말한다. 「감정에 대해서도 잘 모르고요. 하지만 마틴은 꽤 흥미 있어 하더군요.」

퀴스는 깜짝 놀라며 나에게로 시선을 돌린다. 커피 주전자와 조용히 씨름하는 인물도 이 집의 일부라는 사실을 잊고 있던 게 분명하다.

「당신도 우리 같은 사람인 줄 몰랐군요.」 퀴스가 말한다. 「좀 더 존경받는 일을 하는 분인 줄 알았습니다. 철학자나 출판인 뭐, 그런 분으로요.」

나는 어깨를 으쓱한다. 「그냥 아마추어로서의 흥미죠.」

「이런, 맙소사.」 퀴스가 말한다. 「그게 바로 프로가 가장 무서워하는 겁니다. 아마추어가 생각한 것이 마지막에 승리를 얻는 건 아닐까, 늘 걱정하죠.」

나는 겸손하게 웃는다. 퀴스는 뭔가 봤다. 이제 확신할 수 있다.

「그래, 조르다노의 멋진 작품을 본 감상이 어떠신가요?」 퀴스가 묻는다. 「왜 그 작품은 조찬실에 그런 식으로 처박아 두었을까요? 그 아름다운 여인은 흡사 십자가에 못 박힌 것 같아 보이더군요. 압류될까 봐 꽁꽁 숨겨 놓은 건가요?」

일종의 채권자에게서 숨겨 놓았다고 할 수 있다. 그렇다. 생각하건대, 아주 높은 가능성이다.

「저는 조르다노를 그리 좋아하지 않습니다.」 퀴스가 말한다. 「〈빨리해!〉라는 별명이 붙었으니 그림이야 빨리 그렸겠죠. 하지만 제게는 파스타 소스 같은 느낌을 주는 화가입니다. 마흔 종류의 파스타가 있는데 그 위에 마크 앤드 스펜서에서 사 온 한 가지 소스만 부은 것 같은 느낌이죠. 하지만 그 집에 있는 다른 몇 점은 어떠셨나요? 뭔가 흥미 있는 걸 보셨나요?」

다른 몇 점. 이 사내가 알고 싶어 하는 건 바로 이것이다. 「모르겠군요.」 내가 말한다.

「그럼, 아무런 의견도 없으신 건가요?」 퀴스가 계속 캐묻는다.

나는 싱긋 웃으며 고개를 가로젓는다.

「그게……」 케이트가 얼굴을 찌푸리며 말한다. 우리를 끝장내는 건 나의 부정직함이 아니다. 그건 바로 아내의 정직함이다. 퀴스는 아내에게 시선을 돌렸다가 다시 나를 보며 우리 부부가 합의에 다다르길 기다린다.

마침내 내가 말한다. 「주변에 누군가, 그림에 흥미를 보이는 사람이 있는지 알아본다고 했습니다.」

「그래서 찾아냈나요?」 퀴스의 호기심은 약간 무례해지기 시작한다.

나는 퀴스에게 커피를 건네주며 살짝 웃는다.

「아, 알겠습니다.」 퀴스가 말한다. 퀴스는 케이트 쪽으로 시선을 잠시 돌렸다가 다시 나를 바라본다. 「바하마 제도에 사는 사람인가요? 탈세를 할 생각인 건가요?」

케이트 역시 나를 바라본다. 로라에게서 이야기를 듣기 전에는 내가 생각도 못했듯, 케이트 역시 탈세에 대한 생각은 미처 하지 못했다.

「바하마 사람이라니요, 아닙니다.」 내가 싱긋 웃는다. 하지만 속으로는 〈이토록 빨리 그런 생각을 해낸 건 이 친구 자신이 그런 제안을 할 생각이기 때문이 아닐까?〉 하고 생각한다.

「어느 그림을 팔 생각이신데요?」 퀴스가 묻는다. 「스파게티 소스인가요?」

「크림 드릴까요?」 내가 묻는다.

「고맙습니다. 아니면 다른 쪽 그림인가요?」

예의를 갖추는 척하며 나누던 대화는 완전히 사라졌다. 나도 같은 식으로 대답한다. 「당신이라면 어느 그림을 팔겠습니까?」 내가 무례하게 묻는다.

퀴스는 잠시 동안 나를 똑바로 바라보며 내 말을 어느 정도 진심으로 받아들여야 할지 가늠하려 애쓴다. 이윽고 퀴스가 살짝 웃는다. 「영광인데요. 저는 학계의 숲에 사는 천한 나무꾼에 지나지 않는데 말입니다.」

퀴스는 잠시 커피를 홀짝이더니 내 쪽을 포기하고 케이트를 공략한다.

「토니 씨가 설마 친한 친구는 아니겠죠?」 퀴스가 케이트에게 묻는다. 「물론, 아니겠죠. 그 집, 정말 비참하더군요. 한때는 멋진 가구가 갖춰져 있었겠지만 모두 꿩 먹이를 대느라 사라졌더군요. 완전히 바보 같은 남자더군요. 실제로 만나 본 건 아니지만 말이죠. 내가 갔을 때는 안주인만 있었어요.」

퀴스가 껄껄댄다. 「어떤 여자인지는 잘 모르겠지만.」 퀴스가 말한다. 「다소, 뭐랄까…… 육감적이라고 해야 할까요?」

케이트는 긴장한 얼굴로 웃지만 나를 보지 않는다. 「그래요?」 케이트가 말한다.

퀴스가 다시 껄껄댄다. 「사실, 그 여자는 혼자가 아니었습니다. 내가 갔을 때는 2층에 누군가 있더라고요. 위층에서 상당히 흥분한 듯한 외침이 들려왔거든요.」

케이트는 다시금 겁에 질린 웃음을 짓는다.

「아마 배관공이었을 거예요.」 퀴스가 말한다. 「2층에서 배관 공사를 하고 있었겠죠. 야한 상상력은 억제해야죠. 하지만 그 여자가 아래층으로 내려왔을 때 보니 약간 〈멍한 상태 *distraite*〉라는 생각을 지울 수가 없더라고요.」

퀴스는 나를 본다. 나는 답례로 웃어 보인다. 설마, 그때

들은 목소리가 귀에 익다는 말을 하고 있는 건 아니겠지. 퀴스가 한 미술적 발견에 대해 걱정된 나머지, 나 자신이 하필 그때 큰 목소리로 개들에게 제안을 하고 있었다는 걸 잊고 있었다. 주둥이를 다른 곳에 대고 킁킁대라고 말한 기억이 난다. 그때로서는 내가 자각하던 이상으로 적절한 제안이었다. 다시 한 번 그 제안을 하고 싶은 기분이 든다. 하지만 결국 틸다가 내 마음과 똑같은 제안을 아무 말 없이 한다. 퀴스는 코를 킁킁거리더니 가볍게 콜록거린다. 「기저귀를 바꿔 줘야겠어요.」 케이트가 말한다.

퀴스가 돌아간 뒤 정적이 집 안을 감싼다. 케이트와 나 둘 다 생각할 것이 많다.

오후가 반쯤 지나갔을 때 케이트가 말한다. 「그래, 이제는 그게 침실에 있는 거야?」 아내가 차분히 묻는다.

아무런 대답도 할 필요가 없어 보인다. 하지만 티타임 무렵 나는 짧은 대화를 시작한다.

「내가 원하는 건 그림이야.」 내가 설명한다. 「그 여자가 아니라고.」

「나도 그렇게 생각해.」 좀 전과 마찬가지로 아내는 차분하게 대답한다. 「하지만 둘이 함께 붙어 다니는 모양이지 뭐.」

저녁 식사를 위해 자리에 앉았을 때 아내가 다시 대화를 시도한다. 「당신이 내일 다시 가보는 게 좋을 거 같아.」 아내는 협조적으로 말한다. 「그래서 존이 어디까지 알아냈는지 알아봐야 할 거 같아.」

나는 잠시 이 제안에 대해 생각한다. 「고마워.」 마침내 내가 말한다.

「천만에. 단지 난 이 모든 일이 되도록 빨리 끝났으면 하고 바랄 뿐이야.」

　솔직히, 지금 나를 괴롭히고 있는 생각은 퀴스가 그 그림을 보았고 그것을 알아보았으면 어쩌나 하는 것이 아니다. 더 큰 걱정거리가 생겼다. 퀴스가 그 그림을 보았지만 알아보지 못했으면 어쩌나 하는 것이다.

이튿날 아침, 업우드로 찾아가니 랜드로버는 마당에 있지만 문을 열어 준 이는 여전히 로라이다.

로라는 어색하게 웃는다. 내 모습을 보아 행복하다는 표정을 감추지 않고 있다. 그리고 로라가 어색하게 기뻐하는 모습을 보고 있노라니 나 역시 어색하나마 기쁨을 느낀다. 「남편은 조찬실에 있어요.」 로라가 조용하게 말한다. 숲을 지나오는 내내 로라에게 어떻게 인사할까 궁리한 끝에, 이전과 다를 것 없는 감정적 거리는 유지하면서 전보다 친해진 관계를 키스로 표현하겠다고 마음먹었지만 내가 세운 우아한 타협안을 실행에 옮기기도 전에 로라는 자기 어깨 너머를 살피고는 현관문을 닫은 뒤 까치발을 해 나에게 키스한다. 순간적이고 경쾌한 키스였지만 왼쪽 뺨이 아니라 내 입술에 닿는 키스이며 내가 생각하고 있던 것과는 완전히 다른 것이다.

당혹스럽긴 했지만 큰 문제는 아니다. 숲을 지나오며 내가 계획했던 것 가운데 좀 더 중요한 것은, 「즐겁게 노는 사람들」을 퀴스가 보았는지를 어떻게 알아내는가 하는 것이다. 하지만 퀴스가 로라와 얼마나 친밀해졌는지 궁금해하는 것으로 오해를 불러일으키거나 그림 자체에 대해 흥미를 보이고 있는 표시를 내서는 안 된다. 나는 다음과 같이 할 것이다. 나는 계단에 걸려 있는 개 그림에 대해 퀴스가 뭐라고 했는지 물어볼 것이다. 만약 퀴스가 그곳까지 가지 않았다면 침실에 가지 않은 건 분명하다.

「들어 봐요.」 더 이상 방해나 당혹스러운 일이 일어나기 전에 나는 즉시 입을 연다. 하지만 로라는 전과 마찬가지로 내 입술에 손가락을 댄다. 「아무 말도 하지 마요.」 목소리를 낮추고 로라가 말한다. 「모두 내 잘못이었어요. 제 자신이 끔찍하게 부끄러웠어요.」

뭐라 할 말이 없다. 앞으로 무슨 일이 일어날지 모르겠다. 이런 말을 먼저 듣고 나니 내가 꼼꼼하게 계획했던 말을 할 수 없게 된다.

로라가 부드럽게 설명한다. 「어제 당신에게 그런 식으로 달려들다니. 당신 표정을 보자마자 알아차렸어요. 또 실수했다는 걸 말이에요. 정말 멍청하죠! 다만…… 달리 무슨 일을 해야 할지 몰랐어요! 이 동네 사람들은, 뭐랄까……. 그걸 기대하거든요. 이곳 사람들은 뭔가를 쏴 죽이지 않을 때면 그런 짓을 하면서 시간을 보내요……. 맙소사, 지금도 당신은 내 말에 놀라 비난하는 표정을 짓고 있군요. 당신은 그런 사람들과 달라요. 알아요, 안다고요. 잘 알고 있어요. 당신을 보자마자 알아차렸어야만 했어요. 그러니까 나는, 지식인들과 한 부류가 될 거라고 생각했어요. 모두 자신이 따라잡고 싶어 하는 층을 잘 알고 있다고 생각하잖아요. 하지만 내가 얼마나 무식한지 보여 줬을 뿐이에요. 송충이는 솔잎을 먹고 살아야 하는 건데, 그러지 않은 게 문제였어요.」

로라는 애처롭게 웃는다.

「그만 해요!」 나는 중얼거리며 내가 어제 얼마나 바보 같은 행동을 했는지, 내가 날려 버린 기회가 어떤 것이었는가에 후회한다. 「제발! 모두가 내 잘못이었어요! 미안해요! 어제 일은 잊어버려요. 이제……」

로라는 다시금 내 입술을 막는다. 하지만 이번에는 손가락이 아니라 잽싸게 하는 키스를 통해서이다.

「그리고 당신은 아주 상냥하게 대해 주었어요!」 로라가 말한다. 「아마 지금 당신은 내가 닳고 닳은 그런 여자들과 같다고 생각하겠지요. 하지만 사실, 난 그런 여자가 아니에요. 달라요. 저기…… 할 수만 있다면 그냥 보통 친구로 지내고 싶어요. 여러 가지 이야기를 나누는 사이로 말이에요. 뭐든지 좋아요. 그림도요. 전 정말로 그림에 대해 알고 싶어요! 당신이 하는 연구라든가 정상론이라든지. 뭐든지 다요. 케이트와 당신이 어떤 관계라는 걸 알아요. 문제를 일으키고 싶은 생각은 없어요. 그냥 친구가 되고 싶을 뿐이에요.」

친구? 좋다. 안 될 게 뭔가? 처음 만났던 날 내가 상상했던 것처럼 예술과 철학에 대해 간단하면서도 즐거운 가르침 몇 가지를 해줄 수 있으리라. 사태가 이렇게 안정되는 것에 대해 나는 무엇을 느끼고 있을까? 안도감인 듯하다. 동시에 가슴을 파헤치는 실망도 든다. 그리고 로라가 토니에 대항해 벌이는 개인적 전쟁에 내가 어떤 형태로든 이용되는 것은 아닌가 하는 의심도 든다. 이번에도 〈내가 그녀를〉이 아니라 〈그녀가 나를〉이 되는 건 아닌지, 주격에서 목적격으로 변하는 악몽이 다시 일어나는 건 아닌지, 이 세상에서 내가 주격으로 설 자리가 있기는 한 건지 의심이 든다.

또 하나 내가 확실히 느끼는 것이 있다. 아찔한 로라의 육체이다. 로라는 이번에도 자기보다 한참 큰 스웨터를 입고 있다. 전과 달리 이번에는 아주 부드러운 양모로 짠 검푸른 스웨터다. 로라가 나에게 너무 가까이 다가와 있기 때문에 스웨터의 따뜻함을 그대로 느낄 수 있다. 우리는 현관에 서 있다. 내 등 뒤의 웅덩이는 바람에 날려 잔물결을 일으키고 로라 등 너머 현관문은 닫혀 있고, 면도칼에 벤 회색 얼굴을 한 로라의 남편은 아마도 현관문 너머 그리 멀지 않은 곳에 있을 터였지만 내 머릿속에 떠오르는 것은 로라의 부드러움과 온기와 풍만한 몸뿐이다.

뭐, 이 정도가 내가 생각해 낼 수 있는 거의 전부이다. 나는 오늘의 주제에 집중하기 위해 엄청난 노력을 기울인다.

「들어 봐요.」 내가 말한다. 하지만 지금까지 일의 전개에 짓눌려, 마음속에서 조심스레 준비해 온 태연한 레가토는 뚝뚝한 스타카토로 바뀐다. 「개 말인데요. 계단에 있는 거요. 그럼요. 그 사람이 봤나요?」

「뭐요? 어제요?」 로라가 어리둥절한 표정으로 말한다. 「그 조그마한 예술가 말하는 건가요?」

「그 친구가 뭐라고 했지요? 뭔가 말했나요? 개에 대해서 말했어요? 계단에 있는 거요.」

로라는 얼굴을 찌푸린다. 「흥미 있는 게 그 〈개〉였군요? 내 생각에 어째 다른 것보다 더 관심을 갖는다 했어요.」

「아니, 아니요. 그냥 궁금할 뿐이에요. 그 친구가 그걸 봤나요? 개를 봤어요?」

갑자기 로라가 깔깔댄다. 「당신 대신 그 남자를 2층으로 데려갔냐는 뜻인가요?」

「아니, 아니요.」

「그 귀 큰 남자에 대해 걱정하는 거예요?」로라는 못 믿겠다는 어투로 물었다.

「당연히 아니죠. 난 그냥…… 그 사람이 뭔가 말했나 궁금해서요. 개에 대해서요.」

로라는 내가 질투하는 줄 아는지 함박웃음을 머금고 나를 바라본다. 물론 난 질투하고 있다. 심지어, 대황 잎사귀 같은 귀가 달린 자그마한 남자를, 여자에게 음탕한 시선을 보낸 적이 단 한 번도 없을 것 같은 그 남자를 질투하고 있다. 로라 덕분에 4월이 단숨에 5월로 바뀐다. 「침실에 있는 건 궁금하지 않아요?」로라가 말한다. 「그 남자가 침실에 있는 거에 대해서는 뭐라고 말했는지 알고 싶지 않아요?」

나는 껄껄거린다. 다른 답을 생각해 낼 수 없다. 아니, 사실은 생각해 낼 수 있다. 나는 웃음을 멈춘다.

「궁금해요.」내가 말한다. 「그 친구가 뭐라고 말했나요?」

이제 로라가 깔깔거릴 차례다. 로라는 집게손가락을 내 코끝에 댄다. 「안 가르쳐 줄래요.」로라가 말한다.

내 무릎 근처에 킁킁거리는 소리가 시끄럽게 들리며 축축하게 젖은 묵직한 주둥이와 마구 흔들리는 꼬리가 날 덮친다. 로라 뒤쪽의 현관문이 열려 있고 토니 처트가 문간에 서 있다.

나는 깜짝 놀란다. 토니도 깜짝 놀란다. 나는 내 코끝에 대고 있는 로라의 손가락을 치우려 한다. 토니는 등 뒤로 뭔가 숨기려 한다. 하지만 토니가 숨기려는 것은 손에서 미끄러져 나와 공중에서 노란 곡선을 그리며 현관을 가로질러 내 발밑으로 주르르 미끄러진다.

「마틴은 당신이 따로 미술 전문가를 여기로 불러 온 것에 대해 다 알고 있어요.」 토니가 내 다리에 엉켜 있는 개들 사이에 끼어드는 동안 로라가 차분한 어조로 말한다. 로라는 토니를 향해 말하지만 눈은 나를 보고 있으며 여전히 어색하고 웃고 있다. 「무척이나 질투하고 있어요.」

「다른 사람을 통해 확인해 보는 거지.」 토니가 말한다. 기껏 주운 노란색 물체는 다시금 그의 손을 빠져나간다. 「난 언제나 확인 절차를 거친다고.」

토니가 일어난다. 토니가 들고 있는 손톱 소제용 솔 위에 축축한 노란 비누가 균형을 잡고 있다.

「걱정 말라고.」 토니가 말한다. 「아내가 쓰는 크랩트리 앤드 에벌린[57]이야. 이걸 쓰면 좀 낫지 않을까 해서 말이야. 로라의 젖가슴을 씻어도 안전한 비누라면, 그림물감이 벗겨지지 않을 거라고 생각했거든.」

「위대한 전문가 한 분이 그림에 그런 걸 대지 말라고 한 것으로 아는데요?」 로라가 말한다. 「듣지도 않을 거면서 왜 다른 사람들에게 조언해 달라고 해서 그 사람들의 시간을 낭비하게 만드는 거죠?」 로라는 나에게로 시선을 돌린다. 「이이는 그 그림에 완전히 홀려 있어요. 아직까지도 그 그림이 렘브란트나 반 다이크나 뭐, 그런 사람의 작품이라고 생각하고 있지요.」

「여하튼, 라벨에 써 있는 사람 것이 아닌 건 확실해.」 토니가 말한다. 「난 자네 친구 프란츠 선생의 전 작품을 샅샅이 훑어봤네. 내 눈에도 그 그림은 프란츠 게 아닌 걸 알 수 있더

---

[57] 향수, 화장품, 비누 등을 제조하는 회사.

라고. 비누와 물로 살짝 씻어 내면 누구 작품인지…… 자네도 알 거야……」

나는 가슴이 철렁하는 기분으로 계속 그의 말을 기다린다.

「내가 누굴 말하는지 아나?」 토니가 묻는다.

나 스스로 정한 행동 규범에는 불분명한 토니의 생각을 읽어서 말해 줘야 한다는 항목은 들어 있지 않다. 발켄보르흐 형제나 몸페르 부자 중 한 명의 이름을 대야 하는 게 아닐까 생각한다. 금방 떠오르는 건 그 정도이다. 하지만 토니가 몸페르나 발켄보르흐에 대해 들어 봤을 성싶지 않다. 그 그림의 작가로 토니가 들은 이름은 아마 한 명뿐일 것이며 내가 말해 주지 않아도 토니가 막 그 이름을 입 밖으로 꺼내려 하고 있다.

토니는 얼굴을 찌푸리고 저 멀리를 바라보더니 마침내 단어가 그 모양을 이뤄 입에서 튀어나온다. 「제기랄.」 토니가 말한다.

예상하고 있던 이름이 아니기에 안심이 되면서, 그 그림을 그린 이가 〈제기랄〉이라는 토니의 설을 지지할까 잠깐 생각한다. 그때 개들이 짖어 대며 저 멀리로 뛰쳐나가고, 토니가 보고 있던 것은 내 뒤쪽의 뭔가였다는 사실을 깨닫는다. 나는 뒤돌아본다. 사륜 구동 자동차 한 대가 여기저기 움푹 파인 길을 따라 덜컹거리며 우리 쪽으로 다가온다. 토니 것보다 훨씬 크고 깨끗하고 현대식이며 늘씬한 자동차이다.

「제기랄.」 토니가 다시 한 번 되뇐다. 「이런, 제기랄!」

야릇하게도, 자동차에서 내리는 인물은 토니 처트다. 토니 처트보다 훨씬 더 크고 깨끗하고 현대식이며 늘씬한 인물이다. 내 앞에 있는 구(舊)토니 처트가 즐기는 황토색이 아니라

첫 번째 선적 361

신식 사륜 구동 자동차에 어울리는 검푸른 차림이다. 살로 꽉 찬 검푸른 블레이저. 검푸른 수직 줄무늬 셔츠와 밝고 푸른 대각선 무늬의 레지멘털 타이가 서로 어울리지 않는 게 인상적이다. 이국적인 쪽빛과 값비싼 군청색을 이용한 습작이다. 그리고 셔츠 위, 구토니 처트가 청회색의 얼굴을 이용해 전체적으로 갈색인 분위기를 벗어나려고 했던 곳에 놓인 신(新)토니 처트의 얼굴은 붉은 산화납 또는 동양의 랙깍지벌레로 염색한 듯한 색깔로, 전체 색상과 어울리지 않기는 마찬가지이다. 신기한 일이다. 만일 둘이 서로 머리를 바꾼다면 훨씬 더 조화로운 모습을 보일 수 있을 테니 말이다.

개들은 이 남자를 안다고 생각하면서도 낯선 인물이라고 생각하며 흥분한다. 「닥쳐, 이 멍청이들아.」 개들의 또 다른 주인이 팔을 들어 올리며 말하자 놈들은 움츠러들어 꼬리를 땅으로 내리깔고 으르렁거리며 물러난다. 남자는 내 앞에 있는 원본 토니에게 시선을 돌린다.

「방금 엄마의 가재기물 목록을 조사했어.」 남자가 말한다.

「남아프리카에 있는 줄 알았는데.」 원본이 말한다.

「뭐, 잘못 알았다고 할 수 있지. 이번에도 말이야. 간단하게 질문할 테니 하나만 대답해 봐. 어디 있지?」

「뭐가 어디 있어?」

「이봐, 말장난하지 말자고.」

침묵. 새로운 토니 처트는 집과 마당을 한참 동안 바라본다. 「맙소사.」 남자가 말한다. 「지난 20년 동안 어디 한곳 빼놓지 않고 구석구석 잘도 망가뜨려 놓았군.」

주변의 재산을 둘러보는 남자의 시선이 마지막으로 멈추는 곳은 아직까지 손톱 소제용 솔과 비누를 들고서 현관 앞에서 무너져 가는 갈색 조각처럼 꼼짝 않고 서 있는 낡은 토니 처트 자신이다.

「계속 여기 서 있으면서 감기라도 걸리자는 거야?」새로운 토니가 말한다.

「내가 보기에, 지난 20년 동안 넌, 핏대 높이는 법만 배운 거 같군.」낡은 토니가 말한다.

「영장하고 집행관을 데려고 오길 바라니?」새로운 토니가 말한다.

낡은 토니는 마지못해 한쪽으로 비켜선다. 집으로 행진해 들어가는 동안, 새로운 토니는 내 존재를 전혀 알아차리지 못한 낌새이지만 로라 곁을 지날 때는 가볍게 고개를 까닥하며 인사한다.「새로운 부인인 모양이군요?」새로운 토니가 말한다.「돈이 많다던 그 여자분인 모양이죠?」

새로운 토니가 껄껄댄다. 아마도 어색한 분위기를 없애려고 노력하는 모양이다.

새로 온 파란 토니는 계단참으로 곧장 가서 헬레네가 걸려 있던 곳을 쳐다본다. 낡은 갈색 토니는 새 토니를 바라본다. 로라와 나, 개들도 새 토니를 바라본다.

「아니지, 그럴 리가 없지.」 새 토니가 말한다. 「너에게 그럴 용기가 있을 리 없어. 조만간 내가 오리라는 걸 알고 있었을 테니까 말이야.」

「만약 내가 그 빌어먹을 물건을 손에 넣었다면.」 갈색 토니가 말한다. 「그게 여기 있지는 않을 거야. 팔았을 테니까.」

「아니, 안 그랬을 거야. 그럴 용기 역시 없으니까. 거실에는 없을 테고…….」

파란 토니는 집 안 깊숙이 들어간다. 「여기 어딘가 숨겨 놓은 걸 안다고!」 그는 어깨 너머로 외친다. 「엄마가 팔아 버렸어!」 갈색 토니가 뒤따라 가며 외친다. 「몇 년 전에 말이야! 엄마가 너에게 말했을 거라고 생각했는데…….」

비누가 갈색 토니의 손을 빠져나와 판석이 깔린 복도 위로 미끄러진다.

「저 사람이 조찬실에 들어가려다 그곳이 잠긴 걸 알면 무슨 일이 벌어질까요?」 로라가 조용히 나에게 말한다. 「난 토니에게 가망 없는 일이라고 말했어요. 저 사람은 문을 부수고…… 이런, 세상에. 당신, 아파 보이는군요.」

그렇게 보이리라 생각한다. 내 그림은 어떻게 되는 걸까? 저 남자는 내 그림도 찾아낼 것이다! 그리고 그것도 가져갈 것이다. 이 두 눈앞에서 내 그림이 사라지는 것이다.

「정말 미안해요.」 로라가 말한다. 「당신이 무슨 생각을 하는지 잘은 모르지만, 토니에게서 헬레네를 빼앗는 일에 모든 게 달려 있다는 걸 알아요.」

나는 로라의 감지력에 당황해 그 말을 부정하기 위해 입을 벌린다. 하지만 나는 단지 〈다른 거예요, 다른 거〉라고만 중얼거렸다.

로라가 얼굴을 찌푸린다. 「다른 거 어떤 거요? 어떤 걸 말하는 거죠?」

「2층에 있는 거요!」 어쩔 수 없다. 말해 버렸다. 이제 로라는 모든 상황을 안다. 난 로라를 공범자로 만들었다. 아니면 내가 로라 손에 들어간 건지도 모른다.

어쨌든, 로라의 표정으로부터 그녀가 모든 걸 다 짐작했다는 것을 알 수 있다. 그러나 형제와 개가 다시 이쪽으로 행진해 온다.

「말했잖아!」 갈색이 말한다. 「엄마가 팔았다고! 5년, 10년 전 일이야!」

「그랬을 리가 없어.」

「네가 어떻게 알아? 넌 거기 없었잖아!」

「너도 없었어.」

「임마, 난 돌아가시는 엄마를 간호했어!」

「아니, 넌 그러지 않았어. 넌 한 번 찾아와서 30분 동안만 보고 갔어.」

「넌 내가 뭘 했는지 몰라!」

「난 네가 너 자신에 대해서 아는 것보다 너에 대해서 잘 알고 있어.」

「문병조차 오지 않았잖아! 넌 남아프리카 케이프 주(州) 어딘가에 뚱뚱한 궁둥이를 붙이고 피에스포터나 마시고 있었어. 비행기를 탈 생각조차 하지 않았다고.」

놀이동산의 〈착각의 방〉에 들어가 웃고 움직일 때 자신의 모습이 거울에 정반대로 갈라져 나타나는 것처럼 둘은 마루를 사이에 두고 서로 마주 서 있다. 나는 무력한 분노를 느끼며 두 명을 번갈아 본다. 어떻게 해야 이 상황을 해결할 수 있을지 모르겠다. 두 상 모두 내 존재를 알아차리지 못한다. 나는 토니 가문과 완전히 무관한 존재가 되었다. 로라를 내 사업 계획에 끌어들였으니까 기적이라도 일어나 무슨 멋진 계획이라도 떠올려 주지 않을까 하는 생각에 로라 쪽을 바라보지만 그녀는 이미 사라지고 없다.

「그걸 줄 때까지는 떠나지 않겠어.」 파랑이 말한다.

「그건 여기 없어!」 갈색이 말한다.

「못 믿겠어.」

「원한다면 집 안을 뒤져 보라고.」

생각하는 동안 잠시 정적이 흐른다. 「제 말 좀…….」 말을 하면서도, 나 자신도 내가 무슨 말을 들려주고 싶은 건지 전혀 모르겠다.

「나랑 포커를 할 생각이라면 그건 바보 같은 짓이야, 토니.」 파랑이 말한다. 「넌 나보다 한참 하수라고.」

「집을 뒤져 보고 싶어?」

「지하실부터 다락방까지. 총기실에서 돼지우리까지. 그리고 난 이 집 구석구석 후미진 곳과 갈라진 곳을 속속들이 알고 있어. 네가 내지 않고 처박아 둔 청구서 수보다 훨씬 더 많은 수를 알고 있다고.」

「맘대로 해봐. 아무 곳이나 다 뒤져 보라고.」

「저, 제 말 좀…….」 나는 다시 한 번 입을 연다.

무슨 이유에서인지, 이번에는 낡은 갈색 토니가 내 말을 듣는다. 갈색 토니는 나를 힐끔 본다. 「우선 클레이 씨부터 내보낸 다음에 일을 처리하자고.」 갈색 토니가 말한다. 「좀 당혹스러울 거야.」 갈색 토니는 내가 뭐라고 대꾸하기도 전에 나를 데리고 현관문을 나간 뒤 문을 닫는다. 「자, 빨리.」 갈색 토니가 말한다. 「이쪽으로.」

토니는 걷는지 뛰는지 모를 걸음으로 구불구불한 길을 따라간다. 전날 내가 이 집을 나갈 때 걸었던 건물 날개 쪽 길이다. 나는 토니 뒤를 쫓으려 애쓴다. 불쌍하고 둔한 토니는 나와 달리 뭔가 계획이 있는 모양이다.

벌거벗은 가지에 긁히고 진흙에 빠지면서 우리는 모퉁이를 돌아 집 옆으로 서둘러 걸어간다. 토니는 나보다 더 심각하다. 그는 실내용 모직 슬리퍼를 신고 있기 때문이다. 우리는 또 다른 모퉁이를 돌아 진흙으로 엉망이 된 뒷마당으로 간다. 토니는 더듬거리며 필사적으로 열쇠를 찾더니 비틀리고 녹슨 문을 연다. 「무슨 일이죠?」 돌이 깔린 복도에 진흙 발자국을 남기며 내가 묻는다. 하지만 이미 나는 답이 뭔지 확실히 알고 있다. 토니는 아무 말도 하지 않고 단지 손을 흔들어 목소리를 낮추라는 시늉만 하고 또다시 문을 열고 나를 안으로 밀어 넣는다.

아니나 다를까, 우리가 들어간 곳은 조찬실이다. 그리고 내 그림이 보인다. 내 그림은 2층 침실이 아니라 의자 두 개 위에 올려진 채 크랩트리 앤드 에벌린을 기다리고 있다. 반짝이는 잎사귀, 춤추는 사람들, 뾰족한 바위, 바다…… 아니, 지금은 자세히 살필 시간이 없다. 토니가 난롯가로 나를 끌고 가더니 밟고 올라갈 의자 두 개를 더 끌고 오고 있기 때문이다. 우리는 흔들리는 의자 위에서 팔을 쭉 뻗어 공중에 매달려 고문당하는 헬레네를 해방시켜 땅으로 내린다. 헬레네는 그 모습만큼이나 무겁다. 오랜 세월 동안 수많은 사람들이 그렸던 〈예수를 십자가에서 내리는 장면〉이 내 머릿속에 떠오르면서, 그런 행동이 물리적으로 가능한가 하는 생각이 다시금 든다.

토니는 바다가 그려진 부분을 들고 문으로 향한다. 그런데 도대체 토니는 헬레네를 가지고 무엇을 할 생각이란 말인가? 「빨리!」 토니가 말한다. 「자네 쪽! 들라고! 번쩍 들어! 뭘 꾸물대는 거야?」

「다른 거요!」 내가 외친다. 「다른 건 어쩌려고요?」

「다른 건 신경 쓰지 말라고. 그 조그만 멍청이는 다른 건 다 잊었을 거라고.」

「하지만 그림을 보면 기억날 거예요!」

토니가 망설인다.

「수천 파운드는 나간다고요!」 내가 재촉한다.

토니는 거칠게 창문을 열고 작은 네덜란드 그림 두 점을 바깥으로 집어던진다. 그림은 덤불 사이로 모습을 감춘다. 「저건 나중에 가져가면 돼.」 토니가 말한다. 토니는 「즐겁게 노는 사람들」한쪽 귀퉁이를 잡고 창가로 끌고 간다. 나는 다른 귀퉁이를 잡고 토니를 막으려 한다.

「왜 그래?」 토니가 힐문한다.

「그림이 망가져요.」 다급함을 숨기려 애쓰며 내가 말한다. 「그러다가 긁혀요.」

「급한 대로 하자고.」 토니가 말한다.

우리는 어색한 자세로 끙끙댄다. 액자는 단단한 떡갈나무로 되어 있으며 무게는 9~14킬로그램 정도이고 손잡이 같은 게 없다.

「너무 커요.」 내가 헐떡이며 말한다. 맞다. 지금 이 순간 역시 주머니에서 줄자를 꺼내 재어 보기에 적당한 때는 아니지만, 그림은 분명 높이 114센티미터, 폭 160센티미터인 게 분명하다.

「애써 봐.」 내 손에서 그림을 빼앗아 가며 토니가 헐떡인다. 토니의 말이 맞다. 대각선으로 넣으니 창틀의 페인트를 긁어 내며 간신히 창을 통과해 부러진 덤불과 가시 식물이 뒤엉킨 곳으로 사라진다.

토니는 거칠게 창문을 닫는다. 나는 내 마음을 닫으려 애쓴다.

헬레네 역시 같은 방법으로 조찬실을 빠져나가리라는 데 의심의 여지가 없다. 액자에 담긴 헬레네는 마루 위 약 2미터 높이에 서 있다. 토니는 다시금 바다 쪽을 들고 나는 땅 쪽을 든다. 도저히 옮길 수 없을 것 같은 무게이다. 나는 파리스의 부하에 더욱 따뜻한 동정심을 느낀다. 헬레네를 배로 납치하려고 하는 일당의 엄청난 노력을 앞두고 그녀가 오랜 세월 유지해 온 묘한 침착함은 자신을 문으로 탈출시키려 갖은 애를 쓰는 우리를 바라보고 있는 지금도 흐트러지지 않았다.

「그렇게 시끄러운 소리를 내지 마.」 토니가 속삭인다. 「놈은 어딘가 가까운 곳에 있을 거야.」

토니는 조찬실을 다시 잠갔다. 「그 작은 바보 자식이 잠시나마 희망을 품도록 하자고.」 토니가 말한다.

〈조그만〉 멍청이, 〈작은〉 바보라는 작자는 도대체 누구인 걸까? 덩치는 어마어마하던데! 동생인 듯하다.

우리는 비틀거리며 복도를 돌아와 집 뒤로 나간 뒤 예술에 봉사하기 위해 팔이 빠지고 등이 부러지는 고통을 겪는다. 토니의 슬리퍼 한 짝이 없어졌고 양말 한 짝도 비슷한 운명을 겪을 참이다. 우리는 살그머니 헛간과 별채를 지나가고, 토니는 자신이 들고 있던 헬레네의 모퉁이를 땅에 내려놓고 진흙이 덕지덕지 묻은 트레일러 문을 거칠게 연다. 토니는 안에 들어 있던 꿩 먹이를 사납게 끌어내린다. 「이쪽으로!」 토니가 으르렁거린다.

「안 들어가요!」 내가 툴툴거리며 대답한다.

「들어가. 전에도 넣어 봤어.」

「그 사람이 볼 거예요.」

「이걸 씌우면 돼.」

토니는 악취 나는 웅덩이에서 구역질 나는 검은색 비닐 꾸러미를 꺼내 내 손에 쥐여 준다. 나는 비닐에 묻어 있는 알 수 없는 액체를 털어 낸 뒤 헬레네의 벗은 몸을 최대한 가리고 근처에 뒹굴고 있는 여러 길이의 베일러 끈으로 그녀를 묶는다. 도움을 얻기 위해 토니 쪽으로 고개를 돌리니 양말 한 짝만 남은 토니의 발이 보인다. 순간, 엔진이 으르렁거리는 소리가 들리고, 낡은 랜드로버는 갈지자를 마구 그리며 후진해 트레일러로 다가온다.

「너무 커요!」 내가 말한다. 「문이 안 닫힐 거예요!」

「문을 묶어!」

토니는 거름더미에서 또 다른 베일러 끈 조각을 찾아내어 내 쪽으로 던진다. 반밖에 닫히지 않은 문을 내가 최대한 묶고 있는 동안 토니는 연결 장치에 견인봉을 거칠게 박아 넣는다. 이런 식으로 하고서 얼마나 빨리 운전해 갈 수 있을지는 신만 아시리라.

「브레이크가 약간 닳았어. 힘껏 밟으라고.」 토니가 말한다.

그 순간, 토니가 나를 향해 운전석을 열고 놓고 기다리는 걸 깨닫는다. 나는 멍청한 표정으로 문을 바라본다. 토니를 바라본다. 「서둘러!」 토니가 말한다. 「놈에게 쫓기고 싶은 거야?」

「하지만……」 내가 말한다. 「하지만…… 어디로 가란 말이죠?」

「어디?」 내 어리둥절한 표정에 곤혹스러워하며 토니가 되묻는다. 「그걸 내가 어떻게 알아? 그 친구가 있는 곳으로 가야지!」

「누가 있는 곳으로요?」

「그 빌어먹을 벨기에 놈이 있는 곳 말이야!」

나는 차에 탄다. 내가 짠 계획이 나 자신을 삼켜 버렸다. 이제 내 계획은 스스로 생명력을 얻어 점차 빨라지는 사건의 급류와 하나가 된 반면 나는 손발조차 점차 내 맘대로 할 수 없게 되어 간다. 나도 모르게 내 발은 벌써 클러치를 밟고 있고 손은 기어를 바꾸고 있다.

「하지만 동생은요?」 토니가 거세게 문을 닫을 때 내가 말한다.「만약 법정으로 가면…….」

「그 녀석은 안 그럴 거야.」 토니가 말한다.「그렇게 할 수가 없어. 서면으로 남아 있는 증거가 없거든. 이건 내 아버지 거였어. 내 거라고.」

「그럼 다른 그림들은 어떻게 하죠?」 내가 외친다.「용겔링크 씨는 모두 다 원한다고요! 모두 가져가야 한다고요!」

「나중에, 나중에! 우선 이년부터 갖다주라고! 그 자식이 금방이라도 모퉁이를 돌아 나올 거야!」

나는 마지막으로 한 번 더 급류에 반항을 시도한다. 내 발은 클러치 위에 올려져 있고 자동차는 제자리에 있다.「다른 그림도요!」 내가 고집한다.

「마틴!」 토니가 말한다. 갑자기 토니의 눈에 눈물이 글썽인다.「이렇게 비네! 그 녀석은 늘 모든 걸 차지했어! 난 언제나 속고만 살았다고! 그 조그만 두꺼비 녀석은 태어나는 순간부터 날 괴롭히며 내 것을 빼앗아 갔어! 헬레네뿐만이 아니야! 땅이라고! 녀석이 원하는 건 그거야! 난 3년에 걸쳐 세금을 냈어! 난 땅을 잃을 거야! 녀석은 내 땅을 원한다고!」

지금 들은 이야기에 대해 몇 가지 의문이 들지만 지금 상황에서 어떻게 그걸 물을 수 있단 말인가? 토니가 흘리는 눈물이 급류를 몇 센티미터 높이며 내 발목을 낚아챈다. 나는 한숨을 쉰다. 나는 손을 펼쳐 들고 어쩔 수 없다는 모양새를 취한다. 발이 클러치로부터 떨어진다. 차가 앞으로 울컥거린다.

내가 2단으로 바꾸려는 순간, 토니가 절뚝거리며 미친 듯 창문으로 다가오더니 유리를 두드린다.「뭔가 행동을 취하기 전에 저쪽에서 어떤 조건을 내거는지 알려 줘……! 전화를 하라고……! 그리고 마틴, 마틴, 현금이야, 기억하라고, 현금!」

내가 기어를 2단으로 바꾸자 토니는 뒤쪽으로 사라진다.

명목상의 운전사인 나를 태운 낡은 자동차와 헬레네를 싣고 미친 듯 덜컹거리는 트레일러는 굉음을 내며 마당을 빠져나가더니 맵시 있는 파란색 동료가 주차해 있는 곳을 지나 달 표면처럼 곰보투성이인 진입로를 향해 돌진하고, 그 뒤를 뒤쫓아 오는 것이라고는 차에 깔려 죽어 순교자가 되는 게 소원이라는 듯 계속해서 미친 듯 짖어 대는 호위대뿐이다.

진입로 마지막에 도달하면 어떻게 할지, 예를 들어 오른쪽으로 갈지 왼쪽으로 갈지도 난 모르겠다. 생각하려고 발을 브레이크 위에 올려놓지만 차는 반응할 생각을 하지 않는다. 차는 여전히 시속 32킬로미터의 꾸준한 속력으로 길을 가로질러 진흙투성이의 초록색 둑 위로 올라가 광대한 길 없는 황야로 들어간다.

그 뒤 수초 동안, 운전대가 내 손에서 돌고 우주가 내 주위에서 거칠게 튀어 오르는 사이에 무슨 일이 일어났는지 나는 전혀 모른다. 하지만 나는 사륜 구동 자동차의 장점이 무엇인지 깨닫는다. 놀랍게도, 세상이 안정되며 자동차 밑으로 아스팔트가 깔리는 걸 느꼈기 때문이다. 자동차는 오른쪽을 선택한 듯하다. 내리막이 더 편하다고 생각해서 그런 게 아닐까 싶다. 나는 상황을 판단하려 애쓴다. 브레이크에 대한 토니의 의견은 옳았다. 또한 운전대와 조정 장치 역시 자기 주인이 가까운 사람들과 겪는 것과 같은 문제를 가지고 있는 듯하다. 탁 트인 전원 지대를 달리는 사이 내 머리와 백미러가 서로 불화를 일으키는 바람에 후방을 확인할 수는 없지만, 덜컹거리고 쿵쾅거리는 소리로 미루어 보건대 헬레네는 여전히 트레일러에 들어 있고, 트레일러는 차에 연결되어 있는 것 같다.

 그런데, 우리는 어디로 가는 걸까? 엄청난 속력으로 언덕을 내려가는 걸로 볼 때 자동차는 추격을 떨쳐 버릴 심산인 모양이다. 그렇다면 그다음에는? 그다음이 있기는 한 걸까?

우리가 가는 방향으로 미루어 볼 때, 아무래도 런던으로 향하고 있다는 느낌이 든다. 헬레네를 팔아 현금을 많이 가지고 돌아가면 토니는 매우 기뻐하며 나머지 그림 석 장도 내놓으리라고 자동차는 생각하고 있다. 오늘이 토요일이며, 토요일은 고가의 예술품 거래에 적합하지 않다는 걸 잊고 있는 모양이다. 어쩌면 자동차의 계획은 자동차, 트레일러, 헬레네, 나 이렇게 넷 모두가 화랑과 은행이 문을 여는 월요일 아침까지 오스월드 스트리트에 누워 있자는 것일지도 모른다. 자동차는 시간이라는 거대한 강이 급경사로 빠르게 흐르는 지점을 벗어나 좀 더 평온한 굽이가 나타날 때까지 잠시 쉬고 있으라고 제안한다. 좀 더 정상으로 돌아가 운명을 제어할 힘을 되찾으라고 말하고 있다.

무척 공평하다. 하지만 자동차가 모르고 있는 건 (하긴 자동차가 어떻게 알겠는가)「즐겁게 노는 사람들」을 누가 그렸는지 확실하게 알아내기 전까지는 지금 내가 하는 행동을 하지 않기로 케이트와 약속했다는 점이다. 하지만 고백컨대, 모퉁이를 돌아 오솔길로 우리 별장이 빠른 속도로 다가오는 모습이 보일 때까지 이 약속을 나 자신이 잊고 있었다. 나는 약간 우회할 필요가 있다는 사실을 자동차의 둔한 머리에 집어넣기 위해 힘껏 브레이크를 밟고 운전대와 씨름한다. 그러면 바뀐 상황을 케이트에게 설명하고, 이번 주말에 완벽하게 조사를 끝내겠다고 그녀를 안심시킬 수 있다. 자동차는 마지막 순간에 가서야 내 의견을 받아들이고, 우리는 서로 힘을 합쳐 간신히 방향을 틀어 오솔길 너머 둑을 올라가 아침에 내가 채웠던 쓰레기통들을 지나간다.

케이트는 랜드로버를 보고 별장에서 나온다. 케이트의 태도에 약간 이상한 점이 보인다. 얼굴에 예의 바른 웃음을 띠고 있다. 케이트는 자기 비하를 하는 자세로 양손을 카디건 주머니에 넣고, 어깨는 방어하는 자세로 꼿꼿이 세우고 있다. 사교적 자세이다. 케이트는 예절 바르게 나를 맞이할 태세이다. 내가 토니 처트라고 생각하기 때문이다. 하지만 차에서 내리는 사람이 나인 걸 보자 어깨에서 힘이 빠지고 얼굴에서 웃음이 사라진다. 케이트는 자동차 쪽으로 시선을 돌린다. 그리고 트레일러와 그 안에 툭 튀어나온 커다란 검은 짐 꾸러미로 시선을 옮긴다.

「헬레네야!」 내가 간단하게 설명한다. 이제 케이트의 태도는 사교적인 것과는 거리가 멀다. 「알아, 안다고.」 내가 말한다. 「거기서 무슨 일이 있었는지 설명을 못하겠어!」

나는 입을 열자마자 내 말이 맞다는 걸 깨닫는다. 업우드에서 무슨 일이 일어났는지 설명할 수 없다. 케이트는 존 퀴스가 찾아왔을 때 헬레네를 팔려는 목적이 세금 횡령이라는 것을 알게 되었다. 하지만 케이트에게 아직 이야기하지 않은 것이 있다. 나 자신도 몰랐기 때문인데, 이번 사업이 내가 생각했던 것보다 훨씬 더 많은 음모가 숨어 있다는 점이다. 토니가 헬레네를 팔아 치우길 원한 이유는 헬레네의 소유가 누구인지에 대해 분쟁이 있기 때문이다. 나와 새로이 친구가 된 숙녀께서는 제2차 트로이 전쟁을 일으킬 가능성이 무척 높다. 그 때문에 헬레네가 겸손하게 검은 비닐에 싸여 우리 별장 밖에 놓여 있는 것이다. 헬레네의 매력은 식을 줄 모른다. 지금 시점에서 케이트에게 이런 이야기를 해봤자 도움이 안 되리라.

「대소동이었어!」 나는 간단하게 요약한다. 「설명할 수 없지만, 지금 이 기회를 놓치면 다음은 없다는 걸 직감으로 알았어.」

케이트는 아무 말도 하지 않는다. 몸을 돌리더니 별장으로 걸어갈 뿐이다. 나는 그 뒤를 따른다.

「확증을 잡겠다고 말한 약속, 잊지 않았어.」 케이트의 목덜미에 대고 내가 말한다. 「마침 거의 다 알아냈어. 한두 가지만 더 조사해 보면 돼. 그리고 월요일까지는 알아낼 수 있어.」

침묵. 나는 진지하게 말하고 있다는 걸 보이기 위해 책과 파일을 챙긴다. 식탁 한쪽 끝에 있는 책이며 파일을 주섬주섬 챙기고 있을 때 케이트가 다른 쪽 끝에 뭔가 놓는 게 보인다. 점심이다. 2인분이다.

여기로 오면서 랜드로버가 세운 계획에 대해 나는 케이트에게 확실하게 말해 주지 않았다. 그렇게 하기 어렵다. 그 계획을 세우게 된 배경에 대해 제대로 설명할 수 없기 때문이다. 지금이라도 당장 또 다른 랜드로버가 우리가 숨어 있는 곳을 찾기 위해 코를 킁킁거리다가 굉음을 내며 오솔길로 들이닥칠지 모른다는 설명을 해줄 수 없다.

그리고 주말 동안 조용히 식사를 해야 한다면 나 혼자서 먹고 싶은 기분이라고 설명하기도 어렵다. 월요일이 지나면 사정은 다르다. 이곳으로 돌아와 나머지 그림들을 손에 넣으면 사정은 달라진다. 스케이트 타는 사람들과 기병을 데리고 런던으로 가면 사정은 달라진다. 부수입으로 챙긴 걸 벽에 기대어 두고 나면 사정은 달라진다. 그렇게 되면 우리는 다시 정상으로 돌아갈 수 있다.

나는 물건들을 정문으로 가져간다. 케이트는 양손에 접시를 든 채 찬장과 식탁 중간에 멈춰 선다. 「전화할게.」 내가 말한다. 「나 대신 틸다에게 키스해 줘.」 케이트는 아무런 대꾸도 하지 않는다. 단지 들고 있던 접시 하나를 식탁에 내려놓고 다른 하나는 찬장으로 다시 가져간다.

차에 탄 나는 이번에는 운전에 나도 동참하겠다고 랜드로버를 설득한다. 나는 우선 운행을 멈추고 무서운 기세로 언덕을 내려오는 복수의 천사가 없는지 살펴본 뒤 런던으로 향해 차분하게 가자고 제안하고, 뒤집힌 쓰레기통에서 빠져나온 깡통과 병들이 널려 있는 오솔길 끝에 이르러서야 자동차는 내 의견에 동의한다.

곧 우리는 케이트와 내가 부랑자의 시체를 발견했던 숲으로 둘러싸여 있는 움푹한 호숫가를 지나…… 래브니지 로드를 돌아서…… 비지 비 허니를 지나쳐…… 케이트와 내 눈에 늘 믿을 수 없을 정도로 비현실적으로 비쳤던 전원 지대로 들어선다. 지금에 와서는 모든 것이 그 이상으로 비현실적이 되어 버렸지만 말이다. 아마도 우리가 그리워했던 것은 단순히 흙 냄새, 개 냄새, 기름에 전 포(布) 냄새, 새어 나오는 휘발유 냄새 같은, 지금 내가 차 안에서 즐기고 있는 시골을 상징하는 냄새인 모양이다. 이제 제대로 각도를 맞춘 백미러를 들여다보니 누가 뒤쫓아 오는 기미는 보이지 않고 검은색 차도르를 새로 두른 헬레네만이 얌전히 내 뒤를 쫓아 종종걸음으로 따라온다.

모든 게 만족스럽지만 단 하나 모자라는 것은 내 그림이 발견되어 빼앗기지 않았다는 보장이 없는 것이다. 나는 그 생각만큼은 잊으려 애쓴다. 알 방법이 없기 때문이다. 하지만 고속도로에 들어서자마자 별안간 무릎 근처에서 우렁차게 들려오는 전자음에 깜짝 놀란 나는 운전대를 거칠게 오른

쪽으로 틀지만, 다행히도 완고한 자동차는 멍청한 내 제안을 무시한다. 나는 계기반 아래를 더듬거려 더러운 휴대 전화를 꺼낸다.

전화를 건 이는 물론 로라다.

「갔어요.」 로라가 말한다. 「그리고 걱정 마요. 그 사람은 그걸 찾지 못했어요. 그 사람이 못 찾도록 내가 이 방 저 방으로 옮겨 놓았거든요.」

「멋지군요.」 내가 말한다. 「훌륭해요. 고마워요.」 그러나 지금 내가 상상하고 있는 것은 로라 혼자서 어떻게 그 그림을 끌고 다닐 수 있었으며 그 과정에서 그림 표면이 얼마나 벗겨졌는지 하는 점이다. 그리고 그러한 도움의 대가로 로라가 요구해 올 것은 무엇일까?

「아참, 그건 그렇고, 그 사람은 조지였어요.」 로라가 말한다. 「남편 동생요. 사이가 안 좋아요.」

「그랬군요.」

「당신이 떠나고 난 뒤 상황은 더 나빠졌어요. 길길이 날뛰며 떠났어요. 조지는 커다란 쇠지렛대로 조찬실을 열려고 하다가 손을 심하게 다쳤어요. 영장인가 뭔가를 가지고 오겠다더군요……. 난 서둘러야 했어요. 토니는 계속 집안 이곳저곳을 쑤시고 다니며 자기가 짊어져야 하는 모든 짐에 대해 고래고래 고함을 질러 대요. 난 그냥 개가 안전하다는 걸 알려 주고 싶어서 전화한 거예요……. 잠깐만요……. 미안해요. 다시 전화할게요.」

〈개〉가 안전하다고? 로라가 나를 위해 숨긴 것이 개 그림이란 말인가? 사람을 속이는 내 기술이 너무 능수능란한 모양이다. 심지어 공범자까지 속였으니 말이다. 나 자신은 말할 필요도 없다. 로라가 엉뚱한 그림을 숨기는 사이 진짜 내 그림에는 무슨 일이 일어났을까? 그 녀석이 찾아냈을 것이다. 분명하다! 놈이 가져갔을 것이다! 어디선가 나타난 출구가 다가온다. 나는 고속도로 램프 가장자리에 차를 멈추고 휴대 전화를 바라보며 다시금 벨이 울리길 기다리며…… 어떻게 해야 할지 모르겠다……. 차를 돌려 조지를 좇아 영국을 가로지를 준비를 한다.

나는 휴대 전화 벨이 울리기 시작하자마자 전화를 낚아챈다.

「미안해요.」로라가 말한다.「남편도 광란 상태거든요. 마틴, 제 말을…….」

「다른 세 점은 어떻게 됐죠?」이상할 정도로 자연스럽게 나는 말을 자른다.「동생이라는 사람이 찾아냈나요?」

「조찬실 안을 들여다보는 걸 포기했어요. 지혈하느라 정신없었거든요.」

걱정이 약간 가라앉는다. 하지만 조지가 그걸 발견하지 못했다면…….

「그럼 아직도 덤불 사이에 있다는 건가요?」

「토니가 꿩 새끼들 사이에 숨겨 놓은 거 같아요.」

이런, 맙소사. 꿩 새끼들이 사는 곳은 어떤 곳일까? 따뜻하고 마른 곳이겠지. 얼마나 따뜻한 곳일까? 얼마나 마른 곳일까? 습도는 고려했을까?

「이제, 마틴, 내 말 좀 들어 봐요.」로라가 말한다. 나는 로라의 말을 듣는다.「돈이 필요하죠?」

「돈요?」

「그림으로 뭘 하든 간에 필요할 거예요. 나는 그냥 내가 돈이 조금, 많지는 않지만, 좀 있다는 걸 말해 주고 싶을 뿐이에요. 남편은 그 돈에 대해 몰라요. 그리고 당신이 원한다면……」

첫 번째는 케이트이고 이제는 로라다. 나는 부끄러워 불안 따위는 안중에도 없다.

「정말 고마운 말이네요. 하지만 돈 문제는 이미 해결했어요.」

「알았어요. 하지만 곤란한 일이 생기면 잊지 말고 말해요. 지금 어디에 있는 거죠?」

「고속도로요.」

「당신 곁에 있는 게 헬레네가 아니라 나였으면 좋겠어요.」 로라가 아쉬워하며 말한다.

나는 신중하게 대답하려고 애쓰지만 그건 내 능력 밖의 일이다.

「내 운명이 어떻게 될지 처음 알게 된 때가 언제인지 말해 줄까요?」 로라가 말한다. 진지한 목소리다. 「당신이 에르빈인가 뭔가 하는 사람에 대해 설명할 때였어요.」

물론, 사실이 아니다. 로라는 그 순간 앞으로 무슨 일이 일어날지 내다보지 못했다. 하지만 나는 가슴이 에는 듯한 아픔을 느낀다. 지금 와 돌이켜 보니 그때가 먼 옛날처럼, 아담과 이브가 타락하기 이전 시대처럼 느껴진다.

「에르빈 파노프스키요.」 내가 상기시켜 준다.

로라가 깔깔댄다. 「당신, 또 그러네요.」 로라가 말한다.

맞다. 또 그러고 말았다. 「다음 주 초에 돌아갈 거예요.」 내가 말한다.

「마틴!」 전화를 끊으려는 순간, 로라가 외친다. 「마틴!」

나는 전화를 끊지 않고 기다린다. 로라는 다시금 진지해진다. 이번에는 왜 그러는 걸까?

「나, 담배 끊었어요.」 수줍어하며 로라가 말한다.

나는 불길한 느낌을 가슴 가득 품고 런던으로 향한다. 나는 로라와 친구로 지낼 생각이었다. 복잡하게 얽히지 않은 순수한 친구. 또는 복잡하게 얽히지 않은 공범자로 지낼 생각이었다. 그런데 지금 갑자기 로라는 자신이 평생 모아 온 돈을 주겠다고 하고 담배를 끊었다. 전과 같은 의문이 머릿속에서 떠오른다. 〈내가 그녀를〉인가, 아니면 〈그녀가 나를〉인가? 〈내가 그녀를〉인 것 같다. 하지만 그렇게 생각하니 반대의 경우보다 더 불안해진다.

그리고 경쟁은 어떻게 되는 걸까? 내 쪽이 상대방보다 한 걸음 정도 앞서고 있지만 언제까지 그럴 수 있을까? 조지가 영장을 가지고 돌아오기까지 얼마나 걸릴까? 퀴스가 자전거를 타고 그림을 다시 보러 가기까지 얼마나 걸릴까? 아직까지는 퀴스가 「즐겁게 노는 사람들」을 보지 않은 것 같다. 하지만 퀴스는 뭔가 흥미로운 걸 발견한 게 분명하다. 하지만 나는 은행이 담보 설정 액수를 높여 줄 때까지 아무 일도 할 수 없을뿐더러, 은행은 월요일이 되어서야 일을 처리할 것이다. 하지만 조지는 변호사가 행동에 들어가기 전에는 아무 일도 할 수 없을 것이며 박학다식한 퀴스 역시 다음 주 런던에 있는 동안 그림의 시가를 알아본 다음에야 뭔가를 제안하리라. 내가 월요일에 소더비스에서 헬레네를 감정할 수만 있다면……. 현찰로 그림을 살 화상(畵商)을 찾기만 한다면……. 내가 나머지 돈을 은행에서 얻을 수만 있다면……. 그리고 월요일 저녁 양손 가득 빳빳한 지폐 다발을 들고 업우드로 돌아갈 수만 있다면…….

에지웨어 위로 나 있는 커다란 커브를 돌자 눈앞에 런던 거리가 펼쳐진다. 공포가 천천히 사라지고 다시금 희망이 우위에 선다. 모든 것이 가능하다! 로라는 저 멀리 떨어져 있다. 케이트도, 적들도, 평범하고 책임감 있는 삶도 저 멀리 떨어져 있다. 그리고 여기 있는 나는, 세상에서 가장 아름다운 여인과 함께 마을로 접어들고 있다.

그렇다. 수많은 준비와 지연, 무수한 고민과 조사 끝에 마침내 위대한 유괴를 달성한 것이다. 여인은 배에 올라탄다. 주사위는 던져졌고, 웅대한 계획은 실행에 들어갔다. 스파르타가 뒤로 물러난다. 앞에는 트로이와 영생이 기다리고 있다.

현금

브뢰겔이 「유아 학살」을 그리기 3년 전인 1561년, 스페인 군대는 군중들의 환호를 받으며 네덜란드를 떠났다. 여기까지는 케이트의 주장이 옳다. 하지만, 그렇다고 그림이 스페인 군대를 암시하지 않는다는 주장은 틀린 것이다. 브뢰겔이 스페인 군대의 만행을 잊어야 할 이유가 없다. 네덜란드 사람들이 스페인 군대의 악행을 머릿속에서 지웠어야 할 이유가 없다. 스페인 군대가 저지른 짓들은 악명 높았고, 그들은 몇 년간 온갖 불법 행위와 군중 선동을 일삼은 뒤 오렌지가(家)의 빌헬름 공이 기울인 진지한 정치적 노력의 결실로, 그것도 금화 3백만 파운드를 달라는 펠리페 왕의 〈간청〉이 받아들여진 다음에야 네덜란드를 떠났다. 네덜란드와 벨기에 국민들은 독일이 자신들을 점령했을 때의 기억을 잊을 수 있을까? 케이트는 멍청하다. 케이트는 대부분의 브뢰겔 연구자들이 했던 주장을 되풀이하고 있을 뿐이다. 그들 모두가 멍청하다. 그들 가운데 상식이 있는 사람은 단 한 명도 없다. 모두 상상력이라고는 털끝만치도 없는 근시안적 방식으로 패널화 표면에 코를 들이대고 자질구레한 점들만 읽어 들이고 있다.

그들은 한발 뒤로 물러나서 시대 배경을 고려하며 그림의 전체적인 의미를 읽지 못하고 있다.

그 사람들은 도상학자들이다. 하지만 이 문제를 해결하기 위해 필요한 인물은 도상 해석학자이다.

오늘은 일요일이다. 나는 내일 아침에 헬레네를 팔러 가기 전까지 지키겠다고 했던 케이트와의 약속을 지키기 위해 오스월드 스트리트에 있는 우리 아파트 식탁 앞에 앉아서 가지고 온 모든 책들을 다시 한 번 훑어본다. 헬레네를 팔게 되면 내 계획 달성을 위한 거의 마지막 단계까지 올라선 것이 되리라. 하지만 내가 왜 케이트의 감정에 양심의 가책을 느껴야 하는지 잘 모르겠다. 케이트가 한 말을 생각하면 할수록, 그리고 그전부터 케이트와 똑같은 음률로 합창해 온 미술사가의 성가대를 생각하면 할수록 점점 부아가 치밀어 오른다. 어떻게 그 사람들은 자기 눈앞에 있는 것도 보지 못한단 말인가? 어떻게 그토록 하나같이 틀린 생각을 할 수 있을까?

한편, 헬레네는 나보다 식탁을 더 많이 차지하면서 맞은편에 앉아 있다. 헬레네의 무표정한 얼굴이나 약간 근심스러운 듯 왼팔을 들고 있는 모습은 변함없다. 나는 물기를 머금은 검은 비닐에서 헬레네를 꺼내 몸을 말리고 숨을 쉴 수 있게 해준다. 체취가 좀 강하게 나긴 하지만 사람을 홀리는 아름다움은 조금도 손상되지 않았다. 더러운 양모(羊毛) 때문에 악취가 날 뿐이다. 더러운 양모는 언제나 악취를 남긴다.

지금 헬레네가 걱정하고 있는 것은 위생 상태나 한기에 노출된 몸이 아니라 우리 집에 든 보험금이 자기가 입고 있는 옷값은 되는가 하는 점이다. 나 역시 그것이 걱정된다. 이곳은 범죄 발생률이 무척 높은 지역이며, 보험 계약 조건에 따르면 고가품은 따로 명기해야 하는 걸로 알고 있다. 토요일 오후, 쇼핑하러 갔다 허둥지둥 돌아온 나는 내가 없는 사이에 다른 구혼자가 헬레네를 데리고 갔을 테니 2만 파운드의 돈을 마련해야 하는 사태를 각오하자고 마음먹고 있었다. 단 하나 안심이 되었던 점은, 헬레네를 우리 집에서 데리고 가려면 강도가 떼로 몰려와야 한다는 점이다. 이 집을 설계했던 빅토리아 시대의 건축가는 집 주인이 어느 날 갑자기 금박 액자에 담긴 4.4제곱미터짜리 캔버스로 2층을 장식하고 싶어 하리라고는 상상도 못했으리라. 당연히, 그림을 우리 집에 들여놓을 때 나는 미지에게 도움을 청해야 했다. 그리고 미지의 남자 친구인 알렉과 미지의 아들 제레미, 그리고 1층에 사는 일본인 부부의 도움까지 받아야 했다. 미지는 나선형 계단의 기둥에 손가락을 찧었고, 당분간은 타자를 치지 못하겠지만 그 덕분에 손가락이 아물어 다시 타자를 치게 될 때는 최고로 멋진 칼럼을 쓰게 될 것이다.

하지만 내일 아침 나는 이 불쌍한 영혼을 다시 한 번 내가야 할 터이다. 나는 몇 분에 한 번씩 창밖을 바라보며 랜드로버가 제대로 있는지 확인하고 있다. 랜드로버 뒷문을 묶고 있는 베일러 끈 따위로는 런던의 솜씨 좋은 차 도둑을 막기에 무리라는 생각이 들기 때문이다.

내일 하루 웨스트엔드 주변을 헤집고 돌아다닐 생각을 하면…… 헬레네와 이렇게 집에서 조용히 있는 게 즐겁다. 사실, 나는 헬레네를 아주 좋아하게 되었다. 지난 1~2주 동안 여러 가지 일을 겪고 나서는, 헬레네 곁에 있으면 마음이 편해진다. 헬레네는 경계심을 불러일으킬 정도로 나에게 성큼성큼 다가오지도 않고 금연을 선포하지도 않았다. 또 입을 다물고 있어도 케이트와는 달리 신랄하게 비꼬지도 않는다. 어제저녁 늦게 케이트에게 전화해 내가 식탁 앞에 앉아 로라의 눈을 바라보고 있다고 장난삼아 말했더니 케이트는 입을 다물어 버렸고, 〈로라〉는 〈헬레네〉을 잘못 말한 것이라고 설명을 해줘도 케이트는 계속 침묵을 지켰다.

헬레네의 장점을 하나 더 꼽을 수 있다. 헬레네에게는 나 몰래 그림을 사러 올 미술사가 친구가 없다는 점이다. 또한 비현실적인 가톨릭 교도도 아니며 〈유아 학살〉을 한 군대가 스페인 군대가 아니라고 우기지도 않는다! 그리고 스페인 군대가 그런 행동을 하지 않았다 할지라도 그림의 의미에는 아무런 변화가 없다. 스페인 군대가 철수한 다음에도 현지에는 〈기마 헌병대〉가 있어 종교적, 정치적 반대를 진압하기 위해 대기하고 있었다. 발랑시엔의 군중들이 파보와 말라르트를 화형에서 구해 내자 비밀 경찰은 아에르스호트 공작이 지휘하는 연대와 협력하여 군중을 검거하고 대량 학살하는 임무를 맡았다. 이 일은 스페인 군대가 철수하고 난 1562년에 일어난 사건으로, 브뢰겔이 「유아 학살」을 그리기 겨우 2년 전으로 생각된다. 정말로 브뢰겔은 이 사건과 아무런 관련이 없단 말인가? 그림을 본 사람들이 그런 생각을 하지 않았을까?

나는 헬레네를 바라본다. 헬레네는 아무 말 하지 않는다. 헬레네가 할 수 있는 말은 아무것도 없다.

「동방 박사의 경배」에도 군대가 나온다. 왜일까? 『성서』에는 그런 이야기가 없다. 「갈보리 언덕으로 가는 길」에도 붉은 외투를 입은 기마 헌병대의 모습이 나온다. 「사울의 자살」을 그린 1562년은 새로운 방침의 종교 박해가 시작된 해이기도

하다. 이 그림 역시 도상학적으로 희귀한 작품이다.『구약 성서』에 나오는 사울은 팔레스타인에 패하자 절망에 빠져 자기 칼로 자결한 인물이다. 네델란드 인이 이 그림을 보았을 때 적군의 발아래 짓밟힌 자기 나라를 생각하지 않았으리라 어떻게 그리 자신만만하게 속단할 수 있단 말인가?

「사울의 개종」에도 산속으로 행진해 가는 군대가 나온다. 이 그림의 사울은 앞서 말한 사울이 아니라『신약 성서』에 나오는 사울이지만, 예루살렘에서 다마스쿠스로 가는 여행길에 군대를 대동하고 가는 장면은 너무나도 이상하다. 이 장면이 나오는「사도행전」9장에는 산이나 군대에 대한 이야기가 나오지 않는다. 사울은 군인이 아니라 랍비 수행을 쌓은 인물로, 대제사장에게 가서 기독교인을 체포할 수 있는 권한이 적힌 편지를 다마스쿠스에 있는 여러 회당 앞으로 써달라고 한 뒤 그 편지를 가지고 (특별히 어떤 사람들이라고 설명이 나와 있지 않은) 〈사람들과 함께〉[58] 다마스쿠스의 회당으로 가는 중이었다(〈사울은 여전히 주의 제자들을 위협하면서, 살기를 띠고 있었다〉).[59]

하지만「사울의 개종」을 그린 1567년, 군대가 산을 넘어왔다. 네델란드의 분쟁과 반란을 끝내기 위해 알바 공작이 이끄는 스페인 군대가 이탈리아로부터 알프스를 넘어온 것이다. 알바 공작은 개종하지 않은 사울의 좋은 모델이었을 것이다. 모틀리는, 〈비밀리에 행해진 잔인하고도 끈질긴 복수와 피에 굶주린 만행은 숲 속에 사는 사나운 짐승은 물론이거니와 인간의 마음속에서도 좀처럼 찾아보기 힘들다는 데

58「사도행전」9장 7절.
59「사도행전」9장 1절.

모두가 찬성한다〉고 했다. 사울과 마찬가지로 알바 공작 역시 이단자들을 처단하라는 편지, 즉 왕의 서명이 들어 있는 무기명 사형 집행 영장을 〈트렁크 가득〉 가져왔다고 모틀리는 쓰고 있다. 브뤼겔의 그림 속에는 특별 소집되어 스페인 군대와 같이 온 창녀 2천 명의 모습은 보이지 않지만 어쩌면 그들은 군대 후방에 배치되어 있거나 브뤼겔이 창녀에 대해 몰랐을 수도 있다. 하지만 신이 스페인의 침공을 눈치 챘다면 분명 사울과 마찬가지로 알바 공작을 길거리에 눕히고 청교도로 개종시켰을 것이다.

그림 주제가 알바 공작의 침공을 암시한다는 모틀리의 주장에 글뤼크는 동의하지만 다른 학자들은 이런 속되면서도 명백한 설명을 냉대한다. 나는 네덜란드에 있는 스페인 정보부 요원이 그림을 보고 무슨 생각을 했을지 궁금하다. 세상일에 닳고 닳은 사람들이니 단순하게 해석했을 리가 없지만 우연의 일치에 대해 약간은 놀랐을 게 분명하다. 그리고 이 그림이 현지의 불평분자나 선동가에 의해 어떤 식으로든 악용되지 않을까 어느 정도 걱정도 했을 것이다.

「갈보리 언덕으로 가는 길」을 다시 살펴보자. 화창한 봄날 아침, 질퍽거리는 언덕 경사면에서 예수와 도둑 두 명을 기다리고 있는 처형 도구는 십자가만이 아니다. 교수대, 기다란 봉 꼭대기에 올려진 마차 바퀴(사람을 올려놓고 죽을 때까지 내버려 두는 도구였) 따위가 풍경 곳곳에 박혀 있다. 브뤼겔의 의도가 무엇인지는 신경 쓰지 말자. 하지만 매년 5천 명 정도의 사람들이 여러 가지 이유로 처형당하는 시점에서, 브뤼겔과 동시대를 살던 스페인 사람들과 네덜란드 사람들은 그림이 무엇을 나타낸다고 생각했을까? 장면이 바뀌어, 「죽음의 승리」에 그려져 있는 교수대와 마차 바퀴를 보았을 때, 그리고 한 명의 목이 잘리는 장면이 그려져 있는 것을 보았을 때 사람들은 무슨 생각을 했을까? 수많은 마을이 약탈당하고 대규모로 보복당하던 사람들이 「죽음의 승리」에서 나오는 지평선으로 눈을 돌렸을 때, 무엇인가 예언하듯 차례로 연기에 불타고 있는 마을을 보았을 때 어떤 생각을 했을까?

일단 그러한 점을 깨달으면 브뢰겔이 그린 거의 모든 그림에서 박해의 기구와 압정에 대한 은유를 찾아볼 수 있다. 「유아 학살」 말고도 겨울의 플랑드르 마을을 무대로 한 그림에는 「베들레헴의 인구 조사」가 있다(스페인이 지배하는 긴 겨울 동안 브뢰겔은 겨울을 배경으로 그림을 얼마나 많이 그렸는지 모른다). 예수의 탄생에 대한 이야기를 하는 장면에서 왜 요셉과 마리아는 다른 플랑드르 사람들과 함께 인구 조사를 위해 베들레헴으로 가야 했을까? 〈당시 아우구스투스 황제는 전 지역의 주민에게 세금을 부과하라는 칙령을 내렸기〉 때문이다. 또한 1550년대 중반 이후, 펠리페 2세도 비슷한 취지의 칙령을 연달아 냈다. 종교 재판, 점령, 과세. 이 세 가지 탄압은 네덜란드가 반란을 일으키게 된 주요 원인이었다.

학자들은 〈두 마리 원숭이〉의 비밀에 골머리를 앓고 있다. 모든 비밀은 신만이 아신다. 사슬에 묶인 채 낙심한 원숭이 두 마리는 안트베르펜을 배경으로 지하 감옥 같아 보이는 곳에 앉아 있으며, 학자들이 개암 껍데기라고 여기는 것들이 주변에 흩어져 있다. 내 눈에는 아몬드 같아 보이지만, 설사 아몬드가 아니라 할지라도 개암은 바르셀로나가 원산지이며 두 경우 모두 스페인에서 건너 온 것이다. 불쌍한 원숭이들이 자유와 맞바꾼 사소한 보답인 것이다.

자, 그러면 이런 그림들에 나오는 사람들을 살펴보자.「죽음의 승리」의 왼쪽 아래를 보면, 해골이 왕에게 죽음의 모래시계를 보여 주고 있고, 병사 복장을 한 다른 해골이 왕 옆에서 나무통에 금화를 담고 있는 동안 왕은 격통에 떨며 죽음에게 힘없이 손짓하고 있다. 왕의 옆으로는, 추기경이 나무토막 같은 모습을 한 해골의 팔에 안겨 죽어 가고 있다. 해골 역시 추기경과 같은 모자를 쓰고 있다. 소설 맨 앞부분에 늘 설명되어 있듯이, 죽어 있는 사람이든 살아 있는 사람이든 실재 인물과 유사하다 해도 그것은 모두 우연의 일치이다. 그렇지만 그림 속에 나오는 추기경이 실제 추기경과 우연히 닮았다고 할 만큼 당시의 추기경 수가 많지는 않았을 것이며, 왕의 경우는 단 한 명밖에 없다. 그러므로, 이 그림이 그려지기 겨우 1년 전에 둥그런 모자를 쓰게 된 그란벨라는 분명 그림이 뭔가 비밀스러운 비꼼을 담고 있을 거라고 생각했을 것이다. 그란벨라는 펠리페 2세가 자기 곁에서 그림 속에 담긴 농담을 같이 즐겨 주길 바라 마지않았으리라.

그란벨라는 미친 노파가 지옥에 사는 불행한 사람들에게서 빼앗은 약탈품을 앞치마에 가득 담고 비틀거리며 지옥으로부터 걸어 나오는「악녀 그리트」를 보았을 때도 자기 처지를 잊고 무심코 웃어 버렸을 것이다. 그 노파가 명목상의 네덜란드 총독인 파르마의 공녀 마르가리타와 그녀가 다스리는 지옥을 나타내는 것이라고는 한순간도 연상 짓지 못했을 것이다. 하지만 분명 그란벨라는 다른 사람들이 어떤 생각을 할지 추측해 보았을 것이다. 사람들 마음은 그런 식으로 펼쳐지는 것이다!

「죽음의 승리」와「악녀 그리트」는 1562년경 작품으로, 그림에 나타난 장면은 히에로니무스 보스가 약 50년 전에 창조한 기괴한 세상을 빌려 와 쓴 것이다. 아마도 당시 만연하던 공포를 표현하는 데 그 방법밖에 없다고 생각한 모양이다. 1562년 작품인「반역 천사의 타락」에도 같은 종류의 환상적 생물이 등장한다. 플로리스가 같은 주제로 그린 제단 장식과 마찬가지로, 이 제목은 흡사 반종교 개혁의 승리를 예언하는 것같이 들린다. 하지만 다른 두 장의 그림과 관련 지어 생각할 경우, 통찰력 있는 사제라면 과연 자신이 그림을 제대로 이해하고 있는지 의아해했을 것이다. 이 그림이 표현하고 있는 것은 이단의 공포가 아니라 이단을 격하게 억압하는 것이며 그림이 예언하는 것은 루터 파나 칼뱅주의자의 몰락이 아니라 추기경과 종교 재판관의 몰락을 예언하는 건 아닐까 하는 의심이 머리를 스치고 지나갔을 것이다.

나는 1568년의 평범한 네덜란드 인의 처지에 서서 그해 브뢰겔이 그린「맹인의 우화」를 바라본다. 눈먼 거지 다섯 명이 줄지어 걷지만 주변 세계의 현실을 제대로 파악하지 못하고 앞장선 한 명을 따라 도랑으로 따라 들어간다. 1568년은 80년 전쟁, 즉 네덜란드 독립을 목표로 하는 긴 싸움이 막 시작된 해이다. 미술사가의 훈련을 받지 않은 내 단순한 시각으로 볼 때, 이 그림은 스페인 국왕과 역대 총독, 지역 협력자들이 이유도 모르고서 재난을 향해 비틀거리며 걸어 들어가는 장면을 묘사한 것이다.

나는 양 떼를 버리고 도망가는 목동을 그린「부정직한 양치기의 우화」를 본다. 내 눈에 비치는 건 날 버린 교회의 모습이다.

「성모의 죽음」을 본다. 이 그림은 신비스러운 그리자유로,

브뢰겔이 오르텔리우스를 위해 그렸으리라고 짐작된다. 오르텔리우스는 이 그림을 동판화로 만들었기 때문이며 내 눈에는……

무엇을 볼 수 있는가? 뚜렷하게 각인되는 점은 없다. 이 그림은 훨씬 더 해석하기 어려운 작품이다. 하지만 그림을 보면 볼수록 그림 속의 여러 가지 수수께끼에 빠져 들어간다.

우리는 에베소에 있는 사도 요한의 집에 있다. 전설에 따르면, 요한은 나이든 마리아의 임종을 지켰다고 한다. 때는 밤이다. 방 주변은 마니교도풍의 어둠에 둘러싸여 있다. 광원이라고는 침대에서 죽어 가는 성모의 몸에서 나오는 빛과 그림 왼쪽 가장자리, 앉아 있는 사도 요한 곁의 난로에서 나오는 빛뿐이다. 마리아 막달레나는 성모의 베개 매무새를 잡아 주고 있으며 성 베드로는 성모에게 촛불을 건네준다.

여기서 첫 번째 수수께끼가 나타난다. 이런 중요한 순간에 사도 요한은 잠들어 있다. 글뤼크는 요한이 성모를 밤새 간호하다 지쳐 잠든 것이라고 설명한다. 하지만 그로스만에 따르면, 이 장면 전체가 요한이 꾸는 꿈이다. 만약 그로스만의 설명이 맞다면 두 번째 수수께끼, 즉 침대 왼편에 있는 인물들은 누구인가 하는 궁금증에 대한 답이 된다.

성모의 죽음을 묘사할 때는 사도들이 둘러싸고 있는 것이 전통적 방식이다. 이 그림에도 그들이 있고, 유다의 자살 이후의 일인지라 열한 명뿐이지만 모두가 남아 있다. 베드로는 침대 오른편에 서 있고 다른 여덟 명의 사도는 베드로의 옆, 그늘 속에 있다. 요한은 불 옆에서 잠들었고 침대 발치에 있는 한 명은 그림자에 가려 거의 보이지 않는다. 그리고 침대의 왼편, 전통적인 도상학으로는 설명할 수 없는 군상(群像)

이 성모의 왼편에 그려져 있다. 이들은 밤의 어둠에서 나와 마리아 막달레나 곁에서 무릎 꿇고 있다. 도대체 이들은 누구란 말인가?

그로스만은 요한의 꿈속이라는 상황 설정을 통해서 브뢰겔이 보여 주고자 했던 것은 임종시 침상의 모습뿐 아니라 동정녀의 승천도 포함하고 있다고 믿는다. 바라체의 야콥이 집대성한 『성인 열전』에는 잠든 요한에 대한 이야기를 출처가 의심스러운 곳에서 인용해 설명한 내용이 있다. 『성인 열전』에 따르면, 마리아는 대사제, 순교자, 모진 박해에도 굴하지 않고 신앙을 지켰던 신도들, 성처녀들 앞에서 아들과 재회한다. 그리고 그로스만은 성모의 왼편에 선 사람들이 바로 이들이라고 믿는다. 그렇다면 한 사람씩 세세하게 묘사되는 대신 뭉뚱그려진 채 그려져 있는 게 당연하다. 그렇지만 암울한 시절의 네덜란드 인을 이해하는 마음으로 그림을 보는 나는 성모 왼편에 선 자들을 그렇게 단순히 해석할 수가 없다. 그들은 나 자신이요, 내 비참한 동료요, 비천한 하층 계급 서민들을 대신해 대대로 기도를 올려 주던 동정녀에게 원군 요청을 하기 위해 어둠 속을 헤치고 나온 자들이다.

그림에는 세 번째 수수께끼도 있다. 사소한 것이라 비평가조차 지적하지 않고 넘어간 것이지만 이상하게 자꾸만 궁금해진다. 성화 속에서 반드시 지켜졌던, 그래서 사도들을 구분해 내는 데 이용되었던 사도 각각의 고유한 자세가 성모의 오른편에 선 자들에게서 보이지 않는다는 점이다. 그림에서 사도들은 누가 누군지 알아볼 수 없으며 모두가 무릎을 꿇고 성모에게 경배드린다. 단 한 명만 예외다. 사도들 뒤로 잠긴 어둠 속에서 누군가가 조용히 십자가를 높이 들고 있다. 십자가도 흔히 쓰이는 라틴 십자가가 아니라 〈이중 십자가crux gemina〉이다. 세로 막대 하나에 가로 막대가 두 개인 십자가로 로렌의 십자가로도 불리며, 긴 가로 막대 위에 놓인 상대적으로 짧은 가로 막대는 구세주의 가시관에 바치는 헌정이라는 의미를 담고 있다.

나는 네덜란드 인의 눈으로 여기 이렇게 서서 수수께끼에 휩싸인 밤 장면의 의미를 캐려 한다. 이 그림에서는 성화라면 있을 법한 도상학적 단서를 찾아볼 수 없다. 단 하나 찾아볼 수 있는 상징은 바로 십자가다. 나에게는 의미 있는 상징이다. 의미 있어야만 한다. 그려져 있기 때문이다. 십자가는 내가 이미 알고 있는 무엇인가를 언급하고 있기 때문에 나에게 의미가 있다. 그렇다면 내가 알고 있는 그 무엇인가는 무엇이란 말인가?

물론, 완벽하고 믿을 만한 대답은 내 손안에 있다. 그 대답은 전화기 저편에서 나를 기다리고 있다. 나는 지금 예전에도 한 번 느낀 적이 있는 즐거움을 맛보고 있다. 케이트와 내가 서로 공유하고 협력할 수 있는 문제점을 발견하고 느꼈던 바로 그 기분이다. 어찌나 들떴던지 전화가 연결되자마자 나는 〈도와줘! 도와줘!〉라고 소리쳤고, 순간 정적이 흐르다가 마침내 무슨 일이냐고 묻는 케이트의 차분한 응대가 나오기 전까지 우리가 지금은 동지가 아니라는 점을 깨닫지 못한다. 마음 쓰지 말자. 서로 돕다 보면 평화는 자연히 되살아나게 된다. 난 두 마리 토끼를 한번에 잡아챌 것이다.

「케이트, 물어볼 게 있어.」 내가 말한다. 「〈이중 십자가〉가 어떤 점에서 중요한 거야?」

침묵. 맙소사. 설마 내가 로라와 함께 이곳에서 종교 도상학을 공부하고 있다고 생각하는 건 아니겠지?

케이트한테서 한숨이 터져 나온다. 아내는 내 모든 사업 계획에 관한 한 그 어떤 것도 믿지 않기로 결심한 지 오래다.

「진실의 십자가라고 부르기도 해.」 결국 케이트가 맥 빠진 목소리로 가르쳐 준다.

진실의 십자가라. 좋다. 이거다. 일반적인 진실에 관해서 뭔가 언급하는 것이 있을 터. 숨겨진 진실, 구태여 치장하지 않은 진실은 오르텔리우스의 비명(碑銘)에도 새겨져 있었다. 아내에게서 좀 더 나올 게 있는 걸 안다. 물론 내가 아내의 말문을 여는 데 성공해야겠지만. 나는 아무 말 않고 기다린다. 아내는 다시 한 번 한숨을 내쉰다.

「대주교가 지니고 다니던 십자가이기도 해.」 아내가 말한다.

대주교라니? 가혹할 정도로 혼란스럽다. 브뢰겔의 후원자이자 메헬렌의 무시무시한 대주교에게 존경을 표현하는 내용일 리는 없지만, 이건 도가 지나치다. 내 눈에조차 신성하게 비치는 이 특별한 장면에 냉소를 품고 사는 타락한 성직자 그란벨라를 불청객으로 등장시킬 생각을 하다니, 정말 구역질난다.

「어디야?」 아내가 호기심을 주체 못하고 살짝 관심을 보인다. 「원문이 뭔데?」

「〈성모의 죽음〉, 사도 중 한 사람이 그걸 들고 있어.」 내가 설명한다.

「무슨 그림인지 알겠네.」 아내가 말한다. 「불 옆에서 잠든 사람은 사도 요한이야. 그리고 거긴 사도 요한의 집이고.」

「나도 알아.」

「〈이중 십자가〉는 야고보의 상징이야. 야고보가 요한의 형인 건 알고 있지?」

오, 그랬군.

「당신이 알고 싶은 게 그게 다야?」

아마도 그런 것 같다. 아니다. 나는 아내가 날 아직도 사랑하는지 알고 싶고, 우리가 다시 예전처럼 돌아갈 수 있는지 묻고 싶고 여전히 〈내〉가 〈아내〉를 사랑하는지도 확인하고 싶다.

「그게 다야.」

아내가 그랬던 만큼이나 냉정하게 내가 답한다.

「고마워.」

전화기를 내려놓는다. 그랬다. 이 특별한 그림에 내가 품었던 의심은 명백하게 잘못된 것이었다. 이 문제점은 이제 논외가 되었다. 내 기분이 바뀌기 시작한다. 나는 어쩌면 모든 일을 잘못 처리하고 있는 것인지도 모른다. 그렇다. 나는 내가 잘못 나아가고 있다는 것을 안다. 토니가 나를 찾아온 그날부터 시작된 거대한 물결은, 내가 아직도 타고 있는 그 물결은 나를 얕은 구덩이로 밀어 넣고 구덩이에 고인 물에서 허우적거리게 만들었다. 팔베개를 한다. 나는 모든 것을 잘못했다. 나는 쓸쓸한 아파트에서 오도 가도 못하고 있으며 상대라고는 옛날에 죽어 버려 꼼짝도 못하는 창녀뿐이다. 나는 인생에서 길을 잃고 말았다.

그리고 난 그곳에서 남은 오후 시간을 보낸다. 창밖의 하늘은 어두워지기 시작하고 방 안은 차츰 황혼에 잠겨 어슴푸레해진다. 두 줄기의 눈물이 얼굴을 타고 흘러내린다. 예전에 무슨 일인가로 눈물을 흘린 후 처음이다. 언제였던가…… 기억나지 않는다. 아마도 케이트와 내가 만나고 나흘째 되던 날, 뮌헨의 아말리엔부르크 궁전 밖에서 최초로 싸운 이후 처음으로 흘리는 눈물인 것 같다. 당시 케이트와 싸웠을 때는 갑자기 온 세상이 무너져 먼지로 변하는 듯한 느낌이었다. 무슨 이유로 다퉜는지는 전혀 생각나지 않는다.

도대체 왜? 이것이 내 속에 남아 있는 최후의 말이다. 나는 왜 여기에 있는 걸까? 왜 일이 이렇게 풀리는 걸까? 왜 이 무시무시한 사업에 손을 댔단 말인가? 객관적 증거를 찾아내겠다고 케이트와 한 약속을 지키지도 않았는데, 그리고 나 스스로도 그런 증거가 있으리라고 믿지 않으면서 왜 내일이 되면 이 일을 계속할 생각을 하고 있는 걸까?

그런데도 나는 내일 아침 경매장과 화랑과 은행이 문을 여는 즉시, 그곳들에 들를 것이다. 지금 와서 되돌릴 수 없다. 오네긴과 쓸데없는 결투를 벌이기 전날 밤의 렌스키[60]가 된 기분이다. 하지만 적어도 내 의심과 분노를 사라지게 만들 것이다. 나는 일찍 자러 간다. 결정타를 날리기에 앞서 몸과 마음을 가다듬기 위해서이다.

불을 끄고 나서야 생각난다. 내일은 은행이 쉬는 날이다.

---

[60] 푸슈킨의 소설 『예브게니 오네긴』의 등장인물.

도대체 왜? 내가 잠에서 깨어난 다음에도 이 질문은 내 마음속에 자리 잡고 있다. 하지만 이제 내가 궁금한 것은, 방 한쪽에 있는 야고보는 왜 다른 쪽에 있는 동생 요한에게 자기 정체를 알려 줘야만 했을까 하는 점이다. 자신이 누구인지 동생은 확실하게 알고 있는데 말이다.

그렇다! 케이트의 설명은 아무것도 말해 주지 못한다. 케이트는 자기 설명이 맞다고 말했다. 맞지 않다! 아무리 생각해 봐도 너무나 이상하다! 야고보가 국제 종교회의라도 나가야 할 필요가 있다면 이름표를 달아야겠지만 자기 동료들인 사도와 함께 있는데 그럴 필요가 있을까? 자기 동생 집에서? 말도 안 되는 소리다! 미술사가들이 내놓은 다른 설명과 마찬가지로 의도적인 모호함으로 가득하다!

달리 말해, 난 싸울 각오를 하고 일어났다! 그래, 태양은 환히 빛나고 있다. 은행이 오늘 노는 날이라면 나뿐 아니라 퀴스, 그리고 토니의 동생인 조지에게도 은행은 노는 날이며, 따라서 나는 여전히 그 둘보다 한발 앞서 있는 셈이 된다. 그리고 객관적 증거를 찾아 깨져 버린 내 명예의 파편을 몇 조각이나마 회복할 수 있는 날이 하루 더 있는 셈이 된다.

좋다. 그 마녀는 자기 비밀을 밝힐 수도 없고 밝히지도 않을 것이다. 하지만 나에게는 그 마녀의 주문이 적힌 책들이 다 있다. 나는 케이트의 자료 대부분이 있는 침실 책꽂이에서 무엇인가 본 기억이 난다. 나 스스로 그것을 찾아보리라. 우리, 즉 나와 나 자신은 여전히 사이가 좋다. 우리는 서로 옷 입는 것을 돕는 기분으로…… 찾았다! 레오가 쓴 『기독교 미술의 도상학』이다. 맞다.

책을 찾아보니, 야고보에게는 요한의 형이라는 것 말고도 주목할 만한 점이 더 있다. 야고보는 스페인의 초대 대주교였으며, 콤포스텔라로 가는 여행 도중 도둑 누명을 쓴 남자를 구했다고 한다. 이 남자는 여자의 청혼을 거절한 뒤 그 여자로부터 도둑 누명을 썼고 유죄 판결을 받아 교수형을 당했다. 야고보는 교수대에 매달린 사내를 살리기 위해서 그를 받쳐 주었고, 사내의 부모가 와서 줄을 끊고 그를 내려 줄 때까지 몇 주를 그렇게 보냈다고 전해진다.

레오는 야고보가 스페인에 있었다는 증거가 없다고 말한다. 그러나 비록 증거가 없다고는 할지라도 야고보가 그곳에서 행했다고 여겨지는 일들은 스페인 속령에 사는 사람들에게 잘 알려져 있었을 터이다. 즉, 「성모의 죽음」도 근거 없는 비난과 잘못된 처형을 이야기하고 있는 것이다.

하지만 레오의 책에서 이런 내용만 알아낸 것이 아니다. 〈이중 십자가〉는 야고보의 상징일 뿐 아니라 성 보나벤투라, 성 클로드, 성 로렌초 주스티니아니, 성 파라세브의 상징이기도 하다. 나는 한 명씩 그들 각자의 삶과 업적을 살펴본다. 보나벤투라, 로렌초, 파라세브, 세 명은 조사 대상에서 재빨리 제외한다. 하지만 브장송의 클로드는 예외이다. 야고보의 유명함에는 비할 수 없지만 그란벨라는 클로드에 대해 알고 있었을 것이다. 브장송은 추기경의 고향이기 때문이다. 브뢰겔이나 브뤼셀에 사는 다른 모든 사람들에게 성 클로드는 친숙한 인물이었음이 분명하다. 16세기 브뤼셀에서 만들어진 〈성 클로드의 기적들〉이라는 제목의 태피스트리에는 클로드의 이야기가 들어 있다. 그리고 그 기적 가운데 하나는 죄 없이 교수형당한 남자의 끈을 자르는 이야기이다.

나는 다시 한 번 16세기 네덜란드 사람의 입장이 되어 본다. 길에 널려 있는 교수대에 매달린 채 바람에 흔들거리는 고향 사람들의 시체로 황폐해진 고향 땅을 떠나 에베소의 조용하고 어스름한 방으로 잠시 몸을 피해 성모가 내는 빛 앞에서 기도하고 있는 흐릿한 사람들에 합류한다. 브뢰겔이 무엇을 그리려 했는지 함부로 추측해서는 안 되지만, 성인들이 누구인지 알게 된 내 눈에는 저 멀리 한 장면이 보인다. 위대한 사도와 그를 따르는 중세의 후계자가 잘못된 비난에 대해 다시 한 번 조용히 탄원하고 있다.

그렇다. 「성모의 죽음」조차 그렇다! 게다가 그 뜻을 두 배로 담고 있다. 지금까지 내가 그림들을 읽어 온 방식은 다 옳았다. 다시금 뚜렷한 확신이 생긴다. 하지만 지금까지 흔들렸던 가운데 이번이 최악이었다. 나는 케이트에게 전화를 걸어 모든 이야기를 해주려고 수화기를 든다. 하지만 그 순간, 아내는 내 말을 단 한 마디도 믿지 않으리라는 생각이 떠올라 수화기를 내려놓는다.

수화기를 다시 들고 로라가 받으리라는 희망을 품고 토니 집 번호를 돌리기 시작한다. 다시 한 번 수화기를 내려놓는다. 로라에게 무슨 말을 해줄 수 있단 말인가? 로라는 나에게 무슨 말을 할 수 있단 말인가? 그냥 헬레네와 함께 여기서 조용히 있어야만 하리라.

결국, 나는 「성모의 죽음」을 한 번 더 살펴본다. 지금 나를 어리둥절하게 만드는 인물은 침대 발치에 있는 인물이다. 이 인물이 정말로 열한 번째 사도일까? 다른 모든 사람들의 얼굴은 죽어 가는 여인에게서 나오는 성스러운 빛을 받으며 우리 쪽을 향하고 있다. 하지만 다른 사람들과 떨어져 침대 발치에 무릎 꿇고 있는 인물은 우리에게 등을 돌리고 있으며, 그늘에 완전히 가려진 채 희미한 형체만 보일 뿐이다. 하지만 이 인물이 있는 곳은 강력하면서도 신비로운 장소이다. 인물이 자리 잡고 있는 곳은 오른쪽 가장자리 전경으로, 왼쪽 가장자리에서 잠자고 있는 요한과 완벽하게 균형을 이루는 장소인 것이다. 나는 나 자신에게 묻지 않을 수 없다 — 그렇다. 나는 다시 한 번 더 내 비밀스러운 동료에게 은밀히 자문을 구하고 있다 — 혹시 이 인물은 잠자느라 바쁜 요한과 요한이 꾸고 있는 꿈속에 출현한 화가의 모습은 아닐까? 자신의 모습을 드러내지 않는 작가가 모든 작품들 가운데 유일하게 출현하고 있는 모습이 아닐까?

이윽고 나는 〈1년의 대순환〉을 묘사한 그림을 생각한다. 순간, 교수대와 시체가 널린 황야, 약탈당한 마을과 절망에 빠져 기도하는 사람들 한가운데에서 브뢰겔이 정상적으로 보이기 시작한다. 브뢰겔은 대작을 여섯 점 그렸으며, 그림에 담긴 시골의 1년은 착한 펠리페의 시대와 같은 평화 속에서 아름답게 흐르고 있고, 슬픔을 암시하는 것은 멀리 조그맣게 보이는 교수대뿐이다.

나는 그런 평화로운 장면을 믿지 않는다. 만약 「성모의 죽음」조차 박해를 강력하게 암시하고 있다면 〈1년의 대순환〉 역시 그러하리라.

그리고 〈1년의 대순환〉에 암시가 담겨 있다면, 그런 암시가 담겨 있을 장소는 단 하나뿐이다.

토니의 부화장이다.

내가 한 약속을 지킬 수 있는 단 한 가지 방법은 내가 찾고 있는 것을 발견할 때까지 그림을 연구하는 것뿐이다. 그리고 그림을 연구하는 단 한 가지 길은 그 그림을 얻어내는 것뿐이다. 그림을 얻을 수 있는 단 한 가지 방법은 내 약속을 깨는 것뿐이다.

이율배반. 철학을 공부하는 우리 같은 직업의 사람들은 이런 상황을 〈이율배반〉이라고 표현한다.

풀어헤친 옷깃에 진흙이 약간 달라붙은 갈색 코듀로이 옷을 입고 우아한 크리스티스 경매장 로비에 서서, 헬레네를 마중 나온 나비넥타이 차림에 멋지게 물결치는 머리칼의 우아한 젊은이 앞에서 검은 비닐에 싸인 헬레네 포장을 풀고 있자니, 열두 살 소년이 된 기분이 든다. 아니, 그렇지 않다. 예순다섯이 된 기분이다. 왕립 셰익스피어 극단에서 여는 클레오파트라 오디션을 받기 위해 나이든 무희가 옷을 갈아입는 것을 도와주는 한물간 매니저가 된 기분이다.

매력 넘치는 청년이 보여 주는 완벽한 매너 때문에 나는 더욱 움츠러든다. 「이것을 실어 오시려면 말이 끄는 운반용 화차라도 가져오셨겠군요.」 남자가 말한다. 「주차 제한 구역에 세워 놓으셨나요? 저희가 제대로 지켜보고 있는지 모르겠군요……」 그는 현관 안내인에게 미끄러지듯 다가가 뭐라고 말한다. 나는 현관 안내인에게 더 이상 부탁하기 싫었다. 나는 이미 내 거대한 고객을 건물 안으로 데리고 오는 데 안내인의 도움을 받은 상태였다. 이제 와 생각해 보니 크리스티스로 온 것은 잘못이었다. 나는 소더비스를 향해 가고 있었지만 소더비스나 크리스티스나 둘 다 가본 적이 없었고, 불현듯 크리스티스 쪽이 덜 겁날 것 같은 생각이 들었다. 런던 도서관 모퉁이를 돌면 바로 나오기 때문이다. 또한, 크리스티스에는 충분히 넓은 주차 제한 구역이 있기 때문에 잠시 동안 차와 트레일러를 주차할 수 있으리라는 생각도 들었다.

매력 넘치는 전문가가 돌아올 즈음, 헬레네가 입고 있던 때 묻은 속옷은 마루에 사방으로 흩어져 있었다. 우리가 타고 온 지저분한 차는 건물 정면의 상당한 부분을 점령하고 있다. 안내 데스크에서 기다리는 사람들과 카탈로그 진열대에 서 있던 사람들이 우리를 보기 시작한다.

하지만 내 앞에 있는 남자는 전혀 동요하지 않는다. 남자는 우선 헬레네를 킁킁거리며 냄새 맡는다. 「양 오줌 냄새군요.」 남자가 말한다. 「정말 위트 넘치는 생각이군요! 시골을 그린 그림인가요?」

남자는 한발 뒤로 물러서서 헬레네를 살펴본다. 「이런, 실례했습니다. 헬레네군요.」 사내는 잽싸게 다시 말한다. 남자는 거의 모르는 상대를 만났을 때도 이름을 정확하고 예절 바르게 말하는 멋진 능력을 발휘하고 있다. 「아, 맞군요! 맞아요! 정말 멋진 작품이군요! 대담하고 자유로운 터치입니다.」

나는 남자가 잘못 추측해 우리를 당황하게 만들기 전에 화가의 이름을 말해 줘야 하는 게 아닐까 고민한다. 하지만 사내는 이미 알고 있다. 「여기서만 하는 이야기입니다만.」 남자는 생각에 잠겨 말한다. 「제 느낌으로는 아마 이 작품이 그 사람이 그린 헬레네 가운데 최고작이 아닌가 합니다. 저희에게 가져오셔서 정말 고맙습니다. 헬레네는 업우드에서 너무 오랫동안 숨어 있었습니다. 무척 떨리는 일입니다! 칼라일 씨를 모셔 오겠습니다.」

그리고 남자의 놀라운 지식에 대해 내가 뭐라고 찬사를 보내기도 전에 남자는 건물 깊숙한 곳으로 사라진다. 남자가 보인 성의 없는 찬사로 인해 나는 불쌍한 내 고객에 대해 약간 방어적이 된다. 나는 차라리 사내가 공공연하게 업신여기는 태도로 대해 주는 게 더 좋다. 다행히도 그리 나쁜 작품은 아니다. 헬레네는 벽 상당 부분을 가리고 있다. 강력하고 웅장하고…… 명암 배분이 뛰어나며…… 하지만 마음속에 꺼림칙하게 걸리는 점은 크리스티스가 헬레네에 대해 아무리 잘 알고 정중하게 대한다 할지라도, 결국 나는 이곳에 그녀를 넘길 생각이 없다는 것이다. 나는 단지 토니를 만족시키기 위해 가격만 알아볼 것이며 좀 더 거리를 돌아다니며 좀 더 천박한 방식으로 헬레네를 팔아넘길 생각이다.

남자가 돌아올 때까지 서서 기다리던 나는 잠시 동안 공황 상태에 빠진다. 사내는 무엇을 하고 있는 걸까? 설마 벌써 조지로부터 연락을 받은 건 아니겠지? 경찰에게 전화하고 있는 걸까?

그는 서류 뭉치로 보이는 걸 들고 아까처럼 우아하게 다시 나타난다.「죄송하게도 칼라일 씨는 서머싯에 감정을 하러 가셨습니다.」그가 설명한다.「고객님께서도 좀 갑작스럽게 나타나셨고요. 예전에 오셨을 때 만난 분이 칼라일 씨가 맞죠?」

나는 그가 무슨 말을 하는지 이해할 수가 없다. 어디선가 이야기가 엇갈린 모양이다.

「지난주에 오셨을 때 말입니다.」남자가 말한다.「서류와 함께요.」

그는 파일에서 종이를 한 장 꺼내 보여 준다. 내가 보여 줄 생각으로 주머니에 넣어 온 것과 같은 것이다. 위트 도서관에서 찾아낸 헬레네 목록을 복사한 종이다.

「아, 그랬죠.」 나는 자신 없게 말한다. 내가 자신이 없는 건 그의 말을 부정할지 긍정할지 몰라서이며, 무슨 일이 벌어졌는지 깨닫는 동안 적어도 2초 정도가 흘렀기 때문이다. 바로 이것이었다! 토니 처트가 런던에서 한 일은 바로 이거다. 토니는 제바스티안 프란츠의 작품에 대해 학술 조사만 한 게 아니었다. 토니는 헬레네에 대한 문서를 찾아보았으며, 내가 자신에게 헬레네의 가격으로 얼마를 말할지 미리 알아본 것이다. 토니는 내가 소더비스로 가리라고 예상했기 때문에 자신은 크리스티스로 와 두 번째 조언을 구한 것이다. 존 퀴스에게 세 번째 조언을 구한 건 말할 필요도 없으며 아마 선술집에서 만난 누군가에게 네 번째 조언도 구했으리라. 토니 처트의 성격을 그대로 드러내는 일면이 아닌가! 그리고 그런 토니의 행동을 예측하지 못했다니, 내 성격도 그대로 드러내지 않는가!

「설마 직접 가져오시리라고는 생각도 못하고 있었습니다.」 남자가 말한다. 「정말 죄송합니다, 토니 선생님.」

토니 선생님? 그러니까 나를, 사람 뒤통수를 치고 무능하고 불쌍한 인간인 그 빌어먹을 토니라고 생각하고 있단 말인가? 이건, 해도 너무하다!

「토니 선생님이 맞으시죠?」 내 표정을 보고 자신이 무례하게 추측한 게 아닌가 혼란스러워하며 남자가 말한다.

나는 더 이상 명예 훼손을 못하게 하기 위해 즉시 입을 열었다가 다시 닫고 고개를 끄덕인다. 만약 내가 면도칼에 베고 세금을 떼어먹고 머리가 둔한 빌어먹을 토니 선생이 아니라면, 만약 내가 형제를 속이고 아내를 때리고 첫 번째 아내를 죽이고 어머니를 돌보지 않고 이웃의 아내를 유혹하는 빌어먹을 토니 선생이 아니라면, 지금 이 순간 나를 누구라고 해야 할지 떠오르지 않기 때문이다. 물론 여기 오는 동안 뭐라고 내 소개를 할지 미리 생각해 놓았어야 하지만 교통량이나 브레이크, 운전대 때문에…… 나는 그동안 거짓말을 하는 데 익숙해져서 적당히 사실을 말하면 된다는 것을 눈치 채기까지 몇 초가 흐르고 그사이 대화는 계속된다.

「하지만 그리 큰 문제가 될 건 없습니다, 선생님.」 남자가 말한다. 「칼라일 씨와 전 지난 금요일에 이 문제에 대해 이야기를 나눴고 약간의 일을 해놓은 상태입니다. 물론 우리 측 사람들이 그림을 가지고 가서 철저하게 검사해 봐야 하지만 제가 보기에 그림은 아주 좋은 상태고 또한 중요한 작품이라고 생각합니다. 선생님을 대신해 그림을 저희가 팔 영광을 얻었으면 정말 좋겠습니다. 칼라일 씨가 1백에서 1백20 사이가 될 거라고 말씀하긴 걸로 알고 있습니다. 맞습니까?」

나는 내가 누구인지 생각하는 걸 멈춘다. 1백에서 1백20이라고? 놀라 눈앞이 노래진다. 달랑 1백 파운드 남짓이란 말인가? 이 정도 크기의 그림에? 이런 식으로 모욕을 하다니! 나에 대한 모욕이며 헬레네에게는 더 큰 모욕이다! 다시금 헬레네를 옹호하고 싶은 마음이 든다. 자신을 지킬 수 없는 위치에 있는 헬레네의 눈앞에서 이런 식으로 모욕을 하다니! 반나체의 모습으로 유괴되어 심한 혼란 상태에 빠졌다는 상태가 불리하게 작용하는 것만은 확실하지만, 그래도 1백 파운드라고? 그래, 1만 또는 2만 파운드 정도 되리라 생각했던 내 예상이 약간 용감했다고 치자. 하지만……. 「1백이라고요?」 놀람을 감추지 않고 내가 말한다.

「1백20까지입니다.」 내 분노에 약간 주춤하며 사내가 다시 말한다. 「하지만 그건 아주 대충 예상한 가격입니다. 물론 그 숫자는 어디까지나 참고용이고, 작품을 직접 보고 나니 아무래도 저희가 너무 소극적이 아니었나 하는 생각이 듭니다. 플로렌스의 메디치 성당 천장에 그렸던 〈프로세피네의 강탈〉과 비슷한 수준의 작품입니다.」

조르다노가 메디치 성당의 천장화도 그렸나? 갑자기 불안해지고 등줄기가 서늘해지며 분노가 사라진다.

「전 언제나 고객분들에게 너무 큰 희망을 드리지 않으려고 합니다.」 남자는 여전히 예절 바르게 말을 계속한다. 「하지만 1백10에서 1백30 정도는 보장할 수 있을 것 같습니다.」

순간, 나는 그가 무슨 말을 하는지 알아듣는다. 그는 파운드 단위를 말하는 게 아니다. 그가 말하는 건 천 파운드 단위이다. 그는 11만 파운드에서 13만 파운드를 말하고 있는 거다. 지금 그는 내가 예상했던 액수보다 열 배 정도 되는 금액을 이야기하고 있다. 그는 내가 짠 계획이 완전한 오해를 바탕으로 서 있다는 사실을 알려 주고 있다.

내 인생에서 이번처럼 나 자신이 바보같이 느껴진 적이 없다. 비유하자면, 케이트와 테니스를 치려고 근처에 있는 운동장에 갔는데 갑자기 꿈같은 변신이 일어나면서 윔블던의 센터 코트에서 국제적 스타와 대면하고 있는 나를 발견한 것만 같다. 이제 여기서 나가고 싶지만 뭐라 해야 할지 도무지 떠오르지 않는다. 나는 입을 꾹 다물고 그런 시시한 숫자라면 논의하는 것조차 싫다는 표정으로(그렇게 보였으면 좋겠

다) 헬레네를 다시 싸기 시작한다. 젊은 남자는 변함없이 공손한 태도로 악취 나는 검은 비닐을 건네준다.

「실망을 안겨 드렸다면 죄송합니다.」 남자가 말한다. 「다른 곳에서 더 만족스러운 의견을 주는 곳이 있는지 찾아보셔도 됩니다.」

남자는 나에게 베일러 끈을 건네준다. 나는 묵묵히 짐을 꾸린다. 나는 여전히 충격을 받은 상태이다.

「그리고, 물론 다시 돌아 오셔도 됩니다. 모퉁이 돌아 있는 우리 동업자가 더 좋은 조건을 말해 주지 않는다면 말입니다. 칼라일 씨에게 다시 말씀드리겠습니다. 아마 칼라일 씨는 1백20에서 1백40이 좀 더 현실적이라고 생각하실지도 모르겠습니다.」

나는 짐 한쪽을 마루에서 들어 올린다. 「아니, 아니요, 제가 들겠습니다!」 남자는 큰 소리로 외치며 나에게서 짐을 받아 들더니 현관 안내인에게 다른 한쪽을 들으라고 신호를 보낸다.

「물론 그 이상이 될 수도 있습니다.」 반쯤 닫힌 트레일러 뒷문을 끈으로 묶는 나를 지켜보며 남자가 말한다. 「심지어 훨씬 더 많을 수도 있습니다. 몇 년 전 저희는 〈나사렛의 부활〉이라는 조르다노의 대작을 판 적이 있습니다. 그건 29만 8천 파운드에 팔렸습니다.」

「고맙습니다.」 남자가 운전석 문을 열어 주어 나를 타게 하고 문을 닫아 줄 때 내가 간신히 말한다.

「고맙습니다, 토니 선생님.」 그가 대답한다. 「그림을 보게 되어 정말 즐거웠습니다.」 나는 킹 스트리트를 지나 세인트 제임스 광장으로 운전해 간다. 내 마음은 충격과 모욕으로 가득하다. 나는 천천히 광장을 한 바퀴 돈다. 계획을 완전히 다시 검토해야만 한다. 하지만 광장을 두 바퀴째 돌 무렵, 세인트 제임스 광장 둘레를 운전하면서 생각을 하는 게 가능하지 않다는 사실을 깨닫는다. 어딘가 잠시 주차할 공간을 찾아야 할 필요가 있다. 하지만 주차할 곳이 없다. 나에게는 두 대를 주차할 공간이 필요하다. 자동차에 하나, 트레일러에 하나씩이다. 덕분에 주차하기는 더욱 어려운 데다 주변에는 한 대를 주차할 공간마저 없다. 광장을 세 바퀴째 돈다. 여전히 주차할 곳이 없다. 평소라면 어디 다른 곳을 찾아보려고 생각하리라. 하지만 지금 마음속에는 이런 간단하고 현실적인 일에 집중할 여유가 없다. 광장을 네 바퀴째 돈다.

다섯 바퀴를 돌 수는 없다! 사람들이 수군거리기 시작할 것이다. 경찰은 흥미를 보이리라. 엄청난 노력을 들여 맴맴 도는 걸 멈추고 팔 몰로 차를 몰고 간다. 그곳에는 주차할 곳이 보인다! 두 대를 주차할 수 있는 공간이다! 그곳에 주차하기 위해 일곱 번이나 시도하지만 트레일러만 넣는 데 성공하면서 다른 차들의 흐름을 막는 바람에 신경이 곤두서서 주차를 포기하고 그냥 운전을 계속하기로 결정한다. 팔 몰을 따라 세인트 제임스 스트리트 위로 올라가 다시 킹 스트리트를 따라 세인트 제임스 광장으로 돌아온다.

이 차는 어디로 가는 걸까? 런던까지는 잘 찾아와 주었는데……. 이제 녀석은 삶의 방향을 완전히 잃은 듯하다.

하지만 이때 몇 가지 생각이 다시 떠오른다. 우선, 토니에 대한 설명할 수 없는 분노다.

왜? 그림 가격을 알면서도 나에게 말을 안 했기 때문이다! 내 뒤통수를 쳤기 때문이다! 전에는 그림 가격을 몰랐다 할지라도 지금에 와서는 분명 알고 있는데도 나에게 말을 하지 않았기 때문이다! 그리고 세상 전체에 대한 분노가 끓어오른다. 같은 이유에서다. 조르다노에 대해 알고 있으면서 그것을 나에게 숨겼기 때문이다!

그리고 다음은 나 자신에 대해 분노가 끓어오른다. 케이트가 그렇게 입이 닳도록 이야기했음에도 조르다노의 경매 가격을 알아보지 않았기 때문이다. 다음은 케이트다. 케이트가 옳았기 때문이다.

아니, 나, 나 자신에 대한 분노가 인다. 조르다노에 대해 이런 실수를 했기 때문이다. 이 모든 사태에 관여했기 때문이다. 광장 모퉁이에 있는 런던 도서관을 여섯 번째로 지나칠 때, 나는 열람실에서 평화로이 조사에 몰두하던 긴 날을 떠올려 보며 텁텁한 웃음을 짓는다. 당시는 모든 것이 소중하고 희망에 차 있었으며 논리적이었으며 뭔가 커다란 목표를 향해 내 인생이 전진하고 있다고만 생각했지, 설마 방황하는 네덜란드 인처럼 낡아빠진 랜드로버에 묶여 발을 땅에 대지도 못하고 세인트 제임스 광장을 돌고 돌며 영원의 시간 또는 연료가 떨어질 때까지(계산해 보니 광장을 1천 바퀴쯤 돌면 연료가 떨어진다) 헤매고 다니리라고는 상상도 하지 못했다.

이제 광장 주변을 기계적으로 돌면서 다음과 같은 계산을 할 수 있게 된다. 내가 느꼈던 두려움의 일부는 아무 이유가 없다는 걸 깨닫는다. 10만 파운드에서 12만 파운드. 토니가 들은 건 이 액수다. 이보다 높은 추정액은 토니가 모르니까 잊어버리자. 담보 액수를 1만 5천 파운드로 올리는 것도 힘들어하는 사람에게는 분명 무시무시한 숫자이다. 하지만 느리게나마 떠오르는 생각은, 내가 구해야 할 돈은 10만 파운드에서 12만 파운드가 아니라는 점이다. 만약 그림에 그만한 값어치가 있다면 나 역시 그림을 팔 미술상에 그만한 돈을 받으면 되기 때문이다. 내가 구해야 하는 돈은 미술상이 챙길 수수료와 내 수수료 사이 차액, 즉 미술상 몫 10퍼센트와 내 몫 5.5퍼센트 사이의 차액만 구하면 된다. 그 액수는…… 세인트 제임스 광장을 운전해 돌고 있으면서 정확하게 계산할 수는 없지만 그러니까 그게…… 대충…… 5천 파운드 정도이다.

5천 파운드! 하지만 아무것도 아니다. 나에겐 여전히 1만 파운드가 남기 때문에 다른 그림 석 장을 살 수 있다! 「즐겁게 노는 사람들」에 대한 대가로 토니에게 2만 파운드를 주려던 멍청할 정도로 후한 내 계획을 수정하면 되는 것이다. 하지만 그토록 음험한 행동을 취한 사람은 그런 돈을 받을 자격이 없다. 게다가 토니는 내가 생각하고 있던 헬레네 액수의 다섯 배의 돈을 받으니 크게 불평할 수도 없으리라.

5천 파운드! 깜짝 놀랐다! 지금까지 몇 번이나 그랬듯이 내 절망은 완전히 오해에서 비롯된 것이다! 50만 파운드가 아닌지 재확인하자……. 5백만 파운드는 아닌지……. 아니다! 그렇다면 작전 개시다!

또 다른 생각이 떠오른다. 어쩌면 10만에서 12만 이상을 줄 미술상을 만날지도 모른다. 크리스티스의 의견을 좇아 13만, 14만을 줄 미술상을 만날지도 모른다. 만일 그런 사람을 찾아냈다 할지라도 토니가 나에게 한 행동을 생각해 볼 때 나만 의무감에 묶여 토니에게 성실하게 대할 필요는 없다.

나는 이번 거래를 통해 돈을 벌 수도 있다.

내가 해야 할 일이라고는 토니와 통화할 전화기를 찾아서 크리스티스의 감정 결과를 내 입맛에 맞게 수정한 내용을 알려 주는 것뿐이다. 나는 세인트 제임스 광장을 맴돌던 것을 과감하게 깨고 다시금 팔 몰로 내려간다. 나에게 필요한 것이라고는 트레일러를 지켜볼 수 있도록 가까운 곳에 전화기가 있으면서 차 앞부터 들어가도 될 만큼 충분히 넓은 두 구획짜리 주차 공간뿐이다. 새롭게 낙관적 기분이 든 탓인지 그리 허황한 소망이라는 생각이 들지 않는다.

하지만 팔 몰에는 그런 주차 공간이 없다. 세인트 제임스 스트리트나 킹 스트리트에도 없다. 다시 주변을 빙빙 돈다. 크리스티스 경매장 앞에서 길이 막혀 기다리는 동안 나비넥타이를 맨 멋진 청년이 문을 열고 나온다. 랜드로버와 트레일러에 담긴 커다란 검은 비닐 꾸러미를 본 청년은 걸음을 멈추고 아까보다 훨씬 더 반가운 웃음을 짓는다. 내가 소더비스에 가서 만족할 만한 답을 듣지 못한 걸 안다는 웃음이다. 자신이 예상했던 대로 다시 이곳으로 기어왔다는 웃음이다. 청년은 나에게 신호를 보내 아까 차를 댔던 주차 제한 구역을 가리킨다. 하지만 그 순간 길이 뚫리고 나는 청년을 곧장 지나치며 손짓을 보내지만 그 손짓이 〈크리스티스가 감정한 가격 이상을 내고 싶어 안달인 돈 많은 벨기에 인에게 가고 있어요〉라는 뜻인지, 아니면 단지 〈세인트 제임스 광장을 돌고 있는 중입니다〉라는 뜻인지 나도 잘 모르겠다.

난 다시 광장에 있다. 요크 스트리트 모퉁이에 서 있는 젊은 여인이 웃기에 나를 비웃는 줄로만 알았지만 지나가며 보니 휴대 전화로 농담을 하고 있는 중이다. 질투로 온몸이 불타오른다. 다른 사람들이 당연하다는 듯 쓰고 있는 휴대 전화 같은 기본 장비만 나에게 있어도 인생에서 실낱같은 희망을 잡을 수 있을 텐데…….

하지만 나에겐 휴대 전화가 있다! 다른 건 없을지 몰라도 휴대 전화는 있다! 광장을 한 바퀴 더 도는 사이 나는 전화기를 찾아낸다. 다시 한 바퀴 더 도는 사이 토니 처트의 번호를 찾아낸다. 다시 두 바퀴를 더 도는 사이 뒤의 것을 앞의 것에 결합하는 방법을 알아낸다.

「여보세요?」로라의 긴장한 목소리를 듣는 순간, 난 로라가 내 전화를 기다리고 있었다는 걸 알아챈다.「당신일 줄 알았어요!」전화 건 이가 나라는 걸 알자마자 로라가 외친다.「어디 있는 거죠? 아직도 런던인가요? 어떻게 되어 가요? 당신에게 전화하려 했어요! 언제 돌아오죠? 그곳 날씨는 어때요? 이곳은 믿을 수 없을 정도로 엉망으로 돌아가고 있어요! 아직도 그 뚱뚱한 창녀 년을 데리고 다녀요? 그년 눈을 파버리겠어요!」

「난 세인트 제임스 광장에 있어요.」내가 말한다.「날씨는 좋아요. 토니가 집에 있나요?」

「그렇게 들렸어요?」로라가 깔깔댄다.「아니에요, 괜찮아요. 토니는 더러운 작업장에 있어요. 집에는 나 혼자예요. 나 있잖아요, 팡파라팡! 아직까지도 금연 중이에요! 당신이 떠난 이후로 한 대도 안 피웠어요! 자랑스럽지 않아요?」

「정말 잘했어요.」내가 말한다.「할 이야기가 있어요.」로라가 토니를 불러오기 전에 모든 이야기를 다 해줘야 하기 때문이다. 얼마만 한 돈이 개입되어 있는지 토니가 로라에게 모두 이야기해 줬는지 궁금하기도 하다. 하지만 그 순간, 백미러에 파란색 사륜 구동 자동차가 보인다. 그 자동차는 나를 따라 천천히 광장을 돈다.

「말해 봐요.」로라가 참지 못하고 말한다.

파란색 차는 여전히 내 뒤에 있다. 한참 전부터 따라다녔을 거라는 생각이 든다. 두 바퀴째 같이 돌고 있을지도 모른다.

「무슨 일이에요?」로라가 말한다. 「갑자기 말이 없어졌네요. 전화 받고 있는 거예요?」

내 뒤를 따라오던 사륜 구동 자동차는 방향을 바꿔 광장 중심부에 있는 주차 공간에 머리부터 찔러 넣는다. 그 차에 정신만 팔리지 않았다면 내가 먼저 들어갔을 텐데. 제기랄. 하지만 조지는 아닌 듯하다. 그렇다 해도 이런 곳에서 어슬렁거리면서 녀석에게 발견되길 기다리는 건 그만두는 편이 좋을 듯하다.

「토니가 작업장에 있다고 했나요?」내가 묻는다.

「네! 걱정 마요!」

「아니, 내 말은, 토니 좀 불러다 줄 수 있냐는 거예요.」

짧지만 상처받은 침묵이 흐른다. 「알았어요.」로라가 다소 달라진 목소리로 말한다. 「통화하고 싶은 사람이 토니란 말이죠?」

나는 예상처럼 일이 순조롭게 풀리지 않는다는 사실을 깨닫는다.

「전화하라고 전하지요.」로라는 쌀쌀맞게 말하고는 내가 미처 설명하기도 전에 전화를 끊는다. 뭐, 좋다. 모든 일을 다 잘할 수는 없는 법! 세인트 제임스 광장을 빙빙 돌면서 주차할 공간을 찾고 백미러를 보고 막대한 금액의 5.5퍼센트가 얼마인지 계산하고 사람들 감정이 다치지 않도록 조심하며 살 수는 없는……

이제 내 뒤에는 경찰차가 따라온다. 다시 팔 몰로 내려가 세인트 제임스 스트리트로 올라가 킹 스트리트를 따라 세인트 제임스 광장으로 돌아올 즈음 토니가 전화한다.

「그래, 소더비스에서는 뭐라고 하던가?」 토니가 다그친다. 「얼마래?」

소더비스가 아닌 크리스티스에 갔기 때문에 토니가 가격을 알고 있다는 사실을 내가 알고 있다고 말해 눈앞의 만족을 얻고 싶은 마음을 억누르고, 대신에 정직하게 말함으로써 상대방의 신뢰를 얻는다는 장기적인 이익을 선택한다.「놀라실 겁니다.」 내가 말한다. 「10만에서 12만이라고 하더군요.」

하지만 토니는 놀라지 않는다.「그럼 그 벨기에 사람에게 14만을 달라고 하게.」 토니가 말한다.

안 그러는 게 이상하다. 이 정도는 예상해야만 했다. 지금까지 토니는 도를 넘을 정도로 날 다그쳤다. 더 이상 다그치지 못하게 해야 한다.

「12만이라고 말할 겁니다.」 내가 단호히 말한다. 「경매장에서 그 금액을 말했으니까요.」

「바보같이 굴지 말라고! 자네에게 직접 사면 수수료를 아끼는 셈이 되잖아! 기본이 10퍼센트라고! 거기다가 파는 사람의 수수료 반을 더해!」

아, 맞다. 수수료를 잊고 있었다.

「알았습니다.」 내가 동의한다. 「13만으로 하지요.」

「안 돼, 상대는 흥정을 하려 들 거야. 그러니 싸워야만 해! 제발 부탁이야! 어째서 나와 일하는 사람들은 사업 감각이라고는 약에 쓰려고 해도 없는 아마추어뿐인지 모르겠군. 우선 높게 시작하라고! 14만을 받으려고 해봐! 다른 곳에 팔 수도 있다고 말하라고! 그리고, 정 안 된다 싶으면 13만 5천 정도에 넘겨도 돼.」

「13만 5천부터 시작하겠습니다.」 내가 말한다. 어찌 되었든 그림은 내 손에 있다. 그리고 나는 세인트 제임스 광장과 휘발유 냄새가 지긋지긋하다. 또한 오줌도 마렵다.

「13만 5천이라고?」 토니가 소리친다. 「13만 5천은 온갖 수법을 다 시도해 본 다음에 불러야 하는 최저 금액이라고!」

「제가 생각하는 최저 금액은 10만입니다.」 나는 차분하게 말한다. 「경매장에서는 그렇게 말했습니다.」

「10만? 무슨 소리야? 자넨 지금 누구 편인 거야?」

「어느 편도 아닙니다.」 나는 간단하게 말한다. 「하지만 단지 용겔링크 씨가 벨기에 사람이라는 이유로 속이지는 않을 겁니다.」

「그렇다면 물건을 가져오게. 자네가 찾은 것 같은 벨기에 놈을 나도 찾아볼 테니 말이야!」

「가져오라고요?」 나는 침착하게 말한다. 「좋습니다. 잘됐습니다. 덕분에 편하게 됐군요. 운이 좋다면 변호사를 대동한 동생분과 동시에 진입로에 들어서겠군요.」

나는 전화를 끊는다. 마침내 내 운명을 다시 조종하게 됐다는 느낌이 든다. 토니가 자기 의견을 굽히지 않으면 어떻게 할까에 대해서는 전혀 생각하지 않았다. 하지만 뭔가 방법이 있으리라. 새로 회복한 자치권 덕분에 나는 그토록 오랜 시간을 맴돌던 곳을 힘들이지 않고 벗어난다. 나는 세인트 제임스 광장을 벗어나 찰스 2세 스트리트로 들어선다. 세상에 이토록 쉬운 일이 없어 보인다. 내가 어디로 가고 있는지 모르겠지만, 여하튼 세인트 제임스 광장이 아닌 어딘가이다.

피카딜리 서커스를 지날 때 다시 전화가 울린다. 「12만으로 하게.」 토니가 말한다. 「한 푼도 모자라선 안 돼.」

순간, 난 좀 더 너그러워진다. 「10만 5천으로 하겠습니다.」 내가 받아친다.

침묵. 하지만 이제 난 내가 어디로 가는지 안다. 올드 벌링턴 스트리트에 가면 주차장이 있고 근처에는 화랑들이 많이 있다. 물론, 산들바람에 퍼져 나간 양 오줌 냄새에 끌린 누군가가 트레일러 내용물을 조사하려고 들면 안 될 테니 차에서 너무 멀리 떨어질 수는 없다.

「11만.」 마침내 토니가 불쌍한 목소리로 말한다. 「그 이하면 헬레네를 파는 의미가 없어져.」

「최선을 다하겠습니다.」 나는 어물쩍 말하고 전화를 끊다.

나는 전투를 통해 강인하게 단련되었다. 지금이라면 아무 생각 없이 총검으로 적을 찌를 수 있다.

내가 들어가 보기로 한 곳은 〈쾨니그 미술〉이라는 화랑이다. 올드 벌링턴 스트리트의 지하 주차장에서 총총히 빠져나올 때 맨 처음 눈에 띈 곳이며 거장의 작품들을 취급하고 있을 것 같기 때문이다. 진열장에 꽤 커다란 「악타이온의 죽음」을 진열해 놓은 걸 보면 조르다노를 좋아할지도 모른다는 생각이 든다. 그림의 주제에도 마음이 끌린다. 미의 여신의 나체를 본의 아니게 살짝 보았다는 이유로 사슴으로 변해 여신의 사냥개에게 온몸이 찢긴 사내를 동정하지 않을 남자는 없다. 하지만 내 경우에는 후반부의 비참한 운명을 어떻게든 피할 수 있다는 새로운 희망이 있다.

패널 마감이 된 화랑 내부에는 고가구가 놓여 있고, 모퉁이에 있는 소용돌이 무늬 탁자 앞에는 여자 한 명이 앉아 있다. 여자는 머리칼을 포함해 온몸이 여러 종류의 고광택 경질목으로 매끄럽게 조각해 놓은 것 같다. 내가 다가가자 어딘가에 숨겨져 있는 기계 장치가 작동해 여인의 입술이 살짝 벌어지며 짧은 시간 살짝 웃음을 보이지만, 동시에 눈은 아래쪽을 힐끔거리며 내가 입고 있는 옷을 보고는 내 가처분

소득이 너무 낮기 때문에 미술 시장에서 모험을 하고 싶어도 그림엽서에 찍힌 복제품 정도밖에 살 수 없는 손님이라는 노골적인 평가를 내린다. 하지만 이번에는 난 조금도 굴하지 않는다. 비장의 카드가 있기 때문이다. 나는 솔직하면서도 거친 태도로 비장의 카드를 탁자에 올려놓는다.

「조르다노입니다.」 내가 알린다. 「크리스티스의 감정액은 14만 파운드입니다. 관심 있으십니까?」

여자는 눈도 깜짝하지 않는다. 「죄송하지만 쾨니그 씨께서는 회의 중이십니다.」 여자가 말한다. 「다음번에 시간을 내어 가져오시면……」

「가져왔습니다. 모퉁이에 주차해 놓은 자동차에 있습니다. 액자에 들어 있는데 높이 210센티미터에 폭 275센티미터짜리입니다. 그런 크기의 그림을 이리로 가져오는 걸 돕고 싶지는 않으실 테고, 저 역시 그림을 차에다 놓고 오랜 시간 비워 놓고 싶지 않습니다. 쾨니그 씨는 언제 시간이 나시나요?」

「모르겠습니다.」

「10분을 기다린 다음 다른 곳을 찾아보도록 하겠습니다. 화장실을 좀 써도 되겠습니까?」

돈처럼 사람에게 활력을 넣어 줄 수 있는 강장제가 또 있을까?

여자는 순간 망설인다. 여자는 날 마음에 들어하지 않는다. 하지만 누가 날 좋아하는지에 관심을 가지던 시기는 지났다. 이제 나는 불쌍한 악타이온과 마찬가지로 짐승이다. 여자가 화장실로 안내하기 위해 화려한 문을 열자 18세기의 세계는 사라지고 20세기의 지저분한 복도가 나타난다. 복도와 사무실은 낡은 판지 칸막이로 구분되어 있고 복도에는 파일과 복사기, 카탈로그 더미가 줄지어 있다. 여자는 끝에 있는 다른 문을 가리킨다. 오줌을 누는 동안(지금 내 기분이 기분인지라 오줌 싸는 태도마저 건방지다) 칸막이 너머에서 남자 목소리가 들려온다. 「찰스.」 그 목소리는 간청하듯 말한다. 「조금만 마음을 가라앉히고 내 말 좀 들어 보세요.」 하지만 전화 받는 상대인 듯한 찰스는 마음을 가라앉힐 생각이 조금도 없어 보인다. 「저도 알고 있습니다, 찰스.」 칸막이 너머의 남자가 말한다. 「알아요, 당신이 옳아요. 제가 해야 했지만 그러지 못했습니다. 하지만, 찰스…… 찰스……!」 목소리에 당황한 기색이 들어 있다. 아마도 〈쾨니그 미술〉 칸막이 뒤편은 만사가 순조롭게 풀리지 않는 곳인 모양이다.

손에 넣은 지 얼마 되지 않은 비정한 현실주의로 몸을 감싼 나는 10분이라는 짧은 시간이라 할지라도 이렇게 믿을 수 없는 사람을 기다리는 게 과연 가치가 있을까 고민해 본다. 하지만 약간 절박해 보이는 쾨니그의 처지를 이용하면 교섭을 더 유리하게 진행할 수 있지는 않을까 하며 한층 더 비정하게 생각해 본다.

쾨니그가 정말 얼마나 절박한지 알아보자. 방광의 압박감이 사라진 지금 나는 전보다 더 오만해졌다.

「다시 생각해 봤는데, 주차장에서 기다리고 있는 게 낫겠습니다.」 나는 화장실에서 나와 여인에게 말한다.

「쾨니그 씨가 시간이 되실지 잘 모르겠…….」

「루카 조르다노입니다. 〈헬레네의 강탈〉요. 업우드에 있는 토니 소장품에서 나온 겁니다. 제 차는 지하 3층에 있습니다.」

현금 425

나는 여자의 시선에서 벗어날 때까지 거리를 천천히 걸은 후 주차장까지 냅다 달린다. 그림을 주차장에 보란 듯 두고 온 게 걱정되기 시작하면서 그림을 탐내는 국제 미술품 절도단 또는 조지 또는 경찰의 주의를 끌지는 않았을까 하는 생각이 들기 때문이다. 여자 역시 내 시선에서 벗어나자마자 쾨니그에게 달려갔을 것은 의심할 여지가 없다.

그런데도 쾨니그는 나를 20분 동안 기다리게 한다. 주차장에서 기다리기로 한 건 정말 잘했다는 생각이 든다. 지하 3층의 깨끗하고 하얀 지하 세계에 있노라니 마음이 가라앉고 편안해진다. 오늘 아침에 내가 다녀 본 모든 장소 가운데 가장 아늑한 곳이다. 1~2분 정도만 더 기다리고 포기하려는 순간, 쾨니그가 엘리베이터에서 내려 천천히 다가온다. 미술상 특유의 거만하고 사람을 깔보는 듯한 태도는 30미터가 떨어진 곳에서 알아볼 수 있고, 덕분에 방금 전까지도 오만을 떨던 내 감정이 누그러진다. 만약 전화로 사정하는 이야기를 듣지 못했다면 내가 먼저 가격을 내리겠다고 했으리라.

「사무실을 여기로 옮겨야겠습니다.」악수하며 남자가 말한다.「여기가 훨씬 아늑하군요.」

높고 깡마른 이마, 양쪽으로 우거진 검은 머리칼, 작은 금테 안경, 구겨진 셔츠, 중심에서 1센티미터쯤 벗어난 넥타이 차림이 구스타프 말러와 닮았다. 미술상으로는 보이지 않는다. 학자처럼 보인다. 또 다른 나를 보는 듯하다. 아마도 그게 이 사람의 문제점이리라.

나는 아무 말도 하지 않는다. 이 남자가 아무리 날 닮았다 할지라도 그것을 사교의 수단으로 삼을 생각은 없다. 나에게는 상품이 있고 이 남자는 그것이 필요하다. 그것을 사든 말든, 그건 이 남자 마음이다. 나는 끈을 끄르고 커다란 꾸러미 포장을 벗긴다. 사내가 킁킁댄다.

「양 오줌입니다.」 내가 간단히 설명한다.

헬레네는 다시 한 번 휘장 밖으로 나와 매력을 발산한다. 하지만 내가 최상류 계급의 여인을 국제적인 〈고급 창녀 *poule de luxe*〉로 만들고 있다는 생각이 든다. 남자는 안경을 이마 위로 올리고 잠시 헬레네를 살펴본다.

「서류 같은 게 있습니까?」 남자가 말한다.

나는 위트 도서관에서 복사해 온 구겨진 자료를 펴 보인다. 남자는 여권 대신 제시된 기한이 지난 나이지리아 운전면허증을 조사하는 입국 심사관처럼 헬레네를 자세히 살펴본다. 하지만 난 조금도 걱정하지 않는다. 진짜라는 걸 알고 있기 때문이다.

「크리스티스에서 말해 드린 게……」

「14만이라고 했습니다.」

사내는 껄껄댄다. 아까 그런 불쌍한 목소리도 들어 봤고 하니 그냥 웃게 내버려 둔다.

「소더비스에서는 뭐라고 하던가요?」

「소더비스에는 안 갔습니다.」

「왜요? 거기에서는 15만이라고 했을 텐데요.」

이 친구는 나만큼이나 건방지다. 내가 자기 말을 엿들은 걸 알면 좀 덜 건방질까?

「왜 저에게 가져오신 겁니까?」 남자가 묻는다.

「우선 수수료를 내고 싶지 않았고 당신 화랑이 주차장에서 가장 가까웠습니다.」

사내는 안경을 다시 코로 옮긴 다음 헬레네 대신 나를 뜯어본다. 사내는 안경 없이도 그림을 볼 수 있다. 초점을 제대로 못 맞추는 것은 그림 이외의 세상이다.

「그리고 현금을 원하시고요.」 남자가 말한다.

나는 아무 말도 하지 않는다. 당연하기 때문이다. 하지만 힘없이 고백하는 대신 당당하게 요구할 것이다. 남자는 잠시 더 나를 살펴본다. 내가 그의 영혼에 쓰여 있는 〈파산〉이라는 글자를 볼 수 있듯이 그는 내 영혼에 쓰여 있는 〈탈세〉라는 글자를 볼 수 있다. 아니, 그가 볼 수 있는 건 〈탈세〉 말고도 더 있을지도 모른다. 나는 그가 내 이름을 묻지 않았지만 그건 그가 날 토니로 알고 있기 때문이 아니라 내가 토니가 아니라는 걸 알고 있기 때문이다. 남자는 꼬치꼬치 캐물으면 내가 그림 주인이라는 주장도 가짜로 판명될 것이라고 생각하고 있다.

남자는 계속해 나를 바라본다. 내가 품었던 확신이 조금 약해진다. 나는 운전 면허증을 내놓은 불쌍한 나이지리아 인 같은 기분이 들기 시작한다.

「가족 문제 때문입니다.」 내가 말한다. 「자세한 이야기를 하고 싶지는 않군요.」

「그림 주인이십니까?」

나는 아주 짧은 순간 동안 침묵에 잠긴 다음 고개를 끄덕인다. 나에게 침묵의 의미는 토니에게 돈을 건네준 뒤에는 소급 적용에 의해 내가 그림 주인이 되는 게 맞다는 뜻이다. 짐작컨대, 쾨니그에게 침묵의 의미는 자신의 가정이 맞다는 증거이리라.

「뭔가 서면으로 남겨 주시겠습니까?」 남자가 요구한다. 나는 다시금 고개를 끄덕인다.

「좋습니다. 그럼, 7만 파운드를 드리겠습니다. 현찰로요. 내일 드리겠습니다.」 사내는 결심한 듯 내가 건네주었던 종이를 돌려주며 말한다.

이번에는 내가 웃어야만 할 차례라는 생각이 든다. 12만 파운드…… 15만 파운드…… 7만 파운드…….

열병 환자가 손가락을 셀 때처럼 숫자가 자기 맘대로 커졌다 작아졌다 한다. 하지만 난 웃지 않는다. 비록 내가 그런 건 아니지만 이 그림은 도난품이며 길게 흥정하고 돈을 받기 위해 시간을 끌수록 조지와 변호사들이 그림을 팔지 못하게 할 확률이 커지기 때문이다. 이게 내 약점이다. 나는 텅 빈 커다란 주차장에서 또 다른 숫자를 뽑아 든다.

「11만.」

내가 믿고 있는 것은 나에게 뭔가 속임수가 있을지도 모른다고 생각은 하면서도 남자는 흥정할 준비가 되어 있다는 점이다. 남자가 절박하다는 증거이다. 이게 바로 그의 약점이다.

남자는 웃더니 나를 위해 그림을 포장하기 시작한다. 우리 둘이 생각하는 가격 차이가 너무 크다는 뜻이다. 만약 정말로 그렇게 생각했다면 남자는 그냥 주차장을 걸어 나갔으리라. 그는 내가 뜻을 굽히는 동안 기다릴 구실을 찾는 것이다. 당연히, 내가 해야 할 일은 주차장을 빠져나가 더 좋은 미술상을 찾는 것이다. 다른 곳으로 가면 이 남자가 제시한 금액, 또는 제시하지 않을 금액보다 더 좋은 조건으로 일을 처리할 수 있을 게 분명하다. 하지만 낙담하고 당혹스러워하는 전화 통화 내용을 엿들을 기회가 다시 오지 않을 것도 분명하다. 게다가 주차장과 화랑들을 오락가락하고 헬레네를 벗겼다 입혔다를 반복하며 호전성과 교활함을 계속 보여야 할 생각을 하는 것만으로도 기운이 쭉 빠진다.

「10만.」 굴욕을 삼키며 내가 말한다.

남자는 내 우위에 섰고 그도 그걸 알고 있다. 「7만 5천.」 남자가 즉시 말을 받는다.

남자는 실수했다. 만약 그가 9만을 제시했으면 나는 9만 5천을 제시하고 집으로 돌아갔을 것이다. 하지만 내가 1만을 내렸는데 사내는 5천을 올리다니, 모욕이다. 내가 끈으로 두 번째 매듭을 짓는 동안 남자는 첫 번째 반 매듭을 손가락으로 누른다. 우리는 동시에 얼굴을 들고 서로의 눈을 힐끔 본다. 웃기는 일이다! 성장 배경이 좋고 부모들 역시 고등교육을 받은 남자 둘이 어쩌다가 여기서 이러고 있게 된 걸까. 나는 내 것도 아닌 그림을 팔려고 하고 이 남자 역시 남의 돈일 게 분명한 돈으로 그림을 사려고 하고 있다. 우리는 어쩌다 이런 처지에 놓이게 되었을까?

게다가 우리 둘은 서로 막다른 골목에 몰려 있다. 남자는 화랑으로 돌아가 돈을 더 안 내려고 버티는 고객을 살살 구슬려 더 많은 돈을 내도록 꾀느라 녹초가 될 것이다. 나는 돌아가 돈을 올리는 방법을…… 어떤 방법이 있는지 모르겠다. 다시금 숫자가 커졌다 작아졌다 한다……. 토니에게 뭐라고 말했는지조차 떠올릴 수 없다. 10만이던가, 아니면 10만 5천이었던가?

우리 둘은 모두 보이지 않는 힘의 지배를 받는 생물이다. 늙은 권투 선수 둘이 다운되기 직전까지 서로 붙잡고 버텨 주는 형국이다.

그렇다. 만약 남자가 9만 5천을 제안했으면 난 나 스스로를 설득했을 터이다. 경매장에서 제시한 금액 모두를 화랑으로부터 받을 생각은 없으니 말이다. 받아들여야만 한다. 어찌 되었든, 원근법의 문제이다. 전경에 자리 잡고 즐겁게 노는 사람들이 저 멀리 산청에 덮인 산맥보다 커 보이듯, 눈앞에 있는 9만 5천 파운드가 저 멀리 떨어진 11만 파운드보다 크게 보인다.

「9만 5천.」 내가 말한다. 9만 5천에 은행에서 빌릴 1만 5천을 합치면 거의 맞는다. 토니에게 10만 5천 파운드를 받겠다고 약속했으면 남은 몇천 파운드로 다른 그림 석 장을 사면 된다.

「8만.」 남자가 말한다. 「그리고 이 금액이 마지막입니다.」

「좋습니다.」 내가 말한다. 「9만.」

9만? 어쩌자고 9만이라고 말하는 거지? 9만으로는 만족할 수 없다! 그러면 적어도 5천 파운드를 어디 다른 데서 구해야 한다.

「8만.」 남자가 다시 말한다.

「8만 5천.」 절망에 빠져 말하는 내 목소리가 들린다. 미친 짓이기 때문이다! 다른 곳으로 가야만 한다! 9만 5천 밑으로 받을 생각 전에 적어도 다섯 군데쯤은 돌아다녀 보아야 한다!

「8만.」 남자가 무표정하게 딱 잘라 말한다.

「8만 5천.」 나도 지지 않고 무표정하게 딱 잘라 말한다. 미쳤다. 미쳤어! 하지만 이런 고생을 다시 반복할 수 없다!

「8만.」

「8만 5천!」 이 액수가 받아들여지지 않으면 나중 결과가 어찌 되었든 여기서 일어나야 한다.

침묵. 남자는 먼 산을 바라보며 내 의지가 약해지길 기다린다. 나는 약해지지 않는다. 나는 8만 5천을 끝까지 고수한다. 나는 아무 말 않고 남자가 입을 열기 기다린다.

그리고 마침내 남자가 입을 연다.

「8만 1천.」 남자가 딱 잘라 말한다.

「8만 1천.」 내가 동의한다.

이런 흥정은 두 번 다시 하고 싶지 않기 때문이다. 정말로 하고 싶지 않다. 우리는 반쯤 닫힌 뒷문을 끈으로 묶는다. 우리는 서로 시선을 피한다. 우리 둘은 각자 자신이 끔찍한 실수를 저지른 걸 알고 있다.

「돈은 내일 준비가 됩니까?」 굴욕감을 보상하기 위해 나는 상대방을 업신여기는 듯한 엄격한 어조로 말한다. 「현금으로요? 몇 시까지 준비하실 수 있습니까?」

「정오에 오십시오.」 남자가 말한다.

「정오. 알겠습니다. 화랑 바깥에 차를 세우면 짐을 가지고 들어가는 걸 도와주실 수 있습니까?」

「화랑으로 가져오실 필요 없습니다.」 남자가 말한다. 남자는 호주머니에서 작은 공책을 꺼내더니 뭔가를 적더니 뜯어서 나에게 건네준다. 로더히드의 공업 단지 안에 있는 운송 업체 영업소 주소다.

이 거래가 남자의 회계 장부에 오르지 않는 것이다. 내 회계 장부에 오르지 않는 것과 마찬가지이다. 남자는 자신의 벨기에 인이 있다.

「50파운드짜리도 괜찮겠습니까?」 남자가 말한다. 「5파운드하고 10파운드짜리를 원치 않으십니까?」

나는 가벼운 외상후성 충격 상태로 켄티시 타운으로 돌아간다. 자, 무엇보다도 이제 나는 도둑이다. 5파운드와 10파운드짜리 지폐? 그렇지만 나는 도둑이 아니다! 도둑이라니, 당치도 않다!

수령인, 어쩌면 장물아비……

아, 말도 안 된다. 나는 그저 다른 사람의 집안 문제를 처리해 주려 애쓰는 것뿐이다.

아파트 바깥에 차를 세울 곳을 찾아냈지만 미지를 비롯해 헬레네를 위층으로 옮기는 일을 도와줄 사람은 한 명도 보이지 않기 때문에 랜드로버를 내 멋대로 최일선 사령부로 지정한다. 나는 최고 작전 사령관으로서 지독한 휘발유 냄새가 나는 랜드로버에 최대한 편히 기대고 앉아 현재까지의 상황을 점검한다.

일의 가장 중요한 부분을 이제 막 해치웠다. 내가 바랐던 만큼 잘해 내지는 못했어도 어쨌거나 끝났다. 수지 타산을 맞춰 내는 일만 남았다.

샌드위치와 광천수 한 병을 사기 위해 하이 스트리트까지 전속 질주한다. 그리고 토니의 휴대 전화로 일을 재개한다. 우선, 두근거리는 마음으로 은행에 전화를 건다. 은행에서는 돈을 더 빌려 주었다. 1만 5천 파운드가 우리 공동 계좌에 들어왔다. 1만 5천 파운드라니! 아침에 그 열 배에 달하는 거래를 주도했던 사람에게 1만 5천 파운드는 잔돈으로밖에 여겨지지 않는다. 그러는 것이 마땅하리라. 〈내일 아침 인출하겠습니다.〉 상대방에게 말한다. 〈현금입니다. 1만 5천 파운드 모두 50파운드짜리로…… 그렇습니다. 50파운드짜리 지폐 3백 장입니다. 고맙습니다.〉 맞은편 목소리는 놀라는 기색조차 없다. 그래도 분명 심각하게 고려하는 중이리라. 내가 중간책으로 헤로인을 샀다고 생각하는 걸까? 아니면 협박에 못 이겨 현금을 인출했다고 생각하는 걸까? 청부 살인 업자를 고용했다고 상상하는 건 아닐까? 은행 직원이 보이는 그대로 생각하게 내버려 두자. 나는 더 이상 다른 사람이 어떤 일에 어떻게 생각하는지 마음 쓰지 않는다.

자, 이제 8만 1천 파운드는 쾨니그에게서, 나머지 1만 5천 파운드는 은행에서 끌어 와 9만 6천 파운드를 마련했다. 토니에게 헬레네의 대금을 지불하기 위해선 9천을 더 끌어 와야 한다. 내가 과연 뱃심 좋게 나 자신을 위해 벌였던 협상의 대가로 5.5퍼센트의 수수료를 받아 챙길 수 있을까? 모르겠다. 전화로 알려 준 내 판매가를 토니가 수수료를 뺀 비용으로 여길지, 아니면 수수료를 포함한 비용으로 여길지 알 수 없다. 내 수수료에 관한 한 아무런 생각이 들지 않는다. 손가락이 부풀어 올랐다가 쭈그러든다……. 나머지 그림 석 장도 이런 식으로 사려면 몇천 파운드가 더 필요할 것이다.

설마 토니가 다른 석 장도 사진을 찍어 가지고 다니며 여기저기 알아보지는 않았겠지? 이런 끔찍한 일을 세 번이나 더 겪어야 하는 건 아니겠지?

그렇게 생각하지 않는다. 그렇게 가정해서는 안 된다. 토니가 「즐겁게 노는 사람들」을 다른 사람에게 보여 준 날에는, 그날로 모든 것이 끝이기 때문이다.

그렇다면 초과 비용이 얼마나 될 것인가?

안개를 측정하겠다고 덤비는 일 같다. 아무것도 정해진 것이 없고 모든 것이 유동적이다! 현기증이 난다. 스케이트 타는 사람들과 기병을 판 돈에 2~3천 파운드만 있으면 충분할까? 모르겠다. 충분할 것 같다. 그렇다면 다 합쳐서 1만 2천 파운드가 더 필요하다. 내 원래 계산이 맞다는 가정하에서 말이다. 하지만 아니라면? 스케이트를 타는 사람들과 기병의 경우도 헬레네 짝이 난다면? 그 경우라면, 필요한 돈은…… 감조차 잡을 수 없다.

문제는 내가 돈을 얼마나 마련할 수 있느냐다.

그렇다. 다음번 전화 상대는 다루기 어려운 인물이다. 나는 한적한 오스월드 스트리트를 30분 정도 바라보며 용기를 낸다. 이윽고 수화기를 들고 전화를 건다.

「여보세요?」 케이트가 말한다. 언제나처럼 조심스러운 목소리다. 나는 이런 아내의 조심스러움을 사랑했다. 하지만 이제는 목소리를 듣자마자 마음이 무거워진다.

「여보세요, 나야.」

나는 반응을 기다린다. 아무 반응이 없다. 나는 서둘러 말을 잇는다.

「틸다는 어때?」

「좋아.」 내가 날씨라도 물었다는 듯 담담한 어조다.

「스켈턴 씨에게서는 아직 연락이 없어?」

「없어.」

「아, 헬레네를 팔았어. 하지만 돈을 받으려면 내일까지 기다려야 해. 오후 정도면 집에 도착할 수 있을 거야.」

「알았어.」

나는 다음 말을 꺼내기 위해 눈을 감는다. 왜 우리는 전화를 걸다가 자신이 이야기하고 있는 것이 부끄러워지면 눈을 감는 것일까? 자신의 모습을 자기 자신의 눈으로부터 지워 버리고 싶기 때문인 걸까? 아니면 세상에 받아들여지는 일상적인 현실을 깨뜨려 버리고 싶기 때문일까?

「케이트.」 나는 눈을 감은 채 말한다. 「예전에 당신이 이루 말로 할 수 없을 정도의 상냥함과 관대함으로, 내 심장이 터져 버릴 것 같은 상냥함과 관대함을 발휘해 장인께서 당신에게 준 돈을 나에게 빌려 준다고 했을 때 나는 어떤 상황이 벌어지더라도, 심지어 그 돈만이 내 마지막 희망이라 할지라도 절대로 그 돈을 받지 않겠다고 말했어……」

「그 돈은 우리 공동 구좌에 넣어 놨어.」 아내가 말을 끊는다. 「지난주에 옮겼어.」

침묵. 내가 무슨 말을 할 수 있단 말인가? 눈물이 뺨을 타고 흘러내린다.

「케이트…….」 내가 입을 연다.

「당신에게 빌려 주는 게 아니야. 그 돈이 내 거라고 생각한 적이 없거든. 그 돈은 우리 거야. 그 돈은 우리 공동 소유라고.」

「케이트…….」 하지만 더 이상 뭐라고 말을 해야 할지 모르겠다. 「케이트…….」

「이만 끊어야겠어. 틸다를 깔개 위에 올려놓은 채 왔거든.」
「잠깐만!」 내가 애원한다. 「잠깐만!」

좀 더 말할 게 남아 있기 때문이다. 지금부터가 가장 부끄러운 장면이다.

「케이트…… 얼마야?」

또다시 침묵이 흐른다. 세상이 끝날 때까지 계속될 것 같은 침묵이다.

「6천 파운드 조금 넘을 거야.」

아내에게 도대체 무슨 말을 할 수 있을까? 하지만 내가 뭐라 말을 하기도 전에 아내는 전화를 끊어 버린다.

중요한 것은 생각하는 것이 아니다. 행동하는 것이다. 행동해야 한다. 물러설 기회가 있었을지는 모르지만 그 순간은 이미 지나 버렸다. 이 모든 일을 곧 끝맺고 나면(이게 바로 중요한 것이다) 우리는 우리가 있던 자리로 돌아갈 것이다. 그때까지는 마음을 독하게 먹고 행동, 행동, 행동할 뿐이다.

다음번에는 약간 우스꽝스러운 전화를 건다. 다시 은행이다. 「아까 통화했던 분이 맞나요? 50파운드짜리로 1만 5천 파운드를 찾아가기로 했는데……. 네, 계획이 좀 바뀌었습니다. 2만 1천 파운드를 준비해 주실 수 있습니까?」

내가 코카인 몇 킬로그램 정도를 살 모양이라고 상대방은 생각할 게 분명하다. 또다시 당혹스러운 전화를 건다. 토니네 번호를 돌린다. 만약 전화를 받는 이가 토니라면 10만 5천 파운드에서 수수료 5.5퍼센트를 제외한 돈을 주겠다고 말하리라. 토니는 고함을 지르겠지. 그 정도면 충분하다. 하지만 만약 로라라면……. 전화를 받는 이는 로라다.

「여보세요.」 오늘 이 말을 몇 번을 하는 건지. 「접니다.」

「토니와 통화하고 싶으세요?」쌀쌀맞은 로라의 목소리에 내 마음은 다시 한 번 무거워진다. 얼음 돌풍이 또 한 번 불어오는 것 같다. 로라가 나를 왜 이런 식으로 대하는 걸까? 로라만큼은 내 목소리에 기뻐할 것이라 생각했는데. 지난번 통화에서 약간 오해가 있었다는 기억이 떠오른다.

「지난번에는 죄송했습니다! 당신과 통화하고 싶지 않다는 뜻이 아니었습니다! 하고 싶었습니다! 지금도 마찬가지고요. 지금 제가 통화하고 싶은 사람은 바로 당신입니다. 왜냐하면, 로라, 그러니까, 저기……」 나는 다시금 눈을 감는다. 「부끄러움을 무릅쓰고 당신에게 부탁하고 싶은 게…….」

「잠깐만요.」 로라가 차갑게 말한다. 로라는 수화기를 치우고 누군가에 말한다. 「스켈턴 씨랑 저 빌어먹을 난로에 대해 이야기하고 있어요.」 로라가 말한다. 다시 수화기로 돌아온다. 「번호를 확인해 본 다음 다시 전화드리겠어요.」

아, 알겠다. 토니가 방 안에 있다. 그러니 나는 이제부터 정화조에 낀 오물을 청소하는 사람이 된다. 꽤나 그럴듯하다. 나 자신이 지난 며칠, 몇 시간 내내 정화조 몇 개를 청소한 것 같은 기분이다. 그럼에도 로라가 즉석에서 거짓말해 대는 것만큼이나 능숙하게 거짓말하려면 도대체 난 얼마나 연습해야 하는지 궁금하다.

「미안해요.」 몇 분 후 로라가 다시 전화했을 때 아까와는 완전히 다른 목소리를 낸다. 「토니가 어디에 있는지 확인하기 전에는 전화기 근처에도 갈 수 없었어요. 토니가 왜 갑자기 모든 일에 의심을 품게 되었는지 모르겠어요. 아마도 내가 담배를 끊은 걸 눈치 챘기 때문인 것 같아요. 자, 어쨌든 부끄러움을 무릅쓰고 나에게 부탁해야 할 용건이 뭔가요? 충격받을 일인가요? 아니면 얼굴이 붉어져서 키득거리게 될 일인가요?」

「둘 다 아니에요, 로라. 들어 봐요, 심각한 부탁이에요.」 난 이번에도 눈을 감는다. 「로라, 당신은 무척이나 상냥하고 또 너그럽게도 요전 날 나에게 약간의 금전적 도움을 주기로 했어요.」

「아, 돈 문제군요.」 실망스러운 목소리다. 「난 당신이 좀 색다른 걸 부탁할 줄 알았어요.」

어쨌거나 말을 이어간다. 눈은 아직 뜨지 않는다. 「그리고 그때 나는……」

「그때 당신은 이렇게 말했지요. 안 돼요, 안 돼요, 안 돼요! 절대로, 죽어도, 결코! 그래서 얼마나 필요한 거죠?」

「로라, 이런 부탁을 해서 정말로 미안해요.」

「마틴, 내 사랑, 그냥 얼마가 필요한지 말해요. 내가 정말로 스켈턴이랑 통화하고 있는지 확인하기 위해서 토니가 언제 부엌으로 쳐들어올지 모른단 말이에요.」

얼마가 필요한지 말만 하라고? 그 질문은 내가 합리적으로 부탁할 수 있는 금액을 묻는 것이다. 로라가 얼마를 생각하고 있는 걸까? 로라의 자금 동원력은 얼마나 되는 걸까?

「글쎄요……」 내가 말한다.

「자기, 내가 점쟁이라도 되는 줄 알아요? 5파운드면 돼요?」

물론, 로라는 농담한 것이다. 생각한다. 「실은……」 내가 말한다.

「5백 파운드? 아니면 5천?」

「가능해요?」 나는 재빠르게 말을 잇는다. 「로라, 당신 정말로 그렇게 빌려 줄 수 있나요?」

「그렇게라니, 5천 파운드를 말하는 거예요?」

「물론 당신이 당장 쓸 돈이라면 안 되고요.」

「정확하게 5천 파운드예요? 내가 바로 맞춰 버렸네요.」

정확하게 말하면 6천이 필요하지만 로라가 바로 맞춘 것이 신기하다는 듯 로라에게 동의해 준다. 휘발유로 눅눅해진 공기 속에서 다른 값을 뽑아 낸다. 〈5천 8백 파운드〉면 딩동댕이다. 다시 한 번 눈을 감는다. 〈7천 파운드는 무리겠죠?〉 로라에게 묻는 내 목소리가 들린다.

로라가 웃는다.「현금으로요? 일련 번호가 틀린 5파운드짜리 헌 돈으로요?」

「50파운드짜리로 해주세요.」 솔직하게 말한다.

「50파운드 지폐로. 알겠어요. 그거면 헬레네를 치워 버릴 수 있는 건가요?」

「그렇죠.」

「그런데 당신이 생각했던 것만큼은 잘 받지 못한 모양이죠?」

「네. 음…… 설명해 줄게요.」

「설명 따윈 집어치워요. 토니만 놀라게 해줄 수 있다면 만족이에요. 그냥 언제 필요한지 알려 줘요.」

「그게…… 내일이에요.」

「내일이라고요?」 로라는 다시 한 번 웃음을 터뜨린다.「빠져나가는 일만큼은 종류를 가리지 않고 신속하게 해치우는군요.」

「아, 미안해요. 그냥 갑자기 거래가 성사된 걸로 해두죠.」

천박해진 웃음소리.「마틴, 당신은 정말로 사랑스럽고 재미난 사람이에요. 걱정하지 마요. 지금 당장 은행에 전화할게요. 당신은 그냥 차만 준비해요. 이제 당신이 뭘 해야 할지 알겠죠? 그런데 마틴, 언제 돌아올 건가요?」

「내일 오후쯤요.」

「마틴, 은행 문이 닫히기 전에 날 데리러 와서 시내까지 차로 데려다 줘야 해요.」

「로라, 정말 친절하군요. 뭐라고 감사해야 할지 모르겠어요. 내일, 모든 걸 설명해 줄게요.」

「됐어요. 정상론이나 설명해 줘요. 대신, 조건이 하나 있어요. 나한테 돈이 있었다는 걸 토니한테 말하면 안 돼요.」

「당연하죠. 그런데 어디서 만날까요?」

「어딘가 은밀한 장소여야겠지요.」 말해 놓고 로라가 깔깔거리기 시작한다. 내 양심을 치유해 줄 유일한 사실은, 아마도 내일 로라가 7천 파운드에 해당하는 즐거움을 얻을 것이라는 점이다. 「진입로 끝나는 곳에서 만나요. 네시요. 표지판 뒤에 숨어 있을게요.」

「무슨 표지판요?」

「그이가 만들어 놓은 표지판요.」 로라는 계속 깔깔거리기만 한다. 「사유지임. 출입 금지.」

다시 한 번 감사의 말을 더듬는 사이 로라가 서둘러 통화를 마무리 짓고 수화기를 내려놓는 바람에 난 또 한 번의 수고를 던다. 토니가 부엌에 나타난 것 같다. 부부에게 사태를 정리할 짬을 주었다가 다시 한 번 토니에게 전화 걸 작정이다. 이제 나는 10만 9천 파운드를 가지고 곡예를 부릴 것이고, 당초에 말했던 금액보다 많은 돈을 토니에게 쥐여 줌으로써 토니를 놀라게 할 수 있다면 내 곡예는 그것만으로도

현금 441

성공한 것이다. 내가 받기로 한 수수료를 공제한다고 쳐도 나머지 그림 세 점과 수지 타산을 맞추기 위해서는 도대체 얼마나 더 필요할 것인가? 5천 파운드 정도면 되는 걸까?

랜드로버에 걸터앉아 오스월드 스트리트를 노려보면서 객관적으로 평가할 수 없는 것들을 다시 한 번 다루다 보면, 상대적 빈곤에 대해 생각하지 않을 수 없게 된다. 6천 파운드는 케이트가 평생 동안 모은 전 재산인데 로라에게 7천 파운드는 아무것도 아니다. 아마도 로라에게서 내가 필요로 하는 금액 전부를 빌릴 수 있었을 것도 같다. 로라가 한 말로 미루어 짐작컨대, 로라는 내가 이 모든 돈을 자기 남편에게 한 푼도 빠짐없이 지불하리라는 것을 알고 있다.

토니 집에 다시 한 번 전화를 건다. 이번에는 로라의 남편이 수화기를 든다. 「알고 싶어 할 것 같아서요.」 내가 말한다. 「결국 11만하고도 2천 파운드를 받아 냈습니다.」 지금은 내 수수료에 관한 이야기를 할 때가 아니다. 토니가 11만하고도 2천 파운드로 하루 정도는 기뻐하도록 하자. 나는 토니가 흡족해하는 기색이지만 하다못해 내 노력에 치하하는 말이라도 들으리라 예상한다. 하지만 토니는 한동안 말이 없다가 한숨을 내쉰다.

「그랬군.」 토니는 점잖지 않게 대꾸한다. 「그게 자네가 할 수 있는 최선이라면 어쩔 수 없지. 자네, 썩 유능한 장사치는 못 되는구먼, 마틴. 이건 짚고 넘어가야겠어. 그나저나 현금으로 받았나?」

끓어오르는 화를 간신히 참는다.

「50파운드짜리로 준비했습니다. 내일 오후면 가져갈 수 있을 겁니다.」

「나머지 그림들은?」 토니가 불평을 터뜨리는 태도로 다그친다.

「그놈이 변호사를 데리고 조만간 올 걸세. 놈들이 와서 집안을 뒤질 때까지 무한정 기다릴 수는 없다고.」

「내일 오후에.」 토니에게 확실히 해둔다. 「돈을 건네 드리겠습니다. 나머지 그림이나 넘겨주십시오.」

전화를 끊는다. 내일 오후, 그래. 의심과 부끄러움으로 점철되었던 모든 악몽은 이와 동시에 끝나리라.

〈사람들의 근심, 공포, 분노는 위기가 닥쳐올수록 가파르게 높아지는 법이다.〉 모틀리의 말이다.
　여기서, 1565년이 시작하는 봄과 여름으로 들어가자. 춘분부터 다음 해 춘분까지를 1년으로 하는 옛날 방식의 1565년으로, 브뢰겔이 〈1년의 대순환〉이라고 하는 형태로 후세에게 전한 1년이다. 나는 오스월드 스트리트에 있는 부엌 식탁에 앉아 주사위가 던져지기 전에 마지막으로 나 자신과 케이트에게 했던 맹세를 지키기 위해 최후의 노력을 하고 있다. 내일이 되면 나는 로더히드 타이드워터 공업 단지 47번 구획에 헬레네를 넘길 것이고, 그 후 헬레네에게 어떤 수치스러운 미래가 펼쳐질지 누가 알겠는가. 나는 때때로 책에서 눈을 떼어 평소처럼 옅은 동요를 보이는 헬레네의 시선을 쫓는다. 우리가 함께 지새우는 마지막 밤이다. 솔직하게 말하건대, 헬레네에 대해서 약간의 죄의식을 느낀다. 헬레네와 함께했던 때를 그리워하리라. 나에게 평화로운 저녁 시간은 당분간 찾아오지 않으리라.
　책으로 돌아온다. 1560년대는 네덜란드 사람들에게 모든 면에서 가혹한 시기였다. 흉작에 빵 값은 천정부지로 치솟고 무역 침체로 인한 불경기는 대규모 실업과 저임금 노동을 조장한다. 경제적 고통 위로 1565년에는 정치적 위기가 덮친다. 〈칙령과 종교 재판 외에는 아무런 말도 할 게 없었다〉고 모틀리는 말하고 있다. 〈그 밖의 어떤 주제도 사람 마음속으로 파고들지 못했다. 거리에서건, 상점에서건, 선술집에서건, 들판에서건, 시장, 교회, 장례식장, 심지어 결혼식장에서도 마찬가지였다. 귀족의 성지나 농부의 화롯가 혹은 장인의 다락방이거나 상인들의 거래소 등 장소를 불문하고 몸서리쳐지는 대화의 주제는 단 하나뿐이었다.〉

어떤 것도 당시 사람들의 마음속에 파고 들어갈 수 없었다. 단, 브뢰겔만큼은 예외다. 그릴 수 없는 많은 것들을 그린 화가. 네덜란드 인들을 포위하고 있던 스페인 점령군, 처형 도구, 밀려오는 절망감, 총독의 약탈 행위, 왕과 추기경의 몰락 따위를, 무식한 그들도 이해할 수 있는 방식으로 수없이 그려 낸 화가. 하지만 이런 브뢰겔은 돌연 다른 모든 사람들을 지배하고 있던 이런 사건들로부터 마음을 닫아걸고 자신이 고안해 낸 좀 더 행복한 네덜란드의 모습을 그리기 시작했다.

하긴, 안 될 이유가 뭐가 있는가? 때때로 현실과 무관한 휴식이 필요한 법이다. 게다가 1565년의 현실은 달이 지날수록 브뢰겔의 희망 사항에서 벗어나 야만인인 모습으로 드러났다.

1565년에 발생했던 일련의 연대기적 사건과 브뢰겔이 사건들을 경험했던 순서, 그리고 브뢰겔이 사건들을 그림으로 표현해 낸 순차를 한 치의 오차도 없이 비교할 수는 없다. 브뢰겔이 어떤 패널화부터 그리기 시작했는지 아무도 알 수 없기 때문이다. 우리가 아는 것이라고는 브뢰겔은 그 어떤 작품도 한 해가 시작하는 3월 25일 이전에 끝마치지 못했다는 것(어쩌면 날짜가 적혀 있지 않고 풀밭이 깎여 있는 「건초 만들기」는 예외가 될 수 있다), 그리고 그가 계획했던 모든 그림을 마무리 지어 넘겨줬을 때는 다음 해 2월 21일 용겔링크가 미납한 포도주 세금에 관한 담보물로 작성한 〈열두 달〉의 목록을 만들었던 다음 해 2월 21일 이전이라는 것뿐이다.

다른 어떤 것도 사람들의 마음속을 파고들지 못했다. 브뢰겔이 어떤 순서로 그림을 그렸는지와는 별도로, 각 그림들이 모여 드러내는 1년은 나름의 연대순을 갖는다. 머릿속에서 만들어 낸 계절이 브뢰겔의 이상향에서 펼쳐지는 동안 화실 밖에선 매달 무슨 일들이 벌어졌던 걸까? 우선, 내 그림이 나타내고 있는 3월 25일에서 5월 25일 사이에는 무슨 일이 벌어졌을까?

이 시기는 에그몬트 백작이 자신이 펠리페 2세의 압제를 누그러뜨렸다는 확신을 갖고 스페인에서 돌아왔을 때다(백작은 이로부터 3년 뒤 브뤼셀의 대광장에서 호른 백작과 함께 알바에 의해 참수형을 당한다). 하지만 사실은, 펠리페는 그 어떤 대가를 치르더라도 이교도를 탄압할 것이며 종교에 관해 터럭만큼의 변화라도 인정하느니 차라리 몇천 번의 죽음을 택하겠노라고 적고 있다. 그 결과 끔찍한 칙령이 브뤼셀에서 재공포된다. 그토록 여러 번 선언을 해댔음에도 불구하고 왕은 자기 노선에 약간의 수정을 한다. 딱 한 가지 수정을 한다. 내용은 다음과 같다. 〈이교도들이 대중 앞에서 순교할 기회를 주지 않으려는 취지하에 이교도들은 위 수정 조항

이 발효된 직후부터 지하 감옥에서 자정에 처형될 것이며, 그 방법은 이교도의 머리를 무릎 사이에 고정시키고 물이 가득 찬 통에 넣어 서서히 익사시킨다.〉 어느 누가 펠리페 2세를 꽉 막힌 왕이라 불렀던가?

여름이 다가온다. 총독은 왕에게 국민적 열망이 점점 심해지고 있다고 보고한다. 그녀의 보고서에는 백성들이 큰 소리로 울부짖고 있으니 스페인 종교 재판소나 더한 것을 그곳에 세워야 한다고 쓰여 있다.

브뢰겔의 화실에서는 한 소녀가 풀밭을 향하며 노래한다. 곡식을 거두어들이는 사람은 한낮의 그늘에서 꾸벅꾸벅 졸고 있다.

가을, 네덜란드 지도자들의 격렬한 의견들은 격해지다 못해 대중 속으로, 브뤼셀의 거리로 터져 나온다. 모틀리는 흥분이 사람들에게 즉시 퍼져 나갔다고 한다. 선동적인 문구가 가득한 전단지가 돌고 돈다. 오렌지, 에그몬트, 호른 공의 성벽 밖에는 매일 밤 민중의 자유를 지키기 위해 성주에게 호소하는 내용의 플래카드가 나붙었다.

멀리서, 저 멀리서, 또 하나의 네덜란드 속에서는 소 떼가 느릿느릿 행복한 걸음으로 여름 풍경에서 내려와 황금빛으로 익어 버린 포도 농장을 지나 풍성한 목초지가 있는 골짜기로 향한다.

자, 이제 겨울이다. 〈세고비아의 숲에서부터〉 온 왕의 편지를 네덜란드가 공개했다. 편지는 화해를 꿈꾼 사람들의 모든 희망에 종결을 고하는 내용을 담고 있었다. 편지를 통해 왕은 신과 사람이 정해 놓은 바에 의해 종교 재판 역시 지속될 것임을 명시했고, 이 소식에 온 나라는 경악을 금치 못했다.

대규모 피난이 시작되었다. 사람들을 선동하는 전단지가 마을마다 뿌려졌다. 종교 재판소에서 유죄를 선고받은 죄인들은 성난 군중에 의해 해방되었다. 총독에 탄원을 올리는 글들이 에그몬트 공과 오렌지 공의 성문에 나붙었다. 신교도에 대한 대대적인 학살이 있을 것이라는 소문이 흉흉했다.

그리고 저 멀리 살기 좋은 땅에서는 사냥꾼들이 우리에게 낯익은 고요한 계곡으로, 모든 잡음이 눈으로 소복하게 덮이는 곳으로 돌아오고 있다.

1년은 이제 막바지로 치닫는다. 2월과 3월, 사육제에 참가한 난봉꾼들은 폭풍우가 몰아칠 듯한 강어귀에 위치한 예의 진흙투성이 작은 마을에서 와플을 먹고, 농부들은 다시 한 번 다가올 봄을 준비하고 있을 즈음, 다른 곳의 상황은 점차 악화되고 있다. 어느 때보다도 배고픈 한 해의 서막이다. 음식 부족은 기근으로 치닫기 시작하고, 숙달된 장인들이 공포에 떨며 도피하는 바람에 경제는 급속도로 황폐해진다. 여름에 이르러서는 〈야외 설교〉가 이 땅의 구석구석 퍼지게 된다. 북쪽 왈론 지방에서는 2만 명이 투르네에 모여 찬송가를 프랑스 어로 불렀고, 수만 명이 찬송가를 네덜란드 어로 부르기 위해 하를렘 밖으로 나온다. 8월에는 성상 파괴 열기가 포페링헤, 오데나르데, 성(聖) 오메르의 보물을 파괴하는 등 남쪽에서 북쪽까지 온 나라를 휩쓸었고, 안트베르펜에 도달해서는 천주교 제단에서 사용되는 밀랍 양초를 창녀들이 성직자 옷을 입은 남자를 받을 때나 기도서와 필사본을 태우는 데 사용하게끔, 그리고 성유로 자신들의 구두를 광내고 성찬 포도주를 취할 정도로 마시게끔 만든다. 분노는 이 정도에서 그치지 않고 발랑시엔, 투르네, 암스테르담, 델프트, 유트레히트, 라이덴, 프리슬란트, 그로닝겐에까지 전파된다.

불타 없어진 옛 그림들의 자리를 메우기 위해서 브뤼셀에 사는 우리의 초연한 예술가는 자기 자신만의 새로운 이미지 여섯 개를 창출해 낸다. 역사의 흐름에 무관한 시간을 배경으로 역사의 흐름과 무관한 땅을 묘사한 그림들이다. 사냥꾼들은 겨울 산에서 많은 포획물을 얻지 못하지만 이들이 돌아가고 있는 마을은 무척 풍요로워 보인다. 〈1년의 대순환〉 전체를 통해 봐도, 경제적 재앙에서 비롯된 배고픔이나 정치적 격변 상황이 몰고 온 억압의 그림자는 조금도 찾아볼 수 없다.

가슴 졸이는 일이다. 특히 이때부터, 〈1년의 대순환〉을 끝마치자마자 브뤼겔은 행복한 네덜란드를 벗어나 자신을 둘러싸고 있는 비참한 상황으로 돌아온다. 1566년 야외 설교 물결이 브뤼겔이 있는 곳까지 다가오고 브뤼겔은 「세례 요한의 설화」를 그린다. 전작들과 다른 브뤼겔의 의도를 그 누가 알겠는가. 그 특별한 해에, 요한이 나무 아래 공터에 모인 네덜란드 사람들에게 기독교 신앙을 설파하는 그림을 보고 있으면 그 누구라도 미래의 순교자를, 교회에 등을 돌리고 마을이 아닌 들판에서 새로운 종교를 퍼뜨릴 이를 떠올리지 않을 수 없을 것이다.

톨나이를 비롯한 여러 사람들은 그림 속 청중의 한 사람이 브뤼겔 자신이라고 믿고 있다. 사람들은 그림 속에서 여타 관중들과 대비될 정도로 현명하게 그려진 인물상이, 손에 집시들이나 읽을 만한 것을 들고 있는 사람이, 오만하게도 요한에게 등을 돌리고 앉은 거무튀튀하고 시꺼먼 턱수염을 기른 신사가 브뤼겔이라고 생각하고 있다. 나는 헬레네와 내가 생각한 그 사람의 정체에 대해서 말할 수 있다. 요한의 혁명적인 복음에 등을 돌린 스페인 사람이고, 대신 사제들의 예언을 얻는 사람이다. 인물상은 또한 집회에 나온 다른 이들에게도 등을 돌리고 앉았는데, 도상학적 견지에서 보면 이 부분이야말로 훨씬 더 놀라운 점이다. 예수 자신은 이 위대한 야외 설교를 주의 깊게 한 단어 한 단어를 존중해 들으며 서 있다.

그리고 바로 다음 해 브뢰겔은 「사울의 개종」에서 이탈리아에서 알프스를 관통해 진격해 오는 알바 공과 놀랄 정도로 똑같게 사울을 그려낸다. 모든 상황이 제어를 벗어나 소용돌이치기 시작했고 그로부터 몇 달 뒤에 당도한 알바 공 덕분에, 모틀리의 묘사에 의하면 〈끊임없이 행해진 사형 집행 때문에 평소라면 충분했을 단두대, 교수대, 화형용 장작이 턱없이 부족했다. 거리마다 들어찬 열주와 화형대에, 집 문을 받쳐 놓는 버팀대에, 들판의 울타리에 목 졸려 죽거나 타 죽은 시체, 참수당한 시체로 가득 찼다. 전 국토의 과수원에 있는 수많은 나무는 열매 맺듯 사람 시체를 매달고 있었다.〉 그 다음 해인 1568년, 로마 교황청의 검사성성(檢邪聖省)은 네덜란드 전 국민에게 이교도 판정을 내리고 사형을 언도한다. 그리고 왕은 나이, 성별, 각각의 상황에 관계없이 즉시 형을 집행하도록 명한다.

이 명령만큼은 아무리 알바 공이라도 불가능했던 것 같다. 그리고 같은 해, 오렌지 공은 무장 봉기를 일으킨다. 1565년, 브뢰겔이 분명 다른 방식으로 연루된 그해는 16세기 유럽 전반에 거쳐 엄청난 파급 효과를 몰고 온다. 오렌지 공의 무장 봉기에서 시작된 네덜란드 독립 전쟁은 그 후로 80년간 간헐적으로나마 계속된다. 메헬렌은 약탈당했고, 그란벨라 추기경의 궁전은 폐허가 되었다. 안트베르펜과 용겔링크의 교외 별장 역시 같은 운명을 걸었다. 1598년, 파르마 공은 반역의 무리로부터 남부를 수복하지만 그 덕분에 모든 농토를 황폐화시키고 경제를 철저하게 파괴시키는 대가를 치러야 했다. 그때까지만 해도 반역 무리들은 북쪽에서 확고한 입지를 다지고 있었다. 안트베르펜은 1480년에 있었던 내전으로 브뤼지로 가는 직항로가 막히자 대안 항구 도시로 떠올라 중개무역으로 부를 축적한 도시였는데, 반란군이 하류의 항구를 점거하면서 쇠퇴하게 된다. 그러면서 상업 활동은 암스테르담으로 넘어가게 된다. 가톨릭을 신봉하는 지역으로 남은 플랑드르와 브라반트는 영락해 불모지로 변한다. 반면에 네덜란드의 황무지는 신교를 믿으며 점점 부유해진다.

안뒤로 파문은 계속 퍼져 나간다. 반역의 중심지인 북쪽 지방으로 가는 원조를 차단하기 위해서 펠리페는 잉글랜드를 침공한다. 그리고 방어 능력이라고는 전혀 없는 바닥이 평평한 거룻배로 영국 해협을 건너는 파르마 공을 지원하기 위해 함대를 급파한다. 하지만 무적 함대는 처절한 패배를 맛보게 되고, 이후 약해지는 스페인의 국제 정치적 입지를 일으켜 세우기 위해서 그는 프랑스 신교도 탄압에 편승한다. 프랑스에서의 정책도 실패로 돌아간 이후 막대한 경제적 손실을 무마하기 위해서 그는 파산을 선언할 수밖에 없었다. 낡은 스페인 제국은 물러나고 북쪽에서 새로운 황제가 등장한 것이다.

그렇다면 그림의 행방은, 문밖으로 역사의 급류가 휘몰아치던 1565년 화실에서 그려진, 역사와 무관한 패널화 여섯 장은 어떻게 되었을까? 그림들 역시 다른 모든 것과 마찬가지로 역사의 급류에 휘말려 새로 편성될 국제 정치판 속에서 뒹굴게 된다. 처음에는 모두 빈으로 가지만, 곧 몰락하는 스페인을 떠나 카를 5세가 양위를 넘기며 갈라진 합스부르크 왕가로 넘어가게 된다. 하지만 이 과정에서 여섯 장 중 한 장이 사라지고 다섯 장이 남게 된다.

작은 그림 다섯 점은 일렬로 걸 수 있다. 하지만 합스부르크 왕가로 간 다섯 점은 대작이기도 했거니와 그렇지 않았다 할지라도 일렬로 걸 수 없었다. 「건초 만들기」가 또 한 번 여로에 올랐기 때문이다. 언제, 어떻게 「건초 만들기」의 여행이 재개되었는지 아무도 모른다. 아마도 합스부르크 왕가에서 누군가에게 선물로 건네주었으리라. 그로스만은 마리아 테레지아가 자신이 총애하는 그라살코비치 백작에게 주었으리라 생각한다. 어쨌든 이제 네 장 남는다.

네 점은 벽에 걸려 있다. 정확하게 말하자면, 1781년 빈에 있는 황제의 궁전 가운데 하나인 벨베데레 궁전 벽에 〈사계〉라는 이름으로 진열되어 있었다. 그냥 그렇게 끝났다면 후세의 연구자들이 두고두고 고민할 문제에 대한 단순한 해답이 주어졌겠지만, 이것은 현실과 동떨어진 해답이었다. 왜냐하면, 여기서 봄과 겨울을 나타내고 있던 작품은 〈1년의 대순환〉과는 아무 관계도 없는 그림, 즉 「어린이들의 놀이」와 「유아 학살」이었기 때문이다. 진본인 「어두운 날」과 「눈 속의 사냥꾼들」은 아무런 인정도 받지 못한 상태로 창고에 처박힌다. 그러므로 〈사계〉에는 진본이 두 장뿐이다.

여섯 장에서 결국 남은 것은 쓸쓸히 두 장뿐이다. 「곡물 수확」과 「소 떼의 귀로」다. 1805년 나폴레옹이 빈을 점령한다. 나폴레옹은 오스트리아가 주축이 된 대(對)프랑스 동맹을 아우스터리츠 전투에서 격파해 빈에서 자신의 입지를 확고히 세운다. 4년 뒤, 프랑스 인들은 합스부르크 왕가가 소장하고 있던 브뢰겔 작품들을 전리품으로 챙겨 간다. 몇 년 뒤, 프랑스는 다른 노획물들은 합스부르크 왕가로 돌려보내지만 「곡물 수확」만큼은 빈에서 프랑스 군 사령관을 맡았던 앙드레오시 백작 손에 남는다. 이제 한 장 남았다.

단 한 장만이 벌벌 떨며 살아남는다. 「소 떼의 귀로」다. 홀로 남겨진 이 그림도 자기 순서가 되자 번개에 맞든지 쾨니히그레츠 전투에서 장작으로 소모되어 〈1년의 대순환〉이 모두 사라져 버릴 수도 있었지만, 그 직전에 그림들이 다시 나타난다.

「건초 만들기」가 제일 먼저 돌아왔다. 1864년, 그라살코비치 공주는 이 그림을 로프코비츠 왕자에게 물려주었고 프라하에 소장되어 있는 것을 예술사가인 막스 드보르작이 발굴해 낸다. 1884년, 엥게르트는 빈의 창고에 있는 폭 넓은 그림 두 장을 알아보고 마땅히 있어야 할 장소로 돌려보낸다. 「어두운 날」과 「눈 속의 사냥꾼들」이다. 1919년 대서양 너머 대륙에서 일어난 신흥 제국도 「곡물 수확」이 파리 경매장에 나왔을 때 입찰에 참여함으로써 이야기의 한 꼭지를 장식한다. 뉴욕 메트로폴리탄 박물관이 「곡물 수확」을 사들인다. 빈에 남아 있는 세 그림은 오스트리아가 나치 독일에 흡수되고, 유럽이 제2차 세계 대전의 광란에 휩싸였을 때 다시 한 번 사라지는 비운을 맞는다. 몇 년 후 러시아 제국이 중부 유럽으로 세력을 넓히려 하던 시기에 철의 장막은 프라하에 있던 「건초 만들기」 위로 드리운다.

서방 세계에 상대적인 안정이 찾아온 후로 그림들은 각자의 자리에 머무른다. 세 장은 빈에, 한 장은 프라하에, 또 다른 한 장은 뉴욕에. 그림들은 다시는 불안에 떨지 않는다. 다섯 장의 그림은 벽에 걸려 행복해하고 있으리라.

하지만 이제 내가 무대에 등장했고 그림은 여섯 장이 된다. 아니면 조만간 그렇게 될 것이다. 내가 믿고 있듯이. 내가 알고 있는 바대로. 그리고 나는 모든 것을 증명하기 바로 직전 상태에 와 있다. 단지 내가 놓치고 있던 것을 보기만 하면 된다.

내 그림의 정체를 밝히는 방법 중 하나는 죽은 대공의 수하물 속에서 사라진 이후의 그림 경로를 추적해 원래 숨겨져 있던 장소를 알아내는 것이다.

지난 3백50년간의 유럽 역사를 고스란히 품고 있는 증거를 내 그림 속에서 발견할 수 있을까? 글쎄. 작가 서명을 없애 버린 누군가의 손을 지나친 것만은 추측할 수 있다. 이런 일들은 종종 일어난다. 「건초 말리기」에서 말끔히 잘려 나간 3센티미터의 폭을 생각해 보라. 우연히 일어난 일이 아니다. 벽에 걸려고 하는 그림이 1센티미터 차이로 문설주에 걸려 버린다. 누군가가 아주 신중하고 고생스럽게 잘라 버린다. 왜? 어떤 사람이 수중에 떨어진 그림이 대가의 작품임을 증명할 서명을 감추려 든다면 그 이유는 무엇일 것 같은가? 내 머릿속엔 딱 한 가지 이유만 떠오른다. 그림 주인은 다른 사람들이 자기 그림을 알아보는 것을 꺼렸기 때문이다. 왜 그림의 정체를 밝히길 꺼렸을까? 역시 단 한 가지 이유만 떠오른다. 도둑맞을까 봐 두려워서다.

내 그림은 다른 단서도 쥐고 있다. 서명을 숨기려 했던 사람이 남겨 놓았을 것이다(어쩌면 다른 사람일지도 모르겠다). 뒷면에 붙어 있는 라벨이다.

Vrancz: Pretmakers in een Berglandschap(*um 1600 gemalt*)[프란츠: 산을 배경으로 놀고 있는 사람들(1600년경에 그려짐)].

누가 이것을 써놓았는가? 네덜란드 어나 플라망 어를 아주 잘 알고 있는 사람이다. 그리고 종이는 누렇게 변색되었어도 타이프로 친 글이다. 그러니 금세기 사람이다. 금세기에 살다 간 사람이라는 점을 곱씹어 보고 있는데 갑자기 어떤 이유에서건 끝에 있는 날짜는 타이프로 치지 않았다는 사실을 떠올린다. 〈*Um 1600 gemalt.*〉 이 문장만큼은 손으로 써놓았다. 라벨을 붙이고 난 다음에 부분적으로 변경한 것이다. 약간 이상하다. 그러다 돌연 이 추신 문장에서 정말 이상한 점을 깨닫는다. 내가 이것을 왜 진작 알아차리지 못했을까? 이 문장은 네덜란드 어도, 플라망 어도 아니다. 독일어다.

누군가가 자신의 그림을 알아보는 날엔 그림을 도둑맞을 것이라 두려워했던 네덜란드 사람, 혹은 플랑드르 인이 가짜 라벨을 타이프로 쳐서 붙인다. 그리고 다른 그림의 날짜를 덧붙인다. 아니, 이건 아니다. 자신의 언어로 날짜를 덧붙인 것은 다른 사람이다. 그렇다면 독일인이다. 왜 독일인이 네덜란드 사람의 그림에 덧글을 달았을까? 네덜란드 사람이 두려워하던 일이 벌어진 것이다. 그림을 도둑맞았다. 독일인에게 그림을 도둑맞은 것이다.

한 가지 가정을 할 수 있다.

1940년, 독일군은 브뤼셀에 있는 집들을 징발한다. 안트베르펜이나 암스테르담일 수도 있다. 토니 처트만큼 예술에 조예가 있던 중위가 혹시 렘브란트나 베르메르의 작품이 아닐까 하는 기대 속에 그림 뒤판에 붙어 있는 라벨은 본다. 프란츠에 대해 들어 본 적은 없어도 이 그림만큼은 마음에 와 닿는다. 그래서 그림을 가지기로 맘을 먹은 중위는, 운반하기 쉽도록 액자를 제거한다. 그리고 지방 도서관에 들려 〈프란츠〉라는 이름을 찾아본다. 다음번 휴가 때 집으로 가져가 애인에게 선물로 주기 전에 몇 가지를 알아보고 싶었기 때문이다. 중위는 애인을 감동시키기 위해서 〈1600년경에 그려짐〉이라고 적는다.

가능하다. 그렇지만 어쩌다가 토니 처트의 소유물이 된 것인가?

또 다른 가정도 있을 수 있다.

1945년, 영국군이 하노버에 있는 집들을 징발한다. 귀터슬로나 오스나브뤼크일 수도 있다. 몇 명이 벽에 걸려 있는 그림을 찾아낸다. 나중에 전쟁에서 돌아온 후에 얻게 될 아들만큼의 예술적 소양밖에 없던 토니 소령은 전쟁이 끝난 후에 집으로 돌아가면 층계참에 놓아두면 멋있을 것 같은 그림을 보게 되고, 즉시 그는 아무런 양심의 가책도 없이 「헬레네의 강탈」을 나치 지방 장관의 저택에서 가지고 나온다. 하지만 흥미가 가는 네덜란드 그림 두세 점을 일반 시민에게서 가져올 때는 군대 매점에서 사온 담배 몇 보루를 억지로 안기는 자상함도 보인다.

가능한 일이다. 내 그림에 대해서는 이 정도까지 추측해 볼 수 있다. 내 그림 역시 다른 그림들처럼 거대한 역사의 흐름에 휩쓸려 내려간다. 거세게 휩쓸리다가 우리 시대의 잔잔한 호수에 이르러 마침내 쉴 수 있게 될 때까지. 세 장은 빈에, 한 장은 프라하에, 다른 한 장은 뉴욕에, 그리고 마지막 한 장은 토니의 부화장에서 둥지를 틀고 있다.

그리고 아직 내가 명확하게 밝혀 내지 못한 부분이 있다. 지금부터 그것을 밝혀 낼 생각이다. 아무리 목가적인 1563년이라 할지라도 브뢰겔을 심란하게 만드는 일이 있었다. 그렇기 때문에 한창 바쁠 때인 열두 달 사이에 자신에 대한 비난에 강력하게 항의하기 위해 「아펠레스의 중상」과 「간통한 여성과 그리스도」를 그려 거짓과 진실을 표현한 것이다.

외우기 힘든 단어나 가물가물한 사람들 얼굴처럼 해답은 내 머릿속에서 맴돌고 있다. 눈앞에 펼쳐져 있으면서도 그토록 찾아 헤맸던 답을 내가 이미 알아낸 것 같은 느낌이 든다. 그림을 볼 수만 있다면 금방 떠오를 텐데.

아침에 오스월드 스트리트에 있는 이인용 침대에서 나 혼자 눈을 떴을 때, 난 그것이 무엇인지 알았다. 베일러 끈이었다. 모든 것이 아귀가 맞아떨어진다. 자세히 들여다봤으면 내 그림에서 볼 수도 있었을 분홍색 베일러 끈은 전 세계에 흩어져 있는 다른 연작 그림들을 서로 연결해 주고 있다. 그림들은 토니 처트의 땅으로 흘러 들어와 경악을 금치 못할 역사의 단면을 반복해 만들어 낸다. 검은 비닐 복면을 뒤집어 쓴 독일 종교 재판소의 무자비한 심복들이 불쌍한 농부들을 총으로 쏘아 죽이거나 산 채로 태워 죽였듯이, 처트의 땅에서는 사람들 발걸음에 놀라 푸드덕거리며 하늘로 날아 올라가는 꿩을 총으로 쏘아 불에 굽는다.

일어나서 양치질하면서도 이 생각에서 벗어날 수가 없다. 얽히고설켜 복잡하기만 하던 내 생각을 정리한 한참 후에도,

결국 헬레네를 실어 런던의 남쪽으로 향한 후에도, 어찌 되었든 우스울 뿐인 내 의식 뒤쪽에 끈덕지게 남아 있다.

베일러 끈.

그러나 이 엉뚱한 요소가 무엇을 나타내고 있는지, 나는 상상도 할 수 없다.

이제 거의 끝나 간다. 오늘 밤이 되면 난 내 그림을 손에 넣게 된다.

이번에는 베일러 끈 따위는 머릿속에서 지워 버린다. 지금 머리를 채우고 있는 것은 〈거의 끝났다〉라던가 이와 비슷한 표현들이다. 나는 세인즈베리의 봉투를 들고 래브니지에 있는 낫웨스트 은행 앞에 서 있다. 봉투에 든 것은 식료품이 아니고 깔끔하게 묶은 지폐 다발이다. 50파운드 지폐를 25매씩 정리한 게 일흔여덟 다발, 즉 50파운드 1950장과 우수리 지폐 약간이다. 이 가운데 예순두 다발은 타이드워터 공업 단지에 있는 쾨니그의 수상한 동료로부터 건네받은 것이고 나머지 열여섯 다발은 은행에서 대출받은 돈과 케이트가 넣어 준 돈이다. 나는 지금 로라가 최후로 7천 파운드를 가져오길 기다리고 있다. 은행 바깥 인도에서 기다리고 있는 까닭은, 혹시라도 은행 직원이 50파운드 지폐를 세는 동안 내가 로라 옆에 서 있으면 나중에 로라가 돈 다발을 내 봉투에 넣을 때 그녀를 아는 은행 직원이나 손님들이 호기심 어린 시선으로 우리를 볼 수도 있을 것이라는 생각 때문이다.

나는 로라만 기다리고 있는 것이 아니다. 노상 강도도 기다리고 있다. 래브니지의 오후 시간에 식료품 봉투를 들고 있는 인간이 노상 강도를 당하다니 상상할 수도 없는 일이긴 하지만 시골에서는 범죄가 증가 추세에 있고 혹시 쾨니그의 수상쩍은 동료들이 로더히드로부터 나를 따라왔을지도 모르는 일이다. 또한 경찰, 재판소에서 나온 사람들, 조지가 고용한 개인 경호원을 기다리고 있는 것이기도 하다. 더불어 로라가 은행으로부터 돈을 찾아 나에게 흔들며 나오는 순간 돌연 토니가 튀어나오길 기다리고 있기도 하다. 토니의 랜드로버를 내가 가지고 있는데 그가 어떻게 래브니지까지 올 수 있는지 난 모르겠지만 말이다. 또한 저녁 식사 준비 직전에야 음식이 약간 부족한 걸 알게 된 케이트가 마을로 장을 보러 나왔다가 나와 마주치길 기다리고 있다.

하지만 무엇보다도 모든 것이 다 끝나기를 기다리고 있다. 곧 모든 것이 끝나리라. 30분 정도면 된다. 넉넉하게 여유를 부리더라도 한두 시간 정도면 끝난다. 오늘 저녁 해가 떨어질 무렵이면 모든 것이 다시 정상으로 돌아가리라.

가능성이 높고 낮고를 떠나 여러 다양한 사태를 이것저것 생각해 보고 있던 나이지만 현실로 나타난 것은 케이트다. 당연하다. 이런 일이 일어날 줄 알았다. 「즐겁게 노는 사람들」을 그린 사람이 누구인지 알고 있는 것만큼이나 확실하게 알고 있었다. 가슴 쪽으로 맨 포대기에 틸다가 안겨 있고, 케이트 손에는 내가 든 것과 비슷한 봉투가 들려 있다. 케이트가 길을 건너 나에게 다가오는 모습을 보고도 나는 놀라지 않으며, 공포에 짓눌려 꼼짝도 할 수 없으면서도 케이트를 만나서 즐겁고 다행이라는 생각이 머리를 스치고 지나간다.

케이트가 한두 박자 정도 늦게 나를 알아본다. 나와 달리 케이트는 여기서 우연히 나를 만나리라는 생각을 하고 있지 않았기 때문이다. 그리고 일순간 케이트는 나와 마찬가지로 행복한 표정을 짓는다. 하지만 다음 순간, 지금이 어떤 상황인지 떠올린 케이트는 그 표정을 떠올렸을 때만큼이나 재빨리 행복한 표정을 지운다.

「안녕.」 케이트가 말한다. 전화를 받을 때처럼 조심스러운 말투이다.

「장 보는 거야?」 내가 바보같이 묻는다.

「한두 가지 정도.」 내가 런던에서 별장으로 돌아오다 말고 오후에 여기에서 무엇을 하고 있는지 아내는 캐묻지 않는다. 나는 설명하는 대신 봉투를 약간 들어 보인다. 하지만 봉투에 든 게 돈이라는 걸 말하려는 건지 아니면 음식이라는 걸 말하려는 건지 나 자신도 모른다. 아내가 들고 있는 봉투에 무엇이 들어 있는지는 물어볼 필요도 없다. 내 귀가를 축하하는 무언의 표시로 오늘 저녁 식사에 오를 음식이리라.

「내가 차로 태워다 주지 않아도 돼?」 아내가 말한다.

「아니, 괜찮아.」 나는 랜드로버를 업우드로 가져다 놓아야 한다고 설명하려 입을 여는 순간, 내 옆에서 좀 더 알기 쉽고 생생한 〈표현〉이 불쑥 나타난다.

「7천이에요.」 두꺼운 다발 다섯 개와 다발로 묶여 있지 않는 50파운드 한 움큼을 봉투에 집어넣으며 로라가 말한다. 「하지만 솔직히 말하자면, 우리는 주말을 바하마에서 보냈어야…… 어머, 안녕하세요!」

「안녕하세요.」 케이트가 말한다.

정적. 하지만 거의 끝났다. 거의 끝나 간다. 곧, 곧 끝난다.

「왜 은행에 줄을 서기만 하면 꼭 앞 사람이 보험 납입금을 5페니짜리 동전 모아 놓은 걸로 내는 걸까요?」로라는 케이트에게 익살스러운 어조로 묻는다.

케이트는 아무 말 하지 않는다. 잠시 동안 케이트는 무엇을 해야 할지 몰라 그냥 제자리에 서 있다. 이윽고 케이트는 걷기 시작한다. 나는 그 뒤를 쫓아간다.「잠깐만.」내가 말한다.「금방 돌아올게…… 난 그냥 업우드……」나는 봉투를 들어 올려 보지만 케이트는 봉투를 보지 못한다. 저만치 앞서가면서 뒤돌아보지 않기 때문이다.

1565년. 불안, 공포, 분노…… 그렇다. 이런 것들이 급격히 고조되어 위기를 맞이한다.

「미안해요.」내가 돌아오자 로라가 풀죽은 목소리로 말한다.「먼저 주위를 둘러봤어야 하는 건데.」

「아니, 아니에요.」내가 씩씩하게 말한다.「내 책임이에요. 걱정하지 마요.」

「케이트에게는 돈에 대해 이야기하지 않았나요?」

「안 했어요.」

「이런.」

정말 〈이런〉이다. 하지만 난 로라에게 케이트의 돈에 대해서도 이야기하지 않았다. 이런.

「그리고 그건 농담이었어요.」로라가 말한다.

「뭐가 농담이에요?」

「바하마요.」

「알아요.」

「케이트는 그렇게 생각하지 않을 거예요.」

「그렇겠죠. 요즘 사이가 좀 안 좋거든요.」

우리는 주차장으로 걸어간다.

「나 때문에요?」 로라가 조용히 묻는다.

「어느 정도는요.」

「하지만 그건 말도 안 돼요!」

「맞아요.」

「아무 일도 없었잖아요!」

「없었죠.」

우리는 어색한 자세로 랜드로버에 올라탄다.

「날 태우고 가서 날 발견한 곳에다 내려 주세요.」 로라가 말한다. 「그러면 이후로 다시는 날 볼 일이 없을 거예요.」

「고마워요.」 내가 말한다. 로라는 상처받은 듯 깔깔거린다.

「돈을 말하는 거예요.」 내가 설명한다.

「날 보고 싶지 않다면요.」

「네, 네. 가능한 한 빨리 갚을게요.」

「당연하죠.」 로라가 말한다. 하지만 언제 갚을지에 대해서는 묻지 않는다.

로라를 태우고 업우드로 가는 동안 우리는 잠자코 있다. 사실, 언제쯤이면 로라에게 돈을 갚을 수 있을까? 내 그림이 사실은 누구의 작품인가를 서서히 발견해 나가는 작업이 끝나면 곧바로 돌려줄 생각이다. 나는 운전하면서 이를 위해 시간 척도를 조절한다. 원래 마음먹은 정교한 계획이 현실로 나타날 때까지 케이트와 로라에게 무작정 기다리고 있으라고 할 수는 없다. 「한두 달 정도 지나면 돈을 돌려줄 수 있을 것 같아요.」 내가 로라에게 말한다. 「그래도 괜찮나요?」

「걱정 마요. 전화로 독촉한다거나 하지 않을 테니까요. 편지 세례를 퍼붓지도 않을 거고요.」

「고마워요.」 내가 다시 말한다. 달리 무슨 말을 해야 할지 모르겠다. 로라는 나를 힐끔거린다.

「당신이 얼마나 난처한 상황이었는지 잘 알아요.」 로라가 얌전하게 말한다. 「그런 식으로 케이트하고 마주치다니 말이에요. 미안해요. 정말 곤란했을 거예요.」

「그렇죠. 하지만 걱정할 필요 없어요. 괜찮으니까요. 여하튼 걱정해 줘서 고마워요.」

「고맙다는 말은 이제 그만 했으면 좋겠어요.」

나는 진입로 바로 앞에 차를 세운다. 「차에서 내려 한 20분 정도 있다가 나타나는 게 좋을 거예요.」 내가 로라에게 말한다. 「의심을 할 수도 있으니까요. 30분 정도 뒤면 토니와 이야기가 끝나 있을 거예요.」

「10분 주겠어요.」 로라가 내리며 말한다. 「밖에서 어슬렁거리고 싶지 않아요. 아무리 당신을 위해서라 하더라도 말이에요.」

「15분만 있다 와요.」 내가 제안한다.

우주의 보편 진리를 동경하던 내가 이제는 끊임없이 에누리나 하는 신세로 전락하다니.

「그럼 담배를 피울 거예요.」 로라는 반항적으로 말하고는 차 문을 닫는다. 하지만 로라는 다시 차 문을 열고 가방을 뒤적거려 구겨진 담뱃갑을 차 안에 던져 넣는다. 「아니, 안 피울래요.」 로라가 말한다. 로라의 얼굴이 시무룩하다. 아마 내 얼굴도 그럴 것이다.

나는 차를 몰고 출입 금지 팻말을 지난다. 담배를 호주머니에 넣어 숨기는 것도 잊지 않는다. 거의 끝났다. 해 질 무렵이면 끝나 있으리라.

그렇다. 아직도 태양은 빛나고 있다. 우리는 따뜻한 봄날의 마지막을 향해 가고 있고, 초록빛 언덕의 경사면을 따라 해변으로는 푸른 마을이 행복하게 자리 잡고 있으며, 바다에서는 배가 막 돛을 펼치고 있다.

해 질 무렵이면 모두 끝나 있으리라.

거래의 성립

내가 육중한 정문을 두드리자 개들이 미친 듯 짖어 대고 내 정신은 점차 활기를 되찾는다. 지금의 심경을 말로 표현한다면, 나에게 고가의 예술품을 취급할 만한 자격이 있는지 검사하기 위한 입회 의식을 치른 기분이다. 나는 계속되는 굴욕과 시련을 참고 견뎌 왔다. 바짓단을 걷어 올리고 열심히 노력했고, 쓰디쓴 잔도 마다하지 않았다. 머리칼을 밀어 버리고 피부에는 채찍 자국이 났으며 〈위험〉이라는 이름의 예배당에서 불침번을 섰다. 이제 나는 보상을 요구하기 위해 사원의 문을 두드리고 있다.

「돈은 가져왔나?」 개가 뛰쳐나올 수 있을 만큼 문도 충분히 열지 않은 상태에서 토니가 초조하게 묻는다. 나는 쇼핑백을 들어 올린다. 토니가 싱긋 웃는다. 「세인스베리군! 멋져! 품질도 좋겠군그래!」 개들이 침을 질질 흘리며 땅에 착 엎드린다. 쇼핑백과 나, 둘은 환영받는 손님이다.

토니는 바닥에 실이 너덜거리는 양탄자가 깔려 있고, 금방이라도 주저앉을 것 같은 소파가 그 위에 초라하게 얹혀 있는 어둑어둑한 방으로 나를 데리고 간다. 우리가 처음 만났던 방이다. 나는 쇼핑백에서 돈을 꺼내 지폐 여든네 다발과 50파운드 열일곱 장을 세어 소파 옆에 있는 기다란 탁자에 올려놓는다. 그사이 토니는 싸구려 아페리티프 두 잔을 따른다. 완전히 한 바퀴 돌아 처음으로 되돌아온 기분이다.

「11만 2천 파운드에서, 5.5퍼센트를 제외한 금액입니다. 10만 5천8백40파운드입니다. 10만 5천8백50파운드로 맞췄습니다. 잔돈이 없거든요.」 내가 시원시원하게 말한다.

내가 수수료 이야기를 꺼내서 토니가 미친 듯 화를 낼까 긴장하고 있다. 수수료에 대한 건 완전히 잊고 있을 것 같기 때문이다. 하지만 수수료에 대해서는 아무 말이 없다. 이제 거래는 끝났고 토니는 세상에서 가장 신사다운 매너를 보이며 행동하고 있다. 토니는 돈 뭉치의 개수는 세어 보지만 나를 믿는지 뭉치에 몇 장이 들어 있는지는 세어 보지 않으며 낱장은 거의 눈길조차 주지 않더니, 이윽고 아주 우아한 자세로 나를 대한다.

「혹시라도 내가 자네 심기를 건드렸다면 미안하네.」

「천만입니다.」 나는 관대하게 말한다. 「삶은 투쟁이죠. 우리 모두는 각자를 지키기 위해서 싸우지 않으면 안 되는 겁니다.」

「그리고 요새 벌어지는 일들은 내 신경을 건드렸지.」

「이해합니다. 하지만 이제는 행복한 날만 남았습니다.」 나는 잔을 들어 올린다. 「부인께서는 같이 안 하시나요?」 나는 아무것도 모른다는 듯 말한다. 최근 내가 익힌 〈허위의 암시〉라는 기술은 바로 지금 영광의 순간에 그 빛을 발한다.

「밖에 나갔네.」 토니가 말한다. 「어디 갔는지 알 게 뭔가.」

토니는 텅 빈 커다란 벽난로 앞에 있는 낡은 안락의자에 앉더니 갑자기 우울한 생각이 들었는지 음침한 표정으로 들고 있던 음료를 바라본다.

「덕분에 살아났네.」 토니가 말한다. 「자네가 큰 힘이 되어 주었어. 돈만이 아니야. 나는 가끔 여기서 혼자 싸우고 있다는 생각이 들었네. 우선, 정부만 해도 그래. 정부가 앞장서서 나를 파산시키려 온 힘을 쏟아 붓고 있지. 이웃이라고 그리 다를 바 없고 말이야. 아들이라고 둘 있는 건 완전히 망나니라 한 놈은 개집 청소를 하고 있지. 여자들이나 해야 하는 일이라고 생각했는데. 한 놈은 사회 사업가야. 그것도 계집애들이나 해야 하는 일이지 않겠나. 자네 생각은 어떤가? 로라 말에 따르면 놈들은 나에게 뭔가를 이야기하려고 한다는군 그래. 그게 뭔지는 귀신도 모를 거야. 그리고 이제는 잘난 놈의 동생 녀석이 어디선가 슬금슬금 기어 나와 나를 괴롭혀 대지. 어떻게 해서 이런 사태가 벌어졌는지 정말 궁금할 때가 있어. 언제 자네가 시간 좀 내서 천천히 설명해 주게.」

아마도 철학적 견지에서 설명해 달라는 말이겠지. 「네, 조만간 자리를 한번 마련해 보죠.」 나는 동정이 간다는 듯 한숨을 쉬지만 속으로는 이 집에 다시는 발을 들여놓지 말아야겠다고 굳은 다짐을 한다. 「제가 뭔가 뚜렷하게 알고 있을 것 같지는 않지만 말입니다.」 지금 내 머릿속에는 한시라도 빨리 그림들을 받아서 이 집 밖으로 나가고 싶다는 생각뿐이다. 토니가 내 노고를 치하하는 일장 연설을 하며 신뢰를 보이리라고는 꿈에도 생각 못했다. 나는 조지와 그 일당들이 유화 비소와 산화동 냄새를 맡게 훈련시킨 추적견들을 이끌고 금방이라도 나타나 모든 계획을 다 망쳐 놓는 건 아닐까 하는, 말도 안 되는 공포에 사로잡히기 시작한다.

「자, 그럼.」 나는 아쉽다는 듯 손목시계를 보며 입을 연다. 「랜드로버를 가져왔나? 집까지 태워다 줌세.」

「고맙습니다.」 힘겹게 일해 번 3천 파운드 정도가 들어 있는 세인스베리 쇼핑백을 들고 일어서며 내가 말한다. 「그러잖아도 그림 석 장을 들고 어떻게 걸어가나 걱정하던 참이었습니다.」

하지만 토니는 차가운 벽난로의 깜깜한 구멍을 바라보며 가만히 앉아 있을 뿐이다.

「나는 이 낡은 곳을 유지하기 위해 온갖 애를 다 썼어.」 토니가 비탄에 잠긴 목소리로 말한다. 「내가 생각할 수 있는 방법은 다 썼지. 그럭저럭 유지할 수는 있었지만 시간 낭비였네. 아들 녀석들은 그런 데는 털끝만치도 관심이 없네. 여하튼 내가 아무리 열심히 노력해도 벌써 여기저기서 문제가 일어나고 있어.」

나는 뭔가 적당한 말을 중얼거리려 했지만 떠오르는 거라고는 빨리 나머지 그림 석 장을 받아 이곳을 떠나고 싶다는 생각뿐이다. 「네덜란드 그림들을 빨리 처분하는 게 좋을 것 같습니다.」 내가 말한다. 「뭔가 다른 일이 일어나기 전에요.」

개들이 머리를 들고 문 쪽을 쳐다본다. 한 놈이 짧게 짖는다. 정문이 열리는 소리가 들려온다. 조지다. 조지가 이곳에 온 것이다.

복도를 걸어오는 발소리가 나더니 로라가 문 안으로 머리를 빠끔히 들이민다. 아, 맞다. 로라에 대해 잊고 있었다.

「둘이 여기서 뭘 해요?」 로라가 말한다. 「설마 하니 벌써부터 한잔하는 건 아니겠죠?」

「축하하고 있는 중입니다.」 내가 로라에게 말한다. 「헬레네를 팔았거든요.」

「어머, 잘됐군요.」 로라가 맥 빠진 목소리로 말한다. 「전 잠깐 산책하고 들어오는 길이에요. 그래, 얼마나 받았나요?」

나는 로라에게 말을 하려다가 토니를 힐끔 본다. 토니는 로라의 질문, 심지어는 로라의 존재마저 인식하지 못한 듯 여전히 벽난로를 보고 있다. 토니가 로라에게 자기 사업에 대해 얼마나 많이 이야기하고 있는지 모르는 채 나는 로라에게 시선을 되돌린다. 로라도 토니를 힐끔 보고 나서 토니 몰래 나에게 익살맞은 표정을 해보인다.

「천 단위예요, 아니면 만 단위예요?」 로라가 캐묻는다. 조심하기를 잘했다는 생각이 든다. 「만 단위요.」 내가 용감하게 대답한다. 「믿을 수 없군요.」 로라는 이렇게 중얼거리고 문 밖으로 사라진다.

「그리고, 저 여자도 그래.」 토니가 말한다.

오랜 침묵. 나는 소파 팔걸이에 앉는다. 무리해서라도 그렇게 한다. 달리 어떻게 할 수가 없다.

「산책이라니!」 토니가 말한다. 토니는 짧게 껄껄거린다. 「로라는 진입로까지도 걸어간 적이 없단 말이야.」

그 점은 오해일 것이라 말해 토니를 안심시킬 수도 있지만 나는 아무 말도 하지 않기로 한다.

「로라가 담배를 끊었네.」 토니가 말한다.

「정말요?」

여기서 나는 정보에 의거하는 의견을 말할 수도 있다. 금연에 대해서는 나 역시 불안한 징조를 느끼고 있다고 말할 수도 있다. 하지만 역시 아무 말도 하지 않기로 한다. 「잘됐군요.」 내가 말한다.

또다시 긴 침묵이 찾아온다. 방이 어두워진 느낌이 든다. 우리는 일몰에 조금씩 다가가고 있는 것이다.

「내가 정직하고 올바르게 살지 않았다는 건 나도 아네.」 토니가 말한다. 「로라와 나 둘 다 그렇게 살았지. 하지만 솔직히 난 로라를 무척 좋아하네. 뜨겁게 사랑한다는 편이 맞겠군. 매여 있다고도 할 수 있지. 자네는 그렇게 생각하지 않겠지만 말이야. 로라가 뭘 시작했는지 모르겠지만 이번에는 좀 심각하네. 난 바보일지 모르지만 로라의 변화를 눈치 채지 못할 정도까지는 아닐세. 마틴, 만약 로라가 날 떠난다면……」

토니가 나를 본다. 토니의 눈에 다시 한 번 더 눈물이 맺힌다. 이 눈물에는 내 책임도 있다. 그러나 토니의 눈물에 가슴 아파할 단계가 아니다. 책임 운운할 때가 아니다. 그림을 가지고 이 집을 나가는 것 말고는 아무런 생각도 할 수 없다.

「걱정하지 마십시오.」 나는 현실과 맞지 않는 말로 입을 연 뒤 악의 없는 거짓말을 해버린다. 「로라는 당신을 사랑하고 있습니다. 당신을 보는 로라의 눈길을 보았습니다.」 나는 다시 일어나 손목시계를 보는 행동을 반복한 다음, 악의 없는 거짓말에서 잔인한 현실주의로 돌아온다. 「저, 집까지 저를 태워다 주실 생각이면 이제는……」

로라가 지난번에 사온 진 한 병을 들고 돌아온다. 「전 이걸 마실 거예요.」 로라가 말한다. 「이걸로 바꿔 마시고 싶은 사람 있어요?」

마침내 토니는 자리에서 일어나 방 밖으로 걸어 나간다. 「가세나.」 토니가 무뚝뚝하게 나에게 말한다. 「가려면 지금 떠나자고.」

「싫어요?」 로라가 병을 들어 보이며 나에게 말한다.

「토니가 집까지 태워다 준다는군요.」 내가 설명한다.

로라가 무언의 키스를 보내는 시늉을 한다.「케이트에게 안부 전해 주세요.」 내가 방문을 나서서 토니와 개를 따라 복도로 걸어갈 때 등 뒤에서 로라가 큰 소리로 말한다.

「우리 사이에 끼어 든 놈을 잡기만 하면.」 우리 뒤로 현관문을 닫자마자 토니가 입을 연다.「써레로 완전히 찍어 버릴 생각이네.」

「그림을 잊지 마십시오.」 내가 말한다.

토니는 랜드로버에서 트레일러를 떼어 놓은 다음 차 문을 열어 준다. 토니가 운전석 쪽으로 돌아가는 사이 개들이 나보다 먼저 자리에 탄다.

「그리고 콤바인에 집어넣어 버릴 거네.」 토니가 말한다.

「그럼요.」

「타게. 무슨 그림 말인가?」

「네덜란드 사람이 그린 거요. 제가 팔아야 할 석 장 말입니다.」 나는 목소리에서 두려움을 없애기 위해 혼신의 힘을 다한다.

「아, 그거.」 토니가 말한다. 토니는 차에 올라타 시동을 건다.「그건 신경 쓸 거 없네. 다른 사람이 팔아 주기로 했네.」

나는 토니 옆자리에 앉아 문을 닫는다. 너무 놀라 아무런 생각도 나지 않는다. 우리가 탄 차가 덜컹거리며 진입로를 빠져나간다. 온 세상을 뒤덮은 무거운 침묵에 마음이 쓰이는지 토니가 나를 힐끔거린다. 내 얼굴을 본 토니는 뭔가 더 말해 줘야 할 필요성을 느낀 모양이다.

「여하튼 관심 가져 줘서 고맙네. 미리 말했어야 하는데 미안하네.」

거래의 성립 **475**

언덕을 반쯤 내려왔을 때, 저 아래에서 올라오는 차를 보내기 위해 한쪽으로 차를 세우고 기다린다. 뭔가를 말하려는지 반대편 차의 운전석 창문이 내려가더니 붙임성 좋아 보이는 귀가 나타난다. 순간, 그 귀를 어디서 보았는지가 떠오른다. 지난번에 그 귀는 자전거를 타고 있었다.

토니도 자동차 창을 내린다.「잠시 뒤에 돌아오겠네.」토니가 소리친다.「로라에게 한잔 달라고 해서 마시고 있으라고.」

「죄책감이 드는군요!」존 퀴스가 소리친다.「렌터카를 타고 여기저기 돌아다니며 동화 속에 나오는 두꺼비처럼 아름다운 봄날 저녁을 오염시키고 있다는 생각을 하니 말입니다. 하지만 자전거 핸들에 그림들을 묶고 런던까지 갈 수는 없는 노릇이니까요.」

우리는 가던 길을 계속 간다.

「저 사람은 그림 가운데 한 장이 꽤 값이 나간다고 생각하더군.」토니가 설명한다.

강은 점차 빠르게 흐른다. 불안, 공포, 분노가 급격히 고조되어 위기를 맞이한다. 이윽고 갑자기 흐름이 완만해지더니 물방아용의 평온한 저수지가 된다. 우리는 역사가 멈춘 땅으로 들어선다.

그리하여, 모든 것은 내가 예언했던 대로 일몰 전에 끝났다. 일몰까지는 대략 한두 시간 정도 남아 있다.

나는 케이트에게 아무 말 않고 책을 놓거나 들거나 하면서 부엌을 어슬렁거린다. 딱히 할 말이 없다. 침묵에 잠긴 케이트가 틸다에게 물릴 젖병을 준비하는 동안 우리 둘은 마주치고 또 마주친다. 우리 둘은 서로 비켜 갈 수 있도록 한발 옆으로 물러서서 창문을 통해 낮게 들어오는 황금빛 햇살로 들어가거나 나오고 있다. 한순간은 햇살에 눈이 부셔 눈을 깜빡이는가 했더니 어느 순간에는 깜깜해서 아무것도 보이지 않는다. 아주 복잡한 규칙의 춤을 추는 기분이다. 하지만 완벽한 침묵 속에서 추는 춤이다.

지금까지 나에게 일어났던 모든 일 가운데 최악이라는 생각이 든다. 우리에게 일어난 일 가운데 최악인 게 분명하다.

케이트에게 어디서부터 어떻게 설명해야 할지 모르겠다. 나를 둘러싸고 일어난 비극의 규모와 급작스러움, 주변 환경의 전면적 변화를 나 자신조차 받아들이지 못하고 있다.

이런 식으로 말할 수도 있다. 〈결국 약속은 지켰어. 찾고 있던 객관적 증거를 찾을 수 없었어. 결과적으로, 추진하고 있던 계획을 그만뒀어〉라고. 〈결과적으로〉라는 말을 뺄 수도 있다. 어찌 되었든 〈그만뒀어〉라는 부분이 중요하다. 도중에 그만두었다는 점이 중요하다.

아니면 탁 털어놓을 수도 있으리라. 은행에서 빌린 1만 5천 파운드와 아내에게서 빌린 6천 파운드 가운데 남은 돈은 3천 1백50파운드이며 내가 가져온 쇼핑백에 들어 있다고 말이다. 어떻게 하면 돈을 갚을 수 있을지 모르지만 어떻게든 노력을 해서, 예를 들어 이곳 주유소에서 밤일을 해서라도 아내와 은행에 진 빚을 갚겠다고 할 수도 있다. 예전에 나 자신에게 다짐했듯 철저하게 다짐하면 된다.

아니면 어떤 경우가 될지라도 비열하게 세금을 포탈하는 계획에 다시는 참가하지 않을 것이며, 장물을 다루지 않을 것이며 밀회라고 생각되는 현장에서 붙잡히지도 않겠다고 할 수도 있다.

로라와 같이 있던 장면을 오해한 게 얼마나 말도 안 되는 일이며 그 때문에 내가 얼마나 상심했는지를 설명해 줄 수도 있다.

케이트에게 내가 정말로 사기꾼으로 변신하는 데 성공했다고 말할 수도 있을 것이다. 내가 나머지 석 장의 그림에 눈독 들이고 있다는 사실을 토니가 전혀 눈치 채지 못했으니 성공을 해도 이만저만한 성공이 아닌 것이다. 스페인 왕관을 가진 자를 일인자로 인정해야 하는 네덜란드의 통치자가 된 기분이다. 그 누구도 내 머리를 능가하지 못한다. 심지어 나 자신조차 말이다.

좋든 나쁘든 이 모든 일을 끝낸 사람은 케이트라고, 그것도 토니에게 건넨 단 두세 마디 말로 모든 것을 끝내 버렸다고 이야기해 줄 수도 있다. 구름 있는 곳까지 다다른 〈바벨탑〉을, 내가 토니 처트를 위해 그토록 공들여 짓고 있던 일을 존 퀴스라는 작자를 지나가는 말로 소개시켜 줌으로써 완전히 뭉개어 버린 사람이 케이트라고 알려 줄 수도 있을 것이다.

우리가 함께 노력한 결과, 적어도 존경받는 학자 한 사람, 곧 나 대신 그림을 손에 쥐게 될 사람은 길러 냈으니 그림은 알맞은 장소를 얻게 될 것이라 지적해 줄 수도 있다.

그런 식으로 아내에게 배신당해 내가 얼마나 가슴이 저려 오는지 생생하게 전달해 줄 수도 있다.

난 이제 밑바닥이 보이지 않는 곳까지 굴러 떨어졌다고, 그래서 다시는 돌아오지 않을 것이라고 말할 수도 있다.

한편으로는 승리가 물어다 줬을, 의심할 여지도 없는 끔찍한 부담에서 케이트가 나를 구해 주어 마음 한편으로는 얼마나 다행이라고 생각하고 있는지 전해 줄 수도 있다.

하지만 난 케이트에게 아무 말도 하지 않는다. 나는 탁자의 제일 구석 자리에 앉아 세인즈베리 쇼핑백을 초점 없는 눈으로 응시하고 있다. 아내는 맞은편 구석에 앉아 틸다를 위해 준비한 젖병을 들고 있다. 결국 먼저 입을 여는 건 아내다. 당연하다. 늘 그랬으니까. 「마틴.」 케이트가 조용히 말을 건다. 「사랑해, 그리고 당신도 나름대로 날 사랑하고 있다는 걸 알아. 그러니 날 위해서 뭐 하나만 해줄래? 우리 둘을 위해서. 아니, 우리 셋을 위해서라고 하는 게 낫겠네. 당신은 나만큼 틸다도 사랑하는 걸 아니까.」

기다리다가, 손은 그대로 둔 상태로 고개만 끄덕인다.

「이 모든 사태가 정리될 때까지 떠나 있을 수 있겠어?」 케이트가 묻는다.

마침내 나는 무슨 말을 해야 할지 안다. 아주 간단하다.

「다 끝났어.」 케이트에게 답해 준다.

케이트가 나를 쳐다본다. 나는 쇼핑백만 계속 쳐다본다. 틸다가 위층에서 움직이는 소리가 들린다.

「당신 말은, 그림을 가져왔다는 뜻이야?」 케이트가 묻는다.

「내 말은, 그림을 가져오지 못했다는 뜻이야. 가지러 가지도 않을 것이고. 내가 졌어. 당신이 이겼다고.」

나는 일어나 케이트 앞 탁자 위로 쇼핑백을 올려놓는다. 「돈이 조금 남았어. 나머지는 어떻게든 채워 놓을게.」 케이트는 쇼핑백을 슬픈 듯 쳐다본다. 케이트는 내가 무위로 돌아간 일을 해내려다 대부분의 돈을 이렇게저렇게 잃었다는 이야기를 듣고도 아무 반응도 보이지 않는다.

「미안해.」 케이트가 말한다.

이제 무슨 일이 일어날지 잘 모르겠다. 아내에게 입맞춤을 해줘야 한다는 생각이 든다. 나는 어색하게 아내의 팔을 잡아채 일어나라는 암시를 준다. 아내는 어색하게 내 뜻을 따른다. 우리는 어색한 태도로 서로 바라보고 서 있다. 아내는 틸다의 젖병을 아직도 쥐고 있다.

전화가 온다.

나는 쓴웃음을 지으며 계속해서 아내와 마주하고 서 있고 입맞춤을 하기 위해 기다린다. 아내 역시 계속해서 나와 마주하고 서 있고 내 입맞춤을 기다린다. 내가 잃어버린 숲 속의 연인들처럼 우리 역시 영원 속에서 얼어 버린 듯하다. 어린아이가 보채는 것 같은 단조롭고도 끈덕진 요구가 자꾸만 우리 주위를 환기시키고 화해의 다음 단계를 재촉한다. 케이트가 전화기 쪽으로 몸을 튼다.「내버려 둬.」내가 말한다. 아내는 수화기를 든다. 잠시 아무 말 없이 상대방의 이야기를 듣고만 있다가 나에게 수화기를 조용히 넘겨준다.

「미안해요.」로라다. 내 목소리를 듣자마자 미안하다는 말부터 꺼낸다.「나도 내가 그러지 않겠다고 말했던 것, 잘 알고 있어요. 하지만 내가 갖고 있어요! 당신, 지금 당장 차를 타고 이쪽으로 와요!」로라가 전화기를 내려놓는다. 나 역시 전화기를 내려놓는다. 탁자를 바라본다. 내 머릿속은 완전히 마비되었다.「내 말 좀 들어 봐······.」케이트에게 말한다. 쇼핑백을 내 쪽으로 미는 아내의 손을 바라본다. 손에는 여전히 젖병이 쥐여 있다.

「남은 돈, 당신이 갖고 있는 게 낫겠어.」케이트가 말한다.「아직 끝난 게 아닐 테니 말이야. 맞지? 절대 끝날 수 없는 일이지. 그러니 마틴, 지금 당장 가줄래? 그리고 다시는 돌아오지 마. 부탁이야.」

강물은 물방아용 저수지에 흘러 들어와 움직임을 멈췄다. 그러다 움직인다 싶더니만 어느새 세차게 흘러 나가고 있었다. 역사도 1년간 멈췄었다. 그리고 끓어오른다 싶더니 80년 전쟁이 터졌다.

업우드로 차를 몰고 가자 로라가 예전의 약속 장소에서, 〈사유지임. 출입 금지〉라고 쓰여 있는 팻말 뒤에서 도가 지나칠 정도로 기뻐하며 뛰어나왔다.

「둘이 그걸 그이 차 트렁크에 실어 놓고 집으로 돌아와 축배를 들고 있어요.」로라가 외쳐 댄다.「그래서 난 그걸 되찾아왔어요!」

나는 차에서 뛰어내린다. 로라는 그것들을 가지러 팻말 뒤로 뛰어가고 있다.

「당신이 그걸 가져왔다고요?」 나는 절박한 심정으로 묻는다.「당신이…… 그냥 그걸 가져왔단 말인가요?」

「토니가 그것들을 이용해서 당신을 속인 걸 깨달았을 땐 그이가 그랬다는 걸 믿을 수 없었어요!」로라는 내 자동차의 트렁크를 열고 그림들을 집어던진다.

「그렇지만 로라, 당신이 그걸 가져오면.」 내가 말한다. 「그건…… 그런 행동은……」 뭔가 나쁜 짓이다. 범죄의 범주에 들어가는 행위이다. 그렇지 않은가? 그런데, 어떤 범죄가 성립되는 것일까? 나는 모른다.

「도둑질이 아니에요!」 로라가 소리친다. 「당연히 도둑질이 아니죠. 당신이 그 사람한테 돈을 주기만 하면 말이에요!」

그렇다. 로라 말이 맞다. 엄밀히 말하면 도둑질은 아니다. 그러나…….

「당신, 내 남편이랑 이런저런 약속을 했죠?」 로라는 말하면서 트렁크를 세게 닫는다. 「우리는 그 약속에 충실하려는 것뿐이라고요.」

로라 말이 맞다, 어쩌면. 내가 토니 처트와 한 약속이 도대체 무엇이었는지 명확하게 기억 나진 않지만 도덕적으로, 아마도, 어쩌면…….

「남은 돈, 당신이 가지고 있죠?」 로라가 묻는다. 로라는 세인즈베리 쇼핑백을 앞좌석에서 집어 들고 안을 살핀다.

「충분해요! 그 사람한테 몇천 파운드 던져 버리고 마요. 불평은 안 할 거예요! 불평이라니, 당치도 않죠! 한마디만 하면 그이 동생이 영장을 들고 달려와 모두 빼앗아 갈 테니까요.」

편치 않은 기분으로 차에 탄다. 그런데 로라는 팻말 뒤쪽으로 다시 뛰어가더니 이번엔 뭔가를 끌어내고 있다……. 가방이다. 이건 뭐지?

「남편한텐 내일 전화할래요.」 로라가 낑낑대며 가방을 뒷좌석에 올려놓으며 말한다. 「당신이 그 사람한테 듣기 싫은 말을 들려주기 전에는 전화로 연락하는 것이 안전하겠지요.」

로라가 지금 토니 곁을 떠나는 것인가? 분명, 바람직한 결정이다. 그리고 적기에 행해지고 있다. 그렇지만 나는 어떤 결정을 내려야 하는 걸까?

로라가 내 옆좌석에 앉는다. 「출발해요!」 로라가 말한다. 「그 끔찍하고 땅딸막해 가지고 예술 한답시고 설치는 인간이 어딘가에서 멈춰 서서 트렁크를 열어 보면, 고래고래 소리 지르며 언덕으로 돌아올 거예요!」

로라 말이 맞다. 일단 출발하고 나서 토론을 벌여도 늦지 않다. 차에 시동을 걸고 언덕 아래로 내려가기 시작한다. 로라가 웃기 시작한다. 「토니의 엄마도 이런 꼴을 당했겠죠, 헬레네를 훔쳐 디키와 함께 도망쳤을 때 말이에요.」

「자, 로라.」 확실하게 못 박는다. 「당신이 나를 위해서 그림을 가져다 준 것에 대해선 정말 감사하게 생각하고 있어요. 당신 때문에 정말 놀랐고, 정말 감동받았어요. 얼마나 고마운지 몰라요. 다만 한두 가지 정도 확실하게 짚고 넘어가야 할 게…….」

로라는 웃음을 그친다. 「우리는 이미 모든 걸 다 짚고 넘어갔어요. 걱정하지 마요. 어쨌든, 당신은 날 감당하지 못하니까요. 그냥 차만 태워 줘요. 런던 아무데서나 내려 줘요. 내 동생이랑 머무를 거예요. 당신, 그림을 런던으로 가져가는 거, 맞죠?」

내가? 나는 아마 그림을 런던으로 가져가고 있는 것 같다. 다시 한 번 모든 상황이 내 손을 떠났다. 오두막으로는 절대로 못 돌아간다. 앞으로 당분간은 말이다. 물론 케이트가 본심으로 한 말은 아니다. 당연하다. 본심을 백 퍼센트 그대로 정확하게 말하는 사람은 이 세상 어디에도 없다. 제아무리 케이트라 할지라도 말이다. 로라가 나를 쳐다보는 것이 느껴진다. 「당신 지금 또다시 케이트 걱정에 사로잡힌 거예요?」 로라가 말한다. 「괜찮아요. 케이트가 런던으로 가는 도중 어느 숲 속에서 갑자기 뛰쳐나오기라도 할까 봐서요?」

어쩌면 우리 별장으로 통하는 진입로를 지나칠 때 그럴지도 모른다. 하지만 케이트는 그러지 않는다.

「저녁 먹을 시간이 되기 전까지는 내가 없어진 걸 모를 거예요.」 로라가 말한다. 「난 당신이 나머지 그림들을 가지고 가지 않았을 때 무슨 일이 벌어진 것인가 하고 곰곰이 생각했어요. 그랬는데 땅딸막한 남자가 문을 열고 들어오면서 자기 자신한테 취해 히죽거리는 걸 보곤 생각했지요. 〈맞아! 더 이상 당하고만 살 수는 없어〉 하고 말이에요.」

부랑자의 시체가 있던 숲가 호수는 바짝 말라 먼지를 날리고 있다. 래브니지 로드로 들어선다……. 비지 비 허니를 지나친다……. 남쪽 방향에 있는 비현실적 시골로 들어선다.

결국 내가 이긴 것 같다. 하지만 이겼다는 기분은 털끝만큼도 들지 않는다. 사실, 내 유일한 감정은 잃을 것이 더 이상 없다는 사실뿐이다. 이미 그렇게 되었다. 아니, 아직은 아니다. 그럼에도 불구하고, 아직은 아니다. 케이트가 〈다시는〉이라고 한 말은 본심이 아니다. 그 누구도 〈다시는〉이라는 말을 본심으로 할 수는 없다.

그리고 로라가 맞았다. 우리는 어떤 범죄도 저지르지 않았다. 우리는 메넬라오스의 보물을 훔친 것이 아니다. 나는 토니에게 돈을 부칠 것이다. 잔돈까지 탈탈 털어서 보내 버리고 말 것이다. 내가 그림 석 점의 주인이 아니듯, 토니 역시 그 그림들의 주인이 아니기 때문이다……. 그 누구도 그 그림들의 주인이 될 수 없기 때문이다……. 그 누구도 어떤 것을 더 이상 자신의 통제하에 둘 수 없기 때문이다……. 그렇다. 내가 좋아하는 것은 파리스도 디키도 아니다. 내 차 트렁크 속에 들어 있는 내 그림 속에 있는 남자, 도와줄 짬도 없이 물속으로 빠지고 있는 남자가 된 기분이다. 물이 몸을 완전히 삼켜 버릴 때까지 저 깊은 곳으로 가라앉고 가라앉는 기분이다.

나는 인적 드문 장소에 급정차한다. 그 바람에 도로 지지석의 가장자리가 부서진다. 방금 전 아주 끔찍한 생각이 떠올랐다. 아니, 생각이 아니라 확신이다. 저수지의 물에 뒤떨어지지 않게 차갑고 궁극적인 확신.

나는 천천히 로라를 쳐다본다. 로라는 벌써부터 웃으며 나를 바라보고 있다. 「그렇게 어두운 표정으로 있지 마요.」 로라가 말한다. 「억지로 그럴 필요 없어요. 당신이 정말 원하는 게 아니라는 걸 알고 있어…….」

나는 그냥 로라를 바라보기만 한다. 간담이 서늘해지는 확실성이 엄습해 온다. 나는 얼어붙었기 때문에 로라가 말하는 것을 마음에 둘 수가 없다.

「음, 그렇다면 키스 한 번만 해요.」 로라가 말한다.

로라는 입가에서 웃음을 거두고 천천히 그리고 진지하게 얼굴을 내 쪽으로 들이민다. 나는 차에서 내려 트렁크를 연다.

맨 위에 놓여 있는 그림은 기마병이다. 다음 그림은 스케이트를 타는 사람이다. 나는 그것들을 옆으로 던져 버리고 세 번째 것을 끄집어낸다.

하지만 나는 이미 알고 있었다. 차에 있는 건 내 그림이 아니다. 내 그림이 될 수가 없다. 왜냐하면 내 그림은 단단한 참나무이기 때문이다. 내 그림은 9~14킬로그램은 족히 나가는 무게이기 때문에 로라가 고작 가방을 이용해 진입로까지 운반할 수 없다. 내 그림은 가로 114센티미터, 세로 160센티미터다. 그 크기는 차 안에 실릴 수 없다.

게다가 지금 내가 들고 있는 그림은 액자에 들어 있다. 캔버스에 그려진 것이다. 가로 30센티미터, 세로 60센티미터 정도밖에 안 된다. 개 그림이다.

「그 그림이 당신이 정말 원했던 것 맞지요?」 로라가 묻는다. 나는 그림에서 눈을 뗀다. 로라도 차에서 내려 나를 걱정스러운 눈초리로 쳐다보고 있었다. 「깜짝 놀라게 해주고 싶었어요. 이 그림을 올려다보던 당신의 시선이 떠올라서요. 몰래 들어가서 벽에서 떼어 가지고 왔어요.」

로라를 바라본다. 개 그림을 바라본다. 로라를 다시 한 번 바라본다. 정말로 더 이상은 잃을 것이 없다고 생각했다. 그런데 아니었다. 늘 최악의 상황이라는 건 있다.

내가 잊고 있었다. 나는 로라에게 속마음을 들키지 않게 하기 위해서 이런저런 수를 다 썼다. 사기꾼으로서, 난 합리적으로 예상할 수 있는 범주를 넘어선 대성공을 거두었다.

「그 사람이 이걸 알아차리면 화가 나서 돌아 버릴 거예요.」 로라가 말한다. 「이 그림이 당신이 관심을 보인…… 그래서 눈을 못 떼던 그 그림 맞지요?」

이 순간, 내 안에 들어 있던 모든 용수철과 완충 장치가 무너져 버린다. 이놈들은 나로 하여금 거친 길을 밟는 긴 여행을 떠나게 만들었는데 그래 놓고 갑자기 사라져 버린 것이다. 나는 개 그림을 어둠 속으로 집어던지고 요란하게 장식된 누군가의 울타리 앞에 서 있는 요란하게 장식된 낮은 벽에 걸터앉아 울음을 터뜨리고 만다.

아말리엔부르크 궁에서 있었던 일이 되풀이된다. 그때 나는 나에게 주어졌던 4일간의 행복의 양위를 비탄했었다. 이제 나는 한때 가졌던 모든 것을 잃어버린 데 대해 눈물을 흘린다. 내가 가지길 희망했던 모든 것을 잃어버린 데 대해.

로라가 내 옆으로 앉는다. 매우 가깝지만 살이 닿을 정도는 아니다. 나는 로라를 볼 수 없지만 로라는 내 손 위에 자신의 손을 포갠다. 나는 로라의 기다림이 지니고 있는 참을성과 부드러움을 느낄 수 있다. 놀라운 일이다. 로라에게 이런 것을 기대해서는 안 된다. 나는 다른 일도 그랬듯이, 로라에게도 잘못을 저질렀다.

점점 어두워지고 있다. 해는 확실하게 졌다. 매초마다 차들이 지나가며 우리를 비추고 사울이나 이카로스처럼 그들의 세계에선 가장자리로 몰린 두 남녀의 모습이 이해하기 힘들 정도로 서정적인 봄날 저녁의 장면을 자아내는 것을 흘기고 간다.

「미안해요.」 나는 마침내 정신을 수습한다. 몇 번이나 깊은 숨을 들이마신다. 「미안해요.」

「이 그림이 아니었나요?」 로라는 상냥하게 말한다. 「침실에 있는 그림이었어요?」

나는 아무 말도 하지 않는다. 더 이상 숨기려 해봤자 아무 소용 없다. 방금 로라에게서 증명되었듯이 아무 소용 없다.

「그 그림이라면 침실에 다시 걸어 놓았어요.」 로라가 말한다. 「아니라면 내가 어떻게든 가지고 나왔겠지요. 토니가 가장자리를 씻어 내기 위해서 그림을 부화장에서 꺼냈거든요. 당신이 나한테 귀띔만 해주었더라면! 난 그 그림이 아무 가치 없는 것이라고만 생각했는데!」

로라의 손 밑에 놓여 있는 내 손을 꺼내 로라의 손 위로 포갠다. 이번에는 내가 그녀를 위로할 차례이다. 나는 로라에게 그리고 로라가 느낄 굴욕감에 대해서 나 자신과 내 타락에 들었던 죄책감만큼이나 미안한 감정이 든다.

「그런데 당신에게는 정말로 중요했나 보군요.」 로라가 말한다.

나는 그 그림에 관한 내 감정을 가능한 한 단순한 용어로 번역한다. 「몇백만 파운드의 값어치가 있다고 생각했습니다.」

자신의 손을 잡고 있는 내 손을 로라가 다른 쪽 손으로 어루만진다.

「우아.」 로라가 마침내 말한다.

나는 힘없이 웃는다. 「정말 오랜만에 듣는 소리군요. 예전에는 내가 무슨 말을 해도 〈우아〉라고 했죠. 그리고 한 번은 당신이 나를 구제불능이라고 말한 적도 있어요.」

「내가요? 미안해요.」

「아니요. 로라, 당신은 좋은 기분으로 그렇게 부른 거지요. 아무튼 사실이에요.」

나는 토니 역시 구제불능이라고 생각한다. 그리고 전에 들은 이야기에 따르면, 토니에게 로라를 빼앗긴 전 남자 역시 그런 느낌이다. 나는 한 줄로 섰을 때 로라가 만난 세 번째 구제불능의 남자다. 아마도 우리 셋은 로라가 아직까지 갖지 않은 아이를 대신해 철없이 구는 역을 맡은 모양이다.

「몇백만 파운드라니.」 로라가 되풀이한다. 로라는 〈몇백만〉의 발음을 좋아한다. 「남편은 한 번도 의심해 본 적이 없어요. 당신도 알다시피요. 단 한순간도 말이죠. 물론 나도 마찬가지고요. 진짜 구제불능이네요, 당신. 몇백만 파운드라니. 당신, 도대체 그 사람한테 얼마나 줄 생각이었나요?」

「수천 파운드 정도를 생각하고 있었어요.」

로라가 희미하게 기쁜 웃음을 짓는다.「대단하네요. 당신이 왜 철학자인지 이제야 알겠어요.」

로라가 일어선다.「이리 와요. 점점 추워지고 태양은 진 지 오래잖아요.」

지나가는 차가 흩뿌린 불빛 속에서 로라는 내가 어둠에게 맡긴 개 그림과 네덜란드 그림 두 장을 주워 든다.

「그 사람, 그 그림을 매트리스 속에 숨겨 놓았어요.」로라가 말한다.「일석이조죠. 그이는 등이 아프거든요.」

우리는 다시 차에 앉고 나는 정처 없는 방랑을 계속하려고 시동을 건다.

「그런데 그 그림, 이 작은 차에는 절대로 안 들어가겠네요.」로라가 말한다.「아무래도 토니의 랜드로버를 써야 할 것 같군요.」

우리 뒤로 난 길이 안전한지 확인하려고 고개를 뒤로 돌린다. 내가 태운 승객을 보기 위해 다시금 고개를 돌린다. 로라가 뭐라고 했지?

「돌아가서 남편 저녁 차려 줄래요.」로라가 말한다.「그리고 망할 개들이랑 그 사람을 부엌에 가둬 버리고 나서 바로 현관을 열어 줄게요. 수백만 파운드라니……. 당신, 나 먹여 살릴 수 있겠어요.」

우리는 〈사유지임, 출입 금지〉 표지판이 만들어 놓은 그늘에 차를 세운다.

「가택 침입죄라니, 당신이 무슨 생각으로 그런 말을 하는지 모르겠어요.」로라가 말한다. 내가 여기로 오는 내내 계속해서 불안해하고 꺼렸기 때문이다. 「어떻게 가택 침입이 성립할 수 있나요? 그건 내 집이란 말이에요! 다른 그림을 가지러 온 것뿐이라고요! 우리는 가서 제대로 된 걸로 바꿔 오는 것뿐이에요. 막스 앤드 스펜서에서 스웨터를 사더라도 안 맞으면 바꾸러 가잖아요.」로라는 이미 차에서 내려 트렁크를 열고 개 그림을 꺼냈다.

「잠깐만요, 내 말을 들어 봐요…….」나는 필사적으로 로라에게 속삭인다.

「차에 열쇠를 꽂아 놓고 내려요.」로라가 조용히 말한다. 「그리고 무사히 랜드로버로 돌아오면, 마틴, 나를 내려 줘요. 그러면 당신 차로 뒤쫓아 갈게요……. 마틴, 토니가 이 일을 알면 무척 좋아할 거예요. 그이는 개 그림을 훨씬 더 좋아한다고요.」

「멈춰요!」 내가 소리친다. 「멈춰요. 난 그림을 원하지 않아요.」

「무슨 소리예요. 당신은 원하고 있어요.」

「아니, 정말로 원하지 않아요! 난 그냥 이곳에서 빠져나가고 싶을 뿐이에요! 난 가고 싶어요!」

「머저리처럼 굴지 마요, 내 사랑. 둘이서 어떻게든 해낼 수 있어요. 게다가 토니가 집에 없을 수도 있잖아요.」

그렇다, 말이 된다. 토니는 언덕 아래 케이트에게 달려가 서로 위로를 주고받았을 수도 있다.

하지만 어찌 되었든, 그건 절대로 아니다. 나무 뒤에서 나오자 랜드로버가 위층 창문에서 새어 나오는 소리 없는 불빛에 희미한 윤곽을 드러내며 서 있다. 나는 멈춰 선다. 로라도 멈춰 선다.

「두 번 다시 토니를 보지 않아도 되는 줄 알았는데.」 로라가 아까와는 다른 목소리로 말한다. 「지난 몇 주가 어땠는지 당신은 모를 거예요······.」

하늘을 찌를 것 같던 로라의 기세는 사라지고 없다. 부끄럽지만 안도감이 든다. 로라의 스웨터를 잡아당긴다. 개들이 우리를 찾아내기 전에 이곳에서 멀리 갈 수 있기만 간절히 원할 뿐이다.

로라는 내 손을 꽉 쥔다. 「현관을 한순간도 놓치지 말고 보고 있어요.」 로라가 말한다. 「현관문이 열리는 즉시, 안으로 들어와요. 남편은 식당에서 안 나올 거예요. 그때 나와 싸우느라 정신없을 테니까요.」 로라는 다시 한 번 내 손을 꽉 쥐고(이번에는 손이 다 아플 지경이다) 어둠 속으로 앞장선다. 나는 다시 한 번 로라의 소매를 잡아끈다. 「로라, 부탁이에요! 제발, 제발, 이러지 마요!」

로라가 멈춰 선다.

「제발, 로라.」 나는 비참하게 애원한다. 「나를 위해서라도요! 로라, 포기해요!」

「수백만 파운드를요?」 로라가 속삭인다.

「진짜인지 아닌지 잘 몰라요! 확실하지도 않다고요! 지금은 내가 틀렸다고 생각하고 있어요!」

그래도 로라는 어둠 속으로 사라진다. 잠시 후 현관에서 사각형 모양의 희미한 불빛이 보인다. 빛을 가린 로라의 형체가 사각형 속에서 어둡게 드러난다. 곧 사각형은 없어진다.

숲 가장자리에서 기다릴 장소를 찾아낸다. 이런 일이 생기기 수주 전, 어느 축축했던 아침에 문을 지켜보느라 기다렸던 장소 부근인 것 같다. 아니, 1주일 전이다. 아니, 1주일도 안 되었다. 닷새 전에 벌어졌던 일들이다. 평생처럼 느껴진다. 제2의 생애다. 예전에 이곳에서 기다릴 때 내 인생에서 뭔가를 기다리느라 허비할 시간으로 할당된 양을 전부 다 써버렸다고 느꼈기 때문이다.

안에서 벌어지고 있는 일들을 머릿속에 그리기 위해서 노력하던 중, 안에서 무슨 일이 일어나고 있는지 구태여 상상하려 들지 말자는 생각이 떠오른다. 어쨌든 아직까지는 최악의 상황이 아니다. 어쩌면 토니가 로라를 붙잡고 설득할지도 모른다. 로라 인생의 세 놈팡이 중에서 첫 번째 놈과 로라가 결혼 생활을 꾸려 나가고 있을 때 했던 것처럼 말이다. 어쩌면 로라는 나에게 미안해했던 것과 마찬가지로 남편에게 미안한 마음이 들 수도 있고, 그래서 남편에게 돌아갈 수도 있다. 그리고 어쩌면 내가 나의 첫 번째, 두 번째 인생을 보내

버렸던 장소에 남아 육중한 참나무 현관문 밖에서 기다리느라 세 번째 인생을 보내게 될지도 모르는 일이다.

내 사업은 이제 완전히 미쳐 돌아가고 있고, 나는 그걸 너무나 잘 알고 있다. 우리가 어찌어찌해서 그림을 손에 넣는다 하더라도 나와 그림은 머지않아 각자의 길을 가게 될 것이다. 그림은 은행의 귀중품 보관실로, 나는 교도소 독방으로.

이러니저러니 하는 동안에도 한 해는 천천히 지나간다. 내 근심 걱정은 가라앉는다. 나는 운명에 굴복한다. 내 위로 뻗은 나무의 어린잎들을 지나쳐 북극성이 보이고 그 옆으로 큰곰자리가 보인다. 맞은편으로 카시오페이아자리가 보인다. 둘은 예전부터 그래 왔듯이 서로 주위를 돌고 있다. 목가적인 장면이라는 생각이 문득 든다. 어느 잔잔한 봄날 저녁, 별들 아래로 보이는 진짜 시골집. 밖의 어둠 속에서 몸을 숨기고 있는 침입자. 마니교도들이 옳았다. 어둠은 빛과의 조화 속에서 존재하는 것이고 악은 선으로부터 나와 세상의 균형을 잡아내는 것이다. 브뢰겔의 패널화 속의 행복한 한 해에서 찬란한 빛이 퍼져 나오는 동안 주위로 어둠이 몰려든다.

그릴 수 없는 것을 그토록 많이 그린 화가 브뢰겔이라면 어둠 속에 숨어 있는 악마를, 낙원 속에서 몰래 기다리고 있는 죽음을 어떻게 표현했을까?

어두운 현관으로 다시 한 번 눈을 돌린다. 뭔가 이상하다. 현관문이 없다. 그 육중한 문이 있던 자리에 희미하게나마 사각형이 돌아온다. 어느새 로라는 문을 열어 놓았다.

그리고 내가 들어간다. 높은 곳에서 뛰어내리는 것 같기도 하고 수술하기 위해 병원에 입원하는 것 같기도 하다. 움직여야 할 그 순간이 찾아오면, 하는 수밖에 없다. 달리 뭘 어떻게 할 수 있겠는가? 그냥 하는 수밖에 없다.

집 안은, 조용하다. 이 집의 심장부 어딘가에서 비스듬히 새는 희미한 불빛만 있을 뿐이다. 나는 살금살금 큰 나선형 계단으로 가다가 멈춰 선다. 희미한 소리가 들린다. 부엌인 듯하다. 나지막이 들려오는 둔탁한 소리, 서로 뒤엉켜 간신히 들려오는 목소리. 톤이 좀 더 높은 한 목소리가 점점 올라가고 상대적으로 낮은 목소리는 높은 소리를 이겨 보기라도 하겠다는 듯 점점 높아진다. 무슨 말인지 알아들을 수는 없지만 이 정도만으로도 뜻은 명료해진다. 로라가 예언했던 대로 토니와 로라는 싸우느라 정신이 없다. 목소리가 다시 한 번 수그러든다. 나는 층계를 오르기 시작한다. 뭔가 단단한 것에 걸려 넘어질 뻔한다. 소풍 갔다 돌아온 개 그림이다. 개 그림을 층계참의 못에 걸고 지나간다. 그렇다, 나는 그냥 단순히 교환하러 온 것이다. 34 사이즈 스웨터를 32 사이즈로 바꾸러 온 것과 다를 바 없다.

침실은 어둡다. 그렇지만 불을 켤 수 없다.

침대는 닷새 전과 마찬가지로 엉망진창이다. 나는 패널화를 찾아내기 위해 뒤죽박죽이 된 침대 속을 뒤진다. 오스월드 스트리트에 있는 우리 침대에서 같은 행동을 했을 때는 정말 즐거웠는데……. 침대에서 그 무거운 참나무를 해방시키기 위해 나는 그야말로 고군분투한다. 이 과정에서 그림 표면에 무슨 상처가 났는지는 하늘만이 아시리라. 그리고 침실 밖으로 그림을 끌어내면서 문고리에 부딪히고 계단 모퉁이를 돌면서 또 여기저기 긁힌다. 계단을 반쯤 내려왔을 때 간신히 희미한 별빛이나마 보이기에 걸음을 멈추고 그림을 난간에 기대어 놓고 정면으로 보면서 상태를 확인한다. 다행이다. 이번엔 아무 실수도 저지르지 않았다. 미광…… 춤…… 날카롭게 우뚝 솟은 바위. 늦봄의 전경. 모든 것이 다 있다. 돌연 기쁨의 파도가 온몸으로 거세게 밀려오는 것을 느낀다. 드디어 손에 넣었다!

그때 집 안의 침묵이 깨진다. 문이 과격하게 열리면서 소리의 용암이 아래쪽 현관에 있는 복도에서 뿜어져 나온다. 토니가 호통을 치고 뒤이어 로라가 이에 질세라 고함을 질러 댄다. 갑작스레 사라진 정적에 개들은 기뻐 난리를 피우며 짖어 댄다. 나는 난간에 그림을 기대어 놓은 채, 희미한 불빛에라도 내 얼굴이 보일까 두려워 얼굴을 돌리고 까딱도 하지 못한다. 하지만 개들은 불이 없어도 나를 본다. 그리고 개들이 내뿜는 지독한 냄새와 축축한 혀, 그리고 유쾌하게 휘두르는 꼬리가 이미 내 허리까지 올라와 있다. 나는 아직도 고개를 돌리고 있다. 토니가 현관의 중앙쯤에서 멈춰 선 것 같고 로라는 토니의 뒤쪽 어딘가에 서 있는 것 같다. 토니가 내 뒷목을 응시하고 있는 것이 느껴진다. 로라의 시선도 느껴진다.

나는 토니가 소리치길 기다린다. 토니는 소리치지 않는다. 「지겹단 말이야!」 토니는 맹목적인 분노를 터뜨리며 기계처럼 그 말을 되풀이하고 있다.

「라스베리 스펀지 케이크.」 로라가 자기 차례가 되자 탄원조로 반복한다. 「부엌에 있어요. 라스베리 스펀지 케이크.」

「지겨워!」 토니가 주장하지만 케이크 때문이 아니라 끊임없이 반복되는 로라의 말 때문인 것 같다. 「지겨워, 지겨워, 지겨워!」

토니는 취해 있다. 내 뒤에서 토니가 몸을 가누지 못하고 비틀거리는 것이 느껴진다. 미동도 않고 있는 조용한 침입자를 몰아대고 있는 개들 사이에서 가택 침입 강도에게 시선을 고정시키느라 고생하는 것일 수도 있다.

갑자기 개들이 물러간다. 놈들은 현관을 벗어나 집 안 깊숙한 곳으로 들어간, 술 취한 주인을 따라간다. 마침내 나는 용감하게 고개를 돌린다. 로라가 현관을 가로질러 나에게 뛰어오고 있다.

「당장 이 집에서 나가요!」 로라가 속삭이지만 그녀의 목소리에는 진짜 공포는 들어 있지 않다.

나는 그림을 집기 위해 몸을 굽힌다. 로라 말을 따르기엔 그림이 너무 탐났기 때문이다.

「내버려 둬요!」 로라가 말한다. 「빨리요, 그냥 빨리 이 집에서 떠나란 말이에요.」

내버려 두고 지금 당장 떠나라니?

「남편이 지금 총기 보관실에 들어갔단 말이에요!」

그리고 내가 그림을 포기할지 말지 결정하기도 전에 토니가 돌아온다. 승리를 예상하고 의기양양해진 사나운 개들이 토니를 호위하고 있다. 토니는 개들에게 조용히 하라고 외친다. 그러자 개들은 순식간에 조용해지고, 꼼짝도 못하고 있는 사이에, 등 뒤로는 놈들이 왜 그토록 흥분했는지 그 이유를 설명하는 소리가 들려온다. 토니는 총을 쏘려 하고 있다. 토니는 총에다 총알을 장전한다.

「그거 나한테 줘요.」 로라가 명령한다.

「죽을 때까지 이 장면을 잊지 못하게 해주겠어.」 토니가 말한다. 「내가 보증하지.」

「그걸 달라고 했어요.」

「삼촌이 나에게 그런 적이 있었어. 내가 어렸을 때 말이야.

아직까지도 그때 일이 꿈에 나타나.」

찰칵하며 안전장치가 풀리는 소리가 난다. 나는 그림을 들어 올리다 만 엉거주춤한 자세로 토니의 이야기를 영원히 끝낼 공포의 소리가 울려 퍼지길 기다린다. 토니를 제지하기 위해 움직여야 한다. 당연히 그래야 한다. 하지만 현재 내가 유지하고 있는 이 자세에 조금이라도 변화가 생길 징조가 보이면 총알이 자발적으로 나에게 날아올 것이고, 그렇게 되면 그것이야말로 내 이야기의 마지막이다.

「제발.」로라가 말한다.「제발요, 토니.」

아무 일도 일어나지 않는다. 개들조차 꼼짝 않고 그대로다. 시간의 흐름마저 얼어붙었다.

그리고 그때 전화가 온다.

여전히 아무도 움직이지 않는다. 내 바로 아래쪽에 있는 커다란 떡갈나무 협탁에서 계속 벨이 울린다. 마침내 정적을 깨뜨리는 사건이 벌어진 것이다. 케이트와 내가 오늘 저녁 걸려 온 전화를 무시했던 것처럼 우리는 모두 전화를 무시한다. 그렇지만 이번에 전화를 건 사람은 무시당하고는 못 사는 성격인 것 같다. 시간은 다시 천천히 흘러가기 시작한다. 토니는 한숨 비슷한 소리를 낸다.

「받아.」토니가 부드럽게 이야기한다.「이번에도 당신 남자 친구일 거야.」

「먼저 그것부터 나한테 줘요.」

「전화 받으란 말이야!」토니가 소리치며 총을 휘두르고, 총은 협탁의 가장자리에 부딪혀 다시 한 번 날카로운 소리를 냈다. 로라가 토니 말대로 전화를 받으려 하지만, 수화기를 들기도 전에 토니가 마음을 바꾼 모양이다. 토니가 로라를 밀치고 뛰어와 직접 수화기를 더듬는 소리가 들린다.

「이 좆같은……」 토니가 말을 뱉다가 바로 멈춘다. 왜냐하면 전화 저편에 있는 사람이 누구인지 모르겠지만, 적어도 내가 아니기 때문이다. 그 생각을 하니 잠시이긴 하지만 안도감에 싸인다. 정적. 전화를 건 이가 자신이 내가 아니라는 사실을 명백하게 드러낸 모양이다. 불길한 생각이 떠오른다. 전화를 건 사람이 케이트일 수도 있다. 날 찾기 위해 전화를 걸었을 수도 있다. 비난과 간청의 고통스러운 메시지를 전하려고 말이다.

「트렁크에 없어?」 토니가 소리 지른다. 「무슨 소리야, 그림이 트렁크에 없다니, 그림들이 무슨 마술이라도 부렸다는 거야?」

퀴스다. 퀴스일 수밖에 없다.

「너로군그래.」 토니가 갑자기, 경악한 목소리로 말하기 시작한다. 마침내 나도 뒤를 돌아 토니를 본다. 토니가 퀴스에게 말하고 있는 게 아니기 때문이다. 「네가 가져간 거야.」

그렇지만 나도 아니다. 토니는 수화기를 떨어뜨린다. 총을 쥔 채로 로라에게 다가간다.

「너랑 저 쪼그만 별장 쥐새끼가 말이지.」 술에 전 머리로 갑자기 떠오른 모양이다. 「접장질이나 하고 있는 그 야비한 새끼였군. 그래, 맞아. 네년이 붙어먹은 놈은 바로 그 새끼였어.」

로라가 토니의 손에서 총을 낚아채 현관으로 집어 던져 버린다. 아내가 불륜을 저질렀다는 상상 때문인지, 아니면 자신이 아끼는 총이 바닥에 내동댕이쳐졌기 때문인지 모르겠지만, 토니는 더 이상 화를 참지 못한다. 로라의 목을 쥐고 난간에 내동댕이치기 시작한다. 로라가 나에게 뭔가를 말하려

하지만 아무 말도 나오지 않는다. 나는 「즐겁게 노는 사람들」을 놓고 뭔지 알 수는 없지만 여하튼 뭔가를 움켜쥔다. 그림이 계단에서 굴러 떨어진다. 그 소리 때문에 토니가 뒤돌아 보고, 마침내 내 존재를 눈치 챈다. 토니는 로라의 목에서 손을 떼지 않고 멍청하게 입을 벌린 표정으로 나를 바라본다.

　토니, 로라 그리고 나는 다시 한 번 얼어붙은 듯 제자리에 서 있다. 토니는 로라가 던져 버린 총을 찾으려는 듯 로라를 밀쳐 내고 홀을 뒤스럭뒤스럭 돌아다니고, 나는 토니가 총을 찾을 때까지 기다리지 않는다. 나는 내 그림이 굴러 떨어지는 속도에 버금가는 빠르기로 계단을 내려가 한 손에는 그림을, 다른 한 손에는 로라의 팔을 잡는다. 나, 로라, 내 그림, 이렇게 셋은 현관을 지나쳐 어둠 속으로 뛰쳐나왔고, 나는 지금 랜드로버 트렁크 문에 묶여 있던 베일러 끈을 풀고 있다. 로라가 뭔가 조심하라고 말하려는 것 같지만 좀 전에 토니가 목을 세게 졸랐을 때 다쳤는지 컥컥 소리만 난다. 그리고 토니가 왔고, 이번에는 양손에 총을 한 자루씩 쥐고 있다. 토니는 현관에서 개에 걸려 비틀거렸고, 그 덕분에 결국 밤의 어둠 속으로 총성이 울려 퍼지며 발사된 최초의 총탄이 빗나가게 된 것 같다. 나는 그림을 차 속에 어떻게든 쑤셔 박고 트렁크 문을 반만이라도 닫고 그림이 떨어지지 않게 베일러 끈으로 고정시키기 위해서 몸을 구부린다. 내 주변시(周邊視)로 토니가 무릎을 꿇고 몸을 움직이지 않게 고정하는 장면이 들어온다. 토니가 총을 다시 발사하자 나는 눈을 감은 채로 움찔 뒤로 물러선다. 불에 덴 것처럼 매운 손질이 내 뒤통수를 강타한다.

　「빨리요!」 로라가 쉰 목소리로 내뱉는다. 「남편이 다시 총알을 재고 있단 말이에요!」

하지만 토니가 다시 한 번 총을 쏘았을 때는 우리는 차에 올라타서 멀리 떠난 상태이다. 옆 창엔 금이 갔지만 차는 움직이기 시작했고 비록 머리가 차 지붕에 부딪혀 쾅쾅 소리를 내고 있어도 친숙한 휘발유 악취와 먼지 더미 속에 있으니 조금은 안심이 된다. 차 양옆으로 거세게 짖어 대는 소리가 따라온다. 도로로 나올 때 결국엔 뭔가를 들이받는 끔찍한 소리가 나고 개 한 마리가 서커스 곡예단처럼 빙그르르 돌면서 어둠 속으로 뒤쳐지는 모습이 보인다. 하지만 뒤통수가 욱신거리고 축축한 데 신경 쓰느라 바빠 다른 것에는 마음 쓸 여유가 없다.

「왼쪽으로 5~8센티미터……」 내 손에 묻은 피를 보며 내가 말한다.

목을 만지면서 로라가 속삭인다. 「몇 초만 더……」

그럼에도 불구하고 우리는 살아남은 것 같다. 그림도 얻은 것 같다. 오늘 저녁, 두 번째로 행복을 향해 언덕 아래로 차를 타고 빨리 내려가고 있는 것 같다.

부랑자가 죽어 있던 숲…… 래브니지 로드…… 비지 비 허니…….

로라의 목소리가 들려온다.

「진 병을 두고 와서 아쉽네요.」 로라가 컥컥거리며 말한다. 로라는 목을 만져 보다가 스웨터를 들추고는 늑골에 금은 가지 않았나 확인한다. 하지만 나는 마지막 추론을 하느라 그쪽으로 눈을 돌릴 여유가 없다.

내가 떠올린 것은 베일러 끈과 질식사의 관계이다. 1595년 아름다운 늦봄의 어느 날, 펠리페 2세는 칙령을 공포하여 이후부터는 이단자들의 처형을 자정에 지하 감옥에서만 행하겠다고 선언했다. 이단자들이 공공 장소에서 순교자가 되지 못하도록 하기 위해서였다. 이교도들은 머리를 무릎 사이에 끼우고 물이 가득한 통 속에서 서서히 질식하는 운명을 맞게 된다.

「마음 쓰지 마요.」 로라가 말한다. 「우리가 이겼으니까요. 드디어 그림을 손에 넣었어요.」

그렇지만 나는 우리의 승리에 관해 생각하고 있는 것이 아니다. 랜드로버 뒤에 억지로 고정시켜 놓은 묵직한 패널화를 백미러를 통해 보고 있는 것이다. 물론, 어둠 때문에 세세한 부분은 전혀 볼 수 없다. 하지만 다시 조사해 보면 무엇이 보일지 알 것 같은 생각이 든다.

물방아용 저수지로 떨어지고 있는 작은 남자의 머리가 그의 무릎 사이에 고정되어 있는 것을 볼 수 있으리라.

그러니 사람들이 그 작은 남자를 물에 처박는 것이 아니다. 구하는 것도 아니다. 남자를 익사시키는 것이다.

길 한복판에서 벗어나, 주변 사람들의 눈에 안 띄게, 종교와 관계없는 순교가 벌어지고 있다. 그림 가장자리에서 벌어지고 있는 사소한 일이 그림에 중요한 의미를 실어 준다. 이카로스의 추락, 눈먼 사울, 사람들로 붐비는 베들레헴에 사람들 주목을 끌지 않으며 도착한 임산부처럼 말이다. 바쁜 한 해는 돌고 돌기 마련이지만 봄이 끝나기 전에 몰래 살인이 발생해 아름다운 전원 풍경은 순식간에 아이러니 자체가 되어 버린다.

「당신, 조용하네요.」 로라가 말한다.

「생각 중이에요.」

내가 지금 생각하는 것은 〈*Multa pinxit, hic Brugelius, quae pingi non possunt*(브뢰겔은 사람들이 그릴 수 없는 많은 것을 그렸다)〉는 글귀이다. 여기 우리가 갖고 있는 그림도 그려질 수 없는 많은 것들 가운데 하나다. 야음을 틈타 극비리에 벌어지는 처형. 사람들이 보지 못하도록 하는 가운데 사법 기관이 저지르는 살인. 그런 내용이 밝은 대낮에, 같은 운명을 겪을 수도 있는 모든 네덜란드 인 눈앞에, 고통을 가할 수도 있는 스페인 사람들의 눈앞에 펼쳐져 있다. 또 한 번 브뢰겔은 이 그림을 통해 사람들이 이해하는 것 이상을 그렸다. 천둥과 번개. 브뢰겔은 번뜩이는 아이러니를 통해 야만스러운 정치 체제를 조롱하고 고발했다. 브뢰겔이 공포에 질린 건 당연하다. 지금 내가 신고 있는 귀중한 그림이 정복자에게 바치는 조공에서 사라졌다 해서 이상할 게 하나도 없다.

「뭔가 좋은 생각을 하고 있는 거예요?」 로라가 묻는다. 「뭘 생각하고 있는데요? 수백만 파운드? 나, 우리, 아니면 셋 전부?」

로라한테 손을 얹는다. 그렇지만 내 머릿속에 꽉 찬 생각은, 잠시 멈춰서 확인을 해봐야 한다는 것이다. 그 작은 남자의 머리가 정말로 자기 무릎 사이에 묶여 있는지 확인해 봐야 한다. 그리고 실제로 그렇다면, 난 내가 한다고 말했던 바를 해치운 것이 된다. 내 서약에 충실했던 것이 된다. 그림의 정체성을 확인시켜 줄 세부 항목을 찾아낸 것이 된다. 남자의 머리가 무릎 사이에 끼워져 있어야 내가 분석해 온 모든 그림과 이 상황이 맞물리게 되는 것이다. 떡갈나무 패널에 그려진 그림이 누구 소유인가에 대해서는 다소 옥신각신할 수도 있을 것이다. 그럼에도 나는 그림에 대한 일시적인 보호자로서 내 도덕적 권리를 세울 것이다. 무릎 사이에 머리가 끼여 있다면 말이다. 차를 세우기 적당한지 살피기 위해 백미러를 본다. 아니, 아직 안 된다. 우리 뒤로 바짝 다가와 붙는 차가 있다. 헤드라이트는 점점 따라붙는데 불빛은 죽이지 않아 눈이 부시고 뒤차 운전자는 직접 내 차 트렁크를 확인해 보겠다는 듯 그림을 비춰 댄다. 나는 백미러에서 눈을 떼고 강한 빛의 출처를 확인하려고 뒤돌아본다. 뒤차에서 쏘고 있는 불빛 때문에 환히 드러난 로라의 표정을 본다.

「당신 차잖아요!」 로라가 소리친다. 「당신 차를 다시 가지고 오는 것을 잊었어요.」

로라 말이 함축하고 있는 뜻을 한 박자 늦게 깨닫는다. 불가능하다! 나는 헤드라이트 불빛에 눈부실까 봐 눈을 가늘게 뜨고 다시 한 번 백미러를 들여다본다. 하지만 그럴 필요가 없었다. 이젠 헤드라이트가 이젠 미친 듯이 가까워졌기 때문에 랜드로버 트렁크 창문 밑에 가려 보이지 않는다.

「서둘러요!」 로라가 울부짖는다. 「그 사람, 우리를 들이받으려 하고 있단 말이에요!」

아직 이야기는 끝나지 않았다.

나는 절망감에 빠져 속도를 올린다. 헤드라이트가 잠시 나타났다가 뒤차가 우리를 들이받을 정도로 가까이 다가오면 사라진다. 나는 겁에 질려 속도를 떨어뜨린다. 뒤에서 우리를 살짝 들이받자 랜드로버가 요동친다.

「저 사람한테서 도망가란 말이에요!」 로라가 비명을 지른다. 「토니는 지금 대책 없을 만큼 취했다고요.」

다시 한 번 속력을 내려고 애쓴다. 그렇지만 이제 헤드라이트는 좀 전과는 다른 정책을 취하고 있다. 헤드라이트는 중앙선을 넘어서 거칠게 흔들리고 있다.

「안 돼요, 저 사람이 추월하지 못하게 해요!」

나는 액셀러레이터를 마구 밟아 댔고, 이제 뒤차와 나는 미친 듯 평행으로 달리고 있다.

「더 빨리 가요!」로라가 외친다. 「빨리요, 빨리!」

경황없는 이 상황에서도 느낄 수 있을 만큼 참 특색 있고 도움도 안 되는 충고인 것은 확실하지만, 전속력을 내는 것보다 좋은 방법을 생각해 낼 수 없다. 머리가 저려 올 정도로 정신없이 진행되어 온 사건들은 막바지로 치달아 광기 어린 푸가로 바뀐 지 오래고 이제는 맞은편에서 제3의 차가 다가오는 것으로 끝날 수밖에 없는 상황이 되어 버린다.

그렇지만 제3의 자동차는 없다. 우리는 영국에서 가장 한적한 도로에 있다. 몇 초가 지나고 몇 년이 지나도 우리는 이렇게 평행선을 유지할 것이다. 와라, 아무나! 제발! 끝내라! 이 모든 것에 종지부를 찍어라! 토니를 죽여라!

우리는 언덕 중간에서 거의 비행기만큼이나 날아오른다. 그리고 결국 차가 나타난다. 우리 속도와 합산되어 적어도 시속 240킬로미터는 되고도 남을 속도로 우리에게 다가오는 한 쌍의 헤드라이트 불빛. 길을 비껴 준 사람은 토니가 아니라 나다. 특이하게도 나는 토니를 죽음으로 몰아넣는 일의 마지막 단계에서 움찔했고, 그 문제를 재고해 보지도 않고 내 발은 브레이크를 밟아 버린다. 토니는 나보다 더 특이하게도, 내가 존재하지 않기라도 한 듯 내 앞으로 질러와 왼쪽으로 방향을 틀어 버린다. 나는 첫 번째 거대한 폭발과 첫 번째의 급격한 요동은 토니가 랜드로버의 앞쪽을 들이받아 생겨났다고 생각하며 손에서 맘대로 회전하고 있는 운전대를

거래의 성립 505

잡으려 하지만 소용이 없다. 우리는 다시 한 번 도로 밖 잔디를 넘어 길 없는 황야로 들어서고, 뒤로는 연이은 총 소리와 충격이 우리를 따라온다. 차를 메우는 소음이 또 하나 있다. 누군가가 지르는 비명이다. 로라이거나 나이거나, 어쩌면 우리 둘의 비명일 수도 있다. 이해할 수 없게도, 우리 앞에 펼쳐진 길 없는 황야 한가운데에 커다란 아이스크림 운반 차량이 부서진 채 방치되어 있기 때문이다.

브레이크를 뭉개어 버릴 정도로 세게 밟지만 내 행동이 일의 진행에서 결정적인 역할을 하지는 못한다. 일련의 사건들은 느긋하지만 결코 피할 수도 없는 특유의 방식으로 일을 진행시켜 간다. 접근해 오는 앞차의 유리. 그리고 내 눈앞의 정지된 밴. 날카로워지는 소음. 헤드라이트가 박살나면서 갑작스레 찾아온 어둠. 모든 사건이 멈출 때까지 우리와 아이스크림 차량이 함께 지나쳐 온 놀랄 만큼 긴 거리. 침묵. 돌연 비좁게 느껴지는 자동차 내부. 오래된 차에서 나는 친숙하고 힘겨운 냄새. 팔을 다쳤다고 말하려 하는 로라의 기괴한 목소리. 문을 열면서 겪어야 하는 어려움. 내 그림이 무사한지 살펴봐야겠다고 설명하는 내 목소리의 기괴함. 어둠 속에서 끈을 풀려 노력하는 내 손의 떨림. 갑작스레 다시 살아나는 불꽃. 그렇지만 차 앞쪽 어딘가에서 쏟아져 나오는 고마운 조명. 자신을 꺼내 달라는 계속 요청하는 로라.

한 가지 확신이 떠오르며 용기가 난다. 내가 이 모든 상황을 주재하고 있다는 확신이다. 지난 몇 주간 이보다 훨씬 나쁜 상황에 처해 있었지만 결국 나는 승리했다. 불길이 모든 것을 삼켜 버리기 전에 내가 해야 할 모든 것을 처리할 시간이 있다는 것을 알고 있다. 줄을 끄르고 그림을 꺼내고 옆문을 열고 로라를 풀어 줄 시간 말이다. 지금 나를 방해하는 유일한 요소는 내 손의 떨림이고 매듭이 어떻게 묶여 있는지 보기 힘들다는 점뿐이다. 나는 아직도 매듭이 어떻게 묶여 있나 보고 있다. 로라가 소리치기 시작한다. 「마틴! 마틴! 마틴! 마틴!」 마치 충돌로 경보 장치가 망가진 기계 같다. 하지만 논리적으로 생각할 때는 로라가 먼저고 줄이 나중이다. 내 손의 떨림이 조금이라도 진정되고 불꽃으로 주변을 좀 더 잘 볼 수 있을 때 줄을 끄르면 된다. 급할 것은 아무것도 없다.

하지만 뭉개져서 열리지 않는 문, 엉망진창으로 꼬인 안전벨트, 로라 왼손의 각도, 로라의 비명 소리, 열기는 도무지 극복할 수 있을 것 같지 않아 보인다. 운 좋게도, 누군가 내 옆에 있는 남자가 나를 옆으로 밀쳐 내고 엉켜 있는 안전벨트에도 아랑곳하지 않고 로라의 부러진 팔을 잡아당긴다.

남자의 입에서는 지독한 술 냄새가 난다. 나는 혹시 남자의 입에 불이 옮을까 봐 두려워하며 옆으로 비켜서서 그가 자신의 일에 몰두할 수 내버려 둔다. 그리고 덕분에 베일러 끈을 끄르려 하던, 가장 먼저 하려던 일에 집중할 기회를 잡는다.

벌어지고 있는 사건들을 보니 내가 사태를 수습하는 순서가 무척 합리적이라는 생각이 든다. 갑자기 플라스틱 가닥들이 내 눈앞에서 녹으며 오그라들기 시작하고 차 뒷문이 흔들거리며 열린다.

난 그림을 꺼내기 시작한다. 열기 때문에 쉽지 않았지만, 나는 여전히 냉철하게 사고하고 있다. 내가 할 최우선 순위는 이 모든 문제가 벌어지기 전에 내가 하려고 맘을 먹었던 모든 일을 하는 것이다. 남자의 머리와 무릎이 실제로 붙어 있는지 확인하는 것 말이다. 밝게 타오르지만 고르지 않은 오렌지색 불빛 속에서 눈 덮인 뾰족 바위와 나무에 새로 돋은 잎들의 어른거림도 충분히 확인한다. 그러나 내 시선이 그들을 쫓아 방앗간 근처에 도달했을 때는 그 골짜기는 어두워지다 못해 기포가 잡히기 시작한다. 노란 막이 그림의 윗부분에 살며시 드리워지더니 산청과 부드러운 녹색 위로 내려오기 시작한다. 노란 막 위로 갈색 막이 덧입혀졌고 마지막으로 까만 막이 씌워진다.

  내 눈은 까만 막과 동시에 그 남자에게 다다른다.

  그리고 그 남자는 사라진다.

  갑자기 손에 통증이 느껴진다. 나는 숯 덩어리가 된 나무를 떨어뜨린다.

  남자와 나무와 산과 하늘이 모두 새까만 재로 바뀌었다.

결과와 결론

1년은 순환한다. 늦봄은 초여름에 자리를 내주고, 초여름은 한여름에 그 자리를 양보하고, 가을은 겨울에 밀려난다. 그리고 겨울은 또다시 찾아온 봄의 진흙색 손짓에 굴복한다. 나무의 녹음은 짙어지고, 해는 점점 따뜻해지고 농부는 춤춘다. 내 화상도 아문 지 오래다.

틸다는 이제 걸음마를 시작했고 옹알이도 한다. 딸아이는 케이트의 책을 식탁에서 끌어내려 바닥에 앉아 한 장 한 장 그림을 넘기며 칭얼칭얼, 꼬마 비평가 노릇을 톡톡히 한다. 어쩌면 또 한 명의 예술사가가 탄생하는 중인지도 모르겠다. 또 한 명의 기독교 도상학자. 케이트는 틸다가 가톨릭의 길을 걸을 수 있도록 요전 날 세례를 받게 한 뒤 일요일마다 미사에 딸아이를 데리고 다니기 시작했다. 절대 승낙할 수 없다. 당연하다. 하지만 아무 말 하지 않는다.

부활절이 이제 막 지났다. 구 율리우스 역법으로 따진 신년 초에 우리는 다시 한 번 별장으로 돌아왔다. 문외한의 눈으로 볼 때 아직 이렇다 할 진전은 없어 보이지만, 케이트는 자기 책에 아주 약간 더 시간을 할애하기 시작했다. 완성하려면 학자로서 케이트의 일생을 바쳐야 할 책이다. 케이트는 그런 수준의 책을 쓰고 있다. 지난여름 케이트는 수척해지다 못해 뼈만 앙상하게 남았었다. 너무 불쌍해 보였다. 그러다 지금은 다시 조금씩 살찌고 있고 우리는 또 한 명의 2세를 생각하기 시작했다.

〈다시는〉이라는 단어가 이번에는 그 뜻을 살리지 못했다. 처음, 내 손에 붕대가 감겨 있던 시절 아내가 내 수발을 들기 위해 런던으로 돌아왔을 때는 아내의 고해 신부가 아내를 붙잡은 것이라고 생각했다. 누구나 그렇듯이 케이트도 영성체를 받기 전 고백 성사를 해야 하니까. 교인의 의무로 다시 받아들여지다니 아주 약간은 굴욕적이었다. 한 차원 더 숭고해질 타인에 대한 자기희생의 도구로 나 자신이 사용되는 것을 깨닫는 것은, 약간이지만 굴욕감을 느끼게 한다. 하지만 스스로 밥을 떠먹을 수 있게 되기까지는 대안이 없었다. 그리고 더 끔찍한 것은 아무래도 고해 신부가 케이트에게 내 등을 씻겨 줄 때만이라도 이단으로 가득한 내 머리를 무릎 사이에 빠지지 않게 꽉 끼워 목욕물에 담그는 것이야말로 참된 기독교인으로서의 복된 의무라고 설파한 것 같다는 점이다.

나는 지금 내 글들을 살펴보고 있다. 그리고 식탁 맞은편에 앉아 뚫어져라 나를 바라보고 있는 케이트도 살펴본다. 아내가 나를 향해 싱긋 웃는다. 아내의 웃음은 내가 무엇을 쓰고 있든, 내가 언제 시작하든, 다음번에 내가 입을 열 때 내가 무슨 말로 떠들든, 그리고 나를 바라보는 케이트를 보며 내가 무슨 생각을 떠올리고 있든지 간에, 단 한마디도 믿지 않을 것임을 뜻한다. 단 한 음절이라도 말이다.

내 웃음이 품고 있는 뜻은 〈나야말로 나 자신을 믿지 못하겠다〉이다.

우리는 정상으로 되돌아가고 있다.

사실, 이 순간 나에게 든 생각은 조만간 정상론에 대해 뭔가를 쓸 수도 있다는 것이다. 나는 정상론이 꽤 중요한 개념이라 생각하는 데다, 유명론에 대해서는 연구할 의지가 사라져 버렸다. 안식년 휴가는 연구 주제에 대해 단 한 글자도 못 쓰고 끝나 버렸다. 정상론을 생각해 낸 사람이 로라인 만큼 로라에게 내 생각을 이야기했더니, 로라는 〈당신 또 거짓말하고 있군요〉 하고 대꾸할 뿐이다. 이 상황을 일반적으로 통용되는 언어로 해석하기 위해 잠시 짬을 갖는다. 「에, 에르빈이.」 마침내 찾아내고 나니 입을 멈추게 할 수가 없다. 로라는 즐거워했다. 「당신은 뭔가 일을 꾸밀 때마다 언제나 똑같은 표정을 짓네요. 너무나 엄숙하고 너무나 우스꽝스러운 표정 말이에요.」 로라가 말했다.

로라가 업우드가 아닌 병원에 입원해 있다는 소식을 듣고 로라의 아버지가 즉시 달려왔다. 가족 신탁 재산도 돌아왔다. 로라는 서인도 제도에 있는 누군가에게 가서 요양하고 있는 동안 롤랜드 코포스라는 런던 금융계에서 존경받는 인물을 만나 신중한 관계를 쌓아 나가기 시작했다. 이 관계는 코포스의 아내가 남편을 중대 사기죄로 고발하기 전까지 지속되었고, 나중에 코포스는 꽤 극적으로 구속되기에 이르렀다. 그래서 나는 로라의 힘이 되기 위해 애쓰고 있지만 그냥 로라가 짬이 날 때 점심이나 같이하는 정도이며, 부끄러운 이야기지만 점심값도 부재중인 코포스나 가족 신탁 재산에 의해 치러지고 있다. 로라가 원했던 것처럼 우리는 친구다. 내가 로라를 바라보며 웃음 지을 때마다 나는 내가 바라보고 있는 것이 로라가 아니라 그림일 수도 있었다는 생각을 한다. 로라는 나에게 웃음으로 화답할 때마다 내가 자신을 은행 계좌 속의 일곱 자리 숫자로 바꾸려 했다는 사실을 떠올린다. 로라는 나를 불쌍하게 여겼다. 로라는 자신보다 그림을 먼저 구하려 했던 일순간의 혼란 상태를 벌써 용서했다. 내가 나 자신을 용서했는지는 나도 잘 모르겠다.

로라는 전과 마찬가지로 불안정해 보인다. 걸을 때마다 약간씩 다리를 저는 모습을 보고 있노라면 마치 내 뼈가 아픈 것같이 느껴지지만, 다행히도 전체적으로 봤을 때 성형 수술은 성공적이었다. 그리고 로라는 아직도 금연 중으로, 이 모든 일이 끝나고 남긴 것 가운데 가장 긍정적인 결과물이다.

내가 친 개는, 나 자신도 이런 말을 하게 돼서 가슴이 아프지만, 안락사시켜야 했다. 이게 토니와 나 사이에 있던 협상을 악화시키는 요인이 되었다. 토니의 차에 토니의 아내와 토니의 그림을 싣고 출발한 것은 그가 경찰에 진술한 모든 불평 사항 목록에서는 언제나 하위에 머물렀다. 토니 머릿속에 처음으로 떠올랐던 생각은 나를 가택 침입죄, 자동차 절도죄, 아내를 유혹한 죄로 고발하는 것뿐 아니라 불필요한 고통을 동물에게 준 죄목도 추가하는 것이었다. 로라가 선임한 유능한 변호사는 그 즉시 1급 살인 미수의 죄목으로 토니를 맞고소하였고, 어쨌거나 결국에는 합리적인 타협을 보았다. 나는 토니의 동의를 받아 랜드로버를 운전하고 있었다. 토니는 내 차에 남겨 둔 두 장의 네덜란드 그림을 발견한 것에 스스로 만족하고 세 번째 그림은 잊어버린 걸로 처리하기로 했다. 그리고 총 이야기도 없던 걸로 하기로 했다. 내 생각에는 변호사가 주재하는 이 협상은 내가 토니에게 벌였던 협상만큼이나 좋지 않지만 세상 모든 일이 그렇듯이, 훨씬 더 나쁜 상황이 될 수도 있었다.

해결되지 않은 사소한 문제 하나는 세인베리 쇼핑백과 그 속에 넣어 두었던 3천1백50파운드의 행방이다. 한동안 방치되어 있었던 내 차에 도둑이 든 것일까? 정신이 없는 사이 내가 어디다 둔 것 같기도 하다. 안전을 위해서든 나중에 토니에게 그림 값을 지불하기 위해서였든 간에 말이다. 만약 내가 그랬다면, 어둠 속 어딘가에서 내가 흘렸거나 집에 두고 왔거나 랜드로버에 넣고 가다가 태워 버린 모양이다. 그날 이후로 그 돈을 본 사람이 아무도 없기 때문이다. 뭐, 사건의 규모로 볼 때는 푼돈에 불과하다. 물론 있으면 도움은 되었겠지만 말이다. 케이트와 로라는 나에게 빌려 준 돈을 탕감해 주겠다고 했으나, 받아들일 수 없는 주장이다. 주유소에서 일하는 한이 있더라도 케이트에게는 6천 파운드를, 로라에게는 7천 파운드를 갚을 생각이다. 현재 우리가 은행에 1만 5천 파운드의 분할금과 이자를 다달이 내는 것과 마찬가지로 나는 꼭 갚고야 말 생각이다. 그리고 밝히기 부끄럽지만, 케이트는 〈미국 문화 여행〉 강의를 추가로 하고 있다. 이 때문에 케이트가 쓰려는 책은 계속 늦어지고 있다.

토니는 로라와는 위자료 문제로, 동생 조지와는 그 밖의 모든 문제로 법정 투쟁 중이다. 토니의 꿩들은 총상 말고도 온갖 이상한 이유로 죽어 갔지만 다행히도 토니는 소송을 감당할 재력이 된다. 존경할 만한 혜안과 흔들리지 않는 정직함을 가진 퀴스가 토니를 대신해 네덜란드 그림 두 장을 크리스티스에 가져갔고, 기병이 있는 그림은 진짜 필립스 보베르만인 것이 밝혀지며 16만 2천 파운드에 팔렸기 때문이다.

초콜릿 상자 뚜껑에서 스케이트를 타던 사람들은 아에르트 반 데르 네르의 작품으로 밝혀졌다. 나는 들은 적이 없는 이름이지만, 나만 모르고 있던 사람인 모양이다. 누군가 그 그림을 약 1백50만 파운드를 주고 사갔기 때문이다.

어쨌든, 나는 화상이 될 운명은 아닌 모양이다.

그렇게 한 해는 흐르고, 단 하나 남은 의문은 과연 내가 발견한 것이 무엇이었나 하는 점이다.

그림에 대한 내 견해는 계절이 바뀜에 따라 같이 변해 갔다. 초여름에는 그 그림이 내가 생각했던 것이 아니었다고 생각하기 시작했다. 혼란과 파괴로 점철되었던 모든 추적 과정은 다 부질없는 짓이었다는 생각. 그리고 한여름이 되자 그 점에 대해 확신을 갖게 되었고 이번 일을 통해서 큰 가치가 있는 어떤 것도 (나만 빼고 모든 사람들에게) 소실되지 않았다는 생각에 점차 차분해졌다.

그렇지만 가을이 되어 여름의 전원생활에서 일터로 돌아가면서 내 감정도 변하기 시작했다. 이제 그림은 내가 믿었던 바로 그것이었을지도 모른다는 것이 하나의 가능성으로 바뀐다. 한겨울이 깊어 가면서 확실하게 깨닫는다. 내 삶이 끝나는 그날까지 내 행동의 결과를 이고 살아가야만 한다는 것을, 그리고 이 세상도 종말이 올 때까지 내 행동의 결과를 같이해야만 한다는 점을 확실하게 알게 된다.

그리고 초봄의 우울한 어느 날, 내 기분은 또 변하기 시작한다. 계절에 따라 견해가 오락가락한다. 그리고 나와 이 세계가 지고 가야 하는 것이 내 그림을 두 번 다시 볼 수 없게 되었다는 확실성보다도 훨씬 더 잔인한 것임을 깨닫는다. 그 감정은 다시는 돌이킬 수 없는 의심에 대한 분노이고, 빛과 어둠 사이에 끝없이 떠다니는 고뇌이다.

그리고 이제 늦봄, 신록이 짙어져 나는 보기 좋게 살이 오른 아내에게 나팔수선화를 꺾어 주고, 벽난로 땔감으로 사용하기로 해놓고 아직까지 쓰지 못한 부서진 식탁 의자 주위를 돌며 틸다와 내가 춤출 때, 율리우스력으로 새해가 다시 한 번 시작된 때, 나는 여느 날과 다름없이 평범했던 늦봄이 시작되던 그날 이후로 내 손가락 사이로 빠져나간 것이 도대체 무엇인지 생각하기 시작한다. 내가 태어난 이후로 내 손가락을 빠져나간 게 무엇일까 생각해 본다. 그리고 나는 그런 것 가운데 단 하나라도 그 진정한 가치와 정체를 알고 있는 것일까?

수레바퀴는 돌고 돌아 나는 시작했던 곳으로 돌아왔다. 내가 하고자 했다고 말했던 일을 이번에는 어찌 되었든 간에 끝마쳤다. 나는 내가 발견한 것을 세상에 발표했다. 나는 거기에 따르는 명예를 얻기 위해 주장을 펴기 시작했지만 결국 치욕과 오명만 얻는 결과를 낳았다. 나는 할 수 있는 한 자세하고 정직하게, 법정에서 올바른 판단이 내려질 수 있도록 당시의 모든 상황을 가능한 한 모두 언급하면서 법적 진술을 마쳤다.

그리고 이제부터는 일에서 벗어나 나머지 인생을 가능한 한 조용히 보내고 싶다고 생각하고 있다. 세월이 천천히 흘러가는 가운데 특별히 눈에 띄는 일은 아무것도 하지 않고 보낼 생각이다.

단지 심판만 기다리고 있을 뿐이다. 자연의 이치로 볼 때, 영원히 내려질 리 없는 심판을.

역자 해설
명화와 돈에 얽힌 블랙 코미디

이 책의 주된 소재, 화가 브뢰겔에 대해

피터 브뢰겔은 16세기 후반 네덜란드 화가로, 월터 S. 기브슨에 따르면 〈미켈란젤로, 렘브란트, 반 고흐와 더불어, 현재 세계적으로 인정받는 예술가 중 한 사람〉이다. 미술사 쪽의 유명한 사람이 한 말이니 믿지 않을 이유가 없지만, 신기한 점은 기브슨이 든 인물 셋은 우리나라에 꽤 잘 알려진 편인 데 반해 브뢰겔은 낯선 화가라는 점이다.

사실, 브뢰겔은 생존 당시인 16세기에는 네덜란드(당시 플랑드르)를 대표하는 화가였으나 유럽에서조차 사후에는 거의 잊혔다가 20세기에 들어서야 다시 빛을 본 작가이다. 농민이나 하층민 계급을 예리하고 사실적으로 표현한 작품들이나 있는 그대로의 풍경 묘사 등이 17세기 이후의 사조와 맞지 않았기 때문이다.

브뢰겔의 출생이나 성장에 대해서는 확실한 자료가 없지만 네덜란드 북쪽 브라반트 주 브뢰겔에서 태어났다고 추정된다. 화가이자 조각가, 건축가, 태피스트리와 스테인드글라스 디자이너인 피터 쿡 반 알스트를 사사한 브뢰겔은 1551년에 화가 조합에 든 뒤 같은 해(또는 그 이듬해) 프랑스와 이탈리아 등지를 여행하고 1553년에 귀국해 10년 동안 안트베르펜에서 작품 활동을 하다가, 반 알스트의 딸과 결혼한 뒤 브뤼셀로 활동 무대를 옮긴다.

여기까지라면 르네상스 시대를 살았던 화가 가운데 한 명에 불과하다고 할 수 있다. 하지만 이 소설에서도 설명하고 있듯, 브뢰겔은 풍경화 분야를 개척한 인물이기도 하다. 브뢰겔 이전에는 풍경화라는 개념이 희박했다. 즉, 이전까지 풍경은 성인(聖人) 또는 귀족을 돋보이게 하는 배경에 지나지 않았다. 브뢰겔이 풍경화를 그린 이유로 여러 가지를 들 수 있겠지만, 가장 큰 이유는 유학길에 본 알프스 풍경에 깊은 인상을 받았기 때문이라는 것이 학자들의 공통된 의견이다. 실제로 브뢰겔은 알프스 풍경 스케치를 스물한 점이나 그렸고 귀국한 뒤에도 자신의 작품에서 그 모습을 되풀이해 표현했으며, 17세기의 네덜란드 풍속화와 풍경화의 길을 터놓았다.

브뢰겔에 대해 또 한 가지 주목할 만한 점이 있다. 같은 시대를 산 화가들이 르네상스라는 시대 상황에 걸맞게 인간의 모습을 극도로 미화해 그린 반면, 브뢰겔은 주변에서 볼 수 있는 농민이나 하층민 계급의 삶을 그리면서 익살스러운 방식으로 당시 현실을 날카롭게 풍자했다는 점이다. 그런 면에서 볼 때, 마이클 프레인이 브뢰겔을 소설 소재로 택한 것이 결코 우연은 아닐 것이다.

명화와 돈에 얽힌 흥미진진한 이야기, 『곤두박질 Headlong』

이 작품은 간단히 말해 풍자 코미디이다. 좀 더 길게 말한다면, 스페인의 네덜란드 정복과 16세기 네덜란드 풍경화가인 피터 브뢰겔, 그리고 사람이 얼마나 유혹에 쉽게 굴복하는가를 멋지게 섞어 놓은 사회·정치·심리 코미디이다.

『곤두박질』은 우리에게 친절한 설명을 해주는 화자이자 철학자이며 예술사에 관심이 있는 마틴 클레이와 예술사가인 아내, 그리고 갓난아이가 시골로 가면서 시작한다. 클레이는 안식년을 받아 책을 쓰려고 노력하는 중이지만 반년이 지나도록 무엇을 쓸지조차 정하지 못한 상태이다. 결국 클레이는 조용하고 유혹거리가 없는 시골 별장으로 가족과 함께 피신하는 것이다. 그는 별장에 도착하자마자 토니 처트라는 돈 많고 속물인 지주로부터 저녁 식사 초대를 받는다. 물론, 단지 친교를 위한 식사 초대가 아니었다. 처트는 유산으로 받은 그림을 팔기 위한 조언을 얻고 싶어 한다. 이리저리 핑계를 대며 자리를 피하던 클레이는 16세기 네덜란드 풍경화를 한 점 우연히 보게 되고, 그 그림이 예전에 사라진 브뢰겔의 작품이라고 여기고 브뢰겔과 사라진 그림에 대한 조사를 하며 처트로부터 그림을 빼앗을 방법을 궁리한다. 그리고 클레이는 자신이 본 그림이 브뢰겔 작품이라는 확신과 그럴 리 없다는 의심의 사이를 오가며 〈먹물〉다운 〈헛물〉 켜기를 연이어 벌인다…….

프레인의 작품은 재치와 유머가 풍부하기로 유명하다. 이 소설 또한 그런 명성을 허물지 않는다. 특히 마틴 클레이 혼자서 이리저리 잔머리를 굴리며 변덕을 부리는 과정은 풍자가 무엇인지 확실하게 알려 주는 내목이다. 줄거리를 따라가는 과정에 덧붙여 프레인의 작품을 읽는 또 다른 맛이다. 하지만 마냥 웃을 수만은 없는 장면들이기도 하다. 유약하고 변덕스럽고, 결단력 없는 마틴 클레이의 모습은 소설 속에서만 있는 인물이 아닌, 인정하고 싶지는 않지만 우리 안에 숨어 있는 또 다른 모습이기 때문이다. 남의 이야기가 아닌, 자신의 약점이 샅샅이 들추어지는 듯한 기분에, 실제로 마틴 클레이의 행동에 정나미가 떨어질 것이다.

예술사에 별다른 관심이 없는 독자라면 큰 비중을 차지하며 삽입되어 있는 예술사 이야기가 (이야기 전개상 꼭 필요하기는 하지만) 거추장스럽고 부담스러울 수도 있다. 프레인은 독자를 위해 친절하고도 재미난 서술 방식으로 책을 이해하는 데 필요한 배경 지식을 제공해 주었지만 읽기에 부담이 가는 것 역시 사실이다. 이런 전문 지식이 중간에 끼어들어 재미의 흐름이 끊기기도 하지만 오히려 그런 설명 때문에 이 책에서 많은 걸 배울 수도 있다. 프레인이 배경 지식으로 요구하는 벽을 넘어서기가 쉽다고는 할 수 없겠지만 그 벽을 넘어선다면 프레인이 이중삼중으로 감싸놓은 독설을 충분히 즐길 수 있으리라 생각한다. 부디 그 벽 앞에서 포기하지 말기를 바랄 뿐이다.

작가 마이클 프레인에 대해

극작가이자 소설가이며 번역가로, 1933년 9월 8일 런던에서 태어났다. 어머니는 젊었을 당시 촉망받는 바이올린 연주자였지만 프레인이 열두 살 때 세상을 뜨고 석면과 지붕 재료를 팔러 다니던 아버지가 뜻하지 않게 퇴직하면서, 힘든 시절을 보냈다.

그 뒤 프레인은 2년간 군복무를 하는 사이 러시아 어를 배워 통역관으로 일했으며 케임브리지 대학 에마누엘 칼리지에서 철학을 공부했고, 이후 「가디언」지와 「옵서버」지에서 기자와 칼럼니스트로 일하며 소설을 발표했다.

데뷔작 『양철 인간Tin Men』(1965)으로 서머싯 몸상(賞)을 받은 프레인은 그 이듬해 『러시아 통역관The Russian Interpreter』으로 또다시 호손덴상을 받는 역량을 과시하며 영국 문학을 이끌 신인으로 주목받았다. 이후 계속해 소설가로서 입지를 다져 가던 그는 장르를 바꾸어 1970년에 단막극용 희곡 네 편을 묶어 〈우리 둘The Two of Us〉이라는 제목으로 발표하고 무대에 올리지만 평단과 관객 모두에게 혹독한 외면을 받았다. 하지만 1975년에 발표한 희곡 「알파벳순Alphabetical Order」은 좋은 평가를 받았으며, 계속하여 「구름Clouds」(1976), 「당나귀의 해Donkeys' Years」(1977), 「코펜하겐Copenhagen」(1998) 등을 발표하였다. 특히 「코펜하겐」은 최우수 희곡 부문 이브닝 스탠더드상을 수상하였으며 2000년에는 토니상을 받기도 하는 등 소설과 희곡 두 분야에서 모두 성공한 작가가 되었으며, 체호프와 톨스토이의 작품을 포함해 상당수의 러시아 작품을 영어로 번역하기도 했다.

최용준

마이클 프레인 연보

1933년 출생 9월 8일 영국 런던 외곽의 밀 힐에서 태어남. 아버지는 영업 사원, 어머니는 유망한 바이올리니스트였음.

1945년 12세 어머니 사망. 이후 경제적 어려움으로 프레인은 다니던 사립학교에서 학비가 싼 공립학교로 전학하지만, 새로운 환경에 순조롭게 적응함. 음악과 시에 특별한 재능을 보이며 작가의 꿈을 키움.

1953~1955년 20~22세 러시아어 통역관으로 2년간 군 복무 후, 케임브리지 대학에 입학.

1957년 24세 케임브리지 대학에서 윤리학 학위를 받음. 주간 신문 「맨체스터 가디언」에서 기자와 칼럼니스트로 활동하기 시작함.

1962년 29세 「옵서버」에 입사. 에세이와 칼럼을 기고하면서 소설 집필에 착수함.

1965년 32세 『통조림 인간 *The Tin Men*』 발표.

1966년 33세 『러시아어 통역사 *The Russian Interpreter*』 발표. 『통조림 인간』으로 서머싯 몸상을 수상함.

1968년 35세 『지극히 개인적인 삶 *A Very Private Life*』 발표.

1970년 37세 희곡 「우리 둘이서 The Two of Us」가 린 레드그레이브

Lynne Redgrave와 리처드 브라이어스Richard Briars의 공동 주연으로 공연되나 혹평을 받으며 실패함.

1975년 42세　희곡「알파벳순Alphabetical Order」발표. 이브닝 스탠더드상 최우수 희곡 부문 수상.

1976년 43세　희곡「클라우즈Clouds」발표.

1977년 44세　희곡「긴 세월Donkey's Years」발표. 로렌스 올리비에상 최우수 희곡 부문 수상.

1978년 45세　안톤 체호프의 희곡「벚꽃 동산」을 영어로 번역함.

1980년 47세　희곡「개폐Make or Break」발표. 이브닝 스탠더드상 최우수 희곡 부문 수상.

1982년 49세　연극 무대 뒤편에서 바쁘게 돌아가는 대기실을 묘사한 전형적인 익살극「노이즈 오프Noises off」발표. 이브닝 스탠더드상 최우수 희곡 부문 수상.「노이즈 오프」는 이후 4년 동안 런던 웨스트엔드에서 공연됨.

1983년 50세　체호프의 희곡「세 자매」를 영어로 번역함.

1984년 51세　장 아누이Jean Anouilh의 희곡「최고Le Nombril」를 영어로 번역함.

1986년 53세　첫 시나리오「클락와이즈Clockwise」가 크리스토퍼 모라핸Christopher Morahan 감독, 존 클리스John Marwood Cleese 주연으로 개봉됨.

1988년 55세　체호프의 희곡「바냐 삼촌Uncle Vanya」을 번역함.

1990년 57세　「노이즈 오프」의 자매편격으로, 연극 속에서 연극을 바라보는 형태의 새로운 전개를 시도한 희곡「룩룩Look Look」발표. 두 번째 시나리오「시작과 끝First and Last」으로 국제 에미상 수상.

1991년 58세　장편소설『태양으로의 착륙A Landing on the Sun』발

표. 주간 신문 「선데이 익스프레스Sunday Express」에서 〈올해의 책〉으로 선정.

1998년 ⁶⁵세 1941년 제2차 세계 대전 당시 물리학자 베르너 하이젠베르크Werner Heisenberg와 닐스 보어Niels Bohr의 역사적 만남을 다룬 희곡 「코펜하겐Copenhagen」 발표.

1999년 ⁶⁶세 장편소설 『곤두박질*Headlong*』 발표. 부커상 후보에 오름.

2000년 ⁶⁷세 「코펜하겐」으로 미국에서 토니상 및 뉴욕 드라마 비평가 협회상 최우수 외국 희곡 수상.

2002년 ⁶⁹세 장편소설 『스파이들Spies』 발표.

2003년 ⁷⁰세 『스파이들』로 커먼웰스 클럽 작가상 수상. 희곡 「민주주의Democracy」 발표. 이브닝 스탠더드상 최우수 연극 부문 수상.

2008년 ⁷⁵세 희곡 「내세Afterlife」 발표.

열린책들 세계문학 125 곤두박질

옮긴이 최용준 대전에서 태어나 서울대학교 천문학과에서 석사 학위를 받았으며, 미시간 대학에서 이온추진 엔진에 대한 연구로 비(飛)천문학 박사 학위를 받았다. 현재 콜로라도 볼더에서 이온추진 엔진 및 저온 플라스마 현상을 연구한다. 옮긴 책으로 코니 윌리스의 『개는 말할 것도 없고』, 『둠즈데이 북』과 세라 워터스의 『핑거스미스』, 『벨벳 애무하기』, 『히페리온』(댄 시먼스), 『이상한 나라의 앨리스』(루이스 캐럴), 『마지막 기회』(더글러스 애덤스, 마크 카워다인), 『바람의 열두 방향』(어슐러 르 귄) 등이 있다. 『이 세상을 다시 만들자』(헨리 페트로스키)로 제17회 한국 과학기술 도서상 번역 부문을 수상했다. 열린책들의 〈경계 소설선〉, 시공사의 〈그리폰 북스〉, 샘터사의 〈외국 소설선〉을 기획했다.

지은이 마이클 프레인 **옮긴이** 최용준 **발행인** 홍예빈·홍유진
발행처 주식회사 열린책들 **주소** 경기도 파주시 문발로 253 파주출판도시
전화 031-955-4000 **팩스** 031-955-4004 **홈페이지** www.openbooks.co.kr
Copyright (C) 주식회사 열린책들, 2004, *Printed in Korea*.
ISBN 978-89-329-1125-0 04840 **ISBN** 978-89-329-1499-2 (세트)
발행일 2004년 9월 20일 초판 1쇄 2005년 7월 25일 초판 2쇄 2010년 6월 10일 세계문학판 1쇄 2022년 1월 15일 세계문학판 2쇄

이 도서의 국립중앙도서관 출판예정도서목록(CIP)은 서지정보유통지원시스템 홈페이지(http://seoji.nl.go.kr)와 국가자료공동목록시스템(http://www.nl.go.kr/kolisnet)에서 이용하실 수 있습니다.(CIP제어번호: CIP2010001868)

열린책들 세계문학
Open Books World Literature

001 **죄와 벌** 표도르 도스또예프스끼 장편소설 | 홍대화 옮김 | 전2권 | 각 408, 504면

003 **최초의 인간** 알베르 카뮈 장편소설 | 김화영 옮김 | 392면

004 **소설** 제임스 미치너 장편소설 | 윤희기 옮김 | 전2권 | 각 280, 368면

006 **개를 데리고 다니는 부인** 안똔 체호프 소설선집 | 오종우 옮김 | 368면

007 **우주 만화** 이탈로 칼비노 단편집 | 김운찬 옮김 | 416면

008 **댈러웨이 부인** 버지니아 울프 장편소설 | 최애리 옮김 | 296면

009 **어머니** 막심 고리끼 장편소설 | 최윤락 옮김 | 544면

010 **변신** 프란츠 카프카 중단편집 | 홍성광 옮김 | 464면

011 **전도서에 바치는 장미** 로저 젤라즈니 중단편집 | 김상훈 옮김 | 432면

012 **대위의 딸** 알렉산드르 뿌쉬낀 장편소설 | 석영중 옮김 | 240면

013 **바다의 침묵** 베르코르 소설선집 | 이상해 옮김 | 256면

014 **원수들, 사랑 이야기** 아이작 싱어 장편소설 | 김진준 옮김 | 320면

015 **백치** 표도르 도스또예프스끼 장편소설 | 김근식 옮김 | 전2권 | 각 500, 528면

017 **1984년** 조지 오웰 장편소설 | 박경서 옮김 | 392면

019 **이상한 나라의 앨리스** 루이스 캐럴 환상동화 | 머빈 피크 그림 | 최용준 옮김 | 336면

020 **베네치아에서의 죽음** 토마스 만 중단편집 | 홍성광 옮김 | 432면

021 **그리스인 조르바** 니코스 카잔차키스 장편소설 | 이윤기 옮김 | 488면

022 **벚꽃 동산** 안똔 체호프 희곡선집 | 오종우 옮김 | 336면

023 **연애 소설 읽는 노인** 루이스 세풀베다 장편소설 | 정창 옮김 | 192면

024 **젊은 사자들** 어윈 쇼 장편소설 | 정영문 옮김 | 전2권 | 각 416, 408면

026 **젊은 베르테르의 슬픔** 요한 볼프강 폰 괴테 장편소설 | 김인순 옮김 | 240면

027 **시라노** 에드몽 로스탕 희곡 | 이상해 옮김 | 256면

028 **전망 좋은 방** E. M. 포스터 장편소설 | 고정아 옮김 | 352면

029 **까라마조프 씨네 형제들** 표도르 도스또예프스끼 장편소설 | 이대우 옮김 | 전3권 | 각 496, 496, 460면

032 **프랑스 중위의 여자** 존 파울즈 장편소설 | 김석희 옮김 | 전2권 | 각 344면

034 **소립자** 미셸 우엘벡 장편소설 | 이세욱 옮김 | 448면

035 **영혼의 자서전** 니코스 카잔차키스 자서전 | 안정효 옮김 | 전2권 | 각 352, 408면

037 **우리들** 예브게니 자먀찐 장편소설 | 석영중 옮김 | 320면
038 **뉴욕 3부작** 폴 오스터 장편소설 | 황보석 옮김 | 480면
039 **닥터 지바고** 보리스 빠스쩨르나끄 장편소설 | 박형규 옮김 | 전2권 | 각 400, 512면
041 **고리오 영감** 오노레 드 발자크 장편소설 | 임희근 옮김 | 456면
042 **뿌리** 알렉스 헤일리 장편소설 | 안정효 옮김 | 전2권 | 각 400, 448면
044 **백년보다 긴 하루** 친기즈 아이뜨마또프 장편소설 | 황보석 옮김 | 560면
045 **최후의 세계** 크리스토프 란스마이어 장편소설 | 장희권 옮김 | 264면
046 **추운 나라에서 돌아온 스파이** 존 르카레 장편소설 | 김석희 옮김 | 368면
047 **산도칸 ― 몸프라쳄의 호랑이** 에밀리오 살가리 장편소설 | 유향란 옮김 | 428면
048 **기적의 시대** 보리슬라프 페치치 장편소설 | 이윤기 옮김 | 560면
049 **그리고 죽음** 짐 크레이스 장편소설 | 김석희 옮김 | 224면
050 **세설** 다니자키 준이치로 장편소설 | 송태욱 옮김 | 전2권 | 각 480면
052 **세상이 끝날 때까지 아직 10억 년** 스뜨루가츠끼 형제 장편소설 | 석영중 옮김 | 224면
053 **동물 농장** 조지 오웰 장편소설 | 박경서 옮김 | 208면
054 **캉디드 혹은 낙관주의** 볼테르 장편소설 | 이봉지 옮김 | 232면
055 **도적 떼** 프리드리히 폰 실러 희곡 | 김인순 옮김 | 264면
056 **플로베르의 앵무새** 줄리언 반스 장편소설 | 신재실 옮김 | 320면
057 **악령** 표도르 도스또예프스끼 장편소설 | 박혜경 옮김 | 전3권 | 각 328, 408, 528면
060 **의심스러운 싸움** 존 스타인벡 장편소설 | 윤희기 옮김 | 340면
061 **몽유병자들** 헤르만 브로흐 장편소설 | 김경연 옮김 | 전2권 | 각 568, 544면
063 **몰타의 매** 대실 해밋 장편소설 | 고정아 옮김 | 304면
064 **마야꼬프스끼 선집** 블라지미르 마야꼬프스끼 선집 | 석영중 옮김 | 320면
065 **드라큘라** 브램 스토커 장편소설 | 이세욱 옮김 | 전2권 | 각 340, 344면
067 **서부 전선 이상 없다** 에리히 마리아 레마르크 장편소설 | 홍성광 옮김 | 336면
068 **적과 흑** 스탕달 장편소설 | 임미경 옮김 | 전2권 | 각 376, 368면
070 **지상에서 영원으로** 제임스 존스 장편소설 | 이종인 옮김 | 전3권 | 각 396, 380, 388면
073 **파우스트** 요한 볼프강 폰 괴테 희곡 | 김인순 옮김 | 568면
074 **쾌걸 조로** 존스턴 매컬리 장편소설 | 김훈 옮김 | 316면
075 **거장과 마르가리따** 미하일 불가꼬프 장편소설 | 홍대화 옮김 | 전2권 | 각 364, 328면
077 **순수의 시대** 이디스 워튼 장편소설 | 고정아 옮김 | 448면
078 **검의 대가** 아르투로 페레스 레베르테 장편소설 | 김수진 옮김 | 376면

079 **예브게니 오네긴** 알렉산드르 뿌쉬낀 운문소설 | 석영중 옮김 | 328면
080 **장미의 이름** 움베르토 에코 장편소설 | 이윤기 옮김 | 전2권 | 각 440, 448면
082 **향수** 파트리크 쥐스킨트 장편소설 | 강명순 옮김 | 384면
083 **여자를 안다는 것** 아모스 오즈 장편소설 | 최창모 옮김 | 280면
084 **나는 고양이로소이다** 나쓰메 소세키 장편소설 | 김난주 옮김 | 544면
085 **웃는 남자** 빅토르 위고 장편소설 | 이형식 옮김 | 전2권 | 각 472, 496면
087 **아웃 오브 아프리카** 카렌 블릭센 장편소설 | 민승남 옮김 | 480면
088 **무엇을 할 것인가** 니꼴라이 체르니셰프스끼 장편소설 | 서정록 옮김 | 전2권 | 각 360, 404면
090 **도나 플로르와 그녀의 두 남편** 조르지 아마두 장편소설 | 오숙은 옮김 | 전2권 | 각 328, 308면
092 **미사고의 숲** 로버트 홀드스톡 장편소설 | 김상훈 옮김 | 416면
093 **신곡** 단테 알리기에리 장편서사시 | 김운찬 옮김 | 전3권 | 각 292, 296, 328면
096 **교수** 샬럿 브론테 장편소설 | 배미영 옮김 | 368면
097 **노름꾼** 표도르 도스또예프스끼 장편소설 | 이재필 옮김 | 320면
098 **하워즈 엔드** E. M. 포스터 장편소설 | 고정아 옮김 | 508면
099 **최후의 유혹** 니코스 카잔차키스 장편소설 | 안정효 옮김 | 전2권 | 각 408면
101 **키리냐가** 마이크 레스닉 장편소설 | 최용준 옮김 | 464면
102 **바스커빌가의 개** 아서 코난 도일 장편소설 | 조영학 옮김 | 264면
103 **버마 시절** 조지 오웰 장편소설 | 박경서 옮김 | 400면
104 **10 1/2장으로 쓴 세계 역사** 줄리언 반스 장편소설 | 신재실 옮김 | 464면
105 **죽음의 집의 기록** 표도르 도스또예프스끼 장편소설 | 이덕형 옮김 | 528면
106 **소유** 앤토니어 수전 바이어트 장편소설 | 윤희기 옮김 | 전2권 | 각 440, 480면
108 **미성년** 표도르 도스또예프스끼 장편소설 | 이상룡 옮김 | 전2권 | 각 512, 544면
110 **성 앙투안느의 유혹** 귀스타브 플로베르 희곡소설 | 김용은 옮김 | 584면
111 **밤으로의 긴 여로** 유진 오닐 희곡 | 강유나 옮김 | 240면
112 **마법사** 존 파울즈 장편소설 | 정영문 옮김 | 전2권 | 각 512, 552면
114 **스쩨빤치꼬보 마을 사람들** 표도르 도스또예프스끼 장편소설 | 변현태 옮김 | 416면
115 **플랑드르 거장의 그림** 아르투로 페레스 레베르테 장편소설 | 정창 옮김 | 512면
116 **분신** 표도르 도스또예프스끼 장편소설 | 석영중 옮김 | 288면
117 **가난한 사람들** 표도르 도스또예프스끼 장편소설 | 석영중 옮김 | 256면
118 **인형의 집** 헨리크 입센 희곡 | 김창화 옮김 | 272면
119 **영원한 남편** 표도르 도스또예프스끼 장편소설 | 정명자 외 옮김 | 448면

120 **알코올** 기욤 아폴리네르 시집 | 황현산 옮김 | 352면

121 **지하로부터의 수기** 표도르 도스또예프스끼 장편소설 | 계동준 옮김 | 256면

122 **어느 작가의 오후** 페터 한트케 중편소설 | 홍성광 옮김 | 160면

123 **아저씨의 꿈** 표도르 도스또예프스끼 장편소설 | 박종소 옮김 | 304면

124 **네또츠까 네즈바노바** 표도르 도스또예프스끼 장편소설 | 박재만 옮김 | 316면

125 **곤두박질** 마이클 프레인 장편소설 | 최용준 옮김 | 528면

126 **백야 외** 표도르 도스또예프스끼 소설선집 | 석영중 외 옮김 | 408면

127 **살라미나의 병사들** 하비에르 세르카스 장편소설 | 김창민 옮김 | 296면

128 **뻬쩨르부르그 연대기 외** 표도르 도스또예프스끼 소설선집 | 이항재 옮김 | 296면

129 **상처받은 사람들** 표도르 도스또예프스끼 장편소설 | 윤우섭 옮김 | 전2권 | 각 296, 392면

131 **악어 외** 표도르 도스또예프스끼 소설선집 | 박혜경 외 옮김 | 312면

132 **허클베리 핀의 모험** 마크 트웨인 장편소설 | 윤교찬 옮김 | 416면

133 **부활** 레프 똘스또이 장편소설 | 이대우 옮김 | 전2권 | 각 308, 416면

135 **보물섬** 로버트 루이스 스티븐슨 장편소설 | 머빈 피크 그림 | 최용준 옮김 | 360면

136 **천일야화** 앙투안 갈랑 엮음 | 임호경 옮김 | 전6권 | 각 336, 328, 372, 392, 344, 320면

142 **아버지와 아들** 이반 뚜르게네프 장편소설 | 이상원 옮김 | 328면

143 **오만과 편견** 제인 오스틴 장편소설 | 원유경 옮김 | 480면

144 **천로 역정** 존 버니언 우화소설 | 이동일 옮김 | 432면

145 **대주교에게 죽음이 오다** 윌라 캐더 장편소설 | 윤명옥 옮김 | 352면

146 **권력과 영광** 그레이엄 그린 장편소설 | 김연수 옮김 | 384면

147 **80일간의 세계 일주** 쥘 베른 장편소설 | 고정아 옮김 | 352면

148 **바람과 함께 사라지다** 마거릿 미첼 장편소설 | 안정효 옮김 | 전3권 | 각 616, 640, 640면

151 **기탄잘리** 라빈드라나트 타고르 시집 | 장경렬 옮김 | 224면

152 **도리언 그레이의 초상** 오스카 와일드 장편소설 | 윤희기 옮김 | 384면

153 **레우코와의 대화** 체사레 파베세 희곡소설 | 김운찬 옮김 | 280면

154 **햄릿** 윌리엄 셰익스피어 희곡 | 박우수 옮김 | 256면

155 **맥베스** 윌리엄 셰익스피어 희곡 | 권오숙 옮김 | 176면

156 **아들과 연인** 데이비드 허버트 로런스 장편소설 | 최희섭 옮김 | 전2권 | 464, 432면

158 **그리고 아무 말도 하지 않았다** 하인리히 뵐 장편소설 | 홍성광 옮김 | 272면

159 **미덕의 불운** 싸드 장편소설 | 이형식 옮김 | 248면

160 **프랑켄슈타인** 메리 W. 셸리 장편소설 | 오숙은 옮김 | 320면

161 **위대한 개츠비** 프랜시스 스콧 피츠제럴드 장편소설 | 한애경 옮김 | 280면
162 **아Q정전** 루쉰 중단편집 | 김태성 옮김 | 320면
163 **로빈슨 크루소** 대니얼 디포 장편소설 | 류경희 옮김 | 456면
164 **타임머신** 허버트 조지 웰스 소설선집 | 김석희 옮김 | 304면
165 **제인 에어** 샬럿 브론테 장편소설 | 이미선 옮김 | 전2권 | 각 392, 384면
167 **풀잎** 월트 휘트먼 시집 | 허현숙 옮김 | 280면
168 **표류자들의 집** 기예르모 로살레스 장편소설 | 최유정 옮김 | 216면
169 **배빗** 싱클레어 루이스 장편소설 | 이종인 옮김 | 520면
170 **이토록 긴 편지** 마리아마 바 장편소설 | 백선희 옮김 | 192면
171 **느릅나무 아래 욕망** 유진 오닐 희곡 | 손동호 옮김 | 168면
172 **이방인** 알베르 카뮈 장편소설 | 김예령 옮김 | 208면
173 **미라마르** 나기브 마푸즈 장편소설 | 허진 옮김 | 288면
174 **지킬 박사와 하이드 씨** 로버트 루이스 스티븐슨 소설선집 | 조영학 옮김 | 320면
175 **루진** 이반 뚜르게네프 장편소설 | 이항재 옮김 | 264면
176 **피그말리온** 조지 버나드 쇼 희곡 | 김소임 옮김 | 256면
177 **목로주점** 에밀 졸라 장편소설 | 유기환 옮김 | 전2권 | 각 336면
179 **엠마** 제인 오스틴 장편소설 | 이미애 옮김 | 전2권 | 각 336, 360면
181 **비숍 살인 사건** S. S. 밴 다인 장편소설 | 최인자 옮김 | 464면
182 **우신예찬** 에라스무스 풍자문 | 김남우 옮김 | 296면
183 **하자르 사전** 밀로라드 파비치 장편소설 | 신현철 옮김 | 488면
184 **테스** 토머스 하디 장편소설 | 김문숙 옮김 | 전2권 | 각 392, 336면
186 **투명 인간** 허버트 조지 웰스 장편소설 | 김석희 옮김 | 288면
187 **93년** 빅토르 위고 장편소설 | 이형식 옮김 | 전2권 | 각 288, 360면
189 **젊은 예술가의 초상** 제임스 조이스 장편소설 | 성은애 옮김 | 384면
190 **소네트집** 윌리엄 셰익스피어 연작시집 | 박우수 옮김 | 200면
191 **메뚜기의 날** 너새니얼 웨스트 장편소설 | 김진준 옮김 | 280면
192 **나사의 회전** 헨리 제임스 중편소설 | 이승은 옮김 | 256면
193 **오셀로** 윌리엄 셰익스피어 희곡 | 권오숙 옮김 | 216면
194 **소송** 프란츠 카프카 장편소설 | 김재혁 옮김 | 376면
195 **나의 안토니아** 윌라 캐더 장편소설 | 전경자 옮김 | 368면
196 **자성록** 마르쿠스 아우렐리우스 명상록 | 박민수 옮김 | 240면

197 **오레스테이아** 아이스킬로스 비극 | 두행숙 옮김 | 336면

198 **노인과 바다** 어니스트 헤밍웨이 소설선집 | 이종인 옮김 | 320면

199 **무기여 잘 있거라** 어니스트 헤밍웨이 장편소설 | 이종인 옮김 | 464면

200 **서푼짜리 오페라** 베르톨트 브레히트 희곡선집 | 이은희 옮김 | 320면

201 **리어 왕** 윌리엄 셰익스피어 희곡 | 박우수 옮김 | 224면

202 **주홍 글자** 너대니얼 호손 장편소설 | 곽영미 옮김 | 360면

203 **모히칸족의 최후** 제임스 페니모어 쿠퍼 장편소설 | 이나경 옮김 | 512면

204 **곤충 극장** 카렐 차페크 희곡선집 | 김선형 옮김 | 360면

205 **누구를 위하여 종은 울리나** 어니스트 헤밍웨이 장편소설 | 이종인 옮김 | 전2권 | 각 416, 400면

207 **타르튀프** 몰리에르 희곡선집 | 신은영 옮김 | 416면

208 **유토피아** 토머스 모어 소설 | 전경자 옮김 | 288면

209 **인간과 초인** 조지 버나드 쇼 희곡 | 이후지 옮김 | 320면

210 **페드르와 이폴리트** 장 라신 희곡 | 신정아 옮김 | 200면

211 **말테의 수기** 라이너 마리아 릴케 장편소설 | 안문영 옮김 | 320면

212 **등대로** 버지니아 울프 장편소설 | 최애리 옮김 | 328면

213 **개의 심장** 미하일 불가코프 중편소설집 | 정연호 옮김 | 352면

214 **모비 딕** 허먼 멜빌 장편소설 | 강수정 옮김 | 전2권 | 각 464, 488면

216 **더블린 사람들** 제임스 조이스 단편소설집 | 이강훈 옮김 | 336면

217 **마의 산** 토마스 만 장편소설 | 윤순식 옮김 | 전3권 | 각 496, 488, 512면

220 **비극의 탄생** 프리드리히 니체 | 김남우 옮김 | 304면

221 **위대한 유산** 찰스 디킨스 장편소설 | 류경희 옮김 | 전2권 | 각 432, 448면

223 **사람은 무엇으로 사는가** 레프 톨스토이 소설선집 | 윤새라 옮김 | 464면

224 **자살 클럽** 로버트 루이스 스티븐슨 소설선집 | 임종기 옮김 | 272면

225 **채털리 부인의 연인** 데이비드 허버트 로런스 장편소설 | 이미선 옮김 | 전2권 | 각 336, 328면

227 **데미안** 헤르만 헤세 장편소설 | 김인순 옮김 | 272면

228 **두이노의 비가** 라이너 마리아 릴케 시 선집 | 손재준 옮김 | 504면

229 **페스트** 알베르 카뮈 장편소설 | 최윤주 옮김 | 432면

230 **여인의 초상** 헨리 제임스 장편소설 | 정상준 옮김 | 전2권 | 각 520, 544면

232 **성** 프란츠 카프카 장편소설 | 이재황 옮김 | 560면

233 **차라투스트라는 이렇게 말했다** 프리드리히 니체 산문시 | 김인순 옮김 | 464면

234 **노래의 책** 하인리히 하이네 시집 | 이재영 옮김 | 384면

235 **변신 이야기** 오비디우스 서사시 | 이종인 옮김 | 632면

236 **안나 까레니나** 레프 똘스또이 장편소설 | 이명현 옮김 | 전2권 | 각 800, 736면

238 **이반 일리치의 죽음·광인의 수기** 레프 똘스또이 중단편집 | 석영중·정지원 옮김 | 232면

239 **수레바퀴 아래서** 헤르만 헤세 장편소설 | 강명순 옮김 | 272면

240 **피터 팬** J. M. 배리 장편소설 | 최용준 옮김 | 272면

241 **정글 북** 러디어드 키플링 중단편집 | 오숙은 옮김 | 272면

242 **한여름 밤의 꿈** 윌리엄 셰익스피어 희곡 | 박우수 옮김 | 160면

243 **좁은 문** 앙드레 지드 장편소설 | 김화영 옮김 | 264면

244 **모리스** E. M. 포스터 장편소설 | 고정아 옮김 | 408면

245 **브라운 신부의 순진** 길버트 키스 체스터턴 단편집 | 이상원 옮김 | 336면

246 **각성** 케이트 쇼팽 장편소설 | 한애경 옮김 | 272면

247 **뷔히너 전집** 게오르크 뷔히너 지음 | 박종대 옮김 | 400면

248 **디미트리오스의 가면** 에릭 앰블러 장편소설 | 최용준 옮김 | 424면

249 **베르가모의 페스트 외** 옌스 페테르 야콥센 중단편 전집 | 박종대 옮김 | 208면

250 **폭풍우** 윌리엄 셰익스피어 희곡 | 박우수 옮김 | 176면

251 **어셴든, 영국 정보부 요원** 서머싯 몸 연작 소설집 | 이민아 옮김 | 416면

252 **기나긴 이별** 레이먼드 챈들러 장편소설 | 김진준 옮김 | 600면

253 **인도로 가는 길** E. M. 포스터 장편소설 | 민승남 옮김 | 552면

254 **올랜도** 버지니아 울프 장편소설 | 이미애 옮김 | 376면

255 **시지프 신화** 알베르 카뮈 지음 | 박언주 옮김 | 264면

256 **조지 오웰 산문선** 조지 오웰 지음 | 허진 옮김 | 424면

257 **로미오와 줄리엣** 윌리엄 셰익스피어 희곡 | 도해자 옮김 | 200면

258 **수용소군도** 알렉산드르 솔제니찐 기록문학 | 김학수 옮김 | 전6권 | 각 460면 내외

264 **스웨덴 기사** 레오 페루츠 장편소설 | 강명순 옮김 | 336면

265 **유리 열쇠** 대실 해밋 장편소설 | 홍성영 옮김 | 328면

266 **로드 짐** 조지프 콘래드 장편소설 | 최용준 옮김 | 608면

267 **푸코의 진자** 움베르토 에코 장편소설 | 이윤기 옮김 | 전3권 | 각 392, 384, 416면

270 **공포로의 여행** 에릭 앰블러 장편소설 | 최용준 옮김 | 376면

271 **심판의 날의 거장** 레오 페루츠 장편소설 | 신동화 옮김 | 264면

272 **에드거 앨런 포 단편선** 에드거 앨런 포 지음 | 김석희 옮김 | 392면

273 **수전노 외** 몰리에르 희곡선집 | 신정아 옮김 | 424면

274 **모파상 단편선** 기 드 모파상 지음 | 임미경 옮김 | 400면
275 **평범한 인생** 카렐 차페크 장편소설 | 송순섭 옮김 | 280면

각 권 8,800~15,800원